Michel Déon

de l'Académie française

Les poneys sauvages

Gallimard

J'ai mis ma conscience aux prises avec ma raison, et la réflexion m'a convaincu, autant que l'expérience, que tout individu qui se sacrifie sans nécessité pour des intérêts vagues et collectifs n'est qu'un animal d'un instinct dépravé qui, tôt ou tard, sera corrigé par la double épreuve de l'injustice et de l'ingratitude.

FRANÇOIS SULEAU,
Les Actes des Apôtres.

Je ne suis pas de ceux qui aiment leur pays en raison de son indignité.

MONTHERLANT,
Le Maître de Santiago.

Thanatos : *Un jeune mort m'attire un prestige plus grand.*

EURIPIDE, Alceste.

Cette histoire est celle d'êtres que j'ai connus, pour les morts, que je connais, pour les vivants. Mais les vivants, dans la folie, l'exil ou la retraite, ne sont pas beaucoup plus que les morts. Si j'ai altéré certains faits ou modifié certains noms, c'est par respect pour mes amis ou pour les amis de mes amis, et je prie le lecteur de ne pas jouer au jeu assez vain de mettre des noms vrais sous des noms inventés. L'essentiel n'est pas la transparence de cette histoire. L'essentiel est le fil ténu qui relie les unes aux autres ces différentes vies. Les uns m'ont parlé, libérant ce besoin qu'ont même les plus forts de justifier ou d'expliquer une part de leur vie, justification ou explication qui s'adressent surtout à eux-mêmes, monologue qui s'amplifie parce qu'il trouve enfin une oreille complaisante. Les autres m'ont confié des papiers, des lettres. On me pardonnera pour le reste de prendre les libertés que s'autorisent les biographies romancées. Il est quand même moins téméraire de reconstituer une conversation dont Georges Saval m'a dit l'essentiel entre Sarah et lui, une nuit à Aden, que d'imaginer de toutes pièces le dialogue amoureux de Napoléon et de Joséphine dans le lit impérial, le soir du couronnement. La réalité qui fut celle des personnages de cette histoire est encore la nôtre, et le traumatisme de la dernière guerre mondiale n'est pas effacé. Nous avons vécu dans un brasier et ce que nous avions de plus cher a été brûlé ou desséché. Je n'oublie pas qu'au lendemain de cette guerre, nombre d'entre nous éprouvèrent un

9

grand élan fraternel vers les ennemis de la veille, et qu'on nous interdit cet élan comme pour mieux laisser pourrir en nous la victoire. Il aurait fallu reconstruire et nous nous sommes contentés de rafistoler les restes. Bienheureux ceux qui avaient tout perdu! Leurs enfants ont ouvert les yeux dans un monde nettoyé au D. D. T. et à la bombe. Les charniers se sont révélés un bon fumier et nous vivons dans l'abondance avec pour seule crainte qu'elle nous étouffe. La grande peur n'est plus d'avoir faim, mais de trop manger. La grande peur n'est plus de ne pas faire l'amour quand le désir nous en prend, mais de trop le faire et d'en être un jour écœuré.

J'ai rencontré Georges Saval dans le train qui nous conduisait de Londres à Cambridge, l'automne 1937. Nous nous connaissions de vue sans nous être jamais parlé : même âge à Janson-de-Sailly, mais des classes différentes. Je me souviens d'un garçon assez lymphatique qui jouait mal au football et nageait bien. Vers seize ans, après des vacances en Angleterre, il revint transformé, étoffé, ayant perdu ses joues rondes d'adolescent et gagné des muscles. Il boxait déjà et le prévôt le considérait comme un de ses espoirs pour les championnats universitaires. C'était tout ce que je savais de lui et il ne devait pas en savoir beaucoup plus de moi. Le hasard nous réunissait cet automne-là et, après nous être évités sur le bateau, nous nous parlâmes dans le vieux compartiment tendu d'un hideux velours rouge. Deux Anglais caricaturaux étaient montés avec nous, aimables d'abord, puis silencieux et l'air buté quand ils comprirent que nous étions français. Saval me plut. Il ne l'affichait pas, mais on devinait vite en lui une franchise désabusée qui le faisait paraître plus mûr que son âge. A part une légère fente de l'arcade gauche — un trait blanc que recouvrait imparfaitement le sourcil noir et arqué —, la boxe ne l'avait pas marqué. Ce fut notre premier sujet de conversation. Il m'avoua tout de suite détester les coups. Il aimait la rigueur de l'entraînement, les esquives, les feintes, une certaine façon de jauger un adversaire et de le contrer. En fait, c'était un garçon dépourvu de toute agres-

11

sivité au physique comme au moral, calme, intelligent et, bien plus encore, humain, respectable et respectueux, un de ces êtres dont on se dit : « Où est le défaut ? Les apparences sont trop en sa faveur. Il y a quelque chose qui n'apparaîtra jamais s'il montre assez de volonté, mais quelque chose est là ! »

Nous parlâmes de sport pendant ce trajet gris, sujet qui n'engageait à rien et maintint une certaine réserve entre nous, prélude à l'amitié qui devait se développer lentement au cours des années à venir. Nous étions d'ailleurs distraits, le regard attiré par la campagne anglaise et les gares où notre omnibus s'arrêtait, crasseuses, tristes et vides. Bovril, une marque de bouillon, avait disposé, le long de la voie et dans les stations, une publicité qui tournait à l'obsession, avec des jeux de mots imbéciles dont *Watt's an ohm without Bovril* revenait comme un leitmotiv après des visages réjouis, des vaches, des bols fumants. Je dis un moment :

— On prend les Anglais pour des buveurs de thé, ce sont des buveurs de bouillon chaud. Tous les ans, ils se noient dans un océan de bouillon. Pas étonnant qu'on rencontre tant de regards bovins.

— Oui, les Anglais sont le peuple le plus mystérieux de la terre. Il est étonnant que les ethnologues se préoccupent si peu d'eux. On devrait envoyer des équipes de chercheurs pour prendre leurs mensurations et étudier leurs tabous. Mais les ethnologues sont des presbytes. Ils ne voient pas ce qui est devant leur nez. Pourtant les Anglais apprendraient bien plus à l'homme sur l'homme que les Indiens d'Amazonie. La recherche scientifique est très mal distribuée.

Nous nous aperçûmes alors que l'un des voyageurs parlait le français et n'osait plus le dire, partagé entre la fureur qu'excitaient en lui nos railleries et le désir d'en entendre davantage. D'un commun accord, nous décidâmes d'en ajouter et avec une joie féroce nous mîmes l'Angleterre en pièces. Quand le train s'arrêta en gare de Cambridge, l'homme se leva, nous toisa du regard et dit avec hauteur :

— Je me demande ce que vous venez faire dans cette Angleterre que vous méprisez tant. Apprenez, messieurs, qu'elle vous méprise bien plus que vous ne saurez jamais la mépriser.

Malheureusement pour sa dignité, cet homme superbe, que son compagnon plus jeune contemplait avec admiration, manqua la descente et s'étala sur le ciment. Nous éclatâmes de rire tandis qu'il se relevait, couvert de poussière, aidé par l'autre qui répétait : « *Oh! sir... oh! sir.* »

— Il y a intérêt, me dit Georges, à ne pas être ridicule quand on entreprend de donner des leçons au monde.

— Il nous reste aussi à souhaiter que cet homme ne soit pas notre doyen!

Il ne l'était pas. Il n'était qu'un quelconque professeur de langues romanes qui, ne nous revoyant jamais ensemble, ne sut pas nous reconnaître séparément. Nous eûmes, Georges et moi, deux directeurs d'études différents et, pendant cette année-là, nous nous rencontrâmes épisodiquement, le soir dans les pubs, le samedi après-midi aux matches de football ou aux parties de cricket, le dimanche à Granchester. Georges se lia à trois Anglais : Barry Roots, Cyril Courtney et Horace McKay, qui se réunissaient autour du même directeur d'études, l'homme le plus charmant de l'Université, le plus délicieusement fantaisiste, Dermot Dewagh.

Oui, parmi les trois se trouvait Horace McKay. Je sens combien il est difficile de parler de lui aujourd'hui, alors que le monde entier connaît son nom et son histoire. Mais, avant cette histoire, il y avait un McKay jeune, aux cheveux châtains qu'il s'efforçait toujours de décrêper. Habillé avec un soin et une recherche évidents, il semblait ne pas s'appartenir, surgeon obstiné d'une branche ancienne, nourrie de glèbe humide, de ciels pâles, de gazons tondus, de Bible et de traditions, en apparence, indéracinables. Je dis « en apparence » puisque, comme on le sait, il y avait une faille et d'importance, que Georges suspecta, mais ne dévoila jamais pour les raisons que je dirai.

Le plus curieux est que McKay, Anglais caricatural à force d'être anglais, avait passé très peu de sa vie en Angleterre. Né en Chine (on l'appelait souvent Ho), il parlait le cantonais à la perfection. A la mort de son père — un fonctionnaire du Foreign Office —, il avait vécu avec sa mère et l'amant de celle-ci — un Russe blanc — dans les différentes villes d'eaux européennes où l'on joue. Le Russe mort — à cette époque-là, Horace savait aussi fort bien le russe —, Mrs McKay, pour sécher ses larmes, avait planté sa tente dans le désert d'Arabie, secrétaire d'une mission de pétroliers. Six mois après, elle abandonnait son abri provisoire pour un palais des Mille et Une Nuits, en épousant un émir de l'entourage d'Ibn Saoud. Son fils ne l'avait guère quittée, apprenant l'arabe après le chinois et le russe. Les amis d'Ho surnommèrent Mrs McKay Lady Dudley, en hommage à Balzac et peut-être parce qu'elle se prénommait Jane comme la Jane Digby qui inspira la fugitive silhouette de dévoreuse d'hommes dans *La Comédie humaine*. Jouissant d'une situation spéciale à l'intérieur du harem, elle revint quelques jours en Angleterre pour voir Horace à Cambridge, un samedi après-midi où il jouait au cricket. Son apparition ne fut jamais oubliée. Elle avait loué à Londres une Rolls-Royce 1920 que conduisait un de ses gardes du corps, noir Soudanais en uniforme vert à boutons d'or. La Rolls s'arrêta en lisière du champ de cricket où la partie était commencée depuis un moment. Mrs McKay ménagea ses effets et descendit après une attente des plus nobles. Le chauffeur plaça un escabeau sous ses pieds et elle apparut, mince silhouette mauve, les mains cachées dans un manchon de zibeline. Une voilette protégeait le haut de son visage, et on ne vit d'abord que son menton pointu et sa bouche trop fardée, une grande bouche sensuelle et gourmande. Le recteur et Dermot Dewagh se portèrent à sa rencontre et elle attendit qu'ils fussent près d'elle pour poser un pied sur l'escabeau. Elle accepta une chaise de jardin avec une condescendance impitoyable. Ceux qui passèrent à côté affirmèrent méchamment qu'elle répandait une odeur de musc. Dermot et le recteur essayèrent en vain de lui offrir un sujet de conversation suivie. Elle répondait par monosyllabes, seulement attentive à son élégant fils au teint cuivré et aux cheveux châtains. Elle ne l'avait pas vu depuis trois

14

ans. Elle ne savait pas quand elle le reverrait. La partie terminée, il se dirigea vers elle avec une soumission qu'on ne lui connaissait pas, baisa une main nue sortie du manchon, échangea quelques mots que personne n'entendit, puis la reconduisit à sa voiture.

Cette apparition romanesque valut à Horace un immence prestige qu'il accepta avec la même condescendance que sa mère. Bien des années après, le retrouvant un soir à Moscou, Georges lui demanda ce qu'elle devenait. L'émir était mort et elle avait regagné l'Angleterre avec une fortune en bijoux. D'abord installée en Cornouailles, elle s'était rapprochée de Londres et habitait Wimbledon en compagnie d'un professeur de culture physique plus jeune qu'elle de trente ans.

— Quand elle ne fait pas l'amour avec lui, dans une chambre tapissée de miroirs, elle fabrique des confitures, dit-il. Excellentes d'ailleurs, je dois dire. J'en reçois par la valise diplomatique. Vous me ferez penser à vous en déposer à votre hôtel demain matin.

Cyril Courtney était le plus beau des trois, mince et grand, une mèche de cheveux blonds barrant son front, des yeux d'un bleu insondable, négligé avec une superbe élégance, capable d'aller à un bal en habit et les pieds nus dans des sandales à lanières, un Ariel moderne, marqué au front par le destin comme le poète qu'il était déjà, ainsi que nous l'apprîmes quand ses odes posthumes parurent après la guerre. Il était riche et possédait une voiture, une Bentley rouge sang, décapotable, qu'il conduisait à une allure folle en chantant à tue-tête. Un matin, peu après l'aube, ivre, il paria de traverser nu les jardins de Saint-John. Les autorités le surent et se cachèrent pour n'avoir pas à prendre de sanctions. Je revois encore ce fantôme blanc dans la buée du petit matin, dansant le long de l'allée humide de rosée, cueillant une fleur et la pinçant entre ses lèvres, léger, immatériel comme le rêve d'un homosexuel du dimanche. Un soir, dans un pub, il commença de casser avec méthode tous les verres dont il pouvait se saisir, hurlant que le verre est une apparence, une tromperie et qu'il fallait en finir avec

15

le mensonge. Barry et Georges le sauvèrent de justesse d'un lynchage. J'aurais aimé le connaître mieux, mais il me sembla que Georges en prendrait ombrage et finalement je n'échangeai que des vers avec lui, un soir dans la rue où il arrêta sa Bentley à ma hauteur, coupa le moteur et récita en français, presque sans accent :

> Un soir de demi-brume à Londres
> Un voyou qui ressemblait à
> Mon amour vint à ma rencontre
> Et le regard qu'il me jeta
> Me fit baisser les yeux de honte...

— Oui, c'est beau! dis-je, et je récitai la strophe suivante.

Ainsi dans cette rue déserte et sinistre où le hasard nous avait fait nous rencontrer, nous échangeâmes, strophe par strophe, toute la chanson du Mal Aimé.

— Vive la France! cria Cyril qui remit son moteur en marche et disparut dans un effroyable vacarme.

Je découvris un peu de la nature extraordinaire de Barry Roots au début de l'hiver, lors d'un match de football entre deux collèges. Le terrain vert était détrempé, semé de flaques dans lesquelles les joueurs couraient en faisant gicler la boue. Le froid pinçait les spectateurs. Horace McKay, Cyril Courtney et Georges Saval étaient devant moi, admirant une fin de partie éblouissante, une sorte de chef-d'œuvre bâti par la ténacité de Barry à la tête de son équipe. Il était le plus petit des onze dans son maillot orangé au début du jeu et maintenant recouvert d'une gangue visqueuse. Il ne voyait pas cette boue, il ne la sentait pas accrochée à lui et, chaque fois qu'il tombait, il s'en arrachait avec rage, courait de nouveau comme une boule sur le terrain où il semait la terreur, paralysant les arrières, hypnotisant le gardien de but.

— Un homme averti ne vaut plus rien! dit Horace.

C'était vrai : un joueur averti ne valait plus rien quand cet étudiant tout en nerfs et en muscles poilus dribblait jusqu'aux buts adverses et envoyait le ballon d'un terrible

16

coup de pied dans les filets. Il y mettait tant de force et de hargne qu'il avait plusieurs fois manqué des buts trop faciles comme si c'était l'homme plus que le point à marquer qu'il cherchait pour quelque lointaine et précise vengeance. Le connaissant bien, ses amis épiaient ses irrégularités — coups de pied dans les chevilles, poussées de la hanche, doigts dans le foie — et admiraient qu'il se fît rarement mettre sur la touche. Tout de même, cet après-midi-là, une rage si particulière l'habitait qu'ils s'attendaient à une sanction et n'observaient plus le jeu mais seulement Barry, presque indiscernable des autres dans son vêtement de boue. Il préparait un grand coup et, si un joueur lui faisait obstacle, il serait capable de l'étrangler. Les spectateurs se levèrent quand il visa le gardien de but et l'étendit dans l'herbe d'un ballon en pleine face. L'homme resta évanoui, la bouche ouverte dans la mare de ses buts, le nez cassé. L'arbitre siffla la fin de la partie : 6 à 2, un score écrasant. Tout le monde pensait que Barry se dirigerait vers le blessé, mais on le vit pivoter sur lui-même sans hésitation et regagner le vestiaire au pas gymnastique, dédaignant le triomphe que lui préparait Trinity. Sur son visage méconnaissable se dessinait un sourire que, ne pouvant refréner, il dissimulait en baissant la tête.

— Je n'aime pas beaucoup cela! dit Cyril. Trop, c'est trop. Il me semble que c'est tellement plus intéressant de perdre.

— Vous êtes un poète, mon cher, dit Ho.

Il n'y avait pas de compétition à laquelle Barry ne se livrât corps et âme pour prendre une revanche sur son physique boulot. Voir un être possédé à ce point par la volonté de vaincre, quel que fût le jeu ou l'enjeu, était un spectacle assez rare pour notre génération. Parce que nous étions les enfants des vainqueurs de 1918, nous partions dans la vie comme des gosses de riches, endormis par les musiques des régiments occupant la Ruhr, révulsés par les récits de guerre de nos pères qui juraient que leurs enfants ne connaîtraient pas ça. Cette mentalité défaitiste s'épanouissait en un climat flatteur. L'Europe basculait dans le monde moderne et, la tête à l'envers, s'offrait des grèves et des ouvrages défensifs quand les vaincus de la veille préparaient dans l'exaltation le *Blitzkrieg* et l'alliance avec le diable. Naturellement la sagesse était du côté des défaitistes, et nous ne répétions que trop : « Encore un instant de bonheur, c'est toujours bon à prendre... », morale d'un autre style qui finissait par ouater nos gestes, étouffer de pudeur nos cris. Certes, il existait des exceptions. Disons qu'elles étaient rares et que nous regardions avec un amusement distingué quelques violents qui auraient tué père et mère pour marquer un but au football ou remporter une victoire en aviron.

Le cas de Barry paraissait exceptionnel : cet enragé ne se contentait pas de vouloir des victoires pour lui-même, il les voulait aussi pour son équipe à laquelle il parvenait à insuffler son énergie malgré le demi-mystère qui pesait sur ses origines dans un milieu particulièrement inquiet de ces questions-là. Demi-mystère puisqu'il s'était confié à son petit groupe et à son directeur d'études, le bon Dermot Dewagh : il était le fils d'un homme d'écurie et d'une jeune fille de l'aristocratie. Un tuteur payait ses études. Son père avait disparu. Il connaissait sa mère par les photos mondaines du *Tatler's*. Elle ne désirait pas le voir depuis qu'elle avait épousé un jeune lord niais et avantageux dont les interventions à la Chambre des pairs soulevaient une douce hilarité dans un milieu qui n'est pas connu pour sa gaieté.

— J'ai de la chance, disait-il. Je n'ai pas de père et de mère à respecter. Je suis un enfant de l'Angleterre. J'ai cinquante millions d'Anglais pour parents. C'est à eux que je ferai honneur, même si ça leur déplaît.

Quel rêve nourrissait-il? La politique, bien sûr, mais c'était une singulière idée que de l'aborder par des études d'histoire ancienne et de philologie. En réalité, comme ses amis voués à des destins si différents, il se contentait de satisfaire à un certain formalisme avant d'aborder la vie, la vie qui devait lui donner la chance d'être le fils héroïque et valeureux de cinquante millions d'Anglais.

Trois fois par semaine, Barry et Georges se rencontraient dans une salle de boxe réservée ces soirs-là aux étudiants. Le premier s'acharnait comme un damné à perdre les livres superflues qui le menaçaient continuellement, puis les deux amis s'offraient, de temps en temps, trois rounds de deux minutes, casqués de cuir, avec des gants de huit onces. Leurs poids de super-welters (71 kg pour les amateurs) se répondaient assez bien mais, plus maigre et plus grand, Georges disposait d'une allonge et d'un crochet du gauche qui exaspéraient Barry dont les attaques en crouch coupaient le souffle du Français. Ce dernier n'en sortait que grâce à des séries d'uppercuts que Barry acceptait jusqu'à la limite de ses forces. Plusieurs fois, Georges crut lire dans le regard de son adversaire un soupçon de haine, et, bien qu'il lui fût nettement supérieur, il en restait glacé. Il ne voulait pas gagner, il voulait boxer, et, sans le savoir alors, c'était la vraie raison de sa maîtrise du combat. Un jour, Barry lui dit :

— Dommage que nous soyons dans une salle anglaise, avec des Anglais autour de nous, sinon je vous insulterais, je cracherais sur vos aïeux, sur les idiotes avec lesquelles vous flirtez, sur votre grotesque drapeau tricolore et peut-être vous énerveriez-vous... Enfin un peu, pas beaucoup, juste assez pour que votre garde s'ouvre et que je vous mette K.-O.

Ce fut Georges qui le mit K.-O., presque involontairement, un samedi soir, avec un crochet du droit à la face au moment où Barry se ruait sur lui. Barry baissa les bras, ouvrit la bouche et Gorges eut les deux secondes nécessaires pour l'ajuster d'un crochet du gauche à la pointe du menton. Barry s'écroula comme un pantin, bras en croix, le nez pincé, livide. Il fallut cinq minutes pour le ranimer, cinq minutes que Georges trouva atroces, chargées de toute l'angoisse d'un homicide involontaire. Deux boxeurs professionnels venaient de mourir sur le ring après des K.-O. On crut Barry mort, malgré les lourdes plaisanteries du prévôt qui, après lui avoir ôté son casque, l'aspergeait d'eau froide et présentait un flacon de sels. Georges jura de ne plus boxer. Quand Barry revint de son K.-O., le Français ne put trouver son regard. Barry le fuit et ne desserra pas les dents. Ils se rhabillèrent aux angles opposés du vestiaire, dans ces odeurs de résine, de talc, de collodion, de sueur et de vapeur de douches qui règnent sur les salles de culture physique. Chaque fois que nous retrouvons ces odeurs — mais c'est de plus en plus rarement, aux approches de la cinquantaine on se détache d'un corps qui ne souhaite plus les mauvais traitements —, chaque fois que nous retrouvons ces odeurs, nous retrouvons notre jeunesse qui croyait se perfectionner en souffrant des coups et de menues privations ascétiques : tabac, alcool, sucreries, pour courir un peu plus vite sur les stades et dans les piscines. Il ne nous manquait — comme je l'ai dit — que la volonté de gagner, autre affaire, plus grave. L'épuisement musculaire, le cœur affolé qui met longtemps à reprendre son rythme, les tempes qui battent, le regard qui se voile et, dans l'arrière-gorge, l'approche d'une nausée à goût de mort, étaient les seuls chemins difficiles que nous empruntions pour nous dépasser un peu nous-mêmes et secouer notre dégoût de nous sentir si lâches et si à l'aise dans le monde fabriqué par nos parents...

Barry sortit le premier, détournant ostensiblement la tête pour ne pas voir Georges qui le suivait, observé par les autres étudiants. Au passage, Horace McKay, venu aussi mettre les gants, dit :

— C'est maintenant, Georges, qu'il faut serrer votre garde.

— Je ne crois pas.

— Vous verrez!

Barry marchait à quelques mètres devant, dans la rue mal éclairée de ce faubourg de Cambridge, d'un pas inhabituel pour lui, moins assuré, mais Georges, qui pouvait le voir dans l'ombre serrer les poings, lui courut après :

— Barry!

L'Anglais s'arrêta sans détourner la tête, le laissant arriver à sa hauteur.

— Barry, vous devez m'excuser. Je n'avais pas l'intention...

— Taisez-vous! Tout ce que vous direz rendra la chose pire encore.

— Je croyais que vous aviez inventé l'expression *fair play*.

— Ce n'est pas moi qui ai inventé cette stupidité, et je n'y souscris pas.

Barry reprit sa marche, prétendant ne plus le voir, mais Georges emboîta le pas, le cœur serré, envahi par la certitude qu'il avait gravement blessé une âme rageuse et fière. La sottise de tout cela l'atterrait. Pourquoi sommes-nous si entiers, pourquoi nos gestes se détachent-ils ainsi de nous dans la violence et la forfanterie? Notre âge absurde ne mesurait rien, pas même son propre égoïsme. On nous traitait comme des adultes et nous étions un peu moins que des enfants car les enfants se savent désarmés et ont une plus juste notion des forces qui les dominent encore.

La rue déserte, aux trottoirs défoncés, courait entre deux murs de brique dans lesquels s'ouvraient des portes d'ateliers mécaniques ou de ferrailleurs. Elle semblait interminable et pleine d'une lourde signification si elle ne débouchait sur rien, mais c'était le chemin choisi par Barry, et Georges ne devait pas laisser un homme de son âge se mortifier ainsi. Il cherchait en vain des mots, n'importe lesquels pourvu qu'ils fussent anodins, et ne les trouvait pas. Ils arrivèrent enfin sur une placette que Georges connaissait pour y avoir reconduit plusieurs fois une fille, Diana, un peu sotte, mais toujours libre. Là commençait le quartier bourgeois des fatigantes petites maisons anglaises avec leurs escaliers, leurs bow-windows éclairés derrière les mauvais stores. Il devait être huit heures du soir et dans les maisons de brique on dînait d'un poisson frit et froid, de biscuits au fromage tandis que tremblait au milieu de la table un gâteau de gelée rouge transparente qui sentait le vernis à ongles. Sans échanger un mot, bien entendu, car, à cette heure, toute l'Angletrerre écoutait la voix qui lui servait de pensée, la voix grave et modulée comme un orgue d'un speaker à la diction si affectée qu'il nous faisait mourir de rire, nous les étudiants je veux dire. Au centre de la placette se dressait un square, un peu de verdure entourant la statue d'un chien inconnu, peut-être la statue au chien inconnu martyr de la civilisation et sujet de conversation préféré des dames de la militante société protectrice des animaux de Cambridge. Barry prit soudain le bras de Georges.

— Venez! dit-il.

— Où?

— Dans le square si vous n'êtes pas un lâche.

Sa voix fut si caverneuse qu'un frisson parcourut l'échine de Georges qui le regarda : c'était pourtant bien Barry dont la main écrasait son biceps gauche. Il aurait pu s'en débarrasser d'un moulinet, mais c'était amorcer trop vite ce qu'il espérait encore éviter.

— Je suis peut-être un lâche.

— Non, non et non! dit Barry avec fureur. Pas de pitié. Je ne la supporte pas. A poings nus, je vous veux.

— Vous n'avez pas le droit de vous battre.

— Le droit? Que prétendez-vous?

— Vous venez d'essuyer un K.-O. Le prévôt ne vous laisserait pas remonter sur un ring avant un mois.

Barry parut ébranlé un instant sans que cela lui fît desserrer son étreinte. Georges le savait vicieux dans le cours du jeu, mais, à froid, pénétré d'un sacro-saint respect des règlements et des traditions du sport.

— Vous dites ça pour vous esquiver!

Georges l'assura que non, pieux mensonge que, pendant une ou deux interminables minutes, Barry s'efforça de croire. Une grille basse d'un mètre entourait le square où l'on pénétrait par une porte battante, fermée ce soir-là avec un cadenas.

— Eh bien, dit Barry, tant pis... Pour une fois... personne ne le saura.

— Tout le monde le saura. Vous n'espérez pas que nous allons sortir de là avec une simple égratignure. Nous serons marqués. Il y a même un pire toujours possible. Je peux vous tuer comme vous pouvez me tuer.

— Vous m'avez humilié!

— Je vous jure que je n'ai pas cherché à vous humilier. Je n'ai jamais eu cette pensée-là. J'aime la boxe et j'aime boxer avec vous parce que vous êtes difficile et dangereux. Je suis meilleur que vous. Il faut que vous appreniez à perdre. Un homme qui ne sait pas perdre ne sera jamais

22

un homme. Et si vous apprenez à perdre, vos victoires vous seront bien plus chères.

— Vous avez peur?

— Oui, dit-il.

Et c'était vrai. Georges avait peur et maîtrisait mal le tremblement de ses jambes, la sueur de ses paumes. Barry lui lâcha le bras et sauta par-dessus la grille basse. La lueur timide des réverbères de la placette éclairait à peine l'intérieur du square. Il retira son manteau, sa veste et son chandail. Cela se passait en janvier et il faisait un froid de loup, mais avec quelque chose de tendu et de sec dans l'atmosphère, sous le ciel sans étoiles.

— Vous allez vous enrhumer! dit Georges.

— Oh, assez de votre ignoble humour français! Venez de ce côté de la grille si vous êtes un homme. Et ne cherchez pas à fuir...

Comment avait-il pressenti cette brusque envie qui saisissait son vainqueur de le planter là et de fuir vers une rue où il y aurait des passants, de la vie pour les séparer?

— ... car je vous courrai après et je vous forcerai à vous battre.

Donc il n'était plus possible d'y échapper et, du coup, la peur de Georges s'évanouit. L'instinct de conservation jouait mieux que l'amour-propre. Il ôta manteau et veste après avoir sauté la barrière. Leur sang était encore trop chaud de la séance à la salle de culture physique pour que le froid les mordît. Barry se dirigea vers le centre du square qui dessinait un ring circulaire autour du chien de bronze promu arbitre. Ils commencèrent à se battre avec précaution, gardes serrées pour éviter les coups qui, à poings nus, risquaient d'être plus douloureux, tournant en rond, sautillant sur le gravier. Si quelqu'un, par bonheur, les avait vus et avait éclaté de rire, ils se seraient arrêtés sur-le-champ, conscients de leur ridicule, pauvres petits coqs aux ergots crispés, dansant dans la lumière blafarde et glacée d'un square. Ce que Georges put penser à cette minute-là lui est sorti de la tête. C'est un temps mort de son existence, comparable à celui d'un noyé ranimé qui découvre qu'il a perdu un morceau de sa vie. Il lui semble seulement qu'il cherchait à maintenir Barry à distance pour éviter une de ses attaques favorites en crouch. Georges garde pourtant la mémoire d'un faux pas qu'il fit et qui le déséquilibra. Barry attaqua d'un crochet au foie et Georges réussit, avec l'énergie du désespoir, à le frapper durement à la tempe, ressentant aussitôt une fulgurante douleur dans la jointure des métacarpiens gauches. Mais, soit sûreté d'un coup, soit faiblesse parce qu'il relevait à peine d'un K. O., Barry fut sonné. Il posa un genou à terre, baissant la tête, juste au moment où la neige tomba. De fins flocons fondirent dans sa chevelure drue et frisée, l'eau ruissela sur son front sans qu'il bougeât.

— Barry, levez-vous!

Il redressa la tête. De la neige fondue — ou étaient-ce des larmes? — coulaient sur ses joues luisantes.

— Je vous aurai, dit-il. Ce n'est pas fini!

— Primo je vous ferai remarquer que vous avez dépassé les dix secondes autorisées, secundo je vous avouerai qu'il n'est pas question pour moi de continuer. Je me suis écrasé la main sur votre crâne de pierre et j'ai atrocement mal. Enfin, tertio, il neige. Cela au cas où vous ne vous en seriez pas aperçu.

— Vous avez mal?

— Assez.

Barry se releva, titubant comme un homme ivre. La neige tombait de plus en plus serrée. Georges commençait à grelotter.

— Et en plus, dit-il, nous allons être bons pour une pneumonie.

La tête de Barry était entièrement blanche. Il porta un doigt à sa tempe où se dessinait un hématome.

— Je regrette pour votre main, dit-il.

Ils se rhabillèrent, trempés et glacés, sans un mot de plus. Barry sortit le premier et, comme Georges le suivait, il se retourna :

— Nous nous reverrons. Vous me pardonnerez si je ne me sens pas d'humeur à faire le chemin avec vous.

— Moi non plus. Vous me rendrez cependant service en m'indiquant où, à cette heure tardive, je puis me faire radiographier la main. J'aurai sûrement besoin d'un plâtre.

— Je n'en ai pas idée. Au revoir.

Sa lourde silhouette disparut, blanche de neige, au coin d'une rue. Georges se rappela la petite Diana qui habitait sur la place et sonna à sa porte. Elle vint ouvrir.

— Vous? dit-elle. Vous arrivez du pôle Nord?

— J'en reviens.

— Entrez vite. Vous êtes trempé.

Il se secoua sur le seuil. Diana était en robe de chambre ainsi que sa mère qui apparut au bout du couloir, inspectant, par-dessus ses lunettes de presbyte, ce visiteur du soir. Il entra dans la pièce où les Willoughby passaient la soirée devant un feu de bois. En chandail et en pantoufles, le père de Diana fumait sa pipe près de la radio qu'il ferma. Sur la table trônaient les restes du dîner traditionnel auquel Georges dut jeter un regard égaré qui fut mal interprété.

— Vous avez dîné?

— Oui, merci, j'ai seulement froid.

Et il tendit ses mains vers le feu.

— Oh, votre main!

Alors, il vit Sarah pour la première fois. Assise sur un tabouret de tapisserie, à côté du père de Diana, elle serrait ses genoux dans ses bras, son visage mat rosi aux pommettes par le feu. Elle portait encore ses cheveux courts et bouclés d'enfant malgré ses treize ans. Son visage maigre semblait n'avoir été conçu que pour les yeux immenses et noirs qui contemplaient tout avec une puissante volonté de comprendre, de ne rien manquer de la vie et, en même temps, d'assurer à qui croiserait leur regard que Sarah possédait une âme inviolable. Bien des années après, Georges essaya de se souvenir avec exactitude de son impression, des désirs soulevés peut-être en lui par cette fillette ardente et réservée qui en savait déjà tellement plus que lui sur la souffrance. Il aurait fallu effacer ce qu'il avait appris d'elle par la suite, qui repousse dans le lointain la fraîche image d'une enfant horrifiée par sa main blessée. Elle avait été la première à s'en apercevoir, mais alors que Diana et sa mère s'affairaient avec de la teinture d'iode et des compresses, que le père téléphonait à l'hôpital, Sarah avait reporté, absente,

25

son regard vers le feu de pin qui crépitait et lançait des étincelles et des scories qu'elle repoussait vers l'âtre avec une pelle.

— Qu'avez-vous fait, qu'avez-vous fait? disait Diana.

— J'ai glissé sur le verglas. Je crois bien que j'ai une fracture des métacarpiens.

Elle recouvrit de bandages humides la peau violacée et les jointures tuméfiées. On le crut. Et pourquoi pas? c'étaient des êtres simples et bons. Comme il l'apprit peu après, le père de Diana était pasteur, un vrai et doux pasteur incapable d'imaginer le mal, qui s'en prit avec une innocente indignation à la mauvaise tenue des rues à Cambridge, en Angleterre et dans le monde entier. Comme Georges posait les yeux sur Sarah, toujours recroquevillée près du feu sur son tabouret, il sut qu'elle, au moins, n'était pas dupe. Elle avait tout de suite imaginé deux hommes se battant dans la rue et elle écoutait avec un rien de mépris les détails que, perdant pied, il accumulait pour les obliger à croire un mensonge.

— Je ne connais pas tout le monde, dit-il.

— Vous ne connaissez pas Sarah? Elle vit avec nous. Elle est devenue ma sœur.

Sarah jeta un coup d'œil si vif et si contenu à Diana qu'il en douta. Oui, deux sœurs. Comme le jour et la nuit. Vouloir tisser ces liens avec Sarah, c'était déjà une erreur. Sarah, dont les parents traînaient une existence de morts en sursis dans l'Allemagne d'alors, n'avait plus ni famille, ni frères, ni sœurs. Elle n'en aurait plus jamais. Elle n'aurait plus que des amants et un mari dont, les jours d'abandon, elle dirait, sans ironie, avec une pointe de reconnaissance timide pour la vie qui n'apportait pas que des horreurs, ou des déceptions : « Georges est le meilleur de mes amants, enfin, je veux dire celui auquel je reviens avec le plus de plaisir, et même, exactement, le seul auquel je revienne. »

Derrière son petit front bombé, dans ses immenses yeux cernés, il fallait lire tout cela et bien d'autres choses encore, surtout l'indifférence macabre dans laquelle Sarah se mouvait. Georges en était incapable malgré le pressentiment tenace qu'à la seconde où leurs regards s'étaient rencontrés, quelque chose était né entre eux, un accord secret dont les termes ne leur seraient révélés qu'un jour lointain. Comment dire aussi? Elle gênait.

Reconnaissant à Diana de ses soins et de son efficacité (deux heures après avoir sonné à la porte des Willoughby, sa main était plâtrée), Georges vint la chercher plus souvent le soir. Elle fut sa « fille amie » pour user de la transcription littérale de l'anglais. Si Diana n'était pas prête, il restait un moment avec le pasteur qui, s'intéressant beaucoup au fait qu'il était catholique, lui reposait pour la dixième fois les mêmes questions sur l'éducation en France ou lui racontait, avec un éclair amusé dans les yeux, comment, lors de sa lune de miel, il avait remporté avec Mrs Willoughby, son épouse, le premier prix de tango au casino de Blackpool.

— Oh, il faut y aller, c'est un endroit à la mode..., disait-il de sa voix douce déformée par un dentier qui mouillait les vibrantes.

Blackpool, un vrai dégueulis de lumières criardes où le mauvais goût du boutiquier anglais s'accordait un moment de folie, n'était plus à la mode depuis vingt ans, mais le pasteur ne le saurait jamais, une sorte d'ignorance paisible le sauvant de toutes les déceptions...

— ... un endroit à la mode. Pendant l'été, les illuminations de Blackpool sont une joie pour les yeux. Je crois même qu'elles éclipsent les illuminations de Paris, la Ville Lumière, ou, à ce qu'on me dit, car je n'y suis jamais allé, celles de Nice.

Georges écoutait distraitement, cherchant le regard de Sarah toujours assise sur une chaise plus basse, près de la radio ou du feu (elle avait une grande réserve de froid à dissiper et elle mit des années à réchauffer son enfance frileuse), mais Sarah ne le regardait qu'à son arrivée ou à son départ, accordant à son insistance un bref éclat de ses yeux noirs.

Il éprouva aussi une certaine honte à l'égard du pasteur à partir du moment où il fit l'amour avec Diana. Où aller? Il ne possédait pas de voiture, les hôtels étaient interdits et on ne pouvait se retrouver dans sa chambre du collège.

Dix fois, il raccompagna Diana qui lui offrit à boire dans la maison où tout le monde dormait. Elle n'allumait pas l'électricité et ils s'asseyaient devant les dernières braises du feu ou sur un canapé dans le bow-window éclairé faiblement par un réverbère du square. Ce qui devait arriver arriva. Sur le tapis, bien entendu... comme tant d'amants ont commencé, avec maladresse, puis, peu à peu, plus adroitement malgré leur anxiété d'être découverts. Le moindre craquement de parquet ou de meuble, une braise qui éclatait coupaient leur élan, faisaient battre leurs cœurs et ils restaient l'un dans l'autre, figés, attendant que la peur s'effaçât pour reprendre leur étreinte dans la pièce sombre où flottait toujours l'odeur de la pipe du pasteur. Cette maison craquait horriblement, mais la possession à dix-huit ans est un art encore informe et ils étaient surtout acharnés à trouver un plaisir rapide, puis à rester l'un contre l'autre, déçus et heureux à la fois. Il faut croire que Sarah se mouvait comme un chat dans cette maison. Ils ne l'entendirent jamais. Pourtant cinq ans après, lorsque Georges la rencontra dans le Londres que commençaient d'accabler les V1, elle se planta devant lui et ses premiers mots furent pour dire :

— Alors, on ne fait plus l'amour dans la maison du pasteur entre minuit et deux heures du matin?

Elle avait écouté aux portes, et, mieux encore, s'était, une nuit, cachée dans le salon. Georges avait pris Diana à deux mètres de Sarah blottie derrière un fauteuil...

Après la bataille dans le square, Barry se montra plutôt froid. Il s'enquit de la main de Georges, eut la délicatesse de ne pas demander le silence, certain que l'autre le garderait. Effectivement, Georges se tut. Seul Horace McKay devina ce qui s'était passé. Cyril fit semblant de croire à une chute sur le verglas. Ils se retrouvaient tous les quatre chez leur directeur d'études Dermot Dewagh, le soir avant le dîner.

Dermot haïssait les sujets de conversation, improvisait dans le désordre, heureux d'emprunter les chemins de traverse, bondissant sur la question la plus anodine pour abandonner un thème qui, déjà, l'ennuyait. Ses étudiants repartaient chargés de livres qu'ils ne liraient pas, tant la parole de Dermot était plus fertile. Georges aima comme un père — lui qui n'en avait plus depuis dix ans — ce poète couperosé aux favoris gris, vêtu chez lui d'un macfarlane rouge, buvant pur son whiskey irlandais, fumant un tabac spécial que lui préparait un marchand de Londres. Il n'avait pas d'autres luxes, vivant pour Yeats, T. S. Eliot et Ezra Pound, gaspillant en une journée mille idées qu'un écrivain aurait précieusement enfermées dans un carnet pour ses vieux jours.

Sa correspondance, dont on trouvera quelques exemplaires dans ce récit, ne donne qu'une maigre idée de sa fantaisie, de sa curiosité et de la danse des paradoxes dans son esprit. Au physique, c'était un homme de taille moyenne, un peu bedonnant, au visage orné de bajoues couperosées que l'on mourait d'envie de pincer et de tirer pour entendre glouglouter la gorgée de whiskey irlandais qu'il y gardait méditativement avant de l'avaler. Ces chairs flasques encadraient une bouche rose et menue, enfantine presque, dans un visage vieilli avant l'âge et dont la vivacité était trahie par deux yeux bleus pâlis enfoncés sous des sourcils gris aux poils désordonnés. Avec cela, coquet et négligé, affichant des macfarlanes du meilleur faiseur et d'invraisemblables chaussures-pantoufles en daim bleu sur lesquelles retombaient des chaussettes de soie multicolore en tire-bouchon.

Dermot Dewagh adorait la jeunesse dans laquelle il puisait un élixir plus enivrant encore que sa réserve de whiskey irlandais. Ai-je dit qu'il était irlandais par sa mère, high-lander par son père? Il en tirait gloire et philosophie comme le montre une lettre à Georges que je citerai plus tard. A son contact, les étudiants se sentaient brillants, délivrés, possédés par la prodigalité de ce petit homme dont l'ennemi intime s'appelait Lord Byron : « Laissez-moi vous dire... » et le pauvre Byron était ridiculisé, déchiqueté en morceaux, sa poésie réduite aux lamentations d'un harpiste de café-concert, sa vie ridiculisée. Même Barry délaissait son air buté dans la pièce encombrée de livres où, les soirs d'hiver, les quatre disciples s'asseyaient en cercle autour d'un méchant poêle à gaz auquel Dermot brûlait une jambe de pantalon par semaine...

Ainsi fila une année sans beaucoup d'autres événements qui méritent d'être rapportés, sauf une nuit que je passai avec Horace McKay. Nous nous connaissions à peine, pourtant il vint à moi dans un pub et commanda une bière au comptoir à mon côté. Il avait déjà beaucoup bu et l'alcool, au lieu de le détruire, exaltait un rien sa parole. C'était, oui vraiment, un autre homme là devant moi, atteint de volubilité, scandant ses phrases du poing sur le comptoir. A propos de quoi me parla-t-il de l'Allemagne ? Je l'ai oublié. Ho savait tout de l'Allemagne et sa connaissance autant de la production que des armes nouvelles de la Wehrmacht me stupéfia. Il venait de lire *Mein Kampf* qu'il commentait avec passion. Cet ouvrage aussi pâteux qu'ennuyeux m'était tombé des mains. Je n'y avais vu qu'une idéologie lyrique de primaire et une confusion d'esprit qui prêtait au ricanement. A mon sens, il était impossible que dans le pays de la philosophie, dans l'Allemagne de Kant, pareil salmigondis pût être pris au sérieux. Pourtant Ho parla de *Mein Kampf* comme d'un livre clé et me fit, sur le moment, regretter ma lecture trop rapide et si vite laissée. En dehors de ce que tout le monde savait alors, je n'avais guère eu l'occasion de m'intéresser à l'Allemagne et j'écoutai Ho, fasciné par une érudition politique tout à fait inattendue chez lui. Plus tard, je sus qu'il ne s'était livré ainsi que parce qu'il me connaissait peu, que, devant ses amis, il ne dévoilait jamais cette étrange passion. Son esprit m'apparut comme une remarquable machine à enregistrer, lier, séparer et clarifier les données d'un problème. Chez ce garçon élevé de bric et de broc, en Chine, dans les villes d'eaux européennes où l'on joue en soignant son foie et ses reins, et puis en Arabie, on décelait une méthode, une mémoire prodigieuses. Un don sûrement, car, à part cela, il était à peu près complètement illettré et ne devait jamais rattraper le retard pris dans son enfance. Il y avait des trous singuliers dans son éducation, et il s'en moquait lui-même avec désinvolture. Une seule fois peut-être, il fut désarçonné et le montra. Il est possible que cela ait eu une importance capitale dans sa vie, comme le prétend Georges, motivant le secret revirement qui devait faire de lui, un jour, un autre homme à la triste célébrité. Ce fut lors de la nuit passée dans le pub avec moi. Quand ferma le pub où nous avions plus qu'abondamment bu, nous nous promenâmes dans les rues mortes de Cambridge. Le froid qui sévissait — c'était peu après le combat singulier de Georges et de Barry — semblait acérer encore la parole d'Ho. Il commença de diviser le monde au profit des superpeuples. Les Anglais dominent l'Eau, prétendait-il, ils sont le peuple de la mer, nés de l'écume et des vents. Ils ont conquis l'Eau qui est le premier des éléments, celui dont toute vie émane. Les Allemands ont la maîtrise de la Terre, c'est un peuple à profondes racines, capable de s'enterrer puis de resurgir comme la lave des volcans et de déferler sur l'Europe. L'Eau et la Terre se sont répartis le monde. L'Eau a pris la part du lion, mais il reste à apprivoiser l'Air. Avec les Messerschmidt 109 et 110 et les Spitfires, l'Eau et la Terre doivent s'approprier l'Air.

— Alors, dit Ho soudain planté sur le trottoir, les bras ouverts et tendus en un geste tragique, alors pour unir ces trois éléments il n'y a plus que le feu...

Je le savais bien — encore que cela fût tu devant nous étrangers — que la jeunesse anglaise, quand elle ne se satisfaisait pas de la grande médiocrité nationale, du parapluie et du col cassé de Neville Chamberlain, louchait vers l'Allemagne dont la résurrection économique et la flamme neuve sidéraient l'Europe. Comment aurait-elle, cette jeunesse, regardé vers la France qui traînait le pas, le ventre plein, et semait du papier gras le dimanche dans ses forêts et ses parcs? Bien sûr, il y avait aussi un petit clan communisant, mais il pouvait difficilement prétendre représenter l'avenir au moment où le stalinisme s'enfonçait plus avant dans l'obscurantisme et massacrait ses élites.

— Vous savez, dis-je, ce que Nietzsche a écrit des Anglais?
— Non.
— Vous savez au moins qui est Nietzsche?
— A peine.

— Et que l'Allemagne d'aujourd'hui se réclame de lui, bien qu'elle soit aussi éloignée que possible du véritable Nietzsche et de son rêve philosophique?

— A peine encore.

— Alors, venez dans ma chambre et je vous lirai ce qu'il a écrit des Anglais...

J'ai encore, trente ans après, cette vieille édition de *Par-delà le Bien et le Mal* avec, cochés d'un trait rouge, les paragraphes concernant les Anglais. Les voici, tels que je les lus à Ho effondré sur une chaise, écrasant ses cigarettes à peine allumées dans une vieille boîte de tabac.

« Non, certes, ils ne sont pas une race philosophique, ces Anglais. Bacon, c'est une attaque contre tout esprit philosophique; Hobbes, Hume et Locke sont, plus d'un siècle durant, un ravalement et un amoindrissement de l'idée même de " philosophie ". C'est contre Hume que se dressa Kant, et qu'il se haussa; c'est de Locke que Schelling put dire : " *Je méprise Locke* "; Hegel et Schopenhauer (sans parler de Goethe) furent d'accord pour prendre position contre le mécanisme à l'anglaise qui fait de l'univers une machine stupide — Hegel et Schopenhauer, ces deux hommes de génie, frères ennemis en philosophie, qui, attirés vers les pôles opposés de la pensée allemande, furent divisés et furent injustes l'un pour l'autre comme seuls des frères savent l'être. Ce qui manque aux Anglais et leur a toujours manqué, il le savait bien, ce rhéteur à demi comédien, ce brouillon dépourvu de goût que fut Carlyle, et ses grimaces convulsives n'eurent d'autre but que de masquer le défaut qu'il se connaissait, le manque de véritable puissance intellectuelle, de véritable profondeur d'intuition, le manque de philosophie. C'est un fait significatif chez une race si dépourvue de philosophie, que son attachement obstiné au christianisme : il lui faut cette discipline pour la moraliser et l'humaniser. L'Anglais, plus morne, plus sensuel, plus énergique et brutal que l'Allemand, est, pour cette raison, même s'il est le plus grossier des deux, plus pieux que l'Allemand; c'est qu'il a plus encore que lui besoin du christianisme. Pour un odorat un peu subtil, il y a jusque dans ce christianisme anglais un parfum éminemment anglais de spleen et d'excès alcooliques; c'est précisément là contre qu'il est destiné à servir, poison plus délicat contre un poison grossier, et c'est fort bien fait : pour des peuples très grossiers, une intoxication délicate est déjà un progrès, un pas dans la voie de l'esprit. La pesanteur et la rusticité sérieuse des Anglais trouvent, après tout, son déguisement, ou mieux son expression et sa traduction la plus supportable dans la gesticulation chrétienne, la prière et les psaumes, et peut-être, pour tout ce bétail d'ivrognes et de débauchés qui apprit jadis l'art des grognements moraux à la rude école du méthodisme, et qui l'apprend aujourd'hui à l'Armée du Salut, la crampe du repentir est-elle relativement le plus haut rendement d' " humanité " qu'on puisse en tirer : cela je l'accorde volontiers. Mais ce qui est intolérable, même chez l'Anglais le plus perfectionné, c'est son manque de musique, pour parler au figuré (et aussi au propre) : dans tous les mouvements de son âme et de son corps il n'a ni mesure ni danse, il n'a pas même un désir de mesure et de danse, ni de musique. Écoutez-le parler : regardez marcher les plus belles Anglaises : il n'existe pas au monde de plus jolis canards ni de plus beaux cygnes; — enfin, écoutez-les chanter? Mais j'en demande trop!...

« Il y a des vérités qui ne pénètrent nulle part mieux que dans les têtes médiocres, parce qu'elles sont faites à leur mesure; il y a des vérités qui n'ont d'attrait et de charme que pour les intelligences médiocres; cette proposition, peut-être déplaisante, est plus que jamais de mise aujourd'hui que la pensée d'Anglais estimables, mais médiocres — je veux dire Darwin, John Stuart Mill et Herbert Spencer —, commence à être souveraine maîtresse dans la région moyenne du goût européen. Pour dire vrai, qui songerait à contester que de temps à autre la prédominance d'esprits de ce genre ait son utilité? On se tromperait si l'on jugeait les esprits de race, les esprits qui prennent leur essor à l'écart, comme particulièrement aptes à établir, à colliger, à ramasser en formules la masse des petits faits ordinaires; ils sont, tout au contraire, en leur qualité d'exceptions, dans une

33

situation fort désavantageuse à l'égard des règles. Et puis, ils ont plus à faire que d'apprendre à connaître : leur tâche c'est d'*être* quelque chose de nouveau, de *signifier* quelque chose de nouveau, de représenter des *valeurs* nouvelles. L'abîme entre le savoir et la puissance agissante est peut-être plus large et plus vertigineux qu'on ne croit : l'homme d'action de grande envergure, le créateur pourrait fort bien être un ignorant tandis que, d'autre part, pour les découvertes scientifiques à la manière de Darwin, il n'est pas impossible qu'une certaine étroitesse, une certaine sécheresse et une patiente minutie, qu'en un mot quelque chose d'anglais soit une heureuse prédisposition. Il ne faut pas oublier qu'une fois déjà les Anglais, par le fait de leur profonde médiocrité, ont déterminé une dépression générale de l'esprit en Europe : ce qu'on appelle " les idées modernes " ou " les idées du XVIIIe siècle ", ou encore " les idées françaises ", tout ce contre quoi l'esprit allemand s'est levé avec un profond dégoût, tout cela est incontestablement d'origine anglaise. Les Français ne furent que les imitateurs et les acteurs de ces idées, comme ils en furent les meilleurs soldats et malheureusement aussi les premières et les plus complètes victimes : car à la maudite anglomanie des " idées modernes " l'*âme française* a fini par s'appauvrir et s'émacier au point qu'aujourd'hui ses XVIe et XVIIe siècles, son énergie profonde et ardente, la distinction raffinée de ses créations ne sont plus qu'un souvenir à peine croyable. Mais, contre la mode d'aujourd'hui et contre les apparences, il faut défendre cette position qui est de simple honnêteté historique et n'en pas démordre: tout ce que l'Europe a connu de *noblesse* — noblesse de la sensibilité, du goût, des mœurs, noblesse en tous sens élevés du mot —, tout cela est l'œuvre et la création propre de la France; et la vulgarité européenne, la médiocrité plébéienne des idées modernes est l'œuvre de l'Angleterre. »

Quand j'eus terminé, Ho resta un long moment prostré. Le sang s'était retiré de son visage et je crus qu'il allait vomir parce qu'il avait trop bu, mais il se redressa au bout d'un moment et sortit sans me dire au revoir.

Nous nous rencontrâmes encore plusieurs fois avant la fin de l'année universitaire. Ce ne fut que pour échanger des banalités. Georges Saval, à qui je racontai la scène, montra de la mauvaise humeur. Il n'aimait pas qu'on pénétrât dans son clan.

— Vous avez changé Horace! dit-il. De quel droit?

— Ce n'est pas moi, c'est Nietzsche.

— Il ne lit plus que Nietzsche, bombarde Dermot Dewagh de questions. Dewagh s'en fout. Il a lu Nietzsche qui ne lui a fait ni chaud ni froid. Si on le pousse dans ses retranchements, il rappelle que Nietzsche avait une moustache encombrante, se croyait compositeur et a fini par mourir fou en se prenant pour Nietzsche.

Après les examens de juin 1938, nous convînmes, Georges et moi, de regagner ensemble la France. Nous quittâmes nos chambres avec regret. Elles ouvraient leurs fenêtres gothiques sur une pelouse semée de crocus où déambulaient des étudiants d'un autre âge, douce attirance vers le passé alors que nous commencions de rêver l'un et l'autre à de nouvelles vies auxquelles diplômes et certificats n'ajouteraient rien. C'était bien quand même d'avoir vécu ici, goûtant à une morale différente de la nôtre, à un système qui avait dominé le monde, même si ces années semblaient en marquer la fin. Il ne nous resterait sans doute rien de leçons assez médiocres, mais les discours byzantins de Dermot Dewagh et de mon propre directeur d'études nous accompagneraient toute la vie. Pendant une année nous nous étions glissés dans la peau d'un autre peuple, sans le savoir d'ailleurs, sans y penser, parce que nous étions jeunes encore un an, encore quelques jours avant de nous retrouver avec du papier blanc, des voyages, des questions et d'immenses dégoûts comme aussi de violentes exaltations. Nous aurions dû être tristes de tourner cette page, mais la jeunesse ne sait jamais être triste quand il faut et nous ne pensions pas à ranger dans un livre de souvenirs les images de cette année de liberté : les jeunes filles en robes longues sur les pelouses dans l'aube grise après les bals des collèges; moi avec Sheila, lui avec Diana rose blonde aux yeux bleus, allongées dans les barges que nous poussons

35

à la perche jusqu'à Granchester où nous allons manger des brioches grillées, des tartes aux myrtilles et boire du thé; les soirées passées à chanter des rengaines : *Bring back my Bonnie*, *Last rose of summer*, dans les pubs; Cyril la nuit, grimpé dans le Vase de Warwick, à Senate House, récitant du Villon,

> Au retour de dure prison
> Où j'ai laissé presque la vie
> Si Fortune a sur moi envie
> Jugiez si elle fait mes prisons...

Horace McKay, à la Revue de la Semaine de Mai, révisant avec une coupante froideur le procès de Macbeth et l'acquittant; Barry dribblant comme un furieux sur le terrain du collège ou ramant à mort avec le huit de Trinity sur la Cam... Oui, nous aurions dû être tristes, mais, heureusement ou malheureusement, nous ne savions pas être tristes et nous regardions loin devant nous, comme les marins la mer immense fermée par un horizon mouvant.

La veille, Georges avait vendu ses livres et ses balles de tennis pour payer les verres d'adieu. Il lui restait une valise, une raquette et des gants de boxe qu'il ne remettrait plus et qui demeureraient longtemps comme un talisman dans son bric-à-brac avant que Daniel, son fils, les jetât dans la boîte à ordures. Traversant la pelouse pour la dernière fois, nous vîmes quelques garçons venir vers nous après une hésitation et dire des paroles banales comme pour excuser le serrement de mains du départ. Cyril Courtney fit quelques pas entre nous deux, absent, soudain énigmatique, comme cela lui arrivait souvent après des accès de diablerie. Je crois que Georges et lui s'aimaient bien, mais qu'un pressentiment les avait retenus au bord de la grande amitié, peut-être une sorte d'avarice comme si le destin de Cyril était écrit sur son front : « Économisons nos chagrins si vous le voulez bien et restons-en aux apparences, je vais bientôt mourir. » Horace McKay nous serra la main avec une vigueur inattendue et s'annonça pour très bientôt à Paris. Des jeunes filles en robes claires, jambes nues, un bandeau dans les cheveux, suçaient des brins d'herbe en regardant les garçons par en dessous. Elles me rappelaient la jolie réflexion d'Ernst Junger : « Éviter avant tout ces forteresses fallacieuses où les bastions extérieurs tombent dès le premier assaut tandis que la citadelle demeure invincible. » Georges avait demandé à Diana de ne pas venir. Un rapide baiser dans une rue déserte leur avait servi d'adieu et sa mince silhouette aux cheveux flous avait disparu pour toujours.

Le même taxi nous conduisit à la gare par un itinéraire qui permit de longer une dernière fois Trinity Lane aux absurdes cheminées funèbres, et de revoir, dans un éclatant soleil de juin, la ville de brique rose et de schiste blanc en son orgueilleuse gloire. J'aurais préféré la pluie et le vent pour derniers souvenirs, et l'odeur ravivée des parcs, et la brillance des tulipes. Sur le quai de la gare, Barry Roots faisait les cent pas. Il aurait été surprenant de ne pas le trouver là. Une voix intérieure l'annonçait à Georges qui s'était toujours retenu de le juger sévèrement. Barry ne pouvait pas le laisser partir ainsi sans étouffer sous les mots qui n'avaient pas été dits. Les cheminements obscurs de son caractère l'amenaient sur le quai de cette gare où il allait enfin pouvoir surmonter sa blessure d'amour-propre. Mais, encore une fois, Barry surprit Georges. Nous arrivions côte à côte, avec notre maigre bagage, et je compris sur-le-champ que Barry ne me verrait pas, qu'il ne *pourrait* pas me voir tant qu'il avait imaginé et, sans doute, répétée maintes fois dans sa tête se passait de tiers. Il planta son regard dans celui de Georges, un regard assez effrayant dont le magnétisme m'apparut soudain, et sa voix coupante laissa tomber, sous l'énorme moustache qui couvrait sa lèvre supérieure, ces quelques mots :

— Vous pourrez toujours compter sur moi.

Sans attendre de réponse, il pivota sur les talons et disparut par la sortie des voyageurs, les bras écartés du corps comme si le développement de ses dorsaux et du grand dentelé l'empêchait de serrer les coudes, tanguant sur ses jambes courtes aux fortes cuisses, démarche affectée pour qu'on ne doutât pas de sa force. Ainsi ne cédait-il pas d'un pouce sur ses prétentions et son attitude. Son caractère devait en rester là, *ad vitam aeternam*, et le plus étonnant, c'est que, par la suite, les événements montrèrent qu'il n'avait pas eu tort. Georges put toujours compter sur lui. Le combat dans le petit square au chien avait tissé entre eux des liens étranges qui ne se défirent même pas dans la folie et, mieux encore, l'existence s'ingénia à les rapprocher aux moments les plus inattendus pour les leur rappeler.

Plus tard, dans le train qui filait vers Londres, Georges dit :

— Ce type est fou, fou à lier. Pourtant, je ne sais pas pourquoi il me plaît, j'ai de l'amitié pour lui qui méprise ce mot. Au fond, je déteste cela, j'aurais aimé un peu de réciprocité. Cette supériorité affirmée me blesse. Dans le square, j'aurais dû l'achever, lui mettre la gueule en bouillie. Avec une seule main, c'était encore possible. Il m'aurait compris, il ne serait pas venu à la gare avec ses airs protecteurs.

Nous parlâmes plus pendant ce voyage de retour que nous ne l'avions fait au cours de l'année universitaire, comme si nous avions enfin réussi à surmonter nos défiances d'adolescents pour devenir des hommes. Il est vrai que l'Angleterre, après nous avoir libérés de notre morne psychologie de jeunes Français, nous jetait maintenant dans la vie. Georges avait quitté son clan dont il avait su si bien se faire une armure et nous nous sentions dépouillés d'un patriotisme de clocher. L'Angleterre nous était rentrée dans la peau. Nous ne la voyions plus. Même la publicité lancinante de Bovril était devenue invisible, inoffensive. Ce fut la France qui nous surprit, comme si elle avait changé, mélange de prosaïsme et de grâce, de lourdes richesses et de vétusté, de réclames apéritives. Aux arrêts de train, des voix familières nous parvenaient. Enfin, nous sûmes que nous étions bien revenus chez nous quand une famille en noir, partant pour un enterrement, s'installa dans notre compartiment, ouvrit aussitôt un panier et commença de manger. Je reconnus comme nôtre une certaine façon de couper le saucisson à l'ail sur le pouce écarté, un geste français. Le pain blanc, l'œuf dur et le sel dans un cornet de papier, le beurre, les sardines que l'on mange le buste en avant, genoux écartés, le vin rouge et les poires dont le jus coule dans les manchettes faisaient partie de notre folklore retrouvé : les odeurs, les tics de la France et sa peur de manquer.

A Paris, nous n'eûmes plus envie de nous quitter. Mes parents, la mère de Georges ne nous attendaient pas. Retarder de quelques heures le retour à nos habitudes, c'était encore se sentir légers. Et puis, Paris nous sembla une ville délicieusement exotique, colorée par l'été, bourrée de jolies filles aux jolies dents. On pouvait s'asseoir aux terrasses, boire et manger dans la rue, bousculé par la foule. Les garçons de café et les chauffeurs de taxi vous insultaient, les agents vous regardaient avec haine, mais il y avait du plaisir à être là, une sorte de liberté magnifique qui chantait partout, qui exaltait le cœur et les sens. Nous dînâmes derrière les buis d'un restaurant d'où l'on aperçoit la silhouette de Notre-Dame dans le coucher du soleil.

— Qu'allez-vous faire? demandai-je.

— J'entre au *Quotidien*. Le directeur est mon oncle. Depuis mon enfance il me persuade que je serai journaliste. J'ai fini par le croire. Sans doute n'en ai-je qu'une idée romantique et mièvre. Mais tout ce qu'on me propose à côté me paraît imbécile. J'écris comme un cochon, mais cela s'apprend, j'apprendrai. J'ai l'impression que ce sont les dernières années du népotisme. Profitons-en avant que la révolution balaie les vestiges du système féodal dont nous profitons, avant de le remplacer par un autre système féodal dont nous ne profiterons pas. Et vous?

— Moi? Depuis pas mal d'années, je me prends pour un écrivain. Tout ce que j'ai griffonné jusqu'ici ne vaut rien. Si je ne me surveillais pas, j'écrirais des sonnets à la manière d'Heredia. Mais je crois, comme vous, qu'écrire s'apprend. J'ai le temps. Mes parents m'envoient en Italie. Je passerai l'été à Florence chez des cousins. En octobre, j'amuserai la galerie en préparant un vague certificat. Puis peut-être un jour, ce que j'écrirai sera possible. Il faut gagner des années.

— Oh oui! Il est de plus en plus impossible de croire au génie. Ça ne se fait plus... Enfin, peut-être Cyril... au moins, dans sa vie! En restera-t-il pour une œuvre quelconque? Cyril est bien trop prodigue. Il me fait peur. Vous savez ce que le vieux Dermot Dewagh nous a demandé de jurer?

— Non. Et si c'est un secret, gardez-le pour vous.

— C'est un secret et vous l'entendrez. Dewagh quitte l'Université et se retire en Irlande. Il veut que son dernier carré continue de lui écrire. Il voit fondre sur le monde la catastrophe prédite par l'Apocalypse. La main tendue au-dessus du poêle à gaz éteint et ridicule comme un totem, nous avons juré de refuser des destins médiocres et de voler au secours les uns des autres quand il le faudra. Dewagh est persuadé que si quatre hommes sur deux milliards d'individus tiennent cette promesse, le monde leur appartient. J'ai juré, mais cela m'a paru puéril, le rêve d'un timide en chaussettes de soie qui n'a jamais quitté ses livres. La guerre qui va nous tomber dessus très bientôt ne laisse pas beaucoup de chances aux serments de ce genre.

Après le dîner, nous rôdâmes dans Paris. Il s'agissait d'oublier le petit vide que causait en nous l'absence de nos « filles amies ». Ce fut assez facile.

A peine arrivé à Florence, je reçus une lettre de Georges Saval, la première d'une correspondance qui s'étend maintenant sur trente années. Nous commençâmes d'échanger nos portraits réciproques, avec ces fines, imperceptibles retouches qu'une certaine complaisance à soi-même, heureusement, s'accorde.

Un après-midi du mois d'août, toujours à Florence, un grondement inhumain secoua ma sieste. Sous la fenêtre, dans la petite rue San Niccolò si étroite que deux voitures s'y croisent à peine, la Bentley rouge de Cyril Courtney était arrêtée, vide, le moteur en marche. Cyril et Ho étaient déjà dans l'immeuble, secouant le portier pour lui arracher le numéro de l'étage, tambourinant contre la porte de l'appartement où j'habitais seul pendant que mes cousins, fuyant la canicule, se baignaient dans l'eau écœurante de fadeur, à Marina di Pisa, les filles et la mère en pudiques maillots à jupes, le fils et le père en caleçons de laine et tricots de corps. C'était, je m'empresse de le dire, une famille des plus honorables, apparentée d'assez loin à mon père et cultivant les relations cousinales avec un soin dévot. Avec cela, Florentins jusqu'à l'os, riches et le cachant par vertu, aussi stricts que les hautes pièces sévères et froides de leur appartement de la rue San Niccolò où une rigoureuse ségrégation était imposée entre les deux sexes, ségrégation que je respectais d'autant plus facilement que mes trois jeunes cousines n'étaient pas des prix de beauté et ajoutaient à cela le désagrément d'une mauvaise odeur car le Padre Zotto leur interdisait de se laver les parties impudiques de leur corps de crainte qu'elles y trouvassent quelque plaisir. Je n'en aimais pas moins vivre avec cette famille qui montrait envers l'étranger que j'étais une affectueuse indulgence. On m'avait laissé la disposition de deux pièces de l'appartement, le reste ayant été clos, recouvert de housses et parfumé à la naphtaline. Aucun d'eux ne m'aurait cru capable d'y faire entrer le diable. Pourtant, c'est ce qui arriva quand j'ouvris à Cyril Courtney qui se rua à l'intérieur, les poches bourrées de jambon cru, deux énormes fiasques de chianti sous les bras. Horace McKay suivi, hâlé par le soleil, et me remit avec un rien de solennité une pastèque énorme :

— Nous espérons ne pas vous déranger, dit-il, c'est Georges qui nous a donné votre adresse.

— Nous ne dérangeons rien! hurla Cyril. La vie ne dérange rien quand elle entre avec du jambon et du chianti.

Cyril avait bu et il but encore toute la soirée, m'expliquant qu'il venait à Florence pour traduire la *Vita nuova* en anglais. Il fallait lui montrer tous les endroits où Dante était supposé avoir croisé Béatrice. Dans la rue, la Bentley continuait de rugir. Vers neuf heures du soir, elle se tut, à bout d'essence, et des enfants grimpèrent dedans pour actionner les avertisseurs qui maintinrent le quartier en alerte. Cyril n'en avait cure : il développait un de ses thèmes les plus chers : de la scatologie chez Swift. Nous avions débarrassé la salle à manger de ses housses, allumé des bougeoirs pour garder les volets fermés, et disposé, sur la haute table de chêne polie par les siècles, le papier gras du jambon, les verres de vin, les écorces de pastèque. Ce fut la fête, une retrouvaille lyrique à laquelle Cyril apporta son génie verbal, un feu d'artifice de première grandeur qui m'éblouit par sa beauté. Horace parlait peu, mangeait avec ses doigts, ricanait puis s'endormait cinq minutes, la tête dans ses bras pliés, ivre de chianti et de fatigue. A la nuit, nous décidâmes d'aller dîner à Pistoia et nous dûmes chasser les enfants qui jouaient dans la Bentley, pour la pousser jusqu'à une station-service, titubants et chantants, secoués de rire.

Au petit matin, je les ramenai rue San Niccolò et les couchai dans le même lit — je crois que ce n'était pas pour leur déplaire. Ce lit vénérable n'avait probablement pas connu pareille visite depuis la disparition, après la Renaissance, des très libres mœurs florentines. Au chevet, veillait un Christ de bois qui n'aurait probablement rien eu de très extraordinaire à raconter sur les amours de mon cousin et de son épouse. Au pied, veillait aussi un portrait du XVIIIe représentant une forte nonne, ancêtre glorieux de la famille, qui avait réformé un couvent. Ses yeux minuscules et bleu ardoise semblaient vrillés sur le lit.

Ho et Cyril passèrent quinze jours à Florence, buvant à en crever, roulant comme des démons dans la Bentley vite célèbre et poursuivie par toutes les voitures de sport qui tentaient de la forcer. On eût dit d'un dragon rouge traînant derrière soi un panache de poussière ocrée dans la Toscane si bien peignée et ratissée, avec ses nobles fleurs et ses oliviers frémissants. Cyril au volant, ses cheveux blonds fouettant son visage d'ange pervers, tirait villes ou villages de leur sieste, car il n'avait pas d'heure et croyait, en brûlant les signaux de prudence, brûler la chienne de vie sur laquelle s'amassaient les premières ombres de la guerre. Une nuit, la police les arrêta pour tapage nocturne sur le Lungarno, ce qui, dans un pays où la nuit est la plus bruyante du monde, montre à quel point ils dépassaient la mesure. Enchantés de cette invitation, Cyril et Ho commandèrent des fiasques de chianti pour le commissariat et burent toute la nuit avec les policiers en chantant *Giovinezza* et les marches fascistes. Au petit matin, on dut les pousser dehors. Ils ne voulaient plus quitter le poste et parlaient d'y faire venir un déjeuner de la trattoria voisine, des guitaristes et des chanteurs.

Leur plus bel exploit — dont ils me prévinrent, mais pour lequel, lâchement, je me défilai — fut le vol d'un tableau du musée des Offices, un portrait de jeune fille par le Bronzino. Cyril en eut envie un matin au petit déjeuner après deux bouteilles d'un affreux asti spumante. Ce portrait le fascinait depuis quelques jours. Il désirait le psychanalyser et n'y parvenait pas dans le tohu-bohu des Offices, distrait par la voix claironnante des guides qui commentaient les œuvres d'art pour des touristes souffrant des pieds. L'opération fut exécutée avec une maîtrise exceptionnelle et malgré une surveillance incessante. Dans la salle du Bronzino, ils avaient remarqué une fenêtre donnant sur le quai, à trois mètres à peine au-dessus de la rue. Ho fit le guet et Cyril déposa le tableau sur une corniche extérieure. L'alerte ayant été donnée, on les fouilla à la sortie. Cyril, plein de bonne volonté, commença même de baisser son pantalon devant un groupe de touristes. Il y eut des cris horrifiés et on le força à se rhabiller. Le soir, ils partirent rôder sur le quai, et, ne voyant personne, Ho fit la courte échelle à son ami qui attrapa le Bronzino. Ils l'apportèrent à la maison et nous l'installâmes sur la table de la salle à manger devant un dîner froid aux bougies. Dans cette lumière tremblante, le portrait s'anima : ses ombres épaissirent, les yeux rêveurs et mélancoliques s'enfoncèrent dans leurs orbites, un soupçon de duvet souligna la lèvre supérieure et le teint parut plus clair comme si le sang circulait de nouveau sous les pommettes cireuses. Sans doute possible, la jeune fille avait été un garçon. Cyril triompha. Il l'avait toujours dit ! Au comble de l'exaltation, il composa une ode dont je ne me souviens plus et qui, n'ayant été notée par aucun de nous, est perdue à jamais. Ho et Cyril ne voulaient plus se séparer du portrait. Ils le mirent au pied de leur lit quand ils se couchèrent. Pendant les trois ou quatre jours qui leur restaient à passer à Florence, ils le transportèrent partout avec eux, empaqueté dans un vieux journal noué par une ficelle. Le Bronzino se promena ainsi à Sienne, Arezzo, Lucca, Fiesole et Settignano où nous le laissâmes toute une nuit sur la banquette, exposé à des convoitises qui ne se manifestèrent pas. Bien entendu, les journaux ne parlaient que du vol et nous nous délections à lire leurs hypothèses. La police assurant que le tableau n'avait pas encore pu quitter Florence, des barrages étaient dressés aux différentes sorties de la ville. La Bentley rouge était déjà trop célèbre pour subir ces formalités et Cyril, dès qu'il apercevait les gendarmes, s'arrêtait pour leur dire qu'il était le voleur. On riait et nous allions plus loin boire jusqu'à ce que l'envie nous prît de regagner Florence et d'installer la fausse jeune fille sur la table entre les bougies qui lui prêtaient une sorte de vie troublante et vicieuse. Le grand problème, à la veille du départ, fut de s'en débarrasser. Cyril voulait le détruire :

— Brûlons-le! Il faut détruire sciemment. La guerre va ravager l'Europe, mais elle la ravagera sans plaisir, sans distinction, imbécilement. Pourquoi voulez-vous qu'un soldat inculte lacère ce Bronzino en l'accusant d'hypocrisie? Nous, au moins, nous savons ce que nous faisons.

Ho, plus calme, affirmait que ce serait une destruction symbolique et qu'il haïssait les symboles. J'étais partisan de l'abandonner dans la rue où un passant le rapporterait aux Offices.

— Et s'il ne le rapporte pas? disait Cyril. Si c'est un voleur? Je ne veux pas me faire le complice d'un vol.

Cela tournait au délire, mais nous en avions perdu conscience. Je n'ouvrais plus un livre d'italien, je n'allais plus aux cours de l'Université d'été, ternes d'ailleurs, seulement éclairés par les tignasses blondes des belles Scandinaves. Tout était dépassé, et certainement bien plus pour moi que pour eux qui ne parvenaient même plus à s'étonner. Cyril eut cependant une courte dépression un soir. Son beau visage de feu devint tout d'un coup morne, et il se tut. Nous le secouâmes jusqu'à ce qu'il eût avoué son désespoir de n'éprouver même plus une angoisse quand les barrages de carabiniers nous arrêtaient sur la route.

La recherche du plaisir était une course épuisante, et quand il n'y avait plus de plaisir, on rencontrait la mort. Ho eut du mal à réveiller une vitalité qui s'était si pesamment endormie. Il lui lut des poèmes et nous passâmes une nuit enivrante à nous gorger d'Eliot et de Pound, de Valéry et de Hölderlin. A l'aube, ils décidèrent de partir, laissant le tableau rue San Niccolò à charge pour moi de m'en débarrasser, ce que je fis le lendemain à la porte d'une église où il fut sans doute ramassé par les éboueurs car plus personne n'en entendit parler. Au milieu de toute cette folie, Cyril avait commencé sa traduction de Dante qu'il écrivait au dos de paquets de cigarettes, sur des additions ou des nappes en papier tachées de graisse, et même, un jour, sur du papier hygiénique rose volé dans un grand hôtel. Ho classait ce qu'il pouvait sauver et le rangeait dans une serviette en maroquin rouge fermant avec une clé en or. La serviette l'accompagnait partout et il l'oubliait aussi partout, ce qui nous obligeait à revenir en trombe dans les bars et les trattorie déjà fermés d'où l'on nous avait vus partir avec assez de soulagement pour considérer notre bruyant retour comme un désastre. C'est cette traduction qui parut peu après la guerre, grâce aux soins d'Ho, dans la revue *Horizon* à Londres et fit découvrir le nom et l'œuvre du poète fauché en pleine jeunesse.

Une seule fois, lors de ce séjour, Ho me reparla de son ambitieuse alliance des éléments. Il la compléta d'une façon assez inattendue alors que de la terrasse de San Miniato nous regardions le soir bleu et rouge tomber sur Florence dont les églises appelaient à vêpres.

— Aux Anglais, dit-il sur un ton emphatique qui s'adressait plus au monde entier qu'à moi, aux Anglais, je conserve l'Empire de l'Eau. Aux Allemands, s'ils s'en montrent dignes, je laisse la Terre puisque n'importe quel imbécile peut y prendre racine. La Terre ne représente pas un cinquième de la planète. Une misère! Mais il y a un Empire bien plus important, c'est l'Empire de la Parole. Il appartient aux Italiens. Que l'Angleterre ouvre les yeux, et, avec les Italiens, elle sera invincible. La Parole est la clé de toutes les mystifications. Sans mystifications, pas d'imbéciles, et il nous faut des imbéciles, des millions, des milliards d'imbéciles...

— Et aux Français que leur restera-t-il?

— L'empire du Doute. Un Empire empoisonné.

— Et l'Empire de mon cul, à qui est-il? demanda Cyril.

Le jour de leur départ, je les accompagnai jusqu'à la Porta Rossá. Ils s'étaient habillés comme des jumeaux : pantalons bleu ciel, chemises roses et serre-tête blancs, la tenue des nouveaux fils de rois qu'ils étaient. Mais qu'eût dit Gobineau de leur joyeux saccage de tout? Pare-brise baissé, dans le tonnerre de ses huit cylindres, la Bentley rouge s'élança sur la route de Bologne, laissant derrière elle l'odeur âcre et grisante de l'huile de ricin.

Je ne devais plus jamais revoir Cyril Courtney. Il avait conduit sa vie comme sa voiture, avec la certitude de mourir bientôt. Certitude intérieure, profonde et allègre. Si la mort lui avait joué le mauvais tour de l'épargner, il se serait caché de honte. Après vingt-cinq ans, le ridicule a tôt fait de guetter les jeunes génies. Horace McKay devait disparaître pour moi pendant une quinzaine d'années avant que je le retrouve à Florence même, un après-midi où il pleuvait sur les parapluies d'un groupe d'officiels et de curieux rassemblés pour l'inauguration d'une stèle à la mémoire de Cyril Courtney, poète et traducteur du Dante. A cause d'un article ancien où j'avais évoqué sa fulgurante venue à Florence en 1938, on m'avait convié à dire quelques motss ur Cyril. L'ennui, ruminé pendant le début de la cérémonie, m'avait décidé : je raconterai l'histoire du Bronzino volé, rien que pour voir la tête des officiels et des universitaires présents. A peine étais-je monté sur l'estrade que j'aperçus, au premier rang, Ho, les mains dans les poches d'un imperméable, le visage lavé par la pluie. Il me regardait fixement et il y eut pendant quelques secondes, entre nous deux, un dialogue muet, intense, comme une supplication de la part d'Ho au nom de Cyril mort, la bouche ouverte dans une flaque de mazout sur une plage française. On toussa et je détachai mon regard de celui d'Ho pour proférer quelques-unes de ces pompeuses banalités avec lesquelles on enterre le génie. Horace disparut aussitôt après mon allocution, mais je le retrouvai le soir, buvant un café chez Giuberossé, toujours sanglé dans son imperméable. Il s'appelait alors Thomas Sandy-Pipe pour une raison que je raconterai plus loin.

Dans le souvenir de Georges Saval, les deux images demeurent confondues ou plutôt superposées sans qu'il puisse déterminer à laquelle appartient tel ou tel détail, à plus de vingt ans — bientôt trente — d'intervalle. Ce dont il est certain, c'est des joueurs de tennis. Ils étaient là en juin 1938 lors de notre départ, ils étaient encore là en juin 1940, lors de son retour. Sans doute n'étaient-ce pas les mêmes joueurs, mais ils arboraient les mêmes tenues blanches sur les courts de gazon, et ceux qui attendaient avaient passé sur leurs chemisettes blanches des blazers bicolores. Le club était installé en contrebas de la falaise longée par les bateaux sortant du port de Douvres ou y entrant. Georges ne voit qu'une différence : lors du tragique retour, une des parties s'arrêta et deux couples s'accrochèrent aux grilles pour contempler l'arrivée d'un torpilleur meurtri, ses superstructures criblées de balles et d'éclats d'obus. Le torpilleur arrivait de Dunkerque et Georges, couché sur le pont, un sac sous la tête, fumait cigarette sur cigarette pendant que la douleur cheminait par saccades dans sa jambe. Il luttait pour s'habituer à la douleur et refuser la pensée atroce que, dans quelques instants, on allait le charcuter, peut-être lui couper ce pied en feu, ce genou disloqué. Un jeune officier anglais se tenait à son côté, assis sur une bouée de sauvetage ensanglantée. Il avait gardé sur la tête son plat à barbe bosselé et enrobé de feuillage. Du mazout maculait son uniforme

49

déchiré. Quand il aperçut les joueurs de tennis collés au grillage de leurs courts, il dit à voix basse :

— Les bâtards!

Le ciel était vide, incroyablement vide, sans avions, sans les flocons noirs de la D. C. A. Ils entraient dans un bel après-midi anglais, d'une calme mélancolie, si tiède que les dames d'un comité d'accueil les guettaient sur le quai en se rafraîchissant avec des éventails en papier offerts par une marque de citronnade. Des taxis attendaient les rescapés comme les touristes d'un week-end, prêts à les conduire sur une plage où ils retrouveraient des jeunes filles aux corps couverts d'un fin duvet blond, allongées sur les galets, des ménestrels en costumes de pierrots, le visage barbouillé de crème noire, chantant, accompagnés au banjo :

> *Diana*
> *If there is anyone finer*
> *In the state of Carolina*
> *Show her, show her to me*

ou peut-être un vieux charleston :

> *Yes, sir*
> *That's my baby now...*

et même cet air que Diana, la Diana de Cambridge, perdue, envolée, mariée à un géomètre, fredonnait sans cesse :

> *Smoke gets in your eyes...*

Ils allaient toucher à tout cela et, sans la flamme qui lui dévorait la jambe, Georges y aurait participé. Mais la flamme était là et le tirait en arrière, pas très loin, à deux heures de Douvres, sur une plage française où Cyril Courtney était resté, la tête renversée en arrière, la bouche pleine de mazout et de sable. Georges aurait aussi dû y rester si Barry Roots ne l'avait pris sur son dos et transporté dans une barge, puis de la barge sur un torpilleur britannique où il l'avait imposé, le revolver à la main, au mépris des règlements qui exigeaient ne ségrégation rigoureuse entre Français et Anglais sur la plage de Dunkerque transformée en un immense pardon des armées alliées. Ainsi donc, Barry avait eu raison sur le quai de la gare : « Vous pourrez toujours compter sur moi », et le fait qu'il eût découvert Georges sur une plage où 50 000 soldats en déroute attendaient le salut de leurs flottes n'était pas le moins réconfortant. Il n'y avait pas à se demander pourquoi ni comment. C'était écrit. Barry avait prévu que le destin jouerait pour eux sans rancune, bien qu'ils eussent essayé de lui faire un enfant dans le dos. Pendant quelques instants, malgré la douleur lancinante, un grand bien-être envahit Georges. La volonté abandonnée, la faiblesse, la fièvre, la paix et le silence retrouvés, c'était le retour à l'enfance, l'heure où elle resurgit avec son naïf aveuglement et son monde bien étroit. Il ressentit une terrible envie de serrer la main de Barry assis à son côté, de toucher un homme solide, entier, qui n'abdiquait rien et qui, depuis la plage où ils avaient barboté dans le sang, les débris humains, les déjections et le mazout, avait pris sa vie en charge. Mais la main de Barry se retira. Ils étaient à quai. Les rescapés descendaient en désordre, quelques-uns, très rares, avec une arme, d'autres avec des musettes, des théières, les derniers à demi nus, puis des brancardiers montèrent à bord et commencèrent à débarquer les blessés devant une foule de curieux en demi-cercle. Un jeune médecin, une blouse sur son uniforme, soulevait les couvertures ou les bâches qui plus qu'à les protéger servaient à masquer les blessures mal pansées de gaze ensanglantée. Le nez frémissant pour humer les débuts de gangrène, la bouche dessinant une moue distinguée, il rabattait la couverture et dictait à l'infirmière une fiche que l'on épinglait sur les vareuses. Quand il arriva à Georges, l'uniforme lui tira une exclamation. Un Allemand botté, casqué, armé de pied en cap, ne l'aurait pas plus étonné.

— Vous êtes un étranger! dit-il.

— Non, je suis un soldat allié.

Le médecin appela un officier couperosé, affligé d'un hoquet incoercible, et tous deux se mirent à discuter comme si le blessé n'existait pas. Les hôpitaux, les cliniques regorgeaient de monde. Il fallait diriger le Français sur un navire de son pays qui regagnait La Rochelle incessamment. Mais où était ce bateau? A Folkestone peut-être, ou à Newhaven. En tout cas, il n'était certainement plus à Southampton ni dans l'embouchure de la Tamise, les Allemands ayant bombardé Southend et lâché des mines magnétiques dans l'estuaire. Georges dit en anglais :

— Ça ne vous ferait rien de vous expliquer en chinois, c'est une langue que je n'entends pas.

Le médecin manifesta un nouvel étonnement un peu affecté et une ombre de mauvaise humeur passa sur son visage. L'officier étouffa un hoquet plus violent que les autres et bomba le torse.

— Nous avons des ordres. Les Français sont rassemblés dans des camps et renvoyés vers leur pays. La guerre n'est pas finie.

— Pour vous non. On dirait même qu'elle n'est pas commencée. Mais pour nous elle est finie.

— Ce sont les ordres.

Incapable de tourner la tête, Georges chercha Barry du regard. Barry avait disparu. Il fallait lutter seul avec cette flamme qui continuait de lui lécher la jambe.

— Si vous ne me soignez pas tout de suite je perds ma jambe. Êtes-vous médecin oui ou merde?

Le jeune homme rougit intensément et ses stupides yeux bleus papillotèrent. Georges ne déplaçait-il pas la question? D'abord, comment était-il monté à bord d'un torpilleur britannique? Les Français étaient vraiment trop débrouillards. Un voile passa sur les yeux du blessé qui souffrit soudain l'enfer. La soif le dévorait lorsqu'une femme entre deux âges, coiffée d'un tricorne de paille jaune et habillée d'organdi vert pomme, se pencha sur lui avec une tasse d'un thé laiteux qu'il repoussa. Elle affichait ce sourire puéril que la bonté inspire aux dames d'œuvres, découvrant le caoutchouc rougeâtre d'un dentier mal ajusté. Il lui dit en anglais qu'il préférait un fond de whisky. Sans perdre son sourire philanthropique, elle se tourna vers l'officier et le médecin :

— C'est un Allemand?

— Non, dit le médecin. Un Français.

— Ah bon! Que demande-t-il?

— Du whisky.

— Oh, mais ce serait très mauvais pour lui. Buvez, mon ami, buvez ce thé.

Et n'ayant pas encore compris qu'il parlait anglais, elle mima l'action de boire une tasse de thé, riant de plaisir. Georges lui dit qu'elle pouvait se la carrer dans le cul. L'expression n'était pas inconnue à cette dame. Ses lèvres se crispèrent sur le dentier branlant et elle se redressa, image de la charité offensée par un rustre.

— Votre grossièreté est inqualifiable! dit le médecin.

— Puisque apparemment cette dame ne veut pas suivre mon conseil, dites-lui de s'en aller.

L'organdi vert pomme disparut de son champ visuel, puis Georges sentit qu'on empoignait le brancard et entendit encore la voix du médecin : « Mais c'est un Français! » et la voix de Barry : « Foutez-moi la paix! » Il ferma les yeux. Barry était là. Une demi-heure après on opérait Georges. Deux mois plus tard, marchant avec une canne, il entrait dans le bureau de Hay Street où il devait travailler trois ans avec Barry sans que fût échangé entre eux un mot amical ou manifesté le sentiment le plus banal. L'uniforme avait fait de Barry un autre homme à peine reconnaissable, les habits civils rendirent le Barry de Cambridge, mais marqué, creusé, avec un début de calvitie et, dans la voix, une autorité qui subjuguait instantanément. C'est vers cette époque-là que son cou commença de grossir, rapprochant la grosse tête ronde des épaules jusqu'à n'être bientôt plus qu'une masse taillée à coups de hache.

Au début de septembre, l'Angleterre était enfin entrée en guerre. Déboutonnant son corset, elle affrontait le désastre, prête à supporter seule le poids du combat. Personne ne doutait qu'envahie, elle se fût battue jusqu'au dernier homme, au dernier enfant, abandonnant une île déserte et ravagée aux mains de l'ennemi. Héroïque sans forfanterie, prête à toutes les ruses, elle acceptait la guerre totale, si totale qu'aucun scrupule ne l'arrêterait. Les vieilles structures craquaient et une autre Angleterre renaissait de ses cendres accumulées par les bombardements. Georges l'apprit en travaillant avec Barry après une hésitation rapidement vaincue. A l'hôpital, les recruteurs de la France libre étaient venus préparer son intégration dans la vie normale. Il n'était pas question de reprendre l'uniforme sur-le-champ. Il lui fallait une bonne année de rééducation avant de marcher sans canne, mais il pouvait, en attendant, trouver sa place dans quelque service du Carlton. Il s'en était déjà convaincu lorsqu'il rencontra le regard aigu, vrillé de Barry. La pièce était sinistre. On n'avait pas pris le temps de remplacer l'affreux papier à rayures des murs. Gondolé, craquelé, il laissait voir le platras pourri dans lequel restaient encore quelques clous rouillés marquant l'emplacement des chromos disparus. Des dossiers s'entassaient dans la cuvette jaunie d'un lavabo. Un énorme coffre-fort occupait un angle de la pièce et le bureau de Barry était une table de cuisine peinte en noir derrière laquelle il se tenait, coudes écartés, massif, solide, imperméable à la tristesse de ce décor de boxon.

— Voulez-vous continuer la guerre contre l'Allemagne? demanda-t-il après avoir écouté avec attention.

— Oui.

— Alors ne faites pas ça!

— Pourquoi?

— Les gaullistes ne font pas la guerre à l'Allemagne, ils font la guerre à Vichy, à leurs compatriotes.

— On le dit, mais ce sont les débuts. Une question de mise au point.

— Croyez-moi, leur objectif n'est pas le nôtre. Ils préparent des gouvernements, pas la victoire dont ils nous laissent le soin comme si ce n'était qu'une question malpropre, une question de cuisine. Ce sont des politiciens. En entrant dans leur bande, vous prêtez un serment qu'un jour vous serez amené à ne pas tenir.

54

— Je ne peux rien faire d'autre. Les accords Churchill-de Gaulle m'interdisent un engagement dans l'armée anglaise.

— Dans l'armée oui, mais il y a d'autres services. Voyez, moi : j'ai quitté l'armée. Je suis un civil.

Qui aurait été dupe? L'immeuble de Hay Street — trois étages sinistres dans un quartier que les bombes épargnaient encore — offrait les apparences d'une annexe ministérielle anodine, mais pour y pénétrer comme pour en sortir, il fallait subir une série de formalités exaspérantes. Certes, on ne voyait pas un uniforme et les femmes y semblaient plus nombreuses que les hommes, cependant l'allure raide des bureaucrates, le respect des plantons trahissaient le caractère de cette organisation camouflée. Ce qui décida Georges fut un geste presque théâtral de Barry le prenant par le bras et le conduisant le long d'un couloir, droit à une porte qu'il ouvrit sans frapper. C'était aussi une chambre désaffectée, mais dans le lavabo quelqu'un avait mis des fleurs, une brassée de chrysanthèmes jaunes. Un homme occupé à fouiller dans un classeur se retourna et il reconnut Horace McKay, inchangé, net, élégant, fleurant bon. A une patère étaient accrochés un chapeau Eden et un parapluie.

— C'est bien agréable de savoir que vous allez travailler avec nous, dit Ho.

— Je n'ai encore rien décidé.

— Quelqu'un a décidé pour vous.

Ho sourit avec un rien de condescendance à l'adresse du Français. Barry hocha la tête.

— Vous acceptez, n'est-ce pas?

— Oui.

Un « oui » aisé à dire et une vie nouvelle s'ouvrit. Comment fut-il si facile à convaincre? A distance, après tant d'années, il paraît évident qu'il devait se joindre à eux, pourtant dans l'atmosphère d'alors, dans la surexcitation générale et la foire à la surenchère que causait, chez les Français de Londres, le gaullisme naissant, c'est assez inexplicable. Mais chez ces Français, il ne connaissait personne, tandis qu'à Hay Street Georges retrouvait deux condisciples qui l'attiraient par leurs caractères contradictoires, en apparence opposés, en réalité parfaitement complémentaires. La conviction d'airain qui habitait Barry, bousculait tout, écrasait les âmes hésitantes. Longtemps, rien ne résista à cet homme, enfin rien de ce qui importait, jusqu'au jour où un grain de sable fatal grippa cette mécanique parfaite au service d'une idée qu'il s'était peu à peu appropriée. La foudre tomba sur lui et, par les lézardes ouvertes sur l'univers qu'il s'était créé, il aperçut — peut-être, rien n'est moins certain — les hommes auxquels il n'avait jamais jusqu'alors donné que des numéros ou des pseudonymes tirés des dessins animés de Walt Disney. Barry resta persuadé qu'il n'avait pas délibérément négligé le facteur humain de l'agent qui le trahit. En réalité, il ne l'avait même pas soupçonné, tenant pour inexistant un idéal de pureté mythique chez un homme dont il avait aussi surestimé la puissance de duplicité.

Georges entra donc à Hay Street après quelques formalités écourtées. On lui donna un bureau commun avec Horace et un travail compartimenté qui ne lui déplut pas. Il assista à l'ascension de celui qu'il hésite toujours à appeler son ami puisqu'il le fut sans l'être, comme si, de toute son âme, Barry répugnait à ces misérables attachements. On peignit leurs murs, on supprima les lavabos, Ho fit don d'un vase dans lequel il y eut toujours des fleurs à côté d'une photographie de Cyril Courtney. On les dota de bureaux métalliques aux tiroirs inviolables, de jeux compliqués de téléphone et de tout un laboratoire, mais le confort n'avait guère de sens pour les hommes qu'ils devinrent. Passé le seuil de l'immeuble qui fut bientôt le seul debout de ce quartier pilonné, ils perdirent la notion du temps et jusqu'à leurs goûts et dégoûts personnels. Hommes abstraits, ils nageaient dans une mer de détails infimes où la moindre erreur coûtait des vies humaines, ruinait des mois et des mois de travail. Pendant des années, Georges prit l'habitude de signer notes et rapports d'un chiffre suivi de deux lettres, et il fut ce chiffre et ces deux lettres, un sigle désincarné; Ho, deux chiffres et une lettre. Il apprit à connaître de son vis-à-vis ce que ce dernier voulut bien laisser savoir de lui-même. Ho avait dépouillé l'étudiant de Cambridge à la glaciale ironie et le fils de roi entrevu par moi à Florence pendant deux semaines délirantes. La mort de Cyril semblait l'avoir pétrifié. Un masque s'était plaqué sur son visage, masque que dérangeait un dernier tic, une façon de tirer sur les coins de sa bouche quand il devait écouter une trop longue conversation. En fait, Georges s'avouait qu'Horace était devenu ennuyeux et probablement ennuyeux à force de volonté comme pour rester, de propos délibéré, en retrait d'un monde qui l'avait blessé. Pourtant, l'homme était toujours là, sous l'enveloppe raidie du fonctionnaire et, par une faille soudain ouverte, on apercevait un être étrange, d'une complexité extrême, taraudé par de secrètes pensées, un homme qui corrigeait déjà son passé à coups de pouce flatteurs et se préparait un avenir invulnérable au moment même où des millions d'hommes désespéraient d'en avoir jamais un. Georges le sut une nuit où ils avaient travaillé tard et, au lieu de regagner leurs chambres, s'étaient dirigés d'un commun accord vers un club fréquenté par quelques anciens de Cambridge, pour la plupart fonctionnaires des Affaires étrangères. On y buvait dans une cave où étaient rassemblés des fauteuils et des tables rescapés du bombardement qui avait détruit le luxueux appartement occupé autrefois par le club. Fatigue et alcool aidant, ils restèrent là jusqu'à une heure avancée, jouant leurs verres au 421, lorsque Horace, jetant les dés, dit soudain :

— Barry prend trop de risques. Il compte sur son ascendant — qui est réel et profond — pour dominer les hommes. Un jour il se trompera et nous culbuterons.

— Il n'est pas le patron.

— Non, mais le patron est inexistant. Un homme de pensée, pas un homme d'action. La moitié de ce qu'il faudrait à notre service. Barry l'a subjugué. Sir Charles ne lèverait pas le petit doigt sans l'accord de son subordonné. Un jour, il sera remercié, Barry le remplacera. La roche Tarpéienne est près du Capitole. Une signature supérieure ne le couvrira plus. A la moindre faute de vous ou de moi, ou de n'importe qui, il sautera, sans ménagement, parce qu'il est un bâtard avec un nom de paysan, Roots!

— Ne faisons pas de fautes!

— Autant que possible oui. Mais vous oubliez le passé. On traîne des boulets. L'enquête qui a précédé votre engagement est dérisoire pour un étranger. Vous pourriez très bien être un agent allemand préparé de longue date par l'Abwehr. Il y en a, et moi je ne suis pas blanc comme neige...

Le club allait fermer. En cas d'alerte, ils pourraient coucher au moins dans les fauteuils et cela arrivait à ceux qui avaient trop bu ou que l'idée de plonger dans la nuit noire des rues désespérait. C'était aussi une façon de se retrouver entre hommes et de surmonter l'insomnie ou la solitude.

— Non, pas blanc du tout! reprit Horace sans que Georges eût dit un mot. A la sortie de Cambridge, je me suis inscrit au parti néo-fasciste. J'ai porté la chemise noire et le baudrier de cuir incrusté de tête de mort. Il y a trois ans, juste après Munich, quand nous sommes revenus d'Italie, Cyril et moi, j'ai organisé une rencontre entre jeunes patrons anglais et allemands et nous avons offert un banquet de cent couverts dans un grand hôtel sous les drapeaux britanniques et allemands marqués de la svastika. Jusqu'à la déclaration de guerre, j'ai affiché dans tous les endroits où cela pouvait déplaire un insigne à la boutonnière, un aigle enserrant dans ses griffes la croix gammée.

— Barry le sait?

— Plus ou moins. D'autres le savent, mais il m'a couvert. Un jour, il peut trébucher sur moi comme sur vous.

— Ce qui importe, ce n'est pas le passé, c'est le présent. La guerre change un homme.

— Je garde des sympathies pour les Allemands!

— Moi aussi, dit Georges. Pour ne rien vous cacher, et bien que je ne les connaisse pas, que j'ignore leur littérature et que leur philosophie m'agace souvent. Mais ils sont un grand peuple traumatisé par un démiurge. Il faut les guérir et faire l'Europe avec eux au lieu de les mettre continuellement en pénitence. Cela dit, la guerre n'accepte pas les scrupules et les vues d'avenir. Je crois qu'il vaut mieux que nous la gagnions.

— Il aurait été sans doute plus intelligent de faire cette guerre avec eux que contre eux.

— Nietzsche ne vous a pas guéri de vos rêves?

— Vous connaissez quelqu'un qui ait guéri de ses rêves? Non. Bon alors... Ce que je vois, c'est que maintenant, après avoir vaincu les Allemands, il nous faudra gagner une autre guerre contre le communisme. Nous n'en sortirons pas. La paix est morte jusqu'à la fin du siècle. J'aurais voulu vivre.

— Nous vivons!

— Mal.

Horace n'en dit pas plus et ils se quittèrent à un croisement de rues. Il n'y eut plus jamais d'allusions à ces choses auxquelles Georges pensa souvent par la suite. Horace n'était pas homme à s'abandonner aux confidences. Tout devenait de plus en plus calculé dans ses gestes et sa parole, et on ne pouvait douter qu'il avait parlé avec intention. Pourquoi? Pour prévenir des racontars ou, sur ordre, pour sonder le Français? Le renseignement est l'enfer de l'incertitude et de la ruse, un poison qu'on croit distiller aux autres mais qui vous infecte aussi, qui poisse les mains et le cœur, qui détruit la beauté et la majesté du verbe. La qualité de ce qu'on donne se mesure au mot près. Tous les efforts des collaborateurs de Hay Street tendaient à ne pas dépasser le mot de trop et à recevoir, en échange, le maximum. Georges fut bouleversé de la curieuse confidence d'Horace. Elle le poursuivit longtemps au moment où il aurait eu le plus besoin d'amitié, au moment où il ressentait lui-même mieux que de l'estime pour Horace dont l'intelligence, la sûreté dans l'exécution étaient un sujet de continuel émerveillement. Ils n'en continuèrent pas moins de lutter trois années de suite à Hay Street pour la cause commune. Ce sont là trois années austères de la vie de Georges Saval. Il ne m'appartient pas de dire à quelles activités ces hommes se livraient. Elles entraient dans le domaine de la guerre la plus impitoyable et ce n'est pas le livre romanesque de Terence Holywell, plein d'erreurs

59

matérielles et de rocambolesques aventures, qui épuisera le sujet. Petits fonctionnaires, ils triaient le renseignement et reconstituaient comme un puzzle les pays occupés, d'après ce qu'ils avaient sous la main. Georges se revoit encore décrivant par le menu un village de Bretagne d'après les informations de deux évadés de France. Cela ressemblait, vingt-cinq ans à l'avance, aux laborieuses rédactions du nouveau roman: « La première maison à droite en entrant par la route de Paimpol a deux volets verts au rez-de-chaussée et deux volets gris au premier étage. C'est la maison du vétérinaire, un homme de cinquante ans qui boite de la jambe gauche. Il est inscrit à la S. F. I. O. Il a un épagneul qui ne répond pas au nom de Tendron. Il n'a plus quitté le village depuis la guerre. La seconde maison, en crépi gris avec des volets verts au rez-de-chaussée et au premier étage, est occupée par deux vieilles filles: Adélaïde et Justine La Verrière. L'une cuisine, l'autre soigne le jardin rempli de plantes tropicales rapportées de ses voyages par leur frère, le capitaine au long cours Yves La Verrière. La troisième maison est celle du médecin... » L'homme que l'avion déposerait près du village, une nuit sans lune, connaîtrait cela par cœur et se dirigerait dans ce pays inconnu comme s'il y avait toujours vécu...

Mais je reviendrai sur tout cela pour l'histoire du grain de sable qui, soudain, bloqua la machine bien huilée de Barry Roots et la fit sauter. Ayant montré les premières pages de cette histoire à Georges Saval, j'ai reçu de lui cette longue lettre suivie de la copie d'une lettre plus courte de Dermot Dewagh. Je les reproduis sans y changer un mot:

Si vous écrivez : « trois années austères », j'ai l'impression que vous effacez le sourire de Joan, ses lèvres pâles et la voix enrouée qui me la fit aimer. Nous nous échappions pour les week-ends, prenant le train du Hampshire. A Calgate, un tilbury nous attendait, conduit par une extraordinaire vieille, ancienne écuyère de cirque qui fumait la pipe. Elle prétendait avoir été la maîtresse d'Édouard VII au début du siècle, ce qui n'aurait pas été une performance extraordinaire si elle n'y avait ajouté Léopold II de Belgique. Les deux s'étaient succédé dans son lit, à Paris, un même après-midi et Miss Rose Huntington, en le racontant, demandait chaque fois dans son français charmant nourri d'un argot démodé : « En connaissez-vous beaucoup d'autres qui aient attelé à deux rois un même jour? » Ce passé galant autorisait Rose à nous donner — foin d'hypocrisie — une chambre unique dans son auberge de la New Forest perdue parmi les bois où galopaient des poneys sauvages. Il me suffit de soulever encore en pensée la fenêtre à guillotine pour revoir au petit matin la clairière qui exhalait une brume argentée, le ciel blanc au-dessus des arbres et, broutant l'herbe éclatante de rosée, les poneys aux longs poils humides, brillants comme de la soie. Le souffle retenu, je restais immobile, buvant l'air froid jusqu'à ce qu'un des poneys m'aperçût et se mît à hennir. Alors le troupeau redressait la tête dans ma direction et, après un court frémissement de l'échine, trottait vers la lisière de la forêt où il s'arrêtait encore quelques secondes avant de disparaître.

— J'ai froid! disait Joan.

Je baissais la fenêtre et gagnais, glacé, le lit où reposait mon amie, nue et tiède, la nuque à plat sur le matelas, les yeux grands ouverts.

— Vous allez attraper la mort! répétait-elle chaque fois.

— Joan, ce sont les premiers poneys sauvages que je vois et peut-être les derniers. Nous allons vers un monde où il y aura de moins en moins de poneys sauvages.

— Ce n'est pas une raison pour attraper la mort.

Ce fut elle qui l'attrapa ou plutôt la mort qui l'attrapa et la pulvérisa dans la grosse Rambler vert olive qu'elle conduisait à Londres pour un quelconque état-major. La bombe éclata sur le toit de la voiture et il ne resta de Joan qu'un bouton d'uniforme perdu dans ma chambre le matin même et sauvé pour une raison qui ne m'apparut qu'avec la nouvelle de la disparition de mon amie. Elle étendait toujours son uniforme sur l'unique fauteuil de ma chambre à Londres où elle venait dormir les nuits d'absence de ma terrible logeuse. Quand l'éclatement des bombes me réveillait et que j'apercevais l'uniforme, une sensation étrange s'emparait de moi : je couchais avec un soldat, un soldat en uniforme aux boutons et au ceinturon bien astiqués. Il faut dire que j'en avais la permission. A Hay Street, nous nous appartenions si peu que l'acte sexuel devait être confessé, de préférence lors de sa préméditation, sinon tout de suite après, ce qui laissait une maigre marge de liberté aux entraînements de la chair. Une enquête soignée autorisait ou non les rapports intimes. En me donnant à contrecœur le blanc-seing, Barry me disait :

— Quand donc perdrez-vous ces habitudes? N'êtes-vous pas las de faire toujours cette chose avec les femmes? C'est une perte d'énergie.

Même si l'enquête considérait que la femme en question inspirait confiance et ne pouvait en aucun cas passer pour une espionne à la solde de l'Abwehr, il ne cessait de rappeler à ses subordonnés la nécessité totale du secret. Si on l'avait écouté, le service se serait installé dans un phare en pleine mer, loin des tentations sulfureuses de la chair. Ce n'était pas puritanisme chez lui qui avait depuis longtemps abandonné toute morale, mais pure obsession de la concentration intellectuelle. Une pensée pour le corps blanc d'une jeune femme était une seconde dissipée au détriment de la victoire. Je prenais donc avec Joan un plaisir coupable et toléré qui trouva sa fin un matin de septembre quelques instants après que nous nous fûmes quittés encore tièdes l'un de l'autre... Elle s'était rhabillée devant moi et un bouton de son uniforme avait roulé par terre et glissé dans une fente du parquet. Impossible de le dégager sans soulever une lame. Joan était partie en me donnant rendez-vous pour le soir. Avec le bouton. Quand une de ses camarades me téléphona au bureau pour dire, deux heures après, qu'il ne restait plus rien de mon amie, je courus jusqu'à ma chambre, et là, comme un fou, soulevant le parquet avec des tenailles, cassant la lame, dégageai le bouton. Mrs Walter, la logeuse, se tenait dans l'encadrement, encore en tenue de voyage, et la bouche ouverte, l'invective rentrée, serrant contre elle sa triste poitrine, elle me regarda pleurer à genoux devant un bouton métallique. Nous avions Joan et moi effacé un peu de la guerre et de la mort qui rôdait autour de nous, en nous couchant dans un lit. Pendant que d'autres buvaient, se droguaient ou se cachaient la honte au cœur avec des excuses qui ne les trompaient pas eux-mêmes, nous avions répété des gestes qui voilaient notre regard trop aigu et trop triste, et rompaient notre solitude.

Les jours suivant la mort de Joan furent plus que noirs. Les bombardements, qui avaient cessé pendant un temps, redoublèrent soudain d'intensité. Chaque éclatement sourd me rappelait la voiture pulvérisée en pleine rue. Parce que c'était la fin d'un été très doux, ce nouveau déchaînement paraissait encore plus incompréhensible. Un peuple entier vivait saisi à la gorge par une odeur de fumée, de cadavres enfouis sous les décombres. Les alertes surprenaient n'importe où dans les abris improvisés, dans les couloirs du métro au milieu d'une foule dont les visages devenaient de plus en plus gris. Un matin je quittai mon logement, passant devant l'odieux œil inquisiteur de

Mrs Walter, et le soir je ne retrouvai qu'un tas de ruines, un stupide amas de pierres noircies entourant un siège de cabinet intact. Il devenait dérisoire de chercher à posséder quoi que ce fût. Joan me manquait et, plus encore, l'idée de Joan. Ho et Barry n'étaient d'aucun secours. En leur présence on retrouvait une réalité glacée, mathématique, qui étayait seulement les gestes les plus mécaniques de la vie, quelque chose à quoi on pouvait heureusement se raccrocher sans honte. Dermot Dewagh, de sa retraite en Irlande, fut le seul recours possible. Je lui écrivais, de temps à autre. Dans le désert entrevu, je me mis à lui écrire plus souvent. Sa lettre après la mort de Joan est la première que j'ai gardée. En voici la copie :

Septembre 1942.

Cher Ami,

La mort d'une jeune fille est un événement insupportable. Je dirais même qu'il est inacceptable. Vous savez que la poésie anglaise fait peu d'allusions à ce genre de tristesse. Je n'aurai donc pas de poète à vous conseiller. Il vous faut lire des Français et des Italiens. Leur pudeur est moins grande, de Dante à Valéry. Ne dites pas que je suis un vieux fou insensible qui vous parle de poésie au moment où vous avez le cœur serré. Je vous parle simplement d'autre chose ainsi qu'il convient et parce que des mots comme « amour » ou « désespoir » vous feraient horreur. D'ailleurs vous le précisez très bien : vous aimiez vous trouver en compagnie de Joan, vous n'éprouviez pas d'amour pour elle. Cela vous rendra beaucoup moins consolable que s'il s'était agi d'une passion. Les hommes passionnés se contentent de reporter leur passion sur une autre personne. Ce qui leur importe, c'est leur passion et très peu son objet. Les deuils de l'amitié sont bien plus graves que les deuils de la passion. Ils ne guérissent pas. Un ami n'en remplace pas un autre. Tandis que les femmes... Mais je ne voudrais pas, sur ce point, me donner l'air de généraliser. Je suis, en ce qui concerne les femmes, d'une inexpérience alarmante. Je travaille dans l'hypothèse, déterminant des lois d'après des cas exposés par des poètes ou des écrivains. Nous savons qu'ils sont des menteurs professionnels, mais les statistiques ont un grand mérite : même en partant de données fausses, elles expriment une certaine vérité. Sur l'amitié, j'ai quelques connaissances qui m'empêchent d'y voir clair. Sur les femmes, mon ignorance infantile me permet de discourir. Je sais donc qui était Joan beaucoup mieux que si je l'avais connue (sans doute ne l'aurais-je pas regardée) et beaucoup mieux que si j'avais été son amant. Vous ne m'en dites rien. Je vais commencer de penser à elle qui vous a apporté, dans la solitude où vous vivez, la chaleur d'un être humain. Et voilà que je me sens terriblement infirme : je n'ai pas besoin de la chaleur d'un être humain. Comme ces fils uniques qui ne connaissent rien de la vie que la chaleur anémiante de leurs parents, j'ai vécu avec mes étudiants. Je n'ai rencontré personne d'autre et ce sont les livres qui m'ont apporté le souffle du vent, l'âcre odeur du sang et les sueurs de l'amour. Je me fais du monde une idée aussi juste que si j'avais vécu avec mes livres dans les îles d'Aran sans jamais mettre les pieds sur le continent. Vos camarades, par respect et impuissance peut-être, ne me parlent pas de ce monde dont je me suis exclu. Une bonne vingtaine m'ont annoncé leur mariage depuis que je les ai quittés. Il n'en est pas un seul qui ait osé m'écrire qu'il aimait sa femme. Je n'oublie pas que vous êtes français. Si l'on m'avait dit qu'un jour je m'intéresserais à un Français, j'en aurais rougi comme d'une inconvenance.

Les poneys sauvages.

Malgré toute la sympathie que mon demi-sang irlandais m'entraîne à avoir pour la France, je ne puis m'empêcher de vous trouver une nation vulgaire, bruyante, vaniteuse et dépourvue de manières. Votre littérature dit assez bien tout cela. Vous êtes donc mon bon Français comme d'autres ont leur bon Juif. Et votre tristesse m'émeut. Je voudrais que vous veniez ici me voir dans ma chaumière. Nous boirions beaucoup de thé brûlant (j'en ai des réserves) avant d'aller nous promener dans la lande ou sur les falaises. Au retour, nous goûterions sec un whisky dont j'ai eu la sagesse de faire des provisions pour cinq ans (la durée que je fixe approximativement à la guerre). Vous me diriez quelle était la couleur des yeux de cette jeune fille et je vous trouverais aussitôt la référence poétique, vous me diriez le son de sa voix et je saurais d'où elle venait. Il n'y a rien de tel que de parler librement des êtres pour lesquels on a éprouvé une tendre inclination. Je vous dirai que vous ne connaissez pas votre bonheur : Joan s'est volatilisée. Il ne vous reste rien d'elle qu'un bouton de métal tombé de sa vareuse. Jetez, jetez ce bouton, je vous en conjure. Si petit soit-il, il vous empêchera de retrouver Joan, comme vous allez le faire, auprès d'autres femmes. Il vous reste à aimer, ce qui vous arrivera comme à tout le monde. Cela m'est bien arrivé à moi quand j'avais dix-huit ans et je vis encore de ce souvenir. Vous aimerez, vous découvrirez avec plaisir que le cœur humain trie, classe ses sentiments suivant une hiérarchie rigoureuse. Il n'en est pas un qui se ressemble. D'après mon expérience livresque un homme peut aimer dix fois, il n'aimera jamais de la même façon. Joan a donc pris en vous une place qu'aucune femme ne lui soufflera. Elle est avec vous pour toujours. J'espère que cela vous rend prodigieusement heureux. Je voudrais que vous soyez heureux. Vous êtes mon ami, mon bon

Français. Tous les Anglais devraient vous entourer de soins délicats pour vous convaincre que notre style de vie est le meilleur du monde, qu'il est temps que vous cessiez de parler d'amour, de complimenter les femmes sur leurs toilettes ou de varier vos plaisanteries. Commencez-vous à bégayer? J'en serais très rassuré. Pensez-y.

Votre ami,

Dermot Dewagh.

P.-S. Oui, j'ai vaguement rencontré à Cambridge, une fois il me semble, le pasteur Willoughby. Un satané raseur. Est-ce qu'on ne dit pas bête comme un pasteur, chez les catholiques? On devrait. Je me souviens, en effet, que la ville parlait de sa générosité à cause de cette petite réfugiée, Sarah, qu'il avait adoptée. C'est drôle que vous l'ayez rencontrée, dans les rues de Londres, en liberté, évadée, il me semble, de l'enfer bien-pensant. Un jour où vous ne craindrez plus de me choquer, vous me raconterez (de vive voix, *verba volant*) ce qu'elle vous a dit si brutalement et qui vous a, à la fois, gêné et laissé rêveur.

Cette petite phrase : « Alors, on ne fait plus l'amour dans la maison du pasteur entre minuit et deux heures du matin », ouvrit une vie à Georges. Piqué, irrité, mais aussi troublé physiquement par ce jeune corps mat, sec et ferme qui parlait d'amour chaud, il emmena Sarah déjeuner. Elle avait échappé aux Willoughby et travaillait dans un magasin féminin de Bond's Street où le contact avec la clientèle lui permettait de hausser jusqu'au dogme une misogynie instinctive. Elle avait déjà commencé de semer parmi les hommes un désordre qui devait être la règle de son existence.

Je ne revis Georges que le 8 mai 1945. Tout Paris était dans les rues. Deux projecteurs de l'armée dessinaient derrière l'Arc de triomphe, dans le ciel noir, un V gigantesque. Un précoce été avait éclaté sur la France comme pour saluer la victoire. Place d'Italie, les paulownias fleurissaient une dernière fois dans l'air que ne saturaient pas encore les vapeurs d'essence. Il faisait chaud et les hommes étaient en manche de chemise, les femmes en robes légères, jambes nues, marchant encore — du moins les plus honnêtes — avec des semelles de bois qui clapotaient sur le ciment des trottoirs. La mode zazou triomphait toujours : pour les garçons cheveux dans le cou, pantalons étroits à hauts revers, trop courts; pour les filles, brioches sur le sommet du crâne et jupes au-dessus du genou. Elles n'eurent jamais autant l'air de bonniches. Elles baisaient d'ailleurs comme des bonniches sans place. Tout soldat allié qui réclamait son dû pouvait les baratter dans les buissons d'un square. Du Rond-Point des Champs-Élysées jusqu'à la Concorde, sous les couverts des Tuileries, s'élevait un long râle d'amour hystérique. Il n'y avait plus de repos pour les guerriers. On les assaillait de toutes parts, on se ruait sur leurs cigarettes, leurs provisions de bonbons, leurs chewing-gums et leurs braguettes que, trop las, ils ne prenaient même plus la peine de refermer entre chaque escarmouche. Dans les métros qui allaient circuler toute la nuit, on s'écrasait à hauteur du bassin, et les secousses des arrêts et des départs scandaient un long coït commencé à Vincennes et achevé à Neuilly. Des jeeps disparaissaient sous des grappes humaines comme des chars de Carnaval, grimpant à Montmartre par la rue Lepic dont les trottoirs ruisselaient de vomissures, déferlant vers Montparnasse où le marin américain, bien moulé dans son pantalon de danseur de charleston, cotait dans les cent francs de l'heure. Peu avant le dîner, un camion militaire fou avait tourné une dizaine de fois autour de l'Obélisque. Une fille, nue jusqu'à la ceinture, coiffée d'un plat à barbe anglais, assise sur la cabine du chauffeur, brandissait un drapeau français. La vérité oblige à dire que ses seins étaient assez beaux. Un virage un peu brusque l'avait jetée sur la chaussée et elle s'était relevée en sang, agrippée à la hampe du drapeau que les agents essayaient de lui arracher. Le camion avait fui. Dans les sacristies, les curés qui voulaient mêler leur Dieu à la grande frénésie de la victoire sonnaient frénétiquement les cloches. Au bistrot, les patrons, hilares et suants, raflaient la monnaie en versant un vin acide et amer, le vin de la capitulation allemande. C'était l'allégresse la plus forniquante, la plus éthylique qu'ait connue un peuple vaincu et relevé par la victoire de ses alliés. Il fallait oublier la honte.

Ce soir-là, après une longue promenade dans Paris, je revins chez moi, préférant à la foule mon balcon des quais d'où l'on apercevait le grand V dilué dans le ciel sillonné d'avions. Les lourdes odeurs de la nuit d'un été précoce montaient jusqu'à moi. Paris avait été beau ce printemps, avec ses larges avenues vides, ses jardins triomphants. J'aurais aimé participer à la joie générale, si basse fût-elle, mais quelque chose me retenait, une tristesse affreuse à la pensée de ces millions de morts sur qui la victoire était bâtie et dont nous aurions dû, en ce jour, nous souvenir en silence. Oui, décidément, cette aube de paix se levait sur trop de sacrifices et de cadavres, et la guerre — l'Europe l'oubliait — continuait dans le Pacifique. Il y avait des ombres au tableau idyllique de la paix. Ombres du passé : morts pourrissant dans les plaines de Russie, sur les plages de Normandie, dans les Ardennes. Ombres du présent : les prisons pleines et les fusillés du petit matin à Vincennes et à Montrouge qui mouraient en criant : « Vive la France! », cri que leurs bourreaux essayaient en vain d'étouffer. Ombres de l'avenir : cette paix était à peine un sursis. Nous entrions dans une nouvelle ère de violence et d'oppression. Il fallait être imbécile ou fou pour ne pas le pressentir, pour ne pas en avoir le cœur serré d'angoisse. Nous devions dire adieu à notre avant-guerre. Commençait une révolution qui pourrait bien être fatale au goût que ma génération avait eu pour le bonheur. A vingt-six ans, nous n'étions plus la jeunesse. On nous avait volé notre temps de joie, tué nos amis, ruiné nos enthousiasmes. Nous ne pourrions plus jamais croire à la Justice, à la Vérité, à l'Honneur.

La sonnette de la porte d'entrée retentit plusieurs fois. Je fus tenté de ne pas répondre. Je n'attendais personne et voulais rester seul, mais dans ce genre de décision, on compte mal sur la force intérieure de la curiosité. C'était Georges Saval, accompagné d'une femme dont le noir et beau regard se leva vers moi pour m'examiner avec une attention extrême qui s'éteignit au bout de quelques secondes comme si un instant lui avait suffi pour me juger à jamais.

— Voilà Sarah! dit Georges. Nous venons d'arriver. Nous avons laissé Daniel chez ma mère. Ma première visite est pour vous.

Nous allâmes sur le balcon. Un feu de Bengale rouge embrasait l'arc de triomphe du Carrousel. Des cris montèrent d'un camion de la Military Police qui roulait à vive allure, bondé de filles hurlantes. Je dis :

— On les ramasse dans la rue et on les emmène dans un grand hôtel de la Madeleine, danser avec des G. I.'s en permission. Au petit matin, on les jette dehors.

— C'est bien agréable de gagner une guerre, dit Georges. Un sentiment assez exaltant. On oublie la mesure, tout ce qui rend la vie si morne. J'espère que Daniel aussi sera un vainqueur.

— Cela fait deux fois que vous me parlez de Daniel et je ne sais pas qui c'est.

— Notre fils, dit Sarah. Un an. Un beau brun.

Nous avions tant de choses à nous dire... Georges passa son bras sur mon épaule. Sarah, accoudée au balcon, alluma une cigarette anglaise dont le parfum, en un éclair, raviva un monceau de souvenirs : je crus revoir Sheila qui fumait, allongée dans notre barge que je poussais à la gaffe jusqu'à Granchester. Son index et son majeur droits étaient toujours jaunis de nicotine. La flamme du briquet avait éclairé le visage de Sarah : pommettes creuses et lèvres épaisses. Elle était habillée d'une jupe grise, d'un chemisier blanc sur lequel elle avait passé un chandail bleu, trop large, qui appartenait visiblement à Georges.

De toutes les choses qu'il y avait à se dire, nous ne savions quoi choisir. Il fallait du temps, une nuit entière, des jours, une vie peut-être.

— Sortons! dit Sarah.

— C'est la chienlit! Paris n'est plus qu'une vaste partouze.

— J'aime la chienlit. J'adore les partouzes.

— Alors, sortons! dit Georges.

Comme pour me contredire, les quais étaient calmes et délicieusement sereins. La vieille Seine coulait entre ses rives, lente et silencieuse. Elle n'avait rien vu, elle ne savait rien, elle coulait avec obstination vers son estuaire et la mer, noire et sale, moirée sous les pâles lumières des ponts. Alors, je me souvins des vers échangés une nuit à Cambridge, dans la rue, avec Cyril Courtney :

> Triste et mélodieux délire
> J'erre à travers mon beau Paris
> Sans avoir le cœur d'y mourir...

— Que marmonnez-vous? demanda Sarah.

— De l'Apollinaire. Une petite chanson dont, un soir, j'ai échangé les strophes avec Cyril Courtney.

— Il est mort! dit Georges.

— Cyril!

— Oui, à Dunkerque. Je ne l'ai pas vu mourir, je l'ai aperçu mort, roulé par la vague, son beau visage maculé de mazout. Il en avait jusque dans la bouche.

Ainsi appris-je la fin de Cyril, en marchant le long des quais, la nuit de la victoire. Ce fut comme si l'on m'avait arraché les quinze jours ébouriffants de Florence pour n'en laisser qu'un froid souvenir. Nous ne recommencerions plus jamais. Cette fantaisie-là, cette fête du délire et de la joie de vivre appartenaient à un passé qu'il fallait mettre de côté, repousser même avec violence, chaque fois qu'il tenterait de se rappeler. De toute façon, les vers d'Apollinaire n'étaient plus vrais pour nous. La mélancolie est une maladie d'avant guerre. Nous ne pourrions plus l'éprouver. Elle ne revivrait qu'avec nos enfants à la veille de la prochaine.

— Et Ho?

— Il va bien. Il est à Londres. Toute la guerre, nous avons travaillé ensemble, dans le même bureau.

— Il est toujours le même?

— Non. Il est devenu très anglais, je veux dire très ennuyeux. En quatre ans, je l'ai peut-être vu deux ou trois fois à peine enlever son masque. Quand on ne le connaît pas, on croit qu'il est le fils de Buster Keaton.

— Je ne l'aime pas! dit tranquillement Sarah qui marchait entre nous deux.

Georges ne sembla même pas prêter attention à ces mots murmurés d'une voix sourde comme si Sarah s'était parlé à elle-même.

— Mais quand le masque tombe c'est un être étonnant, d'une prodigieuse complexité. Il n'a pas fini de digérer les pages de Nietzsche que vous lui avez fait lire. Il en parle encore avec quelque chose de bizarre dans le regard, une sorte d'effroi. *Par-delà le Bien et le Mal* est d'ailleurs tout ce qu'il a lu de Nietzsche. Sa curiosité n'est pas allée plus loin. En vérité, il ne lit rien, sauf les journaux de la première à la dernière ligne...

Nous avions quitté les quais pour remonter la rue Bonaparte vers Saint-Germain-des-Prés. Les cafés étaient bondés. On entendait crier et chanter.

— C'est mortel, dit Sarah. N'y a-t-il pas un endroit où l'on danse?

Si, il y en avait un, au pied de la montagne Sainte-Geneviève, une sorte de beuglant semi-clandestin avec un orchestre de nègres et de Blancs. Je crois que c'était le dernier endroit où l'on payait pour danser vingt francs à un manchot en tricot de corps qui zigzaguait sur la piste entre les couples, en criant : « Passez la monnaie. » Sarah parut enchantée. Nous nous assîmes à une table à côté d'un type qui dormait, saoul, la tête dans ses bras, découvrant sa nuque sale décollée de la chemise en rayonne. Tout de suite Sarah dansa, invitée par un voyou un peu gauche, en espadrilles trouées. Nous l'apercevions quand elle passait devant nous, mais elle ne nous regardait pas. Elle avait à peine terminé avec le voyou qu'elle passa dans les bras d'un Noir, avec qui elle parla anglais, probablement un déserteur américain. Je ne pouvais m'empêcher de l'épier. Georges paraissait indifférent.

— Vous ne dansez pas avec Sarah?

— Non, dit-il. Je ne danse plus. Vous n'avez pas remarqué que je boite?

— Franchement pas.

— J'ai été blessé à Dunkerque : genou éclaté, fracture du tibia. Je suis très bien raccommodé, mais quand même je ne danse pas! Oh, oui, je pourrais... Je ne tiens pas à ce que Sarah le sache. Je la laisse danser avec les autres! Ça l'amuse. Et je peux vous dire que tout ne l'amuse pas.

On nous servit une bière tiédasse, infecte, avec un large faux col. Le garçon demanda d'être payé tout de suite, l'air furieux et dégoûté. Il compta la monnaie et resta un moment près de nous, poings sur les hanches, à regarder les danseurs.

— Ah, les putes! dit-il en s'en allant.

— Qu'est-ce qu'il ronchonne? demanda Georges.

— Oh, une idée générale sur les femmes!

— Il pense que ce sont des putes, n'est-ce pas?

— Oui, quelque chose comme ça.

— C'est plus compliqué que ça, mais il y a du vrai dans les apparences. Cyril était l'ennemi déclaré des apparences. Vous souvenez-vous du soir où, dans un pub, il a commencé à casser tous les verres?

— Oui, très bien.

— Ho a gardé des poèmes de lui et sa traduction de la *Vita nuova*. Il essaie de les publier. J'ai lu quelques-unes des odes. Elles m'ont paru très belles, mais je ne suis pas bon juge. Derrière chaque mot, je vois, en transparence, le visage fou de Cyril...

Il y eut une dispute à la table voisine. Un voyou gifla une fille qui pleura des larmes noires. L'ivrogne de notre table poussa un profond soupir et releva la tête pour nous contempler de ses yeux glauques, puis retomba dans son sommeil. Des losanges réguliers striaient sa nuque. Sarah dansait avec un jeune garçon assez beau, en blue-jean et chemise écarlate de cow-boy. Au passage, nous la vîmes rire. Elle avait de charmantes dents irrégulières.

— Qu'avez-vous fait pendant ce temps? questionna Georges.

— Oh, presque rien! J'ai essayé de durer. Ce n'était pas toujours si facile. Il fallait éviter de prendre parti.

— Vous avez publié un livre?

— Oui, il est sorti le jour de la libération de Paris. Une chance... Personne ne l'a remarqué. Celui que je prépare sera mieux.

— A Londres, je n'ai rien cru de ce qu'on disait sur la France.

— Vous avez bien fait. Un jour, vous saurez.

L'orchestre s'arrêta et Sarah revint à notre table. Elle avait chaud et retira le chandail de Georges, découvrant son mince buste à la poitrine haute sous le chemisier de soie blanche. Son cavalier disparut dans la foule. Je le cherchai des yeux sans le trouver.

— La bière est immonde! dit-elle.

— On ne vient pas ici pour boire.

— Non, je m'en doute. Georges, avez-vous une cigarette?

Il poussa le paquet et des allumettes vers elle. Sarah fumait avec gourmandise. Bien des années après, je me demande comment je l'ai vue et jugée ce premier soir. La mémoire a corrigé l'image d'une fille secrète, fruit vert, encore acide. Son corps ne pouvait réprimer une violente envie de vivre, une ardeur que les hommes pressentaient tout de suite. Elle ne provoquait pourtant pas. Je dirai que c'était au-dessous d'elle, et qu'en tant d'années, je n'ai pas souvenir de l'avoir vue une seule fois se livrer aux misérables singeries des allumeuses. Elle respirait l'érotisme, mais sans

75

aucun artifice de fards, de gestes ou de complaisances exhibitionnistes, un érotisme à elle, privé pour ainsi dire, à usage strictement personnel dont les hommes n'étaient que les instruments méprisables... Je m'aperçois comme les mots sont impuissants à qualifier l'attrait exercé par Sarah. Peut-être faudrait-il simplement écrire qu'elle possédait le don du parfum, chose encore beaucoup plus subtile que d'incarner l'érotisme. *Odor di femina...* Elle sécrétait l'amour physique. Moins intelligente, moins intuitive, elle aurait été la victime des hommes pressés de satisfaire le désir qu'elle levait en eux. De ces créatures dont on dit : « Elles conduisent en enfer! » mais sur le chemin de l'enfer, elle s'arrêtait net un jour et laissait glisser ses partenaires trop faibles ou trop lâches pour se retenir au bord du gouffre. Victime quand même, mais de sa propre faute, et elle le savait si bien que jamais un mot amer ne lui échappait. J'ajoute que j'écris ces mots sur elle qui les lira probablement, sans gêne aucune. Sarah est une femme à laquelle les images qu'on peut offrir d'elle-même ne font pas peur. Je me demande s'il est possible de lui rendre un plus grand hommage que d'essayer cette approche de sa vérité.

Quand l'orchestre attaqua un nouvel air, le garçon au blue-jean et à la chemise écarlate surgit et se planta devant la table. Elle le suivit et ne dansa plus qu'avec lui, collée à lui.

— Votre oncle a disparu.

— Oui, dit Georges. Enfin pas vraiment. Il est en Espagne. Il a de l'argent. On le laisse en paix ruminer ses conneries, à Malaga.

— Le journal et l'imprimerie ont été saisis.

— Au retour de Cambridge, nous avions prévu la fin d'un certain népotisme. En voilà un autre qui se lève.

— Vous n'êtes pas si mal placé pour en profiter.

— Vous croyez?

— Nous verrons.

Trois mois après, il entrait dans un nouveau quotidien. Il n'avait rien calculé, rien à renier. Je l'ai déjà écrit, c'était un être dont on se demandait alors : « Où est son défaut? Les apparences sont trop en sa faveur. Il y a quelque chose

76

qui n'apparaîtra jamais s'il montre assez de volonté, mais quelque chose est là ! » Cette nuit du grand V dans le ciel, je crus avoir trouvé : comment laissait-il Sarah danser ainsi ? Veulerie, lâcheté, impuissance ? De la veulerie, il en avait comme tous les hommes de ma génération, mais pas plus, et il l'a montré. Lâcheté, sûrement pas. L'impuissance, n'en parlons même pas. Quelque aventure l'avait coupé de sa jeunesse, extirpant de lui cette réaction basse et stupide que l'on ne peut s'empêcher de chérir parce qu'elle est une preuve de l'amour et qu'il n'y en a pas tant : la jalousie. Il ne pesait pas les relations amicales ou amoureuses avec le poids commun. Et puis il y avait Sarah. Elle imposait, vivait sa morale ou, plus exactement, la morale de son amoralisme. Avec des êtres frustes ou impulsifs, Sarah déclenchait des drames. Avec des hommes civilisés, elle jouait à vivre en liberté. De Georges, elle n'a tiré qu'une acceptation tacite qui est devenue un lien puissant et profond, indéracinable. J'ai, à la longue, fini par comprendre que ces deux-là se sont porté, se portent encore malgré la séparation, un attachement animal beaucoup plus intelligent et durable que l'amour.

Il y eut plusieurs arrêts de l'orchestre après lesquels Sarah repartit danser toujours avec le même garçon en chemise écarlate et blue-jean. Vers trois heures du matin, elle cessa de passer devant nous. Les musiciens posèrent leurs instruments et la piste se vida sans qu'elle reparût.

— Je ne vois pas Sarah !

— Non, elle est partie, dit-il. Et sans son chantail, l'idiote... Elle va attraper froid. Moi aussi, j'en ai assez. Rentrons, voulez-vous ?

L'ivrogne dormait toujours à notre table. Quand Georges lui versa le restant de sa bière dans le cou, il frissonna, sans se réveiller. Assis sur un tabouret, en bordure de la piste, l'homme à la sacoche comptait sa monnaie. Aux aisselles, la sueur trempait son tricot de corps. Il puait à dix mètres. Une expression d'une laideur épouvantable figeait ses traits pendant qu'il défroissait les billets sur ses larges cuisses courtes.

Nous rentrâmes. Je ne savais pas quoi dire. Toute parole

aurait ouvert des abîmes de maladresse. Paris se calmait. Passaient encore des jeeps bourrées de soldats en liesse, mais les rues transversales dormaient d'un profond sommeil. On avait éteint les projecteurs de l'armée et le ciel était de nouveau noir, vide comme il l'avait été tant de fois depuis la guerre, chargé de menaces. Je m'aperçus que, effectivement, Georges traînait un peu la jambe.

— Vous êtes fatigué?

— Oui, dit-il. Mais c'est une fatigue que je supporte indéfiniment. En vérité je suis increvable. Cela plaisait beaucoup à Barry Roots quand nous travaillions ensemble.

— Qu'est-il devenu?

— Pendant trois ans, nous avons vécu côte à côte. Et puis, il a fait une erreur. On l'a vidé. Il a repris l'uniforme pour entrer dans un commando. J'ai perdu sa trace. J'ai seulement su qu'il avait été blessé en Allemagne et rapatrié. C'est un curieux type. Je n'ai jamais su le définir. A Dunkerque, il m'a sauvé la vie...

Je me souvins de la scène en gare de Cambridge : « Vous pourrez toujours compter sur moi. »

— Il est fou, ajouta Georges comme s'il se parlait à lui-même. Mais quand on le met sur des rails, c'est un fou qui a des intuitions géniales. Je me demande ce qu'il trouvera pour remplacer l'armée maintenant que la guerre est finie. L'armée avait merveilleusement succédé à l'Université et au sport. C'est drôle comme il y a peu d'hommes capables de vivre en liberté.

— Il y a peut-être nous.

— Oui, je crois que nous sommes deux exceptions, deux asociaux.

Nous arrivions devant ma porte. Il refusa de monter prendre un dernier verre et resta un moment sans parler, la tête penchée, regardant ses souliers, et je m'enhardis :

— Ne craignez-vous pas pour Sarah?

— Non. Cela vous paraît surprenant?

— Pas si je m'en tiens à l'impression qu'elle me fait, mais tout de même...

— Il y a une convention entre elle et moi. Un jour, je vous en parlerai. Ne craignez pas pour elle qui a encore l'air d'une enfant, mais c'est une vraie adulte. Demain elle sera là. Je l'aime beaucoup. Bonsoir..

De mon balcon, je le vis qui s'arrêtait au milieu du pont et contemplait la Seine. Il resta quelques minutes, alluma une cigarette, puis partit vers la rive droite. Un vent tiède se leva, emportant les fleurs fragiles des marronniers.

Sarah revint. Bien sûr. Elle revint plusieurs fois de ses escapades nocturnes qui semblaient ne jamais la marquer. Puis, un jour, elle rencontra Stéphane dont il n'y a rien à dire d'intéressant. Il fut son ombre querelleuse et maladroite. Il sut se montrer malheureux et peut-être s'attacha-t-elle un moment à ce premier homme qui montrait de la faiblesse. Elle le suivit à Londres. Je crois qu'elle aurait suivi n'importe qui à Londres. Georges ne demanda pas le divorce. Il travaillait dans un quotidien, sans enthousiasme, avec conscience. Nous nous voyions souvent, la nuit surtout, car Paris, après ces années mornes, retrouvait une certaine frénésie. Le journal de Georges fit faillite. Il me l'écrivit aux États-Unis où je séjournais, annonçant en même temps la prochaine naissance d'un nouveau quotidien avec lequel il avait signé un contrat, mais cette naissance tardait. Il fallait cependant rester sur place. Georges se rongeait, jetant les livres, partant au premier acte. Son seul plaisir était de sauter dans une voiture, de rouler comme un fou deux ou trois cents kilomètres et de rentrer à l'aube dans Paris qui s'éveillait au milieu des ordures.

Nous vivions dans le brouillard opaque de ces années d'après guerre, incapables de nous forger un nouvel idéal après les années héroïques. Les femmes étaient à notre image, mais chez elles le dérèglement se révélait plus extérieur qu'intérieur. Je pense à Marie V., un gentil visage barré d'une frange de cheveux noirs style 1925, puisque, comme nous n'inventions rien, il fallait bien se résigner à copier tout ce qui avait eu du caractère. La vie la dévorait et elle dévorait la vie. Elle avait soif et faim, une capacité inouïe de joie et d'allégresse. Je l'entends encore dire une nuit, dans une de ces caves où, avec Georges, nous nous réfugiions pour jouer aux troglodytes : « Ah c'que j'm'amuse, c'que j'm'amuse... c'est fou ! » d'une voix si puérile que j'en avais été ému. Pourquoi la traitait-on comme une femme alors qu'elle était encore une enfant ? Nous étions des monstres et des sadiques de coucher avec ces créatures échappées de la Bibliothèque rose, égarées parmi les mâles. Je l'entends aussi une autre fois où Georges la pressait de rentrer, à l'aube, alors que nous étions ivres de fatigue et de fumée : « Oh... baiser, toujours baiser... jamais de repos... la barbe à la fin ! », dégoût d'une petite fille pour ses devoirs de vacances. Son énergie éclatait en un feu d'artifice de plaisirs qu'à peine épuisés elle renouvelait avec une ardeur confondante. Le vrai problème était toujours de l'embarquer après une nuit agitée. Il fallait ruser ou posséder une patience inébranlable. Georges s'y entendait assez bien. Elle cédait avec rage. Une nuit, je m'en souviens, il lui accorda cinq minutes pour le rejoindre dans sa voiture au sortir d'un bar de la rue Saint-Benoît. Marie se déshabilla au milieu du bar et s'élança dans la rue où errait une foule nocturne de voyeurs du quartier. Elle traversa la chaussée et rejoignit la voiture dans laquelle elle sauta par-dessus la portière. Georges démarra en trombe.

Le soir de ses vingt-deux ans, elle annonça sa mort en pleine fleur. Une vieille femme le lui avait prédit à la terrasse d'un café, en lui lisant les lignes de la main. Toutes les dispositions de Marie avaient été prises. Elle ne regrettait rien : elle avait fait l'amour à satiété, bu, ri, dansé, aimé, oublié, aimé encore. Dans un sens, elle dispensait du bonheur, bien précieux entre tous et dont peu de femmes sont prodigues. Des années après, Georges m'a dit penser à elle encore qu'elle l'ait souvent blessé, oh très légèrement d'ailleurs, mais un peu quand même parce qu'il aimait sa peau comme il avait aimé la voix enrouée de Joan. Le soir de ses vingt-deux ans donc, Marie prit le train pour Bourges, sa ville natale. Elle voulait mourir là, sous son ciel à elle, non sous celui de Paris toujours noir, sans étoiles. Nous fûmes bien une vingtaine à l'accompagner à la gare, ne sachant que penser, gais par affectation, tristes sans y croire, considérant avec commisération les autres voyageurs qui ne savaient pas, eux, qu'ils montaient dans le train de la mort. Dans le compartiment, elle rencontra un ami d'enfance qui rentrait prendre la succession de son père décédé. Ils se marièrent et elle est maintenant la plus sage femme de notaire que l'on connaisse en province. C'est quelques mois avant ce romanesque départ vers la mort qu'un soir, au restaurant, elle posa sa main sur celle de Georges.

— Arrête!

— Arrête quoi?

— Arrête de tripoter ta mie de pain!

— Moi?

— Oui, toi!

Ils échangeaient ainsi beaucoup de mots inutiles comme deux personnages qui sortent de rêves diamétralement opposés. Il regarda la boulette de pain : une idole cycladique.

— Pourquoi? demanda-t-il.

— Je ne peux pas te dire, parce que je ne le sais pas, mais c'est comme ça. Je ne le supporte pas. Je vois de la magie là-dedans, des types qui piquent des épingles dans des poupées de pain ou de cire. Et puis aussi autre chose...

— Quoi?

— Mais ce n'est pas ton cas.

— Qu'en sais-tu?

— Oh, je ne suis pas trop mal placée pour le savoir! Non, non, ce n'est pas ton cas... D'ailleurs, tout ce que je dis est idiot. La vérité, la seule, c'est que j'ai une horreur physique des figurines que tu sculptes entre le pouce et l'index depuis quinze jours.

— Depuis quinze jours seulement?

— Oui, je l'ai noté. Je voulais t'arrêter, mais je ne savais pas comment le faire sans t'irriter et je me disais que je finirais par trouver la raison. Je l'ai trouvée. Comme elle est indicible, je me contente de te dire : non, arrête, sinon je les mets.

— Reste.
— Je ne demande que ça.

Le soir, il prit le train pour Londres avec le vague espoir
de rencontrer en même temps Sarah. Elle n'était pas chez
elle et il appela Stéphane qui parut fébrile et voulut aussitôt
le voir. Une demi-heure après, Stéphane était au bar du
Browns's, la mine défaite, mais le geste chaleureux. Georges
l'avait toujours trouvé un peu trop affectionné pour être
sincère. S'il n'avait pas été le mari de sa maîtresse, Stéphane
lui aurait à peine serré la main. Sarah était partie depuis deux
jours, après avoir claqué la porte. Stéphane la cherchait partout et avait même lancé un détective privé sur sa trace.
Il se ruait sur Georges parce qu'il pensait que Sarah l'avait
prévenu et lui avait dit où elle se trouvait. Détrompé, Stéphane n'eut plus qu'une pensée : le quitter pour rester près
de son téléphone au cas où, venue à résipiscence, elle appellerait. La ruine physique et morale des amants de sa femme
faisait encore à cette époque-là plaisir à Georges. Il y puisait de la santé, presque une certaine allégresse. Il laissa
donc peu d'espoir, et, sans un vigoureux cocktail, Stéphane
se serait effondré sur place, malheureux gosse de riche, fils à
papa avec tout son fric et sa cravate qui l'empêcherait à
jamais de passer pour un Anglais, sa folie depuis qu'à
Londres il dirigeait la succursale de son père.
Retrouver Barry fut difficile, mais Georges possédait
encore quelques-unes des clés qui ouvrent des portes
fermées aux étrangers. De ministères en amis, on l'aiguilla
sur un ancien sous-officier au chiffre, Bates, qui avait servi
dans l'immeuble de Hay Street et que Barry appréciait
particulièrement. C'était un homme trapu et calme devenu
vendeur chez Fortnum and Mason, département des
fromages. Bates ne le reconnut pas de prime abord, mais la
voix lui commandant une livre de stilton bleu le surprit :
— Ah oui, dit-il. Comment allez-vous, monsieur?
— Bien, sergent Bates.
— Vous revenez chez nous?
— Je cherche un ami.

— Nous en cherchons tous.

— Pourrai-je vous voir après votre travail?

— Certainement, monsieur.

Bates apparut dans le pub où ils avaient rendez-vous, sanglé dans un costume de flanelle grise bien net, coiffé d'un chapeau melon. On n'avait plus du tout envie de lui commander un quart de fromage. Georges prit plaisir à bousculer les préliminaires.

— Je veux voir Mr Roots.

— Le capitaine Roots n'est pas à Londres.

— J'irai le voir où il est.

— Il en sera enchanté.

— C'est possible, mais je doute qu'il sache le montrer avec exubérance.

— Bien entendu, monsieur, ce n'est pas dans sa nature. Cela dit, je crois qu'il ne sera pas mécontent. Je crois même qu'il vous attend.

Ils parlèrent encore longtemps de la sélection de l'équipe de Grande-Bretagne qui devait rencontrer probablement l'équipe de France à Paris, puis ils se quittèrent après avoir remis le sort de la patrie à Dieu tout-puissant. Le lendemain, Georges débarquait du train à N., une petite ville du Yorkshire aux larges rues bordées de maisons en briques bien rouges. Du lierre étouffe un gentil temple qui veille sur un cimetière chaotique. On ne peut rien dire de plus de N. et de la campagne verte et plate qui l'entoure : une tranquille oasis de morne et médiocre beauté, un paradis pour âmes simples que les conventions soulagent du risque insensé d'avoir à penser par soi-même. Dans les faubourgs de la ville se dresse une usine hérissée de cheminées. A un kilomètre à la ronde règne la sure odeur des engrais chimiques. Une allée défoncée sépare deux haies de pauvres cottages entourés de jardins potagers. Les ouvriers y logent, si habitués sans doute à la pestilence de l'air qu'une ville ou une campagne sans odeur les mettrait mal à l'aise.

Il était cinq heures quand Georges arriva. La sirène mugit. Un vantail à glissières s'ouvrit. Les premiers ouvriers sortirent après avoir pointé. Il eut peur de ne pas le reconnaître dans cette uniforme humanité en casquette crasseuse et pantalons tire-bouchonnés, mais la démarche de Barry, plus que sa silhouette et son visage harassés, le frappa aussitôt. Barry se détacha d'un groupe et s'avança. Sur sa hanche ballottait une musette militaire dans laquelle tintait une gamelle. Rien ne le distinguait en apparence des autres ouvriers sinon son regard gris qui parut étrangement brillant et lucide, jurant avec la fatigue plaquée sous les yeux et autour de la bouche. Il ne manifesta aucun étonnement, et Georges lui demanda si Bates l'avait déjà prévenu.

— Non, non, dit-il. Je vous attendais. Mais ne restons pas là. Nous intriguons mes camarades. J'ai une chambre près d'ici.

Ils marchèrent jusqu'à un de ces tristes cottages dont Barry poussa la barrière branlante. Était-ce lui qui cultivait des choux et des salades? A côté de la gouttière, une femme en blouse lavait dans un baquet. Deux enfants sans culotte s'accrochèrent à ses jupes.

— Ma logeuse, Mrs Toughill.

La femme hocha la tête et sourit, découvrant une dent unique et noire dans une bouche rose.

— Et Peter? dit-elle.

— Il fait une heure supplémentaire.

Elle marmonna quelque chose d'incompréhensible. Barry habitait une chambre donnant sur les arrières de la maison, un bout de jardin avec de maigres plants de haricots et un clapier dont l'odeur, un instant, lutta avec celle des engrais chimiques, puis l'usine l'emporta, plus pénétrante, accrochée aux choses, aux moindres gestes. Barry ouvrit une porte battante munie d'un grillage et ils entrèrent dans une pièce de trois mètres sur deux, qui prenait jour par une fenêtre à carreaux dépolis. C'était à peine meublé : un lit métallique recouvert d'une cotonnade grise et trouée, une chaise et une bassine de toilette montée sur un trépied fraîchement repeint. Deux détails seulement dénotaient la présence de Barry : une cantine marquée Captain B. R. et le numéro d'un régiment, et, à la tête du lit, des planches grossièrement fixées dans le mur pour supporter une cinquantaine de livres en parfait état presque tous marqués de signets blancs sur lesquels on lisait la mince écriture de Barry. Sur le sol de terre battue, un morceau de linoléum servait de descente de lit.

— Voilà, dit-il, où je vis. Ce n'est pas luxueux, mais je n'ai jamais aimé le luxe. Vous permettez?...

Il ôta sa veste de toile et sa chemise pour se mettre le torse nu. Depuis leurs séances de boxe à Cambridge, Georges avait oublié sa musculature. Barry était taillé comme un haltérophile avec des biceps noueux et une hypertrophie des dorsaux. Les mains abîmées par le travail contrastaient avec la peau blanche du corps. Il s'aspergea d'eau, se savonna bruyamment et commença de se raser devant un miroir de campagne qu'il tira de sa cantine où Georges aperçut, plié avec soin, un costume bleu et un revolver. Il aurait été vain de ruser avec lui et il prit le parti de lire délibérément les titres de ses livres. Le premier qui s'offrit était une traduction anglaise de l'essai de Karl von Clausewitz, *De la guerre*. Il l'ouvrit à la marque du signet de papier sur lequel Barry avait écrit : « Clausewitz est l'un des écrivains militaires les plus profonds, l'un des plus grands, l'un des plus remarquables philosophes et écrivains de la guerre, un écrivain dont les idées fondamentales sont devenues aujourd'hui le bien incontesté de tout penseur. »

En lettres capitales, soulignées d'un trait rouge, Barry avait écrit le nom de l'auteur de cette phrase : Lénine. Le même crayon rouge avait souligné dans la marge un paragraphe entier :

« Les nouvelles qui nous parviennent en temps de guerre sont en grande partie contradictoires et fausses pour une plus grande part encore; les plus nombreuses de beaucoup sont passablement douteuses. Tout ce qu'on peut demander à cet égard à l'officier c'est un certain discernement qui ne s'acquiert que grâce à la compétence psychologique et professionnelle et à la capacité de jugement. Il lui faudra se fier à la loi des probabilités. Cette difficulté n'est pas négligeable quand il s'agit des plans initiaux élaborés en chambre et en dehors de la zone de guerre proprement dite ; mais elle est infiniment plus grande quand les informations se suivent rapidement au milieu du tumulte de la guerre. Félicitons-nous quand, par chance, elles finissent, tout en se contredisant, par aboutir à un certain équilibre où la critique s'impose d'elle-même à l'ignorant. Les choses se présentent sous un jour pire lorsqu'il est moins bien servi par le hasard et que chaque information nouvelle vient au contraire appuyer, confirmer, amplifier la précédente. Ces touches de couleur supplémentaires viennent ainsi compléter un tableau et, la nécessité aidant, lui extorquent une décision prise au vol qui ne tarde pas à se révéler comme une absurdité — tout comme les informations étaient mensongères, exagérées, erronées, etc. Bref, la plupart des informations sont fausses et la pusillanimité de ces gens devient une nouvelle source de mensonges et d'inexactitude. En règle générale, tout le monde est prêt à ajouter foi aux mauvaises nouvelles plutôt qu'aux bonnes. Tout le monde est enclin à aggraver quelque peu les mauvaises nouvelles, si bien que les dangers ainsi colportés refluent sur eux-mêmes comme les vagues de la mer sans cesser comme celles-ci de revenir sans cause apparente. Fort de sa confiance en sa meilleure connaissance des choses, le chef doit tenir ferme comme un roc sur lequel se brise la vague. C'est un rôle difficile... »

— Eh bien, dit Barry quand Georges reposa le livre. Qu'en pensez-vous?

Le blaireau délayait un épais savon sur son visage.

— Que nous aurions dû méditer cela plus tôt!

— Oui, n'est-ce pas? Enfin surtout moi!

Il se tut, penché sur le miroir, appliqué à passer le coupe-chou sous les narines sans se blesser, méticuleux pour ce détail de sa toilette comme il l'était pour tout.

Les titres du second rayon découvraient un autre monde, particulièrement inattendu ici. Une vingtaine de volumes traitaient du magnétisme et de la télépathie. Il y avait, bien entendu, le livre définitif d'Henry Ward sur les expériences d'Assay, mais aussi un ouvrage de vulgarisation sur Mesmer et Swedenborg, l'étude du Japonais Tomokicki Fukurai sur la psychophotographie, et le mémoire du docteur L. L. Vassiliev, de l'Institut du Cerveau de Leningrad, sur les radiations biologiques. Des reliures grossières rassemblaient les brochures publiées à l'Université de Duke par Rhine et en France par Warcollier sur les phénomènes télépathiques.

— Vous vous exercez beaucoup? demanda Georges.

Barry s'humectait les joues d'une eau de Cologne infecte, menton levé pour tendre la peau de son cou grêlée par une furonculose qui l'avait terriblement humilié pendant la guerre.

— Oui, sans quoi vous ne seriez pas là aujourd'hui.

— Vous prétendez que je suis venu à votre appel?

— Oui.

— Depuis combien de jours m'appelez-vous?

— Environ une quinzaine.

Si Marie disait juste, depuis quinze jours en effet, il était sous l'influence de Barry.

— Je doute! dit-il.

— Libre à vous, mais vous êtes là, je ne vous ai pas écrit, ni envoyé d'émissaire. Bates est témoin que je lui ai annoncé votre passage à Londres et votre visite.

— Je ne serais pas à N. si une femme n'était intervenue.

— Que fait une femme là-dedans?

Il boutonna son col d'une main nerveuse et resta ainsi sans cravate, image du prolétaire endimanché. Georges allait avoir droit à une de ses nouvelles explosions contre les femmes, bourrées d'un mépris absurde et rancunier. Il était préférable de l'arrêter avant.

— Ne disons pas une femme, disons une sensibilité féminine. Depuis quinze jours, j'ai, paraît-il, acquis un de vos tics favoris.

— Ah oui! Lequel?

Il parut prodigieusement intéressé et se planta devant Georges, jambes écartées, les mains dans les poches d'un vieux veston de sport qu'on pouvait le soupçonner d'avoir laissé traîner quelques jours derrière une voiture avant de consentir à l'endosser.

— Les boulettes de pain à table. Mieux encore : bien que je n'aie aucune habileté manuelle, je réussis à reproduire vos grotesques bonshommes, ces Ubus cycladiques que vous avez sculptés par centaines devant Ho et moi à la cantine de Hay Street. Je ne vous ai jamais dit combien cela m'agaçait. Est-ce votre premier essai?

— Oui.

— Alors, pourquoi moi?

N'importe quelle réponse amicale aurait rempli Georges de joie, mais il était bien évident que, même si elle s'imposait, Barry la tairait. Il avait, une fois pour toutes, établi les règles d'un jeu — ou, si l'on préfère, d'une morale solitaire — dans lequel tout revenait à lui et rien ne partait de lui. Rarement économie verbale de sentiments aura été plus stricte. Il n'était que de le regarder depuis des années pour voir dans quel cocon de vide absolu cet homme s'était fourré pour n'avoir à penser et agir que selon les données de sa conscience. L'égocentrisme, le mépris, la volonté de puissance l'isolaient de plus en plus tragiquement.

— Oui, pourquoi vous? répéta Barry. Sans doute parce que vous habitez le plus loin, que vous pouviez même être en voyage ou aux antipodes. C'est une expérience, ne l'oubliez pas. J'ai tenu à ce que mon premier essai soit un cas difficile et facile à la fois. De tous ceux qui ont servi à Hay Street avec moi, vous êtes le meilleur percipient, je veux dire le meilleur détecteur-récepteur.

— Barry, vous m'auriez eu corps et âme avec vous, si vous m'aviez dit que c'était par amitié.

Il haussa les épaules. Georges parlait pour ne rien dire. Il n'était qu'un Méridional par trop démonstratif, un exemple typique des échecs de l'éducation anglaise quand elle s'exporte inconsidérément. En fait l'embarras de Barry n'aurait pas été plus grand si Georges l'avait embrassé sur les deux joues ou lui avait pincé les fesses. Un coup discret à la porte dissipa leur gêne. Un jeune homme entra en coutil bleu de travail et petite casquette crasseuse à la visière cassée.

— C'est Johnny, dit Barry.

Johnny serra la main de Georges avec une vigueur inaccoutumée en Angleterre. Son visage mince au nez proéminent, aux lèvres entrouvertes sur un râtelier jaunâtre, était empreint d'un sérieux qui ne devait pas souvent le quitter. Il murmura à l'intention du Français quelque chose d'incompréhensible, puis demanda à Barry s'il pouvait fouiller dans sa bibliothèque. Accroupi, il suivit

90

les titres d'un index endeuillé et se saisit d'une brochure qu'il brandit. Barry acquiesça des yeux. Johnny sortit en donnant rendez-vous pour le soir. Malgré lui, Georges regarda aussitôt le rayon sur lequel le jeune homme avait pris la brochure. Marx, Engels, Lénine, Trotsky, le *Manifeste du Parti* et un lot de brochures sur la guerre révolutionnaire occupaient toute une rangée. Il ouvrit *Le Capital* au hasard. Barry l'avait annoté, souligné, comme un écolier studieux qui ne croit pouvoir apprendre sa leçon que des crayons de couleur à la main. Georges leva la tête.

— Oui, dit Barry. Cela vous surprend.

Oh non! Le communisme était encore, en cette année 51, la seule tentation logique et raisonnable depuis la fin de la guerre dont il sortait grand vainqueur, auréolé d'un prestige immense volé en majeure partie aux obscurs héros de la lutte souterraine et aux combattants sans étiquette des maquis. Certes, le communisme forçait la note, mais il y était obligé au niveau des militants pour recouvrir du voile de l'oubli la criminelle collusion avec l'Allemagne. Pour les uns, il relevait le flambeau du nazisme vaincu dont la disparition laissait comme une horrible nostalgie dans le cœur des révolutionnaires. Pour les autres, il refusait le monde aveuli qui avait permis cette dernière guerre. Rien ne pouvait être pire que l'angoisse et la peur dans laquelle nous avions vécu. Rien. Et on ne nous proposait que de vieilles solutions où le matérialisme s'appelait bien-être. Matérialisme pour matérialisme, celui du communisme avait au moins le mérite d'être franc et inspiré par l'enthousiasme et la fraternité. Évidemment, il ne fallait pas trop regarder du côté des dirigeants, de vieux routiers bouffis et despotiques, prompts à se renier, ni du côté des intellectuels prodigues du sang des autres, mais tous les jeunes militants — la jeune vague — débordaient de force, de vie, d'ardeur et de générosité ; et même si cette générosité s'avérait terriblement partiale, si elle ne servait que les victimes communistes et couvrait d'un monceau d'ordures imbéciles les victimes du communisme infiniment plus nombreuses, elle était encore de la générosité. Nous le savions bien que les vieilles structures craquaient et qu'il fallait les remplacer. Mais devait-on se confier aux technocrates qui préparaient, au nom de la morale, un monde d'une amoralité parfaite, ou aux communistes qui préparaient au moyen de l'amoralité un monde moral qu'ils prétendaient parfait? Oui, jamais la tentation n'avait été aussi forte qu'en ces années et si à quelques-uns nous butions alors, c'était à cause d'une idée surannée, une vieille lune qui s'éloignait, l'idée de la Liberté. Elle avait opposé Proudhon à Marx. Marx lui-même en avait souffert à l'intérieur de son propre système au point qu'on voyait la liberté apparaître dans les écrits de jeunesse, disparaître dans *Le Capital*, resurgir dans l'exaltation de *La Commune de Paris*, puis mourir, étouffée au nom des nécessités de l'action, dans la *Critique du programme de Gotha*. Naturellement, Marx était un fourre-tout, une auberge espagnole, mais il avait eu la prescience du poids terrible que pèserait sur nous la société moderne industrielle. Nous lui rendions cette justice qui en vaut bien d'autres, et sous son nom nous reconnaissions que les militants étaient unis par une enthousiaste et profonde fraternité. « Camarade » restait le plus beau titre dont on pouvait saluer un homme. Dommage seulement que le poing fût fermé, la main ouverte du fascisme était plus rassurante, mais le fascisme était vaincu dans son esprit, sinon dans les faits, et en cultiver la nostalgie relevait de la délectation morose. Tout de même Georges ne voyait pas quel détour Barry avait pris pour rejoindre le communisme. Ce ne pouvait être par générosité : il en était dépourvu. Par amour de l'humanité? Il la méprisait. Par calcul? En Angleterre, le communisme n'avait jamais pu trouver ses assises, il restait le jouet de quelques oxoniens qui, dans l'isolement où les maintenait la nation, se livraient pour servir leur passion à l'espionnage au profit de l'U. R. S. S.

— Non, je ne suis jamais surpris de rencontrer un communiste. Cela fait même plutôt du bien. Je suppose que vous avez de bonnes raisons toutes prêtes à me servir, mais tel que je croyais vous connaître, je ne vois pas par quelle porte vous êtes entré.

— Je ne vous le dirai pas.

— Je m'en doutais. Cela dit, votre « convocation » est étrange. Un jour vous m'avez assuré que je pourrai toujours compter sur vous, une assez pathétique manifestation de votre orgueil. C'était exact. Une intéressante prescience des hommes et des événements vous habite.

— Je me trompe aussi. Vous le savez.

— Vous voulez parler de l'échec de Mission II? Barry, vous êtes allé trop loin dans le machiavélisme...

Alors Georges le vit faire un geste incroyable : Barry porta ses mains à son visage, cachant ses yeux comme s'il allait pleurer. Ses lèvres tremblaient.

— Oh, ce qu'ils en ont fait! dit-il. Les salauds, les ordures...

Ainsi il avait lu le livre. Peut-être même avait-il vu le film qu'on venait d'en tirer. Une abondante littérature de guerre commençait à paraître, mais les archives n'étaient pas dépouillées, on n'entendait qu'un son de cloche et les Soviétiques ne laissaient rien filtrer, murés dans leur secret comme un rat dans sa cache. Les premiers documents sur la guerre faisaient un large appel au romanesque et si on croyait leurs auteurs, on s'étonnait que les Alliés eussent mis tant d'années à écraser l'Allemagne, alors que Russes, Anglais, Américains et Français les avaient continuellement dominés sur le plan de la stratégie, de l'héroïsme et de la ruse. Il allait falloir vingt ans pour dégonfler les baudruches comme Montgomery et convenir que l'Allemagne avait succombé à dix hommes contre un, à cent chars contre un, à mille avions contre un. Mais l'époque était au culte de l'autosatisfaction intégrale. Au fond, cela nous faisait du bien — un bien assez pauvret si l'on y réfléchissait — cette façon de diminuer les mérites de l'ennemi, même si cela diminuait d'autant notre gloire de vainqueurs. Un seul livre faisait exception, malheureusement bâclé, composé d'emprunts divers. Terence Holywell, un journaliste anglais, ancien informateur bénévole persuadé que l'approche des services spéciaux, par la porte domestique, l'autorisait à en dresser l'historique et à en développer la critique, avait raconté, dans *L'Enfer de l'intoxication*, l'histoire de Hay Street, tâche bien présomptueuse car seul le grand patron Sir Charles ou son adjoint, Barry Roots, aurait pu dire l'entière vérité sur cette annexe très spéciale de l'Intelligence Service. Il avait questionné Georges, comme tous les anciens de Hay Street, et Georges avait refusé de répondre, lié encore, lui semblait-il, par le serment prononcé lors de son engagement. Si, un jour, tout le monde parlait, il parlerait à son tour, mais en son nom. *L'Enfer de l'intoxication* était un livre de bric et de broc où l'imagination suppléait au manque d'information. Cependant, Holywell, doué d'un certain flair, avait deviné l'essentiel, ce que l'on cachait le plus. De violentes polémiques avaient accueilli la parution des bonnes feuilles dans la presse, puis le livre. Avait-on le droit de dire ces choses? Vieille question, toujours ressassée sans que l'on pût jamais y répondre par un oui ou un non catégorique. Le problème restait posé en termes de justice et d'humanité. Un capitaine d'infanterie peut emmener à l'assaut d'une mitrailleuse sa compagnie à découvert si cela doit détourner l'attention de l'ennemi, mais un service secret a-t-il le droit d'envoyer ses hommes à la mort ou en tout cas dans un piège connu, pour une seule victoire psychologique? C'était toute l'histoire de Mission I (une réussite sans pareille) et de Mission II (un échec effroyable). Maintenant qu'on avait gagné la guerre, certains éprouvaient des scrupules à retardement sur les moyens de cette victoire, et ceux qui avaient utilisé ces moyens étaient amèrement blessés par les considérations moralisatrices de leurs juges. Barry était visé dans le livre d'Holywell, à juste titre puisqu'il avait été l'inventeur de ces deux fameuses tentatives d'intoxication de l'Abwehr, et que Sir Charles le couvrait. Georges avait quand même pensé que Barry traiterait par le mépris — le mépris qui lui était si naturel — ces accusations. C'était faire litière de son orgueil. L'homme qui se tenait devant lui, cachant son visage dans ses mains, était un homme ulcéré à mort et qui ne pardonnerait pas à ses supérieurs de le laisser accuser en public.

— Comment n'avez-vous pas éprouvé le plus parfait dédain pour le livre d'Holywell? dit Georges.

— C'est facile à dire.

— Et encore plus facile à faire pour un homme comme vous.

— Vous-même, vous êtes du côté d'Holywell.

— Vous savez bien que non. Au moment de l'élaboration de Mission II, je vous ai fait part de mes hésitations et de mes scrupules. Vous les avez balayés d'un revers de main. Avais-je tort ou raison?

— Tort.

— Puisque vous le pensez, vous ne pouvez pas vous sentir coupable.

La porte s'ouvrit de nouveau. Entra un ouvrier en veste de cuir, qui marchait appuyé sur une canne.

— Peter Toughill, dit Barry.

Peter salua du poing et serra vigoureusement la main de Georges. Comme Johnny, il le croyait un envoyé spécial du Parti et Barry ne fit aucun effort pour le détromper. Mieux même, il entraîna Georges à la réunion de cellule de l'usine dans un cottage un peu plus grand que celui où il vivait. Ils s'y rendirent à la tombée de la nuit, par un chemin de traverse défoncé. Georges ne s'habituait toujours pas à l'odeur de pourriture acide qui enveloppait la zone des cottages. Dans les maisons, elle laissait un instant de répit, mais dès qu'on mettait le nez dehors, elle était là, insistante, pénétrant par tous les pores de la peau jusque dans le sang.

— N'y a-t-il rien à faire contre cette odeur? demanda-t-il.

— Oui, bien sûr, mais « ils » y tiennent. Elle est là, elle nous retient, nous pénètre, pour nous rappeler à chaque instant que nous appartenons à l'usine comme les serfs au château. Il faut s'y faire ou aller crever de faim ailleurs.

A la réunion, ils retrouvèrent Johnny qui les accueillit dans la salle à manger, accoudé à la table recouverte d'une toile cirée en loques. Une femme — sa mère — préparait du thé et des sandwiches. D'autres hommes arrivèrent. Ils furent bientôt une dizaine dans la pièce enfumée par un poêle qui tirait mal. Barry, chef incontesté de la cellule, éleva pourtant peu la voix, se contentant de passer la parole à chacun des camarades. Ils parlèrent de leurs conditions de travail, de l'espionnage d'un contremaître, un ancien sous-officier qui servait de mouche à la direction, d'une prime jamais versée. La femme renouvela plusieurs fois la théière, silencieuse, un châle noir au crochet sur ses épaules maigres. Elle ne les écoutait pas. Elle était au-dessus ou loin d'eux, indifférente ou blasée, impossible de le savoir. Quand, à la fin, elle dit quelques mots à l'oreille de Johnny qu'elle appelait Giano, Georges comprit qu'elle était italienne et probablement même napolitaine.

— Vous êtes de Naples? dit-il en italien.

— Oui.

Elle baissa les yeux et sortit sans un mot de plus, lourde et tragique comme l'héroïne d'un drame.

— Les fascistes ont tué son mari, dit Barry.

— Quand?

— Vers 1935, Johnny avait six ans. Elle est venue travailler en Angleterre, à notre usine. Elle a trois autres enfants. C'est Johnny qui travaille maintenant et les fait tous vivre.

Johnny baissa la tête. Il n'aimait pas qu'on parlât de lui. En dehors de Peter Toughill, Georges se souvint d'un autre des ouvriers présents à cette réunion : une sorte de gnome au visage terreux, sans dents, sa casquette vissée sur le crâne, qui répétait avec le terrible accent nasal du Yorkshire : « Il faut les buter, il faut les buter », paroles en sombre désaccord avec celles des autres membres de la cellule qui restaient accrochés au thème des revendications sociales. Georges ne fut d'ailleurs pas surpris de la considération que Barry manifestait au gnome qui était, avec la tragique Italienne, le seul révolutionnaire du groupe. Ces hommes acharnés à discuter des augmentations de 3 1/2 pour cent n'inspiraient au gnome qu'une pensée : buter les patrons. Sa pauvre intelligence obtuse était seule dans le vrai, puisque dès que les ouvriers acceptent de discuter ils entrent dans le jeu, ils perdent de vue le seul objectif qui est la dictature du prolétariat. Le parti communiste anglais manquait de gnomes sanguinaires et ne serait jamais qu'un phénomène de curiosité comme l'avait été le parti fasciste de Sir Oswald Mosley. Comment Barry ne s'en rendait-il pas compte? Par amertume, épousait-il les causes sans espoir? La séance s'étira dans un interminable ennui jusqu'à dix heures du soir, la mère de Johnny continuant de renouveler le thé et d'apporter d'infects sandwiches au beurre de cacahuète. Enfin, Barry leva la séance après avoir vainement tenté d'intéresser ses camarades au combat que le Viêt-minh menait contre les Français en Indochine. Il rédigea une sorte de motion que tous signèrent pour qu'elle fût envoyée à la centrale du Parti à Londres. Quelles illusions se faisait-il? Rien dans son attitude ou sa voix ne trahissait son scepticisme. Il accomplissait avec le soin méticuleux qui le caractérisait sa tâche, au plus humble niveau, sans discussion, retrouvant la griserie de l'obéissance et du service. Mais combien de temps supporterait-il cette tâche effacée alors qu'il n'avait jamais douté d'être un meneur d'hommes? Johnny salua du poing levé. Il fallait, pour ne pas attirer l'attention, éviter de sortir en groupe. Le gnome, Peter Toughill et les autres partirent isolément. Georges resta dans l'entrée avec Barry, attendant que les pas des premiers militants se fussent perdus dans la nuit. Une lampe jaunie, pendue au bout d'un fil, éclairait le vestibule aux murs couverts de graffiti enfantins et de chromos découpés dans les calendriers. C'était si sinistre qu'ils ne trouvaient rien à se dire. Johnny guettait sur le seuil quand une porte latérale s'ouvrit et la mamma apparut dans l'encadrement, la main gauche nouant son châle sur sa poitrine affaissée. Il y avait de la lumière dans cette chambre soudain révélée et, machinalement, Georges regarda vers un lit. Une jeune fille dormait, le visage de trois quarts sur l'oreiller où ses cheveux dessinaient une large tache noire et brillante. Les traits étaient d'une douceur charmante. De longs cils soulignaient les paupières bleuâtres closes et deux fossettes marquaient les commissures de la bouche entrouverte. Il devait faire chaud dans cette petite pièce ; la jeune fille avait repoussé le drap et une sorte de tapis de table troué qui tenait lieu de couverture. On apercevait, serré dans une grossière chemise de nuit en toile, un torse délicat et, par le col échancré, un sein blanc à fleur rouge, un sein de jeune fille, pur, nacré, un sein vierge, singulière perfection sertie dans un écrin pitoyable. Une vive émotion l'étreignit. Une beauté neuve, inaccessible, qu'il ne reverrait plus jamais était là, à portée de main, rappel soudain des moyens détournés, absurdes ou délicieux, que la vie prend pour nous retenir au moment où elle nous attriste le plus. Il fut si troublé que son regard resta fixé sur la jeune fille endormie et que la mère, s'en apercevant, se retourna et ferma la porte derrière elle.

— On ne les entend plus, dit Johnny. Vous pouvez sortir, camarades.

Georges murmura un au revoir en italien à la mère.

— Vous n'êtes pas des nôtres, n'est-ce pas?

— Qu'est-ce qui vous le fait dire?

Elle pinça les lèvres, ne pouvant avouer que, parce qu'il avait contemplé avec trop d'émotion le sein de sa fille, il n'était sûrement pas du Parti.

— Pourquoi êtes-vous ici? dit-elle enfin. Vous êtes un espion fasciste. Mon mari a été tué par les fascistes.

— Et moi, mon meilleur ami italien a été tué par les antifascistes.

— C'était un traître!

— Non, un homme juste et bon.

— Vous venez? dit impérieusement Barry.

— Oui, je viens.

La femme se tut quelques secondes. Georges l'inquiétait deux fois: en contemplant le sein de sa fille et en affirmant qu'un homme juste et bon avait été assassiné par les antifascistes.

— Ne revenez pas! dit-elle au bord de la colère, la bouche tordue par une moue haineuse.

— Ne craignez rien!

Barry piaffait sur le seuil. Ils plongèrent dans la nuit et l'odeur se saisit d'eux comme un gaz délétère — mélange d'œuf pourri, de cadavre, de champignon, de fiente de pigeon — qui brûlait les narines. Ils avançaient au sein d'une glu molle, tenace, opaque dans laquelle on était tenté de nager pour repousser l'assaut des vagues pestilentielles. Des êtres humains vivaient là-dedans et n'y prenaient même plus garde. L'odeur imprégnait leur peau, leurs vêtements, et c'était pire qu'un camp de concentration, une

98

horreur puante, les déjections d'une société qui s'épanouissait sur un tas d'ordures. Ils marchèrent un long moment dans la rue défoncée avant que Barry posât une question :

— Qu'avait-elle contre vous?

— Rien. Sinon que je lui suis apparu comme un espion fasciste.

Il haussa les épaules.

— Oh, oui, ils sont pitoyables, mais ils existent! Ils sont malheureux et ils valent bien les autres.

Cet accent dans la bouche d'un homme pareil était une nouveauté. Aucun de ses amis ne l'aurait cru capable de s'humaniser et voilà qu'une parole charitable lui échappait, sans doute parce qu'il marchait à côté de Georges dans l'ombre qui voilait son visage. Une prairie séparait la ville de la zone des cottages. L'odeur s'adoucit, s'éloigna. C'était merveilleux comme on pouvait l'oublier, la laisser derrière soi, comme on pouvait d'ailleurs laisser derrière soi toute la misère du monde et marcher, délivré, dans la vie, ne conservant du malheur et de la tristesse que l'image d'un sein de jeune fille sur un immense fond de ciel noir. N. dormait déjà dans ses maisons de brique qui distillaient un insurmontable ennui. Des rues désertes, des magasins clos, de temps à autre une lumière derrière des rideaux mal tirés, c'était tout ce qu'offraient les privilégiés, ceux qui n'avaient pas été condamnés à vivre dans l'atmosphère pourrie par l'usine.

La gare apparut au bout d'une rue. Ils étaient en avance. Derrière son guichet fermé un employé dormait, le visage enfoui dans ses manchettes de lustrine. La salle d'attente déserte ouvrait sur le quai. Ils s'assirent dans un coin, sur des banquettes de bois, et Barry tira de sa poche-revolver une bouteille plate de whisky irlandais.

— Vous vous souvenez? dit-il.

— Oui, il me suffit d'en boire une gorgée pour revoir Dermot dans son petit bureau de Trinity, avec ses livres, son macfarlane et son réchaud à gaz. Je l'ai retrouvé l'an dernier, tel quel, sans un changement.

— Il m'écrit.

— A moi aussi.

— C'est un merveilleux vieux fou.

— J'aimerais le revoir, mais je suis vissé ici.

— Parce que vous le voulez bien!

Barry but plus longtemps que Georges, peut-être la moitié de la bouteille qu'il remit ensuite dans sa poche-revolver et, comme si l'alcool avait tout d'un coup creusé une brèche dans sa défense, il posa ses mains sur ses cuisses courtaudes, disant avec une douceur inattendue :

— Alors, vous pensez que ce petit Terence Holywell est un salaud?

Holywell! Il y revenait. Non, Georges n'avait pas d'opinion à son sujet. Il pouvait dire que c'était un salaud et il pouvait dire aussi que c'était un homme victime de son métier et pas le premier, ni le dernier. Georges était-il venu de Paris pour en discuter dans la salle d'attente d'une morne petite ville du Yorkshire? Pour avoir la paix, il dit « oui ».

— Je ne le raterai pas. Ni lui ni l'autre.

L'autre, c'était, bien sûr, l'agent dont Barry n'avait pas su mesurer la puissance de duplicité, un homme que Georges ne connaissait pas, dont seulement deux ou trois fonctionnaires savaient le nom véritable. Il avait sauvé sa peau dans ce jeu terrible.

— Dans la position où vous êtes? Vous riez.

— Non, non, vous verrez... Je ne le raterai pas.

— Barry, dites-moi, pourquoi êtes-vous devenu communiste?

— Pourquoi ne l'êtes-vous pas?

— J'ai encore un amour rétrograde, petit-bourgeois de la liberté. Cela ne se discute pas plus que votre position. La seule chose qui m'étonne, c'est que, donnant votre adhésion morale au matérialisme marxiste, vous vous livriez à des expériences de télépathie et de magnétisme. J'ai peur qu'il y ait incompatibilité entre la doctrine de vos philosophes et vos aspirations spiritualistes. Si, un jour, vous développez vos dons, vous risquez de vous trouver dans la situation de Pascal Fortuny. Sur la quarantaine, matérialiste convaincu, homme d'extrême gauche, il eut une vision et découvrit ses dons de voyant. La révélation d'un plan spirituel, qu'il avait ignoré ou nié, changea complètement sa vie et ses idées.

— Avez-vous lu les travaux de Bechterev et de Vassiliev? Non! Bon, alors, lisez-les et vous verrez qu'il y a un grand espoir d'expliquer ces manifestations paranormales par la physique, c'est-à-dire par la matière.

— L'Église marxiste est capable d'avaler tout, comme l'Église chrétienne, et de le transformer à son avantage.

— Oui, et elle est la dernière Église, la nouvelle. Deux mille ans s'ouvrent peut-être devant elle.

— A moins que l'accélération de l'histoire soit telle que les Églises aient seulement droit à une très courte durée dans le temps.

Le train entrait en gare. Barry serra la main de Georges avec sa rudesse d'autrefois et resta sur le quai, un peu trop cérémonieux pour son déguisement d'ouvrier. Un jet de vapeur l'enveloppa et il ne réapparut, petite silhouette trapue et pathétique dans un rond de lumière jaune, que quand le train fut déjà loin. Ils devaient se revoir encore une fois au Mexique.

Au retour à Londres, Georges eut la faiblesse d'appeler Sarah. Une voix artificielle répondit et, quand il eut dit son nom, l'artifice tomba, et la belle voix chaude et basse de Sarah résonna dans l'appareil.

— Oh, c'est vous? Vous êtes là pour longtemps?

— Je repars en fin d'après-midi.

— Alors, nous pouvons nous voir.

— Oui, déjeunons.

Ils se retrouvèrent dans un restaurant à moleskine rouge du quartier des théâtres. Un ciel lourd menaçait Londres et l'intérieur du restaurant aurait été plongé dans l'obscurité presque complète sans, sur les tables, des lampes basses qui créaient une atmosphère de rendez-vous clandestin, feutré, étouffé. Avec l'esprit de contradiction qui est le sien, Sarah fit une entrée éclatante, en manteau et robe clairs, le visage hâlé, les yeux brillants de joie, ses lèvres écarlates entrouvertes sur ses dents irrégulières. Elle avait perdu depuis l'adolescence son air d'oiseau de proie aux aguets, cette agressivité intérieure contenue, en même temps que ses traits osseux de petite Juive mal nourrie s'étaient étoffés, dessinant un visage plus rond, au teint mat, un visage d'Orientale. Ses cheveux coupés court étaient coiffés à la mode, avec une frange sur le front, comme Marie V. Toutes les femmes finissaient par se ressembler et sans doute n'y avait-il pas une grande différence entre elles.

— Je suis heureuse de vous retrouver! dit-elle.

On pouvait le croire. Elle ne le cachait pas, épanouie, le visage en fête, libre, apportant dans cette salle sombre où se préparaient des adultères une aura de plaisir et de volupté qui fit redresser le buste aux hommes présents et agaça les femmes. Ainsi en était-il presque chaque fois : ils se quittaient l'injure à la bouche et se retrouvaient comme si rien ne s'était passé. Le temps guérissait donc tout, ou, du moins, semblait le guérir et redonner une chance à l'amour. Il suffisait de se laisser griser comme Sarah, d'être doué d'une prodigieuse faculté d'oubli et de renaissance. A cet égard, les hommes sont plutôt des infirmes.

— Que signifient tous ces mystères?
— Quels mystères?
— Hier, je vous ai appelée. Vous aviez disparu. Stéphane est venu se faire plaindre. Malgré de louables efforts, je me suis réjoui de lui trouver si mauvais moral.
— Bon, alors on ne peut rien vous cacher!
— C'est fini?
— Fini.
— N, i, ni?
— N, i, ni.
— Qu'allez-vous faire?
— Voyager.
— Seule?

Sarah esquissa une moue qui pouvait tout signifier.

— D'ailleurs, cela ne me regarde pas, dit-il, et je me pardonnerai difficilement une si grossière question.
— Jamais vous n'adopterez les délicieuses manières anglaises. Il vous manque quelque chose... ou plutôt vous avez quelque chose en trop, peut-être la chaleur humaine,

le besoin de posséder entièrement un être. Je vous connais comme si je vous avais fait : le dévorant-dévoré ou le dévoré-dévorant suivant les cas. Je m'entendrai toujours avec vous et vous ne le savez même pas.

— Croyez-vous que cela m'intéresse de le savoir?

— Oh oui, je le crois. Vous voudriez bien vivre ailleurs que dans le présent.

— Vous vous trompez. Je vis dans le présent et je l'aime, même s'il n'est pas gai-gai.

— Moi je vous dis que non et je le sais. Sinon nous parlerions comme deux amants. Je suis venue à vous nue et heureuse. Comment ne le voyez-vous pas?

— Je le vois et je m'en défends. Vous reprendre dans les bras, Sarah, c'est amorcer une belle carrière de masochiste. Je ne me sens pas doué.

— Vous rêvez de pantoufles, de feux de bois, de sentiments bien définis, achevés et polis. Ne souriez pas... Il arrive que l'on rêve de tout ce qu'on est fait pour détester le jour où on pourra le posséder.

— Rassurez-vous, je ne rêve ni de pantoufles, ni de feux de bois, ni de sentiments bien quiets. L'idée m'en fait horreur.

— Je vous l'ai dit : je vous connais comme si je vous avais fait. Les seules choses qui vous mettent en mouvement ce sont vos déceptions.

Le soir ils prirent le train pour Newhaven, puis le bateau pour Dieppe. Il était minuit quand, après avoir passé la douane, Sarah demanda un hôtel. Elle voulait coucher là. Ils passèrent trois jours dans une chambre immense au lit de cuivre. La fenêtre donnait sur la plage et la mer où traînaient encore des péniches de débarquement criblées d'obus et des carcasses de chars. Les mouettes viraient devant leur fenêtre avec des cris plaintifs d'enfants blessés qui les éveillaient le matin. Ce n'était plus les poneys de la New Forest que Georges contemplait après l'aube, mais le vol lent des oiseaux sur un fond de mer verte mêlée au ciel gris. Deux fois par jour, la malle Dieppe-Newhaven arrivait et repartait. Sa sirène mesurait le temps. La ville ne les intéressait pas, mais ils se promenaient autour du port aux eaux calmes, attendant le retour des chalutiers qui ouvraient leurs cales où le poisson miroitait dans la glace. Le goût que garda Georges de ces trois jours est le goût du cidre accompagnant les moules marinière, les crevettes fraîches et le pain bis beurré salé. Puis Sarah décida qu'elle n'irait pas plus loin, que Londres (ou quelqu'un) lui manquait. Il la conduisit au bateau, gentille mais absente, déjà partie, n'ayant même pas un mot pour son fils qu'il lui avait proposé d'aller voir à Nice où Mme Saval l'élevait, à sa manière, Dieu sait comment, mais enfin elle l'élevait, il poussait et c'était l'essentiel. Une fois à bord elle se souvint de Georges, toujours à son habitude, en retard ou en avance d'un amour, incapable de vivre dans le présent. Elle resta sur la plage arrière, agitant le bras jusqu'à ce que le bateau eût dépassé le môle et fût entré dans la mer verte qu'il fendit de sa vieille étrave rouillée. Ils n'avaient aucune raison de se séparer, ils venaient d'être heureux, même très heureux grâce à une certaine mélancolie composée d'éléments inattendus : le cidre, les moules marinière, le cri des mouettes, une ville grise et rouge fouettée par le vent, le lit de cuivre et la mer toujours si verte. Après les orages, un sentiment indicible était né entre eux, quelque chose qui ne s'expliquerait jamais. Il plaisait aussi à Georges que l'initiative de leurs retrouvailles épisodiques fût abandonnée à Sarah. Il était son père, sa mère, sa sœur, son mari et, de temps à autre, son amant. Elle prenait garde à lui :

— Faites bien attention en traversant les rues, en conduisant votre voiture, en montant dans les avions ou en allant fourrer votre nez dans les guerres civiles : je ne veux pas vous perdre. Je n'ai que vous. C'est dire que j'ai tous les droits sur vous et que vous n'en avez aucun sur moi.

Il l'entendait bien ainsi.

Ayant envoyé ces dernières pages à Georges Saval, j'ai reçu une lettre de lui, accompagnée, comme la précédente, de la copie d'une vieille lettre de Dermot Dewagh. Je les cite intégralement :

Je vous lis comme je lirais l'histoire d'un autre moi-même. Est-ce étrange! De ma retraite cette nuit le vent a soufflé en tornade, ma vie passée m'apparaît comme un événement distinct de mon corps physique et de mes pensées. Je devrais en être d'autant plus à l'aise pour corriger tel ou tel détail qui me paraît inexact ou, tout au moins, transposé. Mais, à bien y penser, il n'y a pas de récit parfait. Je raconterais cette histoire que je ne serrerais pas plus la vérité que vous ne le faites. Peut-être même moins, bien que je n'aie rien à défendre de mon attitude ou de celle de mes amis. Cependant vous ne devriez pas laisser vos lecteurs futurs perplexes sur un faux mystère. Quel est le pacte qui m'a fait tout accepter de Sarah? J'avais vingt-cinq ans à cette époque-là. Elle vingt. Nous n'étions pas des vieillards sceptiques et las. Non, il y a eu autre chose dont je ne voulais pas parler. Maintenant, cela n'a plus d'importance. Quand, à Londres, dans la dernière année de la guerre, Sarah a découvert qu'elle attendait un enfant, elle a failli devenir folle. Une folie très singulière, pratiquement invisible à tout autre que moi, une folie qui la rongeait comme un termite. Je l'ai vue s'effriter de l'intérieur. Son enveloppe allait s'effondrer sur un grand vide de charpente. Aux tropiques, on voit de ces maisons en apparence solides, qu'une chiquenaude, un jour, réduit à un tas de poussière. Elle ne voulait pas de cet enfant. Elle s'est mise à boire, à monter à cheval et, si elle en avait eu les moyens, elle se serait droguée. J'étais terrifié. Elle courait les médecins marrons pour se faire avorter. A moi, cette idée d'avortement faisait horreur. Réflexe bourgeois si vous voulez. N'y voyez aucune espèce de crainte religieuse. Je n'ai jamais eu la moindre angoisse métaphysique. Il est probable que la guerre qui sévissait alors a modelé nos deux attitudes opposées. On pouvait, en effet, réagir de deux façons : ne mettons plus d'enfants au monde, il ne faut pas qu'ils vivent ces horreurs-là ; ou bien : mettons des enfants au monde, parce que nous saurons les protéger mieux que nos pères nous ont protégés, procréons pour une ère de paix, pour que nos sacrifices profitent au moins à notre chair et à notre sang. Vous voyez l'erreur, la mienne du moins. Nous n'avons pas plus que nos pères su protéger la paix. C'est une bonne leçon d'humilité, réconfortante en un sens. Nos pères n'étaient pas les imbéciles que nous avions cru. Comme nous, ils étaient les jouets de l'absurde. Dans l'absolu Sarah avait raison : ne nous créons pas de souffrances inutiles. Mais une vie sans souffrances est une baudruche. Elle n'y a pas tout à fait échappé.

Dites-vous bien que je n'ai pas rêvé puérilement d'être père, et d'ailleurs j'ai plutôt été un mauvais père, comme il faudra bien que vous le montriez au cours de ce récit. Mon fils ne m'a réellement intéressé que quand j'ai senti qu'il se différenciait de moi, qu'il avait une vie secrète et qu'il me jugeait. Un seul fait domine : je ne voulais pas supprimer une vie possible. J'ai tellement supplié Sarah qu'elle a cédé. Vous me direz que c'est un peu dans sa nature. Disons que c'est arrivé une fois. Et d'ailleurs en échange de sa liberté totale après la naissance de Daniel. J'ai promis et nous avons scellé un pacte qu'aucun de nous deux n'a transgressé. Bien entendu, il y a eu des mots. Comment échapperait-on à ces basses trivialités? Mais le rappel de nos conventions suffisait à nous faire taire. J'en ai souffert moins que je ne pensais. A distance même, en gros dirons-nous, tout s'est bien passé. Ce n'est pas très glorieux, mais c'est ainsi.

De Marie V. ce que vous dites est parfaitement juste. Elle dispensait du bonheur et du plaisir. De combien de femmes peut-on le dire? Le nombre d'êtres qui collent à un moment de notre vie puis s'effacent sans qu'on puisse retrouver leur trace est inquiétant. Est-il sûr que nous piétinons la même planète? Diana, Joan, Marie V., Claire, quelques autres encore...

Ma rencontre avec Barry est racontée avec une grande exactitude. Je ne me souvenais même pas vous avoir dit tout cela. Il y a cependant un point que j'ai dû oublier de vous préciser. Barry a parlé d'Ho. J'en suis certain. Pendant que nous attendions le train qui me ramènerait à Londres. Ils étaient en relations. Ho se trouvait alors en Birmanie sous le couvert de je ne sais quelle mission diplomatique. On utilisait sa bonne connaissance du chinois pour interroger les réfugiés qui arrivaient par la route mandarine. Il est très important pour la suite de votre récit que l'on sache que Barry et lui ne se sont jamais perdus de vue. Vous n'oublierez pas de dire comment Ho m'a menti à ce sujet lors de la nuit que nous passâmes dans le club britannique d'Aden.

A mon retour de Londres, après les trois jours passés avec Sarah à Dieppe, j'ai écrit à Dermot Dewagh. Voici sa réponse :

Cher Georges,

Oui, bien sûr, je sais pour Barry et il m'écrit. Son écriture a changé. Ce n'est pas la même mécanique froide comme une trace d'émotion. Il m'a placé dans son musée, ce qui n'est pas d'un pur révolutionnaire. Il devrait avoir tout brûlé. Heureusement son musée est un peu encombré et si un autre monde auquel il aura travaillé doit naître, il est probable qu'il lui sacrifiera les reliques de ce musée, y compris l'amour inavoué, enfoui sous une montagne de sarcasmes, qu'il éprouve pour sa mère, cette belle personne dont le mari a eu le ridicule de mourir des suites d'une piqûre de rosier. Ils se sont revus (vous l'a-t-il dit?) après la guerre, quand Barry a reçu la Victoria Cross des mains de S. M. après ses exploits en Allemagne. Elle est venue avec des fleurs à l'hôpital. Il l'a traitée de putain. Une bombe étant tombée sur sa maison, elle était restée un peu sourde et elle n'a pas entendu le mot. C'était la première fois qu'à une injure de Barry on répondait par un sourire. Elle ne voulait pas non plus le lâcher et elle a obtenu un bulletin de sortie de l'hôpital. On l'a transféré chez elle où il a été odieux, insultant l'infirmière, les domestiques. Sa mère était aux anges. Elle n'avait jamais rencontré un homme de caractère, et le premier qu'elle avait le bonheur de connaître était son fils. Dès qu'il a été mieux, il a exigé qu'on le loge aux écuries, là où vivait son père. Dans l'écurie, on avait entassé des tas d'objets inutiles, c'est-à-dire des masses de livres collectionnés par son grand-père maternel, tous consacrés au spiritisme et à la sorcellerie. Y a-t-il un don dans la famille? Il me semble que je revois les yeux de notre ami : un feu de glace. Quelques pratiques très simples lui ont permis de découvrir son pouvoir. En fait, ce pouvoir existait déjà; nous le savions, c'était un entraîneur d'hommes, mais son magnétisme inconscient ne dépassait pas la normale. En le cultivant, en le révélant, il a découvert un monde. Je crois qu'à cette époque, il était déjà communiste. Par la grâce de qui ou de quoi, je n'en sais pas plus que vous. Guéri, il a injurié une dernière fois sa mère devant tous les domestiques réunis (l'injure publique est d'une âme passionnée ou blessée) et il est parti.

Voilà ce que je sais. Le reste je le rêve. Nous pensons l'un à l'autre. J'aimerais qu'il vienne me voir, comme vous je l'entraînerais sur les falaises et le soir je lui préparerais des irish whiskeys. Nous avons une crème excellente grâce à un fermier proche de ma maison, un vieux loup de soixante ans qui, ayant su que j'avais été professeur, voudrait que je lui apprenne à lire. Il est catholique et désire déchiffrer lui-même la Bible afin de clore le bec au pasteur de notre village qui lutte contre le vent pour apporter un peu de lumière aux âmes obscurantistes de notre Connemara. Dois-je enseigner ce papiste? Ou dois-je le laisser dans ses ténèbres? N'étions-nous pas plus heureux dans nos ténèbres enfantines? C'est votre poète, Apollinaire, qui a écrit :

Heureux comme un petit enfant candide.

Quand reviendrez-vous? Je vieillis bien, mais je vieillis. L'alcool ne conserve pas toujours aussi parfaitement qu'on le dit, même s'il protège des petits microbes qui s'attachent à notre guenille comme des sangsues. J'ai toujours bon pied. Parfois la mémoire d'un vers me manque. Et si, soudain, comme un amnésique, j'étais privé de poésie? Panique certaine! Je n'aurais plus que le souvenir d'un amour de dix-huit ans à me raconter. Maigre, n'est-ce pas, aux yeux d'un Latin comme vous? Permettez-moi de vous dire d'ailleurs que vous passez les bornes de la décence. On n'est pas l'amant de sa femme. Cela ne se fait pas. Le moindre manuel de civilité puérile et honnête vous l'apprendrait. Vous allez vers l'inextricable. Je désire connaître Sarah. Amenez-la. Ou plutôt envoyez-la seule. J'ai besoin d'intimité pour entendre parler les jeunes femmes d'aujourd'hui. Il y a en elles des mystères que je veux éclaircir. Dites-lui que je lui servirai son petit déjeuner au lit. Pour les autres repas nous irons à l'auberge où l'on sert d'excellentes conserves. Pauvres Irlandais, ce sont les plus mauvais cuisiniers du monde! Ils n'ont aucun mérite à jeûner. J'espère que vous ne m'en avez pas voulu lors de votre dernière visite. Si vous revenez j'achèterai un livre de cuisine et nous ferons ensemble des œufs sur le plat pendant que vous me raconterez comment va le monde. Mal, n'est-ce pas? Un vieil esthète comme moi ne peut que s'en réjouir. La folie des hommes rend plus sage encore la sagesse de ma retraite...

Dermot Dewagh.

Admirable dans l'art de faire sa propre publicité et puant de démagogie chrétienne, le maire de Florence pérorait depuis un quart d'heure sous le médaillon représentant le beau profil de Cyril Courtney, quand la pluie commença de tomber. Personne n'écoutait plus depuis un moment déjà, et ce fut une heureuse diversion de contempler l'inquiétude de la tribune, le flottement parmi les ventres importants et les barbes impérieuses, toutes ces lunettes qu'on retirait pour les essuyer. Pendant un instant, il n'y eut plus que des regards myopes posés sur une assistance informe et molle. Sans perdre contenance, le maire empocha ses papiers trempés et prit un nouvel élan oratoire d'un air inspiré. Une sorte de bedeau courageux trouva un parapluie qu'il ouvrit au-dessus de l'auguste tête municipale. J'étais au premier rang, décidé à ne monter sur la tribune qu'à la minute où mon tour viendrait, mais l'ennui, le dégoût de cette cérémonie m'envahissaient. Pourquoi avoir accepté de participer à cette entreprise d'annexion d'un jeune mort de génie? Qu'avaient en commun le divin Cyril et ces politiciens chevrotants, ces universitaires égarés et ces poètes de sous-préfecture qui ouvriraient avidement le journal de demain pour y chercher leurs noms dans le compte rendu de la cérémonie? Le consul britannique, à deux pas de moi, se tenait figé dans une attitude guindée comme si, en parlant de poésie, on s'était permis des incongruités devant lui. Il prêtait à sourire, pourtant n'était-ce pas lui qui avait

111

raison? La poésie de Cyril exprimait un mépris fabuleux de tout ce qui aurait cherché à la cerner d'un mot, d'un trait. Depuis sa révélation, après la guerre, cette poésie avait conquis un cercle d'initiés. Le snobisme ne s'en emparait pas encore, et il allait falloir une dizaine d'années avant qu'elle fût universellement connue et traduite, qu'on lui consacrât des thèses, des livres. En fait, les fameuses odes prenaient l'air pour la première fois à Florence, parce que le maire de cette ville avait lu quelque article rapprochant le poète du Dante et rappelant la belle et sobre traduction de la *Vita nuova*. Si j'étais convié à l'inauguration du médaillon, c'est qu'un jour, j'avais écrit que Cyril était passé par Florence peu avant la guerre. Ainsi le maire s'assurait-il d'un certain lignage de publicité dans la presse française et anglaise. Mais Cyril dans tout cela? Il était facile d'imaginer sa fureur devant les bénédictions officielles. De minute en minute, une voix intérieure me commandait de rompre le concert des louanges et de rendre au véritable génie de Cyril le seul hommage qui lui eût plu en racontant le vol du Bronzino. On ne le croirait peut-être pas, ou bien, si on le croyait, je risquais de graves ennuis, mais qu'importait, il fallait secouer cet enterrement sous des couronnes de lauriers et, au nom de la poésie, rappeler qu'un poète est un être qui ne peut souhaiter que la mort des bonzes et de leur endormante imagerie.

Aux larges gouttes d'un orage avorté, succéda une pluie discrète et tiède qui sembla tendre un voile de tulle gris autour de nous. Le maire éternua et, inquiet pour sa santé, mit fin en quelques mots à sa péroraison. Les officiels s'agitèrent. Ils me cherchaient et je me dirigeai vers la tribune, certainement pas aussi calme que j'eusse aimé le paraître. On me fit place et je contemplai l'assistance, une centaine de personnes, un moutonnement de parapluies, des têtes étranges sous les capuchons de plastique transparent. J'ouvrais la bouche quand j'aperçus le regard fixe d'Horace McKay, son nouveau visage d'adulte aux joues creuses, à la bouche mince avec des lèvres serrées comme si elles retenaient toujours une insulte, une remarque coupante et blessante. C'est pour lui — sur sa demande muette, car il avait tout deviné — que je n'ai pas parlé, que j'ai tu jus-qu'aujourd'hui l'histoire du Bronzino volé. Je ne dis donc rien, sinon des paroles lénifiantes et propres à ne réveiller personne. Il me semble, à distance maintenant, que j'écou-tais ma propre voix comme celle d'un étranger tandis que dansaient devant mes yeux les images folles de Cyril accro-ché au volant de la Bentley rouge qui déchirait de son bruit de scie mécanique la calme Toscane. Je le voyais, je l'enten-dais foncer tel un chevalier errant dans un décor de carton-pâte et pulvériser la tribune où nous agitions nos bras comme des moulins à vent en son honneur. Aux applaudis-sements du public et des officiels, je sus que j'avais terminé, qu'après les autres je venais de jeter en vrac, sur le monu-ment du poète, ces couronnes de lauriers qui ont aidé à le travestir et à le pétrifier dans les manuels scolaires. Le maire me serra la main, puis le consul britannique, et je cherchai Ho des yeux. Il avait disparu.

Tout l'après-midi j'errai dans Florence que la pluie du matin avait lavée et qui brillait d'un éclat métallique sous le soleil pâle. Les rues miroitaient, l'Arno coulait sa boue entre deux rives. Cette ville inspirait un respect terrible. Rien, semblait-il, ne pouvait l'entamer. Elle ignorait avec un mépris cinglant les étrangers qui tentaient de la forcer, timidement ou en singeant les gestes ridicules de l'amour. Nous pouvions marcher sans relâche dans ses rues, nous pencher cent fois à tomber au-dessus du fleuve, fouiller les musées, partout nous rencontrions le même visage de pierre, les mêmes torchères brandies comme des poings haineux et les façades des palais hérissées de pointes. Chaque fois j'avais l'impression de repartir les mains à vif, les ongles rognés, l'âme déchirée par cette vaine escalade. La ville avait brûlé Savonarole, chassé Dante, écœuré Michel-Ange et le Vinci avec un superbe dédain. Pour égayer cette masse grise et volontairement morne, il n'y avait que des taches de sang : le sang du lys rouge, le sang des Pazzi, le sang qui avait ruisselé sur les marches de Santa Maria Novella le jour où Malaparte vit les partisans massacrer à la mitraillette les jeunes fascistes et un vieux moine chasser bourreaux et victimes armé de

Les poneys sauvages.   8

son seul balai poisseux avec lequel il nettoya ensuite le parvis de l'église. Si je montais dans l'atelier du peintre B., un géant aux mains d'étrangleur qui avait été tueur chez les fascistes avant de passer au communisme, je n'y verrais que des toiles représentant des crimes, des cadavres blancs aux sexes énormes, dans une atmosphère de sadisme. Mais je ne monterais plus chez B. Il venait de se pendre à une poutre de son atelier glacial et sombre. Giovanni Papini, lui-même, le macrocéphale, fascinant de laideur, au physique de gargouille gothique, aux yeux pochés et aveugles, Papini ne fleurait-il pas le Diable avec lequel il entretenait des rapports, purement littéraires il est vrai? On ne vivait pas sans danger à Florence. La ville vous façonnait une âme de partisan et je crois même qu'à la longue, elle façonnait un visage où se lisaient les stigmates de la passion florentine : la cupidité, l'orgueil, la méfiance, le goût de la beauté violente et le secret refus du reste du monde, en somme tout ce que l'énergie accumule en un homme qui ne trouve plus d'objet à ses haines et se consume lentement en vendant de la pacotille aux touristes. Il était plus sage de s'installer dans les paradis de Fiesole ou de Settignano si l'on voulait échapper à l'interminable querelle des Guelfes et des Gibelins qui avait gagné, comme une épidémie, le monde entier pour le diviser en deux camps retranchés bourrés de bombes apocalyptiques.

Sans la présence inattendue et presque mystérieuse d'Horace McKay dans ces murs, je serais reparti tout de suite. J'avais besoin, à ce moment-là, pour terminer un livre, d'une Italie doucereuse et calme, penchée sur la mer, une Italie couleur de cassate napolitaine, le verbe haut, le geste expressif. Une chambre et un balcon m'attendaient à Positano. Il suffisait de prendre la route et de rouler sur l'autostrade pour y arriver au petit matin dans les fleurs et la chaude odeur de la mer, échappant à l'intolérable oppression de Florence. Pourtant, je retins une chambre sur le Lungarno, une de ces chambres où l'on ne dort jamais, maintenu en éveil par le démon de la mécanique qui agite les Florentins pendant la nuit. La trattoria où nous avions dîné un soir avec Cyril était encore là, fumeuse et sale,

114

emplie d'ouvriers et d'employés penchés au-dessus de leurs assiettes et sifflant des pâtes graisseuses. Pour égayer cet endroit, nous avions amené trois guitaristes. Sans eux, il faut bien avouer que c'était sinistre. Après un dîner rapide, je me rendis chez Giuberossé. Le café était encore désert. Seul devant un guéridon et une tasse vide, Ho, sanglé dans un imperméable, coiffé d'une vieille casquette anglaise, fumait en m'attendant. Car il n'y avait guère de doute qu'il m'attendait. A se découvrir si bien prévu, on sent monter l'inquiétude autant que l'irritation. Je connaissais déjà les conditions de la rencontre de Georges et de Barry à N., mais cette fois, on ne pouvait pas invoquer les mêmes phénomènes de magnétisme. Ho était dépourvu du moindre pouvoir de ce genre et — on le verra plus loin, au cours d'une nuit à Aden — il était, au contraire, un « percipient » parfait, sensible comme Georges au moindre appel télépathique. Récepteur et non émetteur. Je crois qu'il avait simplement calculé des probabilités et misé sur celle qui avait le plus de chances de réussir, ne doutant pas un instant que je chercherais à le retrouver et retournerais dans les divers endroits où nous avions traîné avec Cyril. Giuberossé était un de ces endroits et, de plus, discret dès la fin du dîner quand les Florentins, abandonnant leurs maisons sombres comme des caves, viennent y faire et défaire des gouvernements, ou que des poètes minables s'y racontent avec un morne ennui.

Je naviguai entre les tables, prenant mon temps pour mieux l'observer. Nous ne nous étions pas vus depuis quinze ans. Les signes de vieillissement que j'épiais sur son visage, il dut les épier sur le mien sans rien en laisser paraître. Il sembla seulement étonné que je ne fusse pas au courant de son aventure. Les journaux en avaient parlé trois mois auparavant, mais depuis trois mois je n'ouvrais plus de journaux. Ho accusé d'espionnage venait d'être expulsé de Moscou en quelques heures après y avoir passé deux ans à l'Ambassade britannique. Satisfaisant à l'honneur par une amère et platonique protestation, son gouvernement avait accepté la gifle sans lui donner la réplique habituelle en ce cas : l'expulsion d'un diplomate soviétique.

— On m'a mis au vert, dit-il. J'ai le droit de jouer au touriste en Italie sous le nom de Thomas Sandy-Pipe avec des papiers tout à fait réguliers. Quand j'ai vu qu'on allait inaugurer un médaillon en l'honneur de Cyril à Florence, j'ai abandonné Rome pour quelques jours, mais je ne pensais pas vous trouver ici.

— Après vous avoir aperçu dans la foule ce matin, j'ai bafouillé lamentablement. J'étais monté à la tribune avec l'intention de raconter tout à fait autre chose.

— Oui, je m'en suis douté. Il vaut mieux garder cela pour nous.

Georges m'avait prévenu : « Ho est devenu terriblement ennuyeux et conventionnel, il affiche volontiers la morale d'une vieille fille de patronage. » Où était passée sa flamme? Éteinte, noyée dans l'alcool et la paperasserie. On ne reste pas éternellement un jeune homme. L'Ho de Cambridge et de Florence avait perdu en Cyril son révélateur. Certes, Georges assurait que, de temps à autre, Ho soulevait encore le coin du voile, mais cela pouvait difficilement se présenter avec moi. Je croyais que nous nous connaissions peu. Ce n'était vrai que dans un sens. Il me connaissait très bien. J'étais là dans un coin de son prodigieux cerveau qui recueillait et notait tout, triait, classait, résumait selon une méthode infaillible. Il avait lu la plupart de mes articles, connaissait la teneur de mes livres bien qu'ils n'eussent pas été traduits en anglais, sans doute parce qu'ils ne sont pas assez pornographiques. Mais cette machine parfaite ne fonctionnait pas en public. Elle tournait à plein, en silence et en secret, et Ho se satisfaisait d'un avancement médiocre pour employé consciencieux. Bien après nous découvrîmes qu'il avait toujours occupé des postes clés, obscur second de patrons incapables qu'il dirigeait avec un tact parfait.

Le café se remplissait d'hommes en noir aux joues bleues qui commençaient par se parler à voix basse puis vociféraient et, soudain, l'œil inquiet, chuchotaient de nouveau comme si la salle était remplie de policiers. Les Florentins mouraient d'ennui de ne pouvoir conspirer contre rien de sérieux. Leurs conversations ressemblaient à un jeu, à une

116

sorte d'entraînement physique et moral à la conspiration pour le jour où elle serait de nouveau nécessaire.

— Nous serons bientôt les seuls, avec Georges, dis-je, à savoir qui était le véritable Cyril.

— N'est-ce pas mieux ainsi?

— Non, franchement non. Vous vous doutez bien que, par goût et par vocation, je suis partisan de tout dire.

— Vous ne vous entendriez pas avec Barry. Il paraît qu'il est fou furieux du livre de Terence Holywell.

— Je connais ce livre. Il n'est pas très fort. Mais, tant qu'un ancien de Hay Street n'aura pas écrit noir sur blanc le détail des deux opérations que vous avez appelées Mission I et Mission II, les romanciers auront la part belle.

— Vous le croyez vraiment?

— Je le crois.

Il resta songeur un instant. Une idée, qu'il devait exprimer en me quittant cette nuit-là, faisait lentement son chemin.

— Avez-vous vu Georges depuis longtemps? demandai-je.

— Oh, deux fois seulement! Il était en reportage à Moscou l'an dernier, et il y a trois mois, alors que je m'installais à Rome, il a retrouvé ma trace et m'a soutiré quelques renseignements sur l'espionnite dans les ambassades. La question l'amusait. Il en a fait une série d'articles où il traite assez bien le problème. Figurez-vous que nous nous étions donné rendez-vous au café Greco, que nous nous sommes trouvés à la porte, et qu'à peine installés à une table, nous avons vu en face de nous Sarah, en compagnie d'une manière de prince italien, moitié gigolo, moitié ancien héros de la guerre. C'est fou ce que Georges a eu de plaisir à retrouver Sarah. Vous la connaissez?

— J'ai appris à la connaître. Elle est de ces femmes avec lesquelles on apprend. Vous savez ce que c'est : il y a des professeurs qui enseignent la littérature leur vie durant et qui seront toujours incapables d'écrire une page du moindre intérêt. Sarah est un peu comme eux : elle conduit son existence dans le plus grand désordre mais elle sème autour d'elle le seul bien qu'un homme puisse désirer : l'intelligence de la vie. Chaque fois qu'elle passe par Paris, elle me téléphone et nous déjeunons ensemble...

Ho n'était pas l'homme à qui je raconterais que nous avions juré, Sarah et moi, de ne jamais coucher ensemble, même au clair de lune sur une île déserte.

— En dehors de ses obsessions sexuelles, dit-il, je me demande quel intérêt elle peut avoir.

— Plus que de l'intérêt, cher Ho! Sarah est passionnante. A ma connaissance, la seule femme qui vive comme un homme. Je l'ai surnommée don Juane.

— Je vois ça : vous élevez ses coucheries à la hauteur d'un idéal métaphysique.

On ne pouvait se méprendre sur son ton. Il la détestait. Une question de peau, de réflexe, contre laquelle je n'avais guère envie de lutter.

Le café s'était rempli de consommateurs tous étrangement semblables avec des têtes de carbonari, des regards noirs et fiévreux, des mains maigres et poilues qu'ils enfouissaient dans les poches de leurs manteaux, différents en cela des autres Italiens qui ne sauraient dire « oui » sans s'agiter comme des sémaphores. Un jeune homme seul en blouson de cuir et pantalon américain s'arrêta devant nous. Il aurait pu nous tourner le dos, mais resta de trois quarts, position qui avantageait son visage un peu trop poupon de face pour une stature de débardeur. Tout de suite, je sentis l'attention d'Ho qui se délitait malgré ses efforts pour continuer notre conversation. Il n'était plus là, sans que rien cependant trahît son intérêt pour le jeune homme. Pourtant cela se voyait et, en même temps que son attirance, la lutte sourde qu'il se livrait pour repousser jusqu'à la pensée de cette tentation.

— Tout cela nous mène loin de Cyril! dis-je. Cet après-midi, je suis allé jusqu'à la Porta Rossa pour revivre votre départ dans la Bentley rouge. Vous étiez deux fils de rois.

— Des fils de rois?

— Vous n'avez pas lu Gobineau?

— Vous savez bien que je suis inculte!

— Vous auriez pu lire Gobineau. Il avait le sens de la

race comme les Allemands que vous admiriez tant dans votre jeunesse.

— Il s'est passé des choses depuis. Le monde a tourné.

— C'est le moins qu'on puisse dire.

— Si nous marchions un peu... ce café est une tabagie.

Il voulait échapper à la tentation. Nous suivîmes le Corso, puis la rue Cazaiolo pour nous retrouver sur la Piazza della Signoria déserte, veillée par ses héros de bronze et de marbre. Jamais je n'ai éprouvé avec autant de force qu'à ce moment-là le sentiment écrasant de la disproportion de nos désirs et de nos volontés avec la grandeur du monde dont nous croyons nous être rendus maîtres. Oui, c'était presque de la panique, l'impression d'une insuffisance totale devant les puissances qui nous broieraient. Sous la coupole du ciel noir, sans une étoile, on aurait dit d'une caverne fantastique peuplée de géants pétrifiés qu'un souffle malin allait ranimer, qui se pencheraient pour nous cueillir dans leurs mains énormes, nous égorger avec leurs épées sanglantes, nous étouffer d'une étreinte. Le silence dura ainsi quelques minutes. Nous restions cloués sur la dalle évoquant le supplice de Savonarole, puis un chien noir traversa la place, déchirant le rêve de son trottinement pacifique, et nous nous rendîmes soudain compte que le silence qui nous avait étreints jusqu'à la peur était un faux silence : la ville était tout autour de nous et sa respiration nous parvenait par échos étouffés, les belles naïades de la fontaine Neptune gaspillaient une eau argentée qui retombait mélodieusement dans le bassin.

— Heureusement, dis-je, que l'homme a créé le bruit pour se rassurer.

— Oui, n'est-ce pas? Le silence est intolérable. Et pire que tout est le silence auquel, parfois, nous nous condamnons.

Longtemps après, j'ai compris ce que signifiaient ces quelques mots qui échappèrent à Ho dans un moment d'émotion, mais, sur le moment, ils restèrent sibyllins. Je ne pouvais imaginer qu'un être se condamnât ainsi au silence, et que ce silence, à la longue, devînt un supplice dont on meurt moralement.

— A Florence, dis-je, on fait une cure de volonté. Rien de gracieux ou de mièvre. Les femmes, comme les naïades du bassin, ont de petites têtes et des corps puissants, les héros des muscles gonflés dont les veines saillent sous la peau de bronze. Les hommes d'action devraient venir méditer ici, puis repartir en vitesse sans s'arrêter à Parme, Plaisance ou Crémone qui enrobent tout de douceur, de miel et de littérature.

— Il n'y a plus d'hommes d'action!

— C'est vrai que la mode en est passée. On en a trop pendu ou fusillé. Les candidats finissent par se dégoûter. La réponse au « en avoir ou pas » d'Hemingway est trop facile : il importe de ne pas en avoir.

Ho voulut revoir la corniche des Offices sur laquelle Cyril et lui avaient caché le Bronzino avant de le reprendre à la nuit tombée. Comment ne s'étaient-ils pas rompu le cou?

— Oui, c'était assez angoissant, dit-il. Je crevais de frousse. Encore un de ces sentiments qui s'usent. Quand nous serons centenaires, que nous restera-t-il? Je ne suis pas très gai... Pardonnez-moi...

— Florence n'a jamais inspiré la gaieté. Il faut en prendre son parti.

Nous marchâmes encore jusqu'à mon hôtel, sans rien nous dire de nouveau.

— Bonsoir, Ho! Ne vous perdez pas dans le labyrinthe de ces rues. Vous risqueriez d'y rencontrer le Minotaure.

— Ah! le jeune homme à la tête de taureau!

— Comme Florence ne déteste pas les inversions, il se pourrait que ce fût une tête de jeune homme sur un corps de taureau.

Depuis Giuberossé, nous étions suivis par le blouson de cuir. Il attendait là au coin d'une rue, dissimulé, que nous nous disions au revoir, sachant fort bien depuis le début lequel de nous deux serait sa proie. Ho semblait absent, à peine attentif à notre au revoir.

— Puisque cela vous intéresse, je vous écrirai noir sur blanc la vérité très exacte sur les deux opérations Mission I et Mission II. Même Georges ne la connaît pas intégralement. Seul Barry sait tout, mais l'orgueil l'étouffe trop pour

120

qu'il en parle. Un jour, cela pourra vous servir. Ne vous attendez pas à de la littérature : j'écris comme un communiqué militaire.

— Je ne vous dis pas que cela ne m'intéresse pas. Ça m'intéresse, mais sans doute garderai-je ça pour moi. Je n'ai jamais pratiqué le roman d'espionnage.

— Il s'agit de bien autre chose que d'espionnage! Vous verrez...

Il serra ma main, fit trois pas pressés, puis revint en arrière et, tête baissée, fixant la pointe de ses souliers, lâcha tout à trac :

— Je me suis toujours demandé si Barry n'avait pas un petit peu achevé Cyril sur la plage de Dunkerque. Vous me direz : aucune importance, de toute façon il allait mourir, mais c'est quand même intéressant. Georges a pu n'en rien savoir. Non, vraiment ça n'a aucune importance. Je ne vois même pas pourquoi je vous le dis...

Ma fenêtre donnait sur le Lungarno. En arrivant dans la chambre, j'écartai les lourds volets de bois. A quelques mètres en dessous, Ho discutait avec le jeune garçon qui essayait de le retenir par le bras. D'un mouvement nerveux de l'épaule, Ho se dégagea et comme l'autre s'accrochait de nouveau, il le renversa d'une rapide et brutale prise de judo, puis s'en alla à grands pas sans se retourner.

Le lendemain, traversant Florence pour gagner l'autoroute de Naples, j'aperçus une dernière fois Ho sur la place du Dôme. Il était planté devant la porte du Paradis. A côté de lui, le bras et l'index tendus vers les figurines de Ghiberti, se tenait un jeune homme en blouson de cuir. La porte du Paradis? Il ne l'avait pas encore franchie, il devait attendre quelques années avant d'entrer dans le saint des saints.

Ho tint parole. Quelques jours après, à Positano, je reçus, sans commentaire, une dizaine de feuillets dactylographiés racontant avec précision le succès de Mission I et l'échec de Mission II. Aidé de Georges, j'ai essayé de recréer en un style moins télégraphique l'atmosphère de cette singulière histoire qui empoisonna la vie de Barry Roots.

Je ne la publie pas dans le corps du récit, mais en annexe, page 501. On peut la lire maintenant, bien que je conseille de la lire plus tard, quand apparaîtront à l'escale d'Aden le dundee *Deborah* et son équipage : Ben Ango, Maureen et le Malais Amaro.

Le même courrier m'apporta aussi une lettre de Sarah timbrée de Rome, que l'on me transmettait de Paris. Sarah me croyait en France. J'étais à trois heures d'elle. Elle arriva le lendemain, après mon télégramme, dans une superbe voiture italienne qu'elle étrennait, un gros jouet blanc et chromé qui souffrait d'être conduit à petite allure par une femme. Sarah étrennait aussi un garçon de vingt-cinq ans, Mario, dont le masque énergique et violent ressemblait d'une façon hallucinante à celui de Malatesta dans son médaillon du temple de Rimini. Ce n'était rien moins qu'une mauviette, je m'empresse de le dire, bien que, plus jeune d'une dizaine d'années, il pût faire figure de gigolo auprès de Sarah. D'ailleurs, à part Stéphane, qu'à ses débuts elle avait réussi à transformer en loque, elle ne s'est jamais embarrassée de mauviettes. Ce garçon se montra pendant quelques jours à mon égard d'une grossièreté, d'une suspicion qui prêtaient à rire. Il lui fallut du temps pour comprendre que Sarah avait seulement un ami en moi. La jalousie de Mario ne désarma guère cependant et je vis monter en Sarah l'exaspération, puis une fatigue épouvantable de la vie qui lui firent accueillir presque avec soulagement la fin de cette aventure sans issue.

C'était, pourtant, un délicieux été qui semblait conçu pour le bonheur et dont nous aurions tous dû profiter. Je terminais un livre, préoccupation suffisante à me protéger de tout ce qui se tramait ou, du moins, à l'observer avec indifférence. La chambre voisine était occupée par un écrivain américain, John D., qui se levait aussi avec le soleil et travaillait jusqu'à l'heure du bain. J'entendais sa machine à écrire à travers la mince cloison. Rapide au début, avec les temps de pose pour allumer des cigarettes ou feuilleter un dictionnaire, puis de plus en plus lente chaque matin, parce que John, amoureux d'une belle Napolitaine, Laura, qui vivait à l'hôtel, perdait le fil de son récit et jusqu'à son assurance d'être un véritable écrivain. Le trouble rêveur dans lequel le plongeait l'apparition de Laura dans les couloirs, sur la terrasse où nous déjeunions, et en bas, sur la plage, n'était d'ailleurs rien en comparaison du désarroi que créaient en lui les interventions d'une enfant de douze ans, Alessandra, la fille de Laura. Cette diablesse qui avait tout deviné, à qui John plaisait, s'ingéniait à le torturer, à inventer mille histoires abracadabrantes. John fonçait comme un taureau, désespérait, puis retrouvait l'espoir, incapable de résister à la perfide imagination d'Alessandra. Le calme de Laura, sa beauté placide de Vénus rôtie au soleil, son apparente indifférence paralysaient de plus en plus le pauvre John qui dépérissait et me confiait son anxiété quand il l'avait suffisamment arrosée de vermouth : « Laura existe-t-elle? » Un matin, il décida que non et partit s'installer dans un hôtel du Pausilippe, croyant fuir une femme inaccessible, mais le lendemain Laura nous quittait à son tour et le rejoignait avec Alessandra. Je crois qu'ils se sont mariés depuis.

L'annexe de l'hôtel était occupée par une troupe disparate et quelque peu ridicule, un atelier de Montmartre venu au complet en voyage organisé, sous la houlette de son professeur, M. Barbe, aux gilets chatoyants et à la voix de baryton. De bonne heure, le matin, les élèves — il y en avait de tous les âges, un couple de retraités, un boxeur professionnel et son ami, le massier de l'atelier, un jeune professeur de lettres et, surtout, une fille fort belle, d'une beauté chaude assez voisine de celle de Laura, Inès, objet de beaucoup de désirs — de bonne heure, les élèves se répandaient dans les ruelles, les rochers, sur les toits des maisons blanches, et crayonnaient, peignaient à l'eau et à l'huile, corrigés, admonestés, encouragés par M. Barbe qui suait sang et eau dans les escaliers pour les retrouver. Ils arrivaient à la fin de leur séjour quand un des élèves fut trouvé mort, étranglé sur la plage. Son assassin l'avait enseveli sous un tumulus de galets surmonté d'une croix dérisoire. On arrêta le garçon de bain trouvé porteur d'une gourmette en argent ayant appartenu au mort, mais on le relâcha faute de preuves. Il suffisait de regarder la belle Inès deux minutes pour savoir qu'elle était de très près mêlée au drame. Ce crime inexplicable, singulier par sa mise en scène, brouilla quelque peu l'atmosphère de quiétude et de plaisir des estivants de Positano, et je reste persuadé que Mario y fut plus que sensible, que sans l'exemple de ce mort victime d'un drame certainement passionnel, il ne serait pas allé jusqu'à la conclusion logique de sa jalousie morbide.

Le 15 août, peu après le meurtre sur la plage, se déroula la grande fête de Positano, le simulacre dans la nuit d'une attaque du village par les Sarrasins. Des tartanes débarquèrent des sauvages écarlates de peinture, des éléphants de carton-pâte. Des milliers de pétards éclatèrent dont la montagne renvoyait l'écho comme un sourd grondement volcanique. Un moment, le village, illuminé de feux de Bengale rouges, parut un brasier accroché au flanc de la montagne, puis la Vierge renouvela son miracle annuel, convertit les Infidèles qui s'enfuyaient avec leur butin et les obligea à regagner le rivage pour rendre à l'église, en procession solennelle, son portrait, une assez médiocre Madone pseudo-byzantine.

J'avais cherché Sarah sans la trouver dans la foule criarde et gaie qui entourait les marchands ambulants de sucrerie et de tête de veau au gros sel. Au retour, longeant le couloir de l'hôtel, j'aperçus un rai de lumière sous sa porte et frappai. Une voix étouffée répondit quelques paroles indistinctes, presque un râle. La porte n'était pas fermée à clé. Sarah, allongée sur son lit, à demi nue, baignait dans son sang, yeux écarquillés par la peur. Son visage avait pris une atroce teinte cireuse. Elle dit faiblement mon nom, puis :

— J'ai froid.

Le sang coulait par une blessure au-dessus du sein droit. L'hôtel était vide. Tout le monde se promenait dans les ruelles du village. Impossible de trouver une femme de chambre, à plus forte raison un médecin. Je finis par rencontrer un carabinier qui tenta de téléphoner à Sorrente pour obtenir une ambulance. C'était perdre un temps précieux. Nous enveloppâmes Sarah dans un drap, et le carabinier la tint dans ses bras, à l'arrière de la voiture, pendant que je fonçais sur la route en lacets. Pas une plainte n'échappa à Sarah qui, malgré des douleurs atroces, resta lucide jusqu'à ce qu'on l'endormît. A la clinique, il fallut encore attendre un chirurgien, un anesthésiste. Vers une heure du matin, la balle était enfin extraite et Sarah dormait, veillée par une garde. Le carabinier avait réussi à appeler Positano d'où on lui confirma que Mario était parti dans le bolide blanc, la voiture de l'épate et de l'amour que l'on retrouva au petit matin abandonnée devant la gare de Naples. Mario éclipsé, évanoui en fumée et, de plus, protégé par un oncle ministre, je passai une mauvaise semaine à répondre aux interrogatoires de la police, mais Sarah était sauvée. Son corps tenait puissamment à la vie et se défendait avec âpreté comme s'il avait eu une grande faim de tout, une volonté autonome, indépendante de celle de Sarah d'user encore des plaisirs qui lui étaient dus pour sa jeunesse et sa beauté animale. Le contraste n'en était que plus saisissant avec l'esprit de Sarah, avec son désabusement fatigué. Elle croyait avoir fait le tour de tout et se demandait avec un rien d'angoisse ce qui lui resterait à découvrir si elle survivait. Ses premiers mots furent pour dire :

— Je n'avais jamais essayé un vrai jaloux. J'ai voulu voir. J'ai vu. Cela n'a pas grand intérêt.

Dès le premier matin, je tentai de joindre Georges par téléphone à Paris. Il n'y était pas. Dans le Midi non plus où ce fut Daniel qui me répondit que son père était en reportage et me demanda quand je reviendrais tenir ma promesse : l'emmener en montagne pour nous livrer à notre passion commune : l'alpinisme. Nous étions très amis. J'aimais la maturité de ses neuf ans et fus tenté de lui apprendre l'accident de sa mère, mais il la connaissait à peine et s'il le répétait à sa grand-mère, celle-ci tiendrait une occasion de plus d'écraser Sarah de sa haine. Je me tus et laissai mon numéro à Positano.

Les journaux avaient parlé de l'affaire et le surlendemain, alors que je tenais compagnie à une Sarah encore abrutie de morphine, on me prévint que quelqu'un désirait me parler. Dans le salon de réception, je trouvai un homme d'une quarantaine d'années, en train de lire un magazine sur ses genoux. Je ne vis d'abord, à travers la porte vitrée, que son mauvais profil défiguré par une balafre large d'un bon centimètre, de l'œil droit à la lèvre supérieure. Quand j'entrai, il tourna vivement la tête, découvrant son bon profil, celui d'un empereur romain — Caligula peut-être —, avec des cheveux poivre et sel presque ras, l'œil d'un bleu-gris brillant enfoncé sous l'orbite. Du côté du mauvais profil, il souffrait d'une rigidité embarrassante, quelque chose qui prêtait à son visage une fausse cruauté, et il fallait se raisonner pour se rappeler que la véritable expression de cet homme était dans son second profil, hautain et viril.

— Je suis Aldo X. Sarah vous a parlé de moi?

— Non. Franchement non.

Puis je me souvins de la réflexion d'Horace : « ... Sarah, en compagnie d'une manière de prince italien, moitié gigolo, moitié héros de la guerre... » et je reconnus le prince X. pour lequel je n'arrive pas ici à inventer un nom qui masque sa véritable identité, un nom qui cache le sien connu de toute l'Italie pour avoir été celui d'un pape et d'un condottiere ombrien. Ho se trompait. Aldo X. n'avait rien d'un gigolo. C'était un beau fauve de race, calme et sûr de soi, réduit à l'inactivité depuis la fin de la guerre où il avait brillé dans les commandos d'hommes torpilles. Avec deux autres sous-mariniers, il s'était introduit de nuit dans le port de Malte au début de 1943. Ses camarades, pris dans les filets de protection, avaient péri étouffés après épuisement de leurs réserves d'oxygène. Seul Aldo s'était approché d'un torpilleur britannique, le *Jaguar*, y avait tranquillement attaché sa charge, avant de regagner le sous-marin qui attendait à l'entrée du port. Dans le goulet, il avait été soulevé par un raz de marée : l'explosion du *Jaguar*. L'incendie d'un dock de munitions ayant projeté une lueur fulgurante, le sous-marin aussitôt attaqué par les batteries côtières avait plongé. Une vedette avait fouillé la mer, lâchant des grenades et tirant au jugé, avant de repérer Aldo. Avec une centaine d'autres prisonniers allemands et italiens, on l'avait enfermé à fond de cale dans un cargo grec en partance pour l'Égypte, mais à cent milles, à peine de Malte, Aldo s'était emparé du bateau après une courte et violente rixe au cours de laquelle une balle lui avait fracassé la pommette et labouré la joue gauche. Battant pavillon noir, le cargo avait alors gagné Brindisi. La blessure d'Aldo avait mis deux ans à se cicatriser, et il était resté affecté au service de renseignements italien. Après la guerre, il avait, comme beaucoup de héros de son genre, mené une existence chaotique. Les illustrés passaient souvent des photos de lui en compagnie d'actrices célèbres. Une liaison un peu trop bruyante lui avait valu de perdre son rang ancestral dans les cérémonies vaticanes. En fait, une sourde rumeur l'accusait d'être un agent de la Central Intelligence Agency, hypothèse à la mode qui pouvait, à la rigueur, convenir à un homme reçu dans tous les milieux, auréolé d'une gloire que, bien qu'il eût été fasciste, l'Italie ne lui reniait pas. Cela pouvait convenir à son personnage, à son bon comme à son mauvais profil, à sa stature superbe, encore qu'il fût d'un pays où la beauté virile est si étrangement distribuée qu'un vendeur de pastèques et un cireur de chaussures ressemblent facilement à César ou à Tibère tandis qu'un général couvert de bimbeloterie évoque irrésistiblement un marchand de guimauve. Des milliers de personnes dont la vie n'est pas très régulière sont soupçonnées chaque jour d'appartenir à des services secrets. C'est devenu une psychose et, dans 999 cas sur 1 000, il s'agit d'une grossière erreur, mais, comme nous le verrons plus loin, pour Aldo c'était exact.

Mon « Non, franchement non! » parut le contrarier. Il baissa la tête et dit :

— Je suis ennuyé. Vous êtes *son* ami?

— Je suis *un* de ses amis de longue date, et surtout un ami de son mari, Georges Saval.

— Je le connais. Nous nous sommes rencontrés il y a trois mois à Rome au café Greco et le lendemain il est venu déjeuner chez moi au Parioli.

Il cherchait à me rassurer et je le laissai faire.

— Comment va-t-elle? dit-il enfin.

— Mieux. Elle est sauvée. Il s'en est fallu d'un rien.

— Je suis venu la voir.

— Le chirurgien interdit encore les visites, mais je vais demander à Sarah si elle peut juste vous dire bonjour.

— Oui, s'il vous plaît.

Je montai et parlai à Sarah. Elle fit non de la tête et dit :

— Plus tard. Je l'embrasse. Voyez-le. Je dors...

Il accepta le verdict sans un mot et nous dînâmes ensemble le soir dans une trattoria où pépiaient une douzaine d'Anglaises en décolleté d'organdi, découvrant des coups de soleil en plaques sur les bras et en losange sur leurs cous à fanons. Je dis :

— Il y a vingt ans, je suis venu pour la première fois à Sorrente et ces Anglaises étaient déjà là. On ne le sait pas beaucoup, mais Sorrente est un endroit où les vieillards ne meurent pas. C'est le Shangri-la italien. D'ailleurs cette ville n'a pas de cimetière.

— Si, si, il y en a un. Vous avez mal regardé.

— On peut mourir d'accident.

— Oui, d'une balle de revolver par exemple. Pauvre Sarah! Comment cela lui est-il arrivé?

— A la vérité, je n'en sais rien. Sarah ne me l'a pas dit et il est probable qu'elle n'y fera même pas allusion. On croirait que ça ne l'intéresse pas. Ce petit Mario a été assez adroit pour tirer au moment où tout Positano était dans les rues, assourdi par les pétards et les feux d'artifice.

— Elle a rencontré Mario chez moi. Nous sommes vaguement cousins. Je peux vous garantir qu'il n'est pas adroit. Il est seulement stupide...

— Stupide? Je ne le jugerais pas ainsi. Nous avons parlé. Il était obsédé par les précédentes liaisons de Sarah, par celles qu'elle aurait après lui. J'ai connu des cas de son espèce : leur jalousie est maladive et inguérissable. Certaines femmes provoquent cette fièvre, et d'autres pas du tout, presque sans raison. Non, Mario ne m'a pas paru stupide. C'est même un garçon intéressant quand il cesse de déraisonner à propos de Sarah...

— Je voulais dire que Mario est stupide avec les femmes. Il est vrai que Sarah a le génie de rendre stupides les hommes qu'elle quitte.

Il y avait de l'amertume dans sa voix, quelque chose qui implorait une réponse réconfortante que je ne lui donnai pas. Aucune femme n'avait jamais quitté Aldo. Sans doute s'imaginait-il que la rupture avec Sarah inaugurait une nouvelle ère, celle où, n'étant qu'un ancien héros, un prince déchu de ses honneurs que les photographes ne traquaient plus, il allait connaître le revers de la médaille. Pour un caractère aussi fort que le sien, c'était une singulière faiblesse, mais il n'était pas qu'un peu italien et mettait aussi son honneur dans l'entrecuisse.

— Vous connaissez bien Sarah? reprit-il.

— Oui, très bien, je crois. Je suis, avec son mari, son seul ami.

— Je ne la comprends pas.

— Si cela peut vous consoler, dites-vous que vous n'êtes pas le seul. Et le jour où vous la comprendrez, elle s'arrangera pour vous surprendre de telle façon que vous serez de nouveau perdu.

— Il y a des choses inexplicables...

— Cela a du charme.

— Peut-être...

Il resta deux jours à Sorrente, mais Sarah refusa de le voir. Elle me dit seulement :

— Ce n'est pas la peine.

Je travaillais toujours de bonne heure le matin, mais les jours raccourcissaient, l'été approchait de sa fin à coups de belles journées chaudes et embaumées. Une nuit il plut et le lendemain tous les jasmins fleurirent dans les jardins, le long des murs. La plage se vidait et une certaine excitation s'apaisant, le calme revenu, les mères redonnaient un peu de liberté à leurs enfants après avoir feint de croire que le village était un repaire d'assassins. J'avais du mal à terminer mon livre, levant trop souvent la tête pour me laisser éblouir par le miroir doré de la mer, pensant à Sarah dont le cruel échec me frappait, parce que j'avais toujours eu un élan désintéressé vers elle. Sa solitude m'apparaissait bien plus dramatique qu'à elle-même. L'après-midi, je lui tenais compagnie. Nous parlions très lentement, comme affectés par cette distance qui nous séparait, et qu'il aurait fallu rompre je ne sais comment. Quand elle put s'asseoir, elle convoqua un coiffeur et demanda ses valises restées à l'hôtel.

Je me suis toujours trouvé devant ce caractère non comme devant une énigme posée une fois pour toutes, mais comme devant une série d'énigmes. Le déracinement est une explication insuffisante puisque Sarah s'est trouvée continuellement devant une contradiction qui a pu, à la longue, lui paraître intolérable : le goût de la vie et le goût de la mort. Jeune femme, elle a flotté dans un monde où rien ne lui appartenait, pas même la langue dont elle usait. On lui avait tout volé, la libérant du bien et du mal, de la grâce et du péché. Elle a même aussi perdu sa juiverie et s'il arrive que l'on fasse une allusion déplaisante devant elle, Sarah n'y prête même pas attention. Cela ne la concerne pas, même si, avec la maturité, certains de ses traits se sont accentués : le cerne sous les yeux, la peau d'ambre clair, la saillie des pommettes et les lèvres ourlées du plaisir.

Georges arriva huit jours après et s'installa auprès de Sarah. Elle désirait sa venue et pourtant il y eut quelques après-midi tendus comme s'ils avaient du mal à se réaccorder après une longue déshabitude, puis, de nouveau, ils ne firent plus qu'un et ma présence devint de trop. Je cessai de venir à Sorrente dont la sirupeuse beauté m'écœurait. Le dernier soir, alors que je préparais ma valise, Georges m'appela. Il désirait me voir d'urgence. Nous allâmes dîner au bord de la mer, dans une petite trattoria de Marina di Praia. Il avait, au front, ce pli que je connaissais bien pour l'avoir remarqué chaque fois qu'il butait sur un obstacle. Tout de suite je pensai à Sarah, mais nous en étions loin :

— J'ai retrouvé Kruglov et Fedorov, dit-il.

— Ces deux noms ne me disent pas grand-chose.

Il eut un geste agacé.

— Vous ne vous intéressez plus à la politique?

— Si, mais j'avoue à ma grande honte que Kruglov et Fedorov me sont inconnus.

— Ils étaient avec Merculov et le général Raikhmann, sous l'autorité de Béria, les chefs de la police secrète soviétique. Béria et Merculov ont été exécutés en 1953, Raikhmann a été arrêté en 1951, relâché, puis arrêté de nouveau en 1954 et abattu classiquement alors qu'il tentait de s'enfuir. Kruglov et Fedorov ont réussi à quitter l'U. R. S. S., exploit rarissime, à peu près unique dans son genre depuis quarante ans que la Révolution d'Octobre s'est imposée.

— Ils ont été remplacés par d'autres.

— Oui, mais les autres sont sans danger pour le bon renom du parti communiste dans le monde occidental. Kruglov, Fedorov, Merculov et Raikhmann ont commandé le massacre de Katyn.

— La chose est controversée. Les Soviets prétendent que ce sont les Allemands qui ont massacré les 10 000 officiers polonais lorsqu'ils ont envahi la région de Smolensk et de Kozielsk en 1941.

Georges tapa du plat de la main sur la table.

— Vous voyez! dit-il avec dégoût. Vous aussi, vous doutez... Ils ont réussi à vous faire douter, malgré les rapports du professeur Naville, de Tramsen, de Stubik...

— Je crois me souvenir qu'un des médecins chargés de l'autopsie des cadavres s'est rétracté.

— Markov? parlons-en... Un Bulgare. Il s'est rétracté sous la pression des autorités de son pays occupé par les Soviets. Une attitude lamentable dont personne n'a été dupe. Non, je vous assure, l'examen sérieux des témoignages et des documents est formel : 10 000 officiers polonais ont été massacrés en 1940 par les tueurs du N. K. V. D. qui ont tiré 10 000 balles dans leurs nuques. Les assassins ont dû, à la fin de longues journées de massacre, avoir des ampoules dans l'index droit. Vous me direz que 10 000 morts au cours d'une guerre où ont disparu quelques millions d'hommes, ce n'est rien, que les camps de Dachau, de Mauthausen, de Ravensbrück ont englouti des centaines de milliers de vies humaines, mais les Allemands ont perdu la guerre et leurs crimes leur sont comptés un à un, tandis que les Soviets l'ont gagnée et la victoire les absout du plus lâche de tous les massacres.

Je sentais Georges près de la colère parce que j'avais douté et que j'étais comme tant d'autres victime du bourrage de crâne. Il passa sa main tremblante sur son front.

— C'est une certitude, croyez-moi. Une fois de plus, les communistes se montrent d'une lâcheté vomitive. Je les admirerais s'ils acceptaient et revendiquaient le massacre de Katyn au nom de la Révolution et de ses intérêts supérieurs. Pour maintenir la Pologne sous son joug et en faire l'alliée docile qu'elle est aujourd'hui, il fallait passer sur le corps de ces 10 000 hommes, les cadres de la nation polonaise, ceux qui auraient mené la résistance contre tous les occupants, soviétiques ou allemands. Il n'y avait pas d'autre alternative, et en cela les communistes voient juste. Ce sont les seuls qui voient juste. Pourtant je les hais quand ils se retranchent derrière l'hypocrisie occidentale. C'est se reconnaître coupables. Or, ils ne sont pas coupables. Ils ont eu entièrement raison. Du point de vue du léninisme, s'entend.

— Si un seul communiste parlait comme vous, le marxisme serait beaucoup moins ridicule.

— Il y en a un.

— Qui?

— Barry Roots.

Je pensai à sa silhouette trapue à la gare de Cambridge, à son assurance, à son regard pénétrant, presque gênant, puis l'imaginai tel qu'il était à N. avec sa musette d'ouvrier, ses mains calleuses, dirigeant les réunions de cellule. C'était étrange de l'évoquer ici, un soir, à Marina di Praia, un de ces endroits dont la beauté et la mollesse lui auraient soulevé le cœur.

— Où est-il maintenant? demandai-je.

— Au Mexique.

— Il a quitté le Parti?

— Non, mais ça ne devrait pas tarder, bien qu'il tergiverse. Vous le connaissez : scrupuleux et entêté, service-service. Il organisait des commandos paysans dans la montagne quand on lui a demandé de repérer les deux anciens chefs du N. K. V. D. Il y a mis toute sa méthode et son flair. Il les a retrouvés et m'a télégraphié d'arriver par le premier avion. Barry rêve d'un communisme pur et dur. Il sent très bien que ça ne marche plus entre l'organisation du Parti et lui. On va sûrement le rayer des cadres, l'appeler en Russie et le liquider.

La logique parfaite de Georges avait empoisonné la foi de Barry, miné ce boy-scout du marxisme. Georges me parut lui-même changé. Il n'était pas vraiment aigri, mais une virulence sourde l'habitait. Depuis le temps qu'il se promenait dans un monde déchiré par les guerres civiles et les génocides, ruiné par les séismes, dévasté par la famine, la coupe avait fini par se remplir. On ne saurait rester toute sa vie un observateur même désenchanté.

— Et Kruglov et Fedorov?

— Grâce à Barry, j'ai leurs déclarations devant témoins, des lettres, des photos d'eux, même une bande magnétique.

— Comment se sont-ils décidés à parler?

— Ils se savent traqués. Obscurs et ignorés, ils seront liquidés sans que personne s'intéresse à eux. Célèbres du jour au lendemain, ils trouveront une certaine immunité. Vous pensez bien que ce n'est pas le gouvernement polonais actuel qui réclamera leur extradition. Je vous garantis que Kruglov et Fedorov n'ont plus qu'un espoir : que ma bombe éclate. Ils m'ont tout dit : à quelle date Staline et Béria ont donné l'ordre du massacre et comment ils se sont assurés qu'il était exécuté.

— C'est un article sensationnel!

— Oui, mais voilà... les journaux occidentaux n'en veulent pas.

— Depuis quand le savez-vous?

— Depuis aujourd'hui. Refus en France bien sûr, mais aussi en Angleterre, aux États-Unis. Le baromètre est au beau fixe avec l'U. R. S. S. qui déstalinise et envoie ses poètes gesticuler dans nos music-halls. Il ne faut pas compromettre la coexistence pacifique pour dix mille petits cons d'officiers polonais qui sont bien là où ils sont, sous cinq mètres de terre gelée. Vous comprenez pourquoi je ne suis pas heureux, pourquoi j'ai envie de tirer dans le tas.

— Ce n'est pas possible que tout le monde refuse.

— Non, bien sûr, je peux toujours publier ça dans un journal d'extrême droite que la gauche bien-pensante mettra au panier avec un haussement d'épaules, ou bien dans le bulletin de la John Birch Society, mais ce serait ridiculiser mes informations. Croyez-moi, tout se tient.

— Qu'allez-vous faire?

— Je n'ai que ce métier-là pour vivre. J'avalerai la couleuvre. On y compte bien. Mais je recommencerai à la première occasion. Un jour, je casserai ce mur du silence et de l'hypocrisie. Jamais je ne me suis senti autant d'énergie. Tenez... la preuve...

Il prit son verre et le brisa dans son poing. Le vin rouge se répandit sur la nappe en papier. Un serveur vint éponger. Georges contempla sa paume : elle était intacte.

— Vous voyez, dit-il, j'ai de la chance. Pas un éclat dans la peau. Un jour je ferai ça avec la vérité, mais ça pétera beaucoup plus fort et tout le monde sera aspergé de vin rouge ou de sang.

Nous ne parlâmes pas plus longtemps de Katyn ce soir-là. Tout avait été dit. Les historiens pourront encore longtemps peser le pour et le contre, faire joujou avec les faux et les vrais témoignages. Je n'abordai pas la question de la mort de Cyril à Dunkerque. Ce n'était pas le moment. Oui, plus tard, beaucoup plus tard si Ho en parlait à nouveau, ce qui semblait probable car il avait dû lancer l'accusation comme un ballon d'essai.

Le lendemain, je rentrai en France, passant par le Midi pour tenir ma promesse à Daniel. Je l'emmenai huit jours dans la région de Breuil où nous nous saoulâmes de montagne, campant la nuit dans les rochers, ramassant des fleurs pour notre herbier.

Georges conduisit Sarah à Paris où elle resta près de lui pendant deux ou trois mois avant de s'envoler de nouveau. Quelques années après, ils se retrouvèrent à Barcelone où ils furent très heureux pendant deux semaines, jusqu'à ce que le va-va reprît Sarah. Ils ne devaient se revoir ensuite qu'à Aden dans les circonstances que je raconterai bientôt.

C'est au retour de Barcelone, à Perpignan, que Georges rencontra Claire.

Ho, dès qu'il eut terminé son purgatoire sous un faux nom, fut rappelé à Londres, où il occupa un poste de la plus grande importance dans le service de renseignement britannique, mais, comme toujours, à l'ombre d'un personnage dont il dirigea l'activité avec cette science qui lui était particulière.

Pendant deux ans, Aldo X. lia son nom à la fortune d'un nouveau parti politique, mais la lenteur avec laquelle le parti envisageait de s'emparer du pouvoir par la voie démocratique le découragea. On le vit partir pour l'océan Indien avec une équipe d'océanographes, mais, à la Chambre, un député socialiste ayant demandé des explications au gouvernement sur le passé politique d'Aldo et insinué qu'il pouvait bien être un agent du gouvernement américain, le « prince balafré », comme on l'appelait, regagna Rome où il s'afficha en compagnie d'une célèbre actrice anglaise et il fut de nouveau la proie des *paparazzi*, ces photographes qui empoisonnent la vie romaine. Puis, descendant encore d'un cran, il vendit à un producteur de cinéma le droit de tourner un film sur sa vie et sur son exploit à Malte. L'Italie n'avait plus besoin de condottiere, elle avait besoin de pitres pour alimenter ses illustrés.

Les parents de Mario, convaincus que, même avec de puissantes protections, ils n'éviteraient pas une arrestation et un procès, réussirent à envoyer leur fils au Brésil où je le rencontrai, par le plus grand des hasards, méconnaissable, marié, père de famille, dirigeant une fazenda de vingt mille hectares, dans le sertão. Son profil malatestien s'était empâté, mais il eut dans le regard, à la minute où il me reconnut chez des amis communs à Rio, une lueur folle et brûlante, celle-là même qui dut fulgurer dans ses yeux lorsqu'il tira sur Sarah.

Kruglov et Fedorov furent liquidés comme Trotski en 1940. Dans un pays où la vie ne vaut pas cher, cela ne fit guère plus de bruit qu'un pétard. Les articles de Georges avaient circulé dans quelques rédactions de journaux et les renseignements qu'ils apportaient ne furent pas perdus pour tout le monde. On ne versa pas une larme pour Kruglov et Fedorov. Ils payèrent leur dû qui était grand, avec la bien petite monnaie de leur vie.

Barry quitta Mexico en catastrophe pour échapper à la

même liquidation. Inscrit sur la liste rouge du Parti pour
avoir révélé à un journaliste la retraite de Kruglov et Fedorov, il dut fuir, de pays en pays, le N. K. V. D. et les polices
occidentales unissant leurs efforts pour le traquer. Nous
sûmes seulement par une lettre de Dermot Dewagh à Georges que Barry avait passé un mois en Irlande dans sa maison,
puis on perdit encore une fois la trace de ce renégat pesti-
féré. J'ai gardé, pour la fin de ce chapitre, la lettre de
Dermot dont Georges m'a fourni une copie :

> Cher Georges,
>
> Barry Roots est ici. Il ne veut pas que je vous
> le dise. Il porte un faux nom que j'oublie tout le
> temps. Quand je l'appelle Barry, il feint de croire
> que cela s'adresse à quelqu'un d'autre. Il s'est
> entraîné à ce changement d'identité avec la volonté
> que nous lui connaissons. En vérité, je crois qu'il
> est, sinon complètement fou, du moins sur le point
> de le devenir, à cela près qu'il sera un fou lucide,
> c'est-à-dire d'une espèce tout à fait particulière.
> Il m'accompagne dans mes promenades en par-
> lant sans cesse, mais à lui-même. Bien que j'écoute
> avec attention, je ne saisis aucun fil à ses his-
> toires. On ne gagne rien à s'occuper de politique.
> L'esprit s'acharne à compter à rebours, à dissé-
> quer les occasions manquées. Je ne connais que
> les joueurs de roulette pour être aussi obsédés.
> Vous en savez sûrement plus long que moi —
> et plus que je ne désire en savoir — sur ses acti-
> vités passées. Vous comprendrez de quoi il s'agit.
>
> Je dois dire que j'aime l'avoir avec moi. Sa
> présence physique est tonifiante pour le vieillard
> que je suis. Depuis quelques mois, mes prome-
> nades raccourcissaient. Je n'allais plus jusqu'à
> Aille Cross. Il s'en fallait d'un bon mille pour
> mon souffle et je devais tenir compte du retour.
> Je croyais que Manor Road m'échapperait bien-
> tôt, qu'il faudrait s'arrêter au bas de la montée,
> m'asseoir sur une pierre, et puis rentrer. Barry,

par son énergie, m'a rendu Aille Cross. Nous y allons contempler l'océan qui est toujours beau, d'où la vie est venue. Barry est un animal de trait. On le croirait dépourvu de finesse. Il a grossi, son cou est terriblement empâté, mais, soudain, une parole mystérieuse me découvre son rêve. Il faut vous dire qu'ayant renoncé à comprendre ses vaticinations, j'ai aussi cessé, la plupart du temps, de l'écouter. Quand même, l'autre matin, alors que nous allions chez Joe, à Leenane, boire notre whiskey, mon oreille a été saisie par une phrase de son discours. Tenez-vous bien... Barry récitait un passage d'*Hypérion*. Je ne suis pas très fervent de Hölderlin, vous le savez, mais c'est quand même un moment essentiel de la poésie allemande et *Hypérion* est un poème secret que l'on n'a pas fini de déchiffrer. Plusieurs fois Barry a répété : « Celui qui est un homme ne peut-il pas davantage à lui seul que cent autres qui ne sont que des fragments d'hommes? » Ainsi ai-je compris un peu du songe qu'il poursuit, où il semble avoir trouvé une certaine paix. Il regarde la nature comme s'il ne l'avait pas vue depuis son enfance. Il découvre l'océan, les fleurs et même l'herbe qu'il saisit à pleines mains et respire. C'est assez beau de voir cette renaissance d'un homme aveuglé un temps par l'action.

Il annonce qu'il ne restera pas longtemps, qu'il repartira, peut-être comme Hypérion vers la Grèce. En vérité, c'est un homme perdu pour ses contemporains, vidé de tout ce à quoi il a cru. Il s'enfermera dans un ermitage, bâtira des murs autour de son jardin, cultivera des fleurs et, le soir, lira des livres de magie. Oui, de magie, car tenez-vous bien encore une fois, voici les ouvrages que l'on trouve à sa table de chevet : Albumazar : *De magnis conjunctionibus* (1515); Johannes Laurentius Anania : *De natura dae-*

monum (1581); Johannes Trithemius : *Polygra-*
phie et universelle escriture caballistique (1651).
Autant dire que nous ne vivons pas dans le temps
présent. Barry écrit d'ailleurs aux libraires spé-
cialisés, en particulier ceux de Venise, et se fait
envoyer des catalogues et des livres qu'il enferme
dans des caisses soigneusement clouées.

Nous n'abordons pas ces sujets pour lesquels
il semble se passionner. J'ai mon domaine réservé
et il a le sien. J'aimerais cependant qu'il soit
plus détendu, que son œil perçant ne scrute pas
avec une méfiance glaçante le moindre voisin
qui sonne à ma porte pour lamper un verre et
me prévenir qu'il pleut. A ces moments-là, il a
l'air d'un fauve. Il va bondir, griffes dehors,
et mordre au cœur. L'alerte passée, il se libère
aussitôt de cette tension, redevient le compagnon
charmant que j'affectionne. Figurez-vous qu'il
s'est mis à la cuisine et qu'il passe des heures à
préparer des plats mexicains ou français. Voilà
la grande nouveauté de ma vieille joie. Je goûte
à la civilisation des gourmets. Cela vous enchan-
tera, vous, Français!

Ah, j'oubliais... La mère de Barry est morte.
Il a hérité d'elle une fortune, paraît-il, assez
considérable. Libéré de ses divagations politiques, affranchi des servitudes du travail, il est un
homme libre. Il ne lui reste qu'à s'accomplir
dans le domaine qu'il aura choisi. Et vous?
Quand venez-vous me voir?

Dermot Dewagh.

C'était un de nos relais préférés. Je dis « c'était » car je ne crois pas que Georges y retournera. Tous les ans, nous nous communiquions une liste de ces relais, liste sujette à révision. Des noms étaient rageusement barrés (pour cause d'une modernisation au néon, d'un changement de direction, de la mauvaise humeur d'un garçon), mais d'autres leur succédaient. La liste de Georges était bien plus longue et bien moins accessible — ou vérifiable — que la mienne. Il décrivait par le menu un bistrot en Alaska où l'on mangeait les meilleurs œufs frits du monde à condition d'être servi à l'abri d'une moustiquaire au bord d'un torrent où les ours venaient se désaltérer, un café à la sortie de Ouagadougou qui offrait avec l'anisette d'exquis petits cubes de chair d'éléphant grillée (mais l'année suivante le café fut fermé, le patron ayant servi en guise d'amuse-gueule les restes de sa belle-mère coupée en deux par un crocodile). Mes propres relais étaient plus accessibles. Il me semblait impossible de revenir de Barcelone à Paris sans s'arrêter pour boire un pastis à la terrasse de La Loge à Perpignan, en contemplant d'un œil rêveur la douce Vénus de Maillol dressée sur un piédestal devant un magasin de frivolités qui essaie depuis vingt ans de la tenter avec un étalage de soutiens-gorge, de culottes roses et de corsets, ou de ne pas goûter à la viande séchée des Grisons accompagnée d'un « déci » de fendant, dans une auberge suisse au bord de la route sur le versant sud du Simplon.

Nous rencontrions là, et ailleurs, des moments de béatitude très simple, un relâchement heureux de la tension qui nous tenaillait l'un et l'autre à des degrés divers et pour des raisons diverses.

La Loge de Perpignan n'est qu'un café. A l'intérieur, c'est même le plus banal des cafés, malgré la belle architecture de ses portes. Au-dehors, on est au cœur de Perpignan et Perpignan est la ville de France qui a le plus le goût d'un fruit mûr tiédi entre les pierres chaudes. Le génie de Maillol s'y est inséré, mais n'importe quelle Perpignanaise pourrait d'une minute à l'autre prendre la place de la Vénus sur son piédestal ou de la Méditerranée sur son socle dans la cour de la mairie. Sa chair n'aurait peut-être pas le brillant lustré du bronze, mais la couleur et le goût pulpeux de l'abricot ou de la mangue.

Lorsque Georges s'arrêta au café de La Loge, il revenait de Barcelone où il avait passé quinze jours avec Sarah. Il y enquêtait sur l'autonomisme catalan quand Sarah l'avait rejoint soudain. Après le drame de Positano, ils s'étaient perdus de vue pendant deux ans, mais c'était l'habitude de Sarah de revenir à lui comme si, de temps à autre, la saisissait une irrésistible envie de vérifier que son mari restait le plus disponible de ses amants. L'enquête sur l'autonomisme en avait souffert. Georges, une fois de plus, s'était laissé aller. Au nom de quoi aurait-il refusé Sarah? Elle revenait, il était libre et une longue complicité leur permettait de renouer avec le passé. Quelques mois heureux à Londres, quelques jours à Dieppe, une grande tendresse à Positano, n'était-ce pas beaucoup plus que ce à quoi pouvaient prétendre de nombreux couples?

Sarah était apparue dans le hall de l'hôtel en tailleur blanc. Un groom portait ses valises. Elle arrivait d'Andalousie. D'où exactement? Il s'était gardé de le lui demander. Elle le dirait peut-être un soir, avec une nonchalance qui n'était même pas voulue. Sarah vivait l'existence d'un satellite, passait en pleine lumière, éblouissante, resplendissante de mille feux, puis s'évanouissait dans un monde inconnu, plein de mystères (en partie faux d'ailleurs). Georges prétendait qu'il savait toujours très bien quand elle allait reprendre son envol : une sorte d'ombre commençait de manger son visage, de ternir le velours des yeux, d'abaisser les commissures de sa belle bouche charnue.

Il était dix heures du matin, et la porte à tambour envoyait par brusques bouffées l'air chaud qui écrasait la rambla. Georges avait hésité un instant, puis, cédant au plus facile, avait installé Sarah dans sa chambre et attendu, assis sur un tabouret près de la baignoire, qu'elle eût pris son bain. Il savait très bien qu'elle parlerait de tout autre chose que de ce qui l'amenait. De l'avion qui venait de la déposer, elle avait aperçu, en Aragon, un village juché sur un piton. Il devait être peuplé d'aigles. Elle voulait aller voir si les habitants avaient des serres, des dents en forme de bec, des paupières comme des stores coulissants. Et comment vivaient-ils? Georges avait-il remarqué que, depuis quelque temps, les hommes ressemblaient de moins en moins à des oiseaux? Au temps de Jérôme Bosch, ces ressemblances étaient à un tel point hallucinantes que l'esprit quelque peu égaré d'un peintre pouvait s'y méprendre et représenter de bonne foi un monde mi-animal, mi-humain. Maintenant, tout se passait comme si les hommes cherchaient éperdument à s'affranchir du règne zoologique. En France, *Le Journal officiel* était rempli de noms de gens qui voulaient troquer leurs patronymes de Lapin, Belette, Lion, Loup, Mouton, pour des appellations anonymes comme Durand ou Smith, pures inventions de la société moderne. Sarah mourait d'envie d'explorer ce village aragonais, éloigné des grandes routes, où l'homme ne pouvait descendre que de l'aigle. Dans l'avion, elle avait été assise à côté d'un Hongrois naturalisé américain qui affirmait posséder la plus grande collection de coléoptères du monde. Dans son ranch, en Arkansas, il avait tout arrangé pour que les espèces recueillies par lui-même sur les cinq continents fussent heureuses. Les coléoptères y étaient en liberté, bien que séparés les uns des autres par des barrières de nylon transparent qui leur permettaient de communiquer par signes. L'Américain se glorifiait d'avoir catalogué deux cents variétés de coccinelles. Intarissable pendant plus d'une heure, il avait sécrété du coléoptère et Sarah, à demi endormie, avait fini par ne plus le voir qu'à travers un voile, peut-être les ailes transparentes d'un de ses pensionnaires, et de lui prêter une mâchoire broyeuse tandis que ses lunettes relevées sur son front figuraient assez bien des élytres cornés. Ainsi, au moment même ou l'humanité dans un dernier grand effort se libérait du darwinisme pour ressembler de plus en plus au robot idéal, des francs-tireurs isolés essayaient désespérément de tendre une main secourable à des espèces en voie de disparition. C'était émouvant, émouvant jusqu'aux larmes, n'est-ce pas?

A travers l'écran de l'eau savonneuse, le beau corps bronzé de Sarah paraissait adouci, avec des stries blanches à hauteur des seins (la balle de Mario soulignait un des seins d'une cicatrice brune) et du bas-ventre. Il ne fallait pas penser à tout ce que ce corps avait connu. Il fallait au contraire laisser aller son imagination dans le plaisir lent et patient qu'il suggérait, vers la belle idée d'une volupté conquise gravement. L'eau du bain lavait Sarah de ses souillures, si souillures il y avait. Après l'amour, ils avaient parlé une partie de la journée, avant de sortir sur la rambla parmi les promeneurs et les marchands de fleurs et d'eau fraîche, puis ils étaient montés dîner à Montjuich et les lumières du port, de la ville s'étaient allumées, révélant Barcelone comme un immense tapis d'Orient multicolore, déployé sous le ciel sombre d'une nuit d'été. C'était beaucoup trop angoissant pour eux et ils étaient redescendus se perdre dans le Barrio Chino, dans l'atmosphère poisseuse et sucrée des boîtes où les gitanes pâlissaient d'alcool et de nuits blanches. Ils s'étaient perdus là quinze jours, cornaqués par une espèce de Quasimodo international, un tout petit homme rond, au cou enflé, à la tête en forme de poire, avec un bras plus court que l'autre, muni de trois doigts seulement, mais trois doigts agiles qui s'agitaient sans cesse et fourrageaient dans les jupes des danseuses. Il leur était tombé dessus dans une bodega d'un jaune pisseux où un guitariste jouait des séguedilles sans perdre un instant sa mine de croque-mort. Le nain difforme prétendait s'appeler quelque chose comme Ravasto di Costezi. Un de ses ancêtres avait servi sous Murat et le général baron de Marbot en parlait dans ses Mémoires. Ravasto baragouinait toutes les langues avec le même accent postillonnant. A l'en croire, les femmes étaient folles de lui, et de ses trois doigts il désignait le renflement de son pantalon dans l'entrejambe. Et ce renflement était fabuleux. Ravasto semblait avoir vécu partout, ne plus posséder de nationalité. De temps à autre, il sortait de sa poche la photo d'un beau garçon lumineux, son fils, qui vivait en Italie. Ravasto était divorcé de sa cinquième femme. Toujours à l'en croire, il avait vécu à Hollywood où il avait été marié à une des beautés du cinéma muet, Bee Solema. Si on le pressait de questions, il prenait un air mélancolique pour évoquer la Russie sous la neige, et les soldats allemands amputés de leurs paupières gelées avec de terribles regards fixes éblouis par la lumière, ou encore des volontaires de la division Azul, des mineurs asturiens et des paysans castillans, désarmés et attaqués à la mitraillette au couteau par les partisans français lors de leur retour en Espagne. Avait-il connu tout cela, avait-il réellement pris un petit déjeuner avec Lénine un matin au Kremlin, averti la police que son ami Gorguloff était décidé à assassiner le président Doumer? Etait-ce lui qui avait, en soutenant un mur d'une main, sauvé la vie du duc d'Aoste lors du terrible tremblement de terre de Messine en 1926? Et pouvait-on encore croire qu'avec une lame de rasoir et du fil à coudre il avait opéré d'une appendicite foudroyante le capitaine d'un cargo en plein océan Indien, qu'à Sumatra des Dayaks musulmans l'avaient forcé à prendre la place de leur rajah parce qu'avec ses trois doigts il était l'homme que la légende annonçait depuis des générations? Ses yeux se mouillaient de larmes lorsqu'il racontait comment, ligoté sur un chameau, il avait assisté au viol par des guerriers mauritaniens de sa fille (tiens, il avait donc une fille? oui, après, elle était devenue une putain, et il préférait n'en plus parler). L'étrange est qu'il avait fait pitié à Georges et Sarah le premier soir, dans son costume élimé, sa chemise sale, et qu'il avait mangé et bu à leurs frais avec une gloutonnerie invraisemblable, et puis que, le second soir, toujours aussi sale, mais rasé et une pochette en dentelle fine dépassant de sa manchette, il les avait, à son tour, abreuvés et régalés sans qu'il fût possible de mettre un frein à sa prodigalité. Ils avaient essayé de le semer, mais rien à faire. Dès la tombée de la nuit, il apparaissait, éclatant d'un rire énorme qui couvrait de postillons la table où ils étaient assis. Sarah avait pris l'habitude de boucher son verre de la paume dès qu'il commençait à parler et à raconter qu'un moment il avait été fakir en Suède ou professeur de sociologie sexuelle dans une université américaine, ou encore agent secret du roi Zog Ier d'Albanie mais que la reine Geraldine avait prié son auguste époux de l'interdire de séjour à Tirana tant elle craignait de succomber à ses charmes. Le plus curieux était la façon dont Ravasto atteignait l'aube. Alors que tous les visages se creusaient de fatigue, que les peaux devenaient grises et les yeux glauques, le visage du gnome prenait des couleurs rose bonbon, sa voix claironnait et il jetait un dernier éclat, « Quand j'étais précepteur du Dalaï-Lama... », avant de disparaître dans une ruelle, fuyant la lumière trop cruelle du jour, emportant dans sa grosse tête aux bajoues tremblantes et toujours glougloutantes de salive ce monde merveilleux dont il avait été l'animateur courageux et déçu. Avant de disparaître à un coin de rue, il agitait les trois doigts de sa main atrophiée et on s'attendait toujours à le voir pénétrer dans un mur et disparaître comme le passe-muraille de Marcel Aymé.

Georges et Sarah rentraient à l'hôtel, la bouche en bois, ivres de fatigue et de jerez. Ils dormaient côte à côte, la main dans la main, sans plus se toucher, inventant un nouveau bonheur plein d'attentions et de délicatesses. Sarah ne parlait plus de son village aragonais. Peut-être n'existait-il que dans son imagination. Enfin, une nuit, Georges avait aperçu la fameuse ombre annonciatrice. Elle commençait de voiler une partie du visage de Sarah. Il était temps de la quitter avant qu'elle le quittât. Il avait pris Sarah qui dormait sur le côté et s'était à peine réveillée, passive mais brûlante, laissant le plaisir boursoufler en elle, comme un rêve. Quand il s'était retiré, elle avait simplement dit :

— Alors, vous partez?

— Oui.

Et il avait empilé son linge, ses papiers, dans une valise. L'enquête sur l'autonomisme catalan n'irait pas plus loin. Sur la route qui remonte à Port-Bou, il avait foncé comme un fou, fuyant la nausée qui le guettait à l'idée que le soir même, sans doute, Ravasto di Costezi, suant et soufflant, postillonnant des obscénités, chevaucherait Sarah et la caresserait de sa main atrophiée.

Assis à la terrasse de La Loge, il essayait de ne plus penser à ce qui collait encore à sa peau : le parfum inguérissable du corps de Sarah, une odeur d'ambre et de douceur. Le pastis avait déjà effacé le goût du dernier baiser cueilli sur des lèvres mauves et endormies dans une chambre obscure, quand une jeune fille se dressa devant lui, en short bleu et chemisette claire, un sac tyrolien sur le dos. Elle lui dit avec une nuance d'agressivité :

— Alors, c'est pour venir boire un verre de pastis à la terrasse de La Loge que vous brûlez les auto-stoppeuses sur la route? Vous rouliez comme un furieux.

— Moi? Quand?

— Quelques kilomètres avant Perpignan.

— Je ne me souviens pas.

— Vous n'étiez pas dans votre état normal.

Il eut envie de la rembarrer. Elle l'agaçait. Il avait horreur de ce genre de campeuses, mais de cette jeune fille émanait une fraîcheur naturelle, une franchise si évidente qu'il la regarda mieux et découvrit un visage rayonnant de jeunesse, un corps enveloppé et heureux qui valaient bien de grandes beautés.

— Votre voiture a un numéro de Paris, dit-elle. Est-ce que vous n'y allez pas aujourd'hui?

— Oui. Asseyez-vous. Je vous emmène.

— Merci. J'accepte.

D'un mouvement de l'épaule, elle se débarrassa de son sac et s'assit en face de lui. Ses genoux et ses cuisses griffés témoignaient qu'elle avait dû marcher dans les ronces avant de rejoindre la grand-route. Elle était à peine hâlée. Sa peau claire refuserait toujours les excès de soleil.

145

— Vos parents vous laissent pratiquer l'auto-stop?

— Oh, vous savez, nous sommes neuf frères et sœurs. Il a bien fallu nous faire un peu confiance à chacun.

— Que faites-vous dans la vie?

— J'ai terminé un certificat de sociologie et une licence de lettres.

— Et après?

— Je cherche du travail.

— Au bord de la route?

— Non, à Paris. Au bord de la route, je cherche une voiture pour rentrer. Je n'ai plus un centime.

— Avez-vous faim?

— Non, mais je boirais bien un pastis comme vous.

Il appela le garçon et elle trempa ses lèvres dans le verre, esquissant une grimace.

— C'est votre premier pastis?

— Oui! avoua-t-elle. Ça fait un peu ridicule, n'est-ce pas?

— Comment vous appelez-vous?

— Claire. Claire Dodelot. Et vous?

— Georges Saval.

— Ça me dit quelque chose.

Mais elle ne chercha pas plus.

— Vous aimez Maillol? demanda-t-elle.

— Oui.

— Je suis allée à Banyuls voir son monument aux morts sur la jetée. Il paraît que le conseil municipal l'avait mis là pour ne pas choquer. Moi, je trouve que c'est un truc formidable.

— Oui, c'est formidable.

— J'aime bien la Catalogne française. Je suis restée huit jours dans le Vallespir chez des paysans pour les aider à cueillir des pêches. Et j'ai aussi entendu un concert de Pablo Casals à Prades. J'ai pleuré. Je reviendrai tous les ans.

— C'est une bonne idée!

— Quand pensez-vous partir de Perpignan?

— Dès que j'aurai fini mon verre.

— Vous m'emmenez vraiment?

— Oui.

— Nous serons à Paris dans la nuit?

— Non. Il faudra coucher en route. Je ne suis pas une machine à dévorer les kilomètres.

— Vous me déposerez dans la nature. J'ai mon sac de couchage. Si vous êtes de bonne humeur, demain matin vous me reprendrez.

— Nous verrons.

Il appela le garçon et paya. A l'heure du déjeuner, Perpignan se vidait comme si la ville plongeait déjà dans la sieste, mais la belle Vénus sur son piédestal maintenait haute la présence de la grâce dans les rues. Le café de La Loge resterait dans la liste de nos relais. On pouvait s'y arrêter avec un état d'âme des plus noirs et y éprouver quand même de la béatitude. La Providence des cœurs amertumés y faisait éclore de saines jeunes filles sans problèmes, aux jambes nues, qui pleuraient en écoutant le vieux Pablo Casals jouer sur son violoncelle dans la fraîche église de Prades. Oui, cela faisait du bien. Georges se le rappela intérieurement au début de la route, desserrant à peine les dents pour répondre par « oui » ou par « non » aux questions de Claire. Si elle se rendit compte de son absence, elle sut lutter avec courage contre la froideur de son mutisme. Elle parla sans arrêt, dans son langage à la fois naïf et sincère, qui fleurait encore l'argot des lycées. Après un temps, la tension de Georges se relâcha, et, pour nier Sarah, il se mit à évoquer Joan, doux souvenirs dont il aimait se nourrir quand sa femme rouvrait la vieille blessure. Il imagina la Rambler vert olive arrêtée par un feu rouge. On flattait le destin en lui attribuant des miracles, mais on ne l'accusait pas assez de ses négligences criminelles. Pourquoi n'avait-il pas inventé un feu rouge, un pneu crevé, un contrordre du ministère qui aurait dévié la voiture de sa route? Joan serait là, près de lui, à la place occupée par Claire, peut-être aussi en short, découvrant les genoux osseux de ses longues jambes élancées. Il pourrait, en conduisant, y poser la main, en caresser la peau laiteuse, sans un grain — presque une peau d'enfant —, si différente de la peau épicée de Sarah. Joan parlait peu. Ce qu'elle avait à dire, elle le disait au lit dans les gestes de l'amour, avec une

tendresse puérile. Ils avaient d'ailleurs fait cet amour avec
une pudique réserve qui leur laissait des réveils sans honte
et sans gêne, emplis d'une ineffable bonté l'un pour l'autre
alors qu'ils vivaient une époque de violences et d'horreurs.
Elle n'avait pas de passé, vierge le premier soir où elle
s'était donnée dans la chambre de Georges chez cette harpie
de Mrs Walter. Le décor était si triste et si stupide — oh!
ce papier à rainures et le grand lit de bois prétentieux! —
que Georges craignait toujours que quelque chose en détei-
gnît sur eux, les souillât de médiocrité. Heureusement,
il y avait eu les réveils dans l'auberge de Miss Rose
Huntington, à Calgate, et les poneys sauvages broutant
l'herbe humide de rosée dans la clairière, un monde pur et
préservé qui lavait les corps et les cœurs... Joan serait là
aujourd'hui et entre eux rien n'aurait changé. Se pouvait-
il qu'il y eût sur terre des femmes qui consentaient à ne
connaître qu'un seul homme, qu'un seul amour malgré
tant de pièges dissimulés sur la route? Peut-être était-ce
une chance inouïe que la mort eût pulvérisé Joan dans sa
voiture, sauvant pour Georges, des grimaces et des rides
fatales, un amour presque invisible et en tout cas si paisible
qu'à la mort de Joan il avait été surpris d'en découvrir la
profondeur dans le désespoir. Joan avait droit dans sa
mémoire à un monument parce que rien ne l'avait ternie.
Il n'était resté d'elle que ce bouton (il l'avait jeté un soir
dans la Tamise, suivant le conseil de Dermot Dewagh),
misérable relique à partir de laquelle on ne pouvait même
pas, comme les zoologues avec un os d'animal préhisto-
rique, reconstituer la beauté délicate de Joan, la tiédeur de
ses baisers qui effleuraient le cou, l'épaule, le visage de son
amant, ni rendre la vie à une voix un peu rauque,
inattendue chez une si jeune femme. Peut-être... peut-être...
peut-être auraient-ils été heureux toute la vie, sans une
ombre entre eux...

— Vous conduisez trop vite! dit Claire.

Elle dut le répéter deux fois et ce fut seulement quand elle
ajouta : « J'ai peur. Je veux descendre » qu'il perdit le visage
de Joan, n'entendit plus sa voix rauque et se retrouva dans
un paysage de vignes inondées de soleil, loin, bien loin, de

148

la rosée sur la clairière de la New Forest. Il leva le pied et la voiture courut sur son erre au bord de la route avant de s'arrêter.

— Vous pouvez descendre!

Elle était pâle, mais dominait déjà sa peur, et sans doute vit-elle qu'elle avait affaire à un homme malade.

— Je suis désolée... on dirait que vous n'êtes pas bien.

— Vous m'avez interrompu!

— A quoi pensez-vous?

— J'ai accepté de vous déposer demain à Paris. Je n'ai pas promis de vous raconter ma vie.

— Je suis deux fois désolée. Une vraie idiote...

Elle le dit si gentiment, avec un tel élan de sincérité, qu'il sourit.

— C'est moi qui vous prie de m'excuser. J'allais sûrement trop vite. Je pensais en effet à autre chose. Je vais me raisonner. Voulez-vous continuer?

— Pas si je suis importune.

— Vous n'êtes pas importune. Votre présence est rafraîchissante et puis votre caractère m'amuse.

— Je n'ai pas de caractère. Mes frères m'ont surnommée « copie-tout ».

— Ce n'est pas un surnom méchant.

— Oh! on s'y habitue!

— Voulez-vous continuer?

— Oui.

Il agita la main par la portière en signe d'au revoir et la voiture repartit.

— Pourquoi faites-vous cela?

— J'abandonne quelqu'un sur le talus, quelqu'un à qui je pensais.

— Une femme?

— Non : un éléphant avec une tête d'autruche, mille pattes et une queue de renard.

— Je ne comprends pas très bien.

— Vous avez raison.

— Je suis sûre que c'était une femme.

— Oui!

— Pourquoi ne voyage-t-elle pas avec vous?

— Elle est morte!

— C'est triste!

— Oui, très triste l'idée qu'on ne reverra plus jamais quelqu'un. Et parfois aussi c'est triste de penser qu'on reverra toujours quelqu'un.

— Je n'ai pas encore beaucoup réfléchi à ça. Mes frères, mes sœurs et moi nous sommes très gais. Ça doit tenir à nos parents. Eux aussi, ils sont gais. Chez nous, il n'y a pas de problèmes.

— Que fait votre père?

— Avec Maman, il fabrique des farces et attrapes, mais il se fait toujours voler ses idées. C'est un bohème...

A la tombée du jour, ils arrivèrent à Moulins. Georges savait beaucoup de choses sur la famille Dodelot, sans arriver cependant à bien démêler qui était qui : si c'était Charles le centralien qui avait plongé du Pont-Neuf pour sauver un chat en train de se noyer, si c'était Marthe ou Augusta qui mangeait ses ongles, si c'était Papa ou Maman qui descendait d'un communard célèbre, mais peu importait, la parole souvent insignifiante de Claire, son bavardage sans queue ni tête avaient meublé ce long voyage. Il lui en était reconnaissant sans pouvoir le lui dire et ne sut que l'inviter à dîner. Elle accepta, elle n'avait rien mangé depuis le matin et dévora un poulet avec cette belle faim qu'ont les enfants élevés dans la fantaisie et la liberté. Georges pensa lui offrir une chambre dans l'hôtel, mais c'était sans doute trop et il importait que Claire ne crût pas à une intention douteuse de sa part. Il préféra la conduire à la sortie de Moulins, éclairant de ses phares un champ bordé d'un bosquet de bouleaux où elle ouvrit son sac de couchage. Ils convinrent d'un rendez-vous pour le lendemain matin et Georges regagna seul l'hôtel. Il avait mis beaucoup de kilomètres entre Sarah et lui, elle ne risquait plus d'arriver en tailleur blanc, tout d'un coup seule et s'offrant à son mari dans un moment de solitude ou d'inconsciente détresse. Les quinze nuits de Barcelone marquaient un point culminant de leur vie. Après s'être cru à l'abri de tout ce qu'imaginerait encore Sarah, Georges criait « Touché! » et cette blessure même légère, même guérissable, rompait avec une assurance égoïste et un peu veule dont il mesurait pour la première fois la profondeur. Il devenait maintenant certain qu'ils ne se quitteraient jamais sinon par une de ces décisions arbitraires que le temps, l'habitude et même un nouveau bonheur ne parviennent pas à justifier. Georges s'était cru de la même trempe qu'elle. C'était en partie faux, mais ce « en partie » devenait aussi rassurant : un homme qui accepte tout est un mort vivant. S'il souffrait de la guerre, de la misère, de l'imposture et de la politique, comment aurait-il pu rester insensible à la seule Sarah? Voilà donc que le problème se posait d'une autre façon, pour quelques jours seulement peut-être, mais enfin il se posait, et si le cuir n'était pas tanné, il devenait urgent de crier, de se révolter, de vivre la vie à coups de poing et de tête. En un sens, Georges pouvait tirer d'un jour de faiblesse une immense force, une raison de plus de refuser le monde feutré de mensonges avec lequel — après un bref sursaut en Italie au moment du drame de Positano et une promesse qu'il n'avait pas su se tenir — il avait accepté de coexister depuis l'échec de son interview de Kruglov et Fedorov. Sarah semblait apparaître dans le désordre et le hasard. En fait, chacune de ses entrées en scène était minutieusement réglée. Elle illustrait ces mots de Giraudoux que nous savourions dans notre jeunesse : « Les êtres ne se dérangent dans la vie que pour vous apporter des leçons, des signes ou des devoirs. » A partir de là, tout s'éclaircissait et Sarah pouvait repartir dans la nuit orageuse et lourde de Barcelone, enfiler les venelles crasseuses du Barrio Chino au bras d'un gnome difforme qui postillonnait sa mythomanie et promettait un septième ciel enfermé dans sa braguette. Sarah n'avait pas fini, Sarah n'avait encore rien vu. Si un de ces imbéciles du type de Mario, qui ne comprennent rien et ne pensent qu'à eux-mêmes, ne l'assassinait pas un jour, elle allait vieillir avec une expérience vertigineuse du bien et du mal sans les avoir distingués l'un de l'autre.

Le lendemain, en sortant de Moulins, Georges chercha le champ et le bosquet où Claire avait dû dormir. Elle n'y était plus. On voyait encore ses traces : de l'herbe couchée, des pierres assemblées pour protéger le réchaud sur lequel elle avait dû préparer un café. Il n'aurait pas su dire si c'était une déception en reprenant la route de Paris. Qui régalait-elle maintenant de son intarissable bavardage, ce bric-à-brac de réflexions sur la musique, l'histoire, les hommes, sa famille? Il aurait aimé sa présence futile et gaie au moment même où il venait de repousser Sarah et le souvenir de Joan.

Après une route sans histoire, il traversa un Paris morne. Daniel devait être parti pour le Midi depuis quelques jours. L'appartement serait vide. Pour différer le retour écœurant, il gagna le quartier des Champs-Élysées et le siège du magazine où il travaillait depuis trois ans. L'immeuble était à peu près désert. Aux étages, les plantons somnolaient. Georges prit son courrier et se réfugia dans le bureau qu'il partageait avec un autre reporter, Josef Lubkavicz, un réfugié polonais éperdu de mondanités, qui n'avait jamais pu écrire une ligne en français mais qui était une mine d'informations et la coqueluche du patron pour lequel il organisait des dîners tape-à-l'œil mêlant avec art les comédiens célèbres, les escrocs, les gens du monde et les putains prétentieuses. Josef n'était pas là. Il n'était d'ailleurs presque jamais là, et Georges le regrettait car, dans le grenouillage général du magazine, sa foire d'empoigne et ses coups fourrés, ce garçon frivole et désinvolte était bien le seul à afficher sa bassesse avec esprit.

Il lut un courrier sans intérêt, feuilleta le numéro de la semaine précédente, se leva dix fois pour aller à la fenêtre regarder la rue et le café d'en face où les photographes descendaient lever de jolies filles qui n'attendaient que ça devant un citron pressé. Si l'on n'était pas trop braqué contre la bêtise des femmes, il y avait toujours là quelqu'un de disponible pour un dîner aux chandelles, une discothèque et quelques heures de lit avant l'aube. Mais parce qu'on était en juin, le gibier semblait plutôt rare. Georges serait seul ce soir. Les deux jours de route, la rencontre avec Claire avaient atténué les images de Sarah. A cette heure-ci, elle se réveillait, et peut-être y avait-il à côté d'elle, ronflant la bouche ouverte, le gnome à la braguette magique. Un jour elle le raconterait, comme elle racontait tout, sans passion, sans gêne, avec dans le ton une indifférence fatiguée, une curiosité épuisée. « Ce n'était que ça? Pourquoi en faire un monde? »

Il passa au service de documentation où on lui remit une liasse d'articles divers sur l'autonomisme catalan qu'il lut en une demi-heure, puis s'installa dans une cage vitrée avec une dactylo et dicta son article, sans hâte, sans difficulté. Depuis longtemps, pour ces choses-là, il avait acquis un mécanisme presque parfait. Il terminait sa dictée vers six heures quand Josef apparut derrière la vitre et ouvrit des yeux ronds. Georges sortit de la cage.

— Tu es rrentrré? dit le Polonais, roulant ses *r* à plaisir, cultivant un accent qui faisait une bonne partie de son charme.

— Non. Tu vois bien.

— On t'a cherché parrtout. Perrsonne, il savait où tu étais.

— Même pas la direction qui m'a envoyé à Barcelone?

— Tu sais comme ils sont!

— Oui, je sais. Qu'est-ce qu'on me voulait?

— T'envoyer en Algérrie.

— J'ai déjà dit que je ne voulais plus y remettre les pieds. Et puis pourquoi moi? Pourquoi pas Dugludu ou Perlimpinpin?

— Qui?

— Des amis. De toute façon, pour la Pentecôte, ils sont à Saint-Tropez. Saint-Tropez, c'est sacré.

— Tu n'y vas pas, toi?

— Non, figure-toi, Josef. J'en ai assez.

— Bon, écoute, c'est ton affairrre... Mais va voirrr l'affrreux Poulot.

— Je préfère encore le patron.

— Il n'est pas là. Je l'ai fait inviter chez les Dockerr. Il jouit. Il mange dans vaisselle vermeille. Il appelle toutes les femmes Milady comme dans trrois Mousquettairres.

— Mousquetaires, Josef. Ne massacre pas nos chefs-d'œuvre.

— Tu sais bien qu'à part Prroust j'ai rrien lu. Mais va voirr' l'affreux Poulot.

— Bon.

L'affreux Poulot était la dernière éminence grise du patron. Il y en avait eu plusieurs en quelques années et il y en aurait probablement d'autres, bien que celui-ci disposât d'une arme redoutable : il respirait la franchise et la bonhomie. C'était un grand gaillard au visage ouvert, à la poignée de main solide et rassurante. Les plus intuitifs tombaient dans le panneau, se livraient pieds et poings liés à un homme qui paraissait de cristal, puis le masque tombait — mais trop tard — et l'affreux Poulot avait conquis une position d'où il pouvait fusiller qui bon lui semblait. Il n'en était pas moins craintif car, plus d'une fois dans sa vie, la confiance des patrons, conquise à force de flagornerie et de délations, s'était soudain effondrée. Chassé — avec des indemnités énormes —, il pouvait hurler à l'ingratitude, mais devait trouver d'autres victimes. On le détestait cordialement — ce dont il se moquait — et plus encore on le craignait — ce qu'il aimait. Georges était le seul à se trouver en position de force devant Poulot qui avait été, un temps très court quoique suffisant pour donner prise, l'âme damnée de son oncle dont on se souvient que, directeur d'un grand quotidien avant la guerre et pendant l'occupation, il avait initié Georges au journalisme. Certes, Poulot s'était réveillé résistant à la libération de Paris, siégeant dans les comités d'épuration du syndicat des journalistes, refusant de signer les pétitions de recours en grâce, mais la tache subsistait, connue de quelques confrères qui n'avaient guère intérêt à la révéler. Seul Georges pouvait se permettre ce luxe, et Poulot qui ne l'ignorait pas le haïssait et le craignait sous des approches d'une rondeur parfaite. Poulot savait parfaitement qu'on affublait son nom de l'épithète « affreux ». Dans ses jours de bonne humeur il ne dédaignait pas de parler de lui-même à la troisième personne : « Mon cher, l'affreux Poulot vous dit... » Il avait aussi la manie de répéter presque à chaque phrase le nom de son interlocuteur. On verra comment Georges répondait à ce tic méprisant.

Quelque horreur qu'il eût de Poulot, il fallait quand même se rendre à son bureau. Georges se fit annoncer.

Après un conciliabule, par la porte entrouverte, le planton revint le prier d'attendre. Georges regagna son bureau. A peine y était-il que l'affreux Poulot l'appelait par l'interphone.

— Vous n'êtes pas très patient, Saval.

— C'est mon péché mignonpoulot.

— Je vous attends. J'ai quelque chose à vous proposer.

— J'arrive.

Il traîna un peu dans les couloirs, alluma une cigarette avant d'entrer. L'affreux était derrière une table vide de tous papiers, affectation d'un grand chef qui donne des ordres sans mettre la main à la pâte. La cigarette l'irrita :

— D'où arrivez-vous, Saval?

— De Barcelonepoulot.

— Il y avait quelque chose là-bas?

— Non, j'enquêtais sur l'autonomisme catalan.

— Qui a eu cette idée saugrenue? C'est vous Saval?

— Non, c'est le patronpoulot.

— Ah bon! dit-il d'un air gêné. Vous rapportez un papier?

— Il est à la frappe.

— Voulez-vous repartir tout de suite?

— J'arrive... J'aimerais changer de chemise.

— Enfin... je veux dire : demain ou après-demain.

— Pour où?

— L'Algérie, Saval.

— L'Algérie? C'est un traquenard! Pourquoi moipoulot?

— Vous me paraissez le meilleur.

— Je vous en prie, pas de flatteries de ce genre. Je n'y crois pas. Dites plutôt que personne ne veut se mettre dans la gueule du loup.

— Quelque chose se prépare.

— Après les barricades de janvier, qu'espère-t-on? Rien. L'armée a tiré sur la foule et la foule a tiré sur l'armée. On est au point mort.

— Non, la rébellion est sur les genoux. Il y a quelque chose dans l'air. Je ne sais pas quoi. A vous de le trouver. Vous connaissez plusieurs anciens des services spéciaux. Ils vous aideront, Saval.

— Je vais réfléchirpoulot.

Dans leur bureau commun, il retrouva Josef qui, les pieds sur la table, polissait ses ongles.

— Alorrs?

— Oui, c'est l'Algérie.

— En juin, tu vas jouirr!

— Pourquoi n'envoie-t-on pas Sunol ou Palestro? Palestro est pied-noir. Sunol parle arabe. Moi, je n'y connais rien.

— Tu as déjà fait grrand voyage là-bas!

— De la routine, Josef, de la routine.

— Rrâle pas. Tu sais bien que tu vas aller.

— Ce n'est pas dit.

— C'est dit.

— Oh après tout, je m'en fous... Oui... sans doute.

Il suffit à Georges de traîner quelques instants dans les couloirs du journal, de serrer des mains molles, pour ne plus hésiter. Il rentra chez lui, dans l'appartement de l'avenue de La Bourdonnais qu'il détestait, mais Paris était une ville où on ne pouvait même plus choisir son quartier. On s'y trouvait un jour un trou, par hasard ou par d'obscures complicités, et la ville épaississait, gonflait à un tel point qu'on était dans l'impossibilité de changer de trou, prisonnier au fond d'une nasse. Descendant de voiture, il vit les volets ouverts et pesta contre la concierge qui ne respectait jamais les consignes en cas de départ. La clé à peine engagée dans la porte, il devina la présence de Daniel.

Je m'aperçois que j'ai encore très peu parlé de Daniel. Il n'a fait qu'arriver à Paris, bébé dans les bras de ses parents, et peu après je devins son parrain. J'ai dit deux mots de lui après l'épisode de Positano, quand nous partîmes dans les Alpes escalader et herboriser. J'aurais toujours aimé que Daniel fût mon fils, plus encore maintenant après ce qui s'est passé. La nécessité d'une certaine autorité, l'agacement de retrouver en eux notre propre caractère grossi et trop déchiffrable, en somme tout ce qui peut nous séparer de nos propres enfants n'a jamais joué entre nous. J'ai été son ami depuis l'enfance et c'est lui qui m'a appris à aimer les enfants, ce dont je ne lui serai jamais assez reconnaissant. Bien sûr, quand je parle de Daniel, les siens me disent : « Ce n'est pas celui-là que nous connaissons. Vous devez vous tromper. Celui que nous connaissons a un visage de bois. » Alors que, pour moi, Daniel a été un enfant, puis un adolescent rayonnant de confiance, adorant raconter sa vie... Je n'ai pas à juger Mme Saval de l'éducation qu'elle donna à son petit-fils. Elle l'éleva comme on l'avait élevée, elle, comme elle avait tenté d'élever Georges. Même l'échec qu'elle avait subi avec Georges — trop libre, trop vite détaché — ne la découragea pas. Ce qui n'avait pas été bon pour l'un pouvait encore l'être pour l'autre. En un sens, on ne doit pas lui donner tort. Elle y eût mis moins de rigueur qu'elle aurait peut-être réussi. Nos grands-parents sont plus proches de nous que nos parents. Je ne sais pas pourquoi, mais cela est. Les liens du sang sont plus lâches, plus diffus, moins impératifs, et il est possible aussi que nos propres enfants qui, comme je le disais, nous paraissent souvent la caricature de nous-même, estiment, avec l'ingé-nuité fatale de la jeunesse, que nous sommes plutôt la cari-cature de leur propre caractère. Ils exigent de nous ce que, par respect ou indulgence, ils n'exigent pas de la vieillesse. Ou bien il n'y a pas d'explication du tout, ce qui est encore plausible. Je ne pense pas que Georges me contredira quand il lira ces pages et les suivantes consacrées à son fils. Il a voulu ce fils, et en le voulant — on s'en souvient — il sacrifiait l'amour de Sarah. En aucune façon il ne le lui a reproché, bien qu'il en soit toujours resté comme une gêne inavouable entre eux et que Daniel ait de son côté ressenti et développé inconsciemment deux griefs majeurs : son père avait une attitude inexplicable envers Sarah, son père ignorait l'admiration qu'il lui portait. Parce que Georges était par nécessité un père lointain, absent physi-quement mais dont on pouvait suivre la route à travers la publication de ses reportages, il jouissait d'un prestige immense. Ce prestige devait être entamé par deux événements graves : lorsque Georges accepta, la rage au cœur, après un bref sursaut, l'enterrement de ses sensationnelles révélations sur Kruglov et Fedorov, et lorsqu'il accepta encore le silence de plomb qui ensevelit l'affaire Si Salah dont nous allons bientôt parler. Quand il démissionna après les événements d'Aden, il était déjà trop tard. Daniel l'avait jugé, ou croyait l'avoir jugé, sans connaître tous les éléments du procès. Nous dirons : c'était de son âge, cette exigence était de son âge.

Notre amitié fut scellée en 1954. Daniel avait dix ans. Il vivait à Nice chez sa grand-mère qui me téléphona un matin à Paris.

— Georges est en voyage. Pouvez-vous venir d'urgence? J'ai un très grave problème avec Daniel.

Un très grave problème avec un enfant de dix ans! Cela sonnait curieusement de la part d'une femme autoritaire habituée à mener sa vie seule, sans le secours ou le conseil d'un homme depuis de longues années. J'arrivai quelques heures après, par avion. Mᵐᵉ Saval m'attendait à la sortie de l'aéroport dans sa petite voiture découverte. Elle approchait la soixantaine sans avoir rien perdu d'une beauté un peu sèche dont elle accentuait avec plaisir la gravité. Bien que ce fût en juin, elle conduisait avec des gants comme elle l'aurait exigé de son chauffeur si elle en avait eu un. Ses cheveux gris étaient maintenus par un foulard mauve, couleur qu'elle affectionnait et dont son habillement contenait toujours un rappel. Elle semblait de ces femmes qui ne laissent aucune initiative au hasard, qui ont toujours un plan à proposer, que ce soit pour l'organisation d'un pique-nique ou d'un mariage. Qu'elle m'eût fait ce signe impératif avait de quoi surprendre. En m'appelant, elle reconnaissait *de jure* la part d'autorité que Georges me déléguait en son absence. Elle s'inclinait. Mais cela lui coûtait tant qu'entre l'aéroport et la maison de Cimiez sur la hauteur, elle ne sut m'abreuver que de généralités embarrassées. Les mots que j'attendais avec impatience ne passaient pas sa gorge. Elle laissa la voiture à la grille, signifiant bien par là qu'elle aurait l'extrême bonté de me conduire à un hôtel après dîner si je ne trouvais pas d'avion pour me ramener à Paris dans la nuit. La porte de la maison une fois franchie, un singulier spectacle m'attendait; dans le hall trois tableaux étaient éventrés et un grand miroir brisé. Mme Saval me précéda dans le salon où l'on avait essayé de réparer un peu la tornade qui l'avait dévasté, mais les fauteuils, les canapés étaient dépecés, une pendule Boulle gisait en pièces détachées sur le manteau de la cheminée. Lacérés à coups de couteau, les tableaux pendaient en loques de leurs cadres. De longues brûlures maculaient les tapis.

— Vous voyez, dit-elle. Les vandales sont passés par là.

— Les connaissez-vous?

— J'ai une hypothèse. La police est venue. Elle enquête, mais d'ores et déjà on m'assure que ce ne peut être que l'œuvre d'un familier de la maison.

— Un domestique?

— Je n'ai qu'une vieille bonne, la même depuis trente ans.

— Et quand cela s'est-il passé?

— Dimanche. J'avais emmené Daniel au mont Boron chez des amis. Nous avons passé la journée là-bas. Il a joué l'après-midi avec ses petits camarades dans une maison voisine. A sept heures du soir, je suis passée le reprendre et nous sommes revenus pour constater le désastre.

— Alors je ne vois pas pourquoi vous me demandez de venir.

— Eh bien si! Je le soupçonne quand même. Je suis allée hier voir les petits amis avec lesquels il jouait dimanche après-midi. Daniel a disparu pendant deux heures. Du mont Boron à Cimiez, il y a continuellement des autobus. L'aller et retour ne prend pas plus d'une heure.

J'aimais déjà assez Daniel pour éprouver un serrement de cœur devant une telle accusation. Et puis Mme Saval me prenait à froid, avec une brutalité que l'on ne soupçonnait pas chez une femme si pénétrée de convenances, mais je suppose que c'était aussi pour m'éviter de réfléchir à ce qu'elle appelait le « problème » de Daniel, pour me ranger d'emblée dans son clan.

— Pourquoi aurait-il fait cela?

— Je ne le sais pas. Il ne me le dira pas. J'ai pensé qu'il vous le dirait peut-être.

— L'avez-vous puni ou réprimandé récemment?

Elle hésita un instant. Toute son énergie se concentra dans son visage pour empêcher les lèvres de trembler, les yeux de s'embuer de larmes.

— Je ne le réprimande et ne le punis pas plus qu'on ne réprimande et punit d'ordinaire les enfants, dit-elle avec une indignation aussi forte que si je l'avais accusée de brûler Daniel au fer rouge ou de le tremper dans des bains glacés.

— Il travaille bien en classe?

— Remarquablement bien. Voilà deux ans qu'il reçoit le prix d'excellence et il l'aura encore cette année. Il est un peu désobéissant dans les détails de la vie quotidienne. C'est tout ce que je puis dire contre lui. Certes, il n'est pas expansif, mais on ne force pas un enfant à vous prodiguer les marques extérieures de l'amour quand elles ne sont pas spontanées.

Il était impossible de savoir si elle retenait plus sa colère que son émotion. Ce qui semblait certain c'est qu'elle mentait, et qu'elle mentait courageusement pour sauver la face comme une femme qui sait dominer son âge, préserver son autorité et tout ce qu'elle a cru sacré.

— Où est-il? demandai-je.

— Au lycée Félix-Faure. Il quitte l'étude à sept heures.

— Je l'attendrai à la sortie.

— Vous ne savez pas où c'est.

— Lors d'un déplacement de mon père dans le Midi, nous avons habité Nice et j'ai suivi les classes du lycée pendant deux ans. Je serai ravi de revoir cette porte que j'ai tant de fois franchie.

— Il sera surpris, dit-elle.

— Il le serait encore bien plus s'il me retrouvait dans ce décor bouleversé. J'aurais l'air de l'accuser.

Nous restions debout dans le salon désolant, ne sachant où nous asseoir l'un et l'autre, prisonniers du désastre. Rien n'avait été épargné. Tout semblait détruit avec méthode. Le soleil couchant entra soudain par le bow-window et la pièce fut baignée d'une lumière orangée qui dansa dans les miroirs et les sous-verre brisés.

— Vous revenez dîner avec nous, n'est-ce pas?

— Vous me permettrez de vous répondre tout à l'heure. Ma seule préoccupation est d'abord de retrouver Daniel.

— Mais je comptais sur vous!

Ce fut dit avec un accent de désespoir si touchant que je manquai céder. Elle voulait bien que je confesse Daniel mais pas plus.

— J'aimerais réfléchir.

— Bon, bon... c'est bien... réfléchissez.

Cette fois, elle se vexait. Elle m'avait appelé au secours dans un moment de détresse, d'incompréhension, et déjà, parce que j'étais là, prêt à me mêler d'un problème qui ne me regardait pas, elle se ressaisissait, ne se pardonnait pas sa panique d'un instant et voulait conserver la haute main sur tout. Sans doute fallait-il être indulgent avec elle, femme sans homme depuis longtemps habituée à trancher et à juger du haut d'une autorité sans frein.

— Évidemment, tout cela n'arriverait pas, dit-elle, si Daniel avait eu une mère normale et un père présent. Cet enfant vit dans un déséquilibre affectif qui a dû provoquer une crise. Il n'est pas entièrement blâmable.

— C'est certain.

— Je suis heureuse que vous soyez de mon avis. Georges ne le comprend pas.

Un taxi me permit de déposer ma valise dans un hôtel de la promenade des Anglais, puis me conduisit à la sortie du lycée. La porte était encore fermée et je me promenai sur ce trottoir que j'avais tant de fois traversé. Ce n'était pas un mauvais souvenir. J'avais aimé l'atmosphère de ce lycée propre, aéré, avec des professeurs vivants et intéressants : Charmel qui nous lisait ses pièces pendant les cours de littérature moderne, Oriol que l'on amenait paralysé sur sa chaise et qui nous racontait comment il avait connu dans son extrême jeunesse le docteur Pagello, l'amant de George Sand à Venise, Fouassier qui avait une merveilleuse tête de philosophe, Perrot que nous croyions de fer et qui s'était mis à pleurer en classe un matin parce que

161

sa femme lui avait enlevé ses enfants, Tallagrand pieds nus dans des gros souliers lacés avec des ficelles, l'air lunaire comme son fils Thierry Maulnier. Et bien que mon passage ait été de courte durée, je m'étais fait là des amis que la mort avait déjà fauchés : Capron avec ses petits yeux rieurs et sa bonté de géant, Vallon mort aux commandes de son avion de chasse, et mort, pour tous, bien que vivant, Jean X. qui était devenu fou, lui notre athlète et notre redresseur de torts. On dit : « La vie commence tôt... » ce n'est pas vrai. C'est la mort qui commence tôt, qui fauche ou détruit les meilleurs, qui casse nos amitiés électives dès l'aurore.

Quand le concierge ouvrit la porte, libérant un flot d'enfants, j'éprouvai un sentiment d'émotion inexplicable, une vraie détresse comme si je me revoyais parmi eux, accompagné de Jean X., me ruant vers la place Masséna et l'avenue de la Victoire à l'heure où fermaient les grands magasins. Les petites vendeuses libérées se hâtaient et nous les admirions en les frôlant dans la foule, prestes, noiraudes, avec leur accent chantant. Nous étions trop jeunes pour elles, mais de temps en temps nous cueillions quand même un sourire qui était la récompense de notre chasse. Dans le flot de garçons qui sortit du lycée, je reconnus quelques sosies. Tous les enfants du monde se ressemblent, et quand j'aperçus Daniel, je crus revoir le regard noir et brillant, les cheveux bouclés de Jean X. Il se coiffa d'un béret basque qu'il enfonça sans coquetterie jusqu'aux oreilles et repoussa d'une bourrade sèche un camarade qui essayait de lui arracher son cartable. Il y eut un début de bousculade et la voix d'un surveillant corse s'éleva, caverneuse :

— Un peu de calme, vous aut'es. La so'tie n'est pas une foi'e!

On eût cru entendre la voix du vieux Leca, confit dans la surveillance d'études depuis trente ans, mais gardant la lavallière et le chapeau rond du poète qu'il avait été dans sa jeunesse lorsqu'il écrivait des chansons pour Vincent Scotto. Rien n'avait changé. J'appelai :

— Daniel!

162

Et il s'arrêta, jambes écartées, la tête en avant, maîtrisant son élan :

— Parrain! Comment êtes-vous là?

— Je passais par Nice. J'ai téléphoné chez ta grand-mère et la bonne m'a répondu que tu sortais du lycée à sept heures.

— Vous n'avez pas parlé à grand-mère?

— Non. Pas encore. Elle n'était pas là.

Déjà le flot des lycéens s'éparpillait et nous restions seuls. Sur le pas de la porte, le surveillant corse allumait une cigarette, nous observant avec méfiance. Je n'allais pas passer pour un voleur d'enfants!

— Partons! dis-je. Je t'emmène dîner.

— Mais grand-mère m'attend.

— Nous lui téléphonerons de dîner seule et de ne pas s'inquiéter.

— Vous croyez qu'elle acceptera?

— Nous verrons bien.

Je téléphonai d'un café et elle accepta, non sans m'avoir recommandé de le faire dîner légèrement. Daniel avait le foie sensible. Le lendemain était férié, mais il importait quand même qu'il fût couché de bonne heure. C'était un enfant nerveux et impressionnable, je ne devais pas l'oublier.

J'écoutai avec patience et raccrochai après quelques promesses répétées.

La main dans la main, nous partîmes vers la vieille ville pour retrouver un restaurant niché au fond d'une ruelle où je me souvenais d'avoir dîné avec mes parents d'une bouillabaisse, mais quand nous y arrivâmes une déception nous attendait : le restaurant s'était folklorisé. Un chasseur se tenait devant la porte et un mini-autocar débarquait des touristes.

— Veux-tu entrer là? demandai-je.

— Non. Ça fait trop touriste. Je voudrais seulement manger une pissaladière et après nous irons au Paladium. Il y a plein de jeux.

Nous reprîmes une ruelle assez gaie où les enfants jouaient à la morra sur la chaussée. La nuit tombait et les Niçois en bras de chemise prenaient le frais sur des chaises installées dans la rue. Les informations de la radio nous poursuivaient de maison en maison, accompagnées d'une odeur de friture.

— C'est amusant ici, dit-il. J'aime bien y venir, mais grand-mère ne veut pas. Elle prétend qu'on y attrape des maladies.

— Il y a beaucoup de choses qu'elle défend?

— Ce serait plus vite fait de dire les choses qu'elle permet.

Il ne parlait pas comme un enfant de son âge. Tout ce qu'il avançait était le fruit d'une réflexion mûrie et sûre de soi. A cette époque, Daniel était un petit garçon aux joues creuses et mates, aux grands yeux noirs et calmes défendus par une longue frange de cils. Son regard pétillait d'intelligence et de volonté, mais il le voilait aussitôt que son interlocuteur s'en inquiétait. Nous arrivâmes devant un éventaire éclairé par une mauvaise lampe jaune. Un cuisinier crasseux préparait des pissaladières. Daniel choisit la plus compliquée et nous mangeâmes, debout dans la rue animée, le pain frit à l'huile d'olive et assaisonné d'anchois et de tomates.

— C'est très bon, dit-il. Chaque fois que Papa vient nous voir, je l'emmène ici. Où est-il en ce moment?

— En Amérique. Nous allons lui envoyer une carte postale. Il revient dans un mois. Je l'ai vu juste avant son départ. Il voulait faire un saut jusqu'ici mais il n'a pas pu.

— Oh, il ne peut pas souvent. Dommage! C'est très agréable d'avoir un père. Il devrait le savoir lui qui a perdu le sien très jeune. On en a besoin.

— Il faut vivre, Daniel. C'est le métier de ton père de voyager.

— Il est un grand journaliste, n'est-ce pas?

— Il est un des plus honnêtes.

— Il y en a de malhonnêtes?

— Oui. Beaucoup.

— Ils volent?

— Non. Ils mentent.

— Papa ne ment pas.

— Non. Jamais.

164

— Pourrais-je boire de la bière? Grand-mère me l'interdit.

— Bien sûr que tu peux.

Nous trouvâmes un peu plus loin une terrasse de café et nous nous assîmes côte à côte à une table minuscule environnée de buveurs de pastis. Daniel commanda un demi panaché qu'il commença de boire avec gourmandise.

— Je ne vous empêche pas de vous amuser? dit-il.

— Non, non. Ma soirée est pour toi et puis, tu sais, je ne m'amuse plus comme autrefois. J'aime aussi beaucoup le calme. Pour achever de te tranquilliser, je t'assure que je « m'amuse » plus avec toi qu'avec aucune autre personne.

— J'ai une histoire pour vous. Une histoire que vous pourriez raconter dans un de vos romans, mais il faut me promettre de ne pas révéler qui en est le vrai héros.

— Et moi, je saurai qui est le vrai héros?

— Oui, c'est moi!

Il éclata de rire et ses jambes se balancèrent d'avant en arrière sous sa chaise. A côté de nous on parlait politique. Le rire de Daniel fit se retourner un des hommes en bras de chemise qui s'essuya la bouche d'un revers de main.

— Ah t'as de la veine, gamin, tu te la casses pas encore pour voter!

— Non, dit Daniel, je ne vote pas encore! Ça viendra et alors quelque chose changera.

La table voisine rit franchement. Daniel avait dit cela avec sérieux et aplomb.

— S'ils savaient ce que j'ai fait dimanche dernier, me dit-il, ces types ne se moqueraient pas de moi. Je parie que pas un seul d'entre eux n'aurait osé.

— Qu'as-tu fait?

— Grand-mère m'a emmené déjeuner au mont Boron chez des amis et l'après-midi je suis allé jouer dans une villa voisine avec des camarades. Ni vu ni connu, j'ai réussi à m'absenter pendant deux heures et je suis retourné à Cimiez. J'ai saccagé le vestibule et le salon. Tout est cassé. Le soir, grand-mère a appelé la police, mais la police ne trouvera jamais le coupable.

— Tu crois ça!

— J'ai un alibi. J'étais au mont Boron.

— Et pourquoi as-tu fait ça!

— Grand-mère, à déjeuner devant moi, a mal parlé de Maman. Vous me direz qu'elle en parle toujours mal, mais cette fois c'était à des étrangers, DEVANT MOI.

— Tu n'est pas très logique, Daniel. Si ta grand-mère ne sait pas pourquoi elle a été punie ainsi elle recommencera.

— Je la punirai encore d'une autre façon. A la fin elle comprendra que si elle calomnie Maman, elle sera châtiée par la Justice immanente.

— La Justice immanente? Qui t'a parlé de ça?

— Au lycée. C'est dans les classiques. Vous me désapprouvez?

Là, il m'acculait dans une position dangereuse. Je mourais d'envie de l'approuver et c'était moralement impossible.

— Vous me désapprouvez! dit-il avec une telle déception dans la voix que j'en fus bouleversé.

— Non et oui. Il est juste que tu défendes ta maman même si tu ne la connais presque pas, et il faudra toujours que tu la défendes, mais tu ne dois pas faire justice toi-même.

— Pourquoi?

— La loi le défend.

— La loi n'est pas juste.

— La loi est une transaction entre la Justice et l'Injustice. Nous en avons besoin pour vivre en paix.

— Je ne mange pas de ce pain-là.

— Que dis-tu?

— C'est Giuseppina, la vieille bonne de grand-mère, qui répète toujours ça!

Un peu plus tard, il m'entraîna au Paladium. Dans une salle immense où des haut-parleurs hurlaient des chansonnettes, on avait accumulé toutes sortes de jeux : bowling, billards électriques, grues, tirs au bouchon et à la balle, loteries. Daniel se montra d'une stupéfiante adresse au tir, cassant une volée de pipes, mais il fut plus heureux encore à la grue électrique, et un flot de pièces de monnaie tomba dans sa poche. A la loterie une blonde incendiaire aux sourcils noirs réussit à lui vendre un tiquet. La roue s'arrêta sur le numéro de Daniel. La blonde aux sourcils noirs lui tendit un service à liqueur imitation Bohême. Il lui dit :

— Comment vous appelez-vous?

Elle gloussa autant que s'il lui avait demandé de montrer ses seins qu'elle avait énormes et gonflés sous un corsage de nylon rouge vif.

— Je m'appelle Stella.

Il lui rend le service à liqueur.

— C'est pour vous, Stella!

Elle me regarda interloquée, ses gros yeux bleus exorbités.

— Mais il l'a gagné!

— Il vous l'offre.

— Je n'ai pas le droit d'accepter.

Daniel tapa du pied.

— Mais enfin puisque je vous l'offre!

— Prenez-le! dis-je.

Elle rougit intensément sous son maquillage et reprit l'affreux service.

— C'est bien la première fois que ça m'arrive.

Daniel haussa les épaules et tourna le dos. Nous jouâmes encore une partie de football qu'il gagna et il essaya une dernière machine à sous, sans succès cette fois.

— Il ne faut pas forcer la chance, dit-il. Voulez-vous m'emmener boire un dernier demi panaché à une terrasse?

Nous nous rendîmes sur la promenade des Anglais pour respirer un peu d'air après l'étouffante atmosphère du Paladium. Une autre ville s'était installée au bord de la baie des Anges, une ville qui ne ressemblait en rien au poétique vieux Nice, à la grouillante avenue de la Victoire ou à la noble place Masséna. On eût dit d'un paradis artificiel. Même les palmiers sortaient d'un décor de théâtre et la mer qu'on entendait friser la plage de galets était lisse comme un lac. Daniel resta un moment silencieux, sensible à cette beauté un peu trop luxueuse mais qui avait son charme prenant.

— J'aime bien ici, dit-il. Pourtant, un jour, je m'en irai vivre à Paris.

— Il faut y vivre quelques années, puis s'en aller.

— Oh, j'ai le temps!

— Que veux-tu faire dans la vie?

— Je ne sais pas encore. Le professeur dit que je suis fort en maths.

— Si c'est vrai, tu prépareras une grande école.

— Oui, c'est une bonne idée.

— Tu sais qu'il est bientôt l'heure de rentrer. Il est près de dix heures. Ta grand-mère s'inquiéterait.

— C'est son bon côté, son côté grand-mère poule.

— Je suis content d'apprendre que tu lui trouves des bons côtés. Elle en a, mais tu devrais être aussi indulgent à ses petites manies.

— Vous appelez ça une petite manie de dire du mal de Maman? Pas moi. Papa, lui, n'en dit jamais et pourtant je sais qu'il pourrait se plaindre.

— Tu en sais trop à ton âge.

— Grand-mère parle.

— Ta grand-mère est âgée! Elle n'a pas la même compréhension que ton père et moi.

— Et que moi! Dites, Parrain... avez-vous vu ce gros homme qui passait avec une toute petite femme à son bras? Je me demande comment ils font?

— Que dis-tu?

— Oui, comment ils font au lit. Le gros homme doit faire basculer le matelas et la petite femme tombe sur lui. Ils ne peuvent pas dormir.

— C'est, en effet, un problème. Finis ton verre. Nous rentrons à Cimiez en taxi.

Dans le taxi, il me prit la main.

— Quand reviendrez-vous?

— Je ne sais pas. Bientôt sans doute.

— Ça va être long! dit-il en soupirant.

— Je m'efforcerai de revenir très vite quand tu seras en vacances et nous irons à la montagne.

— Oui, c'est une bonne idée.

— Mais il faudrait auparavant que tu cesses de punir ta grand-mère. Ce n'est pas digne de toi. Tu dois lui dire avec beaucoup de douceur qu'elle te peine quand elle calomnie ta maman.

— Croyez-vous que ça l'arrêtera?

— C'est possible. En tout cas, essaye. Et puis... j'ai encore autre chose à te demander...

— Oh, je m'en doute... Vous devriez le lui dire vous-même.

— Non, non. C'est toi qui lui avoueras le saccage du salon et de l'entrée.

— Vous savez, je n'ai pas peur d'elle. Je le ferai si vous m'assurez que c'est mieux.

— Je te l'assure.

— Bon. Alors, c'est entendu... Je me demande ce qu'elle imaginera comme punition.

— Accepte la punition avec un grand courage, comme un homme. Tu la mérites.

— Je vous le promets.

Nous arrivions. Mme Saval nous guettait. Je feignis l'étonnement devant le désastre. Elle me dit que la police retrouverait sûrement les vandales. Daniel monta se coucher et je restai un moment avec elle pour la prévenir que tout serait clair demain. Il confesserait sa faute et dirait pourquoi il l'avait commise. J'intercédai pour qu'elle ne le punisse pas trop sévèrement si elle le punissait. Elle promit de réfléchir, mais je la quittai la mort dans l'âme, avec le sentiment d'abandonner Daniel aux forces aveugles de l'autorité familiale. En un sens, c'était une trahison dont je ne pouvais effacer la noirceur. Elle me hanta dans les six mois qui suivirent, avant que je revinsse à Nice pour découvrir que Mme Saval laissait le vestibule et le salon dans l'état où les avait mis Daniel. Quand un chien tue un poulet, les paysans lui attachent le poulet mort autour du cou jusqu'à ce que tombe le cadavre décomposé. Le chien empuanti, écœuré, barbouillé de honte animale, ne touche plus jamais à un poulet. Ce fut la punition qu'elle inventa et que Georges, quand il l'apprit, eut le plus grand mal à lui faire lever. Des années après, Daniel en parlait encore avec une sorte d'horreur qui le faisait trembler. Pourtant, il ne détesta jamais Mme Saval et, par certains traits, leurs caractères se ressemblent.

Je racontais le retour de Georges et l'intuition qu'il eut de la présence de Daniel quand il mit la clé dans la serrure. Cela se passait en 1960, c'est-à-dire six ans après ce que je viens de rappeler. Daniel vivait chez son père. Mme Saval venait de se marier à soixante-cinq ans avec un jeune homme de son âge dont on découvrit seulement alors qu'il avait été son amant depuis quarante ans. C'était exactement comme si elle avait changé de masque du jour au lendemain, métamorphose qui plaisait à Georges et dont nous ne sûmes jamais ce qu'en pensait Daniel. Ce dernier était bachelier. En octobre, il préparerait une grande école. Il ne savait encore laquelle et se trouvait à la veille d'un changement d'existence, dans cet état de vide et d'anxiété qui caractérise les adolescents. A l'idée de se rendre dans le Midi, chez des amis qui l'auraient accueilli pour les vacances, il avait préféré la solitude de l'avenue de La Bourdonnais. Son père lui avait aménagé une petite chambre donnant sur la cour. Daniel y vivait tapi presque toute la journée, lisant, se cuisant deux œufs à midi, ouvrant une boîte de conserve pour le soir. Il n'en sortait que pour aller à la piscine, passer chez moi et fouiller dans ma bibliothèque ou bavarder en buvant de grands bols de café. C'est la seule époque où je l'ai mal connu. Il sortait, insaisissable, de son cocon et le monde ne l'intéressait pas. Il lui préférait le monde des livres, ne parlait jamais des filles et, vraisemblablement, ne les regardait même pas. Je crois qu'il les trouvait idiotes, se satisfaisant, par besoin de tranquillité, d'un jugement hâtif. Il écoutait bien, sans attention excessive ni servilité. Ses lectures me paraissaient disparates, oscillant de Nietzsche à Lénine et les mettant sur le même pied, ce qui n'était faux qu'à moitié. Quelques auteurs lui procurèrent une grande exaltation : Conrad (surtout *Lord Jim* qu'il me rapporta en me disant : « C'est le livre des livres »), Melville (dont il relut trois fois d'affilée *Moby Dick*), Stendhal (mais il ne goûta vraiment que *La Chartreuse de Parme* et deux ou trois des chroniques italiennes dont *Vanina Vanini* et *Les Cenci*). De lecture en lecture, je voyais son esprit appréhender chez l'un ou chez l'autre ce qui le nourrissait le mieux et rejeter le reste avec dédain.

170

La philosophie de la politique lui semblait autrement important que la politique en soi qu'il méprisait alors comme le firent un court moment les garçons de sa génération. Il croyait choisir l'analyse contre le romantisme de l'action et s'arrêtait, malgré lui, à une croisée de chemins où il entendait bien ne demander conseil à personne.

Georges le trouva dans sa chambre en train de lire. Daniel ne s'était même pas dérangé en entendant le bruit de la clé dans la serrure. Leurs rapports restaient mal définis, toujours d'une correction extrême l'un à l'égard de l'autre, comme deux êtres qui ne se connaissent pas et que la prudence maintient à distance.

— Je croyais que tu étais dans le Midi, dit Georges.

— Non, finalement, j'y ai renoncé. Je n'en avais pas envie. Je suis très bien ici.

— Mais je ne t'avais pas laissé d'argent.

— J'ai revendu mon billet de train.

— Tu ne t'ennuies pas?

— Oh, jamais!

— Veux-tu que nous dînions ensemble ce soir?

— Très volontiers.

C'est au cours de la soirée que Daniel, apprenant que son père partait pour l'Algérie, lui demanda de l'accompagner, et que Georges accepta sans prévoir ce qui en résulterait...

Ayant envoyé ce chapitre à Georges, comme les précédents, je transcris ici sa réponse :

> Vous me parlez de moi comme d'un étranger. De vagues réminiscences m'assurent que ce fut moi. Oui, sans doute, et il est impossible de le nier. En faisant un effort — mais je vous en veux un peu de m'y obliger —, je retrouve cette période de ma vie. Il me semble la dénicher dans un lointain passé. Pourtant c'était hier, mais lentement je me détache de tout cela, j'efface en n'y pensant plus. Une sélection se fait : vous me touchez en évoquant Joan, et pourtant même ce souvenir-là n'est plus d'aucune utilité. Ce

ressassement des amours passées relève de la masturbation mnémonique. On s'émeut d'images restées très vives, on les cultive au point qu'elles risquent de tourner à l'obsession alors qu'il faudrait les oublier pour ne pas se perdre. Croyez bien que je n'ai pas l'intention de me perdre. Nous en reparlerons très bientôt.

Ce que je voulais vous dire, avant que vous abordiez la suite de ce récit, est qu'un événement intéressant se situe le lendemain même de mon retour d'Espagne. Sur le moment je n'y ai pas attaché d'importance, mais si l'on veut prendre une vue plongeante de la vie d'Ho, je crois qu'il faut mentionner son passage par Paris à cette date. Plus tard, tout devait s'éclairer, mais, dans le contexte immédiat, il s'agit d'un détail insignifiant qui ne mériterait même pas d'être signalé. Ho me téléphona ce matin-là d'Orly. Il arrivait d'Ankara et pouvait passer quelques heures à Paris en ne reprenant qu'un avion le soir pour Londres. Je lui dis combien je serais heureux de le revoir et il sembla sauter sur l'occasion. Nous ne nous étions pas rencontrés depuis Rome, époque où il semblait un peu perdu, ou, à tout le moins, choqué par la sanction brutale qui l'avait frappé à Moscou. Quelque chose paraissait détraqué dans cette parfaite mécanique. Oh, certes, il ne l'avait pas montré, vous le connaissez assez pour le savoir, mais, tout de même, la faux était passée bien près et il révisait certaines conceptions, il mettait en doute sa propre assurance. Ceux qui l'ont connu devront toujours dire combien Ho a été solitaire, combien il s'est condamné lui-même à la solitude, restant seul juge de ses réussites ou de ses échecs. Je savais par des amis que ses fonctions extrêmement importantes à Londres lui avaient rendu son équilibre. On ne parlait pas de lui et c'est tout ce qu'il désirait.

Ho débarqua chez moi vers dix heures du matin et me demanda la permission de se raser et de se doucher. Il était visiblement à bout de fatigue, vivant sur ses nerfs dont il gardait cependant un extrême contrôle. Je le trouvai plus proche qu'à l'accoutumée. Au fond, j'étais son ami et il n'en avait pas tellement. Quand il sortit de la salle de bains il sembla reprendre des forces. Chez lui, l'apparence était un besoin, presque un modèle pour son humeur, comme si une chemise fraîche, une cravate bien nouée, un pli au pantalon et des chaussures vernies étaient indispensables à son moral.

Nous passâmes deux heures ensemble dans la matinée, marchant de long en large, évoquant soudain l'année de Cambridge, votre rencontre avec Cyril et lui à Florence, puis je dus aller au journal où il m'accompagna, restant assis dans le fauteuil de Josef Lubkavicz pendant que je réglais avec l'administration les formalités de mon départ pour l'Algérie. Il lut, de la première à la dernière ligne, les journaux du matin suivant son habitude, et, à mon retour, je le retrouvai en grande conversation avec Josef. Ils parlaient russe et Josef, qui est un extraordinaire *who's who*, savait très bien qui était Ho, et surtout connaissait de réputation sa mère que, enfant, il se souvenait avoir aperçue aux eaux de Baden-Baden vers 1930 avant son mariage avec un émir. Ho en donnait toujours des nouvelles avec une cynique affectation d'innocence : « Oh, vous savez, tout se passe bien pour elle. Le professeur d'éducation physique qui lui servait d'homme de compagnie a renâclé à la besogne. Elle s'en est séparée du jour au lendemain et a fait enlever les miroirs qui tapissaient sa chambre à coucher. Elle fabrique beaucoup de confitures qu'elle envoie aux ventes de charité. Nous nous téléphonons souvent. La dernière fois, elle m'a annoncé qu'elle comptait se remettre à la religion. Avec l'entretien d'un jardinet c'est une saine occupation pour une vieille dame qui a toujours dédaigné d'avoir des amis. » Josef était enchanté. L'an dernier, il a publié un article fort amusant : « J'ai connu Horace McKay », où on aurait pu croire qu'ils avaient été des intimes.

L'après-midi, je reconduisis Ho jusqu'à Orly. Nous étions en avance et nous allâmes nous installer sur la terrasse d'où on contemple ce spectacle que, malgré l'habitude, je n'ai jamais cessé de trouver féerique : l'arrivée et le départ des grands avions. C'est là qu'il me raconta sous le sceau du secret ce qu'il était allé faire à Ankara. Comme vous le savez, Ho n'était pas homme à parler pour rien. Sur sa longue route, il a cependant tenu à poser quelques jalons. Pourquoi? Pour qu'on le reconnaisse, pour qu'on sache qu'il était passé là. C'est enfantin, bien sûr, mais tous les hommes sont enfantins, et le plus souvent ce sont les enfants qui se conduisent comme des hommes. Donc Ho m'a raconté que le diplomate anglais chargé des renseignements à l'ambassade d'Ankara avait reçu par la poste les offres d'un Russe de l'ambassade soviétique qui se présentait comme un attaché militaire, colonel, disait-il. A la première lettre étaient jointes un certain nombre d'informations intéressantes. Le colonel affirmait que si un premier contact était établi, il apporterait d'autres éléments. Et le premier contact avait été établi, les nouveaux éléments se révélant de premier ordre. Le colonel demandait la protection britannique, un moyen sûr de quitter la Turquie avec sa femme et de gagner l'Angleterre. Naturellement, cela pouvait être un piège et le diplomate avait demandé que Londres prît l'affaire en main. Ho était parti avec la consigne de juger du sérieux des informations. Un aviso en visite à Istanbul pourrait

174

embarquer les passagers clandestinement sans provoquer un conflit diplomatique. Mais là, le mauvais sort avait joué contre Ho. Son avion s'était posé en catastrophe à Sofia avec deux moteurs grippés. Ho avait loué une voiture bulgare qui datait d'avant le déluge. Bref il était arrivé avec deux jours de retard pour trouver au courrier de l'ambassade un appel désespéré du colonel qui se disait surveillé. Personne n'était revenu au rendez-vous. Par recoupements, on avait appris que le colonel Smirnov, attaché militaire, avait été rappelé d'urgence en Russie avec sa femme. Il y avait eu fuite. D'où, de qui? Dans les circonstances actuelles, il était impossible de le dire, mais on avait, sans conteste, ferré une affaire de premier ordre et · la prise s'était envolée parce qu'on avait réagi trop lentement, avec trop de précautions. Ho revenait d'Ankara, ulcéré, furieux contre la pusillanimité des services britanniques. Il songeait à donner sa démission et à reprendre du service auprès d'un gouverneur britannique quelconque dans une des dernières places du Moyen-Orient.

Les haut-parleurs appelèrent les passagers pour Londres et je l'accompagnai jusqu'à la police des passeports. Là, Ho s'arrêta encore quelques secondes et me dit ce qu'il vous avait déjà confié à Florence : « Je me suis toujours demandé si, à Dunkerque, Barry n'avait pas un petit peu achevé Cyril mourant sur la plage. Vous n'avez aucun souvenir? » Je lui dis qu'il était fou, que Barry n'aurait eu aucune raison d'agir ainsi, que si comateux que je fusse à ce moment-là, je m'en serais aperçu... enfin... peut-être... « Mais non, dit-il, on venait de vous piquer à la morphine, et vous n'avez vu que le cadavre de Cyril. Oui, je crois que Barry a tiré. Quelqu'un l'a vu... Enfin, tout ça est très vague et n'a plus d'intérêt maintenant. Cyril avait un éclat de shrapnel dans la colonne vertébrale, il râlait. N'en parlons plus. » Nous nous quittâmes un peu plus amis que nous ne l'avions jamais été.

La copie de lettre que je joins à la mienne n'est pas datée. Le cher Dermot commençait à mépriser le calendrier. Il s'affranchissait, hélas involontairement, alors que je voudrais comme lui m'affranchir, mais volontairement. Je ne puis donc vous préciser une date, mais c'est très peu de jours après le passage d'Ho à Paris que je reçus cet étrange mot qui me stupéfia :

Cher Georges,

Vous n'en saviez rien. Moi non plus! Cyril avait une sœur! Non, non, je ne plaisante pas. Elle sort d'ici. Elle a vingt ans, elle est née en juillet 1940, quelques semaines après la tragédie de Dunkerque. Elle est Cyril en fille, une mince créature blonde au visage admirable. Imaginez Athéna! Les mêmes yeux pers. Vous savez que je n'ai plus la tête très solide. Je travaillais dans mon jardin quand elle a poussé la barrière. C'était lui! Immortalisé, embaumé et vivant! J'ai fermé les yeux et j'ai attendu, le cœur broyé par la douleur. Il aurait été beau de mourir à cette minute-là. Sans savoir. Sans jamais savoir si c'était lui, son fantôme, sa réincarnation sublimée. Ou bien une illusion. La vision d'un vieillard fatigué. Je ne pouvais plus dire un mot. Je l'ai entendu s'approcher, une main s'est posée sur la mienne et une voix très douce a murmuré : « Professeur Dewagh, professeur... Je ne suis pas LUI! Je suis Delia Courtney. Parlez-moi de Cyril. » Je ne bougeais pas. J'avais envie de mourir. Si je ne mourais pas, ma vie entière était ratée... Je viens de m'arrêter un instant, croyant suffoquer de nouveau. Un tour dans le jardin me rend un peu de souffle. Je ne pourrai plus jamais évoquer cette apparition sans ressentir la même atroce douleur.

Par la main, elle m'a conduit à la maison et nous nous sommes assis dans mon petit bureau encombré de livres, moi dans mon fauteuil à bascule, elle sur un tabouret. Elle tenait toujours ma main. « Parlez-moi de lui! » a-t-elle dit. J'ai parlé. Elle est revenue le lendemain, les jours suivants. Je n'ai même pas su où elle habitait. C'est une créature d'un autre monde. Elle incarne la poésie du trouble comme si Cyril lui avait délicatement passé le flambeau, la chargeant d'être son rêve. Elle entretient le feu autour de ce frère qu'elle n'a pas connu. Elle est partie. Je n'espère plus qu'une chose : qu'elle revienne.

Telle fut la première entrée de Delia parmi nous. Ho devait connaître son existence. Pourquoi n'en avait-il pas parlé? Deux ans après, elle rencontra Georges à Paris. Il lui donna mon adresse en Grèce et un matin je l'aperçus qui montait le chemin conduisant à ma maison de Spetsai. Comme le vieux Dewagh, je pus croire un instant à la résurrection de Cyril. Elle marchait d'un pas égal, s'arrêtant pour contempler la vue, du soleil dans sa lourde chevelure blonde et sur le marbre doré de son visage. Mais je ne dirai pas qu'elle ressuscitait Athéna, j'évoquerais plutôt la Némésis et son cortège d'ombres assoiffées.

Par centaines, par millions, les cigales craquetaient dans les gorges de la Chiffa. Érinnyes de la lutte sournoise qui s'éternisait, elles couvraient de leur chant obstiné les rumeurs de la nuit, elles maintenaient éveillés les soldats dans leurs tours de garde en parpaing, matelassés de sacs de sable, elles vrillaient dans les oreilles une obsession démentielle, elles rendaient fou et, pourtant, dès qu'elles se taisaient, on les suppliait de reprendre leur grincement rassurant, et quand elles se taisaient encore des rafales de balles traçantes partaient dans les buissons et les ronces, striant l'ombre épaisse, explosant comme des météores à l'impact du roc. L'écho bondissait, éclatait dans la gorge, heurtait comme un oiseau fou les parois des falaises, roulait de poste en poste où les nerfs, épuisés par la veille et la chaleur, craquaient soudain. Toute la vallée crépitait un instant, puis retombait dans un silence moite jusqu'à ce que les cigales reprissent leur chant qui montait comme un appel déchirant vers l'étroite bande de ciel entre les parois escarpées.

Aux alentours de minuit, un grondement de moteur secoua la Chiffa, plus qu'un grondement un rugissement emballé. De poste en poste, le téléphone annonça que le 3e régiment de parachutistes coloniaux, retour d'opération dans le Sersou et se rendant en Alger, s'était présenté à l'entrée sud. Son colonel avait décidé de passer malgré les consignes. En moins d'une minute, les parachutistes avaient dégagé la barricade qui obstruait la gorge pendant

179

la nuit, et maintenant fonçaient sur la route en corniche tous feux allumés au volant de leurs camions bourrés d'hommes qui chantaient en saluant d'un bras d'honneur méprisant les fantassins terrés dans leurs abris.

Au rez-de-chaussée du poste central, un petit groupe composé de civils et d'officiers en tenue de combat écouta passer ce convoi triomphant qui se moquait des consignes et affirmait sa supériorité avec une arrogance insupportable.

— Ils vont tout gâcher, dit un des civils. Il faut une sanction. Je vais la demander. Il n'y a plus aucune discipline dans cette armée.

La voix était sèche et haineuse. Sur le moment, personne ne répondit, puis un officier toussa et dit timidement :

— Il est difficile de faire comprendre ça à des régiments d'élite. Ils reviennent d'opération, ils sont fatigués et ne pensent qu'à regagner leur cantonnement.

— De la bravade! Rien que de la bravade! reprenait la voix sèche. Souvenez-vous, Almiran, qu'il faut demander le nom du colonel. Je veux qu'il soit aux arrêts dès demain.

— Très bien, monsieur le Préfet, je note! dit Almiran, le secrétaire général, un jeune homme mince et pâle, avec un visage sans lèvres.

Tous, sauf le préfet, savaient le nom du colonel, mais pas un ne l'aurait prononcé. C'était celui d'un admirable homme de guerre qui avait toujours marché avec plaisir sur le pied des autorités civiles. Les derniers camions défilèrent et la vallée retrouva un instant l'angoissant silence d'avant le retour des cigales. A l'intérieur du poste, régnait une gêne que le préfet semblait entretenir avec jouissance. Il haïssait les militaires et pourtant, cette nuit-là, il ne pouvait se passer d'eux. Le colonel du 3ᵉ R. P. C. paierait pour cette humiliation.

— Je n'ai pas besoin de vous rappeler que le secret total est nécessaire, dit le préfet pour la dixième fois. Total! Nous sommes bien d'accord?

Il y eut un murmure consentant, à la fois servile et agacé, dans le petit groupe assis sur des sacs de sable autour d'une table éclairée par une lampe à acétylène. Le préfet était juché sur un escabeau. Il avançait de temps à autre ses mains sous la lumière pour en comtempler les paumes plates et roses. Ou peut-être s'assurait-il simplement qu'elles ne tremblaient pas. Pourtant, c'était là une aventure nouvelle qui l'attendait, quelque chose qui sortait de ses fonctions, un événement capital auquel son nom resterait attaché.

— Ils sont foutus de ne pas venir après le vacarme qu'ont fait ces imbéciles.

— Je ne crois pas, monsieur le Préfet, dit un officier à la voix très calme. Le régiment est passé. Ces hommes-là le savent très bien. Ils ont des guetteurs partout et notamment sur la crête.

— Et il y en a qui prétendent que l'Algérie est pacifiée! ricana le préfet. Enfin...

— Elle peut l'être bientôt! dit une voix forte.

Les visages se tournèrent vers le colonel P. dont le ton avait surpris. Ce fut tout juste si on ne lui reprocha pas d'avoir parlé trop haut devant un préfet.

— Colonel, dit le préfet qui n'avait jamais pu placer un « mon » devant un grade, colonel, nous ne sommes pas là pour nous bercer d'illusions. Nous avons une mission du gouvernement. Une mission très précise, sans aucun romantisme.

— Il ne s'agit pas d'illusions, mais de faits.

— Soyez tranquille, les faits relèvent de mon domaine. A quelle heure partons-nous?

— Dans un quart d'heure, monsieur le Préfet!

Le préfet avança de nouveau ses paumes roses sous la lampe. Chacun put voir qu'elles tremblaient. Il les joignit rapidement, croisant les doigts.

— Comment grimpe-t-on sur la falaise?

— Le lieutenant Mahdi connaît le chemin par cœur. N'est-ce pas, Mahdi?

— Oui, mon colonel!

Un jeune sous-lieutenant musulman se leva et se mit au garde-à-vous.

— Vous connaissez cette grotte? dit le préfet sans regarder le visage mutilé par un éclat de mortier qui avait arraché l'oreille et la joue.

— J'y allais jouer quand j'étais enfant. Mes parents m'amenaient souvent ici le dimanche pour donner du pain aux singes. Moi j'aimais bien grimper et je connais toute la Chiffa.

— Quand avez-vous été blessé?

— Il y a deux ans dans les Aurès, monsieur le Préfet.

— C'est pour ça qu'on vous a nommé officier?

Il y eut un froid et le préfet sentit si bien que son sarcasme était déplacé qu'il battit en retraite.

— Je veux dire que pendant votre convalescence vous avez pu suivre les cours d'officier.

— Oui, c'est cela!

— Vous êtes un jeune homme courageux.

— Je suis un fils de la France, dit le lieutenant Mahdi avec emphase.

— Avez-vous des membres de votre famille dans la rébellion?

— Aucun, monsieur le Préfet. Mon père est un grand invalide de guerre. Mon frère est mort en Indochine, à Cao Bang.

— Oui, oui, la guerre est une chose terrible. Celle-là prendra bientôt fin.

— Nous l'espérons tous.

— Ne restez pas debout, je vous en prie, dit le préfet avec condescendance.

Le lieutenant se rassit sur un sac de sable.

— Je crois que nous pouvons nous préparer! dit le colonel P.

Les dix présents se levèrent. Ils étaient tous chaussés de chaussures souples pour l'escalade. Le préfet arrivait à l'épaule de l'officier musulman.

— Vérifiez les armes! ordonna un capitaine.

— Il n'y aura pas d'armes, glapit le préfet. Pas d'armes, vous m'entendez! Je suis une autorité civile, et comme tel, au même titre que la Croix-Rouge, je n'ai pas droit aux armes.

— Monsieur le Préfet, dit le colonel, sans perdre son

assurance, il est normal que vous alliez sans armes à cette entrevue. Du moins si cela vous plaît, mais la porte franchie vous êtes sous ma responsabilité, et ma responsabilité exige que je prenne des mesures pour notre sécurité.

— Que craignez-vous?

— Rien. Et tout.

— Mais enfin... ce sont des hommes qu'on peut croire sur parole.

— Probablement. Il y a, quand même, une chance pour qu'ils aient la tentation de vous faire prisonnier. Un tel éclat serait une publicité formidable pour la rébellion.

— Vous ferez ce que vous voudrez puisque je ne peux pas être entendu.

Le préfet était furieux. Il avait bâti toute sa carrière sur une soumission entière au ministère de l'Intérieur et une tyrannie sauvage sur ses subordonnés. Attirant le colonel P. dans un angle du poste, il lui parla à voix basse :

— Êtes-vous sûr de votre monde? Nous sommes bien nombreux! A dix, le secret est impossible. Pourquoi dix?

— Vous avez déjà deux hommes à vous. J'ai mon adjoint, le lieutenant Mahdi. Les autres sont des officiers de commando qui assureront eux-mêmes notre sécurité.

— Ces officiers sont très Algérie française!

— Ils ont confiance dans la politique du gouvernement, monsieur le Préfet. « Je vous ai compris... » et « De Dunkerque à Tamanrasset », n'est-ce pas?

Le préfet eut un geste agacé.

— Il y a longtemps qu'il ne s'agit plus de ça!

— Alors qu'on le précise et qu'on n'envoie plus à la mort des jeunes gens pleins de foi et d'espérance.

— Colonel, un jour, nous parlerons.

— Je ne demande pas mieux. En attendant, il faut partir.

On éteignit la lampe. Les yeux s'habituèrent pendant quelques minutes à la nuit, puis Mahdi ouvrit la porte blindée et le dessin du paysage apparut moins opaque par contraste, avec ses grands pans d'ombre et un ciel noir constellé. L'officier musulman prit la tête de la file indienne et les cigales se turent à son approche. Les autres postes avaient été avertis qu'une patrouille sortirait à minuit et

les guetteurs aperçurent avec anxiété les silhouettes qui
dévalèrent vers le torrent et disparurent dans le maquis des
ronces et des genêts au parfum âcre, vers le fond de la gorge
où descendaient autrefois boire les colonies de singes. Mais
les singes avaient disparu, chassés par la guerre, et à son
retour la paix ne trouverait plus de singes. Ils étaient
morts au casse-pipe des tireurs d'élite qui s'ennuyaient, ou
partis mourir de soif et de désespoir sur le haut plateau.
La petite troupe descendait dans les éboulis en contrebas
de la route, marche délicate et savante modelée par chacun
sur l'homme qui le précédait. Seul Mahdi semblait y voir
clair, guidé par l'instinct du blédard et une science féline
du terrain, une sorte de divination de tout ce qui pouvait
assurer le pied et l'équilibre du corps. Un peu de fraîcheur
les accueillit au bord du torrent. Mahdi y plongea ses paumes creuses réunies et but sans bruit. Tous l'imitèrent ins-
tinctivement, même s'ils n'avaient pas soif, comme s'il
s'agissait d'un rite. Dans l'eau glacée, ils virent des reflets
d'étoile, quelques éclairs d'argent, et passèrent à gué sur
des pierres polies et glissantes. On aida le préfet, mais le
nommé Almiran glissa et fut trempé jusqu'aux aisselles.
Puis ils commencèrent la longue montée sur l'autre versant
abrupt dont la masse écrasait la vallée. Mahdi ne mentait
pas : il connaissait chaque détour d'un sentier invisible,
désignait du bras tendu les arbrisseaux, les entablements
auxquels on pouvait s'accrocher, les marches naturelles
qui permettaient de gagner un mètre ou deux. Ils avancèrent
ainsi lentement pendant une demi-heure sans que rien
autour d'eux parût changer. Une pierre qui roulait et rebon-
dissait de roc en roc réveillait un écho plaintif comme une
voix d'enfant. A la brève impression de fraîcheur du torrent succéda une atmosphère de plus en plus lourde. Des
pans de falaise surchauffés en fin de journée par le soleil
couchant réfractaient des bouffées d'air tiède. Ils lon-
geaient une paroi à pic quand Mahdi s'enfonça de profil
dans une fissure, une bouche d'ombre où la nuit fut de
nouveau totale. La voie s'élargit. Ils piétinaient au fond
d'une crevasse, sur le lit d'une cascade tarie tapissée d'une
mousse sèche douce comme de la laine au contact des mains.

Au-dessus d'eux, une bande de ciel réapparut, au milieu de laquelle scintillait une seule étoile. Dans l'air soudain d'une lourdeur oppressante, les hommes commencèrent à souffler et transpirer, retenant leurs battements de cœur. Mahdi les laissa reposer quelques minutes, puis d'une pression de la main sur le bras de son suivant indiqua la reprise de la marche. Un moment, une odeur atroce les saisit, celle d'un cadavre en putréfaction. Des charognards s'envolèrent d'un vol lourd au froissement de soie pour se cacher dans des niches. Le préfet eut une défaillance et Al-miran, qui puait dans ses vêtements détrempés, voulut le soutenir mais si maladroitement qu'il tomba lui-même et laissa échapper une plainte. La main du capitaine qui le suivait se posa sur sa bouche et il fut remis sur pied sans douceur. Le lit de la cascade remontait vers les berges du ravin. De nouvelles étoiles apparurent dans la bande du ciel et Mahdi accorda encore une brève halte avant d'aborder la dernière phase de l'escalade : un sentier en zigzags qui débouchait à l'air libre. Une brise tiède balayait le plateau nu, coiffé par un ciel splendide. Lentement les yeux s'habituèrent à un nouveau découpage de l'ombre découvrant des tumulus, une cabane de berger. Mahdi suivit la berge de la falaise. Les quelques lumières jaunes de Médéa brillèrent dans le lointain et disparurent quand le lieutenant obliqua vers la gauche et, traversant un champ de chardons coupants comme des lames de rasoir, aboutit à une nouvelle crevasse où il s'arrêta. Ils durent s'allonger pour ramper sous une voûte naturelle et débouchèrent dans un petit cirque empestant la fiente d'oiseau. Mahdi siffla trois fois et une lampe s'alluma trois fois, indiquant l'entrée d'une grotte vers laquelle il se dirigea seul. Des paroles étouffées furent échangées et Mahdi revint chercher le colonel, le préfet, le secrétaire général, l'interprète et trois officiers. Les deux qui demeuraient se postèrent à l'entrée de la grotte. Mahdi en tête, le petit groupe suivit une torche à la lueur jaunâtre. Enfin une odeur de fauve leur sauta à la gorge : des hommes campaient au fond du labyrinthe. Une voix en arabe donna un ordre et une lampe s'alluma, posée sur une pierre, éclairant des visages anguleux et noirs. Se tenaient là : Si

Salah, commandant la wilaya IV, et ses adjoints : Si Lakdar, un ancien lycéen d'Alger, Halim et Abdellatif, tout l'état-major de la wilaya réputée la plus dure, la plus agressive et qui venait demander la « paix des braves » après les implacables opérations de nettoyage combinées par le général Challe. La rébellion, à bout de souffle, s'effondrait sur le lieu même des combats. La défection de Si Salah entraînerait le ralliement des dernières katibas existantes et leur intégration dans l'armée française. Les djounoùns n'en pouvaient plus : sans munitions, obligés de se terrer, minés moralement par les effroyables purges (430 suspects venaient d'être égorgés parmi les cadres de la wilaya), ils criaient grâce, mais avec fierté, avec précaution. Pour ceux qui avaient tant lutté des deux côtés, c'était une heure où l'on pouvait enfin sangloter de joie et ouvrir les bras, une heure intense et terrible parce qu'elle engageait un nouvel avenir où plus aucune faute ne pourrait être commise. Il ne s'agissait plus de se conduire en enfants rageurs affolés de sang et de torture, mais en hommes. Des milliers de vies humaines étaient suspendues à cet accord inespéré, encore invraisemblable. Et pourtant ils étaient là : Si Salah avec son beau visage de combattant inflexible, Si Lakdar plus français de cœur que bien des Français, Halim et Abdellatif des chefs d'acier trempé qui avaient montré depuis le début de la rébellion un fabuleux dédain de la mort. En face d'eux, s'asseyaient le colonel P. dont les services d'action psychologique avaient pourri la rébellion en lui insufflant la « bleuite », cette maladie contagieuse de la suspicion totale qui avait déclenché les terribles purges dont les wilayas sortaient mainte-nant épuisées, un préfet pète-sec qui devait à trente ans de servilité sans défaillance l'honneur de représenter le pouvoir politique français, Almiran le secrétaire général dans son déguisement semi-militaire encore trempé du bain acciden-tel dans le torrent de la Chiffa. Les autres n'étaient que des témoins, terriblement attentifs, mais muets : Mahdi, au garde-à-vous, possédé par une soudaine irruption d'orgueil inexplicable parce qu'il était un officier français et parce que ces chefs rebelles en face de lui, ces héros du maquis étaient de son sang, l'interprète qui ne parvenait pas à maîtriser son tremblement et les trois officiers restés dans la pénombre, impénétrables et contemplant cette scène avec une attention extrême comme s'ils avaient voulu en fixer à jamais tous les détails. Oui, il y avait quelque chose de terriblement déséquilibré, une incompréhensible disparité. Le colonel P. était un ancien marsouin versé dans le renseignement depuis plus de vingt ans, intelligent et subtil, sécrétant le mystère, mais affligé d'un physique de bureaucrate vieilli sous le harnais comme le préfet malingre et bedonnant, épuisé par la course dans la gorge et l'escalade de la falaise, et Almiran qui tentait d'essuyer contre la roche sa main droite toute visqueuse d'une flaque de fiente dans laquelle il était tombé. Ils ne pesaient rien physiquement en face de ces coureurs de bled à la peau tendue sur les os, aux visages émaciés, brûlés par l'air sec du djebel, et derrière qui se tenaient droits, la mitraillette à la main, trois djounouns plus ou moins en loques coiffés de casquettes Bigeard. On eût reconstitué le combat des Horaces et des Curiaces, jeté les uns contre les autres les quatre chefs insurgés et les quatre Français qui allaient mener la discussion que le résultat n'eût pas été douteux. A main plate, la France était battue, à coups de poing dans la gueule, elle était écrasée, réduite en bouillie. Seule les djounouns de garde eussent trouvé à qui parler en la personne des officiers de commando demeurés dans l'ombre la main dans la poche, tapis comme des chats aux aguets. Mais les luttes d'homme à homme relevaient de la préhistoire, et, derrière le préfet bedonnant, se dressait, invisible, le formidable appareil d'une nation occidentale, minée certes par un sentiment de culpabilité, et pourtant encore impitoyable, étouffante, avec sa technologie, ses drapeaux, ses traditions, ses grandes victoires, sa devise : « Liberté, Égalité, Fraternité », ses imbrications diplomatiques et surtout, surtout sa peur animale de l'opinion qui la rendait à la fois vulnérable et agressive. La lutte n'était plus égale, et les journaux, partisans du maintien de la présence française, avaient raison de traiter les fellegh de rebelles, de hors-la-loi. Ils étaient des hommes perdus, comme il y aurait plus tard des officiers perdus qui se dresseraient contre l'autorité d'une nation. Ils devaient être vaincus. Logiquement du moins, comme dans tous les romans policiers où force reste à la loi.

Bien sûr, rien n'était encore fait : les négociations amorcées depuis deux mois déjà par des intermédiaires ne prenaient corps que cette nuit. L'état-major de la wilaya IV exigeait d'être reçu par le président de la République française. Le préfet venait en régler les conditions. Si Salah n'était pas homme à engager un dialogue feutré. Il parla le premier d'une belle voix de bronze, forte et assurée, que l'interprète traduisit plus rapidement, en nasillant. Deux ou trois fois Si Lakdar le reprit sur un point de détail, puis ce fut le tour du préfet, beaucoup moins cassant qu'on ne l'attendait. En une heure de temps, tout fut réglé. Trois hélicoptères « Alouette » iraient chercher les chefs rebelles dans le djebel en un point donné dont le secret serait gardé jusqu'à la dernière minute. Les hélicoptères amèneraient leurs passagers vers la tombée de la nuit à l'aérodrome de Maison-Blanche. Là un SO Bretagne du groupe de liaison ministérielle les prendrait en charge pour les conduire à Villacoublay. De Villacoublay, ils seraient dirigés vers un pavillon de chasse, propriété des Domaines, au cœur de la forêt de Rambouillet. Ils y passeraient vingt-quatre heures en compagnie des membres du cabinet présidentiel et de là seraient conduits, après le dîner, jusqu'à l'Élysée pour être reçus par le président de la République. Le reste, c'était l'aventure. Quel accueil recevraient-ils? Aucun des interlocuteurs présents ne pouvait le dire.

Le préfet se leva et Si Salah se leva à son tour, déployant ses 1 m 90 qui écrasaient le petit préfet et son secrétaire général. On ne se serra pas la main, mais il y eut quelques mots cordiaux, puis Mahdi reprit le commandement de sa troupe et la conduisit vers la sortie. Une heure après ils se signalaient au poste de garde de Médéa. Le préfet, Almiran et l'interprète s'engouffrèrent dans une DS noire qui prit la route d'Alger, précédée par une jeep. Le colonel P. remercia Mahdi et les officiers, n'en gardant qu'un avec lui qu'il entraîna à l'Hôtel des Voyageurs où ils avaient retenu deux chambres. Ce dernier officier était Georges Saval qui se débarrassa de sa tenue kaki d'emprunt, prit une douche et rejoignit le colonel P. En pyjama rayé, appuyé à une mauvaise table, P. rédigeait un rapport avec un soin presque enfantin. Il était le roi des organigrammes et passait ses nuits armé de crayons de couleur à faire jaillir la clarté d'une masse confuse de renseignements, recommençant vingt fois jusqu'à ce que le problème apparût avec toutes ses données et ses solutions possibles. Georges avait connu P. à Londres, pendant la guerre. Ils s'étaient retrouvés deux ou trois fois à Paris, puis en Indochine, et enfin en Algérie au mois de mai 1958 que l'on avait cru être le premier tournant crucial de cette guerre. P. était un esprit probe, net, consciencieux. Pendant trois ans, il avait quitté l'armée pour passer les examens d'une licence de philosophie, puis il avait repris son poste au service de renseignement, sa vie, sa passion à laquelle il sacrifiait les étoiles de général qui auraient dû, normalement, à cinquante ans, couronner sa carrière.

— Avez-vous bonne mémoire? demanda-t-il.

— Très bonne.

— Vous respecterez nos conventions? Vous n'écrirez pas une ligne avant que je vous donne le feu vert?

— Pas une ligne! Je m'y suis engagé.

— J'ai risqué ma carrière pour que vous soyez témoin de cette rencontre. J'avais besoin d'un homme qui ne fût ni un fonctionnaire ni un officier.

— Je le sais. Vous me l'avez dit.

— Je me répète... tant pis, mais c'est trop important pour que je n'insiste pas. De votre silence dépendent trop de vies humaines. La mienne ne compte pas. Je suis veuf et j'ai deux filles élevées à la Légion d'honneur. On s'en occupera. Mais je ne voudrais pas qu'il arrivât quelque chose à Mahdi. C'est un garçon formidable, d'une droiture et d'une volonté comme on en rencontre peu. Il a cru à notre parole et, à ce titre, il est sacré. Je ne m'inquiète pas des officiers de commando qui nous accompagnaient. Ils savent tirer les premiers. En fait, j'ai bien plus de craintes pour Si Salah et ses compagnons. Voilà deux mois que nous

nous employons à leur inspirer confiance. Dites-vous bien, Saval, que ce sont des hommes, et d'une trempe peu ordinaire, comme on n'en fait plus. Leur courage, leur volonté ont commencé à cimenter une nation algérienne qui n'existait pas, et que ne représentent absolument pas les politiciens à l'abri de la frontière tunisienne. Figurez-vous que je me suis pris à les aimer. Si notre gouvernement, parce qu'il a déjà partie liée avec les politiciens en exil, repoussait l'offre de Si Salah et des siens, je ne me le pardonnerais pas, parce que ce serait leur condamnation à mort.

— Je vous comprends...

P. retira ses lunettes cerclées de fer et se frotta les yeux. Il avait parlé avec une émotion réelle et une violence contenue.

— Comment saurai-je la suite? demanda Georges.

— Je serai à Paris avec eux, dans trois jours. Nous nous verrons là-bas. Je vous raconterai tout. Si nous réussissons, vous serez le premier et le seul à pouvoir faire un récit exact de l'opération. Si nous échouons, parce que le président de la République a d'autres obscurs desseins, je vous demande aussi de crier la vérité sur les toits et de dire comment la France a refusé de garder l'Algérie, et l'a vendue à une poignée de politiciens marrons qui l'asserviront et la plongeront dans la pire des dictatures. Les pourparlers avec le G. P. R. A. vont s'engager alors qu'avec la reddition de la wilaya IV le G. P. R. A. ne représente plus rien sur le terrain. En d'autres temps, on appellerait ça de la haute trahison. Aujourd'hui, c'est de la politique. Ne confondons pas.

P. martelait du poing ses phrases sur la table de bois blanc maculée de brûlures de cigarettes. Il avait de petites mains blanches aux doigts boudinés et jaunis par le tabac.

— Je suis très angoissé. dit-il encore. Très! Cette rencontre devrait être le signal d'une joie délirante. Oui, nous devrions même en pleurer. Mais je crains des larmes de sang. Vous entendez! De sang! Nous aurons sacrifié quelques milliers de vies de jeunes Français pour rien.

— Vous semblez plus craindre l'échec que la réussite.

— L'attitude du préfet m'y incite. Il est télécommandé de Paris. C'est une vraie ordure.

— Il y a encore une question que je me pose, dit Georges.

— Oui ?

— Comment les Pieds-Noirs prendront-ils l'entrée des katibas de Si Salah dans Alger ? Vous oubliez ça !

— Non, non, je ne l'oublie pas. Les plus intelligents comprendront qu'une ère nouvelle est entamée, qu'il faut en passer par là. Quant aux autres, nous les materons et ils comprendront par la force ce qu'ils n'auront pas voulu comprendre par le cœur. Sachez que l'armée sera aussi dure avec eux qu'elle l'a été avec la rébellion. Tous nos jeunes cadres sont partisans d'une révolution sociale, économique et humaine qui surprendra bien les conservateurs et les mainteneurs d'un empire désuet, périmé. Nous ne faisons pas cette guerre pour maintenir les vieux privilèges, mais pour intégrer les Musulmans à la France. Le drame est que nous avons, par ignorance, tout le monde contre nous : la droite a des raisons de vouloir conserver l'Algérie à la France, mais ces raisons ne sont pas celles qu'elle croit et elle brandit des arguments lamentables qui font pitié : on n'amène pas le drapeau, la casquette du père Bugeaud, les Anciens Combattants, la sueur et le sang que nous avons versés ici, les fortunes englouties dans le pétrole et la culture, alors qu'il faudrait dire seulement : c'est dans le giron de la France, sous la protection de ses lois seulement, que l'Algérie est capable de sortir du moyen âge, de secouer sa crasse kabyle ou arabe, de se débarrasser de cet étouffoir qu'est l'Islam. La gauche, elle, a raison de vouloir larguer parce que pour permettre à l'Algérie de s'accomplir, il faudrait que la France fût courageuse et généreuse, alors qu'elle est — nous ne le savons que trop et de plus en plus encouragée en cela par ses politiciens — veule et avare, raciste et jouisseuse. Si la gauche donnait ces raisons-là elle convaincrait, mais elle brandit des vieilles lunes auxquelles plus personne ne croit : le droit des nations à disposer d'elles-mêmes, le respect de la personne humaine, la liberté, toutes valeurs qui seront foulées au pied le jour de l'Indépendance quand se dressera sur les ruines, après le

191

départ des Français, un État policier et militaire dont l'emprise sur la population dépassera en violence et en lâcheté tout ce que nous avons pu imaginer.

— J'essaierai de dire tout cela.

— Comment « J'essaierai » ! Je vous fais cadeau du plus extraordinaire des reportages et vous dites : « J'essaierai! »

— On l'étouffera. Ou du moins, on tentera de l'étouffer.

— Battez-vous à votre tour. Vous me devez ça!

— Je vous le dois et je vous le promets.

— A demain, dit P. vivement comme s'il voulait écarter l'idée d'un échec. Nous partons pour Alger dès la levée du couvre-feu.

P. remit ses lunettes et se pencha sur son plan, soulignant d'un crayon rouge un intertitre. Georges le regarda une dernière fois avant de fermer la porte. L'apparence du colonel était celle d'un modeste voyageur de commerce, préparant son porte-à-porte pour le lendemain.

En traversant Alger, Georges aperçut des équipes de C. R. S. et de gendarmes mobiles en train de lacérer des affiches tricolores manifestement posées pendant la nuit. Il s'arrêta pour en lire une qui, au nom d'un comité de vigilance, appelait la population à manifester dans l'après-midi au monument aux morts et les commerçants à baisser le rideau, à titre d'avertissement aux autorités. Cette ville qui avait été si animée, en temps de paix comme aux jours exaltants de la révolution de Mai, semblait sombrer dans une morne apathie sous un ciel bas et grisâtre. Elle couvait un malaise indéfinissable, peut-être la perte de la confiance en soi, subtil poison que lui injectaient ses autorités civiles et, de loin, Paris, ce Paris dont on s'était toujours méfié, qu'à un moment de la guerre mondiale on avait réussi à supplanter avec un orgueil mal caché et qui, maintenant, se vengeait sourdement en affirmant son pouvoir de décision. Le doute est une maladie pernicieuse mettant un visage à nu, découvrant les tics, les rides, les grimaces d'une ville qui, en fait, n'avait jamais été Alger la Blanche mais une sorte de construction chaotique arrêtée sans beauté par un front de mer dont les immeubles se lézardaient, se couvraient d'une lèpre jaunâtre. Le gâteau de neige de la Casbah,

192

oppressé de toutes parts, envahi, cerné, craquait et ne semblait plus qu'un mauvais furoncle prêt à éclater. L'anisette, les merguez, le couscous, l'accent de Bab-el-Oued, c'était le folklore qui masquait une ville âpre et dure où la violence germait et explosait par à-coups avec furie. Certes, il y avait toujours des couples heureux, des filles à la peau brune qui partaient pour les plages des environs, mais à des signes à peine perceptibles on devinait un ralentissement général de la vie comme si tout ce qu'Alger avait eu de bruyant et d'excessif passait à la défensive.

A l'hôtel Aletti, où l'on n'entrait pas sans être au préalable fouillé par un gorille de film d'épouvante, Georges retrouva Daniel couché, dormant d'un sommeil si profond, qu'il dut le secouer par les épaules pour le réveiller.

— Eh bien, que se passe-t-il? Tu me demandes de venir en Algérie et tu restes au lit!

— Ah oui, Papa, je vous demande pardon. C'est stupide, mais je me suis couché à l'aube. J'avais trouvé des amis et je suis resté chez eux après minuit. Impossible de rentrer. Alors, nous avons parlé jusqu'au lever du couvre-feu.

— Une fille?

— Que dites-vous là?

Georges haussa les épaules.

— Je ne te le reprocherais pas. Je souhaite même que ce soit une fille. Alors, habille-toi, nous allons nous baigner et déjeuner à Sidi-Ferruch. J'ai besoin de me changer les idées. Nous repartirons demain pour Paris.

— Déjà!

Il y avait beaucoup de monde sur la plage, surtout des femmes, des jeunes filles et des enfants. Georges, qui n'avait pas vu son fils en maillot depuis longtemps, découvrit que Daniel était remarquablement musclé sur un squelette encore frêle. Quelque chose demeurait en lui de la grâce fragile de Sarah, une façon de marcher dans le sable avec une souplesse de chat. Le visage encore imberbe était très pur, avec les belles lèvres sensuelles de Sarah, les yeux noirs profondément enfoncés sous les sourcils épais. Les jeunes filles le regardaient et il ne semblait pas leur prêter la moindre attention. Quand s'intéresserait-il à elles? Le plus

193

tôt serait le mieux. Tel quel, il était un peu trop sérieux, enfermé dans un cercle étroit de pensées, sans ouverture apparente sur la vie qui passait à côté de lui. Il avait, quand même, brûlé une nuit à parler, disait-il. Avec qui et de quoi? Au fond il était simple de le demander malgré la grande réserve qui les tenait éloignés l'un de l'autre. Georges aperçut Daniel qui, après avoir nagé une centaine de mètres, grimpait sur un radeau et s'y installait. Deux filles partirent de la plage, suivies bientôt par deux garçons d'une vingtaine d'années. Ils gagnèrent le radeau et s'installèrent à côté de Daniel. Très vite, ils se mirent à parler. On ne pouvait pas les entendre, on ne pouvait même pas distinguer leurs voix, mais les gestes des deux garçons, manifestement des Pieds-Noirs, dénonçaient une conversation animée. Ils restèrent là un long moment et Georges se demanda comment son fils s'entendrait avec Claire. Elle avait téléphoné peu après le départ d'Ho. (« Oui, c'est moi l'auto-stoppeuse de Perpignan... j'ai trouvé votre téléphone dans l'annuaire... je voulais m'excuser de ne pas vous avoir attendu à la sortie de Moulins... vous aviez été très gentil pour moi... mais j'avais un peu l'impression de vous casser les pieds... ») Elle était venue le voir en fin d'après-midi. Daniel était au cinéma et Georges avait fait l'amour avec elle. Il n'en était pas très fier, et peut-être le regrettait-il, mais les choses s'étaient faites toutes seules, presque sans préliminaires, Claire semblant n'y accorder qu'une importance des plus relatives. Elle était tout de même venue pour ça, avec une espèce de naturel auquel il aurait été impossible de résister. En un sens, elle avait effacé Sarah, bien qu'elle fût cent coudées au-dessous dans l'art d'aimer, un peu maladroite, habituée à des coucheries hâtives avec des étudiants, incapable de rêver ensuite, de s'enfouir dans les brumes distillées par le plaisir reçu et donné. Mais elle était femme, malgré sa brusquerie et sa maladresse, capable d'apprendre à de jeunes garçons comme Daniel jusqu'où peut aller l'agressivité et quand commence la défensive, tout ce qui lui manquait affectivement. Voilà donc que Daniel se détachait de lui, qu'il n'était plus un petit garçon tendre, admiratif et grave, qu'il

194

devenait un homme sur les premiers pas duquel il faudrait encore veiller, avec discrétion cependant, car il montrait déjà un caractère ombrageux. Claire n'était pas une mauvaise idée pour lui. Il faudrait voir, manœuvrer, ruser et, sans doute, bien plus avec lui qu'avec elle.

Ils déjeunèrent ensemble sous les canisses d'une gargote au bord de la plage. A côté d'eux s'installèrent les jeunes gens du radeau, mais Daniel ne les présenta pas à son père et ce dernier dut faire un grand effort intérieur pour demander qui ils étaient.

— Oh, j'en ai connu deux, un garçon et une fille, hier soir.

— Que font-ils?

— Étudiants, je crois.

— Vous avez dansé?

— Non. Non. D'ailleurs je ne sais pas danser. Nous sommes sortis.

— Je croyais que tu étais resté avec eux à cause du couvre-feu.

— Je ne vous ai pas dit la vérité.

— Cela te gêne de la dire?

— Non... oui... non... il n'y a rien de secret. Je les ai accompagnés dans leur tournée : ils collaient ces affiches que vous avez pu voir en regagnant Alger ce matin.

— Vous n'avez pas rencontré de patrouilles?

— Si, mais nous nous sommes cachés.

— Tu sais qu'ils tirent à vue, pratiquement sans sommations.

— Je sais. C'était amusant.

Ils n'en dirent pas plus. En fin d'après-midi, Georges emmena Daniel au camp de Tefeschoun, proche de Sidi Ferruch. A chaque voyage en Algérie, il y allait voir un de nos amis communs du temps de Janson-de-Sailly, Ali Ben Tahla, interné depuis 1957. Ben Tahla avait été arrêté après la publication d'une lettre ouverte dans un journal de Paris. C'était maintenant un homme de quarante ans, prématurément vieilli, qui parlait sans flamme et sans violence. Il appartenait au Mouvement Démocratique Algérien de Messali Hadj, le vieux prophète barbu et grandiloquent de l'indépendance, qui serait le grand cocu du départ des Français. Georges apportait des livres, des magazines, seule relation que Ben Tahla entendait garder avec le monde extérieur. Depuis le début de sa détention il travaillait à une traduction en arabe littéraire des œuvres poétiques de Valéry et de *La Soirée avec M. Teste*. La détention, la vie en commun avaient usé ses réflexes. Il ne manifestait plus ni plaisir ni ennui, étranger au combat qui se déroulait hors les murs du camp. C'est à peine s'il en écoutait les échos apportés par son fils, un étudiant de dix-huit ans, et sa femme, une petite Normande boulotte et apeurée. Ben Tahla parlait un français presque trop châtié, lent, dont chaque phrase semblait mûrie dans une studieuse solitude. Parce qu'il ne passait pas pour un excité, on l'autorisait à se promener dans le camp avec ses visiteurs. Tefeschoun n'était pas un enfer, mais ne pouvait pas non plus passer pour un paradis. Le moindre vent y soulevait des tourbillons d'une poussière ocre qui collait à la peau, desséchant la gorge, irritant les yeux. Les dortoirs étaient spacieux, propres et bien aérés, mais, à la longue, les hommes commençaient d'y vivre dans un état d'hébétude permanente, allongés sur leurs lits, se redressant mollement à l'entrée d'un gradé. Palissades, miradors et barbelés interdisaient toute fuite, même imaginaire. A des heures régulières, les haut-parleurs convoquaient les internés pour distiller la bonne parole. Les journaux de la métropole étaient autorisés pour certains. La plus grande punition supprimait la lecture du *Monde*. La terrible chose était qu'on ne savait jamais pour combien de temps on resterait là. Ben Tahla n'avait pas d'amis, hormis un aspirant du Bureau d'Action psychologique, passionné de poésie arabe. Ses codétenus, presque tous affiliés au Front de Libération Nationale, l'avaient mis en quarantaine sans qu'il s'en aperçût vraiment d'ailleurs. On l'appelait « le professeur ». Un fossé infranchissable le séparait des combattants émaciés réunis la nuit précédente dans les gorges de la Chiffa. Ben Tahla ne serait jamais d'accord avec eux, au début parce qu'il avait condamné la violence, aujourd'hui parce qu'en déposant les armes les djounouns acceptaient et faisaient leur l'idée d'intégration. Les combattants à la peau sur les os marchaient quarante kilomètres dans une nuit en portant à deux une mitrailleuse et ses munitions. Ben Tahla, interné, faisait de la mauvaise graisse. Lui, toujours si correct, ne boutonnait plus ses cols de chemise. Pour traverser la cour avec ses dictionnaires, il avait besoin d'un porteur. Il était l'exemple type de ces Arabes que la culture française avait minés de l'intérieur et qui ne s'en dépêtreraient jamais vraiment.

Ben Tahla remercia des livres et des magazines qu'il remit à l'aspirant pour censure. L'aspirant les rendit aussitôt, sans les ouvrir, et autorisa les visiteurs à se promener avec leur ami dans l'allée centrale du camp, entre les baraquements.

— Je suis content que vous soyez là, dit Ben Tahla. Vous arrivez le jour où je désirais voir quelqu'un. Ce n'est pas souvent, je vous assure. Je vis dans mon travail et les visites me sont une corvée. A la vérité même, je ne les supporte plus...

— Vous auriez très bien pu refuser la nôtre. Je l'aurais compris. Je me sens pauvre et désarmé quand j'entre dans ce camp.

— Oh, vous savez, ce n'est pas si mal. La nourriture est bonne. La Croix-Rouge nous visite régulièrement et les améliorations que nous demandons on nous les accorde aussitôt. Le commandant du camp est un être humain. On ne peut pas espérer mieux. Ce jeune aspirant, mon protecteur, est un garçon fin et intelligent. Il cherche à comprendre. Les haut-parleurs, les informations censurées, l'action psychologique ne me touchent pas, vous vous en doutez. Au fond, pour le travail auquel je me voue, il n'y a pas de meilleure retraite qu'un camp de concentration. Aussi ai-je pris une décision : en dehors de vos visites, trop rares malheureusement, j'aimerais n'être plus dérangé. Enfin, vous me saisissez...

Un instant, il eut l'air tout à fait pitoyable, une pauvre chose flasque perdue au milieu d'une foule étrangère. Le rugissement d'un sous-officier, une porte qui claquait, les mégaphones qu'on réglait soudain le faisaient sursauter.

Il perdait le fil de sa pensée, revenant sur ce qu'il avait déjà dit, avec une insistance de gâteux, s'en apercevait, priait qu'on l'excusât, puis, distrait de nouveau, recommençait. Et c'était un homme de quarante ans tout juste qui, après une agrégation, avait professé à la faculté des Lettres d'Alger. Ils arrivaient devant l'entrée où le poste de garde filtrait les visiteurs. Une femme voilée se présenta, un enfant à la main, et s'expliqua avec un sous-officier de zouaves qui l'écouta sans patience avant de la confier à un planton. Ils firent demi-tour et remontèrent vers les baraques. Deux hommes jouaient aux dominos, accroupis dans le sable.

— Pourriez-vous voir ma femme? demanda Ben Tahla.
— Certainement.
— Le message n'est pas agréable à faire...
— Ne vient-elle pas ici?
— Elle vient trop! Je désire qu'elle ne vienne plus. Ses jérémiades m'ennuient. Elles troublent ma paix intérieure. Mon fils l'a bien compris. Voilà déjà un an qu'il ne m'a pas rendu visite. Avec des garçons de son âge, il va dans les rues d'Alger crier : Algérie française, Algérie française, Algérie française...

La voix de Ben Tahla s'était haussée de plusieurs tons. Avec les derniers mots, elle se brisa et il y eut un silence gêné entre eux.

— Ce n'est, en effet, pas un message agréable à faire, dit Georges.
— Qu'elle s'en aille au diable, qu'elle retourne dans sa France. Et avec son fils... Oui, oui, qu'ils débarrassent le plancher. C'était une erreur. On ne doit épouser que les femmes de sa race. Puis-je compter sur vous?
— Vous me le demandez vraiment?
— Vraiment.
— Alors, je le ferai.

Ils se quittèrent au milieu du camp et Ben Tahla resta jusqu'à ce qu'ils eussent franchi la porte. Boudiné dans son costume d'alpaga fripé, il inspirait une dramatique pitié. Personne ne voulait plus de lui et il ne voulait de personne. Georges partit, le cœur serré. Dans le taxi du retour, Daniel demanda :

— Pourquoi m'avez-vous amené là? Le connaissez-vous très bien?

— Non, pas très bien. Nous nous parlions dans la cour du lycée. C'était surtout un ami de ton parrain. Je n'ai jamais autant pensé à lui que depuis son internement.

— Vous n'auriez pas dû!

— Je n'aurais pas dû quoi faire?

— M'amener à Tefeschoun. Vous l'avez fait exprès?

A la vérité, Georges aurait dû avouer que non, pourtant cela tombait bien. Quand nos actions nous devancent, tout s'éclaire. La vie est infaillible, mais nous l'écoutons trop rarement.

— Je ne trouve pas mal, dit-il, que tu aies en main quelques éléments du problème qui se pose. Ce n'est pas simple!

— L'action est simple. Si elle ne l'est plus, elle se transforme en bavardages.

— Tu as très envie d'être un homme?

— Oui, et vite.

— Je n'en suis pas mécontent. Quand tu es né, je n'ai fait qu'un vœu : il faut que mon fils soit du côté des vainqueurs.

Ils restèrent encore un jour en Alger. Le soir, Georges téléphona à Mme Ben Tahla. Elle comprit sans qu'il eût beaucoup d'explications à fournir. Leur conversation fut très lente. Elle pleura doucement, sans se résigner à raccrocher. Il la convainquit de partir avec son fils, et elle admit qu'il n'y avait pas d'autre solution, mais que son fils refuserait sans doute. Le lendemain, ce fut le colonel P. qui appela et, en termes convenus, confirma que le SO Bretagne partirait dans la soirée avec les responsables de la wilaya IV. Georges lui demanda s'il ne pourrait pas faire quelque chose pour améliorer la condition de Ben Tahla puisque ce n'était pas un terroriste. P. retrouva sans effort dans sa mémoire la fiche du professeur et dit simplement :

— Si je le libère sans le faire transporter en France, il n'aura pas vingt-quatre heures à vivre. Ses codétenus peuvent le détester, ils ne peuvent pas le tuer. Laissons-le là où il est. A Tefeschoun il est en sécurité.

Georges et Daniel regagnèrent Paris. Ce qui suit appartient plus à l'Histoire qu'aux personnages de ce récit, mais l'Histoire est complaisante à l'égard de ceux qui ont l'orgueilleuse prétention de la faire, et le temps, la mort, les bouches cousues, la lâcheté fardent la vérité. L'échec de l'affaire Kruglov-Fedorov avait sérieusement ébranlé Georges. L'échec de la révélation publique de l'affaire Si Salah fut un choc encore plus sérieux. Parce qu'après une bataille serrée, Georges ne put qu'accepter le silence abominable qui ensevelit cette affaire, il faillit se perdre et ne se retrouva qu'après les événements d'Aden, trop tard peut-être, car le mal était fait, mais la mesure était définitivement prise.

Je n'ai pas à reprendre ici en détail le récit des négociations qui se déroulèrent une nuit de juin 1960 à l'Élysée. Il n'a pu être publié que dix ans plus tard et il faudra sans doute encore dix ans pour qu'il figure dans les manuels d'histoire. Tout le monde sait quand même un peu comment furent reçus Si Salah, Si Lakdar et un nouveau venu : Si Mohamed, dit « le boucher de l'Ouarsenis », le responsable militaire de la wilaya IV, personnage énigmatique, à la réputation de révolutionnaire farouche, sans pitié pour les défaitistes. Sa présence donnait une singulière importance à la délégation. L'épurateur numéro un des maquis venait à son tour négocier après avoir férocement égorgé lui-même ou fait égorger plus de cinq cents djounouns qui faiblissaient dans la lutte. Ces trois hommes demandaient la paix des braves. Au cours d'une nuit dramatique, il leur fut répondu que le gouvernement entendait aussi négocier avec la rébellion extérieure, c'est-à-dire avec les politiciens réfugiés en Tunisie. En fait le gouvernement négociait déjà depuis plus d'un an et la reddition de la wilaya IV risquait simplement de ridiculiser ces négociations avec des fantoches sans pouvoir et sans autorité qui avaient tiré la couverture à eux, alors que seuls les combattants auraient dû avoir voix au chapitre et le droit de crier : « Pouce! » Pis encore, la reddition des wilayas signait le triomphe de l'armée qui œuvrait depuis six ans à la pacification de l'Algérie, avec des maladresses, des erreurs absurdes certes, mais aussi avec une générosité sans pareille. Les militaires remportaient une victoire indiscutable là où les politiciens n'avaient cru qu'à une solution : l'abandon. Cette gifle, l'Élysée et le trop fameux cabinet noir ne pouvaient l'encaisser. Force devait rester à l'autorité civile, fût-ce au prix d'une défaite. Comme devait l'écrire plus tard le général Challe : « On allait assister à cette chose inouïe : un gouvernement dont l'armée était victorieuse allait faire cadeau de cette victoire à l'adversaire. Cela ne s'était pas produit en France depuis la rétrocession gratuite par Louis IX à l'Angleterre de l'Aunis, du Poitou et de la Saintonge. »

Les dés étaient pipés. A la grande satisfaction de la majorité des Français. Mais il est pitoyable d'épiloguer sur le passé. On peut réécrire l'Histoire — et rêver que Napoléon ne fût pas battu à Waterloo — on ne la refait pas. Elle se fige dans le marbre aussitôt. La philosophie de l'histoire ne connaît qu'une morale : la réussite. Il ne faut pas perdre. L'U. R. S. S. est absoute du crime de Katyn parce qu'elle a gagné la guerre. Il faut gagner toutes les guerres sur tous les fronts.

Dans les jours qui suivirent la rencontre ultra-secrète de l'Élysée, Georges reçut un procès-verbal exact de la négociation avortée. Le colonel P. y brûlait ses vaisseaux. De semaine en semaine, il informa Georges de ce qui se tramait : les négociations avec le G. P. R. A. remis en selle par son adversaire, puis la liquidation lente et implacable des témoins de la Chiffa et de l'Élysée par une action concertée des services spéciaux français et du F. L. N. : Si Lakdar fusillé en août sur l'ordre de Si Mohamed, ainsi qu'Abdellatif et Hassan; Si Salah arrêté par « le boucher de l'Ouarsenis » et dirigé sur la Tunisie; au cours d'un engagement entre un commando d'Alpins et l'escorte qui le conduit, Si Salah tué avec une discrétion exemplaire; Si Mohamed persuadé d'avoir retrouvé la confiance du G. P. R. A. se promène dans Blida avec l'assurance que la police française ne l'arrêtera pas, mais à peine installé dans une villa amie, il voit sa retraite cernée par un commando de la 11e demi-brigade parachutiste de choc mise à la disposition des Services spéciaux. Il se cache dans une armoire où on l'abat d'une rafale de mitraillette. Le dernier témoin des combattants ne parlera plus.

Quelques jours après la mort de Si Mohamed, Georges reçut une dernière mise au point de l'affaire par le colonel P. et le feu vert pour la publication. P. lui faisait en même temps ses adieux en termes laconiques. On retrouva son corps le lendemain dans le bois de Boulogne. Tout put faire croire à un suicide : une balle tirée dans la tempe à bout portant, l'arme restée dans la main crispée de l'officier. Ses deux filles furent expulsées de la Maison de la Légion d'honneur où elles étaient pensionnaires. Les seuls témoins restants étaient des civils.

Il est inutile de dire que l'affreux Poulot refusa le récit circonstancié de l'affaire Si Salah et que Georges connut le même échec dans toute la grande presse. Il s'y attendait. Mais il restait encore la presse étrangère. Je l'accompagnai à Londres où je vois encore le sourire sarcastique d'un rédacteur en chef nous rendant la série d'articles :

— Nous ne prenons pas de roman-feuilleton. Ajoutez-y une histoire d'amour et publiez-le dans un magazine féminin. Mais il faut des minarets, des femmes voilées, du sentiment...

Georges revécut toute l'expérience de l'affaire Kruglov-Fedorov. Il se heurta à un mur. Un moment, je le vis au bord du désespoir après des échecs semblables en Allemagne, en Suisse, en Italie, comme si une mystérieuse consigne avait été passée dans la presse occidentale, mais il n'y avait pas de consigne réelle, seulement un état d'esprit refusant les faits au nom du sentiment de culpabilité que l'Est avait si bien su insuffler à l'Ouest. Finalement, Georges se résigna à laisser filtrer l'information dans un petit hebdomadaire français. Elle était de taille à provoquer une interpellation au Parlement et un débat international, mais elle ne fut reprise par personne. C'était à en devenir fou, à hurler d'horreur et d'indignation. Je n'avais jamais vu Georges dans cet état. Le monde lui devenait une prison et on l'enterrait dans un cachot d'où ses cris étouffés ne troubleraient la tranquillité de personne. L'affreux Poulot ferma les yeux sur son absence pendant trois mois, puis l'envoya aux États-Unis pour les élections présidentielles. La routine reprit le dessus, lentement, puis implacablement, laissant au fond une plaie suppurante qui ne se refermerait jamais. Georges eut encore quelques sursauts de dégoût et de tristesse quand il apprit que Ben Tahla, libéré de Tefeschoun avec six cents autres internés, avait été assassiné le lendemain dans une rue d'Alger par une équipe de tueurs du F. L. N., puis que le sous-lieutenant Mahdi avait été égorgé à Bab-el-Oued par ses coreligionnaires. La seule satisfaction dans cette débâcle fut la sodomisation publique d'Almiran en pleine place d'Alger, quelques jours après la proclamation de l'indépendance. Elle fit passer un frisson rétrospectif dans les veines des fonctionnaires qui avaient travaillé à l'indépendance de l'Algérie, mais la blessure — si l'on peut dire — d'Almiran fut pansée par une nomination de préfet. Un moment de honte est vite passé et dans le sémillant fonctionnaire en uniforme bleu marine chamarré de dorure, personne ne reconnaît aujourd'hui l'infortuné secrétaire général du préfet chargé de conclure les négociations avec Si Salah.

A Paris, Georges revit Claire. Elle lui donna ce qu'elle possédait : une gentillesse sans problème, une gaieté naturelle. Il eût aimé lui en montrer plus de reconnaissance, mais cela, alors, était hors de ses moyens. Elle l'empêchait de s'enfoncer, elle le maintenait à la surface, sans le savoir, et cette espèce d'innocence les protégeait l'un l'autre. Il n'avait pas très envie d'elle, seulement par instants, après être resté allongé à son côté. Claire parlait, mais il ne l'écoutait pas, il se contentait de l'entendre. Peu à peu, cependant, il s'aperçut qu'elle changeait, sans doute parce qu'elle l'aimait et laissait la gravité l'envahir, découvrant qu'elle était heureuse auprès d'un homme absent dont elle n'atteindrait jamais le cœur. Une autre femme se serait battue. Claire ne lutta qu'avec elle-même. Elle venait rarement avenue de La Bourdonnais, mais elle vit plusieurs fois Daniel à qui elle parut plaire. Un soir où Georges ne pouvait sortir, il demanda à son fils d'emmener dîner la jeune fille. Daniel rentra de bonne heure un pli entre les sourcils.

— Ne me demandez jamais plus de sortir cette fille, dit-il avec une violence contenue.

Le plus curieux est que, par la suite, Claire montra autant de répugnance à voir Daniel. Georges ne chercha pas d'explications sur le moment. La curiosité le quittait déjà. Il emmena Claire à la campagne pour les week-ends, choisissant des endroits paisibles et lents, le plus souvent au bord de la Seine. Il trouvait un répit auprès d'elle qui dormait d'un sommeil enfantin, sans rêves. Elle parlait moins, et partait se promener seule, à la main un livre qu'elle n'ouvrait jamais. Elle s'attablait avec gourmandise et Georges se dit qu'une femme qui a faim et ne le cache pas a bien du charme. Puis, un jour, incidemment, il découvrit qu'elle appartenait à un réseau de soutien du F. L. N. Il ne dit rien. La France se déchirait comme au temps de l'affaire Dreyfus. C'est l'époque où Daniel commença de se promener avec un revolver sous l'aisselle, de déposer du plastic sous les portes des commerçants pieds-noirs qui ne payaient pas leur cotisation à l'organisation, d'attaquer des caissiers. Georges le sut très vite et se mura dans le silence. Quand Daniel quittait la maison, le visage buté, son père l'attendait, l'angoisse au cœur, incapable de lire ou de travailler, marchant de long en large. Daniel rentrait au milieu de la nuit, tranquille, dédaignant d'étouffer son pas dans le couloir, ignorant la lumière qui filtrait sous la porte.

Un soir, n'y tenant plus, Georges le rejoignit sans sa chambre, un univers baroque, plein de contradictions : au mur les portraits de Lénine et de Mussolini, de Brasillach et d'Estienne d'Orves; une photo dramatique de l'Alcazar de Tolède avec ses défenseurs barbus, en guenilles, hâves, aux yeux brûlants de fièvre; une autre photo représentant des soldats russes à Stalingrad, sortant de leurs trous de neige et, fantômes blancs, se ruant à l'assaut des lignes allemandes; des plans d'instruction pour le montage et le démontage d'une Beretta et d'un Colt 45. Daniel était assis sur son lit, un linge tendu entre les genoux pour les pièces d'un revolver qu'il nettoyait avec le soin d'un vieux tueur au retour du travail. Il dit : « Vous ne dormez pas ? » comme s'il ne le savait pas, mais cela pouvait aussi signifier autre chose : « Votre génération dort pendant que la mienne joue à la mort. » Oui, quel mépris sous ces mots anodins ! En fait, Georges ne dormait pas parce que cet adolescent au visage glabre, aux yeux noirs, aux cheveux bouclés, menaçait de remettre en question sa vie.

Il s'assit sur une chaise, bien plus embarrassé que Daniel parce qu'en robe de chambre, en pantoufles, il était l'idiote image du bourgeois satisfait, douillettement installé dans son intérieur pendant que la jeunesse risquait sa peau pour des principes qu'il ignorait ou contestait.

— Je ne connais pas ce revolver, dit-il. On dirait une arme américaine.

— C'en est une !

Daniel passa une mèche dans le canon, puis un chiffon de soie.

— Vous ne la situez pas ?

— On dirait un Lüger, mais ce n'est pas tout à fait ça !

— Bravo, Papa ! Oui, c'est un Lüger, mais la version modernisée du fameux P. 08. Huit coups dans le chargeur. Le gros avantage, c'est la culasse qui reste ouverte après le dernier coup comme dans le Beretta Jaguar. On y gagne nettement deux secondes. Et puis ça ne pèse rien : un kilo vingt grammes. Avant, j'avais un Sarruco MTS Margolin, mais le chargeur n'est que de six balles. Un bijou pour dame à côté de celui-là...

Le regard de Georges se promena dans la chambre si austère et rencontra une paire de gants de boxe accrochés au-dessus du lit de Daniel.

— Tu boxes ?

— Non. Ce sont les vôtres !

Comment les avait-il trouvés alors que, depuis des années, Georges les gardait au fond d'une cantine rarement ouverte de crainte d'y rencontrer des souvenirs : coupe-file de Hay Street, photo de Sarah à Londres le jour de leur mariage, lettres de Dermot Dewagh, photo le représentant avec Barry et Horace un après-midi d'été dans Regent's Park, et les fameux gants de boxe jamais remis depuis le K.-O. de Barry.

Daniel les avait pris là pour les placer bien en évidence dans sa chambre. C'était confondant comme l'aveu d'une admiration refoulée, enfouie sous un grand orgueil. Ainsi à ses yeux, si son père valait quelque chose, c'était parce qu'entre seize et dix-neuf ans il était monté sur des rings. Et à bien considérer tout, peut-être le mal était-il là? Pourquoi avoir lâché la boxe qui cuirassait un homme, qui lui donnait dans la vie une tranquille assurance? S'il avait continué, son caractère se serait moins empêtré dans les contradictions, son énergie aurait été sans faille.

— As-tu déjà tué quelqu'un?

— Non, Papa. La nécessité ne s'en est pas encore présentée mais elle peut se présenter, et, dans ce cas, je le ferai. N'en doutez pas!

Non, il n'en douta pas. Sur les raisons de son attitude, Georges n'interrogea pas son fils. Le virus avait été contracté en Alger. Il avait suffi d'une nuit avec des garçons et des filles de son âge pour que Daniel fût attiré dans l'engrenage. Une discussion ne les aurait avancés à rien. Pouvait-il dire à un garçon de dix-huit ans qu'il était moralement contre son entreprise, non parce qu'elle n'était pas juste, mais parce qu'elle était vouée à l'échec? En vérité, cette entreprise, il la respectait et l'admirait. Elle était noble et sauvage, elle dressait le respect sacro-saint de la parole donnée contre l'abandon et la sottise qui finissent toujours par l'emporter. Au fond, il était fier d'un fils dont il désapprouvait l'action.

L'échec des amis de Daniel, prévisible et prévu, ne fut pas le sien, mais il souffrit de la mort qui rôda autour de son fils, de la balle du policier qui tua le jeune Ben Tahla membre du commando Delta et l'envoya rejoindre le « professeur » là où toutes les passions s'éteignent et s'oublient dans un grand silence peuplé de pourriture et de vers de terre.

L'Organisation s'effrita, ne fut plus qu'un groupe de fantômes désemparés marchant sans fin dans les villes, traqués par une police qui avait intérêt à gonfler ses exploits. Quatre inspecteurs se présentèrent un matin chez Georges. Daniel était déjà sorti. Les policiers attendirent une bonne heure sans oser fouiller l'appartement parce qu'il était celui d'un journaliste. Ils parlèrent avec Georges comme des

hommes consciencieux, mais débonnaires, attendant avec
impatience la fin des complots pour reprendre leur lutte
contre la pègre. Dès qu'ils furent partis, Georges ramassa
un peu d'argent, deux passeports, et passa au lycée où
Daniel était en classe préparatoire de Polytechnique. Il
attendit sur le trottoir et s'approcha de son fils qui sortait
avec un groupe de jeunes gens :

— Viens, dit-il, nous partons pour l'Irlande.

Trois heures après, ils atterrissaient à Dublin et le soir
couchaient chez Dermot Dewagh. Georges n'y resta pas,
mais laissa Daniel qui passa là tout l'été. Dermot écrivit
une lettre dont voici la copie avec ces quelques lignes de
Georges :

Je n'ai pas à commenter ce que vous avez écrit
sur cette période lamentable. Nous flottions tous,
désemparés. Claire? Elle ne m'a rien été d'autre
que ce que vous en dites. Douce, agréable, bonne,
mais dès qu'on parlait politique, une hyène. Où
était sa vie secrète? Avec moi ou avec les autres?
Son fanatisme — les rares fois où je l'ai provoqué
par maladresse — me sidérait. Il a fini par me
dégoûter. Je ne pouvais plus supporter aucun
fanatisme et mon amour pour mon fils a centuplé
le jour où il a balayé d'un revers de main tout ce
à quoi il avait cru avec passion. Ce n'est plus le
doute qui est un mol oreiller, mais le dédain.
Dermot lui a fait grand bien malgré un petit
grincement au début comme vous le verrez dans
la copie de la lettre qui suit et que je viens de
relire avec émotion dans la pièce même où elle
fut écrite. Cette maison où je vis maintenant est
comme un fantôme de Dermot. Elle me commande tous les gestes qui furent ceux de mon vieil
ami dans les vingt-cinq dernières années de sa vie.
Il faudra que vous veniez. J'ai réfléchi à de
grandes choses sans avoir encore réellement
opéré un choix.

Cher Georges,

La machine humaine est admirable, géniale, tout ce que vous voudrez, mais aussi d'une infinie délicatesse. Un rien la grippe et alors c'est la folie, l'emballement ou le dérèglement des sens. Nous sommes conçus pour vivre dans des espaces restreints dont on doit délimiter les frontières par une demi-journée de marche, l'après-midi étant consacré au retour vers le point initial. Tout individu qui dépasse ces frontières est condamné à ne pas coucher chez lui le soir, c'est-à-dire à perturber ses fonctions mentales et organiques, à connaître la peur, la curiosité, la fantaisie, l'insatisfaction. Une sage administration de nous-même doit veiller à éviter ces crises. En fait nous aurions grand intérêt à ne pas sortir de l'œuf, mais nos mères ne le supporteraient pas, et nous les délivrons par pitié, ou peut-être simplement par curiosité pour connaître nos pères. Tout notre équilibre tient dans la parité des géniteurs. Les Égyptiens le savaient si bien que les Pharaons étaient des produits incestueux d'un frère et d'une sœur, de deux êtres conçus, nés et élevés pareillement. Il n'a pas dû y avoir de souverains plus parfaits que les pharaons traditionnels. Voyez leur civilisation. L'Égypte se désagrégera sous Cléopâtre qui se donne à des étrangers, qui met au monde un Césarion, bâtard de l'Occident et de l'Orient. Quel aurait été le destin de Césarion s'il avait vécu? Atroce, n'en doutez pas. Tiraillé entre deux natures opposées. Voilà où je voulais en venir. Dans notre imprévoyance, nous ne pensons pas assez aux conséquences de notre goût pour l'exotisme. Ne souriez pas : j'en suis moi-même une victime. Oh pas très grave et, finalement, les choses se sont arrangées. Né d'un Highlander et d'une Irlandaise, j'ai toujours ressenti une dualité intérieure, comme si, depuis mon enfance, un combat s'était livré entre deux caractères radicalement opposés : un père solidement enraciné dans sa terre de collines sauvages, une mère élevée dans le vent atlantique, bercée par les vagues et les farfadets, et dont la première langue a été le gaélique. Il n'y a pas beaucoup de différence entre une Lapone et un Zoulou. Le choix était aventureux : j'ai offert ma jeunesse et ma maturité à l'Angleterre, mon vieillissement à l'Irlande, c'est-à-dire que j'ai rêvé de l'Irlande dans la première partie de ma vie, et de l'Angleterre dans la seconde partie. Sans Yeats autrefois, et sans Keats maintenant l'existence n'aurait pas été possible. Si vous ne voulez pas d'enfant rêveur et rebelle, mariez-vous dans votre village, avec votre cuisinière, et ne fréquentez que le marché le plus proche de votre paroisse.

Ne vous étonnez donc pas de Daniel dont la composition chimique est des plus explosives : du sang judéo-allemand, du sang français, une naissance en Angleterre, une enfance dans le Midi, une adolescence à Paris. C'est, je crois, ce que votre Barrès appelait un déraciné, image admirable à laquelle j'applaudis. Il est, en effet, très exactement question de racines. Ce pauvre enfant ne sait pas où développer les siennes, dans quel sol se nourrir, dans quelle religion espérer, vers quel avenir tendre. Étranger il est, étranger partout il sera.

Sa venue ici est un des grands plaisirs de ma vie. Dans nos brumes et nos pluies, il s'ouvre lentement comme un être qui demande à s'épanouir. Pourtant nos relations ont failli mal commencer : cet excellent enfant m'a cité quelques vers de Byron qui atteignent le comble du ridicule. J'aurais pu me fâcher. J'ai compris qu'il transposait son admiration de la vie de Byron à l'œuvre de ce dernier. Il a fallu lui expliquer que, quand un être médiocrement doué met toute sa poésie

209

dans sa façon de vivre, il lui en reste bien peu pour saupoudrer ses récits. L'existence de Byron n'est d'ailleurs poétique que si l'on est indulgent : une longue suite de caprices odieux, de reniements, de cynisme et de bravades sociales. Il a même raté sa mort : s'éteindre à Missolonghi d'une fièvre maligne, au milieu d'une assemblée de brutes épaisses plus préoccupées de s'entre-tuer que de massacrer du Turc, c'est désolant quand on a cherché la balle qui frappe en plein front ou le cimeterre qui décapite.

Nous avons passé quinze jours à réviser quelques idées toutes faites sur ce sujet. Je me croyais revenu aux temps heureux avec vous, mes amis, dans ma garçonnière de Cambridge. Où êtes-vous tous? Il se passe des choses curieuses dans ma tête. Je crois tantôt avoir vu l'un ou l'autre de vous la veille. En me pinçant jusqu'au sang, je sais tout d'un coup que ce n'est pas vrai et la déception m'envahit, comme si je vous avais manqué de peu, par distraction, parce que j'ai oublié l'heure, le jour, l'année. Il est nécessaire de vieillir, mais j'aurais préféré une chute moins rapide. Barry m'écrit de temps à autre. Depuis une lettre sans date et sans lieu je le situe quelque part dans le bassin méditerranéen. Il me parle d'une île et d'un temple. D'Horace j'ai appris qu'il était en Aden. Que va-t-il faire dans cette chaleur? Cela me dépasse. Delia Courtney m'envoie des cartes postales qui jalonnent un itinéraire brisé : Marrakech, Rome, Grenade, Sils Maria, Dubrovnik, Salzbourg. Que fait seul dans ces endroits cet elfe mystérieux et vengeur? Elle usera sa beauté dans les trains, les avions, les bateaux. Naturellement j'en suis amoureux, mais ne parlons pas de ça. Vous voyez : je m'y perds, je me perds. J'aurais besoin d'un secrétaire pour rassembler les fils de tant d'amitiés dispersées. Et aussi, quel échec! Je n'ai su enseigner à aucun de vous l'immobilité. Vous m'en voyez triste. La longue lutte pour la suprématie que se sont livrés en moi le Highlander et l'Irlandais a épuisé mes forces. Vous devriez songer à revenir me voir avant que je déraisonne tout à fait. Qu'avez-vous besoin de vous promener partout dans le monde pour vous assurer de ce que vous savez déjà depuis toujours : que les hommes sont bêtes et méchants, et que c'est pour cela que Dieu (que les dieux aient Son âme!) n'a pas voulu qu'ils fussent immortels. Pour ne pas faire d'envieux, Il s'est suicidé dernièrement. Ainsi tout le monde est sur le même pied. Il n'y aura pas de privilégiés. Je vous attends. Sachez-le. Mais dépêchez-vous, sinon vous trouverez porte close et vous n'aurez que la ressource d'aller me voir au cimetière voisin où j'ai retenu ma place dans un carré d'herbe proche de celui où repose ma mère tendrement aimée. Je crains, une fois là, de n'être plus bon à rien, sinon à vous tirer quelques larmes parce que vous m'avez bien aimé.

D. D.

Ce gros petit homme qui s'agitait sur le quai du port d'Égine et donnait des ordres en mauvais grec truffé de jurons anglais, je ne le reconnus pas tout de suite. Du pont supérieur on apercevait surtout le caillou rond et luisant de son crâne, ses bras musclés et brunis, et, par l'échancrure de la chemisette, une touffe d'épais poils gris. Les haut-parleurs distillaient la musique de rigueur quand le bateau de notre ligne entre dans le port : une sorte de chant sirupeux et claironnant à la fois, le même depuis des années, le même pour des années encore sans doute. Des paysans débarquaient avec des chèvres, des moutons, des chaises, des couronnes de pain maintenues par une ficelle et mille bagages hétéroclites, encombrants, inutiles. D'autres passagers à quai attendaient de monter, en file indienne derrière le dos d'un marin du port en uniforme blanc, mais ce n'étaient plus les paysans, c'étaient les touristes, un ramassis étrange de barbus, de grandes filles aux cuisses nues, de citadins coiffés de casquettes blanches, l'appareil de photo en sautoir reposant sur le ventre, et, mêlé à eux, l'inévitable pope à la barbe hilare, tous impatients de grimper à bord pour gagner Poros, Hydra ou Spetsai. Égine est une première escale sur la ligne, une sorte de banlieue d'Athènes, mais pour qui arrive du Pirée, c'est déjà la liberté, les petites maisons baroques pressées autour d'une darse abritant les caïques, les tavernes et les pâtisseries au sol jonché d'écorces de pistache.

Sur le quai, l'Anglais en chemisette s'agitait, couvert de sueur. Un palan finit par extraire de la cale une caisse en bois couverte d'étiquettes, la balança dangereusement au-dessus de l'eau puis la déposa avec tant de brutalité sur le quai qu'un des flancs craqua et s'ouvrit, laissant échapper un flot de livres sur lesquels l'Anglais se jeta à plat ventre comme pour empêcher qu'on y touchât. Les passagers montaient. On libéra le palan et, de la dunette, le commandant dirigea la manœuvre au porte-voix, mais, du quai, l'irascible Anglais commença de l'engueuler et l'officier lui renvoya dans son mégaphone une bordée de grossièretés qui résonna dans tout le port, informant *urbi et orbi* la population du déshonneur qui attendait la famille de l'Anglais, sa mère, sa sœur, sa grand-mère et même tous les mâles de la famille. Lâchant ses livres, l'homme courut le long du quai en même temps que le bateau qui se retirait en marche arrière. Écarlate de colère, il brandissait le poing et c'est alors que je reconnus Barry Roots, bien qu'un détail de son visage eût changé sans que je fusse à même de dire à brûle-pourpoint lequel. Nous nous éloignâmes et il ne fut bientôt plus qu'un petit homme véhément discourant au milieu d'une troupe de badauds. Je l'écrivis le soir même à Georges qui me répondit :

> C'est sûrement lui ! Vous devriez aller le voir, mais peut-être ne vit-il pas sous son vrai nom, une manie chez les anciens des services secrets ou les ex-militants du Parti. Demandez prudemment, sans vous dévoiler trop vite. Il est possible qu'il ait envie de ne rencontrer personne. Barry écrit à Dermot. C'est son seul lien avec nous tous. Une explication : il est sans doute fou. Fou monolithique, je crois : obsédé par une idée. Quelque chose me dit pourtant que vous le ferez parler. Bonne chance ! J'attends avec impatience de vos nouvelles.

Je m'étais installé à Spetsai. Les jours, les semaines, les mois passaient sans que j'eusse envie d'en bouger. Je n'en pensais pas moins à Barry. Nous nous connaissions à peine, mais je savais sur lui une infinité de choses dont il ne se doutait pas. Par Ho, je possédais même la clé de sa brutale disgrâce de Hay Street. Et enfin il y avait même cette accusation molle et inquiétante : avait-il réellement achevé Cyril sur la plage de Dunkerque? Et pourquoi se cachait-il? Ce n'était pas en une entrevue rapide que je percerais l'écorce. Puis Georges écrivit de nouveau : « L'avez-vous vu? » Le printemps était de retour, époque où les îles se couvrent de fleurs sauvages, marguerites blanches et chrysanthèmes jaunes, muscari et lavande. J'allai m'installer quelques jours à Égine et demandai si l'on connaissait un Anglais. Il y en avait plusieurs. Le seul qui répondît à la description de Barry s'appelait Mr Gregory. Il était marié. Marié à une drôle de personne si l'on en croyait mes deux interlocuteurs, les facteurs de l'île qui se poussèrent du coude en ricanant. On me décrivit sa maison proche du port, baignant dans les eaux d'une crique où travaillaient des potiers. Il était midi. J'y allai à pied dans la blanche lumière du soleil de printemps. Des milliers d'oiseaux aux aigrettes jaunes s'étaient abattus sur Égine. Ma promenade en levait des volées qui s'éparpillaient et se fondaient dans le ciel. La crique indiquée était charmante avec quelques maisons dispersées dans une olivette. Au creux de l'anse, deux ateliers de potiers avaient éventré la terre argileuse. Une maison ancienne restaurée et entourée d'un jardin fou de fleurs pouvait être celle d'un étranger. La porte était ouverte et j'entrai pour suivre une allée de delphiniums. Les fenêtres du rez-de-chaussée étaient aussi ouvertes, mais personne n'apparut dans l'encadrement quand j'appelai et m'approchai de l'entrée pour frapper avec le heurtoir. A l'intérieur une discussion en charabia gréco-anglais s'éleva soudain et s'envenima tandis que je restais sur le seuil, incapable de savoir s'il fallait me présenter pour l'arrêter ou m'éclipser avec discrétion. C'était, sans aucun doute, la voix de Barry, fortement timbrée comme autrefois, mais dérapant sur le vocabulaire grec. Lui répondait une voix de femme éraillée, d'une vulgarité sans nom, qui mâchonnait un anglais de cuisine, chacun s'efforçant de parler la langue de l'autre au

215

paroxysme de l'insulte. Il était impossible de savoir l'objet de la discussion qui prenait du ton, une violence haineuse et désordonnée. La porte donnait sur une vaste pièce meublée du traditionnel canapé des îles, de quelques fauteuils et de chaises, d'un mangali en cuivre reluisant. Au sol, s'étalaient les couleurs vives des koureloudès tissés de bouts de chiffons. On se serait cru dans n'importe quel intérieur grec populaire, propre, astiqué à mort et d'un mauvais goût parfait. La discussion venait d'une pièce voisine, sans doute la cuisine dont la porte fermée trembla soudain comme si quelqu'un s'était jeté dessus ou avait été acculé contre un des montants. La femme cria et la porte s'ouvrit, projetant Barry qui manqua tomber, se rattrapa à une chaise et tourna autour d'une table, poursuivi par une créature énorme le dépassant d'une tête, un colosse aux seins prodigieux sanglés dans un corsage de satin noir, la chevelure crépue, pute fardée, clopinant dans des pantoufles à pompons roses. La virago brandissait une lardoire rouillée qu'elle maniait comme un poignard. Ce fut alors que Barry m'aperçut et me reconnut sur-le-champ bien que nous ne nous fussions pas vus depuis vingt-cinq ans. Sans quitter des yeux la femme qui tournait autour de la table, il me cria :

— Attendez-moi dans le jardin! J'arrive.

Je m'effaçai et reculai vers un parterre de soucis d'où l'on pouvait, à travers une des fenêtres ouvertes, apercevoir partiellement ce qui se passait dans la pièce. La grosse femme était évidemment perdue, même avec sa lardoire. Lourde, trébuchant dans les tapis, égarée par la rage, elle succomberait à un coup bas du petit homme qui, malgré son embonpoint, semblait encore aussi leste qu'au temps où il dribblait sur les terrains de football de Cambridge. Je ne vis pas le coup, mais il y eut un fracas de chaise cassée, un bruit de vaisselle brisée et le son mat d'un corps qui s'effondrait sur le plancher. Une, deux minutes angoissantes s'écoulèrent sans que j'osasse bouger, puis Barry apparut sur le seuil, la lardoire à la main, épongeant d'un mouchoir à carreaux le sang qui coulait de son oreille déchirée. Il jeta par-dessus le mur, dans le champ voisin, l'arme de la femme et vint vers moi :

— Il était fatal que nous finissions par nous rencontrer, dit-il. Mais vous arrivez à un drôle de moment. Nous avions perdu notre sang-froid. Je ne vous dis pas d'entrer. Il y a du désordre. Marchons un peu, voulez-vous?

Nous sortîmes du jardin pour nous diriger vers le port. L'oreille de Barry saignait toujours. Je lui passai un mouchoir.

— C'est un coup de dent, dit-il. Il faut se méfier. Les Grecs ont de bonnes dents. Il y en a qui soulèvent des tables avec leur mâchoire et dansent pendant des heures sans ressentir de fatigue. C'est un drôle de peuple, ne trouvez-vous pas?

— Oui, un drôle de peuple. Je crois qu'il faudra vous recoudre l'oreille.

— Oui, peut-être, sinon je perdrai tout mon sang.

— Mais... cette dame... n'a pas besoin de soins?

— Cette dame est ma femme. Nous nous sommes mariés l'année dernière. Ne vous inquiétez pas pour Chrysoula. Elle a l'habitude. Elle chantait dans un beuglant du Pirée et elle a été assommée quelques fois dans sa vie. Ça lui fait le plus grand bien de recevoir une chaise sur la tête quand la mélancolie de son ancien métier la prend. Vous savez... ce n'était pas tout à fait une putain : elle gagnait surtout sa vie en chantant. Si vous restez quelques jours, nous organiserons une petite fête et vous l'entendrez. Un de nos voisins potiers joue du bouzouki et j'appellerai un chauffeur de taxi qui gratte du violon.

Il paraissait détendu, très à l'aise, enchanté de me revoir. Ce n'était plus le même homme. On nous l'avait changé, et l'auteur de cette métamorphose était peut-être cette grosse femme, chanteuse de boîte à matelots et putain occasionnelle. Si je l'écrivais à Georges, Ho ou Dermot, aucun d'eux ne me croirait.

Bientôt mon mouchoir fut un chiffon sanglant. Barry retira sa chemise et la noua en turban autour de sa tête. Son énorme torse apparut, bronzé, velu et musclé. C'était un faux gros, tout en force. Nous arrivâmes ainsi sur le port, suscitant la curiosité effrayée des femmes et la stupeur muette des hommes. Par chance, le médecin se trouvait à son bureau. Il ne s'émut guère, nous demanda d'attendre notre tour dans une salle crasseuse où de vieilles femmes gémissaient avant même de savoir ce qu'il leur ferait. Je m'étonnai que Barry ne s'indignât pas de cette attitude.

— C'est un imbécile, dit-il, mais prenons-le comme il est. D'ailleurs, nous n'en avons pas d'autre. Enfin, c'est aussi une crapule : pour un oui ou un non, il vous envoie dans une clinique du Pirée où des bouchers de mèche avec lui vous ouvrent le ventre à tout hasard.

— On peut toujours refuser!

— Les médecins font peur. Ce sont les derniers sorciers! Ils ont réussi à nous persuader qu'ils peuvent tout alors qu'ils savent très bien qu'ils ne peuvent rien. Voyez, moi... j'ai un bout d'oreille arraché. Je devrais ôter ce qui pend et me mettre un pansement. On ne meurt pas d'une hémorragie. Je viens quand même voir cet imbécile et il va me soutirer 300 drachmes. C'est bien fait pour moi.

L'odeur de la salle d'attente, tous volets clos, était à peine tolérable. Les trois ou quatre vieilles qui geignaient en se tenant le ventre ou la tête empestaient le poisson séché.

— Oh, vous savez, dit Barry, sur ce chapitre, je suis blindé. J'ai travaillé dans une usine d'engrais. L'odorat s'y atrophie. Tout s'atrophie d'ailleurs dans le monde moderne. Tout sauf le sexe. On n'en a jamais autant parlé. C'est l'élément le plus flatté, le plus satisfait de la machine humaine. Tout pour lui. Il faut baiser et jouir. Je m'y suis mis comme les autres, avec du retard, mais je rattraperai le temps perdu. Je veux être de mon temps.

Non, vraiment, personne n'aurait reconnu Barry. Il parlait avec un grand naturel et, quoi qu'on puisse en penser par ces mots que je rapporte, sans aucun cynisme. La tête du médecin apparut de nouveau, lunettes baissées sur le nez. Il sembla voir pour la première fois la tête ensanglantée de Barry et entra dans une violente colère.

— Qu'est-ce que vous attendez, Gregory? Vous allez crever d'hémorragie à ma porte. Allez ouste, venez!

Les vieilles se levèrent, oubliant leurs douleurs et piaillant de leurs voix perçantes.

— Taisez-vous! cria l'irascible petit docteur. Vous ne voyez pas qu'il y a un blessé? Purgez-vous toutes les trois et revenez demain.

Nous entrâmes dans le cabinet du médecin qui fit asseoir Barry sur une chaise pour lui démailloter la tête. Le lobe de l'oreille pendait, dérisoire petit bout de chair sanguinolent. On avait envie de tirer dessus, mais l'oreille resterait atrophiée, absurde.

— Vous avez de la novocaïne? demanda le médecin.

— Non. Vous croyez que je me balade avec des ampoules dans ma poche?

— Et alors qu'attendez-vous pour aller en chercher?

— J'y vais! dis-je.

La main de Barry s'appuya sur mon bras.

— Restez! le pharmacien mettra une heure à en trouver une ampoule éventée. C'est complètement inutile. Je n'ai jamais mal.

Le médecin était furieux que nous parlions anglais.

— Alors? Je vous opère comme ça?

— Oui, bien sûr, et dépêchez-vous. Je dois rentrer chez moi. Ma femme m'attend.

Un coup de bistouri trancha le lobe. Le sang jaillit de l'oreille, roulant sur l'épaule velue de Barry qui ne manifesta ni douleur ni inquiétude pendant la ligature et les points de suture. Il ne pâlit pas et n'affecta même pas de parler de choses et d'autres. Son regard gris-bleu s'attardait sur la scène découpée par la fenêtre grande ouverte : un angle du port, des caïques amarrés à quai, et, entourés de chats faméliques, des pêcheurs remmaillant leurs filets. On eût dit d'une affiche pour le tourisme en Grèce.

Au retour nous passâmes devant le boucher qui héla Barry. Il venait de recevoir un coup de téléphone de Mrs Gregory lui commandant une livre d'escalopes fraîches et des côtelettes de mouton.

— Vous n'avez pas idée des remèdes de bonne femme qu'utilise Chrysoula, me dit Barry en prenant les paquets. Nous mangerons les côtelettes, mais elle s'appliquera les escalopes sur la figure. J'ai dû taper un peu fort sur la joue et l'œil. Si elle attrape un coup de soleil, elle se couvre de yaourt et, quand elle a mal aux dents, elle baigne ses gencives avec une gorgée d'ouzo sec.

Nous marchâmes d'un bon pas pendant les premières minutes du trajet. Barry s'enchantait de revoir sa femme. Il en parlait avec une amoureuse passion. Si je n'avais pas entr'aperçu Chrysoula, j'aurais pu imaginer qu'il me conduisait vers une frêle et poétique épouse, quelque troublante créature de l'Orient. Sa conviction était si sincère que, par moments, j'en arrivais à oublier ma propre vision et à me fier à celle de Barry.

— Ah! dit-il en s'arrêtant soudain. J'aurais dû lui acheter des gâteaux. Elle en raffole. Il faut retourner au port.

Nous revînmes chercher des gâteaux que je portai avec délicatesse grâce à une ficelle rose. Barry marchait toujours torse nu. Un moment, son oreille saigna de nouveau et nous dûmes nous arrêter contre un muret.

— Ouf! dit-il, j'ai dû perdre pas mal de sang. Ça fait le plus grand bien. L'apoplexie menace quand je suis en colère. Il faudrait me saigner. Malheureusement, les médecins sont contre. Il importe de crever pour qu'ils aient raison. Ah oui... aussi... je voulais vous préciser que je m'appelle Desmond Gregory. Un joli nom, n'est-ce pas? Distingué et tout. Même Chrysoula croit que c'est mon nom. Je me suis marié avec des faux papiers.

Cela était dit avec beaucoup de négligence, sans que Barry eût l'air d'y attacher d'importance. Il me mettait dans le secret et je ne pouvais plus en sortir.

— J'ai été stupéfié, dis-je, que vous m'ayez reconnu dès le premier coup d'œil. Si vous aviez fait celui qui ne me reconnaissait pas, je n'aurais pas insisté, je vous le jure.

— Cela m'a fait plaisir de revoir un ami!

— Nous nous sommes surtout « aperçus » dans la vie. Ho et Georges sont vos amis.

— Ho ne l'est plus depuis longtemps. Si nous nous retrouvons, ce sera lui ou moi, mais nous avons adopté un *statu quo*, pas un mot de l'un contre l'autre.

Je me gardai de le détromper. Ho savait s'y prendre avec une habileté déconcertante.

— Oui, reprit-il avec conviction, Ho est un homme flambé si je parle. Quant à Georges, c'est une comète. Il tombe du ciel. Nous nous serrons la main. Il doute de tout ce que je dis ou pense. Il a empoisonné ma vie politique avec des raisonnements spécieux. Il poussera l'esprit de logique jusqu'au suicide. A-t-on idée d'aimer à ce point la vérité? Nous ne nous voyons plus. C'est mieux ainsi. Je n'ai laissé de traces qu'auprès du vieux Dermot. Il ne me trahira pas. A propos, comment m'avez-vous retrouvé?

— Je vous ai aperçu sur le quai il y a deux mois. J'étais à bord du bateau qui vous livrait une caisse de livres.

Il éclata de rire.

— Et le capitaine m'a injurié dans son mégaphone! Le soir même, il est repassé par Égine et je suis monté à bord. Je l'ai flanqué à l'eau. Il s'est plaint à la police et je vais passer devant un tribunal. Je ne savais pas encore qu'ici on s'injurie à mort, mais que si l'on passe des menaces à l'action, tout le monde pleurniche à la police... Mon oreille saigne-t-elle encore?

— Apparemment non. Avez-vous mal?

— Peut-être, mais je n'en sais rien. Chrysoula nous attend!

Nous arrivâmes devant la maison aux volets clos et à la porte d'entrée verrouillée. Barry frappa un coup léger auquel répondit un long gémissement. Alors, cet homme, dont j'attendais tout sauf une attitude aussi invraisemblable, se précipita sur un volet derrière lequel se tenait la pleureuse et entreprit de convaincre Chrysoula.

— Mon petit oiseau, écoute-moi, ne pleure plus sinon je pleurerai aussi. Tu sais bien que je t'aime, que tu es ma raison de vivre, mon trésor, mon amour. Ouvre-moi. Je te prendrai dans mes bras et nous oublierons tout... Ouvre-moi, mon pigeon...

Chrysoula continuait de gémir, ne s'arrêtant que pour écouter les noms d'amour dont son mari la couvrait :

— Ma coccinelle d'amour, tu me déchires le cœur, tu me brises. Jamais plus nous ne nous disputerons, je te le promets. Je t'ai apporté des gâteaux au miel, mais mon vrai miel c'est toi...

— Et toi tu es mon gâteau de merde! dit Chrysoula dans un sanglot.

Le visage de Barry s'illumina. Il me fit signe que, puisqu'elle avait répondu, un espoir de réconciliation devenait possible.

— As-tu mal, ma petite mésange? Réponds-moi. Personne ne t'aime comme ton homme. Qu'est-ce que je serais sans toi? Une pauvre âme vide qui n'aurait pas connu l'amour. Quand ta bouche me couvre de caresses partout — je dis bien partout — je vole parmi les anges...

— Je ne te ferai plus jamais rien! hurla Chrysoula.

— Oh, tu dis ça et puis tu recommenceras. Je te connais. Tu as un cœur d'or. Sais-tu, mon moineau, que tu m'as mangé un bout d'oreille?

— Quoi?

Le volet s'entrouvrit et la tête de Chrysoula apparut, hirsute, ses cheveux crépus dressés en ressorts sur la tête ou retombant sur le front. Le fard avait coulé des yeux et dessiné des rigoles noires sur le rouge à joues. Une des pommettes s'ornait d'un hématome violacé. Quand elle vit l'oreille pansée de Barry, une crise de larmes la secoua.

— Je t'ai apporté tes escalopes.

— Donne-les!

— Oui, mais ouvre la porte, je suis ici avec un vieil ami, un Français!

Elle m'aperçut alors et poussa un nouveau gémissement avant de refermer ses volets. Barry afficha un sourire vainqueur. La partie était gagnée. En effet, Chrysoula déverrouilla la porte et nous l'entendîmes qui courait se cacher. Elle ne revint qu'une heure après, tandis que nous buvions de l'ouzo sous la tonnelle du jardin. Malgré les applications d'escalope, l'hématome restait bien visible, comme un œuf de pigeon qu'elle aurait roulé dans sa bouche. La poudre qui prétendait le cacher ne parvenait qu'à le souligner. Pomponnée, fardée, minaudant, Chrysoula restait une créature énorme, dépassant Barry d'une tête, avec des seins, des pieds, des mains hypertrophiés, une masse de chairs gonflées, enserrées dans du satin noir, les bas de soie noire roulés au-dessus du genou. Quand elle s'asseyait, elle découvrait ses gigantesques cuisses blanchâtres marbrées par l'artérite, mais elle s'asseyait peu, courait vers la cuisine remuer les casseroles, revenait avec des amuse-gueule, frétillant de son énorme derrière. Elle empestait la poudre de riz et quelque parfum immonde, sucré, gras, qui vous collait aux narines quand on avait eu le malheur d'en respirer une bouffée. C'était vraiment la putain typique du Pirée, retirée des affaires, établie, dominante et dominée, un mélange incroyable de prétentions et d'ordure. Je me rassurai à l'idée que Barry n'était pas réellement marié avec elle puisque c'était sous un faux nom. Il pouvait un jour la planter là, fuir cette vie grotesque. Pourtant, à n'en pas douter, il semblait heureux, amoureux, même, caressant au passage les fesses et les cuisses de Chrysoula qui riait et me lançait un clin d'œil. Heureux et à son aise dans sa maison, son jardin, buvant de l'ouzo, grignotant du poulpe séché, balançant les noyaux d'olives par-dessus le mur, il me raconta son mariage, la fête donnée chez le frère de Chrysoula, Yannaki, un ancien marin qui avait eu des ennuis pour contrebande, mais un bon type, toujours saoul de vin résiné, et qui, maintenant, vivait en vendant des cigarettes américaines à la sauvette. Il venait parfois à Égine et c'étaient des fêtes épiques. On dansait et chantait toute la nuit. Chrysoula mettait les petits plats dans les grands car elle possédait, au plus haut point, l'esprit de famille, et son seul drame, la vraie raison de ses accès de colère, c'est qu'elle n'avait pas d'enfants et qu'à cinquante ans elle ne risquait plus d'en avoir. Barry était venu trop tard dans sa vie...

Nous déjeunâmes dehors dans le jardin, à une heure impossible, peut-être quatre heures de l'après-midi, et bien que nous eussions attendu si longtemps, tout était froid : pommes de terre figées dans la sauce graisseuse, côtelettes d'agneau à l'aspect minable. Chrysoula picorait dans les assiettes, le petit doigt levé, nourrissait son homme à la becquée, riait à se tordre pour la moindre plaisanterie. Sa bouche rouge ombrée d'un soupçon de moustache s'ouvrait sur une rangée de dents en or : « Tu es une fleur, disait Barry, la plus belle de mon jardin. » Je n'arrivais pas à démêler jusqu'à quel point il jouait la comédie et il fallait tout le temps le regarder pour s'assurer que c'était bien lui. Comment avait-il pu se laisser attraper, avaler par ce monstre? Tout cela demeurait incompréhensible, et le mieux était de l'écouter, de chercher une faille, d'attendre qu'il commît ce que les agents secrets appellent la « faute » qui le trahirait. Mais il ne se trahit pas comme si cette réincarnation était vraiment sienne, mieux encore il m'étonna en se lançant dans une époustouflante théorie sur les grains de beauté. Chrysoula, en effet, en possédait plusieurs, curieusement répartis sur son visage lunaire, que tantôt elle accentuait d'une pointe de fusain noir, tantôt effaçait mal avec une couche de fard. Il me les désigna et, les reliant d'un trait imaginaire, dessina une carte du ciel.

— Vous voyez, dit-il, Chrysoula est un cas unique. Elle rassemble tous les signes du zodiaque sur son visage de déesse. A la racine du nez, le grain de beauté est relié à la balance; sur les pommettes au Sagittaire et au Scorpion; sur la mâchoire au Capricorne; entre le nez et la lèvre supérieure au Verseau; sur le menton aux Poissons. Elle en a encore un sur l'oreille gauche — montre ton oreille, mon alouette — qui est le siège de Saturne. Mars est sur son front comme il convient aux tempéraments belliqueux. Le même grain apparaît sur l'oreille droite et alors là c'est Jupiter. Chrysoula est un être complet, achevé. Tout se passe sur son visage comme dans la carte du ciel. Il n'y a qu'une Grecque à qui pouvait échoir cette fortune. Je vous passe le détail des grains de beauté qui illuminent son corps. On y lit à livre ouvert le destin du monde. Voudrais-tu apparaître nue devant notre ami, mon alcyon?

Chrysoula feignit la plus exquise pudeur.

— Nous sommes mariés! dit-elle avec une grosse voix pleine de reproches. Ah... ces Anglais, ils savent tout et rien ne leur fait peur. Ils s'entendent avec le diable.

Le soleil déclinait quand nous eûmes fini de déjeuner. Barry et Chrysoula bâillaient. Une sieste et son prélude allaient achever leur réconciliation. Je les quittai en promettant de revenir le lendemain matin. Chrysoula s'éclipsa et apparut peu après à une fenêtre du premier étage en chemise transparente.

— Tu viens, mon chéri? cria-t-elle d'une voix impatiente.

— Ah, l'amour! dit Barry qui me serra vigoureusement la main.

J'avais besoin d'air frais, d'une bonne marche pour fuir l'idée de la scène qui suivrait. Le cas de Barry était fascinant. Je voulais en savoir plus, connaître les raisons de tout, l'évolution intérieure de cet homme et quelle rencontre magique l'avait fait sortir de la coquille dans laquelle il avait étouffé à plaisir pendant quarante ans de sa vie avant de découvrir la volupté, la libération des sens avec l'avant-dernière des putes.

Le lendemain, je revins. Il bêchait et arrosait son jardin comme n'importe quel colonel en retraite de l'armée anglaise. On lui avait refait son pansement avec du sparadrap. Un tiers de l'oreille était parti entre les dents de Chrysoula qui, ce matin, dormait encore au premier étage, tous volets clos. Barry lâcha ses instruments et m'emmena dans la maison.

— Venez, dit-il, voir ma bibliothèque!

Deux pièces du premier étage étaient bourrées de livres soigneusement rangés sur des rayonnages étiquetés. La magie dans l'Écriture sainte, le Verbe, les sectes gnostiques, la possession, la métoposcopie, la maçonnerie, etc. Toute la magie et son histoire, des secrets de la Mésopotamie jusqu'à nos jours, était rassemblée sur ces étagères. Cela me rappela les étranges dons télépathiques de Barry et je le lui dis:

— Ah oui, vous êtes au courant, fit-il avec un rien de regret. N'en parlons plus, c'est du passé. J'aurais pu cultiver mes possibilités qui, un moment, étaient considérables, mais il fallait se concentrer, c'est-à-dire s'abstraire du monde, n'être plus qu'une machine émettrice. J'ai choisi l'amour. L'homme s'y perd. Toute sa puissance fout le camp avec son sperme. Ce n'est plus qu'une loque, mais quel bonheur de n'être plus qu'une loque!

Connaissait-il le bouddhisme tibétain dont les initiés pratiquent l'acte pendant des heures et des jours, et, n'éjaculant jamais, accèdent, par cette tension et cette maîtrise des

225

plus infimes muscles de leurs corps, à une béatitude qui leur assure la pleine possession spirituelle? Non, Barry n'était pas l'homme à s'intéresser aux religions. Il se contentait de les nier, position défensive dont il ne démordrait jamais. Aux forces qui l'habitaient, il assignait des buts précis et simplistes. L'étude de la magie pouvait être une manifestation de sa puérilité refoulée par tant d'années obscures et rageuses, aussi bien que d'une croyance naïve en la faiblesse des choses de ce monde. Il avait eu un grand-père fasciné par la sorcellerie, vivant enfermé dans son château au cœur même d'une région où pullulent encore des sorcières, pauvres bacchantes aux seins flasques dansant autour d'une croix renversée ou d'un agneau égorgé. Les connaissances de Barry étonnaient, et à l'entendre ainsi parler on se demandait s'il prenait au sérieux la maîtrise des forces occultes ou s'il avait, tout simplement, décidé d'épuiser le fond de la crédulité humaine.

Je restai trois jours à Égine et nous nous vîmes beaucoup. Chrysoula apparaissait à des heures tardives, tantôt revêche, tantôt minaudant, avec des grâces de baleine peinte. Barry paraissait au comble du bonheur. Ma présence l'obligeait parfois à de courtes références au passé, mais il semblait entièrement capté par sa vie nouvelle, jurant grec, mangeant grec, buvant grec, aimant grec. Le dernier soir, Chrysoula donna une fête avec des amis venus des maisons voisines. Le potier joua du bouzouki accompagné par le crincrin d'un chauffeur de taxi violoniste. Chrysoula chanta et dansa le sirtaki, le hasapiko, tout ce qu'on lui jouait avec un entrain fou comme pour la pousser à crier « grâce », à supplier les musiciens de s'arrêter et d'accorder un repos à son gros corps hystérique. Elle n'était plus la même. Une adresse inattendue habitait cette énorme femme au torse rebondi moulé dans un corsage de soie japonaise largement déteint sous les aisselles. Une croix d'or retenue par un ruban de velours tressautait entre ses seins prêts à s'envoler d'un soutien-gorge d'acier. Elle dansait dans un rêve, chantait avec la voix d'une Fréhel grecque. On se rendait enfin compte qu'elle avait pu être jeune, et même, dans son genre, belle, pleine de feu, diablesse allumeuse d'hommes. Elle avait déclenché des bagarres dans les bistrots, élu les vainqueurs dans son lit. Au fond d'une malle, elle devait garder le précieux trésor des cartes postales, des photos de marins qui s'étaient agités en elle et qui, sous les tropiques ou dans les vents glacés du Nord, rêvaient pendant les quarts à sa peau blanche, à sa chevelure noire, à ses seins globulaires.

A mon côté, Barry la contemplait avec une envie que l'absorption de grands verres de cognac grec rendait méchante.

— Je suis jaloux, dit-il. C'est une femme immonde. Elle a couché avec toute la terre. Que j'en trouve un seul et je l'étrangle.

Il fit le geste avec ses deux mains crispées, puis se calma comme s'il avait réellement étranglé un de ses rivaux dans le passé tumultueux de Chrysoula.

— Venez! dit-il.

Il m'emmena au premier étage, dans sa bibliothèque. La musique montait jusqu'à nous par les lattes mal jointes du plancher. Barry sortit quelques livres d'un rayon, découvrant une bouteille de whiskey irlandais. Nous en bûmes un grand verre chacun comme des écoliers qui fument aux cabinets. La voix pâteuse, Barry dit :

— C'est ainsi que je pense à Dermot, Cyril, Horace ou Georges. Une gorgée, et ils sont là, comme autrefois, devant moi. Je n'ai pas besoin de les voir autrement. Vous ne raconterez à personne votre visite.

— A personne!

— J'ai trouvé la paix, enfin une sorte de paix. Ç'aurait été parfait si Chrysoula n'avait pas de passé, mais elle en a un, et quand je ne lui offre pas ce qu'elle veut, elle me jette à la figure la générosité de ses anciens amants qui la couvraient d'or quand elle se laissait sodomiser. Je pourrais, moi aussi, la couvrir de bijoux. Ma mère m'a légué une fortune à laquelle je ne touche presque pas. Chrysoula n'en sait rien. Si elle le savait, elle me tuerait pour me voler. L'autre jour, quand vous nous avez trouvés en train de nous battre, je venais de lui refuser des boucles d'oreilles, et elle m'a dit qu'elle retournerait au Pirée. Je l'ai giflée, elle m'a poursuivi avec la lardoire. C'est une déesse de la guerre, une furie si la colère la prend, mais peu à peu je la mate, je l'écrase. Malheureusement, j'ai envie d'elle... et puis elle a un don! Les tarots déclenchent en elle une hyperesthésie qui la conduit à des prophéties géniales dont elle n'a même pas conscience... Vous ne direz rien?

— Rien.

— Tout n'est pas fini. J'ai quarante-cinq ans. La vie recommence un jour. Quand? Je ne sais pas. Nous ferons tous encore de grandes choses. Je le veux.

Ses yeux brillèrent intensément. De la sueur perlait entre ses narines et son nez, et tout d'un coup je découvris pourquoi son visage avait changé depuis les années de Cambridge : Barry avait rasé sa moustache-balai. Sa lèvre supérieure était nue, désespérément nue.

— Je vivrai, dit-il encore. Cette salope de génie ne me tuera pas. Je vivrai et ce sera terrible. Les lâches s'enfuiront et je tuerai les autres. Ne croyez pas que je suis lâche, moi, parce que je me dissimule. Je me dissimule parce que j'attends mon heure. Elle approche! N'est-ce pas?

— Comment voulez-vous que je le sache?

— Oui, c'est vrai!

Il parut rassuré que je ne fusse pas plus au courant de ce qui avait heurté et brisé son existence. Je lui devais cette charité. Peu après, je quittai la maison encore pleine de chansons et de musique. Le bateau du matin me reconduisit à Spetsai. L'aventure de Barry restait un mystère. On pouvait en aligner les données aussi clairement que possible sans arriver par le biais de la logique à en trouver la solution. Toute la méthode du colonel P. avec ses organigrammes et ses crayons de couleur aurait subi le même échec. Je l'écrivis à Georges, ne me croyant pas tenu au secret avec lui, et j'ai gardé sa réponse datée de Paris :

> Parce que vous êtes romancier, vous croyez à une logique romanesque des caractères. Quand vous rencontrez la vie, elle vous déroute. Barry n'est pas un héros de roman. Il casse les fils et surgit là où on ne l'attend pas. Sa principale

qualité est d'être surprenant. Il se dissimule, rase sa moustache, change de nom, se met en ménage avec une putain du Pirée alors qu'on le sait haïr les femmes, n'ouvre plus un journal, se plonge dans l'histoire de la magie, lui l'ancien marxiste. Pourtant, dès que vous apparaissez, cette comédie n'existe plus. Il se déshabille devant vous. Savez-vous que le trait le plus important de cette confidence inattendue est la révélation de sa bouteille de whiskey irlandais? On croit qu'il a rompu avec tout. C'est faux. Il lui faut encore de temps à autre avaler une gorgée d'alcool pour retrouver l'unique période de sa vie où il n'a pas été solitaire. Dermot lui a tenu lieu de père, nous de frères. Avec sa Chrysoula, il se réfugie dans la démence. C'est une attitude défensive qu'il prend d'instinct. N'oubliez pas non plus que cet homme n'a pas connu l'amour physique avant quarante-cinq ans. A Hay Street les secrétaires le surnommaient « le Vierge ». Brusquement il tombe sur la pire des putains, elle lui révèle le plaisir et, comme il n'a aucun sens esthétique, il croit que c'est l'amour. Mais il n'est pas homme à se tromper longtemps. Je n'ai pas besoin de lire dans les tarots de sa bonne femme pour savoir qu'un jour il se libérera.

Nous ignorons jusqu'à quel point il est un homme traqué ou qui se veut traqué. Il est probable qu'il a de bonnes raisons de se sentir en danger. Le Parti ne lui a pas pardonné sa volte-face au Mexique. On le cherche. Il sait trop de choses. Cette histoire de Katyn n'a pas fini de faire couler du sang. Il sait que Delia Courtney le cherche. Elle veut entendre de sa bouche les circonstances de la mort de Cyril, un sujet qu'il n'abordera pas volontiers.

Vous vous étonnez qu'il se soit dévoilé aussi totalement devant vous alors qu'il s'entoure d'un luxe de précautions un peu exagéré, mais c'est la technique même de l'agent qui est découvert par hasard. Il n'a que deux échappatoires : tuer ou faire confiance. Barry vous a fait confiance. Vous n'irez pas raconter au parti communiste, à Delia Courtney ou à Ho qu'il se cache à Égine. Il a misé sur vous. Gardons-lui le secret. Les querelles qu'il vide ne sont pas les nôtres.

Figurez-vous qu'à travers tout cela, j'aime Barry. On croit à un bloc de granit. Il y a des failles. Il faudrait mettre un coin pour empêcher ces failles de se refermer avant que nous ayons vu le cœur de notre ami.

Vous devriez vous faire tirer les cartes par Chrysoula!

Georges ne croyait pas si bien dire. Quelques jours après sa lettre, un mois après ma visite à Égine, je reçus un mot manuscrit de Barry. Ce colosse à la main de charretier avait une écriture de petite femme spirituelle rapportant des potins de salon. Il m'invitait à revenir le voir. Chrysoula, consultant ses tarots, avait découvert des choses passionnantes sur mon caractère et mon avenir. Barry précisait que le don de Chrysoula était entièrement spontané. Elle restait une profane à qui les tarots dictaient des visions. Les cartes stimulaient sa clairvoyance. Elle ignorait leur signification bien qu'il eût essayé de la lui apprendre d'après l'*Ars memoria* de Raymond Lulle, mais elle n'avait jamais pu se souvenir même des vingt-deux cartes d'atout, et encore moins des bâtons, des coupes, des épées et des deniers. Pourtant quand elle tournait un des arcanes majeurs comme Pagad le bateleur dont le chapeau a la forme du symbole de la Vie éternelle ∞, l'infini mathématique, elle n'hésitait jamais dans son interprétation si variable sur la destinée de l'interrogateur. Oui, il fallait venir consulter Chrysoula qui avait une chose de première importance à me révéler. « Je vous en prie », disait-il à la fin de sa lettre.

Malheureusement, je n'aime pas les cartomanciennes. Elles m'ennuient et j'ai la faculté d'oublier immédiatement ce qu'elles m'ont dit, si bien que leurs prédictions — si prédictions il y a — restent lettre morte. Enfin, la sordidité de ce couple me gênait, bien que Barry eût soin de jouer le grand amour. Son exhibitionnisme n'en était que plus répugnant. Il m'écrivit de nouveau, puis téléphona chez l'épicier, et, l'écouteur contre l'oreille, je ne sus plus refuser, d'autant qu'il menaçait de venir à Spetsai avec Chrysoula.

Ils m'attendaient au débarcadère d'Égine. Elle s'était mise sur son trente et un de putain à la retraite : talons aiguilles, robe de soie à volants, peinte comme une châsse, un grand sac en cuir bouilli pendant au bout de son bras. Nous étions déjà en juin et, pour sauver de sinistres craquelures son maquillage, elle agitait contre sa joue un éventail de nacre japonais. Sans pansement, l'oreille de Barry était fascinante. Il fallait se retenir pour ne pas la regarder constamment et tripoter l'ourlet sectionné. Ils m'emmenèrent en taxi jusque chez eux. Le chauffeur était le violoniste de leur dernière soirée. Il me fit mille amitiés et je fus gagné, comme on l'est toujours la première fois, par la chaleur de l'accueil grec. L'île était déjà roussie par la chaleur et nous soulevions un nuage de poussière en roulant sur le chemin du bord de mer. Barry me racontait je ne sais quoi avec volubilité, peut-être une autre fête où Chrysoula avait chanté. Des étrangers étaient passés, des Français, et ils avaient apporté un magnétophone pour l'enregistrer. On voulait la faire « monter » à Paris, mais Chrysoula interrompit son mari :

— Je n'irai jamais en France. Ils ne mangent que des choses pourries, des fromages pourris, du gibier pourri, des vins pourris. Ils m'empoisonneraient! Moi, je veux vivre...

Elle tenait son sac sur ses cuisses énormes, et d'une main se protégeait le visage de la poussière qui entrait par la portière. A leur maison, Barry me demanda si je voulais tout de suite qu'elle me tirât les cartes. Non, non, il y avait le temps, et nous nous installâmes sous la tonnelle pour boire de l'ouzo et manger des amuse-gueule. Barry offrait toujours les aspects d'un homme très heureux, à l'aise dans son rôle de mari amoureux, tandis que Chrysoula, retirée dans la cuisine, remuait ses casseroles. Barry me demanda si, selon ma promesse, je n'avais parlé à personne de sa présence à Égine. Je le rassurai, omettant la lettre de Georges.

— En fait, mes précautions visent surtout Ho, je ne vous le cache pas. Une rencontre serait peut-être notre mort à l'un et à l'autre.

Il tapa sur la table de ses deux mains à plat et l'ouzo laiteux trembla dans les verres.

— Voulez-vous devenir mon ami? demanda-t-il.

— Je le suis d'instinct. Quant à l'amitié proprement dite, elle est une longue affaire. Il faut des épreuves!

— Et quand on ne les surmonte pas, quelle haine!

Ainsi entre Ho et lui, c'était maintenant de la haine, mais nous étions encore loin, les uns et les autres, de savoir pourquoi et comment, dans l'ombre, ils s'épiaient comme chien et chat, prêts à se déchirer à la moindre imprudence. Un instant, je crus que Barry parlerait, mais sa nature qu'il avait su si bien dominer jusqu'alors le retint, et il se tut, méditant peut-être le mot énorme qu'il venait de prononcer pour la première fois de sa vie : « ami ». Il me fit penser à ce héros de roman d'espionnage que tout le monde lisait à cette époque-là. Un agent secret des services britanniques changeait totalement de personnalité, s'enfonçait dans la veulerie, l'alcoolisme, et feignait d'être la proie des communistes.

Un voisin potier entra dans le jardin et Barry l'invita à boire avec nous. Cet homme simple aux mains toujours rougies par l'argile, qui appelait la pluie quand il faisait beau et le soleil quand il faisait mauvais, interrompit l'élan de Barry. En fait, il fut le bienvenu. Mal habitué au secret, aimant parler librement, j'aurais avoué ce que je savais, pente dangereuse que facilitaient quelques verres d'ouzo et l'heure délicieuse, sans contraintes, de cette fin de matinée. Le potier nous quitta, mais il y eut encore des visites providentielles. On ne consultait pas Barry — un Grec se couperait la gorge plutôt que de demander un conseil et surtout à un étranger — mais on venait l'écouter, boire son vin ou son alcool, et essayer de lui soutirer un peu d'argent après avoir geint sur les difficultés de la vie. Je me demandai s'il pouvait percevoir combien était grande la ruse des Grecs et comme on pouvait s'y laisser prendre. Et eux le voyaient-ils comme il était, et surtout la voyaient-ils comme elle avait été? On donnait à Chrysoula du « Kyria » long comme le bras : Madame Chrysoula par-ci, Madame Chrysoula par-là. Cette femme, abreuvée dans sa jeunesse d'injures obscènes et de coups, connaissait à Égine le triomphe de sa vie : elle était devenue une bourgeoise riche et considérée.

Le soir, elle me tira les cartes puisque c'était l'objet de ma visite. Nous étions toujours sous la tonnelle où Barry avait installé au-dessus de la table une lampe-tempête qui attira des nuées de phalènes et de moustiques. Je dus, ainsi que Barry, m'enduire de citronnelle pour n'être pas dévoré. Chrysoula y restait insensible et c'était un spectacle fascinant que de voir les énormes femelles des cousins, avec leurs pattes fragiles et leurs abdomens allongés, se poser sur la chair blanchâtre de Chrysoula et s'escrimer en vain à la piquer. La peau résistait et le moustique s'envolait, écœuré.

Je prévins Barry que je ne me souvenais jamais des prédictions des voyantes et qu'il fallait que je prisse des notes.

— Non, non, ce n'est pas possible, dit-il. Votre attention serait distraite et Chrysoula a besoin de votre participation entière. Elle doit se concentrer sur les tarots qui ne sont rien que des images destinées à exacerber son hyperesthésie et même, vous le verrez si elle est dans un bon soir, à la plonger dans l'autohypnose. Ne vous inquiétez pas : je prendrai des notes moi-même et vous les relirez à tête reposée.

C'est donc d'après les notes de Barry que je raconterai la séance de tarots avec Chrysoula. Je relus ces notes le lendemain, mais, déjà, beaucoup de détails m'avaient échappé, et je peux affirmer seulement en gros leur exactitude. Sur le moment, ce langage obscur et prétentieux me fit plutôt sourire, mais peut-être faut-il le considérer comme on considère les prophéties de Nostradamus : après coup. Les faits viennent d'eux-mêmes s'insérer dans des mots qui nous avaient semblé morts. Il y eut donc du vrai dans ce que Chrysoula annonça. Elle avait repoussé les assiettes et les verres et c'est à même la table de bois qu'elle disposa les cinq premières cartes selon la figure classique.

3 Discussion

1 Affirmation   5 Synthèse   2 Négation

4 Solution

Le 1 (Affirmation) fut la dame de coupe qui, selon le sens donné par Papus, est la femme blonde, amie, maîtresse, dulcinée ou fiancée. Le 2 (Négation) fut le roi des deniers : un homme blond, ennemi ou indifférent. Le 3 (Discussion) fut la mort dans les arcanes majeurs. Le 4 (Solution) tut la lune et le 5 (Synthèse) fut le feu, tous deux également dans les arcanes majeurs. Les tarots ne me disaient rien. Chrysoula usait d'un jeu presque neuf qui reproduisait d'anciennes gravures sur bois. Elle plaquait les cartes sur la table et appuyait le doigt dessus quelques secondes. On ne voyait plus que son ongle rouge sang et la peau violacée sous l'effort. Elle toussa beaucoup pour s'éclaircir la voix ou, plus probablement, pour trouver ses mots. Elle parla peu d'ailleurs. De la sueur perlait sur son front à la racine des cheveux teints. Barry retenait son souffle. Bientôt, je ne fus même plus conscient de sa présence. Les cartes étalées devant moi — et bien que je n'en connusse pas alors la signification — m'hypnotisaient presque autant que Chrysoula, en particulier la lune où une langouste s'étalait sous deux chiens qui aboyaient à la mort, leurs gueules pointées vers un croissant dans lequel se dessinait une figure énigmatique. Chrysoula annonça donc une femme blonde au visage auréolé de pureté. Elle était seule, elle gravissait une route empierrée avec une assurance grave. Quand une ombre passait sur son visage, ses yeux flamboyaient, mais le retour de la lumière du soleil rendait la paix à son regard. En face de la femme blonde se dressait un homme blond aussi dont les traits demandaient à être scrutés profondément pour savoir s'il était un ennemi ou un indifférent. Chrysoula appuya de nouveau sur la carte qui s'écrasa contre la table et le visage du roi des deniers grimaça. Elle décréta que c'était un ennemi caché sous le masque de l'indifférence, mais il n'était pas mon ennemi, ni celui de personne en particulier, il était celui du genre humain. La mort liait la femme et l'homme blonds, et il s'agissait probablement d'une mort qui intervenait en tiers, qui était ou l'inspiratrice de la jeune femme ou le désir de l'homme. La lune éclairait d'une lueur pâle le problème posé : elle signifiait que j'entrais dans une période dangereuse où je ne rencontrerais que des ennemis, de faux amis et partout la trahison. Cependant le fou réalisait la synthèse de cette situation : des acteurs du drame encore muet, les uns étaient saisis par la folie ou l'inspiration, tandis que les autres, enfin initiés, savouraient la confiance et l'enthousiasme.

Dans son langage naïf et imagé, Chrysoula ajouta beaucoup à ce que je rapporte brièvement d'après les notes laissées par Barry. De lui-même, il avait émondé le langage naïf et ampoulé de sa femme, dégageant l'essentiel, ces personnages inquiétants face à face et le destin troublé de leur entourage. Chrysoula ne fit plus que se répéter quand je tirai des cartes du jeu : elle me prédit alors quelques-uns de ces lieux communs que les cartomanciennes manient à la pelle : santé, fortune, célébrité, bonheur conjugal, enfants, que sais-je... La tension du début était tombée. Sans le savoir, elle gâchait l'étrange sentiment de possession qu'elle m'avait donné pendant un moment. Il n'y avait plus devant moi qu'une énorme femme étouffée par la graisse, découvrant lorsqu'elle parlait, en soulevant les babines, un sourire aurifié. Je ne l'écoutais plus, captivé par la pensée du visage blond dont l'apparition bousculerait notre calme vie grecque. Nous finîmes assez tard quand il n'y eut plus une goutte de résiné à boire. Après avoir, avec une distinction suprême, étouffé quelques renvois, Chrysoula se leva non sans difficultés, titubant sur ses grosses jambes. Un de ses bas avait roulé jusqu'à la cheville. Comme elle était incapable de se baisser, ce fut Barry qui s'agenouilla pour le remonter et le rouler au-dessus du genou. Puis il aida sa femme à regagner la maison, me laissant seul dans le jardin. Une musique intense et stridente nous entourait, la musique des cigales dans les olivettes voisines. Évanoui le mauvais parfum de Chrysoula, on était assailli par l'odeur du jasmin et d'un vase de tubéreuses. Quand Barry revint, il me trouva la tête levée vers le ciel étoilé et un mince quartier de lune.

— Tout ça est très beau, presque trop, dis-je. Quand on l'a connu, on ne peut plus le quitter.

— Que racontez-vous là? On peut tout quitter. C'est même la dernière liberté qui nous reste.

Il tira, de sa poche arrière, une gourde de whiskey irlandais et nous bûmes au goulot.

Il n'avait presque pas parlé depuis le début du jeu de tarots et on sentait très bien que les révélations de Chrysoula continuaient leur chemin en lui. Sans doute avaient-ils déjà, l'un et l'autre, épuisé de questions les cartes imagées que le doigt rouge sang de Chrysoula écrasait sur la table. C'était leur seule porte de sortie vers un monde moins abruti que le leur, l'unique évasion qui restait à ce couple grotesque. Barry se racla la gorge avec une vulgarité à peine soutenable. Il avait glissé la gourde dans sa poche et fit une allusion obscène au gonflement de son pantalon. Je crus devoir rire.

— Ne vous fatiguez pas! dit-il. Je me force. Après avoir essayé — pendant tant d'années — de pétrir, de façonner des hommes à l'image d'un idéal auquel je croyais, j'ai décidé de me fabriquer moi-même à l'image de ce que je haïssais le plus : la sexualité, la pornographie, l'alcoolisme. Est-ce réussi?

— Assez réussi! Cependant vous n'avez pas dépouillé entièrement l'ancien Barry. Ai-je raison?

— Oh, taisez-vous! Je vous en prie... Toute ma vie est un échec.

— Si j'étais un prêtre, je vous accuserais encore de tirer orgueil de vos échecs. Les échecs sont votre justification.

Il eut un geste agacé qui m'échappa en partie et que j'oubliai aussitôt pour ajouter :

— Finalement, votre vie aura été la preuve par neuf que le monde dans lequel nous vivons est le monde de l'abjection. Je ne serais pas étonné qu'un jour, juché sur la montagne sainte de l'abjection, vous lanciez un superbe et dernier cocorico.

236

— Oh non, non! Je veux être l'abjection même.

— Ce n'est pas dans la nature de tout le monde. Peut-être avez-vous une âme chrétienne.

— Que dites-vous là?

Je venais de l'offenser gravement. En d'autres temps, il se serait sans doute battu avec moi, mais il se tut, serrant les poings.

— Eh bien! dit-il enfin. Cette conversation menace de sombrer dans la grandiloquence la plus ridicule. Chrysoula vous a préparé un lit dans le salon du rez-de-chaussée.

Je m'endormis mal, d'un sommeil traversé de rêves absurdes. Au milieu de la nuit, la lumière s'alluma et Barry traversa le salon en pyjama. A l'étage au-dessus, Chrysoula gémissait. Barry réapparut avec une bassine et j'entendis vomir sa femme. Il revint laver la bassine sans se soucier de me donner une explication. Elle avait trop bu d'un vin acide qui m'empêchait moi-même de me détendre dans l'obscurité. Au petit jour, je me levai pour me promener dans le jardin parmi les fleurs qui s'ouvraient. J'allais partir pour prendre le bateau du matin quand Chrysoula descendit l'escalier en peignoir et savates, pas maquillée, le visage défait par sa cuite de la veille. Elle était simplement repoussante, avec ses poches sous les yeux, ses grains de beauté — la fameuse carte du ciel — épais comme des verrues. Un doigt sur la bouche, elle m'attira sur le seuil et murmura dans mon oreille :

— Je vous le dis à vous pour que quelqu'un le ▄▄che s'il me tuait : il en veut à mon argent! Il ne l'aura pas.

J'aurais pu la rassurer en quelques mots : Barry était cent fois plus riche qu'elle qui cachait dans une toile à matelas le petit magot amassé à grands coups de reins sur les quais du Pirée. Tandis que je m'éloignais après un remerciement chuchoté, elle resta sur le seuil, appuyant plusieurs fois son doigt sur ses lèvres boursouflées.

Ce ne fut pas la blonde dame de coupe des tarots qui apparut sur le chemin conduisant à ma maison de Spetsaï, mais la silhouette mince, presque dansante d'un jeune homme marchant sac au dos dans la lumière orangée du couchant. Bien des visiteurs connus ou inconnus montent ce chemin et il m'est venu, à la longue, une sorte d'intuition sur leur qualité rien qu'à leur façon de marcher et de s'arrêter — ou de ne pas s'arrêter — au tournant d'où l'on découvre soudain le port, le monastère de Saint-Nicolas et la montagne frangée de pins. Pourtant, cette fois-là, mon intuition fut un échec : quelque chose en ce jeune homme me parut familier bien qu'imprécis. C'est seulement lorsqu'il se présenta devant la porte du jardin et la franchit sans hésitation que je reconnus Daniel avec des cheveux longs, trop longs, habillé du classique pantalon de coutil délavé, d'une chemise bariolée et déchirée, d'espadrilles en loques. Il n'était pas barbu, mais, apparemment, se rasait peu. Je le trouvai amaigri bien que toujours aussi athlétique. Nous ne nous étions pas vus depuis trois ans.

Après son séjour en Irlande, chez Dermot Dewagh, la répression policière s'étant apaisée en France, Daniel avait regagné Paris pour découvrir que les grandes écoles lui étaient désormais interdites. Nous n'avions pas su comment il avait pris ce coup. Probablement très mal, mais avec une muette fierté, sans une plainte contre le monde qui le rejetait. Les photos de Lénine, Estienne d'Orves, Brasillach,

Mussolini disparurent de sa chambre, remplacées par des filles nues, des chanteurs yéyés, des bateaux et des skieurs. Un phono distilla en permanence tout le sirop de l'époque. Daniel passa des journées vautré sur son lit à feuilleter des romans policiers. C'était une mutation aussi radicale que celle de Barry, à cela près que le nouveau Daniel se laissa aller un jour à gifler le vicaire de la paroisse après un sermon particulièrement visqueux, et qu'il injuria un officier qui osait marcher en tenue dans la rue. Pendant quelques semaines, il se promena sur un Harley-Davidson 500 cm³ au guidon surélevé. Il roulait à 180 à l'heure sur l'autoroute et revenait chez lui le visage saignant de froid. Nous sûmes qu'il avait écrit à Sarah pour lui demander l'argent de la moto et qu'elle avait aussitôt envoyé un chèque des États-Unis. Un jour, sans raison, Daniel abandonna la moto devant la porte de l'immeuble. Elle rouilla quelque temps, puis fut volée. Il ne porta même pas plainte. J'étais loin de France et je m'inquiétais. Georges m'écrivit une lettre que j'ai gardée :

> Vous me demandez des nouvelles de Daniel ? J'en ai de l'extérieur. De l'intérieur, rien. Il est complètement fermé sur lui-même. Nous sommes des étrangers l'un pour l'autre ! Toute tentative pour briser ce barrage est un échec. Je ne m'y risque pas. Il ne s'agit plus de le comprendre. Il s'agit de le regarder tel qu'il est, sans en tirer de conclusions. Il a giflé ce vicaire qui avait refusé de dire une messe pour un des anciens camarades de Daniel tué dans la rue par la police, il a injurié un officier qui a porté plainte et nous avons découvert que c'était un brave homme au passé courageux et qui avait avalé toutes les couleuvres parce que père de cinq enfants. Un petit matin, je rentre après une nuit de travail au journal. Le concierge avait sorti les poubelles et les éboueurs n'étaient pas encore passés. Sur le dessus d'une poubelle, qu'est-ce que je vois ? Deux gants de boxe. Les miens, ceux avec lesquels j'avais mis

Barry K. O., que Daniel avait retrouvés dans une cantine et accrochés au mur de sa chambre. J'imagine que je n'ai pas besoin de vous faire un dessin pour décrypter ce geste symbolique.

Ce n'est pas tout. Perdons ce qui nous reste de pudeur. Daniel haïssait Claire et elle le lui rendait bien. J'évitais leur rencontre. Au retour d'Irlande, Daniel s'est retrouvé face à face avec elle. Ils ont parlé. Il est allé dîner chez les Dodelot et a fait connaissance avec cette famille d'hurluberlus. Tant de fantaisie — même laborieuse parfois — l'a enchanté. Il a passé des après-midi chez eux à les regarder danser, essayer leurs farces et attrapes. Bref, il a couché avec Claire, ce dont je ne m'indigne pas puisqu'un jour j'avais vaguement rêvé qu'elle serait une bien meilleure maîtresse pour lui que pour moi, mais cela m'a paru un curieux revirement. Claire est d'ailleurs aussi écœurée que lui de ce qui s'est passé. Elle a dû avoir une espèce de coup de sang romanesque pour la politique, vite calmé par les faits. Je n'ai pas perdu Claire pour autant. Nous nous voyons. Elle s'habille mieux, se farde et elle est devenue presque jolie. C'est une présence. Je ne la crois pas indifférente, je la crois accueillante comme les filles de sa génération, gentiment déboussolée, prenant du plaisir à tout sans arrière-pensée. Il faudrait aborder l'aspect sordide de ce problème avec Daniel, mais vous pensez bien qu'il n'en est pas question. Nous vivons comme l'eau nous porte, au fil du courant. Je suis pourtant bien loin d'avoir acquis la philosophie de mon fils. Nous avons tout à apprendre de cette génération à laquelle nous avons inoculé, sans le savoir, un immense dégoût de l'humanité, du bien, du mal, de l'ordre comme du désordre. J'attends quelque chose de Daniel, je ne sais quoi, quelque chose qui brisera le cercle dans lequel il tourne en rond.

Ce quelque chose fut le départ de Daniel autour du monde pendant trois ans, sans argent, un sac au dos. La seule chose dont il consentit à se munir fut une liste d'adresses fournie par Georges. Les amis qu'il visita au passage écrivirent à ce dernier et nous pûmes ainsi le suivre plus ou moins bien dans son périple. Il resta près d'un mois dans une cabane où Sarah vivait seule à Big Sur, en Californie. Ils ne s'étaient jamais vus autant. Quand il débarqua à Spetsai, Daniel venait de traverser l'Afghanistan et la Turquie après un long séjour en Inde au sein d'une communauté de jeunes Américains qui vivaient de mendicité à Calcutta.

Notre approche fut prudente. Je ne reconnaissais plus en lui le petit garçon qui me donnait la main dans les rues de Nice, ni non plus le jeune homme de la lutte clandestine. Il se lava, se rasa, coupa un peu de ses cheveux et consentit à se laisser habiller de neuf. Je travaillais dans la pièce du haut, la fenêtre ouverte sur la terrasse, et il montait parfois s'asseoir dans un fauteuil pour feuilleter des livres. Feuilleter seulement. Il ne lisait pas. La pensée ailleurs, au bout d'un moment, il se levait et partait marcher dans la montagne. Nous nous retrouvions le soir dans une taverne où j'ai accoutumé de dîner. Il s'installait en face de moi, chipotait dans son assiette, buvait un verre d'eau, me priait d'excuser sa frugalité : une habitude prise depuis trois ans. Nous rentrions pour écouter de la musique, dans le jardin, goûtant la paix de la nuit sur le vieux port. J'attendais. Tout viendrait en son temps. Il fallait ne rien brusquer. Nous avions été de grands amis. Il était possible que nous le redevenions, et même si nous ne le redevenions pas, resterait dans ma vie — et peut-être dans la sienne — le souvenir de deux êtres qui ne s'étaient jamais heurtés.

Un matin le facteur apporta le courrier tandis que nous petit-déjeunions sous la tonnelle. J'ouvris une lettre de Georges qui répondait à celle dans laquelle je lui avais annoncé l'arrivée de Daniel :

Je ne savais rien de lui depuis l'Inde et suis soulagé qu'il soit près de vous. Il est sur le chemin du retour. J'imagine que je le verrai bientôt en France, mais il a raison de s'arrêter en Grèce. Il a besoin de se désintoxiquer d'un abus d'espace. Nous ne sommes pas faits pour les déserts et les foules misérables. Il nous faut des petites provinces, des villages simples où tout le monde se connaît. Je suis curieux de savoir ce qu'il en pense. Si toutefois il consent à me dire autre chose que « Passez-moi le sel, s'il vous plaît ». Auprès de vous il est bien. Il se refera un équilibre. Vous savez que je l'aime beaucoup, sans mièvrerie. C'est tout de même mon fils et je garde le droit de m'inquiéter de son avenir.

Je laissai la lettre sur la table, en évidence, certain que Daniel reconnaîtrait l'écriture.

— Ton père m'écrit, dis-je. Je lui avais annoncé ton arrivée ici.

— Comment va-t-il?

— Ce n'est pas bien son genre de donner des nouvelles de sa santé.

— Oh, je veux dire : moralement.

— Moralement non plus. Comment vous êtes-vous quittés?

— Très bien, très bien. En excellents termes. Nous couchions avec la même fille. Cela crée des liens.

Cette touche de cynisme était nouvelle, mais comment la lui reprocher? Nous avions tous plus ou moins parlé ainsi depuis notre jeunesse sans illusions. La voix de Daniel tomba comme s'il souhaitait ne plus parler de son père. Restait Sarah. Son séjour auprès d'elle m'intriguait.

— J'ai appris que tu avais passé un mois à Big Sur avec ta mère. Ça a été une surprise.

— Et pour moi donc! dit-il avec vivacité, heureux tout d'un coup de trouver un terrain sans danger. C'est une personne extraordinaire. J'ai regretté de ne l'avoir pas connue plus tôt. Au fond, elle est la clé de beaucoup de choses. Savez-vous où elle est maintenant?

— Non, pas du tout! Elle a quitté Big Sur où elle comptait finir ses jours. Big Sur est un des deux ou trois cents

243

lieux d'élection où elle a espéré s'arrêter, mais Sarah n'est pas faite pour s'arrêter. Elle errera sans cesse jusqu'au jour où elle mourra dans un avion, une voiture ou sous la poigne d'un amant jaloux...

— Ah oui, elle m'a raconté l'histoire de Positano et comment vous l'avez sauvée. Elle vous aime beaucoup. Il paraît que vous n'avez jamais été son amant.

— Jamais! C'est une de nos conventions! Que faisait-elle à Big Sur?

— Elle s'était loué une sorte de bungalow en planches dans la forêt, tout près des falaises. Elle lisait, elle écoutait de la musique, ne recevait pas de visite. Elle m'a accueilli comme si nous ne nous étions pas quittés. Je n'ai jamais rencontré quelqu'un d'aussi naturel. Au fond, j'ai compris mon père. Sarah — oui, je l'ai tout de suite appelée Sarah ; vous me voyez l'appelant Maman! — Sarah est une femme dont on ne se détache pas si l'on garde un brin de bon sens. Il y a comme un parfum autour d'elle, une aura d'amitié sensuelle. J'aurais bien couché avec elle, mais c'est ma mère. Impossible... Vous savez ce que c'est : une brusque envie de rire. D'ailleurs nous avons beaucoup ri. Nous nous promenions à cheval, nous allions à la pêche. Elle s'occupait très bien de sa maison, montrant là des talents qu'on ne lui aurait pas soupçonnés. Elle a parlé de mon père avec une tendresse qui m'aurait presque fait verser des larmes de crocodile. Elle l'aime, oui je crois qu'elle l'aime, qu'il est le seul homme qu'elle respecte. Cela m'a donné à réfléchir, alors qu'une partie de mon propre respect avait foutu le camp parce que mon père tolérait d'être un des plus grands cocus de la terre. Mais maintenant je sais : il n'y a pas de cocufiage. Sarah est malade. Au bout d'un mois j'ai compris qu'elle en avait assez de son fils, de Big Sur, de tout. Je suis parti quand elle a commencé à préparer ses bagages. Elle voulait regagner l'Europe, revoir Papa. Il y avait un malentendu entre eux. Quelque chose d'assez ignoble, disait-elle. Je le soupçonne de vouloir corriger sa vie, en effacer les bavures sans avoir encore la force de caractère suffisante. C'est une femme très intéressante. Je devrais la connaître mieux.

— Il se pourrait qu'elle débarque ici un jour, sans prévenir. Voilà déjà deux ou trois fois qu'elle s'annonce, ce qui veut dire qu'elle ne viendra pas. Ou, plus exactement, qu'elle viendra quand elle ne sera plus attendue.

— Au fond, j'ai envie de la revoir, dit Daniel après un silence. Elle ne s'en doute même pas. A Big Sur nous étions comme des copains en vacances. Nous partagions les corvées avec bonne humeur. J'aimais être avec elle. Plus tard, j'ai rencontré une fille qui lui ressemblait physiquement : même peau mate, mêmes yeux noirs, même espèce de tiédeur. C'était à Calcutta. Elle traînait son âme — ou son absence d'âme — dans cette Inde dégueulasse qui prolifère sur ses propres excréments. Elle s'appelait Rachel. Oui, Rachel, Sarah, encore une Juive. Mais moi aussi je suis demi-juif. Nous avons en commun un sang épais, très noir, qui a coulé partout, qui coulera encore. Rachel était venue en Inde après avoir lu les Védas. Vous voyez la folie, la naïveté de tout ça! Elle a rencontré la pouillerie et la pouillerie a été la plus forte. Elle se droguait, marchait le jour comme une somnambule, les paupières lourdes. Ses parents — de petits boutiquiers new-yorkais — se sont lassés de lui envoyer des chèques. Pour ne pas « manquer », elle a commencé de se prostituer et de mendier. Je l'ai ramassée dans la rue — uniquement à cause de sa ressemblance avec Sarah — et l'ai emmenée dans notre communauté. Elle ne disait que des conneries, mais la nuit je m'étendais près d'elle et tout s'effaçait. C'était comme un double de moi, une sœur incestueuse. Elle m'a suivi jusqu'en Afghanistan. A Kandahar, nous couchions dans un hôtel de voituriers, à dix dans la même chambre. Une nuit, elle s'est levée pour marcher dans la rue, comme cela lui arrivait quand elle avait peur. Je ne l'ai jamais revue. Elle a dû se faire enlever, violer, assassiner, je ne sais quoi. Je suis parti. J'avais envie de vous voir. Mais Rachel était quelqu'un comme Sarah : une femme menée par une force incontrôlable.

— Tu l'aimais?

— Non, je n'ai pas encore aimé. Ou alors peut-être est-ce que je crois à une sorte d'amour supérieur, magique, comme dans les films ou les romans pour bonniches. Pomme trop mûre, Rachel est tombée de mon arbre. J'imagine que l'amour c'est quand le fruit n'est jamais mûr, qu'il reste plein d'espérances et ne roule pas à terre pour y pourrir, mangé par les vers et les fourmis...

J'eus l'impression que nous avions renoué le fil d'autrefois. Nous prîmes l'habitude de parler le soir dans le jardin, sans nous regarder, tous deux face à la mer. J'appris ainsi par bribes sa vie pendant trois ans, comment il avait vécu en vendant son sang dans les grandes villes, en moissonnant dans le Wyoming, en lavant des assiettes un peu partout. Il se souvenait comme d'une aventure grisante d'un vieux charbonnier à bord duquel il avait été soutier en Malaisie. Il ne se vantait pas, n'exagérait rien. Il avait traversé ces épreuves avec plaisir et détachement. Son départ de France n'était pas une fuite, mais, au contraire, une irrésistible poussée en avant, une démonstration à soi-même de l'énergie qui l'habitait. Non, non, ce n'était pas du tout un fuyard, mais un fonceur. Je ne l'avais pas compris. Je le comprenais soudain.

Je l'emmenai quelques jours en Crète et cette vision d'une île dure, de fer trempé, avec ses montagnes violentes enserrant des vallées heureuses, les rencontres avec les Crétois secs comme des brandons, la nuit que nous passâmes allongés sur la pierre chaude de Phaestos, en haut du plus bel escalier du monde, pour voir se lever le soleil rouge sur la plaine de la Messara où dorment encore dans leurs tombeaux secrets les guerriers minoens entourés de prêtresses aux seins nus, tout cela qui broie l'âme et la bronze lui fit le plus grand bien. Il eut faim de nouveau, se remit à lire et dépouilla peu à peu les tics du vagabond.

Au retour de Crète, j'appris qu'on m'avait demandé à bord d'un yacht venu mouiller deux jours en rade de Spetsai. Personne ne put me dire le nom du yacht, mais on m'affirma qu'il reviendrait.

Une semaine plus tard, un long ketch à la coque noire profila ses voiles à l'horizon. Il taillait sa route dans une mer d'un bleu violent, taché d'écume sous les rafales du vent du Nord. Longtemps, il eut l'air d'un grand oiseau blanc au poitrail noir jouant au ras des vagues, s'inclinant, se redressant, piquant dans l'eau rageuse, jaillissant triomphalement dans une gerbe d'embruns, à la fois puissant et gracieux, léger, aérien, invincible. Il entra sous voiles dans le port, amenant ses focs, son tape-cul, sa grand-voile en un clin d'œil, tout d'un coup dépouillé de ses ailes gonflées de vent, réduit à ses deux mâts métalliques brillants dans le soleil, à sa coque élancée, à ses superstructures blanches et vernissées. Des marins en cirés jaunes couraient sur le pont. Avec des jumelles je pus lire le nom gravé en lettres dorées sur la poupe : *Ariel*. Quel beau nom pour surgir de la tempête! Lentement, l'*Ariel* évita et se plaça le nez au vent. Son grand mât dépassait de plusieurs mètres le clocher ajouré de Saint-Nicolas. On mis un boston whaler à la mer et deux matelots le maintinrent contre l'échelle jusqu'à ce qu'une femme descendît. Le canot se dirigea vers la jetée en dessous de ma maison. Les matelots étaient debout et la femme assise. Quand elle ne fut plus qu'à quelques encablures, je sus que c'était elle habillée d'un caban bleu à boutons dorés, d'un pantalon de marin. Elle sauta sur le môle et monta par le sentier de chèvres qui accède au jardin. Nous n'avions pas encore échangé un mot, Daniel et moi :

— Elle vient pour vous! dit-il Qui est-ce?

— Une résurrection. As-tu jamais entendu parler de Cyril Courtney?

— Oui, j'ai lu ses poèmes et Papa m'a raconté sa mort à Dunkerque.

— Eh bien, si l'on en croit Dermot Dewagh, c'est un phénomène de métempsycose. Voici sa sœur née quelques jours après sa mort.

Delia marchait d'un pas égal, du soleil dans sa lourde chevelure blonde qu'elle libéra d'un foulard. J'allai vers elle avec une émotion indicible. Le vieux Dermot n'avait pas exagéré : elle était Cyril, mais, parce que femme, avec plus de grâce encore, plus d'affirmation royale (il faudrait aussi après les « fils de rois » parler des « filles de reines »), habitée comme son frère d'un brûlant génie intérieur qui rayonnait sur son visage, passait dans sa voix basse et transfigurait ses gestes. Je sens ce que les mots ont d'impuissant à traduire Delia née de la mer soudain et apparaissant parmi les fleurs du jardin. C'est une photo d'elle qu'il faudrait publier ici, celle que je pris quelques jours plus tard sur la terrasse dans la lumière crue d'un ciel orageux. Cette photo est restée longtemps sur ma table jusqu'à ce qu'on me la vole, enlevant pour toujours l'instant que j'avais naïvement cru immobiliser : un visage de profil poli dans le marbre, des cheveux d'or maintenus par un simple ruban uni, un long cou de cygne, des mains aux doigts et aux ongles nus posées avec une troublante simplicité sur les genoux. Aphrodite parce que née de la mer, Athéna pour ses yeux pers, mais aussi, ai-je dit plus haut, Némésis à la recherche de celui qui était peut-être l'assassin de son frère.

— Elle n'est pas de notre siècle! dit Daniel.

Oui, c'était vrai. Notre siècle ne pouvait plus enfanter de créatures d'un romantisme aussi fou. Et est-ce que je ne me couvre pas de ridicule en évoquant à propos de Delia les déesses de la mythologie? Bien sûr, nous étions au pays des dieux, mais les dieux ont singulièrement perdu de leur hauteur. Descendus de l'Olympe, ils savent qu'ils n'y remonteront plus. Ils ont fui la poésie et la poésie les fuit, les remplaçant par des pommes de terre, des lessiveuses et des persiennes. Delia, dès les premiers jours de sa visite à Spetsai, me parut terriblement anachronique et son anachronisme effaçait le monde, c'est-à-dire un cortège de trivialités, de bassesses, de misères que nous traînions sans parvenir à nous en débarrasser. Qu'elle apparût et fût seule avec Daniel et moi, et aussitôt nous oubliions tout ce qui n'était pas elle, tout ce qui maintient à ras de terre dans le dégoût et l'ennui. Sa présence renvoyait au néant les ombres pitoyables et pourrissantes de Rachel évanouie en fumée dans les rues sordides de Kandahar, de Chrysoula la putain embourgeoisée, de Ravasto le passe-muraille barcelonais avec son sexe énorme et son bras atrophié, du jeune minotaure florentin accroché à Ho. Delia nous insufflait le snobisme de la beauté, snobisme terrible qui faisait le vide autour de nous, snobisme d'égoïste ou d'idéaliste si l'on veut. Elle niait tout ce qui n'était pas elle-même et sa vie ailée gonflée des vents de la mer Égée à bord de l'*Ariel*.

— Je suis venue parler de Cyril, dit-elle.

Nous ne fîmes que cela, tantôt dans ma maison, tantôt à bord de l'*Ariel*, elle toujours assise à la turque, ses longues jambes osseuses pliées sous elle, le buste très droit, les mains jointes ou posées sur les genoux. Dès que nous commencions à parler, son visage absent parce que trop beau, trop pur, presque irréel, se sensibilisait. Comme des ondes à la surface de l'eau, les sentiments passaient sur ses lèvres, dans ses yeux ; son long cou de cygne tressaillait. Ce que je racontais à terre, je devais le répéter à bord où tournait en permanence un magnétophone dans le carré de l'*Ariel*. Les bateaux de pêche qui entraient et sortaient de la rade berçaient le ketch d'une longue houle et nous aurions tout aussi bien pu nous endormir en continuant de parler pour l'infatigable machine. Un steward chinois remplissait nos verres, puis s'effaçait sans bruit. A bord tout semblait feutré par un équipage invisible qui surgissait là au moindre désir.

Je repris tout depuis le début, c'est-à-dire depuis Cambridge et les rapports lointains que j'eus alors avec Cyril, la scène du pub où il cassa tous les verres dans une crise de haine contre les apparences, le soir où il arrêta sa Bentley rouge dans la rue et échangea avec moi les strophes de la *Chanson du Mal Aimé*, puis je passai à Florence, à cette arrivée tumultueuse et carnavalesque dans la rue San Niccolò. Delia ignorait l'histoire du Bronzino volé aux Offices. Ho n'en avait pas soufflé mot. Espérait-il cacher cet épisode et refusait-il le scandale qui risquait de lui valoir des ennuis dans sa carrière ? Je n'avais pas les mêmes raisons de me taire en face de celle qui voulait revivre la vie du poète mort à vingt ans. La mémoire de Cyril exigeait la vérité. Je racontai comment, au premier rang de la foule rendue inattentive par la pluie, le regard suppliant d'Ho m'avait arrêté dans mon discours.

— Je veux qu'on ne me cache rien, dit-elle. Quels étaient les rapports de mon frère et d'Horace McKay ?

Bien sûr, je ne le jurerais pas, mais enfin il se pouvait que ce fussent des rapports plus qu'amicaux. Georges Saval, d'ailleurs, l'avait laissé entendre lorsqu'elle l'avait rencontré à Paris. Quand je crus avoir tout dit de ce que je savais, elle arrêta la bande magnétique, la scella dans une enveloppe, colla une étiquette avec mon nom dessus et la rangea dans une magnétothèque où j'aperçus une trentaine d'autres bandes déjà classées. Elle avait enregistré une quantité de souvenirs sur Cyril, les uns infimes, les autres interminables. Je demandai à écouter Dermot Dewagh. Ah oui, il vieillissait le pauvre ou bien était-ce l'émotion de se retrouver devant la copie exacte de son élève aimé? Sa voix mourait d'émotion, s'embrumait, se perdait, retrouvait le fil et citait quelques beaux vers de Cyril, de ceux, célèbres maintenant, qu'il écrivit à l'Université sur la démence de l'amour.

Il y eut des jours avec magnétophone, d'autres jours sans, comme si, soudain saisie d'une angoisse indicible, elle ne pouvait plus entendre parler de son frère. Alors, l'*Ariel* levait l'ancre et nous appareillions pour une des baies tranquilles de Spetsai, une crique de galets et de pins maritimes. Nous restions là toute la journée. Delia apparaissait en maillot de bain, et nous nous efforcions, Daniel et moi, sans nous le dire, de ne pas trop regarder ce beau corps plein aux longues jambes nerveuses qui, du pont, décrivait une courbe pour plonger dans les eaux vertes. Après le bain, c'était son tour de parler. Elle aimait l'*Ariel* et, dans sa bouche, le ketch devenait une variation d'elle-même, peut-être aussi une résurrection de Cyril :

— J'ai connu l'*Ariel* dans un rêve. Nous nagions dans une mer rouge et or, comme il arrive quelquefois ici quand le soleil se couche. Au réveil, j'ai dessiné sa coque, son gréement. J'ai ouvert le recueil des poèmes de Cyril et le premier nom qui s'est proposé est celui d'Ariel. *Ariel* est né dans les chantiers d'Écosse, au fond d'un fjord. J'ai acheté une petite maison qui dominait le chantier et j'ai vécu là sa longue et minutieuse naissance. Des hommes de tous les pays se sont penchés sur lui : un maître voilier du Connecticut, un ébéniste d'Italie, un ingénieur mécanicien anglais. Ses premiers essais il les a faits avec un skipper français et depuis personne d'autre que moi ne l'a commandé. Il n'accepte que ma main. Mieux encore, quand le temps fraîchit, il se cabre si je ne suis pas sur le pont. Nous nous parlons. Je veux dire : il ne gémit pas. Au contraire, un sifflement très doux naît dans ses haubans, une sorte de chant modulé, jamais courroucé. Si un jour je cessais d'aimer l'*Ariel*, je le détruirais. Il est mon rêve, il est moi, il est le filleul de Cyril. Mais il n'y a pas de raison que je cesse de l'aimer : il est ma liberté. A bord, nul ne peut m'atteindre.

Nul, sauf les hommes et les éléments, aurait-elle dû dire, mais elle n'était pas superstitieuse, et le génie shakespearien de la Tempête protégeait l'*Ariel*. Jusqu'au soir, nous attendions le lever de lune qu'un halo laiteux annonçait pardessus la montagne, puis l'*Ariel* rentrait au moteur dans le friselis des vagues. Delia revêtait son caban et prenait le gouvernail, un marin immobile, à un pas derrière elle. Il y eut ainsi une série de soirées sublimes où tout s'accordait : la pâleur magique des clairs de lune, l'odeur du maquis — thym et marjolaine — par bouffées doucereuses, la mer moirée que nous déchirions de l'étrave et, éclairé en dessous par la lumière du compas, le visage de Delia dessiné d'un seul trait nerveux et hautain.

De retour à la maison, je me retrouvais en proie à une exaltation inquiétante partagée par Daniel qui restait à marcher et fumer dans le jardin, jusqu'à l'aube, le regard toujours ramené vers la silhouette sombre de l'*Ariel* ancré au milieu de la rade. Ce fut lui qui me dit :

— Si je n'avais pas vu de mes yeux vu une Delia Courtney, à côté de quoi serais-je passé ?

— Dieu merci, elle est inaccessible.

— Oh oui, Dieu merci, elle sauve tout.

Nous n'avions pas encore abordé la question de la mort de Cyril. Je n'allais pas prononcer ces mots le premier, me doutant bien que le problème la hantait, qu'elle le fuyait et le retrouvait partout. Qui avait permis que le génie en herbe fût fauché ? Au nom de quoi, Dieu, les hommes avaient-ils laissé perpétrer ce crime ? Il y avait là quelque chose contre quoi elle butait, une explication qu'on lui refusait et qui, peu à peu, l'isolait terriblement sur l'*Ariel* devenu son seul refuge. Comment en vins-je à parler de Rupert Brooke ? Je ne le sais plus. A peine avais-je lâché son nom que je le regrettai. Delia, assise à son habitude dans le carré où les ventilateurs luttaient mal contre la touffeur de l'air, était vêtue comme ses marins : pantalon clair et tee-shirt blanc marqué au nom du bateau, selon une règle qu'elle ne transgressait que pour un maillot de bain quand nous nous baignions dans une crique isolée. Mi-homme, mi-femme, il arrivait que certaines expressions de son visage lui conférassent une ambiguïté rare, comme les trop beaux jeunes gens des bas-reliefs du musée de l'Acropole. Elle semblait de marbre et c'est à ce moment qu'on avait le plus envie de la toucher, j'entends peut-être seulement toucher sa main comme on fait aux statues pour s'assurer qu'elles ne sont pas vivantes. Un mot chassait cette raideur soudaine, dessinait sur ses lèvres un sourire étrange qu'elle tirait d'une éducation parfaite et vous offrait avec une condescendance blessante devant laquelle on ne pouvait que s'incliner.

— Qui est Rupert Brooke? demanda-t-elle.

— Un jeune poète anglais venu séjourner à Skyros avant la Première Guerre mondiale. Mobilisé, il regagna son pays et fut tué lors de l'attaque d'un convoi en mer du Nord. La paix revenue, on exécuta son vœu suprême : reposer dans cette île aimée. Ses admirateurs et des sociétés de poésie offrirent une statue de bronze et un médaillon fondus à Athènes. La statue fut transportée à Skyros sur un caïque qu'une tempête faillit couler avant qu'il s'échoue sur la plage en dessous du village de Skyros. Katsimbalis, qui raconte parfois qu'il était du voyage, assure avoir sauvé sa vie en restant accroché à la seule prise solide sur le bateau balayé par les vagues : le sexe de la statue. Mais ceci est une aventure katsimbalesque et je ne la garantis pas. Aujourd'hui la statue domine le village sur son piton rocheux, et les restes de Rupert Brooke reposent sur le versant ouest de l'île, en un endroit appelé Tris Boukès.

— Il faut y aller!

Ce n'était pas un souhait, c'était un ordre. Daniel fut envoyé sur le canot fermer la maison et rapporter nos rasoirs et nos brosses à dents. Quand il revint, l'*Ariel* levait déjà l'ancre. Nous partions sous un ciel plombé, étouffant, sans un souffle d'air. L'orage ne se décidait pas à crever et sa menace alourdissait la mer et le dessin lisse et net de la côte du Péloponnèse. Je restai sur le pont avec Daniel tandis que Delia conduisait son bateau hors de la rade en direction du chenal d'Hydra. Il n'était pas question de hisser les voiles. La mer restait d'huile, troublée seulement un instant par les sillages d'une bande de dauphins qui jouèrent avec l'*Ariel*, passant sous la quille, bondissant devant l'étrave. Après Hydra, Delia abandonna le gouvernail à un timonier et s'enferma dans sa cabine sans nous dire un mot. Les premières grosses gouttes de l'orage tombèrent au large du cap Sounion, puis la mer crépita sous un orage insensé qui nous isola du reste du monde pendant plus d'une heure. Quand le vent se leva, la nuit tombait et nous dépassions l'Eubée. Une fraîcheur délicieuse nous enveloppait. Des phares et des lumières clignotèrent sur la côte. Un marin descendit prévenir Delia et elle remonta pour faire hisser les voiles. Le moteur se tut et l'*Ariel* avança dans un admirable silence sous le ciel étoilé. A l'aube, les côtes de Skyros se dessinèrent, nues et somptueuses, assaillies par le vent. L'*Ariel* peinait dans une mer courte qui éclatait sous ses coups de tête. Delia ne quitta le gouvernail que lorsque nous entrâmes dans les eaux calmes du port de Linaria. Daniel était allé s'effondrer sur une couchette tandis que je demeurais dans le cockpit, derrière la silhouette en ciré jaune de Delia. Pas un instant elle n'avait faibli. L'*Ariel*, si violent quand il répondait aux coups de boutoir de la mer, était d'une douceur inouïe entre ses mains. On nous apporta du thé qu'elle but en enserrant la tasse de ses doigts engourdis.

— Comment n'ai-je jamais entendu parler de Rupert Brooke? dit-elle. C'est inconcevable! Je vais dormir puis nous irons sur sa tombe.

La fatigue de la nuit avait cerné ses yeux, tendu la peau sur les pommettes, altérant sa beauté altière, mais l'humanisant dans la lumière du matin. Sa voix aussi avait mué. Elle semblait plus rauque et cette raucité était intérieure, née d'une préoccupation intense, peut-être une longue oraison nocturne sur la mort à la guerre des deux poètes. Se considérait-elle comme la vestale de tous les poètes morts à la guerre?

Au début de l'après-midi, nous nous rendîmes dans un canot à Tris Boukès sur l'humble tombe gardée de fer forgé où la mémoire de Brooke veille la mer de Skyros, face à l'Eubée. Des couronnes desséchées par le vent couvraient la dalle. Tous les ans, un navire de guerre britannique rendait hommage au disparu. Delia y ajouta un bouquet de cytise, puis nous regagnâmes en silence Linaria et, de là, un taxi nous conduisit au village de Skyros. Le médaillon et la statue de bronze dominaient les maisons aux toits en terrasse.

— Quelle idée! dit-elle. Un athlète nu pour symboliser la poésie! Une pierre suffit.

Elle parut nerveuse, insatisfaite, absente lors du retour à Linaria. A peine à bord, elle fit lever l'ancre et nous allâmes mouiller dans une belle crique où les pins descendaient jusqu'à la mer. J'étais descendu un moment dans ma cabine quand j'entendis des coups de feu. Daniel me retrouva dans la coursive.

— C'est une Browning à répétition.

Sur le pont, un marin balançait des bouteilles à l'eau et Delia, debout, visait à la carabine les goulots dansant sur les vaguelettes. Elle tirait bien, mais l'enjeu était difficile et elle manqua quelques bouteilles emportées par le courant. Daniel posa sa main sur son bras et lui fit signe qu'il voulait tirer. Elle le regarda, incrédule :

— Vous?

Elle ne lui avait jusqu'alors prêté qu'une attention polie, mais quand en trois coups il pulvérisa les goulots déjà éloignés de plus de trente mètres du bateau, elle eut un sourire :

— Je ne pensais pas que vous saviez vous servir d'une arme à feu. Je vous prenais pour... enfin je ne sais pas... mais pas pour un tireur.

— Allez-vous me mépriser un peu moins?

— Je ne méprise personne parce que personne n'a droit au mépris. La seule chose que je puisse affirmer c'est qu'il y a des êtres que je ne vois pas. J'ai beau me forcer : mon regard passe au travers d'eux. Ils n'existent pas. Ne croyez pas que ce soit un don.

— Je ne l'ai jamais cru.

— Eh bien, alors..., c'en est un! dit-elle avec agacement. Pourquoi ne vous coupez-vous pas les cheveux?

— Dois-je conclure que vous ne m'aviez pas vu ? Sachez que je me suis déjà coupé les cheveux en arrivant à Spetsai. Imaginez votre horreur si vous m'aviez vu avant. Mais vous ne m'auriez pas « vu ». Vous ne m'avez même pas vu jusqu'à ce que je vous aie prouvé que je tirais bien. Ça n'a pas d'importance d'ailleurs. La seule chose qui importe est que moi je vous ai vue. Ma vie ne sera plus jamais la même ensuite.

— Ah ! dit-elle avec une sorte de dégoût.

D'un mouvement de la tête, elle intima au marin l'ordre de reprendre la carabine et nous invita à descendre dans le carré où le steward prépara le magnétophone. La voix d'Ho, hésitante, sèche, et pourtant incroyablement présente, s'éleva :

A Dunkerque, Barry Roots et Cyril, versés au début de la guerre dans la même unité de chars légers, firent partie d'un groupe qui devait embarquer à bord d'un torpilleur anglais, le *Grey Leopard*. Leur escadron s'était disloqué, et ceux qui n'avaient pas été tués, abandonnés, blessés ou faits prisonniers, étaient dispersés sur l'immense plage. En compagnie de Barry et de Cyril ne demeurait plus que le sergent Bates, un sous-officier d'active que Barry allait engager quelques semaines après parmi le personnel d'Hay Street. Bates est resté fidèle à Barry au-delà de la mobilisation quand il prit sa retraite et entra au département des fromages d'un grand magasin d'alimentation. Si on voulait voir Barry pendant les années où il mena la vie clandestine imposée par ses fonctions à l'intérieur du parti communiste, il suffisait de s'adresser à Bates qui ne promettait rien, mais envoyait un message à son ancien patron. Barry donnait ou non le feu vert. Il ne le trahira pas et c'est pourtant le seul témoin qui pourrait dire comment Cyril blessé dans le dos par un éclat de shrapnel mourut au moment où on allait le hisser à bord d'une barge qui faisait la navette entre le *Grey Leopard* et la plage. Ce qui est certain, c'est que Barry aperçut parmi les blessés restés sur le sable, exposés aux mitraillages des Stukas, notre ami français Georges Saval. Barry gardait à l'égard de Georges, qui l'avait mis K.-O. dans une salle d'entraînement, ce que j'appellerai une dette d'orgueil. Malgré la ségrégation rigoureuse qui existait alors entre soldats français et anglais, Barry décida de sauver Georges et de l'embarquer à bord du *Grey Leopard*. Mais la barge était pleine. Bates s'offrit à rester et d'ailleurs resta, récupéré en fin de journée par un des derniers chalutiers qui approcha Dunkerque. Personne d'autre ne voulait céder sa place aux deux blessés. Barry, enfoncé à mi-corps dans l'eau, portait Georges. Cyril s'agrippait à la barge. Soudain il lâcha prise, comme terrassé par une violente douleur, et sombra. On essaya de le rattraper, mais son uniforme trempé l'alourdissait et il flotta entre deux eaux. Ce n'était pas le moment de sauver un cadavre. Il y avait déjà bien assez à faire avec les vivants. J'ai le sentiment, sinon la conviction, que Barry a volontairement achevé Cyril pour sauver Georges à cause de cette dette d'orgueil dont j'ai parlé, à cause aussi de ses rapports avec Cyril. Ils avaient été compagnons d'étude à Cambridge, envoûtés l'un et l'autre par le charme de Dermot, mais un fossé les séparait : le génie désinvolte et la naissance de Cyril, la volonté de puissance et la bâtardise de Barry. Cela a pu le pousser jusqu'au crime, en un instant d'exaspération. Je n'affirme rien. Disons plutôt que j'ai un doute. Bates a dû voir la chose et Barry n'ira pas la raconter. A moins que, dans un des accès d'orgueil qui lui font perdre le contrôle de soi, il ne s'en vante un jour...

Delia arrêta le magnétophone, enroula la bobine dévidée et la remit à sa place sur le rayonnage. Ses mains tremblaient mais son visage avait repris son impassibilité coutumière.

— Barry Roots est en Grèce, dit-elle. Je le sais. Où exactement, je l'ignore. Pas à Athènes, en tout cas. Probablement dans une île. Je ne peux guère compter que sur la chance...

— Mon père m'a parlé de Dunkerque, dit Daniel. Il ne se souvient pas de cette minute. Il s'était évanoui de douleur sur le dos de Barry.

— Je le sais. Il me l'a raconté et il se refuse à croire à l'accusation d'Ho. Il la trouve à la fois trop précise et trop imprécise, et puis cela passe son entendement que l'on puisse tuer d'une façon aussi délibérée. Il me faut Barry Roots. Vous entendez... je dois ça à mon frère. Je veux savoir.

— Et si vous apprenez qu'il l'a tué, que ferez-vous? demandai-je.

— C'est mon affaire.

Elle se pelotonna sur le divan du carré et fit signe au steward de nous servir à boire. Nous n'avions rien à nous dire. Je pensai à la manière dont elle s'entraînait à la carabine. Ce n'était pas moi qui mettrais face à face la Némésis aux cheveux d'or et ce pauvre fou de Barry. Elle le tuerait. Ou peut-être se contenterait-elle d'obtenir un aveu, une certitude. Mais il n'y aurait de certitude que s'il avouait. S'il niait, un doute empoisonné subsisterait. La volonté de vengeance est comme un cancer : elle ronge et on en meurt.

— Vous ne ressusciterez pas Cyril! dis-je. Et si vous le ressuscitiez, vous lui voleriez un peu de sa gloire. Un poète fauché dans la jeunesse est un dieu sans compromission. En mûrissant le génie perd de son inconscience. A vingt ans, tous les poètes ont du génie. Quand ils ont quarante ans, le génie devient une dure épreuve dont bien peu se sauvent. Ce n'est pas pour rien que la mort est présente dans tous les poèmes de jeunesse. Elle est un appel au secours, un refus noble de tout ce qui finit par ternir la vie...

— Taisez-vous! dit-elle. Vous avez raison et je ne veux pas vous entendre. Cyril aurait vécu que j'étais là pour le sauver de l'ennui et du monde. Je n'écouterai que moi, c'est-à-dire lui. Ne savez-vous pas que je suis devenue « lui », oui, « lui » à un point que vous n'imaginez pas... Oh

257

partons d'ici! Je ne supporte pas cette île avec son poète officiel, sa tombe, son monument. Je veux voir autre chose...

Elle déplia vivement son long corps et sortit du carré pour monter sur le pont. Peu après, nous entendîmes lever l'ancre. Daniel me regarda.

— Au fond, vous ressemblez bien à mon père. Vous enveloppez tout de bon sens et de scepticisme. Je comprends que vous vous entendiez avec lui. Vous ne vous êtes jamais donné entièrement. Il me semble que cela doit laisser un grand goût d'insatisfaction dans la vie.

— Avoir raison n'est jamais une satisfaction.

— Avouez qu'elle est sublime dans son culte, cette Delia Courtney. La folie la menace!

— Pas la folie, le délire. D'ailleurs nous sommes en plein délire avec elle. Un beau délire mystique traversé d'éclairs de rage.

— Elle est unique! N'est-ce pas déjà beaucoup?

— Oui, c'est beaucoup. Serais-tu capable de l'aimer?

— Certainement! dit-il. Mais qu'est-ce que ça peut faire? Il n'est pas interdit de rêver.

— Oh non!

Nous montâmes sur le pont où l'on hissait les voiles. Il fallut dix hommes pour mettre en place le spinnaker et le foc ballon strié de rouge. Le vent du Nord soufflait doucement et nous avancions plus vite que la longue houle qui tantôt nous portait, tantôt nous freinait dans ses creux. Jamais l'*Ariel* ne me parut aussi beau : un oiseau de paradis, une féerie de voiles tendues sous le ciel rougi par l'approche du couchant. Nous revîmes une fois de plus la mer vineuse chantée par Homère, puis le ciel lavé, brillant d'étoiles, jusqu'à la chute du vent. Delia passa le gouvernail à un timonier et on mit le moteur en marche. Nous descendîmes dîner dans le carré. Delia avait retrouvé son visage paisible. Elle gardait un bonnet de laine qui enserrait sa lourde chevelure, et son visage aminci ressemblait plus que jamais au souvenir que je gardais de celui de Cyril.

— Je vous prie de m'excuser, dit-elle. J'ai montré de l'humeur. C'est stupide, mais je ne supporte plus rien.

— Ai-je dit que je ne vous comprenais pas?

— Non, cent fois non. Pourtant personne d'autre que moi ne peut vivre ce que je vis! Et personne ne peut savoir...

— Personne, c'est vrai! Et le pire est que vous ne toléreriez aucune intrusion.

— Peut-être, peut-être.

Elle eut un geste las, un sourire charmant, presque vaincu, comme si ses défenses tombaient soudain. Il me sembla un moment qu'elle était prête à s'abandonner, qu'un rien suffirait pour qu'elle se libérât de l'ombre dévorante. Le regard noir et chaud de Daniel, d'une singulière acuité, était fixé sur elle et je vis bien que Delia, si peu accessible pourtant, en éprouvait une gêne inexprimable qui la raidit. Elle ne sut qu'enlever son bonnet de laine, libérer sa crinière et ordonner au steward de nous apporter du champagne. Le champagne nous rendit à nous-mêmes. Daniel baissa les yeux. Je savais ce qu'il pensait, quel espoir fou naissait en lui. Il en serait malade. J'eus pitié de sa jeunesse restée fragile malgré les épreuves, et en même temps je l'aimai un peu plus, parce qu'il ne s'était pas cuirassé, parce qu'il ne se cuirasserait sans doute jamais tout à fait. Les rébellions ne font que surmonter les défaillances. Pourtant, il restait plausible qu'un jour cette vierge arrogante et romanesque, habitée par un mort, succombât comme les autres. Plausible, mais peu certain. Daniel avait raison : pour la beauté de la chose, il importait qu'elle restât inaccessible, fût-ce au prix de la folie. On en arrivait à souhaiter: si je ne l'ai pas, Dieu fasse que personne ne l'ait! Pour un peu, nous nous serions offerts à être ses chiens de garde. Je me demandais quelle serait sa réaction si elle apprenait que je connaissais la retraite de Barry, quelles foudres elle appellerait sur moi.

L'*Ariel*, marchant au moteur, tanguait longuement, porté par la mer qui mettait du temps à se calmer après la chute du vent. Nous devions tenir nos verres en main et notre réunion nocturne éclairée par des lampes basses dans le carré avait tout l'air d'une célébration, comme si la Grèce nous imposait ses rites mythologiques. Voilà que je ne pensais plus seulement à l'Athéna aux yeux pers, à l'Aphrodite née de la mer, à la Némésis, mais aussi à l'Artémis chasseresse qui mit en pièces l'indiscret Actéon la surprenant nue dans son bain. Quand nous étions presque gênés de voir Delia en maillot plonger dans les eaux vertes, ne répétions-nous pas le célèbre mythe? A évoquer ainsi, sans cesse, des divinités à propos de Delia, je mesurais mieux mon impuissance à la situer humainement. La Grèce nous pénétrait de l'histoire cruelle de ses dieux et de ses héros, et à notre tour, comme les anciens Grecs, nous éprouvions le besoin de personnaliser nos propres terreurs, d'attribuer à Delia des sièges dans l'Olympe, pour tenter ensuite d'adoucir son courroux par des offrandes et des marques de respect. Ce fut elle qui rompit notre lourd silence :

— Vous avez compris que je suis folle. C'est vrai. Et comme les fous, j'aime ma folie, je la connais, je la caresse et si elle me quitte un instant, je suis perdue dans le désert. Il me la faut. La solitude c'est l'autre vie, celle que je pourrais avoir : des amants, des enfants, un chien. Oui, ça c'est l'enfer. L'enfer sur terre avant l'autre enfer, celui de la mort, de l'oubli si l'on n'a pas sculpté une pierre ou écrit des vers aussi beaux que ceux de Cyril. Cyril est ici, voyez-vous, avec moi, dans cette collection de bandes magnétiques. Tant que j'écouterai les voix qui le racontent, il défiera la mort et la pourriture.

— Alors oubliez Barry Roots! J'y ai repensé depuis que nous en avons parlé. Comment Ho a-t-il suspecté Barry ? Barry n'a rien dit. Bates non plus. Georges n'a pas vu la scène. Les autres témoins sont morts ou introuvables. Je me demande si Ho n'a pas tout inventé pour créer une situation exaspérante.

— Il sait.

— Je ne vois pas comment.

— Barry a dû le laisser entendre.

— Du temps où ces deux hommes ne se détestaient pas, Barry n'aurait jamais laissé échapper une confidence.

— Je vous l'ai dit : je n'aurai de cesse que j'aie entendu Barry Roots.

— Peut-être n'aurez-vous jamais la paix : ni avant, ni après.

— Qui vous parle de paix? Je ne suis pas une midinette.

Je vomis la paix. Je vis parce que je porte en moi la douleur déchirante de la mort de Cyril. Un jour, je porterai en moi une autre douleur déchirante, celle de son assassinat. Ma douleur me tient chaud. Je suis la sœur, la femme et la mère de mon poète. Je fais l'amour avec lui. Oui, je le fais vraiment mille fois plus que vous ne l'imaginez et j'aime que cet amour soit à la fois passionnel et incestueux, béni et maudit.

— L'amour passionnel n'est pas plus béni que l'autre!

— Alors soyons maudits!

Ses lèvres tremblaient d'émotion. Une lampe basse accentuait sa pâleur. L'envie prenait de la secouer pour la réveiller de son mauvais songe et la rappeler sur terre parmi nous, pour goûter au bonheur, au plaisir et même aux imperfections de la vie qui donnent tant de goût à ses perfections. Elle leva la tête et son profil hautain se découpa sur le fond d'acajou vernissé décorant le carré. Alors, seulement, je me souvins d'un profil semblable, celui de la dame de coupe dans le jeu des tarots de Chrysoula. Oui, c'était peut-être elle, entourée d'une lumière magique et d'accessoires luxueux, embarquée non plus sur un noir destrier, mais sur un oiseau qui déployait ses longues ailes blanches et montrait son poitrail noir dans la tempête. Je ne l'aurais pas juré, pourtant ce pouvait être elle, fière, indomptable et délirante. Tout ce qui se passa ensuite fut très rapide. Elle reposait, à demi allongée sur la banquette, les yeux clos comme pour mieux nous exclure de son monde intérieur. Daniel se leva sans bruit et se pencha vers son visage pour en baiser les lèvres entrouvertes. Il la tint un moment sous lui, bouche contre bouche, puis elle se redressa d'un coup de reins, le repoussa et se dirigea vers la porte où elle marqua un temps d'arrêt :

— Vous trouverez normal que je vous débarque au premier port, n'est-ce pas?

— Tout à fait, dis-je.

— Moi, je ne trouve pas ça normal! hurla Daniel.

Delia haussa les épaules et sortit sans répondre. Je regardai Daniel. Un filet de sang coulait de sa lèvre inférieure. Il partit s'enfermer dans sa cabine. Je n'avais qu'à en faire autant, à passer seul une nuit éveillé, bercé par le roulis qui succéda au tangage quand nous eûmes dépassé le cap Sounion. Au petit matin, l'*Ariel* s'arrêta sur la mer apaisée et mouilla. Les moteurs se turent. Le soleil encore bas entrait par le hublot. On frappa à la porte au moment où j'allais enfin m'endormir.

— Monsieur, je crois que vous descendez ici, dit le steward jaune. Si vous voulez me donner votre bagage...

Daniel était déjà prêt. Nous montâmes sur le pont pour découvrir que l'*Ariel* stationnait devant Égine. On mit un canot à la mer et nous nous retrouvâmes sur le quai quelques instants après pour voir le ketch qui hissait sa grand-voile et son génois. Ce fut comme si le vent avait attendu ce signal : une risée soudaine rida l'eau dorée par la lumière, prit l'*Ariel* dans son souffle avec une délicatesse infinie, l'inclina à tribord et l'emporta.

— Voilà, dis-je à Daniel, comment on se fait remettre à sa place.

— Vous ne savez pas!

— Quoi?

— Elle m'a rendu mon baiser.

— J'ai quelque mal à le croire.

— Je vous le jure!

— Et alors?

— Je la retrouverai!

— Tu veux casser l'image que nous garderons d'elle. Il n'y a pas d'être mieux défendu que Delia sur l'*Ariel*. La forteresse est imprenable.

— Aucune forteresse n'est imprenable.

Nous allâmes nous asseoir à la terrasse d'une pâtisserie en attendant le bateau qui nous conduirait à Spetsai. J'appelai Barry au téléphone. Un quart d'heure après, il descendait d'un taxi en ruine et se dirigeait vers nous de son pas roulé-boulé. Je lui présentai Daniel et dis son nom d'emprunt, mais Barry, d'un large geste de la main, balaya cette fausse identité :

— Ne trichons pas entre nous. Je suis Barry Roots. Que faites-vous là?

— Nous débarquons d'un ketch, l'*Ariel*.

— Il était là!

— Vous pouvez encore le voir d'ici.

— Où?

— En direction de Poros, cette voile blanche...

L'*Ariel*, après un long bord, vira et entama un nouveau bord qui l'obligeait à repasser devant nous.

— Elle revient! dit-il. Que lui avez-vous raconté?

— C'est elle qui parle tout le temps. Mais elle ne revient pas, elle erre.

— Vous ne lui avez rien dit?

— Rien.

Il gardait les yeux vrillés sur l'horizon où l'*Ariel* manœuvrait dans le vent, à demi effacé par les tons pastels de la chaleur matinale. La poitrine de Barry se gonfla et il exhala un long soupir. Le destin croisait devant lui. Il l'attendait depuis longtemps et sa présence si proche était peut-être un soulagement. Un instant, je crus le voir dépouiller la défroque du pauvre pitre qu'il était devenu et retrouver la hargne et la volonté qui l'avaient si longtemps habité. Il était là, dur comme une boule d'acier, ses poings fermés posés sur la table.

— Avez-vous achevé Cyril Courtney? demandai-je.

— Non.

— Alors pourquoi ne pas dissiper ce malentendu?

— Parce que c'est Bates. Bates le détestait et nous n'avions pas le choix.

— L'avez-vous reproché à Bates?

— Oui, mais la question n'est pas là. J'ai couvert Bates. Je le couvrirai toujours.

— Et comment Ho a-t-il découvert qu'il y avait eu un meurtre?

— Une réponse embarrassée de Bates qui s'est troublé en apercevant la photo de Cyril sur le bureau d'Ho à Hay Street. Ho est très subtil, vous savez! C'est le diable. Dans le jeu de Chrysoula il est le 2 Négation, le roi des deniers, ennemi ou indifférent. Ho ne connaît pas d'autres nuances.

— Il se sert de Delia contre vous.

— Oui, un peu lâche, n'est-ce pas? Mais la vie rend lâche. Ce n'est pas ça qu'on pourrait reprocher à Ho.

— Quoi alors?

— Vous ne le saurez pas par moi... Elle s'éloigne...

L'*Ariel*, en effet, disparaissait derrière un îlot en direction de Corinthe. Les poings de Barry s'ouvrirent. Il attrapa un verre d'eau et le but d'un trait. Sur le quai, des voyageurs se rassemblaient en file derrière un marin du port. Le *Kamelia*, en provenance du Pirée, apparaissait au large et déjà nous parvenaient les échos de la musique déchaînée à bord par les haut-parleurs. Nous allions embarquer.

— Il vaut mieux que Delia Courtney sache! dis-je.

Barry eut un geste vague.

— Au fond je m'en moque.

— Libérez-la de ce qui l'étouffe.

— Je ne lui dois rien. Elle avait à ne pas se laisser empoisonner par Ho. Si j'accepte de parler, ce sera devant Ho. Mais il est sorti de mon univers... A moins que je décide un jour de l'y rappeler! De grandes précautions seraient nécessaires. En fait, je crains Ho à distance. A distance, il peut tuer. Moi aussi, d'ailleurs, je peux tuer. Jusqu'ici, nous avons vécu la paix armée, mais ces derniers temps il a triché... Oui, il triche, il arme une main contre moi. Pauvre main innocente!

— Il y aurait intérêt à dire la vérité à Delia sur la mort de Cyril.

— Quelle vérité? Il n'y en a pas. Et quand il y en a une, elle est mauvaise, intrinsèquement mauvaise. Ce n'est pas la vie qui est absurde, c'est l'homme. Il trouble l'harmonie universelle. Il pense, il essaie de contrarier le destin. Un univers uniquement végétal, minéral et animal est parfait.

— Personne ne vous empêche de le croire.

— Non, personne!

Il sourit et parut très détendu encore que ses yeux revinssent sans cesse vers l'îlot derrière lequel avait disparu l'*Ariel*. A bord du ketch, voyageait peut-être sa mort, mais il était homme à en supporter l'idée, à en rire même, et, l'heure venue, à l'accepter avec courage sans pourtant perdre l'espoir de ruser une dernière fois. Nous nous levâmes. Le *Kamelia* entrait dans le port.

— Revenez vite! dit Barry. Chrysoula sera heureuse de

vous voir. Et vous aussi, Daniel. J'ai envie de vous connaître.

Daniel marmonna quelque chose. Déjà nous étions à bord, nous frayant un chemin dans la cohue et parmi les paquets, les valises entassées sur le pont. Barry n'était plus qu'une silhouette marchant à pas pressés vers la pâtisserie. Il allait acheter des gâteaux pour sa Chrysoula. Elle les mangerait entre le pouce et l'index, le petit doigt levé, de la crème bavant sur son violent rouge à lèvres.

Le *Kamelia* s'arrêta à Methana, puis fit son entrée dans les eaux calmes de Poros. Daniel me prit le bras :

— Ça ne peut pas se passer comme ça!

— Tu penses à Delia!

— Je la retrouverai... Je la retrouverai avant que sa marque disparaisse.

Du doigt, il toucha sa lèvre tuméfiée par la morsure de la veille.

— Je vous quitte! dit-il.

— On ne te laissera pas monter à bord de l'*Ariel*.

— Oui, n'est-ce pas? C'est exaltant. Je réussis ou je ne suis pas un homme.

— Et comment retrouveras-tu l'*Ariel?*

— Si la chance n'est pas avec moi, c'est que je n'y ai pas droit.

Je lui remis l'argent que j'avais sur moi. Il l'accepta sans remercier et descendit à Poros. Je ne devais le revoir qu'un mois après à bord de l'*Ariel* qui entra en rade de Spetsai à l'heure du couchant. Il était profondément malheureux et Delia aussi. Mais ceci est une autre histoire.

J'ajoute à ce chapitre le commentaire envoyé par Georges après qu'il l'a lu ces jours derniers :

> Vous me remplissez les yeux de soleil grec. Je voudrais y croire et je n'y parviens pas. Mon univers est tendu de brumes, de pluies fines, et quand je vais sur les falaises, c'est pour entendre mugir l'océan. Au fond, vous me dérangez. Comme je l'ai accepté depuis le début, je ne vous le reprocherai pas.
>
> Ai-je vu Delia Courtney comme vous l'avez

vue? Oui, à cette nuance près que nous étions à Paris et que, privée de son *Ariel*, elle n'offrait que sa beauté nue. Elle était une jolie, ou plutôt très belle jeune fille qui m'a paru, à certains moments, désemparée, à d'autres souverainement perdue dans les nuages. Je retrouve peu de ces brefs désarrois dans le portrait lyrique (un peu encombré de divinités grecques, mais la Grèce vous pénètre par tous les pores) que vous tracez d'elle. Il est possible qu'entre-temps elle ait durci. Il est possible aussi que je sois insensible à une certaine poésie des femmes depuis la mort de Joan. Au fond votre réaction est celle de Dermot. Dermot est mort sans avoir compris si elle existait vraiment ou si elle n'était qu'une apparition de Cyril. Il est encore possible que je ne puisse faire abstraction de ce qui s'est passé ensuite et du rôle joué par Daniel. De mon fils, j'accepte l'image que vous m'offrez puisque je n'en ai pas d'autre. Je l'aime de tout mon être et ne pourrai sans doute jamais le lui prouver. Nous dirons qu'il a gravi seul et gravit encore un chemin difficile. Tout est embûches pour lui, mais, vous avez raison, ce n'est pas un garçon qui fuit, c'est un fonceur dévoré d'énergie. Il ne s'abandonnera jamais, ou, s'il paraît s'abandonner, c'est pour mieux mûrir un acte de sang-froid total. Daniel aurait dû être le fils de Barry Roots. Pas le mien. Dommage qu'il ne parvienne pas à s'insérer dans la vie. Ce que je trouve déprimant, c'est son immédiate entente avec Sarah. Elle n'a jamais eu l'ombre d'intérêt pour lui, et après leur rencontre à Big Sur, elle ne s'est pas plus inquiétée de lui que s'il n'existait pas. Oui, après Big Sur, elle est venue à Paris pour me voir. Elle voulait effacer l'affaire Ravasto. Elle a juré que... non. Je l'ai crue, accusant mon imagination de masochisme congénital. J'ai donc agi par la suite comme si sa vie à Barcelone avec ce monstre n'avait pas été le point de « non-retour » après lequel je ne la toucherais plus. Vous savez que nous nous sommes retrouvés en Aden quelques années après, et que là nous avons été heureux.

Vêtu seulement d'un slip, la peau moite, la bouche amère d'avoir trop fumé, attablé devant sa machine à écrire, Georges se laissait distraire par un vieux dundee amarré au quai devant l'hôtel. Sur le pont, un homme assis en tailleur recousait une trinquette brique, déchirée au point d'écoute. Une mèche de cheveux décolorés par le soleil et la mer retombait devant ses yeux. De temps à autre, il la relevait de sa main bandée par la paumelle de cuir. Le dos appuyé contre le rouf, une femme en short, un baquet d'eau entre les genoux, écaillait des poissons, et, debout dans un you-you contre la coque, un Malais brossait les flancs de la *Deborah*, grattant par endroits la peinture écaillée jusqu'à découvrir la dernière couche de minium. Ils étaient à peu près les seuls êtres vivants dans le port à cette heure de l'après-midi, à part des marins en tricot de corps qui apparaissaient par instants sur les ponts des cargos dans l'espoir de respirer un air moins obsédant que celui brassé par les ventilateurs des coursives et des postes d'équipage. Le visage bouffi et ruisselant de sueur, ces marins restaient quelques minutes sur le pont brûlant, écrasés par le ciel bas, éblouis par le mirage dansant au ras de l'eau. Après un geste de lassitude, ils disparaissaient pour regagner couchettes et hamacs, préférant encore les odeurs écœurantes de peinture et de mazout à la ville et au port matraqués par la chaleur.

Sous la cloche d'un ciel blanc, pâteux, hermétiquement

clos, Aden étouffait depuis le matin. L'horizon avait disparu dans une vapeur tremblotante. Des bateaux passaient au large, fantômes aux équipages invisibles, surgis de la brume de chaleur et y retournant avec un sourd halètement de bête blessée. Un vieux charbonnier se traîna longtemps sur la mer et sa fumée resta des heures en suspens, molle et indécise, bien après qu'il eut disparu dans l'océan Indien. On cherchait en vain la déchirure qui permît d'entrevoir le bleu du ciel, mais l'air ne passait pas, il ne passerait plus jamais. D'en haut, une main invisible appuyait sur la cloche jusqu'à la mort déshydratée de toute l'Arabie.

Aden ne bougeait plus, chauffée à blanc, aveuglée par la lumière, sans une âme humaine ou animale dans les ruelles de la ville arabe ou sur les longues avenues dessinées par les Anglais. Les ombres maigres et prétentieuses des araucarias, maléfiques des lauriers-roses et blancs, légères des frangipaniers ou bêtes des palmiers dessinaient des taches à peine grises sur la chaussée en fusion et le ciment de la Maallah, le boulevard du Crime qui avait connu un attentat tous les dix mètres. Mais, à cette heure, les grenades n'éclataient pas, et même les automitrailleuses ne tournaient plus dans la ville, flairant le sang de leur groin muselé. C'était la trêve, et il fallait pénétrer profondément sous les halles couvertes ou dans les souks pour découvrir parmi les épluchures et les fruits pourris, ou contre les pierres dont ils espéraient quelque illusoire fraîcheur, des hommes recroquevillés sous leur burnous, les pieds nus dépassant, couverts de mouches vertes.

Comment, pourquoi vivait-on ici? C'était incompréhensible. On ne pouvait que succomber à la torpeur, glisser dans l'hébétude arabe et, peu à peu, risquer seulement les gestes essentiels à la survie. Les Anglais roses et blonds, rouges et roux, subissaient la loi de cette étuve. Depuis deux semaines que Georges les fréquentait, ils lui paraissaient encore plus compassés que de nature, comme si l'éloignement avait dissous toute humanité en eux pour ne laisser subsister que les tics de la nation : une méprisante politesse, un bégaiement qui finissait par devenir naturel et dans lequel tout sujet de conversation se noyait.

L'alcool aussi dominait l'existence des Européens. Il s'en consommait des quantités effroyables dès le matin. Un nuage éthylique enveloppait ceux que l'on continuait encore d'appeler les Blancs. L'alcool les préparait à une sieste qui durait jusqu'au coucher du soleil. Dans le moment où le hoquet les saisissait, où les cartes glissaient de leurs mains tremblantes, une sorte de bienheureuse torpeur s'emparait d'eux. Ils cédaient à l'Orient, abandon mou qui n'avait rien de spirituel ou d'inspiré. Assez lucides pour voir et comprendre la fin de leur empire sur le monde, ils maintenaient à grand-peine la fiction d'une place forte dont ils refusaient d'entendre les craquements sinistres ou de voir les fissures tant que Sa Majesté ou son Premier ministre ne les y autorisait pas. On n'aurait pas su dire si c'était force d'âme ou stupidité congénitale, mais le contraste devenait de plus en plus frappant entre ces maîtres stéréotypés et une populace travaillée par la haine et l'envie. Tous ces corps indigènes, secs, décharnés, à la peau collée sur les os malades, aux jointures enflées, étaient autant de torches qu'une étincelle allumerait un jour, sans prévenir.

C'est cela que Georges écrivait en une série d'articles, nu dans sa chambre d'hôtel devant sa fenêtre grande ouverte sur le port, tandis que Sarah dormait, nue elle aussi, sur le lit découvert, la tête renversée, la bouche close, son corps mat à l'abandon, inoffensive enfin après tant d'années, dérisoire même un peu, pitoyable sûrement. Si peu solidaire des Anglais qu'il se sentît, Georges n'en éprouvait pas moins, à cette heure-là, une sourde tristesse : le monde avec lequel nous avions joué dans notre jeunesse, cet Orient de lumière et de mystères, allait être de plus en plus interdit aux Blancs. On nous retirait un rêve au nom d'intérêts lointains et sauvages contre lesquels les Anglais dressaient avec un risible sérieux des digues de sable.

Sous le balcon, le dundee *Deborah* rappelait que quelques hommes réussissent toujours à s'évader. On ne découvre plus d'îles désertes, mais les bateaux sont encore des îles flottantes, des îles libres qui ont rompu les amarres. Il était plaisant que ce solide voilier au gréement ancien arborât pavillon irlandais. Les trois couleurs — la bande orangée s'en allait en lambeaux — parlaient à Georges du Connemara, des heures passées sous la pluie à marcher dans l'herbe haute jusqu'à l'océan qui pousse ses longs rouleaux d'écume et d'argent contre les falaises. Il aimait l'Irlande plus que jamais quand il se retrouvait dans ce monde hostile et confiné où nous les Blancs — pour employer leur expression — n'avions rien à faire. Le temps était venu de retrouver nos landes fouettées par le vent, nos clochers paisibles, nos parlers imagés, nos vieillards sentencieux, les longs repas pris en commun sur des tables de bois, et, il faut le dire aussi, une certaine honnêteté reposante, une vérité des mots qui rendent à l'air que nous respirons sa pureté originelle. L'Orient a été une récréation dans l'histoire de l'Europe. Nous en parlerons à nos petits-enfants et eux, peut-être, une fois éteintes les passions, y retourneront en touristes, la caméra en bandoulière, à la recherche des quelques temples que l'eau des grands barrages n'aura pas engloutis.

Puis Georges pensa à Dermot Dewagh dans son cottage entouré de fuchsias, assis devant la fenêtre d'où l'on aperçoit le fjord de Killary. A chaque voyage en Irlande, il se disait : « Nous allons, Dermot et moi, chausser des bottes, passer une veste imperméable, coiffer des casquettes et marcher quelques heures dans la lande en récitant du Yeats jusqu'à ce pub aux murs de bois noircis par la fumée, où dans l'arrière-salle on nous apportera à chacun un verre de *potheen*, le tord-boyaux de l'Irlande. » Mais Dermot vieillissait terriblement. Il marchait avec difficulté et sa mémoire se lassait vite. Il avait maintenant quatre-vingt-six ans et souhaitait, le soir en se couchant, de ne plus jamais se réveiller.

Nu devant sa fenêtre, face à une machine à écrire toujours pleine de doutes et d'interrogations, ce souvenir de Dermot avançant dans les herbes où tremble la rosée tournait à l'hallucination. Georges croyait voir des plaques entières de prairies vertes inclinées, glissant dans la mer noire. Il aurait dû, à l'image de tous, céder à la sieste, s'enfuir dans la pâte lourde du sommeil à côté de Sarah l'indésirée, sans la toucher bien sûr — ou du moins en se le promettant —, mais il ne savait quoi le retenait, sans doute l'orgueil de n'être pas comme les autres et l'illusion de veiller sur la ville et le port anéantis dont il avait du mal à détacher les yeux pour les reporter sur la feuille où s'inscrivait en caractères usés le récit de son voyage au Sud Yémen.

Il n'écrivait pas tout à fait ce qu'il voulait, réservant, pour la conclusion qu'il achèverait en France, son sentiment personnel sur cette nouvelle défaite de l'Occident qui annonçait le réveil de l'Arabie du Sud. Deux fois — et avant l'arrivée de Sarah, donc ce ne pouvait être elle — il avait eu la certitude qu'en son absence les feuillets étalés sur la table avaient été lus et quelques mots d'Horace McKay l'avaient prévenu du danger que l'on encourait en rencontrant certaines gens. Il devait donc se méfier des services de sécurité britanniques, de ceux des pétroliers et aussi de son propre journal : on y était capable par bêtise ou par négligence, autant que pour respecter des intérêts en marge, de mutiler une conclusion assez pessimiste.

Partout dans le monde, il devenait de plus en plus difficile d'exprimer une vérité qui ne cadrât avec aucune politique. Il était possible que la vérité ne servît plus à rien, sinon à fausser des rapports de force, autre vérité plus profonde dont, un jour, sortirait un nouvel équilibre, une nouvelle paix qui n'auraient rien à voir avec notre conception abstraite de la Justice et nos ridicules amours-propres. Les vrais pacifistes étaient donc peut-être les violents. L'Histoire les considérait comme des fauteurs de guerre jusqu'à ce que l'un d'eux l'emportât définitivement sur tous les autres. C'est dire que les petits terroristes, qui descendaient de leurs montagnes du Taïz pour jeter des bombes dans les rues d'Aden, avaient peu de chances d'être jamais justifiés devant l'Histoire. Mais ils ne le savaient pas et ils se battaient sauvagement avec un mépris total de la mort très embarrassant pour les Anglais qui les traitaient comme des délinquants juvéniles.

Le pavillon effrangé de la *Deborah* à quai rappelait une autre lutte aussi violente dont l'Irlande était sortie victorieuse. Mais pour quel destin? Un destin médiocre que les

Irlandais d'exception passaient leur temps à secouer. Ce blond longiligne et maigre avait, lui aussi, rompu les attaches. Les Anglais n'aimaient pas cela et manquaient rarement une occasion de rappeler à ces anarchistes que des lois, leurs lois, régissaient une partie du monde. Entrée la veille à la voile dans le port d'Aden, la *Deborah*, sans égards pour la manœuvre parfaite de son skipper, était sous surveillance de la police maritime. Les trois passagers n'avaient pas eu la permission de mettre pied à terre bien qu'ils vinssent de Ceylan après une traversée dont le dundee avait souffert. Ils devaient attendre le résultat d'une enquête du service d'hygiène. Un policier du port veillait, en principe, à ce qu'ils ne descendissent pas, mais, cet après-midi-là, le policier, vaincu par la chaleur, dormait sur un banc dans la guérite de la douane. Les passagers semblaient peu décidés à en profiter pour enfreindre le règlement. Georges prit des jumelles afin de mieux les voir et ce fut soudain comme s'ils étaient là, près de lui, sur le balcon, flous et sans reliefs, vaquant à leurs occupations, inconscients du regard qui les détaillait. Le Malais avait fini de laver la coque et remontait à bord. Le géant blond pliait sa voile et l'enfournait dans un sac. La jeune femme, assise en tailleur, astiquait un taquet de cuivre. Ils paraissaient tous les trois indifférents non seulement à la touffeur de l'air qui terrassait la ville, mais aussi à la mesure qui les paralysait dans le port. Ils ne se parlaient pas, enfermés chacun dans un monologue intérieur qui ne souffrait pas d'interruption et que, de très près, on aurait peut-être pu lire sur leurs lèvres. Pourtant un lien invisible coordonnait leurs attitudes comme s'ils n'étaient qu'un même corps attaché à la toilette de la *Deborah* aimée d'amour et de tendresse. Le géant disparut avec son sac à voiles dans l'écoutille de proue et le Malais marcha vers la femme. C'était un homme d'une trentaine d'années, coiffé d'un turban blanc et vêtu seulement d'un pagne qui laissait à découvert son torse musclé, à la peau safranée couverte de tatouages. Il avançait comme un chat, avec grâce, certainement sans bruit. Lorsqu'il fut devant elle, il s'arrêta, jambes écartées. Elle leva lentement la tête, vérifia qu'ils étaient seuls sur le pont et eut vers lui un geste étonnant, d'une si totale impudeur, d'un appétit si précis que Georges en ressentit un choc au bas-ventre comme si c'était à lui qu'elle avait fait cela. Le Malais s'écarta pour lover une amarre. Le géant blond réapparut, une bière à la main. Il but au goulot et jeta la bouteille dans les eaux vaseuses du port, puis avec du papier de verre il entreprit de gratter le vernis du rouf, tout entier absorbé dans sa tâche près de la jeune femme qui s'arrêta et alluma une cigarette. Pour eux rien n'avait changé. Ils étaient là, tous les trois, à briquer la *Deborah*, ce petit univers sur lequel ils avaient choisi de vivre et d'être ce qu'ils étaient : unis par les apparences. Un instant, Georges les avait compris, enviés, et maintenant il les voyait différemment, personnages superficiels d'un drame caché dont ils semblaient inconscients, le géant parce qu'il l'ignorait (sinon elle n'aurait pas d'abord détourné la tête pour s'assurer qu'elle était seule sur le pont avec le marin), la femme parce qu'elle avait un visage et un corps à satisfaire impunément des envies sans en mesurer les conséquences, le Malais parce que sa sexualité d'Oriental se contentait d'un rapport rapide et obscène avec une Blanche. Il les avait crus liés par la *Deborah*, et s'ils l'étaient toujours, ils paraissaient désormais bien plus liés encore par la dissimulation dont jouaient deux d'entre eux. Mais la dissimulation porte son drame en soi. Comme un fruit elle mûrit et, un jour, éclate, découvrant sa chair pourrie. Les amours secrètes vivent d'imprudences de plus en plus grandes. La dernière est fatale, et la passion en meurt à moins qu'elle ne tue.

Georges eut brusquement envie de les voir, de leur parler. Il se doucha et s'habilla. Sarah dormait toujours. Une jambe allait glisser hors du lit. Tout le corps s'offrait, avec une impudeur qui aurait presque pu être innocente, enfantine, si certains signes n'avaient commencé à en altérer la jeunesse. Il resta un moment à la contempler, retrouvant les deux cicatrices qui marquaient sa vie : le coup de baïonnette dans la cuisse alors qu'elle était enfant, la balle tirée par Mario au-dessus du sein droit, juste une étoile blanche sur la peau hâlée. Entre ces deux cicatrices une existence s'était déjà écoulée, un enfant était né, le sien, son fils, et des hommes s'étaient allongés à côté de ce corps qui créait tant de désir et savait donner tant de plaisir : Georges, puis Stéphane, puis Georges, puis beaucoup d'autres, puis Georges encore (après être demeurés cinq ans sans se voir), puis Dieu sait qui encore, puis Mario, puis de nouveau Georges (à Barcelone, oui, le meilleur moment de leur vie), puis plus rien sinon un peu d'amitié lâche et réticente entre Sarah et lui, et sa venue soudaine dans cette ville perdue pour le reste du monde... Comme il la contemplait, Sarah resserra ses cuisses, inclina un peu la nuque. Elle dormait toujours profondément et, en même temps, il savait qu'elle allait parler bien que ses paupières demeurassent closes, la longue frange des cils posée en éventail sur le cerne mauve des yeux. Une onde parcourut le visage, pinça les narines, et les lèvres s'entrouvrirent pour laisser échapper quelques mots hésitants où perçaient à la fois de la tendresse, du respect et de l'agacement :

— *Ja, Mama... ich komme... gleich* [1]...

Cette langue qu'éveillée, lucide, elle refusait de parler depuis trente ans, restait la langue de ses rêves. Quoi qu'elle eût fait pour effacer son enfance — elle avait même brûlé sa vie pour cela — Sarah continuait de rêver en allemand. La colère, une explosion de fureur ou de haine, l'orgasme ne pouvait lui tirer un mot d'allemand, mais quand le sommeil ouvrait les barrières de sa hargneuse volonté, toute la faiblesse de Sarah, son abandon le meilleur se réfugiait dans les années perdues de sa jeunesse. Le savait-elle seulement ? Il s'était gardé de le lui dire, dépositaire d'un secret qui eût cruellement blessé Sarah, craignant toujours qu'un amant le lui révélât. Peut-être l'un d'eux l'avait-il osé et Georges n'avait guère de peine à imaginer la réponse de Sarah : un torrent d'injures, quelques objets brisés et n'importe quoi de lourd et de dangereux voltigeant à la tête de l'imbécile sans tact. Il ne savait de l'allemand que quelques mots recueillis par-ci par-là, mais une des phrases, répétées souvent par Sarah dans sa nuit, l'avait à ce point

1. Oui, Maman... je viens... tout de suite...

frappé qu'après l'avoir transcrite phonétiquement, il se l'était fait traduire :

— *Das Kind ist verführerisch wie ein kleiner Teufel* [1].

De qui était-ce? Sa mère ou une parente qui l'avait jugée ainsi devant elle, par bêtise, sans imaginer que cette phrase marquerait l'enfant au fer rouge. Peut-être Sarah ne le savait-elle plus elle-même, mais dans les rêves où elle revoyait sa vie tumultueuse et gâchée, une voix réelle, une voix éveillée répétait à son corps assoupi le terrible jugement...

L'homme dormait dans un fauteuil du hall de l'hôtel. Son ventre ballonné soulevait à craquer la toile grise du pantalon fripé. Sa veste était tombée de ses genoux et un portefeuille sortait de la poche intérieure. Georges connaissait cet homme qui le suivait dans la ville, avec une certaine peine, et, vingt fois, rien que pour voir l'effarement se peindre sur son visage, il s'était retourné pour courir jusqu'à lui comme s'il allait le boxer. Le suiveur creusait sa poitrine et tendait les bras en avant pour se protéger mais Georges ne le touchait pas, il l'insultait ou lui offrait un verre que l'autre refusait. L'homme ne bougea pas au passage de Georges, ni le concierge, un Grec d'Égypte endormi derrière son comptoir, la tête dans les bras, offrant au regard un crâne où la calvitie dessinait une tonsure bien ronde. Lui aussi devait être de la police. Mais de quelle police? On s'y perdait et cela devenait un jeu de s'appuyer tantôt sur les uns, tantôt sur les autres, pour à la fin glisser entre les mailles du filet.

Les premiers pas sur la chaussée lui rappelèrent brutalement l'atmosphère étouffante de la ville, la senteur épicée du port. Quitter l'ombre étroite du trottoir, c'était risquer la suffocation, mais il n'avait que quelques pas à faire pour approcher la *Deborah* immobile entre deux yachts désuets, l'un amarré là depuis des mois, plus ou moins abandonné, mangé à la flottaison par les tarets, l'autre un ancien chas-

1. Cette enfant a la séduction du diable aux enfers.

seur de sous-marins de la guerre 14-18, habité par un couple de pédérastes néo-zélandais qui se battaient la nuit comme des chiens et le jour cuvaient leur alcool. Seules de courtes traversées en direction de Djibouti rompaient la monotonie de leur existence. Il approcha et s'assit sur le bord du quai, les pieds au-dessus de l'eau. En se penchant, il aurait pu toucher l'étoffe effrangée du pavillon irlandais.

Le Malais l'aperçut le premier et, à voix basse, dit quelques mots à la jeune femme qui tourna vers Georges un visage dont les yeux étaient d'un bleu si clair, si intense qu'il fallait longtemps pour en détacher le regard et juger les traits : un nez un peu busqué, une bouche gourmande, un menton carré, un beau front dégagé sous les cheveux noirs que la mer et le soleil avaient teintés de reflets acajou. Ce n'était pas — hormis les yeux fascinants — ce qu'il est convenu d'appeler une beauté, mais l'ensemble, grâce surtout au corps musclé, presque râblé, éclatait de force et de santé. Il suffisait de rencontrer le visage de cette femme quelques instants pour sentir qu'une certitude morale profonde, inaltérable, émanait d'elle, bien qu'elle fût là, à croupetons dans son short délavé et sa chemisette déchirée, les mains noires d'un produit à nettoyer les cuivres. Plus tard, quand il connut mieux Maureen, il sut que son apparence ne trompait pas.

Son regard interrogeait, sans hostilité, ni amitié. Georges répondit en chantonnant :

> *In Dublin's fair city, where the girl are so pretty*
> *I first set my eyes on sweet Molly Malone,*
> *As she wheeld'd her wheelbarrow thro'streets broad and*
> [*narrow*
> *Crying cockles and mussels! Alive, alive, O [1]!*

Elle sourit et reprit, d'une voix bien plus juste que celle de Georges, la vieille ballade :

1. Dans la belle ville de Dublin où les filles sont si jolies
   Mon premier regard a été pour la douce Molly Malone
   Qui poussait sa brouette dans les rues larges ou étroites
   Criant ses praires et ses moules. Fraîches! Fraîches! O!

She was a fishmonger, but sure 'twas no wonder,
For so were her father and mother before [1]...

— Vous êtes irlandais? dit-elle.
— Non, français.
— Alors, c'est encore plus drôle. Ben! Ben!
Le géant blond leva la tête.
— Ben! Il y a un Français qui chante *Molly Malone*...
Il laissa son papier de verre et marcha vers la poupe.
— Je suis français aussi!
Et après un temps :
— Si l'on peut dire!
— Je vous croyais irlandais, à cause du pavillon.
— Ma femme est irlandaise. Un pavillon a-t-il jamais voulu dire quelque chose?
— Hélas oui! ou heureusement oui, je ne sais pas. Nous dirons qu'en mer un pavillon est une chose utile.
— Peut-être après tout... je ne chercherai querelle à personne là-dessus... je vous dirais bien de monter à bord, mais si le flic se réveille, vous ne pourrez plus en redescendre.
— Je n'ai rien à vous dire. C'était seulement à cause du pavillon. De ma chambre je l'ai vu et j'ai pensé à l'Irlande. J'ai eu une envie de whiskey irlandais ou d'un verre de bière brune, j'ai rêvé à du vert. Voilà, c'est tout.
— Oui, je comprends. Nous sommes tous à la recherche de quelque chose comme ça, et quand nous l'avons, nous ne pensons plus qu'à le quitter.
Il s'assit à la poupe, jambes pendantes au-dessus de l'eau. Son long corps se tassa et parut même voûté.
— Votre manœuvre hier soir, sans moteur, était un morceau de maître...
— Oh, je la connais bien cette vieille salope! dit-il en tapant de la paume sur le pont. Elle ne me résiste pas! Maureen!
Elle était restée un peu en arrière, comme pour reprendre

1. C'était une marchande de poisson, mais pour sûr, rien
[d'étonnant
Car son père et sa mère l'avaient été avant elle...

279

son astiquage, mais Georges voyait bien qu'elle les écoutait sans tout comprendre parce qu'ils parlaient français.

— Oui!

— Y a-t-il encore de la bière?

— Tu as bu la dernière.

Georges offrit d'en chercher à l'hôtel et ils ne refusèrent pas. Le concierge dormait toujours et le policier avait repoussé un peu plus sa veste du pied. Le portefeuille sorti gisait sur le carreau nu : un vieux portefeuille en veau noirci par des mains en sueur. Georges le subtilisa au passage et passa dans la cuisine où on aurait cru à une hécatombe sous les ventilateurs qui vrombissaient, brassant un air saturé d'humidité, pénétré de graillon. Pêle-mêle, Noirs et Arabes dormaient à peu près nus sous les tables encombrées des restes du déjeuner. Il vola trois bouteilles dans le réfrigérateur, un verre, et ressortit sur le quai. Une brise se levait, trop timide encore pour rider l'eau, mais suffisante pour soulever la fine, l'impalpable poussière des docks, et réveiller les odeurs du port : l'odeur des sacs de jute, de la farine, du charbon, du café grillé ou du cuir mal tanné. Maureen et Ben attrapèrent deux bouteilles au vol et burent au goulot. Elle s'était assise comme lui et ils formaient une étrange paire dont le contraste pouvait être aussi bien le symbole d'une connaissance parfaite que d'une totale ignorance mutuelle. Il était torse nu, vêtu seulement d'un pantalon de coutil bleu délavé. Sa peau bronzée jurait avec sa chevelure paille, son visage celtique aux yeux verts et aux cils blancs. Il baissait la tête comme préoccupé de contempler ses pieds, et deux ou trois fois seulement Georges put rencontrer son regard singulier, inadapté à la lumière qui les écrasait. Plus tard, lorsqu'il le connut mieux, il se mit à aimer son port de tête. Ce géant semblait s'excuser d'être trop grand (1,92 m) et rentrait le cou dans les épaules, ce qui donnait une fausse impression de lui, une impression de soumission, le sentiment qu'il acceptait les coups et le sort, qu'il connaissait les rapports de Maureen et du Malais, ou, tout au moins, qu'il fermait les yeux par ennui et dégoût.

— C'est bon! dit-il après avoir bu la dernière goutte de la bouteille qu'il jeta dans l'eau noirâtre et puante où flottaient des boîtes de conserve et des mares d'huile.

— Pourquoi ne vous laisse-t-on pas mettre pied à terre?

— Toujours leurs conneries...

— ... leurs conneries! répéta Maureen avec un accent irrésistible.

— Oui, la joie pour les Anglais d'emmerder un pavillon irlandais. C'est plus fort qu'eux. Nous venons de Colombo. Là-bas tout le monde était frais et rose, ici ce ne sont que des mines de cadavres. Ils ont peur de la bonne santé. Et vous?

— Je suis journaliste.

Au mot de journaliste il observa un instant de silence, yeux fermés comme pour se rappeler tout ce que cela signifiait ou, peut-être, pour surmonter une légère aversion.

— Mon nom est Benjamin Ango. Ma femme... Maureen.

— Ango? On ne peut pas faire plus normand.

— Mon père était normand et ma mère néerlandaise.

Il avait quitté l'Irlande depuis six ans sur ce vieux dundee remis à neuf, pour gagner l'Indonésie en quelques mois.

— Mais là-bas aussi tout pourrit! dit Georges. Des lézardes s'ouvrent, engloutissant un monde passé, sans objet, dont on se demande comment il a pu exister tant le nouveau monde en gestation le hait et le couvre d'ordures.

Ben opina de la tête, mais ne releva pas la réflexion sinon d'une façon indirecte, comme quelqu'un qui déteste être provoqué sur un terrain mouvant. Il dit seulement :

— Je parle le néerlandais. Très utile là-bas, pour voir un peu les choses... mais nous avons surtout navigué. C'était bien, très bien. Quelque chose qui me restera toujours : les hommes, la mer, les nuits et les forêts pourries dont l'odeur vous monte à la tête.

— Alors, pourquoi n'êtes-vous pas resté?

— Plus d'argent. Nous sommes à fond de cale! On bricole par-ci par-là. Il n'y a rien à faire pour un Européen dans ces pays. A moins d'être un technicien, de construire des ponts et des usines. Nous revenons gagner de l'argent, vendre la *Deborah* qui n'en peut plus, et nous repartirons. Vers la pourriture et la bêtise, mais au moins, là-bas, le soleil se couche, se lève et chaque fois ça vous tord en deux.

Il y avait des intonations vulgaires dans sa voix, mais de cette vulgarité un peu forcée qui est propre aux étrangers désireux de montrer combien ils possèdent une langue à fond, jusque dans son parler populaire.

— Vous devriez prendre des passagers.

— Qui est-ce qui monterait sur notre vieille *Deborah*? C'est une bonne pute, gentille et sérieuse, mais par force toutes voiles dessus, elle se traîne à six nœuds. Moi j'aime ça, et Maureen aussi. Nous avons pris un type à Singapour, je suppose qu'il filait, après quelque escroquerie. Au bout de deux jours, il n'en pouvait plus, il soufflait dans les voiles, il tournait autour du bateau à la nage, il avalait trois somnifères et se réveillait dix-huit heures après pour constater que nous avions parcouru quarante milles. Il devenait fou. J'ai réussi à l'embarquer sur un caboteur qui allait à Bombay où il préférait encore se faire piquer par la police que de rester avec nous. Il faut aimer ça! Oui, il faut l'aimer beaucoup. Les marins n'aiment pas la mer, ils n'aiment que les bateaux. Moi, j'aime la mer, et les bateaux après. Je ne dois pas être un vrai marin... Les revoilà...

Il regardait une automitrailleuse qui s'avançait sur le quai dans un grondement de ferraille et de moteur. Un sous-officier casqué émergeait de la tourelle, des jumelles à la main. Le blindé passa lentement, déchirant le silence cotonneux de l'après-midi. La ville allait émerger de sa torpeur, soulever ses jalousies, lutter un moment contre la gueule de bois d'après la sieste et plonger dans la nuit réparatrice des tropiques où les éclairages doux effacent la boursouflure des traits et l'anémie qui guette les Européens.

— Si vous m'y autorisez, dit Georges, j'essaierai de faire lever votre quarantaine. Je dîne avec un ami qui est en mesure de donner l'ordre nécessaire.

— Je vous en prie, dit Maureen. Nous n'allons pas pourrir dans cette mare.

Ben haussa les épaules avec scepticisme.

— Si la décision relève d'un officier de santé qui n'aime pas les Irlandais, même le Premier ministre ne le fera pas changer d'avis.

— Justement il ne s'agit pas du Premier ministre.

— Pourquoi ne pas essayer? dit Maureen. Tu es toujours pessimiste.

— Essayez toujours, nous verrons bien!

Georges prit congé d'eux pour regagner sa chambre et travailler encore une heure ou deux avant le dîner. De la main, il désigna son balcon où l'on apercevait la table poussée devant la fenêtre et la machine à écrire avec une feuille engagée dans le rouleau. A l'intention de Maureen, il dit que, de là, il les observait depuis le début de l'après-midi et que l'envie de leur parler lui était venue autant à cause du pavillon irlandais que de l'ataxie dans laquelle était plongée Aden. Se souvint-elle de son geste? Il n'en parut rien dans son regard bleu, plus clair, plus profond, à mesure que Georges l'épiait. Mais il ne fut pas fâché d'avoir lancé cette pointe et de l'obliger à se poser une question : avait-elle été vue ou non? Elle pouvait mettre cette phrase sur le compte du hasard comme sur celui de la perfidie. Et son geste si bref avait si peu compté parmi les gestes de ce lourd après-midi, qu'elle pouvait simplement l'avoir oublié...

Le concierge ne dormait plus et se tenait derrière son comptoir, les yeux encore vagues, le front marqué par un pli rose et blanc imprimé par le contact prolongé de sa manchette galonnée d'or. Il discutait âprement avec le policier dont le visage jaune et soufflé, les yeux brillants trahissaient la fureur mêlée de panique, tandis que sa main fouillait la poche vidée de son portefeuille. Georges leur adressa un sourire figé, plutôt une grimace, auquel ils répondirent à peine, stupéfaits de le voir regagner l'hôtel, alors qu'ils le croyaient enfermé dans la chambre du troisième.

Sarah réveillée se douchait. Elle avait laissé le lit en désordre, spectacle détestable qui continuait d'irriter Georges. Il n'avait jamais pu se faire à la bohème de Sarah, au dédain du décor dans lequel elle vivait, à ce gâchis qui s'accumulait dès qu'elle s'installait dans une chambre ou un appartement. Il lui semblait toujours qu'une enfance malheureuse et ballottée comme la sienne aurait dû la rendre méticuleuse, peut-être même avare, mais, bien au contraire, elle salissait, cassait, jetait, déchirait, brisait tout ce qu'elle touchait, non pas délibérément, mais par une sorte d'innocent besoin, comme si le désordre de ses sentiments, la violence de ses foucades et même sa façon de faire l'amour devaient s'extérioriser par du linge partout, des chaussures abandonnées sous les sièges, des tubes de rouge à lèvres ouverts et des brosses à rimmel sur la table parmi les papiers de Georges. Il tira les draps, rabattit le couvre-lit et, comme elle sortait de la salle de bains, se séchant dans une grande serviette ridiculement rose, elle sourit :

— J'oubliais!

— Vous oubliez toujours!

— N'est-ce pas amusant d'être séparés par des riens, alors que sur les grandes choses nous nous sommes entendus!

— Pas aussi bien que vous le dites.

— Oui, mais tout s'efface.

— Tout, Sarah, même l'amour.

— Non, l'amour, jamais.

— Je vous avoue que je ne suis pas très en humeur de disséquer une fois de plus nos ententes et nos mésententes.

— Bon, bon, comme vous voudrez! Que faisiez-vous dehors?

— Je parlais avec l'équipage du dundee irlandais amarré sous notre fenêtre.

— Ah oui! Des Irlandais! Toujours ému jusqu'aux larmes quand vous êtes avec eux?

— Toujours!

— Vous ne changez pas.

— Je n'ai pas de raison de changer.

Elle laissa tomber à terre la serviette de bain et il la revit comme autrefois, mince, lisse, la poitrine peut-être un peu plus lourde, mais le ventre plat et les hanches étroites. Seules ses mains avaient vieilli, tachetées, osseuses, avec leurs ongles courts et leurs fortes jointures. Il pensa à cet enfant de dix-huit ans qui s'était tué pour elle, l'année auparavant, à Marrakech. Elle aurait pu être sa mère, elle l'avait saoulé d'amour, puis abandonné pour une autre passade, n'importe qui sans doute. Consciente ou inconsciente, on ne pouvait le dire, mais les remords, en tout cas, ne l'étouffaient pas longtemps, comme si, en elle, rien n'offrait de prise que le plaisir.

— Quand vous me regardez ainsi, je ne sais jamais si vous ne me haïssez pas, dit-elle.

— Non, Sarah, je ne vous hais pas, j'en suis incapable, vous le savez bien.

— D'ailleurs, j'ai tort de dire que vous me regardez, c'est une autre que vous voyez à travers moi.

— Elle n'est pas jolie cette autre.

— Et moi?

— Habillez-vous, je vous en prie.

Il détourna la tête et revint à la machine à écrire pendant qu'elle fouillait l'armoire. Deux heures après il avait terminé son dernier article. Il le relut et le corrigea. La présence de Sarah, muette, respirant à peine, respectueuse de son travail, avait souvent été un complément de sa vie, un prolongement paisible de son sang et de ses pensées. Elle était le seul être que non seulement il tolérait ainsi mais qui même lui apportait une allégresse bénéfique. Elle lisait dans un fauteuil, ses jambes nues aux durs genoux bruns repliées sous elle.

La nuit tombait sur le port, une masse confuse d'ombres piquetée de feux de bord. Le regard distinguait des coques, des superstructures, une cheminée qui fumait, la haute silhouette des grues immobiles. Le feu rouge du bateau-pilote précédait un cargo dont les chaînes grinçaient dans les écubiers. Seuls les quais étaient éclairés par la lueur verdâtre des lampadaires au néon qui continuaient médiocrement les illuminations de la ville parée de feux multicolores. La peur s'étouffait, diluée dans la nuit bruissante d'avertisseurs, de grondements mécaniques ou de voix aiguës, discordantes, qui n'exprimaient rien sinon un besoin irrépressible de vivre et de surmonter l'angoisse ambiante. Une lampe-tempête éclairait le cockpit de la *Deborah*. Les trois dînaient autour d'une planchette. Leurs corps restaient dans l'ombre et l'on n'apercevait que leurs mains et leurs avant-bras qui entraient et sortaient du cercle de lumière pour attraper du pain, un verre, quelque chose dans une assiette.

— Vous sortez? demanda Sarah.

— Oui, j'ai un dîner avec Horace McKay.

— Je me faisais une fête de dîner avec vous.

— J'en suis désolé, mais je ne peux pas vous amener à ce rendez-vous.

— Alors demain?

— Demain, sûrement.

— Et ce soir, que me conseillez-vous?

— Une voiture vient me chercher. Je peux demander qu'on vous dépose à l'hôtel Windsor. Vous dînerez sur le toit. Faites attention au couvre-feu de minuit.

— Je serai rentrée avant.

— Ou pas du tout.

— Ou pas du tout! dit-elle en riant. Bien que je doute fort de faire ici une rencontre excitante.

— Oh, vous avez de l'imagination!

— Avec l'âge, j'en ai de moins en moins.

— Dois-je attribuer à cela votre venue ici?

— Vous êtes inutilement méchant. Et puis vous oubliez que nous sommes mariés depuis plus de vingt ans. N'ai-je pas le devoir de vous suivre partout?

— Peut-on être moins mariés que nous? Je me le demande. D'ailleurs cette question est à résoudre depuis longtemps. Nous devrions être divorcés si vous pouviez rester trois jours au même endroit et si je n'avais pas la phobie des papiers d'état civil et des citations en justice. Vous nous voyez à l'audience de réconciliation, en face d'un juge paternel? Je sais bien que ce serait une occasion de fous rires et que nous en manquons, mais tout de même...

— Si vous vouliez refaire votre vie...

— Elle est refaite, sans vous...

— Pas la mienne.

— C'est votre affaire, Sarah.

— Oh je sais, je sais...

Il s'habilla et, comme il pliait son short, le portefeuille du policier en tomba, le portefeuille d'un pauvre, d'un besogneux, d'un homme à la main moite. A l'intérieur trois

286

livres sterling étaient soigneusement pliées avec un billet de dix shillings neuf. Glissée sous un mica, une photo représentait l'homme en bras de chemise, avec une femme encore jeune, trop grasse, les pieds comprimés dans des escarpins à hauts talons. Ils se tenaient le bras et s'appuyaient l'un et l'autre sur les épaules de deux enfants, un garçon d'une douzaine d'années au visage en lame de couteau, assis sur un tabouret, montrant des jambes squelettiques enserrées dans un échafaudage de bois et d'acier, et une fillette plus jeune, bovine déjà comme sa mère, le regard atone. Ils avaient été pris dans un atelier de photographe, devant un décor de désert avec un palmier, et un dromadaire qui n'arrivait pas à la hauteur du policier. C'était donc cela la vie de ce maladroit imbécile, sa raison d'exister? Pitoyable et attendrissant. Georges regretta ses insultes et ses brusqueries. Mais pourquoi les hommes ne disent-ils pas tout de suite ce qu'ils sont, pourquoi jouent-ils à des jeux aussi dangereux quand il suffirait, pour qu'on les aide, qu'ils dévoilent leur misère véritable et mettent leur âme à nu? Une carte d'identité donnait le nom de ce malheureux : John Arthur Tap, Jean Arthur Robinet. Comme il avait dû être accablé de plaisanteries idiotes dans son enfance : ouvre le robinet, ferme ton robinet... Georges crut entendre les ricanements qui avaient accompagné les années de collège. Pour y échapper, il était venu ici où la seule qualité d'Européen, de Blanc (mais est-on un Blanc avec un visage aussi jaune, travaillé par la malaria ou les amibes?), redonnait un peu d'orgueil à un paria, quelque illusoire puissance sur une autre humanité encore plus misérable que soi. Et maintenant, même cette illusion de puissance s'écroulait. Les Anglais quitteraient le protectorat d'Aden, emmenant dans leurs fourgons une poignée de sous-fifres, les seuls à regretter vraiment le paradis perdu où ils avaient trouvé plus déchus qu'eux. Comme le malheur est une chaîne, son enfant était un infirme diminué par la polio, que, faute d'argent, on ne pourrait jamais rééduquer pour qu'il menât une vie normale. Voilà l'homme qui, depuis la fin de l'après-midi, cherchait éperdument son portefeuille, le cœur serré de s'être fait voler trois livres dix shillings et sa note de frais épinglée de tiquets : une bière au bar du Windsor, un taxi pour le Haut-Commissariat, un sandwich à l'hôtel, un dîner dans un snack en face du Jardin des Gourmets où Georges était lui-même avec deux autres correspondants de la presse étrangère ; en quelques chiffres, le contrepoint de sa journée dans Aden.

Ils descendirent par l'escalier, Sarah laissant derrière elle le sillage d'un parfum qui était tout le souvenir de sa peau depuis des années, mais qui, ici, dans cet hôtel neuf aux plâtres encore humides, prenait l'odeur fauve et sucrée des bordels. En bas, ils interrompirent une violente discussion entre le concierge, le directeur de l'hôtel, également un Grec d'Égypte, caricature de ce porc de Farouk, et le policier qui voulut s'éclipser. Georges le rappela :

— Mr Tap, s'il vous plaît !

L'homme sursauta et lui jeta un regard de chien battu, plein de méfiance.

— Vous avez tort de laisser traîner votre portefeuille...

Avant qu'il ait eu fini de parler, le policier tendait déjà une main tremblante.

— Vous pouvez compter ! L'argent y est : trois livres et dix shillings. Comment va votre petit garçon ?

— Mieux, je vous remercie. Il est en Angleterre dans une école spéciale, le premier de sa classe. C'est un enfant très, très intelligent.

— Voilà une satisfaction pour vous.

— Oh oui, c'en est une. Une grande... Merci pour le portefeuille. Puis-je vous demander où vous l'avez trouvé ?

— Est-ce vous ou moi le policier ?

Il esquissa un geste vague qui refusait, sinon le titre de policier, du moins la réprobation qui s'y attachait quand on surveillait des personnes honorables.

— Je crois, dit Georges, que vous pouvez rentrer chez vous ce soir, une voiture du Haut-Commissariat attend devant la porte. Je dîne avec Mr McKay.

— Ah bien... je vous remercie... pour le portefeuille...

— N'en parlez pas ! Bonsoir, Mr Tap.

— Bonsoir, monsieur.

Une vieille Rambler vert olive, haute sur pattes, la même que celle conduite par Joan pendant la guerre, stationnait devant l'hôtel. Le chauffeur descendit pour leur ouvrir la porte. Sur le siège à côté de lui, la crosse de la mitraillette entre les genoux, se tenait un parachutiste du Royal Lancashire, qui ne se détourna pas. Pendant tout le trajet ils ne virent que sa nuque rose et rasée, une nuque de tueur discipliné. Ils roulaient dans la ville où les voitures commençaient à se faire rares. Des Arabes marchaient à pas pressés sur les trottoirs. Pour eux le couvre-feu était à neuf heures. On ne rencontrait déjà plus un Européen.

— Ne vous avisez pas de rentrer à pied, dit-il à Sarah.

— Rassurez-vous, je n'ai pas envie de mourir. La vie est ignoble, mais je l'adore, précisément parce qu'elle est ignoble. Horace se souvient-il de moi?

— Certainement, mais si je vous amenais, il ne dirait pas un mot et j'ai besoin qu'il parle.

— Je le déteste. Un jour, on m'a raconté quelque chose sur lui...

— Qui et quoi?

Elle eut un geste vague.

— Qui? Peu importe! Mais ce qu'on m'a dit était étrange...

La voiture s'arrêtait devant le Windsor. Sarah envoya un baiser et s'engouffra dans l'hôtel. Un vent léger se levait. On respirait enfin.

A neuf heures pile, la Rambler s'arrêta dans l'enceinte du Club britannique. Horace attendait au bar en plein air sous une toile de tente rayée, face à la plage de sable et à la mer. Les flammes des bougies tremblaient dans leurs manchons de verre vert, dessinant des ombres mouvantes sur les bustes guindés et les visages penchés vers le comptoir aux verres remplis d'alcools ambrés et de gins pâles et glacés. La veste blanche d'Horace tranchait sur les vareuses beiges des officiers et le costume de jour des civils trop las pour se changer. Il respectait la vieille coutume et s'habillait le soir avec un soin méticuleux comme s'il tenait par-dessus tout à se créer un nouveau personnage pour affronter la nuit. Ou peut-être tenait-il à offrir une dernière image-souvenir sans bavures à ses compatriotes avant de les quitter. Aden semblait être un point de non-retour. Il n'irait pas plus loin. Dans un pays neuf, il aurait fait une ascension fulgurante, mais dans l'Angleterre sclérosée de l'après-guerre, il lui avait fallu suivre les échelons de la filière, les grimper lentement, se noyer dans des postes de second ordre où il demeurait l'invisible, l'efficace bras droit de quelque haut commissaire plein de soi-même. Son expulsion de Moscou lui avait certainement cassé les reins. Jamais le Foreign Office ne lui accorderait sa revanche publique. Il n'en montrait aucune impatience. Une sérénité glacée le préservait de l'amertume.

Georges avait accepté un reportage difficile, plein de

chausse-trapes, avec l'idée qu'Horace l'aiderait. En fait, Horace avait été muet, presque hostile, se retranchant derrière ses fonctions, attitude à laquelle on aurait pu s'attendre et qui, néanmoins, étonnait, parce que Georges gardait de l'année de Cambridge et des quatre années de Londres, pendant la guerre, un souvenir très cher. Il fallait bien l'admettre : ils étaient des humains radicalement différents, aussi étrangers l'un à l'autre, Anglais et Français, qu'un chien et un chat. Il suffisait de voir Horace au milieu des siens pour être saisi de cette vérité qui a toujours été fatale à nos deux peuples. Georges n'en doutait plus ce soir-là, parmi ces Anglais trop anglais qui reconstituaient sous les tropiques les mêmes clubs, les mêmes bars où des indigènes en blanc immaculé leur servaient leurs boissons monotones, la haine au cœur et le geste servile. A la fin de la nuit, un effort de mémoire était nécessaire pour se situer dans le monde, refuser l'idée de Singapour, des Bahamas, de l'Inde ou du Kenya, et retrouver le nom d'Aden, imaginer que, derrière ces bâtiments légers implantés dans le sable (un provisoire qui finit par durer la vie entière), s'étendait une Arabie inhumaine et secrète dans son désert de pierres cuites semé de guerriers faméliques. Les Anglais recherchaient toujours la proximité de la mer qui, malgré les avions, restait leur mer, l'instrument de la conquête, mais on pouvait aussi penser qu'ils l'aimaient comme un élément de sécurité, une voie d'évasion illimitée au cas où l'autre vague, la vague humaine, les aurait obligés non pas à fuir — oh non, un Anglais ne fuit pas, dût-il en coûter mille morts imbéciles — mais à plier bagage dans l'ordre, laissant pour tout souvenir derrière eux ces clubs où la nuit est fraîche et anonyme.

Georges commanda de l'ale et Horace se servit un nouveau verre d'un rhum dont le barman gardait la bouteille à son intention. Cette marque de rhum, introuvable ailleurs qu'à la Jamaïque, suivait Horace partout. Au plus fort de la guerre, grâce à on ne sait quels mystérieux relais, il n'en avait jamais manqué. Quand sa provision tarissait, un messager en provenance de l'Ouest déposait, sur la table de son bureau de Hay Street, un flacon du précieux rhum.

Nul n'aurait su trouver meilleure introduction auprès de lui. Cela dit, si l'alcool lui procurait de rares fois une vive excitation verbale, ni sa lucidité ni son esprit n'en étaient altérés. Personne ne l'avait vu tituber. Sans doute l'alcool même lui était-il indifférent. Seule la possession d'une bouteille lui procurait une sensation de plaisir réel. Il en caressait le col de ses doigts fins, promenait son ongle sur le dessin de l'étiquette et rêvait un instant comme un enfant à qui l'on offre son centième ours en peluche et sait très bien qu'il n'en tirera pas plus de joie que des autres, mais qu'il faut vivre environné d'ours parce que son entourage en a décidé ainsi.

— Si vous ne m'aviez pas téléphoné, je vous aurais appelé, dit Horace.

— Du nouveau?

— Vous savez bien que vous ne pouvez pas compter sur moi pour le nouveau que vous cherchez! Je ne vous ai pas aidé, je ne vous aiderai pas. De plus, vous n'avez aucun besoin de moi. Non, je parle de faits nouveaux qui vous concernent... Je vous avais prévenu.

— Un homme prévenu ne vaut rien.

Ho fronça les sourcils et tout son visage refléta une soudaine attention, mais une attention lointaine, étrangère à Georges, à ce groupe de buveurs accoudés au bar, de dîneurs attablés sur la véranda.

— Qu'avez-vous? demanda le Français.

— J'ai déjà entendu cette phrase, je la connais bien et je ne sais plus qui l'a prononcée. Pas vous en tout cas.

— Non ; c'est vous, Ho.

— Moi? Est-ce possible?

— A Cambridge, un après-midi, en regardant dribbler Barry Roots sur le terrain.

— Ai-je dit cela, vraiment? murmura Ho avec une inquiétude non feinte comme s'il se demandait par quel abandon de sa réserve il avait pu lâcher un aussi énorme secret.

— Je vous entends encore. Quelques jours après, Cyril Courtney m'a assuré que vous vous parliez à voix haute, oubliant que vous étiez avec nous. Cela rappelé, je ne partage pas votre avis. Je préfère être prévenu.

— Vous n'êtes pas une femelle!

Ah! ce mot de femelle dans sa bouche qui se tordait avec dégoût! Quel mépris voisin de la haine. Vingt fois, Georges l'avait entendu sans y attacher plus d'importance qu'au mot « bâtard » dont Barry accablait ceux qui injuriaient à l'idée qu'il se faisait de son pays, lui justement le bâtard, le fils d'un homme d'écurie et d'une lady. Mais, pour la première fois, ce mot de « femelle » choquait Georges comme s'il prenait soudain sa vraie signification, comme si Ho ne l'avait jamais dit avec tant de hargne. Il ne l'entendait plus en anglais où il est une injure commune et basse, mais en français ou dans l'une quelconque des langues de la Méditerranée quand il se charge d'une ténébreuse rancune contre le matriarcat, quand il est le dernier mot d'Oreste à Clytemnestre. Dans la civilisation anglo-saxonne, « femelle » n'exprime qu'un mépris hautain pour les animaux ou les prostituées. Il ne touche pas à la mère, à l'entité maternelle, il est vague, imprécis. Pourtant Georges ne doutait plus ce soir-là qu'il signifiât pour Horace quelque chose de grave et de violent, une répulsion de son être intime pour l'éternel féminin, comme celle qui habite les moines hirsutes et puants du mont Athos.

— Vous n'êtes pas une femelle! reprit Horace.

— Je ne le crois pas, mais je vous remercie quand même de me le confirmer.

-– Je veux dire que « prévenu » vous êtes plus dangereux.

— Moi, dangereux?

— Je parle du point de vue qui me concerne, celui d'un fonctionnaire britannique défendant les intérêts de son pays. Vous êtes dangereux, parce que vous avez su ruser, comme un bon gibier.

— La comparaison n'est pas flatteuse.

— Ne vous vexez pas! Nous n'en sommes plus là, nous nous connaissons trop...

— Ou pas du tout!

— Ou pas du tout! répéta-t-il avec une distraction morne dans la voix.

Un garçon les prévint qu'une table était libre et ils

gagnèrent l'angle de la véranda. Une balustrade les séparait du sable et de la mer qui roulait de douces vagues sur la grève. Ce murmure engloutissait l'attention et, lentement, insensibilisait les nerfs épuisés par la longue lutte contre la chaleur du jour. Le feu rouge d'un cargo gagnait le port, le feu vert d'un autre cargo prenait le large, et l'eau sans rides portait jusqu'à eux le vrombissement des machines. Après la lumière aveuglante de l'après-midi, ils se retrouvaient comme des astronautes, isolés au sein d'un cosmos noir dont les étoiles trop belles pour être vraies dérivaient au-dessus des têtes. Dans ces baraquements détachés de la ville et même de la terre, ils étaient seuls, perdus au centre d'une immensité reposante où il n'y avait plus rien à faire qu'à vivre en attendant le retour du soleil. Autour d'eux, à intervalles réguliers, trouant l'ombre de leurs silhouettes claires-obscures, veillaient des parachutistes dont les voix métalliques, impersonnelles, échangeaient les mots de passe avec les sentinelles fixes, ordre chiffré que Georges et Horace recevaient de leur point de départ : l'Europe vaincue, à la veille de démissionner, veillait sur eux, pleine de remords de les maintenir dans une aventure sans issue. Et encore Georges n'était-il pas lié à la vie à la mort avec ce petit groupe d'hommes perdus dans la vaste Arabie. Il pouvait, demain, s'il le désirait, débarquer de leur aéronef et regagner une terre fixe où la vie restait relativement protégée, mais eux, les Anglais, devaient attendre dans le calme et l'obéissance l'ordre de décrocher de leur orbite. Si l'ordre tardait, ils mourraient asphyxiés ou criblés d'éclats par la bombe d'un terroriste comme des astronautes sous une pluie de météorites.

— Que croient-ils? demanda Georges en pensant aux parachutistes. Nous protéger? C'est enfantin.

— Enfantin. Il y a un mois, un Arabe a rampé sur la plage, passant entre les sentinelles. Nous étions là à une trentaine au plus à regarder plus ou moins devant nous un paquebot au large et nous n'avons pas vu cet homme couleur de sable qui glissait dans le sable. Nous les Blancs, je veux dire, car les serveurs en ont été conscients avant même de l'apercevoir. Ils se sont tous éclipsés vers la cuisine et c'est leur disparition soudaine qui a trahi l'homme. Le barman, un Français ancien légionnaire — oui, vous parlerez avec lui tout à l'heure, il était en Indochine et je ne sais où encore —, le barman a « entendu » le silence terrifié des serveurs, il a levé la tête et il a vu l'homme qui se mettait à genoux. Il a tiré — son revolver est toujours à côté de son shaker — et il l'a eu en pleine face, mais la grenade était déjà dégoupillée. Elle a éclaté à ras de terre. Ses éclats ont criblé les jambes des dîneurs. Du sang, beaucoup de sang. Nous pataugions dedans, mais le lendemain tout le monde était là avec des pansements, des teints un peu plus pâles, un peu plus anémiés. Les sentinelles avaient été doublées et nous nous disions que ce ne serait en tout cas pas pour ce soir, qu'il fallait être fou pour recommencer le lendemain, mais les serveurs ont de nouveau disparu et nous avons tout de suite su pourquoi. Les revolvers sont sortis sous les tables et quand le second type est apparu, il a été une belle cible : trente balles de colt dans le corps sec et affamé d'un petit terroriste de dix-huit ans, ça fait un bruit étrange, comme une guitare qui casse ses cordes.

— Dix-huit ans! On ne vieillit pas beaucoup dans le métier.

— Seuls les théoriciens vieillissent. Ils finissent par écrire des livres et leurs droits d'auteur leur assurent même une agréable retraite.

Un serveur noir apporta de fades hors-d'œuvre accommodés à la sauce anglaise. Ils mangèrent distraitement, aidés par une bouteille de champagne. Georges ne pouvait s'empêcher de regarder la zone de sable éclairée par les lumières de la véranda, imaginant la vision d'un peintre surréaliste : une main, un bras décharnés émergeant du sable et lançant une grenade sur le groupe de dîneurs paisibles qui parlaient à voix basse. Cette grenade ne l'aurait pas concerné : mais il l'aurait acceptée de bon cœur en témoin un peu trop las d'être un témoin. Témoigner, toujours témoigner, cela n'avait plus de sens. Il en était écœuré, et il lui venait, face à Horace, une ardente nostalgie de l'action pour l'action. Vivre c'est lutter, ce n'est pas regarder. Pourtant la cause d'Horace n'était pas la sienne, ne le serait jamais. Un moment ils avaient eu la même cause, et ce travail au coude à coude dans un cadre rigide resterait un souvenir grisant. Puis il s'était cru libéré, ignorant que, cent fois encore dans les années à venir, il ressentirait l'humiliation de n'être qu'un témoin de la vie des autres.

— Vous avez lu mes articles? dit-il.

— Oui.

— Pourquoi vous être donné la peine de les faire photocopier en mon absence? Vous me les auriez demandés, je vous les aurais montrés.

— Je n'aime pas demander.

— Vos hommes manquent de finesse. J'avais laissé un signe. J'ai su tout de suite, en entrant dans ma chambre, votre indiscrétion.

— Je n'oublie pas que nous avons travaillé ensemble.

— Vous n'avez pas pu m'empêcher de voir les meneurs du F. L. O. S. Y. [1] ni ceux du F. N. L. [2] que vous n'avez pas réussi à rencontrer depuis deux ans. Ils m'ont parlé...

— Pour rien.

— Comment pour rien?

— Vos articles ne paraîtront pas. Demandons une autre bouteille de champagne, voulez-vous?

— Vous avez déjà fait le nécessaire pour que mes articles ne paraissent pas?

— Pas moi. D'autres.

Il dut voir que Georges accusait le coup, sans croire encore que cela fût vrai.

— Je suis désolé, dit Horace. Vous êtes déçu, parce que vous comptiez sur mon amitié. Elle existe, mais en dehors de ces considérations.

— Vous me faites plaisir, Horace, en me parlant d'amitié. Je n'aurais jamais osé prononcer ce mot devant vous.

— Vous êtes injuste, encore une fois. Je suis désolé.

— Puis-je téléphoner à Paris?

— Donnez-moi votre numéro. Je le demande en priorité.

1. Front de libération du Sud Yémen occupé.
2. Front national de libération.

Quelques instants apres, Georges obtenait la rédaction du journal. Horace disait vrai. On entendait mal la voix de Poulot qui s'embrouillait dans des explications que Georges ne voulait d'ailleurs pas connaître puisqu'elles étaient mensongères. L'oreille collée à l'écouteur, il ne restait là que pour réfléchir à une décision qui tomberait comme un couperet sur sa vie. L'important était de partir en beauté, c'est-à-dire, grâce à la clause de conscience, de les faire payer. Poulot s'embrouillait de plus en plus. Georges le sauva de ce mauvais pas :

— Je vous prépare une lettre recommandée.

— Prenez plutôt des vacances. On parle de vous envoyer en Amérique du Sud. Ça vous intéresse, n'est-ce pas, Saval?

— Pas du tout. J'en ai soupé de l'Amérique du Sud. C'est un guêpier. Ma lettre recommandée partira demain-poulot.

— Écoutez... prenez du repos... rentrez à la nage... réfléchissez... nous avons tout le temps, Saval.

— Au revoir Poulot.

Le téléphone raccroché, Georges resta un moment dans la cabine de bambou. Jamais décision rapide n'avait été aussi mûrie. Horace l'attendait, fumant avec une nervosité inhabituelle chez lui.

— Eh bien?

— C'est exact! J'ai donné ma démission.

Horace ne put cacher un geste d'agacement.

— Vous exagérez tout!

— Je n'exagère rien. Je n'ai plus le cœur de jouer un rôle dans la presse. Voilà dix ans que les choses empirent. Il ne faut pas les laisser aller plus loin, sinon je serai comme eux tous. Voilà dix ans que la presse occidentale brouille toutes les cartes du monde politique. Aux yeux du public, elle paraît indépendante, courageuse, frondeuse. En réalité, c'est une presse trop lâche pour mon goût. Au nom des principes sacrés, les petits gouvernements qui luttent pour la vie tremblent devant elle qui ment effrontément, par peur ou combine. Elle est noyautée par les deux internationales qui s'entendent comme larrons en foire. Consciemment ou non, nous sommes devenus les commis voyageurs de la révolution, jusques et y compris les journaux bourgeois auxquels la vérité crève les yeux. Mais ils la nient. Ce n'est pas plus honorable que ça.

— Je n'ai jamais su si vous étiez un homme de gauche ou de droite.

— Horace, tout cela ne compte plus. Le souci d'aimer ou de dire la vérité vous place tantôt à droite, tantôt à gauche. On reconnaît les hommes malhonnêtes à ce qu'ils sont constamment à gauche ou constamment à droite. Inscrit à un parti, fidèle à ce parti et à ses chefs, vous acceptez implicitement de truquer ou de mentir par omission. La gauche et la droite ne sont plus des notions abstraites, ce sont des cages, des prisons, et il se pourrait bien que la plus sectaire des deux soit la gauche, celle-là même qui s'est élevée autrefois avec le plus de courage contre le sectarisme de la droite appuyée par le clergé et l'armée. Pauvre droite, on l'accable avec une hargne sans nom au moment où elle n'est plus qu'un état d'esprit. Matériellement elle a été pulvérisée par le fascisme, et ses ultimes restes ont été emportés par la débâcle du fascisme. Elle a perdu l'appui de l'Église et de l'armée, ses hommes politiques et ses moyens d'expression. Il n'y a plus d'équilibre possible, Horace. Il n'y a plus qu'une force monstrueuse, souterraine, qui draine l'opinion. Ce reportage ne représentait pas grand-chose pour moi, une affaire de routine, mais j'ai entendu des choses qu'il ne faut pas raconter, parce que cela menace d'une part des intérêts pétroliers, d'autre part le communisme mondial.

— Le communisme mondial est un épouvantail!

— Il ne m'épouvante pas du tout. Il ne m'a jamais épouvanté. J'ai longuement parlé avec Barry les deux dernières fois où je l'ai vu. Nous sommes presque d'accord sur le fond. Seule la forme est inadmissible pour un esprit qui aime la justice, croit encore à un peu de générosité et a le sens du ridicule. Le malheur, le terrible malheur, c'est qu'au moment où on s'interroge avec sincérité sur le communisme, où l'on commence à être d'accord sur le fond de ce qu'il propose, le communisme se vide de ses revendications sociales et de son pacifisme pour n'être plus que le levier d'une ténébreuse conspiration impérialiste.

— Vous romancez, vous avez de l'imagination. Trop. Vous voyez des capitalistes et des communistes partout. Même dans Aden.

— Il y en a, cher Ho. Ils ne se nomment pas. Voilà des années que je roule partout dans le monde et que j'essaye de voir les choses en face. Un communiste déclaré, inscrit au Parti, est un homme déjà hors de combat. Il ne sert plus qu'à encadrer des enfants et à leur faire chanter *L'Internationale*, à entretenir la foi des militants de quartier et à bourrer le crâne des vingt-quatre membres de sa cellule, vingt-quatre loqueteux abrutis de travail qui vont là comme à la messe. Les effectifs des partis communistes dans le monde encore libre sont ridicules, dérisoires, une poignée d'hommes dans chaque pays. En revanche, le communisme dispose d'une formidable armée secrète...

— C'est intéressant ce que vous dites. Je n'y avais pas réfléchi en ces termes-là.

Pourquoi Georges eut-il l'impression qu'il y avait, au contraire, beaucoup réfléchi? L'attention d'Ho était extrême, alors que d'ordinaire il ne cachait pas sa mauvaise volonté à écouter quoi que ce fût qui dérangeât ses idées acquises. Au fond, tous deux se connaissaient bien malgré les apparences. Georges savait depuis longtemps qu'Ho n'était pas le fonctionnaire superficiel qu'il voulait paraître. Il était même diaboliquement intelligent si l'on se rappelait ses observations dans le travail. Dix fois, cent fois plus intelligent que Barry, mais Barry avait le don de l'autorité qui prime tous les autres dans l'action et le don de convaincre qui est le plus beau. Horace se serait cru déshonoré d'avoir à convaincre un interlocuteur.

— Si vous ne l'avez pas fait, vous auriez dû y réfléchir, Horace. Mais vous le savez, vous le savez... J'en suis certain.

Le visage d'Ho exprima de nouveau une attention trop polie.

— Je suis un fonctionnaire, mon cher, promis à un bel avenir peu avant sa retraite. Rien d'autre. J'agis dans le cadre d'instructions très précises. Votre « armée secrète » je l'ignore. Montrez-la-moi ici...

— Ici, je ne sais pas tout encore. Cela demanderait du temps de lui ôter son masque, mais j'y arriverais, j'en suis certain, et ce serait même passionnant. Ailleurs, je la vois, cette armée secrète, comme le nez au milieu du visage avec ses airs de chattemite et ses grossières indignations. En Occident, le parti communiste a perdu ses chances de déclencher la révolution par la violence et d'imposer la dictature par le prolétariat. Le P. C. freine ses éléments les plus avancés. Il sait bien qu'une fois au pouvoir, ses échecs, son incapacité économique et sociale, la terreur imposée par sa bureaucratie déclencheraient aussitôt une contre-révolution et l'écrasement d'effectifs grotesques, inférieurs à ceux que pourrait revendiquer n'importe quel leader d'extrême droite. La force, l'intelligence des communistes est de savoir adapter leurs méthodes de combat au terrain et à l'adversaire. Ainsi tout l'Occident est anticommuniste et tout l'Occident pratique ou approuve la politique communiste dans le monde. La presse capitaliste tremble de passer pour réactionnaire et se livre à une surenchère que les communistes peuvent regarder d'un air narquois. C'est cela qui importe, car *L'Humanité*, *L'Unità* ou le *Daily Worker* n'ont aucune influence, aucune portée. Des journaux de parti rédigés par des imbéciles sans talent pour des imbéciles sans imagination... En revanche, le communisme, quand il travaille hors de sa propre légalité, quand il manœuvre ses atouts secrets, sait s'adresser au talent, sait faire vibrer la corde sensible. Il ne paraît même plus bon qu'à ça. Un parti de pleureurs de choc, un parti de pétitionnaires à sens unique qui ne paraît même plus capable d'accepter la virilité de la lutte, un parti de femelles, diriez-vous... Faire pleurer Margot pour un petit terroriste qui a reçu une paire de gifles quand on a chez soi des camps de concentration, des prisons atroces et une police politique dont le seul nom terrifie le plus innocent citoyen, il faut avouer que c'est un chef-d'œuvre. Tirons notre chapeau, Horace... De toute façon, il n'y a qu'un critère en politique; c'est la réussite, et en voilà une... Elle n'était possible qu'avec la complicité de la presse et l'astucieuse exploitation de la mode. Grattez la presse et vous trouverez...

— L'agent secret?

— Les agents secrets font partie des panoplies démodées. On les solde dans les magasins de jouets avec les costumes d'Indiens ou de cow-boys, en fin d'année. Personne n'en a plus besoin. Tout se sait. Les pauvres prennent leur retraite. Un à un leurs gouvernements les rappellent. Bientôt ils seront tout un village près de Washington ou de Moscou, avec femmes et enfants, entretenus à ne rien faire et visités, choyés comme les derniers cavaliers de la charge de Reichshoffen. L'ère de l'espion est morte. Commence celle de l'homme qui, dans le secret, travaille l'opinion, soit l'opinion d'un seul mais d'un chef, soit l'opinion de la foule. Si j'étais Moscou, j'élèverais une statue en or à Algier Hiss, conseiller privé de Roosevelt et membre clandestin du P. C. L'influence qu'il a eue sur le Président pendant la dernière guerre, les décisions qu'il a été amené à lui faire prendre, l'abandon à Yalta des deux tiers de l'Europe aux Russes sont des victoires qui, sur le champ de bataille, auraient coûté des centaines de milliers d'hommes, peut-être des millions. J'appelle cela du bon travail. Le seul travail qui importe avec celui d'une mise en condition de l'opinion. J'ai essayé de ne pas être un mouton... On ne peut déjà plus.

— Publiez vos articles ailleurs.

— Dans des feuilles de chou? Personne n'y croirait. Il faut parler fort ou se taire.

— Oui, peut-être... J'aurais dû vous prévenir quand vous avez rencontré les types du F. L. O. S. Y. et du F. N. L...

— La part de vérité qu'ils détiennent est intéressante. Je me devais de les voir et je n'ai pas eu tort. Il y a ici trop d'intérêts en jeu. Quelqu'un a-t-il jamais pu écrire noir sur blanc qu'en Algérie la rébellion était ravitaillée en armes, en munitions, en matériel de radio, par les camions des entreprises pétrolières, ces géants qui traversaient le désert? Et pourquoi le train du pétrole n'était-il jamais saboté? Vous savez tout cela, Horace, et vous savez qu'ici c'est la même chanson. Il y a encore moyen de parler de la pluie et du beau temps, des acteurs qui divorcent et des accidents de voiture de nos chanteurs à la mode. Là, je ne suis plus très doué. Ça ne m'intéresse plus. Je vieillis, vous savez...

Un lourd vent d'est se levait, apportant par rafales l'odeur de la mer dont le bruit se faisait de plus en plus insistant sur la plage, un murmure grave et têtu. Il y eut un cri que les sentinelles répétèrent, des bruits secs de culasses ouvertes et fermées. Les dîneurs se turent mais les serveurs continuaient d'aller de table en table, sans montrer de nervosité. Le feu vert du cargo s'était enfoncé dans la nuit et le vent lavait le ciel, découvrant les myriades d'étoiles qui clignaient au-dessus des dîneurs, familières et tranquilles si on ne les interrogeait pas sur le destin des hommes. Dans les assiettes le homard grillé refroidissait. Georges était en nage et la lumière basse éclairait le visage de son vis-à-vis sur qui les années passaient sans toucher à l'essentiel. Seul le menton s'empâtait légèrement et encore n'était-ce visible que de profil comme les fils d'argent sur les tempes. Pour la première fois on décelait, dans le beau visage de cet homme distant et plein de morgue, l'indice d'une altération intérieure, comme une volonté qui s'émousse par philosophie ou dédain. Cette métamorphose était fatale, mais pourquoi avait-elle attendu les approches de la cinquantaine? Georges venait aussi de muer, mais brutalement, sans transition. Longtemps encore, il souffrirait de la partie de son moi qu'il s'était arrachée. Rien ne gâchait encore cette exaltation momentanée. Il irait plus loin.

— Je boirais bien une autre bouteille de champagne, pour fêter ma libération, dit Georges.

Horace fit signe au barman qui apporta lui-même une bouteille de champagne frappé.

— Il vous connaît! dit Horace.

Georges leva les yeux vers l'homme qui se tenait debout à leur côté et glissait la bouteille cravatée de blanc dans le seau à glace. Il avait rencontré mille visages comme le sien, mille hommes de sa trempe : le cheveu ras, une belle balafre sur la joue, le regard bleu, les lèvres minces, une cicatrice encore sur la main qui tassait les glaçons.

303

— Si vous me connaissez, je devrais vous connaître aussi!

— Vous vous souvenez d'un bouclage au nord de Tiaret, pendant l'été 58?

— Oui, en effet, je me souviens, il y avait des cavaliers et une compagnie de la Légion.

— J'étais légionnaire. On nous avait dit de nous tenir à peu près convenablement parce que le colonel avait invité un journaliste.

Il se tenait raide comme si on ne parlait de la Légion qu'au garde-à-vous.

— D'où êtes-vous?

— De Paris. Ma mère est concierge rue Caulaincourt. Je ne l'ai pas revue depuis dix ans et ce n'est pas pour demain...

— Ah bon, je comprends. Et maintenant?

— Vous voyez!

Il prit sa veste blanche et la tendit aux basques entre les pouces et les index, comme s'il s'apprêtait à une révérence.

— Vous regrettez?

— Comme les autres, j'ai chanté : « Je ne regrette rien... »

On l'appelait d'une autre table. Il s'esquiva après un court salut de la tête.

— Incorrigible! dit Horace. Il tire des plans pour se joindre aux royalistes yéménites. Il ira. Rien ne l'arrête. Il a rendez-vous avec la mort, quelque part, il ne sait pas où. Sans doute, à force de la chercher partout, l'évite-t-il. Je suis persuadé que cette sorte d'homme a une arrière-pensée : ils espèrent tous affronter la mort et la vaincre. Un beau pari, n'est-ce pas?

— Perdu d'avance.

— Oh non, rien n'est perdu. Rien... Tout est possible. Même le meilleur.

— Ce serait magnifique, Horace, de découvrir aujourd'hui que vous croyez au progrès.

— Pas vous?

— Non, mais il est certain que nous ne donnons pas au mot progrès le même sens.

— Probablement.

— Dans la terminologie marxiste, c'est d'abord un accroissement et une accélération de la production pour le bien général. En fait, nous le voyons, les pays à économie marxiste sont encore les seuls pays où l'essentiel est mesuré. Cette faillite n'est pas explicable par la technique, puisque la technique est aussi avancée que dans les pays libres, et souvent même plus. Il faut donc croire qu'elle est dans la conception du travail de l'homme. Là, nous butons. J'aurais bien voulu être communiste, c'est le regret de ma vie.

— Qu'est-ce qui vous en a empêché? demanda Horace avec une curiosité inattendue.

— Je vous l'ai dit : c'est un parti de pleureurs de choc. Des larmes, des plaintes, des pétitions... La mauvaise foi la plus criarde et la plus insolente. J'aurais voulu adhérer à un parti révolutionnaire, âpre, idéal, violent et avouant sa violence. Un moment, j'ai cru que c'était possible...

Là Georges jouait, il n'y avait jamais cru, mais l'attitude d'Horace l'invitait à pousser les choses à fond, et, y réfléchissant plus tard, il se demanda si ce qui devait être un paradoxe pour bousculer Horace dans ses retranchements n'était pas, au fond, une vérité cachée en lui-même, depuis des années, et soudain mise en lumière parce que, ce soir-là, il devenait un homme libre de sa parole et de ses gestes.

— Quand?

— Après Budapest, en novembre 1956.

— Vous vous moquez, dit Horace. C'est le moment où les communistes de bonne foi ont protesté, symboliquement il est vrai, contre la politique du Parti. Si Eden et Mollet ne s'étaient pas concertés comme deux imbéciles pour attaquer l'Égypte et prendre Suez quelques jours après, fournissant un excellent dérivatif à l'attention générale, l'U. R. S. S. aurait durement souffert dans ses partis étrangers.

— Je ne suis pas de votre avis. La révolution en marche montrait enfin son vrai visage. Elle écrasait la Hongrie qui s'engageait dans la voie d'un autre progrès que le sien. Les chars soviétiques réglaient la question en une nuit. Une nuit, vous entendez, une nuit... pour liquider le sursaut

305

de tout un peuple, écraser une révolution qui risquait de faire tache d'huile et d'effriter la ceinture de satellites que s'était tressée un empire. Au moment du danger, le masque tombait : l'U. R. S. S. se montrait enfin dans toute la gloire d'une puissance invincible. Le temps de la mauvaise foi, des jérémiades était passé. La révolution retrouvait son vrai visage, celui du léninisme pur et dur qui est forcément cynique. J'ai cru que nous pourrions être communistes, que les communistes revendiqueraient enfin leurs crimes comme des sacrifices à l'idéal de la révolution mondiale, qu'ils avoueraient le génocide de la nation cosaque, le génocide des Musulmans du Caucase, qu'ils cesseraient de finasser ignoblement sur Katyn en abattant les cartes sur la table : nous avons massacré 12 000 officiers polonais près de Smolensk parce que ces 12 000 hommes étaient l'élite de la nation et auraient empêché un jour ou l'autre la soviétisation de la Pologne, fin suprême comme l'a avoué lui-même le fils de Staline, Jacob Djougachvili. Ils l'auraient crié sur les toits, que je me joignais à eux. Mais aussitôt après, ils sont retombés dans leurs errements : à Budapest, ils avaient maté une contre-révolution réactionnaire et fasciste, Nagy était au service des États-Unis et ils ont crié plus fort que tout le monde : paix en Algérie!... Comment voulez-vous vous entendre avec de pareils marchands de vessies? Il n'y aura pas de révolution mondiale, Horace, il n'y aura que des cocus!

Georges se tut. Il n'avait plus envie de parler. La nuit était trop sèche et l'haleine chaude du vent n'incitait plus qu'à boire. La plupart des tables s'étaient vidées. Les serveurs silencieux retiraient les nappes. Un major, assis en équilibre instable sur un tabouret de bar, buvait de la fine dans un verre à bière. Son léger balancement présageait une chute rapide.

— Il va tomber! dit Horace. Et les restes de l'Empire tomberont avec lui. Le déshonneur n'est pas loin...

Le major se balança encore un instant, rouge jusqu'à la racine des cheveux, puis le pied du tabouret ayant glissé il s'étala brutalement par terre en même temps qu'éclatait un coup de feu. Tout le monde fut debout. Il y eut dix colts pointés vers le sable. On oubliait le major qui, pour se redresser, fit choir un autre tabouret.

— C'est moi! hurla-t-il.

Le coup de feu était parti de sa poche arrière dont il considérait la brûlure avec une attention d'ivrogne. Les colts regagnèrent leurs étuis. Horace avait négligé de sortir le sien, ou peut-être n'en avait-il pas. Le major s'agrippa un instant au bar pour reprendre ses esprits, puis sortit à petits pas, en boitant. Des taches de sang commençaient à maculer son pantalon.

— Il est blessé, ce pauvre con! dit Horace. Il ne le sait même pas. Faut-il qu'il soit saoul!

Deux minutes plus tard, le major revenait, moins écarlate. Il montra sa jambe au barman, releva son pantalon et pointa du doigt le filet de sang qui coulait sur sa chaussette blanche. On l'entoura et une vive discussion s'éleva. Georges et Horace restaient à leur table.

— Je voudrais solliciter une faveur de vous, Horace.

— Si elle est en mon pouvoir...

— Oh, elle ne dépend pas de vous, mais un coup de téléphone et vous ferez libérer un bateau qui subit une inutile vexation dans le port.

— Quel bateau?

— Un dundee, la *Deborah* sous pavillon irlandais. Le capitaine est un Franco-Néerlandais : Benjamin Ango. Sa femme est irlandaise. Ils ont un marin malais. Le service de santé examine leurs papiers depuis quarante-huit heures par goût de la vexation. Ils veulent se ravitailler et repartir. C'est tout.

— C'est vous qui me demandez cela?

— Qu'avez-vous?

Son attention, distraite un moment, était revenue d'un coup. Georges connaissait ce regard aigu qu'Horace voilait le plus souvent derrière une nonchalance affectée. Il aurait eu horreur d'être interrogé par lui.

— Oh rien, dit Horace, je n'ai rien! Vous connaissez cet Ango?

— Je lui ai parlé pour la première fois de ma vie cet après-midi. Une idée m'est venue à l'instant : je regagnerai peut-être l'Europe sur son bateau. Il cherche des passagers. Je crois qu'il n'a plus d'argent.

— J'essaierai. Le Service de Santé ne relève pas du Haut-Commissariat. C'est un État dans l'État.

— Je vous remercie.

On avait étendu le major sur une table et le barman, malgré ses protestations, lui retirait son pantalon. Les deux dernières femmes qui restaient au club s'écartèrent pudiquement. Le major exhiba un caleçon fleuri et des jambes blanches et velues. Alors, il se passa la chose que Georges attendait le moins, un signe qui devait l'aider à nouer les fils épars d'une histoire dont il commençait seulement à soupçonner l'ampleur : indifférent à la blessure du major abruti d'alcool, Horace, le regard tourné vers la plage où passaient les sentinelles, triturait entre le pouce et l'index des boulettes de mie de pain et ces boulettes représentaient toutes la même chose : un ludion au ventre gonflé, une sorte d'idole cycladique. Il y en avait déjà deux ou trois sur la nappe...

Le major saignait abondamment. Il demanda une cigarette et fuma, tête renversée, avec une application d'enfant, se désintéressant du barman qui s'efforçait de lui garrotter la cuisse avec une serviette de table. Cet imbécile superbe n'aurait pas été plus stoïque ou indifférent pour une blessure reçue au service de la patrie. Une voiture l'emporta dans un mugissement de sirène, précédée d'une moto et d'un side-car armé d'un fusil mitrailleur. Les serveurs noirs versèrent de la sciure sur les flaques de sang et lavèrent la table à grande eau.

— Ho, dit Georges, vous roulez entre le pouce et l'index des mies de pain. Vous savez ce que cela veut dire?

— Franchement non.

— Vous ne vous souvenez pas de quelqu'un qui, à la cantine de Hay Street, avait cette manie?

— Barry?

— Oui.

Il contempla les boulettes éparses sur la nappe.

— Curieux, n'est-ce pas? Nous ne nous sommes pas revus depuis la guerre.

Il aurait fallu crier : « Ce n'est pas vrai. » Barry l'avait dit et Barry était incapable de mentir.

— Les amis nous laissent des tics, c'est tout ce qu'ils nous laissent, dit Horace. A Moscou, le premier conseiller avait pour manie de rouler une cigarette entre ses paumes avant de l'allumer. Un an après mon départ, je me suis surpris à l'imiter. Le singe descend de l'homme pour lui rappeler sa caricature.

— Je ne crois pas qu'il s'agisse de mimétisme avec Barry, puisque, d'ailleurs, vous dites ne l'avoir pas vu depuis vingt ans. Non. Il vous appelle... il a peut-être besoin de vous.

— De moi? Vous riez! Il n'a jamais eu besoin de personne.

Impossible de le croire. C'était fini. Son mensonge éclatait, sans qu'il fût encore possible de savoir lequel, mais, tout d'un coup, Horace dégoûta Georges profondément. Entre eux, cela devenait une question de peau. Horace avait succombé au goût oriental de la tromperie et de la fuite. L'avilissement de son visage s'accentua soudain. Deux plis creusaient des sillons aux commissures des lèvres, des parenthèses pour des mensonges. Tout ce qui serait dit désormais entre ces deux plis n'aurait rien à voir avec la vérité. Une fois établie cette convention, le personnage s'éclairait d'une bien plus vive lumière, mais Georges pensa qu'il n'aurait jamais la patience de s'y faire.

— Ne savez-vous pas où il se trouve en ce moment? demanda-t-il.

— Pas la moindre idée. Dermot Dewagh doit le savoir. Il faudrait lui écrire. Le vieux est une excellente boîte aux lettres. Envoyez une carte de vœux avec « Bonne Année » et il répond cinq pages...

— Ce n'est pas la peine d'écrire à Dermot qui, d'ailleurs, déraille un peu. Moi, je le sais.

— Ah! dit Ho avec une indifférence qui ne pouvait tromper.

— Vous ne me demandez pas où?

— Est-ce bien la peine?

— Oui, s'il vous appelle.

— Je sais... je sais... Son fameux pouvoir magnétique. Vous y croyez à ces charlataneries? Moi pas.

— Je l'ai expérimenté moi-même.

Ho répondit d'un haussement d'épaules. Rien de tout cela ne l'intéressait.

— Je peux vous amener jusqu'à lui, ajouta Georges.

— Oh, donnez-moi simplement son adresse! Il est possible que d'ici peu j'obtienne un congé. Mon intention est de le passer en Europe. J'irai voir Barry. Enfin... si cela se trouve sur mon chemin.

— Si j'étais certain que vous garderez cette adresse pour vous seul, je vous la donnerais.

— Barry n'intéresse plus personne, même pas moi.

— Je peux vous apprendre qu'il est marié et se croit heureux.

— Un type comme lui n'a pu épouser qu'une ancienne putain.

— Vous ne croyez pas si bien dire! Disons qu'à votre prochain retour en Europe, vous me ferez signe. Je vous conduirai peut-être à lui. Je ne m'avance pas plus. Il me faudra son consentement.

— Ne le forcez pas. Il n'y a aucune raison sérieuse pour que je voie Barry. Nos vies ont bifurqué un jour. Laissons-les s'écarter l'une de l'autre. Et puis il y a cette histoire avec Cyril... J'aurais voulu l'élucider. Maintenant je n'y tiens plus. Rentrons, voulez-vous?

Georges admira l'adresse avec laquelle Horace avait aussitôt renoncé à connaître la retraite de Barry bien qu'il fût évident qu'il désirait la savoir.

Encadrés de deux motocyclistes, ils regagnèrent Aden. La ville violemment illuminée, avec ses larges avenues tracées à l'européenne mais désertes et jonchées d'immondices, était plongée dans un silence mortel que déchiraient, devant et derrière, les motos montées par deux scarabées de cuir et d'acier. Dans ce décor de cinéma, aveugle et sans âme, les automitrailleuses et les half-tracks, avec leurs canons sans recul braqués vers le premier étage des maisons, tournaient comme des bourdons fous entre les différents postes hérissés de barbelés.

— Il y a un pauvre type qui me suit depuis mon arrivée, dit Georges. J'espère que vous lui donnerez un congé pour demain. Je ne suis plus un homme dangereux. Il s'appelle John Arthur Tap. Son nom a dû suffisamment le faire souffrir dans la vie pour que j'aie pitié de lui.

— Tap? Connais pas.

— Vous voulez dire qu'il n'est pas dans notre service?

— Pas souvenir.

— Alors soyez bon de savoir de qui relève cet amateur au teint jaune. Cela m'intéresserait. Je voudrais le recommander à une haute autorité bienveillante pour quelque place de gardien de square en Angleterre où il a son petit garçon malade.

— Je vous le dirai, bien sûr.

Il ne le ferait certainement pas. Ils n'avaient plus rien à se raconter, et pour la première fois le silence entre eux pesait parce qu'Horace jouait trop de cartes secrètes. Ils arrivaient à un croisement de deux boulevards eux aussi éclairés au néon, de cette lumière laiteuse et verdâtre qui décompose les visages jusqu'à la mort. Dans le lacis des ruelles cernant le quartier européen, on imaginait une foule contenue et frémissante qui attendait son heure pour déferler dans les avenues des privilégiés en hurlant au meurtre et au pillage. Ce ne fut pas une foule qui déferla, mais un petit homme qui bondit d'une porte et se jeta quelques mètres plus loin contre une autre porte qui résista à sa poussée désespérée. Un des motocyclistes décrocha et ralentit pour décharger son colt dans les reins du petit homme qui s'arc-bouta, cherchant à s'agripper à une poignée avant de s'écrouler. Son corps barra le trottoir juste au-dessous d'un réverbère.

— Les sommations ont été un peu rapides! dit Horace.

Il n'y en avait pas eu, mais la fiction était sauve. La voiture s'arrêta une cinquantaine de mètres plus loin et les motocyclistes barrèrent l'avenue.

— Il n'est peut-être pas mort, dit Georges, il serait humain de vérifier.

— Nous ne pouvons pas approcher. C'est un de leurs trucs. On sacrifie un homme, puis des fenêtres, de partout on tire sur le rassemblement ou on balance des grenades. L'opération est payante.

L'homme bougea une jambe qui apparut nue et décharnée. La flaque de sang s'élargissait sur le trottoir et la tête commença de ballotter de droite et de gauche par saccades. Dans son walkie-talkie un des motocyclistes appelait le P. C. Quelques minutes passèrent ainsi et, n'y tenant plus, Georges descendit de voiture.

— N'y allez pas! cria Horace.

La tête s'arrêta de ballotter en entendant un pas. C'était un jeune homme aux dents de lapin dans un visage maigre déjà cireux. Sa chemisette retroussée découvrait son estomac où des bulles de sang éclataient sur la peau. La culotte serrée aux genoux et déchirée à hauteur du bas-ventre découvrait les parties molles, affaissées, un énorme sexe circoncis qui pissait du sang. Les regards de Georges et du blessé se rencontrèrent, et il est heureux que, cette nuit-là, Georges ne prît pas pour son seul compte la haine de ce mourant. Elle l'aurait poursuivi toute la vie. Une jeep s'arrêta dans un grincement de freins, des hommes sautèrent et surveillèrent les fenêtres pendant qu'un sous-officier approchait.

— Venez! cria Horace.

Georges rejoignit la voiture. Horace était d'une blancheur spectrale.

— Ce ne sont pas des choses à voir. Je ne vous savais pas cette curiosité morbide.

Le chauffeur accéléra en direction du vieux port, croisant deux automitrailleuses qui se hâtaient vers ce que l'on appellerait demain le lieu de l'attentat et qui était, en fait, le lieu de l'exécution. Un jour, peut-être, le boulevard Nelson serait débaptisé et porterait le nom de ce petit terroriste aux dents de lapin, mort pour rien, mort pour qu'une tyrannie quelconque, sanglante et imbécile, remplaçât l'administration anglaise qui avait trop tardé à lever le pied.

— Il y a des choses qu'il faut voir, dit Georges. La mort d'un homme sur le papier, ce n'est rien. Dans la vie, cela prend une valeur démesurée, affreuse.

— Je le sais comme vous, mais je n'ai pas le droit de m'y attarder. Cette hâte donne vite bonne conscience.

Si l'on devait croire sa voix altérée, ses mains agrippées à ses genoux, il n'en était rien et Georges en éprouva un soulagement. Quelle que fût sa vérité, Horace gardait un peu de la pitié sans laquelle un homme n'a plus droit au respect. Ils arrivaient devant l'hôtel. La vue des bateaux à quai rappela à Georges le sort de la *Deborah*.

— Merci, Horace! Pensez si vous le pouvez à la *Deborah* qui aimerait bien s'approvisionner et repartir.

— Je n'ai pas oublié! Je vous appellerai demain matin!

Il tendit une main molle, remonta en voiture puis redescendit et, se saisissant du bras de Georges, murmura :

— Vous savez, la question n'est plus là. Il y a la Chine maintenant...

— C'est pour me dire ça que vous êtes descendu de voiture, cher Ho? Tomberiez-vous dans le panneau comme un vulgaire militant de base? Non, non, vous êtes au-dessus de ça!

— Que prétendez-vous?

— Que la Chine ne fait vraiment peur qu'aux communistes. Les pays capitalistes la contemplent avec intérêt, amour, sympathie, concupiscence. Ils rêvent tous de coucher avec elle. Un si grand marché, pensez donc! Les communistes n'ont rien à lui vendre et la considèrent comme une rivale dangereuse, une rivale qui exporte de la révolution en perpétuelle ébullition. Ils voudraient bien écraser la Chine, mais il faut avouer que ce serait plus voyant que l'écrasement de la Hongrie. Alors, ils espèrent... ils poussent un peu les Américains, par le biais du Viêt-nam. Ça ne marchera pas, croyez-moi! En revanche, il est un pays qui, le jour venu, fera une bouchée de la Chine, c'est le Japon. Dans dix ans, le Japon aura un armement nucléaire et un système antimissile imparable. Le Japon possède une avance technologique de vingt ans sur la Chine. En l'an 2000 il sera le maître de l'Asie.

— Nous ne serons plus là!

— Non, et c'est bien dommage! Mais rassurez-vous et

respirez de votre mieux, cher Ho, la Chine ne fait peur qu'aux communistes.

— Je souhaite que vous ayez raison.

Ho tendit une main, ferme cette fois, et remonta dans la voiture qui, après un demi-tour, fonça vers le centre de la ville.

Si nous regardions plus souvent dormir nos femmes, nous leur pardonnerions mieux d'être ce qu'elles sont : le trouble ou les voies de l'indifférence, l'amour bêlant ou l'opium contre le romanesque auquel un homme, jusqu'à l'âge de Goethe aimé de Bettina, a le droit d'aspirer. Oui, comment ne pas éprouver le désir de tout effacer pour reprendre — dans l'état d'innocence où il a vécu avant que nous le forcions pour notre plaisir — cet être abandonné sur un lit, dépouillé de ses armes, livré à notre merci ? Sarah dormait sous la moustiquaire, nue à son habitude, un livre encore ouvert posé à plat sur sa poitrine. La lampe de chevet éclairait la moitié de son visage, dessinait l'arête légère du nez, les lèvres prune, le menton sous lequel commençait de naître un pli dont elle se moquait elle-même. Était-ce Sarah ? On pouvait en douter si on la connaissait un tant soit peu. La faiblesse des attaches, les cicatrices au-dessus du sein et dans la cuisse, la tendresse du ventre qui avait pourtant enfanté (Georges la revit grosse à Londres, au bord de la folie, haïssant Daniel avant qu'il fût né, décidée à ne pas s'en encombrer, à lui en laisser seul le poids), tout cela parlait d'une autre femme que de la Sarah à laquelle il restait encore lié par ce qui lui semblait parfois une veule et cynique complaisance, à moins que ce fût — il l'espérait — une sorte de sereine acceptation ou un amour assez fort pour souffrir toutes les contingences. Qu'importait au fond, puisqu'elle était là ! Sa présence équilibrait la vie, et, quand elle était loin, il n'éprouvait ni regrets ni manque. A travers les orages, ils restaient liés l'un à l'autre, marqués d'un même signe, par ce premier regard échangé au coin du feu de bois vers lequel il avait tendu sa main tuméfiée par le combat avec Barry. Il ne la cherchait jamais (sauf une fois à Londres, par désœuvrement et parce qu'alors la mine ravagée de son amant en titre lui rendait un peu d'allégresse), elle revenait toujours d'elle-même, trouvant sa trace avec un certain génie, débarquant sans prévenir pour qu'ils se promènent la main dans la main à Rome ou à Barcelone ou, cette fois, à Aden qui n'était pas un paradis, mais une chaudière sous pression, un enfer de passion et de mort qui pouvait difficilement servir de cadre à des plaisirs. Force était donc de considérer qu'elle venait pour lui. Il paraissait juste de lui en montrer quelque gratitude et de taire les mots aigres qui auraient pu naître entre eux après vingt ans de pensées diverses.

Sarah ouvrit des yeux noyés de sommeil.

— Je vous ai attendu, puis ce livre m'a assommée !

Elle le ferma et le posa au pied du lit.

— Oui, j'avais envie de vous retrouver, mais... approchez-vous... vous êtes verdâtre !

— C'est possible, je viens d'assister à un assassinat.

— Horace ?

— Ses gardes du corps ont tiré dans le dos d'un jeune garçon qui était, peut-être, un terroriste, ou peut-être aussi un gamin qui voulait voir une fille. Je n'aurais pas dû y aller regarder de près, mais j'en ai besoin : il me faut voir la mort pour y croire. A force d'en parler, d'additionner les victimes comme des cailloux sur un tas, on oublie le détail, et le détail est atroce, insoutenable.

— Et ce soir vous croyez à la mort ?

— Jusqu'à la nausée.

— Couchez-vous près de moi !

Il se déshabilla pour la rejoindre. Elle éteignit.

A travers le voile de la moustiquaire, le cadre de la porte-fenêtre découpait un ciel laiteux. Les odeurs du port et de la mer montaient jusqu'à leur chambre. A intervalles réguliers une automitrailleuse passait sous la fenêtre. Le conducteur, qui arrivait du virage de l'avenue Nelson, débrayait peu avant d'être à leur hauteur et passait en prise, libérant son moteur qui ronronnait.

— Il y a longtemps que nous n'avons pas été ainsi, dit Sarah. Je me sens près de vous comme si une main bienfaisante me dénouait. J'aimerais qu'il en fût de même pour vous, mais maintenant je m'égare, je ne sais plus qui vous êtes.

Fermer les yeux pour oublier... Derrière l'écran des paupières, l'image se reformait, le sang bouillonnait sur un ventre creux, un misérable sexe pissait un liquide rouge qui formait une flaque sur le trottoir. La mort était tellement facile... Tellement plus facile que la vie. Il était miraculeux que, depuis les débuts de l'humanité, des hommes aient réussi à survivre, à procréer plus qu'on ne tuait autour d'eux. Si dépourvu de tout que fût cet adolescent aux dents de lapin, il représentait encore un capital de tendresse, de soins, d'amour, de chance, qu'une rafale dans le dos venait d'anéantir en quelques secondes. La balance n'était pas juste.

— A qui pensez-vous? dit-elle.

— Aux adolescents que l'on envoie à la mort pour un Honneur qui est trop souvent le masque d'intérêts ou d'ambitions sordides. Je pense à Daniel, il y a quelques années. Ils auraient pu le tuer de la même façon.

— Vous ne m'en avez rien dit.

— Vous ne vous intéressiez pas à lui.

— Oui, j'aurais dû. J'ai apprécié que vous ne me le reprochiez jamais. Peut-on être moins mère que moi?

— C'était dans nos conventions!

— Les conventions ne devraient pas peser lourd dans cette sorte de cas. Quand Daniel est venu à Big Sur, j'ai été très agréablement surprise par lui. Il savait vivre : je veux dire qu'il était à la fois visible et invisible, présent et absent, tout ce qu'on peut demander à un compagnon de route qui n'est pas votre amant. En même temps, j'ai retrouvé en lui quelque chose de moi. C'était très imprécis, mais je ne pouvais pas m'y tromper, une obscure révolte qui se mate et qu'en un moment de lucidité on finit par trouver dérisoire. Peut-être est-ce pour celà qu'il a tout piétiné avec un joyeux entrain. Mais la flamme n'est pas éteinte. Elle brûlera encore.

— Tant mieux pour lui!

— Oui, tant mieux pour lui! dit Sarah après une hésitation.

— Depuis son adolescence, il s'ennuie avec moi.

— Vous ne l'avez pas beaucoup élevé!

— Comment aurais-je pu? L'erreur a été de le confier à ma mère. Il a pris au sérieux l'autorité de cette femme que j'ai aigrie par ce qu'elle appelle mon ingratitude. J'attendais Daniel à son adolescence. Le rendez-vous est manqué.

— Vous l'avez toujours vu entre deux voyages.

— Devais-je me faire employé de ministère pour le retrouver tous les soirs à sept heures? Il ne me l'aurait pas pardonné lui-même. Savez-vous que tout notre désaccord provient de son exigence? Il n'a pas admis qu'après l'affaire Kruglov-Fedorov je n'aie pas fait un éclat terrible. Mon second échec après l'affaire Si Salah a achevé de le convaincre que j'étais un failli.

— Je ne connais pas ces échecs. Vous ne m'en avez rien dit.

— A quoi bon?

Une nouvelle fois l'automitrailleuse passa sous leur fenêtre. Le conducteur ayant sans doute mal débrayé, sa boîte grinça et le moteur s'emballa. Dans le lointain, il y eut une explosion. Sarah prit la main de Georges.

— J'ai démissionné du journal! dit-il.

— Quand?

— Ce soir.

— C'est grave!

— C'est grave parce que c'est tard. Trop tard. Après tant d'échecs acceptés, je ne sauve même plus l'honneur. Ce n'est pas ça qui me rendra l'estime de mon fils. J'aurais dû moi aussi commencer l'existence en me promenant avec un Lüger sous l'aisselle. Maintenant, c'est fini et, franchement, je répugne à jouer au terroriste avec des mots.

— Mais pourquoi? A cause d'Horace?

318

— Horace a été le prétexte. C'était son rôle dans cette histoire. Il n'est pas question de le lui reprocher. Vous le détestez parce qu'un jour j'ai eu le tort de vous rapporter une de ses confidences : oui, il a été pronazi avant la guerre. Un enfantillage.

— Je ne le déteste pas à cause de ça. Je le déteste à cause de son physique, de sa peau, du personnage qu'il joue.

— Quand je vous ai quittée tout à l'heure, vous m'avez dit qu'on vous avait raconté quelque chose sur lui.

— Oui, à Rome. Souvenez-vous du jour où vous êtes entré au café Greco avec Horace... J'étais avec Aldo...

Cela se passait peu de temps avant ma propre rencontre à Florence avec Ho lors de l'inauguration de la stèle élevée en souvenir de Cyril. J'ai déjà raconté qu'à cette époque-là, après l'esclandre diplomatique de son expulsion de Moscou, Horace McKay avait été mis au vert par le Foreign Office. Il se reposait en Italie sous le nom de Thomas Sandy-Pipe. Georges était allé à Rome pour l'interroger sur l'espionnite des ambassades. Horace avait parlé sans se compromettre et confirmé les bruits qui couraient alors sur l'organisation des légations britanniques et l'impossibilité où se trouvait un diplomate de refuser la recherche du renseignement. Horace habitait un studio de la via del Babuino. Il se promenait interminablement à pied dans Rome, n'entrant jamais dans un musée ou une église, passant des heures dans les cafés à lire les journaux. Georges lui avait donné un rendez-vous au café Greco et ils s'étaient retrouvés sur le seuil, à la même minute, aussi exacts l'un que l'autre, un matin avant déjeuner. Ils allaient s'asseoir sous une des fresques romantiques, celle qui représente une crique napolitaine avec ses inévitables ruines et quelques pêcheurs coiffés d'un bonnet rouge, quand Georges avait aperçu Sarah et Aldo...

— Vous vous souvenez d'Aldo? dit-elle.

— Très bien. Je l'ai même rencontré deux ans après, sans vous. Il m'a emmené à une séance du Parlement italien.

— Ah oui, c'est vrai... Vous êtes devenus amis...

— Amis, c'est beaucoup dire. Mais il m'a plu et il est une des clés de la vie romaine.

— Quand vous êtes entrés au café Greco j'ai dit à Aldo : « Voilà mon mari, avec Horace McKay, un type du Foreign Office que je déteste et qui me le rend bien. Il vient d'être expulsé de Moscou. » Puis vous êtes venus tous les deux et nous avons parlé un instant, pris un rendez-vous pour le lendemain. Après votre départ, Aldo m'a dit textuellement, je me le rappelle très bien maintenant : Les Soviétiques ont expulsé Horace McKay de Moscou pour détourner les soupçons de lui. Un agent de la C. I. A. a découvert ses relations avec les communistes et venait de remettre son dossier à la Military Intelligence. La brutalité avec laquelle les Soviétiques ont mis McKay à la porte a ridiculisé les Américains, et les Anglais ont eu beau jeu de rire au nez de la C. I. A. qui voit des espions partout.

— Vous êtes sûre? dit Georges.

— Moi? De quoi voulez-vous que je sois sûre? Mais Aldo l'était.

Et Georges aussi l'était, maintenant, car tout se recoupait malgré la prudence d'Horace et ses prises de position en contradiction absolue avec ses sentiments réels. Cela venait de loin, de l'époque où Horace s'était inscrit à un parti néo-fasciste et organisait des banquets anglo-allemands sous la bannière à croix gammée. Comment n'avait-il jamais éprouvé l'irrésistible besoin de se confier? En y songeant, Georges se demandait si deux ou trois des erreurs d'Horace n'avaient pas été des appels du pied. A Rome, notamment quand il se cachait sous le nom de Sandy-Pipe, la veille encore en niant ses rencontres avec Barry et en révélant qu'il connaissait les rendez-vous de Georges avec les chefs du F. L. O. S. Y. et du F. L. N. Les Anglais n'avaient réussi qu'à capturer ou abattre des terroristes isolés, jamais ils n'avaient établi de contacts avec les chefs des deux mouvements de libération, ignorant même leurs noms. Alors, comment, par qui Horace avait-il su que Georges allait les rencontrer, qu'il les avait rencontrés à Aden même et enfin ce qu'ils s'étaient dit, sinon par les chefs des deux mouvements, l'un télécommandé du Caire, l'autre de Moscou? Il n'était pas homme à se couper involontairement. Il l'avait fait exprès et Georges était passé, sans la voir, sous cette perche tendue par un homme qui se noyait après trente ans de comédie. Au fond, n'était-ce pas préférable? Pour lui. Pour l'intérêt déçu que Georges n'avait cessé de lui porter, espérant toujours qu'Horace s'ouvrirait et révélerait, sous l'enveloppe froide et peu engageante de l'ancien étudiant de Cambridge, un homme de chair et de passion. Chair et passion existaient donc. Autrement dit, il avait des faiblesses et, comme tous, comme Barry, il pouvait être pris de panique aiguë, de désespoir ou d'un insupportable besoin de briser la solitude de sa prison de verre. A moins qu'il fût sur le point d'être découvert, perspective intolérable pour un homme de la qualité d'Horace. Cela expliquait son étrange arrivée à Paris, un matin, juste avant le départ de Georges pour l'Algérie, et comment il avait raconté soudain à ce dernier sa mission à Ankara. Il n'y avait plus de doutes. De Londres, avant de partir, Horace avait averti les services de renseignements soviétiques qu'un des leurs s'offrait à trahir. En route, il s'était arrangé pour prendre du retard et n'arriver qu'après l'arrestation clandestine et la disparition du colonel. Peut-être avant n'avait-il jamais signé d'arrêt de mort aussi clair. C'était sa première responsabilité directe, son premier coup de poignard dans le dos. Sans compter que le risque avait été grand. A la perte de sa liberté, Horace était homme à préférer la mort. Toute la question restait de savoir à quel moment exact il devait dételer. Georges pensa qu'Horace et lui se jetteraient dans les bras l'un de l'autre, une fois tombé le masque, après cette longue et impitoyable séparation idéologique qui avait gâché, puis ruiné leur amitié.

— Qu'allez-vous faire? demanda Sarah.

— Avec Horace? Je n'en sais rien. Peut-être aimerais-je qu'il sache que je ne suis pas dupe.

— Dites-le-lui!

— J'essaierai, mais je ne dois pas surestimer mon courage dans ces cas-là. Si les mots ne passent pas ma gorge, je lui écrirai après le départ de la *Deborah*.

— La *Deborah*?

— Oui, ce vieux dundee m'amuse. J'ai une envie irrésistible de regagner l'Europe à son bord. Ils acceptent des passagers. Horace doit leur faire rendre leurs papiers sanitaires demain. Benjamin Ango me plaît. J'ai besoin d'hommes qui me parlent avec obstination de ce qu'ils aiment. Celui-là me parlera de la mer. Dans un mois ou deux, je pense être en France. Je m'arrêterai en Grèce. Peut-être irai-je voir Barry... Après, je ne sais pas... Et vous?

— Je retourne à Londres... A moins que je vous attende en Grèce ou en France.

— M'attendre?

— Oui, pourquoi pas?

— En effet, pourquoi pas?

Il y eut, assez proche, une nouvelle explosion dont le grondement sourd fit trembler les vitres. Des voitures et une ambulance passèrent à toute allure sous les fenêtres. Écrasés sous un amas de pierres et de ferrailles, des hommes venaient de basculer de la nuit du sommeil dans la nuit de la mort.

— Pourquoi me supportez-vous? demanda Sarah.

— J'aime l'idée que vous vous faites de moi. Elle me flatte. Et puis, bien que je m'en défende et m'en prive le plus souvent, j'ai du plaisir à refaire l'amour avec vous...

— C'est une grande faiblesse...

— Il faut en avoir.

— Ne suis-je rien d'autre pour vous?

— J'essaie de ne pas me poser la question.

— Je me suis toujours demandé si vous rejetiez toute la culpabilité sur moi comme je le fais moi-même.

— Sarah, vous n'êtes pas coupable, je ne suis pas coupable. Il y a eu la guerre. Nous n'étions pas assez forts pour la traverser impunément. D'autres s'en tirent bien, y prospèrent. Pas nous. Elle a broyé quelque chose en nous, je ne sais quoi, un organe essentiel à l'équilibre et à la sensibilité. Vous êtes une infirme. J'aurais dû en souffrir. A part deux ou trois occasions, je n'en ai pas souffert vraiment. Je suis un infirme aussi...

Ils parlèrent ainsi le reste de la nuit, jusqu'au lever du

soleil quand une lumière pâteuse et molle, brouillée de poussière, s'insinua dans la chambre et la peupla d'ecto-plasmes : leurs vêtements blancs abandonnés sur les chaises et le fauteuil, le clavier de la machine à écrire luisant comme les dents d'un dragon familier. Le port s'éveilla, des remorqueurs sifflèrent et la circulation reprit sur les pavés du quai. Sarah s'endormit et Georges alla sur le balcon contempler la *Deborah*. Ben et le Malais lavaient le pont. Maureen préparait un petit déjeuner dans le cock-pit. Le pavillon irlandais pendait, mou et triste, à sa hampe. Georges commença une lettre.

Cher Horace, comme nous en conviendrons tout à l'heure par téléphone, vous lirez cette lettre après mon départ puisque je suis déjà à peu près certain de ne pas avoir la franchise de vous dire en face ce que je sais. La vie n'aura pas été généreuse avec nous. Elle nous a laissés sur la défensive, une défensive amicale et stérile. Vous m'avez craint comme il était juste que vous craigniez tout le monde. Le bel édifice de trahi-son héroïque que vous bâtissiez ne tolérait pas la moindre faille. Y introduire la confiance, c'était courir un risque. Vous n'en aviez pas le droit. Vous aviez droit à une vie de moine, de stylite dans le désert. Parfois, vous apercevant solitaire et quasi immobile sur votre colonne, il m'est venu comme un amer regret et une réelle affection pour vous. Je ne partage pas vos croyances, mais je les respecte et j'ai toujours es-sayé d'être juste, même envers ceux qui ruinaient le fragile monde dans lequel nous pouvons encore respirer. Je ne vous aurai pas trahi. Auprès de qui d'ailleurs? Je ne vois personne qui mérite-rait qu'on vous trahisse, et j'ajouterai : au nom de quoi? Ce qui est plus important encore.

Vous croyez à des valeurs auxquelles je n'ai à opposer que les mots douillets de : inviolabi-lité des consciences, liberté d'expression et *ha-*

beas corpus. Tout cela ne pèse pas lourd dans la balance si vous avancez dans l'autre plateau la certitude (?) du bonheur matériel de quelques centaines de millions d'hommes. Notre époque devra dire un grand merci au communisme : grâce à la peur qu'il inspire, les pays non communistes auront fait un gigantesque effort social pour lui retirer sa raison d'être et améliorer la vie de leurs peuples. Il est dommage que l'on puisse répondre : à l'inverse, dans les pays communistes, le prolétariat a senti peser sur lui une main de fer, presque aussi rude que celle qui broya le peuple anglais au début de la révolution industrielle du XIXe siècle. Il est vrai encore que la réussite du libéralisme capitaliste empoisonne les marxistes. Tout se sait et l'ouvrier de Skoda exigera bientôt sa voiture comme un ouvrier de Ford. Ça commence par des chansons, puis des maillots de bain indécents, des jupes courtes, du jazz, du cinéma érotique, des bicyclettes, pour finir par des motos et des blousons noirs. Dans son évaluation du sens de l'Histoire, Marx a négligé un chapitre fatal : « De la corruption. » Une lente osmose est donc à prévoir entre les deux genres de vie qui se rejoindront un jour en une seule société. Elle ne plaira ni à vous ni à moi. Mais si l'on veut que cette osmose se fasse, il importe de ne pas rompre l'équilibre fragile qui s'est constitué. En faisant le jeu du communisme, vous risquez de détruire cet équilibre et de faire basculer l'avenir vers un seul de ces empires, alors que notre paix tient à la peur qu'ils ont l'un de l'autre.

Mais je me laisse emporter... Vous vous doutez bien que ce n'est pas de cela que je veux vous parler. Hier soir encore, je doutais. Puis, dans la nuit, je n'ai plus eu de doutes. D'ailleurs, vous le savez bien, cher Horace, et je suis soulagé que l'assassinat du petit terroriste de cette nuit ait été pour vous une chose épouvantable, aussi épouvantable que la liquidation, par votre dénonciation, du colonel soviétique d'Ankara et la disparition de sa femme. J'imagine que vous ne supporterez plus pareille chose : que vos hommes de main assassinent sous vos yeux ceux-là mêmes dont vous attisez le feu sans que vous puissiez faire un geste pour les défendre.

Nous nous reverrons, je l'espère. Si vous quittez l'Occident, j'irai vous visiter. En trente années de relations intermittentes, nous ne nous sommes rien dit que, par-ci par-là, un mot de passe, vite camouflé pour qu'il ne soit porté nulle atteinte à nos comportements. Cette nuit, un moment en face de vous, je vous ai vomi, parce que je n'avais pas encore compris. Maintenant que la lumière est faite, il est grand temps que nous nous rendions notre estime réciproque. Je me souviens d'une nuit à Londres où, sortant des couloirs du métro dans lequel nous avait retenus une alerte de quatre heures, au milieu d'une humanité grise et lamentable mais extraordinaire de courage et de bonne humeur, vous m'avez dit pendant que nous marchions dans un quartier encombré de gravats, de vitres brisées, de façades lézardées : « Qu'on en finisse le plus vite possible! que le plus fort gagne! » Le plus fort, c'était l'Allemagne. Quel est le plus fort aujourd'hui? Si vous avez décidé que c'est le monde communiste, je vous comprends. Mais cela est discutable à perte de vue et personne ne sait encore la vérité.

Maintenant, j'imagine que vous allez briser les ponts d'ici peu. Nous serons libres de parler. Fini les rusés paradoxes. La vérité sera toute nue sur la table et nous la ferons danser en buvant de la vodka je suppose, car je ne vois pas où vous iriez ailleurs que dans les pays à vodka. Tout ce que j'aimerais savoir, c'est à quelle date exactement vous êtes devenu un communiste à la foi inébranlable et avez décidé de servir cette foi. Oui, ce sera très intéressant de savoir. A Cambridge? A Florence? A Hay Street? Après la guerre?

Écrivez-moi! Puis voyons-nous! J'en ai grande envie!

Vers neuf heures, le téléphone sonna. C'était Horace, de son bureau :

— J'ai une bonne nouvelle pour vous, dit-il. Les autorités sanitaires rendent ses papiers à la *Deborah*. Elle repartira aujourd'hui.

— Je vous en remercie. Je savais que vous pourriez les aider.

— C'est exact. J'étais en mesure de le faire, parce que l'état sanitaire de la *Deborah* n'est pour rien dans cette immobilisation! Mes services s'étaient seulement inquiétés de la personnalité du capitaine.

— Je vous en remercie pour lui.

Horace toussa légèrement dans l'appareil et dit encore d'une voix à peine perceptible :

— Vous savez... *il* est mort!

— Je m'en doutais. C'était un pauvre enfant...

— Je ne parle pas de celui-là. Je parle du major qui s'est blessé en tombant du tabouret.

Georges resta silencieux. Pourquoi Horace continuait-il? Il se foutait du major, il l'avait même traité de vieux con, alors que la mort de l'adolescent dans sa flaque de sang sur le trottoir l'avait bouleversé.

— C'est une fin parfaitement inutile, dit Georges après un temps qui leur parut à l'un et à l'autre interminable. Une fin digne d'une humanité stupide et bornée qui trouve la mort en la souhaitant aux autres.

Il y eut de nouveau un silence, puis la voix d'Horace sembla muer comme si quelqu'un près de lui risquait de l'entendre.

— Je vous ai écrit, dit-il enfin. Un motocycliste vous portera cette lettre dans un instant si vous me promettez de ne l'ouvrir que quand vous serez au moins à vingt milles d'Aden.

— Depuis six heures du matin, je vous écris aussi.

— Vraiment?

— Vraiment.

— A quel sujet?

— Je serai aussi sibyllin que vous : n'ouvrez ma lettre que quand je serai parti.

— C'est promis!

— Et puis brûlez-la.

— Oui.

— Ainsi tout sera dit pour l'instant. J'ai dans l'idée que nous nous reverrons bientôt.

— Sans doute.

— Au revoir, Ho.

— Au revoir, Georges.

Sarah, qui s'était endormie après qu'il se fut levé, le regardait avec une fixité étrange, comme si quelque inconnu était entré dans sa chambre. Elle ne montrait ni indignation ni étonnement, elle demandait pourquoi, pourquoi un homme aux cheveux déjà gris téléphonait auprès de son lit, pourquoi cet inconnu — et tous n'étaient-ils pas des inconnus depuis la nuit des temps, c'est-à-dire depuis sa naissance, armés de baïonnettes ou de revolvers dans le pire des cas, le sexe dressé dans la main au mieux? — pourquoi cet inconnu était admis à la contempler alors qu'elle accusait sa nuit d'insomnie, que ses traits tirés disaient une lassitude presque intolérable, un dégoût profond, mortel de la vie et de son cortège? Jamais Georges ne la comprenait mieux qu'ainsi, abîmée dans son incompréhension d'un monde auquel elle avait essayé, souvent en vain, de rendre coup pour coup sa cruauté absurde.

— Oui, c'est moi! dit-il.

— Vous partez?

— C'est aller un peu vite. Il faut que je voie ce type de la *Deborah*. Il a peut-être changé d'avis. S'il veut bien de moi comme passager, je partirai avec lui.

— Quand le saurez-vous?

— Très bientôt.

M. Jean Arthur Robinet n'était plus dans le hall, mais un homme parlait avec le portier, un homme que Georges reconnut quand il tourna vers lui son visage aux lèvres minces, au regard bleu, à la joue fendue d'une cicatrice effilée comme si elle avait été dessinée au rasoir, pas du tout grossière et brutale comme celle d'Aldo.

— Je vous demandais, dit cet homme. L'imbécile de concierge ne voulait pas vous déranger. Il faut que je vous parle.

— Sortons.

Une bouffée d'air moite et poussiéreux les enveloppa. Et aussi l'odeur de la foule qui déambulait sur le trottoir, agitée de soubresauts quand un Européen plus pressé se frayait un chemin à coups d'épaule, bousculant ces silhouettes mornes qui puaient le beurre rance ou le mouton. Un convoi au pas longea la chaussée. Les soldats passaient la tête par-dessus les tôles blindées et guettaient le bras qui s'élèverait soudain pour lancer une grenade dégoupillée dans leur camion.

— Le major est mort! dit Georges.

— Ah oui?... Pauvre type. Buvait bien! Qu'est-ce qu'on va mettre sur sa tombe? « Mort au bar d'honneur! » Les militaires devraient être immortels : je veux dire ceux qui se battent. Pas l'intendance ni l'habillement qui prennent trop de risques avec les allergies à la naphtaline. Le risque est toujours puni. N'est-ce pas?

— Vous ne prenez jamais de risques?

Un jeune Bédouin Hadhrami aux cheveux longs descendit du trottoir et passa devant eux. D'un camion un soldat lui ôta son turban et le brandit en riant comme un fou avant de le jeter dans le ruisseau. Le garçon ne leva même pas les yeux et ramassa le turban qu'il enroula de nouveau sur sa puissante chevelure.

— Voilà ce qu'on appelle la connerie majeure! Ces Bédouins Hadhrami sont des amis de l'Angleterre depuis toujours. L'imbécile qui vient de lui faire sauter son turban en a fait un ennemi irréductible de son pays.

Ils traversèrent la chaussée libre pour gagner le quai.

Deux douaniers et un officier en short blanc parlaient avec Benjamin Ango sur le pont de la *Deborah*. Derrière leurs dos, Maureen fit un signe de la main. Elle souriait. Ils avaient les papiers.

— Vous m'avez demandé si je prenais des risques? dit l'ancien légionnaire. C'est une drôle de question. Vous croyez que j'serais là si j'prenais des risques? Y a long-temps que j's'rais flingué si j'm'amusais à faire l'mariole. Laissez ça aux amateurs. Dites donc... vous connaissez les gens de ce sabot?

— Oui. Et je compte même solliciter un embarquement et quitter Aden avec eux, aujourd'hui ou demain.

— Pour où?

— Pour l'Europe. Je prends mon temps. J'ai rendu ma livrée cette nuit.

Ils passèrent devant le bateau des Néo-Zélandais qui n'étaient pas encore couchés et s'attardaient sur le pont, débraillés, chemisettes ouvertes sur des chaînettes et des médailles d'or, visages bouffis, les paupières en cloques purulentes voilant à demi les yeux éblouis par la lumière du jour. Affalés dans des transatlantiques miteux, un verre à la main, ils contemplaient avec un étonnement stupide les quais, la ville qui s'agitait dans le désordre et la poussière.

— Et ceux-là vous les connaissez?

— Non! dit Georges. Il est à craindre qu'ils ne soient pas d'un intérêt immense.

— Ce sont deux fameux truqueurs. J'les ai déjà ren-contrés à Tigzirt, en Algérie. Sont arrivés comme deux pochards en goguette sur leur rafiot. On croyait qu'i' ve-naient se ravitailler en petits Arabes et dans la nuit i'z'ont débarqué de quoi faire sauter toute la ville. Le lendemain, la Marine leur a donné la chasse. Ils étaient déjà en Tunisie. Personne les a encore pincés. Pas plus néo-zélandais que vous et moi, mais des vrais boit-sans-soif et des vrais enculés qui vont se ravitailler en armes à Djibouti.

— Comment les services britanniques ne le savent-ils pas?

— P't-être qu'ils le savent, qu'ils s'en foutent, qu'ils sont complices, qu'ça les arrange quand tout le monde s'entre-tue. Allez savoir...

Un cargo entrait dans le port, lustré, blanc, avec des petits hommes affairés autour du cabestan. A la poupe flottait le drapeau norvégien.

— Pourquoi vouliez-vous me voir? demanda Georges.

— Parce que vous êtes français et que ça me grattait terriblement de parler français. Ensuite, je veux me tirer d'ici et vous pouvez p't-être m'aider.

— Fini la veste blanche du barman?

— Oui, l'est trop blanche, trop nette. Je voudrais une tenue léopard ou un chèche, n'importe quoi qui refasse de moi un homme. J'ai une occasion...

— Pour où?

— Vous le demandez?

— Bon, je m'en doute. Mais pour aller au Yémen, il faut passer à travers les lignes égyptiennes et les partisans républicains.

— Non. Y a un rendez-vous sur la côte, à un endroit précis. J'pourrais embarquer sur une felouque d'ici mais les gars me f'raient la peau pour les trois sous que j'ai sur moi.

Ils revenaient sur leurs pas, marchant au bord de l'eau grasse si immobile qu'une fine couche de poussière la recouvrait. Les Néo-Zélandais restaient affalés dans leurs fauteuils, en apparence amorphes, privés de vie mais le regard fureteur, guettant une proie, enfant plus ou moins innocent, adolescent vicieux.

L'ancien légionnaire se planta devant la passerelle et les interpella en anglais :

— Alors, les pochards, comment ça va? Content de vous revoir...

Ils sursautèrent, tirés de leur guet par la voix gouailleuse.

— Que dites-vous? demanda le plus âgé dont les joues pas rasées étaient d'un affreux gris sale.

— J'dis que j'suis content de vous revoir.

Les deux Néo-Zélandais se levèrent ensemble, mus par une curiosité inquiète qui amena un peu de vie sur leurs visages aveulis et absents. L'un fit tomber son verre qui éclata. Il en contempla les débris avec un détachement étonné, repoussa du pied les éclats et se coupa sans doute profondément, car le sang apparut tout de suite, tachant de brun le pont de bois tellement sec qu'il avait déjà bu l'alcool. Mais l'homme ne parut pas y prendre garde. Il tendait son cou décharné comme pour mieux voir celui qui l'interpellait ainsi avec une nuance de familiarité égrillarde.

— Ah oui! dit-il d'une voix éraillée. Montez donc prendre un verre.

— Vous ne vous rappelez pas où nous nous sommes vus?

— Non! avoua le plus âgé qui titubait. Où donc?

— A Tigzirt!

— Tigzirt! dit le blessé qui avança le pied sous la lisse pour que le sang coulât dans l'eau du port.

— Tigzirt, en Kabylie.

Les deux pochards eurent le même réflexe : un sursaut qu'ils réprimèrent en se faisant plus abrutis qu'ils n'étaient.

— Oh, Charlie! dit le plus vieux. Tu saignes!

— Oui, je saigne.

Ils se prirent par le bras et disparurent par l'écoutille du pont, silhouettes grotesques et effarées, l'un soutenant l'autre, laissant derrière eux la trace humide d'un pied sale et ensanglanté.

— Il y a des mots magiques! dit Georges. On les susurre du bout des lèvres et ils rendent invisibles les individus les plus opaques.

— J'me trompais pas. Une mémoire de chien. D'ailleurs, ce monde de trafiquants, d'espions et de parasites de la mort est petit. Partout, on rencontre les mêmes gueules.

Les douaniers et l'officier de santé quittaient la *Deborah*. Ben fit un grand signe du bras à Georges qui dit :

— Venez avec moi! Il y a peut-être moyen de s'entendre avec cet homme. Comment vous appelez-vous?

— Ah! voyons... c'est un problème. Vous avez pas une idée pour moi?

— Pourquoi pas Caulaincourt! Et Pierre, en hommage à Saint-Pierre de Montmartre.

— Ça me botte!

Ben cria :

— Ça y est! C'est grâce à vous?

— Oui, je crois.

— Alors, mille mercis.

Maureen, à demi engagée dans l'écoutille de cuisine, se hissa d'une marche et demanda s'ils voulaient du thé. Ils dirent oui et montèrent à bord. Le Malais, assis en tailleur sur le rouf, réparait un filet.

— Oui, vraiment, mille mercis, reprit Ben. Sans vous, nous étions là pour cent ans. Je me demande encore ce qui leur a pris.

— Quand partez-vous?

— Le plus tôt possible, après vidange des réservoirs d'eau douce, plein d'essence et un peu de quoi bouffer, pas beaucoup car nous sommes à fond de cale... plus un rond... c'est la dèche complète. Amaro répare les filets.

— Prenez un passager!

— Je vous ai dit que ce n'était pas facile. Il n'y a plus sur terre que des gens pressés qui ont la police aux fesses.

— Je vous parle de moi. J'ai tout mon temps.

— Vous?

— Oui, j'ai tout mon temps. Et si vous voulez, je vous offre même deux passagers. Mon ami Pierre Caulaincourt voudrait faire un bout de chemin en mer Rouge. Un bout seulement...

Ben parut remarquer Caulaincourt pour la première fois, et alors seulement Georges s'avisa qu'ils avaient en commun quelque chose de semblable, un parler aux intonations d'une vulgarité peut-être voulue chez Ben, mais naturelle chez Caulaincourt. C'était, pour les deux, comme une couverture, un masque, une manière de refuser le jeu commun des mots pour en adopter un autre — tout aussi conventionnel d'ailleurs — où même l'argot le plus éculé avait une signification virile. Ils étaient faits pour s'entendre, à cela près que Ben avait remisé ses ambitions et s'était constitué avec la *Deborah* et son équipage un monde à lui, bien fermé, à l'abri des coups.

Maureen servit du thé dans le cockpit et, au bout d'une demi-heure, tout fut décidé. Ils partiraient en fin d'après-midi, Georges officiellement après inscription sur le rôle du dundee, et, clandestinement, Caulaincourt qui ne se montrerait qu'une fois hors du contrôle des gardes-côtes patrouillant au large d'Aden à la recherche des felouques chargées d'armes et de munitions. Ben accepta de l'argent sans manières, comme quelqu'un qui l'aurait aussi bien refusé s'il en avait eu les moyens.

Caulaincourt raccompagna Georges jusqu'à la porte de son hôtel.

— Y a des intuitions qui payent! dit-il. J'aurais mis le paquet que vous alliez m'aider. Pourquoi? Ça me dépasse, c'est comme ça! Quand j'vous ai vu hier soir, ça m'a saisi. La nuit, j'ai pas fermé l'œil de peur de vous manquer.

— Hier soir, je ne pouvais encore rien pour vous!

— Ce matin, vous avez pu.

— Oui, il y a une suite de circonstances!

— Vous croyez à c'type-là?

— Je ne le connais pas. Seul son physique de grand Viking efflanqué plaide pour lui.

Caulaincourt réfléchit un moment, haussa les épaules et dit avec un sourire un peu niais :

— En tout cas, la fille me plaît.

— Je ne crois pas qu'il faille s'y frotter.

— Jaloux le capitaine?

— Non, pas lui, sans doute. Ou peut-être! C'est difficile à savoir.

— Quoi? Vous voulez dire que le moricaud...?

— Je ne veux rien dire.

Caulaincourt sourit, découvrant des canines pointues de jeune loup et des incisives supérieures légèrement écartées qui donnaient à son visage énergique une expression enfantine...

— Oh, pour c'que j'en ai à foutre... Et puis faudra que j'aie l'œil. Votre Ben est sûrement pas tout blanc. Il a accepté trop vite.

— Ils n'ont plus d'argent pour regagner l'Europe.

— Allez... i'fait pas le coup pour la première fois! C'est sûrement pas un agneau de lait. Pour la suite, c'est vot'bisenesse, pas le mien!

Ils se serrèrent la main et Caulaincourt disparut dans la foule d'un pas rapide, massif, méprisant, les épaules droites, et tous les minables passants, tristes, cuits dans leur crasse et leurs loques, s'écartèrent devant lui d'une esquive respectueuse.

Dans le hall de l'hôtel, le portier fit signe à Georges qu'un motocycliste de l'armée attendait. Un fort garçon rougeaud et congestionné sous le casque tendit une enveloppe cachetée et reçut en échange la lettre qu'Horace lirait après le départ de la *Deborah*. Il y avait encore un télégramme du journal : « Désolé. Ne prenez pas mal la chose. Seulement une question d'actualité. Rentrez quand vous voulez. Rien ne presse. Amitiés. Poulot. »

Ayant envoyé ce chapitre comme les précédents à Georges, j'ai reçu la réponse suivante :

En fait ni vous ni moi ne savons plus où se trouve l'essentiel. En s'aggravant, la vie devient une confusion générale. Je ne reconnais plus mes pensées, mes réactions dans l'homme que vous découvrez peu à peu. Pourtant tout est vrai et je vous ai bien raconté les choses ainsi, mais cette vérité ne m'appartient plus, elle m'est devenue indifférente. A cette époque-là, je sentais encore les choses, je les éprouvais. Si j'ai délibérément cassé ma vie, sachant bien que je ne pouvais pas la recommencer ailleurs, dans un autre journal — tout était *déjà* pourri —, je ne « voyais » pas l'avenir, je n'envisageais rien. Je sautais dans le vide avec les restes de ma dignité. Je n'en étais pas très fier, me répétant que, de toute façon, il était tard, trop tard. A distance, il me paraît que cela n'avait pas d'importance du moment que je me sauvais moi-même. Une voix intérieure m'assure que je ne suis pas atteint, que j'ai conservé mon intégrité. Voilà, peut-être, cet « essentiel » que nous cherchions. Mais nous risquons de passer à côté par méprise ou par des réflexes assez bas. Souvenez-vous de ces mots de votre ami

Chardonne que vous me répétiez : « Il n'y a que la douleur physique qui soit insupportable. » Et moi, je pensais : « Eh bien, chez un homme sain, la pauvreté aussi est insupportable. » De l'extérieur, ma démission du journalisme est un acte héroïque : je brisais ma raison d'être, je disais non aux grands patrons, à la finance internationale, aux communistes. Héroïque, n'est-ce pas ? En fait, c'était le plus facile, le véritable héroïsme se nichait ailleurs : je n'avais pas un sou devant moi, je ne retrouverais jamais le confort de ma situation : les voyages en avion, les grands hôtels, les télégrammes de trois mille mots, la peur servile qu'inspire un journaliste à ceux qui n'ont pas la conscience tranquille, c'est-à-dire à tout le monde. Certes, j'aurais pu escompter que ma mère, mourante alors, me laisserait un petit héritage, assez pour vivre comme elle avait vécu, mais vous le savez, je n'y pensais pas — on ne croit jamais que sa mère mourra — et ce calcul aurait été déjoué par ce qui s'est passé six mois plus tard quand j'ai découvert que son vieux filou de mari, après l'avoir maquereautée en secret pendant trente ans, avait réussi à s'approprier tout ce qu'elle possédait. Je me suis donc considéré comme un homme nu et c'était, soudain, sans importance aucune. Le destin n'a d'ailleurs pas été méchant, puisqu'en compensation j'ai hérité la maison de mon cher Dermot Dewagh d'où je vous écris maintenant.

Le matin où j'ai décidé de partir avec Ben et Maureen Ango, il y avait une lettre de Dermot au courrier, et une autre de vous qui pourra peut-être vous être utile. Je recopie quelques lignes de ce qui devait être l'adieu de mon pauvre directeur d'études :

« Cher Georges, je viens de passer un mauvais moment : trois crises cardiaques en trois jours. On m'a soigné comme un cheval, c'est-à-dire le mieux qu'on puisse soigner en Irlande où le cheval est le seigneur. J'ai failli mourir trois fois : le monde a chaviré sous mes yeux. Aucune panique, je vous l'assure, mais j'aurais aimé que vous soyez là. J'ai hésité, hésité à vous envoyer un télégramme, et j'ai bien fait d'hésiter puisque je suis encore là, un peu mieux, espérant aller beaucoup mieux. Ce n'est pas pour aujourd'hui. Dommage! J'étais prêt. Le serai-je une autre fois? On s'accoutume à l'idée de ne pas mourir. Tout de même, ne vous éloignez pas trop. J'aimerais qu'un de mes élèves préférés soit là quand je m'endormirai. Cyril est mort et Delia poursuit son mythe, Barry est fou, Horace est pétrifié. Reste vous, le Français! Quelle ironie du sort! Votre vieil ami... Dermot. »

Comme vous le savez, il est mort trois jours après, alors que j'étais en mer Rouge, impossible à atteindre. Barry était introuvable et de même Horace pour les raisons que nous savons. Enfin, voici votre propre lettre. Si j'étais vous, je la citerais telle quelle avec son lot de nouvelles en vrac. Au fond ce n'est qu'un chapitre de votre livre...

Je me cite donc et avec d'autant moins de vergogne que cette lettre me rappelle des détails oubliés, et reflète exactement l'atmosphère de craintes, de passions et de folies qui fut celle de ce petit monde agité entre Égine et Spetsai :

Cher Georges,

Je viens de recevoir la visite inopinée de Chrysoula. Imaginez cette énorme créature débarquant du bateau sur la Dapia de Spetsai, me demandant, se hissant dans un fiacre qui l'a conduite jusqu'au Paliolimani. De là, il lui a bien fallu venir à pied jusqu'à ma maison par le chemin tortueux que vous connaissez. Montée sur escarpins vernis à talons aiguilles, elle a souffert, je vous le jure, elle, la citadine, Mme Chrysoula, serrant sur son ventre ballonné un grand sac noir verni. J'ai dû l'installer à l'intérieur, dans le living-room, à l'abri du soleil qu'elle ne supporte pas. Elle a mis un bon quart d'heure à se remettre de son ascension, si ascension il y a. J'ai apporté orangeade, bière, ouzo et force amuse-gueule. Elle a bu et mangé, le petit doigt en l'air, promenant un regard condescendant sur les meubles, les gravures anciennes et les poteries de Skyros qu'elle a jugées peu pratiques pour l'usage quotidien et, de toute façon, trop bleues et blanches. Chrysoula n'aime pas le bleu. Elle n'aime que le vert. Pas n'importe quel vert. Le vert épinard qu'on ne trouve, semble-t-il, qu'en Grèce, le plus souvent associé au jaune canari... Enfin, je vous ferai grâce des goûts et des dégoûts de Chrysoula. Il semble qu'elle éprouvait du plaisir à se trouver avec un homme capable de comprendre ses aspirations artistiques. N'avait-elle pas été une chanteuse célèbre dans un cabaret connu de toute la Méditerranée? On lui avait offert des ponts d'or pour son numéro. Dernièrement encore des Français avaient voulu l'enregistrer. Oui, nous pouvions nous comprendre... parce que Barry, pour ce qui est de l'art... enfin il n'a jamais mis les pieds sur l'Acropole ni dans les musées. Ça ne l'intéresse pas! Chrysoula en est assez blessée dans son amour-propre de Grecque, mais Barry (je le nomme ainsi, et, bien entendu, elle est persuadée qu'il s'appelle Desmond Gregory) se moque de tout. Il ne s'intéresse qu'à ses livres et remplit des cahiers entiers de dessins, de chiffres et de mots cabalistiques qui attirent le mauvais œil sur la maison... Je me demandais où elle voulait en venir, quand elle a tout à coup fondu en larmes, secouée de hoquets convulsifs, renversée dans son fauteuil. Incapable de savoir ce que je devais faire et ne pouvant tirer une réponse d'elle, je suis sorti de la pièce. Elle n'a pas tardé à me rappeler. Son maquillage était une ruine, et elle a passé un quart d'heure à se repeindre dans la salle de bains où elle s'est inondée de ma lotion après rasage, de la tête aux pieds. Je commençais à m'agacer quand, après un verre de cognac, elle a consenti à me parler de l'objet de sa visite :

— Voilà! a-t-elle dit. Pouvez-vous me garder ça?

Elle a ouvert son sac rempli de liasses de billets de mille drachmes.

— Pourquoi?

— Je ne suis plus en sûreté chez moi. Desmond veut m'assassiner.

— Il n'a aucune raison de vous tuer. Il semble même avoir la plus vive passion pour vous.

— Non, non... C'est un truqueur! Je le sais!

— C'est un homme différent de ceux auxquels vous étiez habituée, cela ne veut pas dire qu'il n'est pas sincère. D'ailleurs, il vous a épousée.

— Il en veut à mon argent et mon argent est à moi. Je l'ai gagné. Chaque billet de mille drachmes, je pourrais vous dire comment je l'ai gagné. Avec qui et où. Je ne suis pas de ces putains qui ont des amants, qui trompent leurs maris, qui couchent pour un en-veux-tu-en-voilà. J'ai toujours fait ça pour de l'argent. Ça, c'est du travail, et honnête quand on payait bien...

Je n'ai pas besoin, cher Georges, de souligner la rigueur de ce raisonnement. Il est d'une grande logique. Je n'avais, bien entendu, rien à répondre. Vous aurez peut-être du mal à me croire, mais je vous jure ne pas donner un coup de pouce à la vérité. Chrysoula conservait dans son sac 300 000 drachmes, 10 000 dollars, le fruit d'une vie de dur labeur sur les trottoirs et dans les beuglants du Pirée. Elle ne voulait pas les confier à son frère. Il aurait tout dépensé. J'ai commencé par refuser ce dépôt, mais elle a tant et tant insisté qu'il n'y avait plus d'échappatoire possible. J'ai dû promettre, si elle était assassinée, de remettre les 300 000 drachmes à son frère avec une lettre. J'ai signé un reçu qu'elle confiera à un pope d'Égine. Il sera le témoin de la restitution éventuelle au frère, à moins qu'il ne propose de déchirer le reçu et de partager. Mais Chrysoula a balayé d'un geste cette hypothèse. Si elle n'est pas très sûre du pope qui trafique sur les terrains de sa paroisse, elle met la main au feu que je suis un honnête homme. Quand toutes nos affaires ont été réglées, Chrysoula a cessé de pleurnicher pour minauder. La panique m'a pris : j'ai cru qu'elle voulait me remercier en nature. Le plus délicatement possible, je l'ai poussée dehors, effaré déjà à l'idée des ragots que sa venue déchaînerait dans Spetsai. J'espère qu'elle a mis ma discrétion sur le respect que j'ai pour son mari.

Deux ou trois jours après, l'*Ariel* a mouillé juste au-dessous de chez moi. Ce n'est pas la première fois depuis que je l'ai quitté à Égine. Quand la tension monte, Daniel et Delia semblent n'avoir pas d'autre ressource que de venir ici, comme s'ils ne trouvaient nulle part ailleurs la paix dont ils ont besoin. Je ne sais pas ce qui se passe entre eux, mais je le pressens et mon cœur se serre quand je pense à ces deux êtres si jeunes qui ont tant de choses à exorciser avant de pouvoir s'aimer. Daniel est usé, maigri, fiévreux, mais je crois qu'il tient bon. Son orgueil et la certitude qu'il a d'avoir rencontré l'amour le plus chimérique l'empêchent de se noyer. Delia devrait céder la première, et c'est presque un peu triste quand on s'est fait une certaine idée d'elle. Il se peut qu'ensuite elle craque, sombre dans la folie, à moins que, prosaïquement, elle se mette à fabriquer des enfants et à tricoter.

Delia n'a toujours pas retrouvé Barry, mais elle a l'intuition que quelqu'un, près d'elle, connaît sa retraite secrète. Il m'a toutefois semblé que sa quête était moins impérieuse. Peut-être par moments l'abandonne-t-elle, distraite par la lutte à mener contre Daniel, mais se reprenant vite parce qu'à bord tout parle du fantôme de Cyril. Cyril est couché entre eux comme l'épée entre Tristan et Iseut. Ils passent des nuits à pleurer dans les bras l'un de l'autre, puis au réveil Delia insulte Daniel qui la gifle. Deux fois elle s'est évanouie et maintenant il n'ose plus la frapper, bien que ce soit, de toute évidence, et très pratiquement, le seul moyen de la tirer de son funèbre songe.

Daniel est venu me voir seul d'abord et j'ai retrouvé dans sa confiance explosive quelque chose de l'enfant qui se promenait avec moi dans les rues de Nice et adorait les terrasses de café. C'est toujours bon de voir qu'un enfant n'est pas mort dans l'homme qui l'a remplacé. Évidemment son grand problème est de cacher à Delia qu'il connaît la retraite de Barry. En fait, c'est ma faute : je n'aurais pas dû les mettre en présence, mais c'est Barry qui a refusé une fausse identité devant Daniel. Je ne sais quelle inconscience l'y a poussé, lui si bien organisé. Voilà donc Daniel en possession d'un secret qui le brûle, le dévore, empoisonne Delia. Nous sommes d'accord pour dire qu'il faudrait libérer Delia et la mettre en face de la vengeance qu'elle poursuit avec un entêtement lyrique, et pourtant le risque à courir est grand. Elle a beau tirer comme une Diane, Barry est une fantastique force de la nature. Il rappelle Porthos. J'ai eu l'impression, en découvrant sa musculature et sa carcasse, qu'il peut recevoir dix balles dans le corps et étouffer son adversaire dans ses bras. C'est un diable, oui, il y a quelque chose de démoniaque en lui, le champignon monstrueux de ses lectures magiques et de ses essais de magnétisme. Le détail est risible, l'ensemble est effrayant. Par exemple, je ne serais pas étonné qu'il cherche à détruire Horace McKay. D'après ses propos sibyllins que mon scepticisme naturel refuse d'interpréter, il lui suffirait d'un mot pour pulvériser Horace. Il faudrait pour comprendre savoir délimiter avec exactitude les pouvoirs de l'ancien Barry et la folie du nouveau Barry. Vous seul le pourriez sans doute. Évidemment, j'ai la possibilité de prendre à part Delia et de lui expliquer ce que je sais de source sûre : Barry n'a pas tué son frère. Elle ne me croira pas, et si, pour la convaincre, je lui dis que Bates a liquidé Cyril, Delia retrouvera Bates. D'ailleurs, je n'ai, pas plus que Daniel, le droit de parler. Je sais que c'est Bates, mais rien ne dit qu'il n'a pas été suggestionné par Barry, qui serait donc bien le vrai responsable. Daniel sait aussi, de son côté, que vous devez la vie à Barry, qu'il a été votre compagnon de secret à Hay Street, que dans l'affaire Kruglov-Fedorov il a sacrifié sa fidélité au Parti pour servir votre goût de la vérité. Vous voyez dans quelle situation inextricable nous sommes.

Hier soir, nous avons dîné, Delia, Daniel et moi, dans le jardin. J'ai mis de la musique, puis Delia a sorti un vieux disque repiqué d'un disque de Cyril. Nous l'avons entendu réciter l'ode à la Cam : « O fluide rivière que j'ai bue jusqu'à la vase... » J'ignorais cet enregistrement un peu grinçant mais où la voix si belle de Cyril perd de sa raideur pour frémir avec une amertume atroce. Après, nous ne pouvions plus rien écouter, et nous sommes restés dans nos fauteuils, silencieux, saisis, emportés très loin, libérés de tout et, je dois le dire pour moi, fantastiquement heureux. Enfin Delia s'est levée et elle a appelé Cyril et Daniel de la même voix. Elle le croyait — ou feignait de le croire — avec nous. Elle a dit à Daniel de marcher devant pour les éclairer avec sa torche et, à une hésitation balancée de son pas, j'ai vraiment eu la sensation qu'elle s'appuyait de l'épaule contre son frère dans le chemin tortueux qui descend au môle...

L'*Ariel* a fait voile ce matin en direction d'Hydra. J'imagine que ceux qui le voient passer rêvent d'un yacht paradisiaque bourré de jolies filles, de champagne, de minets richissimes et désinvoltes, alors que c'est un vaisseau fantôme à la recherche d'une proie. Cette proie se jetterat-elle à la mer comme les marins autrefois quand ils apercevaient, courant au ras des vagues, le Hollandais volant et son équipage de squelettes dans les huniers?

La *Deborah* quitta le port d'Aden vers six heures du soir. Une lumière grise brouillait la silhouette trapue de la ville, le ciel bas et cotonneux, la mer luisante comme un miroir magique. A l'ouest, dès qu'ils eurent dépassé la jetée, le soleil se coucha derrière le voile d'un nuage rose sale qui traîna longtemps à l'horizon. Parmi un groupe de badauds massés sur l'appontement des yachts, la tache bleue de la robe de Sarah se fondit dans le dessin rectiligne des quais, puis les quais eux-mêmes s'estompèrent dans le grouille-ment confus de la ville dont les premiers feux, myopes et jaunes, s'allumèrent en tremblotant. Sarah était là, quelque part dans ce chaos de maisons blanches en ciment et de termitières ocrées par le couchant. Pour la première fois avant le signe annonciateur, c'était Georges qui la quittait et cette séparation lui coûtait. Pas seulement parce qu'ils avaient fait l'amour dans l'après-midi comme deux corps qui se connaissent bien et redécouvrent avec émotion qu'ils n'ont plus de secrets l'un pour l'autre, mais aussi parce qu'ils étaient maintenant assez forts pour ne plus échanger d'aigres reproches, à moins qu'ils fussent assez désespérés pour n'être plus blessés par rien. Une lueur indécise stagna encore quelque temps après le coucher du soleil, un remords du jour, puis la mer violaça et ce dernier éclat s'éteignit. La nuit tomba d'un coup, si profonde qu'ils eurent l'impression de pénétrer une matière confuse et molle qui s'ouvrait devant eux et se refermait aussitôt après leur passage.

Ben restait accroupi au fond de la cage du moteur, un diesel cinquantenaire qui crachait des ballons de fumée sur le flanc du dundee. Avec amour et déférence, une burette dans la main droite, une clé anglaise dans la gauche, il surveillait les graisseurs du vieux compagnon de la *Deborah* qui semblait, en un dernier et joyeux effort, après avoir trimé en mer d'Irlande et sous les tropiques, vouloir tenir encore jusqu'au retour dans la mère patrie pour y mourir, carcasse rouillée, vidée de ses pistons, sur un quai pluvieux encombré de rebut. Malgré sa lenteur et ses crises d'asthme, le diesel imprimait au dundee une vitesse de cinq nœuds qui paraissait idéale puisqu'elle suffisait à le libérer de l'étouffoir d'Aden, de cette marmite bourrée de poudre qu'on s'attendait à voir exploser d'une minute à l'autre comme une gigantesque éruption vomissant un nuage de cadavres carbonisés. Maureen, à la barre, gardait les yeux fixés sur le compas, maintenant le cap. Quand elle se penchait en avant, la lampe du tableau de bord éclairait d'un halo jaune son visage, en accentuant le caractère anguleux, presque viril. Caulaincourt, d'abord caché sous des sacs à voile, était monté s'installer dans le cockpit à côté de Georges. Amaro, dans la cuisine, préparait le dîner.

Depuis la tombée de la nuit, le pont et la proue avaient disparu, et ils naviguaient entre leurs feux vert et rouge, dont les lentes oscillations rythmaient la marche du bateau. Si une sourde inquiétude mêlée d'une certaine exaltation habita Georges lors de ce départ, ce ne fut pas une intuition de ce qu'il allait vivre. Il l'ignorait, bien sûr, et rien ne l'y préparait, mais il ressentit, poussée jusqu'à l'angoisse, l'impression d'aborder une nouvelle phase de son existence comme le jour où il avait quitté Cambridge pour entrer dans la vie d'homme. Tout contribuait à créer cette impression : la terre disparue, une nuit impénétrable sans ciel, des compagnons de voyage inconnus la veille, la séparation d'avec Sarah, sa liberté retrouvée — mais qu'allait-il en faire ? — la moiteur opaque de l'air, l'encerclement de la mer et son chant très doux, le grondement lancinant du moteur.

Ben sortit enfin de sa cage et ils dînèrent tous les cinq dans le cockpit autour d'une lampe-tempête, sans se parler, chacun absorbé dans ses pensées.

Après le dîner, Ben répartit les quarts. Un barreur suffisait tant que l'on naviguerait au moteur. Amaro assura le premier quart et Georges descendit se coucher dans la cabine partagée avec Caulaincourt.

— Alors? dit ce dernier en retirant son pantalon. Ça va?

— Oui. Pourquoi?

— Cest des drôles de zigues à bord!

— Ils en disent peut-être autant de nous.

— Sûr! Mais moi j'vous le dis : le Ben l'est pas tout blanc. Aussi ça vaut mieux d'ouvrir l'œil. Vous avez de quoi?

— De quoi?

— Ça pardi!

Il glissa sous son oreiller un Colt 45 dont le canon luisit brièvement dans l'ombre. Au bar du club des officiers, il le conservait en permanence à côté de son shaker.

— Non, je n'ai pas de ça! dit Georges.

— C'est vot'affaire. Moi j'pourrais pas fermer l'œil si j'l'sentais pas sous ma joue.

Une minute après, Caulaincourt dormait. Georges s'allongea. La porte de leur cabine restait entrouverte et, par l'écoutille, il apercevait le visage et le buste d'Amaro qui se penchait régulièrement vers le compas pour vérifier sa route, la lueur jaune éclairant son visage maigre aux pommettes brillantes, à l'oreille gauche ornée d'un anneau de cuivre. Georges finit par s'endormir malgré la chaleur oppressante et les hoquets du diesel. Vers minuit, l'arrêt du moteur le réveilla et il resta sans bouger, écoutant l'eau courir le long du bordage. La *Deborah* donnait de la bande. Le vent s'était levé. Georges dut replonger dans le sommeil car quand, une heure plus tard, le visage sombre d'Amaro se pencha au-dessus de lui, cela suffit à le dresser sur sa couchette. Caulaincourt laissa filtrer un regard de chat sous ses lourdes paupières, mais ne remua même pas. Ben était à la barre. Seul avec Amaro, il avait hissé la voile d'artimon, la grand-voile et un foc. Dans le ciel éclairci, brillaient des milliers d'étoiles.

— Il y a un peu de brise, dit Ben. Nous garderons le cap. Je reste avec vous.

Une longue houle se levait. La *Deborah* plongeait du nez et ressortait en ébrouant son étrave comme un nageur de brasse papillon. On ne pouvait pas dire que c'était un pur-sang, mais, sensible et appliquée, elle frayait sa route avec un patient entêtement, sans caprices, assurée sous sa voile réduite. « Je la connais bien, cette vieille salope », avait dit Ben en la flattant de la paume. Oui, il la connaissait bien et, malgré sa haute taille, il se faufilait à l'avant, assurait les écoutes dans leurs poulies et leurs taquets, silencieux, souple, raide, précis. Il soignait son bateau avec une tendresse un peu brutale, de l'amour bourru. Dans le cockpit, il alluma une pipe et s'assit à côté de Georges, corrigeant d'une main légère le cap, dès que le foc faseyait.

— Vous auriez dû me réveiller pour hisser les voiles, dit Georges.

— Oh non, ce n'était pas la peine. Je m'en tire très bien avec Amaro.

— Les Malais sont bons marins.

— N'en croyez rien. Ils cabotent. C'est tout. Mais Amaro a des dispositions. Il a appris avec moi. Il n'a jamais peur, c'est déjà ça. Je n'ai pas encore discerné si c'est vraiment du courage ou si c'est parce qu'il ignore que la mer est vicieuse, méchante et ingrate. Il ne voit d'ailleurs pas la mer comme moi. Quand je l'ai rencontré, Amaro était pêcheur à Semporna. C'est un Iban de Bornéo. On les appelle aussi des Sea Dyaks. Ils vivent en famille et adorent se tatouer. Les dentistes chinois font fortune en leur posant des rangées de dents en or. Leurs femmes vont les seins nus, et elles ont de très beaux seins, les plus beaux de la Malaisie. Amaro n'avait pas de femme et plus de famille. Il vivait dans une hutte au bord de la rivière, une drôle de hutte surmontée d'une cloche. Quand je l'ai rencontré, il se saoulait avec du vin de riz chez les Chinois. Il buvait son fonds après avoir vendu sa hutte et sa drôle de cloche. Je lui ai demandé pourquoi cette cloche. Il m'a raconté que, dans les derniers jours de la guerre, un avion américain avait lâché une bombe sur la rivière. Une belle bombe de deux cent cinquante kilos.

La bombe n'avait pas explosé. Amaro est allé la repêcher. Avec des bœufs, il a réussi à la tirer sur la rive. Là, il l'a attaquée à la hache, il a retiré l'explosif avec ses mains et il s'en est servi pour pêcher. Naturellement, il a dévasté le coin et quand je l'ai rencontré il n'y avait plus un poisson. Avec les morceaux de la bombe, il s'était fabriqué une cloche, aidé par le forgeron du village. Grâce à la cloche, il avait vendu cher sa hutte, et maintenant il cherchait du travail. Il faut avoir cette philosophie-là pour que le travail vienne à vous. Je lui ai offert un embarquement. Nous n'étions plus que Maureen et moi sur la *Deborah*. Johnny, parti d'Irlande avec nous, avait été balayé par une vague quelques jours avant. Je l'avais repêché, mais les requins lui avaient bouffé une jambe et il nous avait suppliés de le refoutre à l'eau. Il fallait quelqu'un pour la *Deborah*. J'ai pris Amaro et ça va. Nous nous entendons bien.

Georges revit en pensée le geste obscène de Maureen, vers Amaro. Y avait-il eu quelque chose aussi avec le précédent? Naturellement, la question que l'on brûlait de poser était : « Et alors, vous l'avez refoutu à l'eau? » mais Ben par son ton l'éludait. Il n'avait rien d'un assassin, ni non plus d'un pleurnicheur. On aurait juré d'un homme tranquille, posé, simple et d'un grand bon sens, qui ne s'embarrassait pas de scrupules imbéciles dans un monde où ils ne sont, le plus souvent, qu'hypocrisie. C'était ça : un homme détestant les fioritures, direct et ne passant pas son temps à prier qu'on l'en excusât. Quelqu'un d'assez rassurant somme toute, assis dans le cockpit, jouissant de la bonne marche de la *Deborah*, ses longues jambes tendues en travers, appuyées sur la banquette en face. Ils se turent l'un et l'autre, et ce silence alla droit au cœur de Georges, comme un pacte d'amitié, une entente sourde accordée à la beauté de la nuit qui, d'heure en heure, déployait un bouquet de féeries naturelles ou mystérieuses : nouvelles étoiles, mince croissant de lune, avions dont les feux clignotaient comme un signe amical dans le ciel, météores qui se pulvérisaient dans l'atmosphère et répandaient une pluie dorée au-dessus de leurs têtes, enfin un satellite artificiel qui décrivit une course fulgurante dans un scintillement de lumière blanche et disparut d'un coup, effacé, englouti comme un mirage quand il pénétra dans l'ombre de la terre. Puis, comme si ce n'était pas assez, comme si un créateur invisible s'était juré de les éblouir pour fêter leur départ, la *Deborah* entra dans une zone phosphorescente et navigua au creux d'un sillon d'étincelles qui bondissaient sous la pression de l'étrave, crépitaient le long des flancs du bateau et retombaient en rubans argentés dans le sillage.

Comment le monde si riche en splendeurs, en fantastiques beautés qui dépassaient l'entendement et emplissaient le cœur du sentiment grisant de la toute-puissance infinie, comment le monde pouvait-il cacher aussi une misère morale atroce? Depuis le déclenchement de la dernière guerre, nous vivions dans l'horreur. Parce qu'il était un voyeur salarié, Georges en avait eu sa part plus que le commun des hommes. L'horreur se vend, c'est même le seul fait divers qui se vende. On en redemande toujours et si Georges considérait sa vie depuis vingt ans, elle n'avait été qu'une longue promenade dans le monde de l'horreur, dans le calvaire de l'humanité : guerres d'Indochine, famines de l'Inde, insurrections arabes et noires, génocides, séismes, incendies, répression policière. Il était là, sur mer, muet d'admiration, devant le miracle de la vie, et quelque part en Afrique, des hommes avec deux jambes, deux bras, un cœur, une tête s'emparaient gaiement des scieries pour déposer sur le billot leurs ennemis que le ruban découpait en morceaux, bien propres, à peine sanglants, encore agités de soubresauts. Oui, il avait vu cela qui continuait et, pourtant, il se retrouvait maintenant dans la voluptueuse paix de la nuit, protégé du spectacle des morts abominables qui souillent le destin de l'humanité. Pour se sentir aussi libre, il lui fallait remonter loin en arrière, à ces dimanches matin où, en soulevant la fenêtre à guillotine de sa chambre de la New Forest, il apercevait la clairière qui exhalait une brume argentée, le ciel blanc au-dessus des arbres et, broutant l'herbe éclatante de rosée, les poneys aux longs poils humides et soyeux. A deux heures de là, Londres brûlait, les blessés râlaient sous les ruines ou disputaient dans les caves effondrées leur vie à des rats, à l'asphyxie, à la noyade ou à la folie. Georges eut une pensée pour Joan, sa douce poitrine blanche et, surtout, sa nuque blonde qu'elle dégageait en rassemblant ses cheveux sous l'affreuse casquette des forces armées féminines. Ils étaient faits tous deux pour s'évader des enfers et vivre dans l'air et la lumière, s'aimer dans des chambres aux fenêtres grandes ouvertes sur des forêts ou sur la mer. La mort avait cassé ce songe et quelques autres encore. On pouvait les reprendre à l'infini au moment où ils s'étaient interrompus — Joan changeait d'itinéraire au moment de l'alerte, Claire manquait un autobus et arrivait trop tard pour se trouver seule avec Daniel et coucher avec lui — mais Georges n'essayait plus ce jeu cruel et dangereux. Prolonger sa vie partout où elle s'est brisée sur un obstacle ou simplement sur l'absurde est une tentation trop grave. On ne pouvait que se répéter : avec Joan le monde aurait été moins irrémédiablement horrible qu'avec Sarah et les ombres qui la dévoraient. Mais quoi? Tout était déjà écrit.

Un peu avant l'aube, Ben réveilla Maureen et Caulaincourt qui les remplacèrent. Georges se coucha et chercha le sommeil qui ne vint pas. Par la porte entrouverte il apercevait la bôme, un morceau de la grand-voile bleu de nuit, le ciel et, de temps à autre, une silhouette qui changeait de place. Un chuchotement lui parvenait, régulier, déchiré par le vent qui se maintenait. Ils filaient trois ou quatre nœuds sans heurts dans la houle. Au petit matin Georges remonta sur le pont. Maureen barrait, Caulaincourt mordait dans un énorme sandwich, satisfait, sûr de soi. Amaro était assis à l'avant, en tailleur, près du trou d'équipage. Une épissoire en dent de narval à la main, il écartait les torons d'une aussière et les renouait avec une méticulosité infinie qui paraissait l'absorber entièrement. Paraissait. Car il était certain que, dos tourné, tête baissée, il épiait tout ce qui se passait dans le cockpit. Georges pensa que les amants sont toujours plus jaloux que les maris. Pour leur seule punition.

Le vent tomba et Ben remit en marche son diesel qui démarra avec une sorte d'allégresse. Georges resta sur le pont, à demi allongé, les yeux fixés tantôt sur la côte distante de cinq à six milles, tantôt sur la haute mer où défiíaıenт les cargos et les pétroliers. Alors, seulement, il se souvint de la lettre d'Horace. Elle n'avait pas brûlé sa poche. Sa certitude était telle qu'il n'avait pas besoin d'ouvrir l'enveloppe pour savoir ce qu'elle contenait : l'aveu — désormais inutilisable — d'une longue trahison. D'une écriture minutieuse, mais assez belle, Horace avait écrit : « Pour mon ami Georges Saval. A n'ouvrir qu'une fois en mer. » Le papier portait l'en-tête du Haut-Commissariat.

Je regrette encore pour vos articles. Ma position était intenable. J'ai agi suivant les consignes, et c'est peut-être ma dernière malhonnêteté en qualité de citoyen britannique. La dernière, je dis bien. Aujourd'hui, je boucle mes valises. J'ai peut-être encore deux ou trois jours. La machine est en marche. Elle est lente et balourde, mais le filet se resserre. Je pourrais être arrêté ce matin même, si la routine n'exigeait pas d'innombrables vérifications, et si, naïvement, on n'espérait pas me trouver des complices immédiats. Je connais les Anglais. Voilà bientôt trente ans que je travaille ainsi avec eux. Ce n'est pas parce que je passe de l'autre côté de la barricade que j'oublierai leurs méthodes.

Oui, Georges, je suis depuis 1938 ce qu'il est convenu d'appeler un espion communiste. Curieusement votre ami M. en est responsable sans le savoir. Il m'a mis Nietzsche dans les mains. C'est le seul philosophe que j'aie jamais lu et il m'a incité à poser une définition : une idée ne vaut que par sa puissance et les œillères qu'on lui met. L'idée communiste répond à ce canon. J'ai adhéré au Parti avant la guerre et j'ai entraîné Cyril. Barry m'a écouté sans répondre. Cinq ans après, l'idée avait fait son chemin en lui. J'aurais voulu un rôle évident. On m'a condamné au secret. J'ai dû m'inscrire au parti néo-fasciste et gravir les premiers échelons des services britanniques. Quand j'ai été mûr, on m'a utilisé. J'ai failli être découvert à Moscou par les Américains, mais les Soviétiques m'ont expulsé bruyamment et tout le monde a ri au nez de la C. I. A. Mon temps est fini. J'ai rempli les objectifs assignés. Peut-être m'aurait-on laissé en place encore un an ou deux si quelqu'un ne m'avait pas dénoncé. Hier soir, au club des officiers, vous m'avez vu fabriquer de petits bonshommes en mie de pain et vous m'avez dit que Barry exerçait à distance ses vieux talents de mage-magnétiseur. Je finirai bien un jour par y croire. Il est possible qu'il m'ait dénoncé. J'ai trop joué avec lui. Pourquoi? Je ne sais pas. Au fond il m'a donné le goût du risque. Il nous avait tellement maîtrisés l'un et l'autre dans son service que je n'ai pas pu résister, le jour où il a été désarmé, à vouloir l'abattre un peu plus.

Maintenant, si je me reporte aux propos que nous avons tenus hier soir, j'ai voué trente ans de ma vie à un truquage monstrueux et je n'en aurais rien vu! Vous me forcez dans mes retranchements. Libre enfin, je sens que je remuerai vos insidieux propos dans ma tête. Ce serait assez comique que je cesse d'être communiste le jour où je me réfugie de l'autre côté du rideau de fer.

J'espère que nous nous reverrons. Si prisonnier que je sois désormais du monde pour lequel j'ai trahi l'Angleterre, j'ai bien l'intention de venir, de temps à autre, humer l'air de la liberté relative des pays satellites. J'ai encore des choses à vous dire et des questions à vous poser. Notamment celles-là : faut-il regarder la mort en face ou en fuir lâchement la vision? A quel moment de son évolution l'homme a-t-il inventé l'idée du remords?

Je souhaite que nous restions amis.

Horace.

P.-S. L'ignoriez-vous? Benjamin Ango est l'agent sur qui reposait tout le frêle édifice de

Mission II. C'est à cause de lui que le chef-d'œuvre de duplicité imaginé par Barry s'est écroulé. Pour certains, il est un traître (mais la Justice l'a acquitté), pour d'autres il est un héros (mais l'éternelle et toujours présente Vengeance immanente n'en a peut-être pas fini avec lui). Un jour j'ai remis à votre ami M. un rapport d'une grande précision analytique sur l'affaire de Mission I et Mission II. Demandez-le-lui. Vous n'avez connu cette histoire que partiellement. Je suis seul avec Barry à la connaître en entier. Il ne fallait pas que ce fût perdu et de toute façon, maintenant, c'est de l'Histoire. Si vous l'utilisez, vous clouerez le bec de Terence Holywell et vous rendrez la paix de l'âme à cette montagne de susceptibilité qu'est le pauvre Barry [1].

— Pardon! dit Ben.

Il enjamba Georges et gagna l'avant où il s'accroupit à côté d'Amaro qui lui prêta sa dent de narval pour épisser l'autre extrémité de l'aussière. On ne vit plus que ces deux dos nus, celui de Ben plus large, plus haut, plus évasé, avec des dorsaux qui saillaient à chaque mouvement des bras, celui d'Amaro à la peau safranée couverte de tatouages bleus, aux muscles souples, à peine visibles : le jour et la nuit, le Viking et le Malais. Ainsi c'était lui, Ben, cet agent dont Georges n'avait connu que le surnom. Pluto, qui avait déclenché une révolution à l'intérieur de Hay Street, provoqué le départ de Barry et son remplacement par de nouveaux chefs dont le grand mérite avait été de ne plus rien faire pour être sûrs de ne pas se tromper. Jusqu'à quel point pouvait-on blâmer Ben, plus de vingt ans après, quand la boue avait été remuée, jetée à la figure des uns et des autres, et qu'un seul en souffrait encore dans son orgueil : Barry, qui n'était pas précisément homme à ménager

1. On retrouvera en annexe p. 501 le résumé de l'affaire tel que j'ai pu le mettre au point avec les notes d'Horace et l'aide de Georges.

l'orgueil d'autrui. A quelle griserie aussi avait-il cédé après le succès de Mission I? Pourquoi aller toujours plus loin quand le succès de telles opérations reste lié, malgré toutes les précautions, à la chance impondérable?

Vers midi, Ben arrêta le moteur. Au nord, une ligne sombre rasait la mer à toute allure. Une demi-heure après, elle atteignit la *Deborah*, qui accueillit avec sérénité dans ses voiles un vent chaud soufflant par courtes et violentes bourrasques. Ben prit la barre et resta dans le cockpit avec Georges. Devant son réchaud, Maureen préparait le déjeuner de riz, de tomates et de poulet, aidée par Caulaincourt. Elle porta elle-même une assiette au Malais qui demeurait à l'avant, occupé à réparer un filet. Georges n'avait pas encore entendu le son de la voix d'Amaro, ni rencontré son regard filtré par de longs cils courbés qui ombraient de bleu la sclérotique. Cet homme semblait capable d'un silence infini. Il feutrait ses pas, ses gestes, lent et vif à la fois, surgissant à n'importe quel point du bateau sans qu'on l'ait entendu venir. Il aurait pu ne pas exister et, au contraire, il était omniprésent à force d'effacement et de discrétion. Occupé à quelques travaux à sa place favorite, près du trou d'équipage, il tournait le dos, mais sa nuque écoutait, ses épaules regardaient. Il tenait de l'anguille, du chat, et aussi, quand il marchait avec ses bras ballants, trop longs, du singe. Aux yeux d'un Occidental, il était l'énigme même. Pourtant, il s'entendait avec Ben. Un signe de la main suffisait. Côte à côte, ils réparaient une aussière, cousaient une voile, avec les mêmes gestes précis et soigneux, ou bien, immobiles, les yeux fixés sur l'horizon, ils parlaient intérieurement à la mer, dialogue que nul ne pouvait entendre, qui appelait les vents par leurs noms, les scrutait, devinait leurs intentions, leurs forces ou leurs ruses. Amaro savait-il vers quel autre monde, froid et humide, la *Deborah* l'entraînait? Plus que probablement, il ne pouvait même pas se l'imaginer. Il y allait cependant, aveuglément entraîné par le destin, dédaigneux de ce qu'il abandonnait : les mers chaudes, les côtes luxuriantes de la Malaisie ou le profil sec, décharné de l'Arabie que voilaient par moments des tourbillons de sable. Amaro changeait de planète. Après Gibraltar, la transition serait rude. Ce beau corps nu et vigoureux, couvert de bigarrures éclatantes, se recroquevillerait dans les vents et les embruns de l'Atlantique. Il ne rencontrerait plus de typhons incandescents, mauves et rouges, ravageant l'océan, mais des nuages de plomb, des pluies insistantes et interminables qui finissent par tremper jusqu'à l'âme et n'ont rien de commun avec les pluies des tropiques qui s'évaporent dans l'atmosphère en tremblant à l'horizon ou sur le faîte des forêts.

En fin d'après-midi, le vent tomba, mais Ben ne remit pas en marche le moteur et la *Deborah* se traîna sur la mer calmée. On hissa le foc, la trinquette et les flèches pour cueillir le souffle qui demeurait. Ils marchèrent à deux nœuds. Maureen prit un livre et lut, allongée sur le pont. Caulaincourt commença de tourner en rond, autant que l'on puisse tourner en rond sur un dundee. Ben dit doucement à Georges :

— Vous voyez! Je vous avais prévenu! Celui-là ne tient déjà plus en place! Il va me demander de mettre le moteur. Pour gagner quoi? Quelques heures sur notre trajet. Que fera-t-il de ces quelques heures? Rien. Notre retard le sauve peut-être d'un coup de couteau dans la gorge, d'une balle perdue...

— A moins que ce soit le contraire.

— Oh, il doit s'y attendre! C'est son métier.

— Oui, c'est son métier, mais précisément, il n'y croit pas.

Ben ne se trompait pas. Quand la nuit vint et qu'on ne sut plus si la *Deborah* avançait encore ou restait sur place ancrée dans une ombre épaisse et humide, son gréement gémissant à chaque passage de la houle, Caulaincourt se manifesta :

— Dites donc, capitaine, si on mettait l'bourin?

— Mon vieux, vous voyagez sur un voilier. Il faut vivre comme lui : les coups de tête dans la vague ou le farniente.

— Le farniente est rien ennuyeux.

— Il repose.

— Allez, un bon geste, le bourin...

— Je dois économiser le gasoil.

— Je vous le rembourserai.

— Là n'est pas la question. Où vais-je en trouver? Dans les ports du Yémen? Je n'ai pas le droit d'y entrer.

— Moi j'vous en trouverai.

— Où?

— J'en sais encore rien, mais ça ne doit pas être un problème.

— Je garde une réserve de sécurité. Rien à faire.

Caulaincourt partit se coucher. Ils dînèrent dans le cockpit, comme la veille, tout aussi silencieux, puis Ben répartit les quarts, et Georges resta seul avec Maureen. Elle passa un chandail pour lutter contre la fraîcheur qui tombait soudain, signe précurseur d'un vent de mer après les vents de terre secs et brûlés.

— Vous aimez cette vie-là? dit-il.

Elle haussa les épaules.

— Oui, bien sûr, sans cela je ne serais pas là.

— D'où êtes-vous?

— De Galway.

— Quand je vais voir mon vieil ami Dermot Dewagh dans le Connemara, je m'arrête toujours à la Tavern pour manger des huîtres et du saumon fumé.

— Les huîtres sont meilleures à Clarinbridge, chez Paddy Burke.

— Ou chez Moran's au Weir.

— Je vois que vous connaissez, dit-elle.

N'importe qui d'autre aurait demandé comment Georges avait été amené à découvrir le Galway, mais Maureen ne semblait pas s'en soucier, et il crut sentir une hostilité à laquelle il ne s'attendait pas.

— Voulez-vous tenir la barre un instant? dit-elle. Je fixe le dinghy. La houle a détendu les sandows.

— J'y vais.

— Non. Laissez-moi.

Elle partit vers l'avant et s'accroupit au pied du grand mât pour resserrer les tendeurs du dinghy. Lorsqu'elle revint, il avait décidé de lui poser la question qui le brûlait.

— Quand je travaillais à ma fenêtre, je vous ai long-

355

temps observée. Vous étiez en train d'écailler un poisson. Ben était à l'avant.

— Et vous m'avez vue, n'est-ce pas?

— J'ai vu un geste de vous.

— Quelque chose m'a dit en moi que j'avais été vue par quelqu'un. Je me suis doutée que c'était vous parce que vous êtes venu peu après et en partant vous avez fait une réflexion. Si ça vous amuse, oui, c'est vrai, je donne de temps à autre du plaisir au marin. Ben n'en sait rien.

— Il le prendrait mal?

— Est-ce que je sais?

— Il l'a pris mal une fois.

— Oui, une fois. Mais Ben est un homme qui a un sentiment une fois. Il l'épuise et c'est fini. Ça veut dire qu'ensuite il n'est plus le même. Il change de peau.

Elle se tut un instant, puis elle ajouta avec une sorte de dégoût :

— Quand une femme mariée a un amant, tous les hommes se figurent qu'ils peuvent coucher avec elle.

— Je n'ai pas pensé à cela.

— Non, mais vous êtes venu mettre votre nez dedans. Je ne vous le reproche pas. Vous êtes comme les autres. Il n'y a pas de honte. Vous avez du feu?

Il lui alluma sa cigarette et elle tira une longue bouffée avant de reprendre :

— Ne vous y trompez pas! Ben est un homme formidable, mais il a quelque chose d'enfantin qu'il n'arrive pas à corriger : son cœur ou son âme, enfin quelque chose comme ça. Je l'aime beaucoup. Tout ça ne s'explique pas très bien. Vous le comprendrez le jour où vous le verrez prendre une décision capitale...

— Comme le jour où il a remis Johnny à l'eau?

— Comme ce jour-là! C'était bien la seule décision à prendre. Pourriez-vous étarquer le foc en l'air?

— J'y vais.

Il eut quelque mal à trouver la drisse et allait retendre la ralingue au lieu du grand étai quand une main se posa sur la sienne et l'arrêta. Surgi sans bruit du trou d'équipage, Amaro était près de lui, désignant la bonne drisse. Georges la tendit et remercia le Malais d'une tape sur l'épaule. Il eut l'impression que le visage d'Amaro, éclairé en vert par le feu de bord, grimaçait un sourire.

— J'allais me tromper de drisse, dit-il à Maureen. Amaro m'a désigné la bonne. Comment savait-il que je voulais étarquer?

— Je ne sais pas. Il est partout.

— Vous parlez parfois avec lui?

— Jamais. Comment nous parlerions-nous? Il ne baragouine qu'un peu de néerlandais et trois mots d'anglais...

Quand Ben et Caulaincourt prirent le quart suivant, une brise plus fraîche entraîna sans à-coups la *Deborah* qui conserva son allure toute la nuit. Au petit matin, de nouveau, le vent tomba et ils se traînèrent sur une mer calme semée de méduses dont l'ombrelle contractile mesurait bien un mètre de diamètre. Les bouches mauves des méduses s'ouvraient et se fermaient, délivrant un message de muet monté des profondeurs abyssales. Amaro en frappa quelques-unes à la gaffe, et elles s'enfoncèrent aussitôt dans les fonds d'un bleu opalescent. Caulaincourt ne récriminait plus contre les lenteurs de la *Deborah*. Il en avait pris son parti et souffrait seulement de n'avoir rien à faire jusqu'à ce qu'Amaro lui apprît à pratiquer des épissures. Le vieux dundee, tout gémissant et craquant qu'il fût, leur imposait son rythme, naviguait à son allure, choisissait à peu près seul son cap avec l'obstination d'un cheval rentrant à l'écurie, offrait avec confiance une à une ses blessures à panser : rocambeau tordu, point d'écoute pourri par le sel et le vent, clan mangé par les vers. Ce n'était pas un aventurier comme ces sacolévas, montés par des équipages nubiens qui glissaient furtivement sur l'eau pendant la nuit et couraient se cacher dans les criques de la côte, avant l'apparition du soleil, pour y débarquer des chargements d'esclaves vendus en Arabie par les États de l'Afrique centrale. La *Deborah* se contentait de jouer avec la côte, tantôt s'en rapprochant, tantôt s'en éloignant jusqu'à ce qu'on ne vît plus qu'une poussière impalpable. Après Turba et le détroit de Mandeb, ils aperçurent de rares villages tapis au pied de hautes falaises ocre. Le troisième jour Ben commença de prendre des relevés réguliers et de se rapprocher du Yémen. Georges vit sur la carte l'endroit où Caulaincourt voulait être débarqué, quelques milles en dessous d'Hodeïda. Aucun port n'était indiqué, mais une multitude d'îlots et de récifs commandaient l'entrée de plusieurs passes. Enfin Ben fit signe qu'ils arrivaient, et qu'il faudrait attendre la nuit pour se guider vers un chenal. La *Deborah* tira un long bord buissonnier vers l'ouest et retourna sur ses pas, tous feux éteints dès la nuit tombée. La mer devint un lac et le moteur au ralenti engagea le dundee dans le fouillis des îlots. Ben, assis à califourchon sur le beaupré, les pieds nus agrippés à la sous-barbe, commandait à voix très douce Maureen qui barrait. Vers minuit, ils pénétrèrent dans une crique dont le premier croissant de lune permettait à peine de discerner les contours déchiquetés. Le moteur se tut et la *Deborah* avança sur son erre, sans un bruit. Ben retira la chaîne de l'écubier et en laissa filer une vingtaine de mètres, maillon par maillon, dans ses fortes mains. La crique était si bien protégée qu'on cherchait en vain le rassurant murmure d'un ressac.

— Ils seront là demain, dit Caulaincourt.

Mais, peu après, Amaro affirma que des hommes se trouvaient sur la plage, quatre ou cinq peut-être, immobiles et terriblement attentifs. Caulaincourt voulut y aller et Ben intervint :

— Non. Vous n'irez pas!

— Pourquoi? Ma peau est à moi.

— Comme la *Deborah* est à moi. Une rafale de mitraillette sous la ligne de flottaison et cette crique devient son cercueil. Et le nôtre aussi par surcroît. Attendez demain.

Maureen partit se coucher. Georges en fit autant malgré le sentiment aigu d'une présence hostile dans cette trappe où ils étaient venus se jeter en aveugles. Mais tout se passa comme si sa nature avait soudain profondément changé, comme si l'inquiétude, le besoin de savoir et de juger avaient disparu en lui à jamais : il s'endormit aussitôt d'un sommeil sans rêve. Le jour le réveilla et il montait sur le pont quand une main se posa sur sa tête qui allait dépasser l'écoutille.

— Rentrez ou rampez! dit Caulaincourt.

Georges rampa et se retrouva assis dans le fond du cockpit avec Ben et le Français.

— Amaro avait raison, dit Ben, il y a cinq hommes sur la plage.

— Que font-ils?

— Ils dorment. Le jour ne les a pas fait bouger.

La *Deborah* était mouillée au centre d'une sorte de cratère ouvrant sur les îles et la mer par un étroit chenal. Pétrifiées en longues strates jaunes et rouges inclinées vers la mer, les roches convergeaient vers une faille qui semblait avoir été taillée d'un terrifiant coup d'épée. Les galets noirs de la plage étaient semés de taches de rouille. Pas un arbuste, pas une herbe n'avait pu s'attacher à ce paysage d'avant l'humanité. Pourtant, il y avait là, sur les galets, cinq corps allongés qui s'abandonnaient au sommeil.

— Regardez! dit Ben.

Sur la crête d'une des parois, des ailes noires passèrent, disparurent et revinrent. On devinait plus qu'on ne voyait dans la réverbération matinale les têtes inquiètes qui tournaient sur de longs cous déplumés et flexibles, à la chair granuleuse. L'un des oiseaux s'envola pour tourner en spirales au-dessus des dormeurs, bientôt suivi d'un autre, puis de tous, et leur ronde, gracieuse et puissante à la fois, dessina dans l'air un ballet funèbre.

— I' sont morts! dit Caulaincourt. On va quand même pas les laisser bouffer comme ça par les charognards!

— Laissez, dit Ben. C'est peut-être un piège.

— Non, maintenant, j'y vais. Ça c'est mon affaire.

— Je ne vous donnerai pas le dinghy.

— M'en fous de vot' dinghy. La nage c'est pas pour les chiens.

Il se déshabilla en un tournemain, ne gardant qu'un slip dans la ceinture duquel il passa un poignard de tranchée. Son plongeon troubla le vol des vautours qui, déjà presque à ras du sol, retournèrent se poser sur la crête rocheuse. Caulaincourt nagea énergiquement et gagna la plage en quelques minutes. Ils le virent marcher sans peine, pieds nus sur les galets, et s'approcher des cadavres autour desquels il tourna en cercles de plus en plus rapprochés.

— Pourquoi fait-il ça? demanda Georges.

— C'est une vraie bête de guerre. Il vérifie que les macchabées ne sont pas piégés.

— Je n'y aurais jamais pensé!

— Les vautours y pensent. Lui aussi, il est comme un vautour, mais de sang royal parce qu'il est un homme. Vous aviez peut-être raison : il doit être invulnérable.

Lentement, Caulaincourt s'approcha du premier cadavre qu'il retourna du pied. On le vit faire des moulinets du bras pour chasser les mouches, puis il inspecta les autres cadavres avant de se diriger vers un coin de la grève qu'il parcourut, tête baissée, comme s'il cherchait des traces. Il finit par ramasser une planche et un papier et revint à la nage, posément, la tête hors de l'eau, tandis que les vautours reprenaient leurs vols en spirales au-dessus de la plage.

— Eh bien, dit-il en remontant à bord d'une rapide traction sur les bras après avoir jeté sur le pont une planche cassée et le papier, eh bien, c'est du joli travail. Y a encore des gars qui savent tirer.

— Qu'est-ce que c'est? demanda Ben.

— Calibre 8, balles dum-dum. Quand l'ogive s'aplatit dans une p'tite cervelle de crouïa, ça fait une jolie bouillie. C'était d'jà plein de mouches. J'ai cru qu'é'z'allaient me bouffer aussi. Les aut' i'z'y ont eu droit dans l'vent' et l'dos. Pour du joli travail c'est du joli travail. Et ces gars-là i'm'attendaient et i'z'attendaient des armes. Y avait des brêles. E'z'ont dû s'tirer. On a débarqué les armes. Les gars ont payé. P'is quelqu'un a tiré. P't-être d'la falaise là-haut... Mais non, bon Dieu qu'j'suis con. D'la falaise c'est pas possible qu'ça frappe d'plein fouet. Ça doit être les traficos qui les ont flingués de leur bateau, et qu'ont rembarqué la marchandise. Ça c'est du commerce. Et du sûr. Une affaire en or. Du vrai travail de gangster...

Ils examinèrent la planche cassée. On y déchiffrait quelques lettres : manuf... Le papier était plus éloquent : l'inventaire d'une caisse de grenades en français. Maureen apparut. Son regard suivit celui des trois hommes qui contemplaient la grève où les vautours se posaient un à un et piétaient autour de la chair morte. Le plus courageux se lança sur un cadavre qu'il fouilla furieusement avant de s'envoler avec un lambeau de viande. Alors les autres, rompant le silence, se jetèrent avec des cris aigus sur les cadavres et ce fut une mêlée d'ailes noires qui battaient, de longs cous roses, de becs brillants au soleil comme les lames d'un couteau. Maureen poussa un cri :

— Mais tirez, tirez dedans!

— Pourquoi? dit Ben. C'est trop tard. Ne regarde pas!

Pourtant, elle ne pouvait détacher ses yeux de la scène qu'Amaro, assis à l'avant, contemplait avec un calme attentif. Il avait cent fois vu les morts abandonnés aux charognards, et ces oiseaux noirs et décharnés lui rappelaient d'autres cérémonies funèbres de son pays, les parents morts qu'on offrait sur un lit de fleurs et de feuilles aux sombres et croassants démons de l'air.

— Je ne peux pas vous laisser seul ici! dit Ben à Caulaincourt.

— J'me débrouillerai.

— Non, vous ne vous débrouillerez pas. Sans eau, c'est la mort. Si vous allez à Hodeïda, vous tombez sur les républicains et les Égyptiens. On ne vous posera même pas de question.

— D'autres viendront!

— Quand?

— Les mulets ont dû regagner le campement. Ils donneront l'alerte. Demain, au plus tard, une patrouille sera ici.

— Je vous offre d'attendre avec vous jusqu'à demain.

— Vous êtes un chic type!

— Peut-être! Je ne sais plus, dit Ben en lui tournant le dos.

Une heure plus tard, les vautours, après avoir nettoyé la grève, s'envolèrent pour se percher sur la falaise, sentinelles de la mort, agités de frémissements lugubres et repus. Amaro partit déposer des filets à l'entrée du chenal, et Caulaincourt emprunta le fusil de chasse sous-marine de Ben.

— Vous venez? dit-il à Georges. On va essayer d'en rapporter un peu plus que le sauvage avec ses filets.

Ils glissèrent dans l'eau tiède et nagèrent vers la sortie de la crique, longeant une paroi rocheuse à pic, d'un beau brun strié de veinules jaunes, trouée au ras du niveau de la mer de petites grottes où l'eau clapotait. Leur passage effraya d'énormes crabes et des dragons de mer aux piquants blancs onduleux qui s'approchaient d'eux à les toucher et s'enfuyaient pour se cacher entre deux cailloux. La piqûre n'était pas mortelle, mais on pouvait s'en tirer avec 40° de fièvre pendant une semaine. Ils nagèrent prudemment et gagnèrent la sortie du chenal, découvrant la multitude d'îlots rocheux qui protégeaient la côte, repaire idéal pour les bons marins. Au sud, d'autres anses s'ouvraient. Caulaincourt fit un signe de tête et Georges acquiesça. Ils nageaient vers la crique la plus proche quand l'ancien légionnaire se détourna pour montrer une traînée d'huile fraîche à la surface de l'eau.

— Y a un bateau par ici, dit-il. Ça m'étonnerait pas qu'i soit dans la crique qui vient.

De nouveau ils rasèrent la falaise jusqu'à une arche sous laquelle l'eau se para des féeriques couleurs de la roche : un mauve délicat comme l'améthyste. Au bout de l'arche, une fissure découvrait la crique suivante. Caulaincourt mit un doigt sur ses lèvres : on apercevait l'arrière d'un yacht aux flancs salis, aux superstructures encombrées de toiles et de caisses. Georges ne le reconnut qu'en se collant derrière Caulaincourt : c'était le vieux chasseur de sous-marins des deux Néo-Zélandais, à une vingtaine de brasses à peine. Le désordre régnait sur le pont comme s'il avait fallu vider le ventre du bateau pour le cureter. Deux voix éraillées s'élevèrent et les parois de la crique renvoyèrent l'écho d'un torrent d'injures en anglais. Puis un homme sortit, maculé d'huile, tenant à la main un carter dont il vida le contenu dans la mer.

— C'est eux qui ont fait le coup! dit Caulaincourt. Et les voilà en panne. Ils crèvent de trouille.

Le second Néo-Zélandais apparut en slip, couvert de graisse. Il arracha le carter des mains de son compagnon et le nettoya avec de l'étoupe. Ses seins couverts de poils gris tremblotaient comme de la gelée à chaque mouvement. Il disparut de nouveau par l'écoutille des machines, suivi de

362

son compagnon claudicant, le pied entouré de bandages Caulaincourt passa le fusil sous-marin à Georges.

— Gardez-le! Ça m'encombrerait!

— Qu'allez-vous faire?

— Ces gars-là, c'est des vrais pirates. Sont forts parce qu'ils travaillent tous les deux sans personne. J'vais leur apprendre à vivre.

— Comment?

— Laissez-moi combiner mon p'tit truc. Tout ce que je vous demande, c'est, une fois que j'serai à bord, de pousser un cri à mon signal. Si ça tourne mal pour moi, vous vous tirez par là. Ils peuvent pas vous toucher. Et prévenez Ben... Il aura p't-être une idée.

— Ils sont armés. N'y allez pas!

— Et moi? J'suis pas armé?

Triomphant comme un gosse avec un jouet, il sortit de sa ceinture son poignard qu'il effila sur une pierre plate, puis il aspira une grande bouffée d'air et, se glissant par la fissure opposée de l'arche, nagea sous l'eau. Georges le perdit de vue, compta les secondes. Sur le pont personne n'apparaissait, mais de l'intérieur parvenait un bruit de voix confus, de coups de marteau. Caulaincourt émergea sous la proue, les joues gonflées. Accroché à la chaîne de l'ancre, il prit un temps de respiration avant de monter à la force des poignets jusque sous le nez de l'étrave. C'était là sa minute la plus vulnérable. Découvert, il serait criblé de balles comme le plus vulgaire des gibiers. Il passa la tête par-dessus le plat-bord et, ne voyant personne, se hissa sur le pont avec une prestesse de chat. De loin il fit à Georges le signe V de la victoire et commença son inspection. Après avoir massacré les hommes qui réceptionnaient les armes, ils avaient dû tout rembarquer en hâte et en désordre, attendant d'être en haute mer pour cacher leur cargaison. Caulaincourt souleva des couvercles et des bâches, pénétra dans la cabine de pilotage d'où il ressortit avec deux fusils qu'il glissa sous une banquette. Sa tranquillité semblait fabuleuse à Georges dont le cœur battait la chamade. Comment Caulaincourt ne tremblait-il pas un instant? Y avait-il deux catégories d'hommes : ceux qui savaient faire ces choses-là et ceux qui ne sauraient jamais? Georges eut une pensée pour Daniel toujours si calme quand il nettoyait son revolver au retour d'une expédition dans Paris, mais, chez Daniel, c'était un sang-froid acquis, médité, un sang-froid de l'esprit, tandis que chez Caulaincourt c'était un sang-froid inné, une sorte de don désinvolte qui lui avait été accordé à la naissance...

Après l'inspection du pont, le Français sembla trouver son point d'attaque. Il croisa les bras autour de sa tête, et Georges, les mains en entonnoir, poussa un hurlement modulé assez ridicule que la falaise pétrifiée renvoya en bondissant écho. Aussitôt une tête apparut hors de l'écoutille, l'homme au pied bandé courut vers le poste de pilotage et revint à la sortie des machines où il se heurta à son compagnon qui manqua retomber en arrière :

— Les fusils! Les fusils! Où sont-ils?

— A leur place!

— Non.

— Espèce de vieux fou, laisse-moi passer!

L'homme en slip courut vers le poste qu'il fouilla en vain.

— Où les as-tu mis, satané ivrogne?

— Je n'y ai pas touché.

— Tu me décourages.

— Je te jure que je n'y ai pas touché. C'est peut-être un oiseau qui a crié.

— C'est toi l'oiseau!

— Oh, Joe, ne me parle pas comme ça! Tu sais bien...

— Prends les jumelles au moins et regarde si tu ne vois rien au lieu de rester là à gémir.

— Et toi tu ne peux pas les prendre!

— Si, je peux tout faire... Mais regarde, regarde...

Joe poussa d'une bourrade son ami qui trébucha et se retint de justesse au bastingage en criant :

— Joe! Joe! Il y a un type sur le pont.

Il désignait les traces encore humides des pieds de Caulaincourt.

— Quoi? Qu'est-ce que c'est? Ce sont tes pieds!

— Ils ne sont pas mouillés.

— Tu transpires comme une pute!

— Joe, il y a un type à bord!

Ce fut le moment choisi par le Français pour imiter d'une façon intensément grotesque une série de bruits de baisers mouillés. Les deux hommes restèrent saisis, immobiles jusqu'à ce que Joe fît un mouvement très lent vers une caisse bâchée sur le pont et dît avec un faux enjouement :

— Qui êtes-vous, sacré coquin? Allez, montrez-vous!

— Bouge pas d'un pouce! hurla Caulaincourt. Et haut les mains!

Joe leva aussitôt les bras et ses seins couverts de poils gris tremblèrent convulsivement mais il tenta quand même un pas vers la caisse :

— Bouge pas, salope!

Il s'arrêta net. Son compagnon restait à côté de lui, bras ballants et bouche ouverte.

— Et toi aussi! cria Caulaincourt. Comment t'appelles-tu, vieil enculé?

— Charlie!

— Charlie, tu as l'air plus raisonnable que ton copain Joe, et tu vas me répondre : qui a descendu hier les cinq types sur la plage à côté?

— C'est Joe.

— Salaud! hurla Joe. Tu as tiré comme moi. Tu en as descendu deux.

— Oui, et toi trois!

— Le troisième on l'a tiré ensemble.

— Je l'ai manqué!

— Tu es un menteur.

Ils étaient d'un comique atroce et sanglant, barbouillés de graisse, leurs méchantes gueules d'ivrognes livides se contorsionnant pour essayer de voir qui leur parlait, mais Caulaincourt restait caché derrière un radeau de sauvetage.

— Que voulez-vous? demanda Joe. L'argent?

— Où est-il?

— Dans la cabine de pilotage! Le tiroir en dessous des cartes.

— Si c'est pas vrai, j'vous fous à l'eau et j'vous flingue. Dans deux minutes, les requins seront là!

— Ce n'est pas vrai! dit Charlie. L'argent est sous le compas, en billets de cent dollars.

— Quel con tu fais! dit Joe.

— Pauvres types! cria Caulaincourt. Allez à l'avant! Marchez à deux pas l'un de l'autre.

Charlie se précipita en boitant, suivi de Joe qui marqua une hésitation devant la caisse recouverte d'une bâche.

— Fais pas l'imbécile! dit Caulaincourt. Je sais très bien qu'il y a des grenades là-dedans. Allez, plus vite que ça!

Quand ils furent tous les deux à l'avant, il apparut enfin, une des carabines à la main, le visage rayonnant de joie, contraste à peine supportable avec les deux loques aux bras mollement levés, blotties à l'avant l'une contre l'autre, pourries de peur et se détestant déjà. Caulaincourt appela Georges :

— Venez donc m'aider un peu à les ficeler!

— Qu'allez-vous faire de nous? demanda Joe effaré à l'idée que Caulaincourt n'était plus seul.

— Moi? Oh rien. J'vais pas me salir les mains. Vous vous expliquerez tous les deux avec mes potes. Ils reviennent ce soir ou demain.

— Vous feriez aussi bien de nous descendre tout de suite!

— Pourquoi? dit Charlie. Pourquoi mourir tout de suite? Il y a sûrement moyen de s'expliquer, de s'arranger. On vous laisse l'argent, les armes, et puis...

— Tais-toi, salaud! hurla Caulaincourt. Tu crois que tu vas t'en tirer comme ça! Attends un peu.

Georges montait à bord.

— Ah, maintenant je sais où je vous ai vus tous les deux! dit Charlie. Sur le quai des yachts à Aden.

— Et à Tigzirt. N'oublie pas, mon mignon.

— Oui, à Tigzirt! dit Joe. Nous sommes cuits, Charlie. Tu peux faire ta prière. Ces gars-là sont des mercenaires à gages, des tueurs professionnels. Ils travaillent pour qui les paie.

Caulaincourt passa la carabine à Georges.

— Pas de sentiment, hein? Vous tirez si un poil bouge! Promis?

— Promis.

— C'est avec ça qu'ils ont tué mes petits copains sur la plage.

— Je vois.

— Dis donc, Charlie, c'est toi la dame dans le ménage?

— Qu'est-ce que vous racontez? dit Joe furieux. Faites votre sale boulot et ne nous insultez pas.

— Écoute, Joe, dit Charlie d'une voix mielleuse, c'est peut-être pas un mauvais type.

— Te fatigue pas, mon joli, dit Caulaincourt. Et viens ici.

L'homme s'avança en titubant: Il était saoul de peur, saoul au point d'afficher un sourire béat, fendu jusqu'aux oreilles. Caulaincourt lui lia les mains derrière le dos et l'attacha à la rambarde de tribord. Puis il fit de même à bâbord avec Joe.

— Nous allons crever au soleil! geignit Charlie. Donnez-moi au moins un chapeau.

Caulaincourt remplit deux fois un seau d'eau de mer et les aspergea en pleine face.

— Quand ça chauffera trop, vous n'aurez qu'à en redemander... Qu'est-ce qu'il a votre moteur?

— Un joint de carter foutu, dit Joe.

— Ça c'est rien! Vous en avez un de rechange.

— Non, il faut en fabriquer un.

La falaise répercuta un long « ohé ». Ben, Maureen et Amaro arrivaient en godillant sur le dinghy.

— Que se passe-t-il? cria Ben.

— On vient de s'acheter un bateau, dit Caulaincourt. Mais approchez pas une allumette, c'est un tonneau de poudre. On a fait prisonniers deux sauvages.

Le dinghy accosta et Ben monta le premier, suivi de sa femme et du Malais.

— Vous vous connaissez? dit Caulaincourt en esquissant un rond de jambe. Joe et Charlie! Charlie c'est la da-dame, Joe c'est le mâle. Ah, pauvre mâle!

— Capitaine, dit Joe à Ben, vous êtes le capitaine de la *Deborah*. Vous êtes un homme de mer, peut-être un ancien officier, vous ne pouvez pas nous laisser traiter comme ça! Il y a une justice et un droit des gens de mer. Remettez-nous à un tribunal maritime. Nous nous expliquerons.

— Pourquoi ne les flinguez-vous pas tout de suite? demanda Ben à Caulaincourt. Vous allez vous compliquer la vie, courir un risque...

— Je préfère m'en aller! dit Maureen.

— Non, reste! ordonna Ben sèchement. Tout ça est très intéressant.

— L'envie me manque pas! dit Caulaincourt narquois. Mais vous savez ce que c'est! Quand on est un homme à scrupules, on s'refait pas.

— Oh si, on se refait! Croyez-moi.

— Faudrait remettre le bateau en marche et l'amener dans la petite baie, à côté de la *Deborah*.

— Qu'est-ce qu'il a?

— Un joint de carter foutu!

— J'y vais! dit Ben qui disparut dans la salle des machines.

Caulaincourt fouilla la cuisine et revint avec des verres, de la glace et une bouteille de whisky. Ils burent sur le pont, affalés dans des fauteuils pliants. Amaro apporta un verre à Ben et resta avec lui dans le fond du bateau.

— On est pas mal, n'est-ce pas? dit Caulaincourt.

— Oui, dit Maureen. Mais ces deux-là?

— Vous occupez pas! Ils sont très bien.

— C'est physique! Je ne peux pas supporter de les voir ainsi.

— Tournez-vous!

— Oui, tournez-vous, dit Georges. Ou pensez au vol des charognards sur la plage ce matin. Ou bien répétez-vous que dans la bassesse, la crapulerie, la corruption et le vice, on ne fait pas beaucoup mieux que ces deux monstres.

— S'il vous plaît, madame, dit Charlie avec une humilité qui frisait la pitrerie, s'il vous plaît, donnez-nous à boire.

Maureen se leva et remplit deux verres. Elle les fit boire comme des enfants, écartant de la main les mouches qui tourbillonnaient autour d'eux et cherchaient leurs lèvres, les oreilles, les commissures des yeux. Georges se dit que, sous sa rugueuse apparence, elle avait peut-être bon cœur, ou, tout au moins, qu'elle était capable de pitié. Comment avait-elle réagi lorsque Ben avait rejeté aux requins le corps déjà mutilé de Johnny? Il était singulier en tout cas que la pitié ou la bonté de cette femme le dispensât lui-même d'éprouver quelque sentiment que ce fût envers les deux vieux voyous. Un moment, il se demanda si, lorsque Caulaincourt lui avait passé la carabine, il aurait tiré. Oui, très probablement et sans une hésitation, mais pour s'interroger plus tard et garder dans la mémoire le souvenir d'un meurtre sans risques. Et si le meurtre n'était qu'une vaste et immense superstition dont souffraient les hommes dégénérés? Mais une dégénérescence ne se corrige pas en appuyant simplement sur une détente. La détente pressée est une preuve superficielle. Pour retrouver en soi l'homme qui tuait sans problème, il fallait creuser plus loin et se débarrasser d'un nombre infini de tabous...

— Ah, c'qu'on est bien! dit Caulaincourt en s'étirant. Et p't-être qu'd'main faudra remettre ça. Chienne de vie, chienne de mort...

— Qu'allez-vous faire de ces deux types? demanda Maureen.

— Moi? Oh rien, bien sûr. Sont pas à moi. Quand les autres viendront voir ce qui s'est passé, j'les remettrai vivants et en bonne forme.

— Nous serons morts d'une insolation avant! geignit Charlie.

Maureen se leva et rapporta deux chapeaux de paille qu'elle leur enfonça jusqu'aux oreilles.

— Merci! dit Joe. Vous, au moins, madame, vous avez une âme.

Maureen fit demi-tour, revint vers lui et, dressée sur la pointe des pieds, lui cracha à la figure.

— Non! dit-elle avec calme en reprenant son verre et en s'allongeant dans le transatlantique, non je n'ai pas d'âme et si vous m'insultez encore une fois, je vous tire moi-même une balle dans la tête. Je vous vomis tous les deux, sachez-le bien. Seulement, je n'aime pas la torture... enfin, je n'aime pas la souffrance en détail.

— Tu l'entends, Charlie! dit Joe, la voix étranglée. Tu l'entends cette femelle?

— Oui.

— Essaye de te rappeler tes prières!

— Je ne les sais plus...

— Ferme les yeux et dis-toi que tu es un petit garçon, que ta maman va t'embrasser parce que tu as bien dit : « Je vous salue, Marie... »

— Je ne suis pas catholique comme toi, Joe!

— Ah, va donc, chien de protestant!

— I'sont poilants! dit Caulaincourt. Des duettistes terribles. I's'f'raient un fric fou à Bobino... si les p'tits oiseaux les mangent pas.

— Taisez-vous! dit Maureen. C'était une des choses les plus répugnantes que j'aie vues de ma vie!

Peu après, Ben réapparut, suivi d'Amaro, et se rendit dans le poste de pilotage où il mit le moteur en marche. Ils levèrent l'ancre et, à très petite allure, gagnèrent la baie où mouillait la *Deborah*. Un vautour qui piétait sur la grève s'envola, un morceau d'étoffe dans le bec.

— Regardez-les bien! dit Caulaincourt à Joe et à Charlie. Ce sont vos croque-morts. Ils ont nettoyé la plage.

Charlie ouvrit la bouche sans pouvoir prononcer un mot. Son visage déjà gris de peur verdit. Il ne put réprimer une nausée et vomit dans la mer.

— Joe! dit-il. Joe! Tu as vu?

— Et alors?

— Ils vont nous faire ça à nous!

Caulaincourt éclata de rire.

— Oh, je vous en prie! dit Maureen. Je vous en prie! Ça ne sert à rien. Mettez-les à l'abri d'une tente.

Caulaincourt les détacha de la rambarde et les installa sous une bâche. Le bateau courut sur son erre avant de mouiller à quelques brasses de la *Deborah*. Ben coupa le moteur et Amaro partit relever ses filets avec le dinghy. Il revint peu après avec un plein seau de poissons bleu opale tachés de jaune près de la queue.

— Des poissons-porcs! cria Caulaincourt. Laissez, c'est mon affaire.

Il les vida soigneusement et partit les griller sur la grève, aidé d'Amaro qui construisit un four de galets blancs.

Ben inspectait le bateau, ouvrait les caisses de grenades, de munitions, de mitraillettes éparses sur le pont. Comment les deux chiffes molles avaient-elles pu rembarquer ce lourd matériel après le massacre des cinq hommes sur la plage? L'appât du gain avait dû décupler leurs forces. Un moment, Ben s'accroupit à côté de Joe et lui dit :

— Pourquoi avez-vous fait ça? Vous cassez le marché!

— On en avait assez de tous ces macaques!

— Oui, on voulait rentrer en Europe, ajouta Charlie. On voulait prendre notre retraite. L'Orient, c'est dégoûtant.

— Vous allez tout perdre! Votre argent, votre cargaison, votre bateau. Et la vie, en plus, comme prime.

— Qu'attendez-vous pour nous assassiner? dit Joe.

— Si ça dépendait de moi, ce serait déjà fait! Mais le Français a une idée derrière la tête.

— C'est vrai que nous ne valons pas cher, dit Charlie. Je le sais.

Et il se mit à pleurer. Joe lui donna une bourrade.

— Tu n'es qu'une poule!

Ben leur tourna le dos et vint s'asseoir à côté de Georges et de Maureen qui lui remplit son verre. Georges n'avait pratiquement rien dit depuis le début de l'opération, comme s'il craignait qu'une parole trahît sa propre inquiétude.

— Cette histoire vous ennuie? lui demanda Ben.

— Non, pas vraiment. En réalité, elle me met en contradiction avec moi-même. Je déteste la violence. Je lui fais la guerre depuis des années et me voilà tout d'un coup mêlé à une violence que je ne réprouve pas.

— Oui, c'est toujours ainsi. Nous croyons commander à notre vie et nous ne commandons rien.

— Je sais ce que vous voulez dire.

— Pourquoi?

Georges marqua un temps. Depuis la lettre d'Ho, il avait envie d'en parler, mais ce n'était vraiment possible qu'après l'affaire de ce matin qui tissait entre eux de nouveaux liens.

— Il y a eu un moment de votre vie où vous vous êtes appelé Pluto, n'est-ce pas?

— Ah! Vous savez!

La voix de Ben rendit un son las, terriblement découragé.

— Comment le savez-vous? dit-il après un temps.

— Horace McKay, qui vous a libérés des tracasseries du service de santé, m'a remis une lettre à ouvrir seulement après le départ de la *Deborah*. Et aussi, il faut ajouter : je suis un ancien de Hay Street.

— J'ai haï ces hommes-là.

— Je n'ai participé qu'à quelques détails de cette histoire. L'idée n'était pas de moi. L'ensemble m'a toujours échappé.

— Horace McKay en était?

— Oui, comme Barry Roots.

— Roots, je le connais. Je ne lui en veux plus. Il m'a cassé, pilé en petits morceaux. Si je suis là, c'est que j'ai une bonne santé, une bonne santé morale, j'entends. Roots, je n'oublierai jamais sa tête, mais McKay je ne sais plus comment il était. Je l'aurais rencontré dans les rues d'Aden, que je ne l'aurais pas reconnu.

— Vous n'avez plus beaucoup de chances de le rencontrer. A l'heure qu'il est, il est loin et toute la presse doit parler de lui.

— Ah! Pourquoi?

— C'était un agent soviétique.

— Et Roots?

— Il a été aussi un agent soviétique, mais il a quitté le Parti et le Parti ne serait pas mécontent de s'assurer son silence en le liquidant.

— Tout ça est du passé, dit Ben. Je m'en fous. J'ai sauvé ma peau. Que le monde se démerde sans moi. Don Quichotte était un con.

Il leva son verre qui miroita au soleil. Georges trouva un instant très beau ce grand Viking aux muscles d'acier, à la petite tête couronnée de cheveux fous et dorés. Il avait conquis sa liberté, il s'était dégagé des contraintes morales et sociales auxquelles il avait pu croire au début de sa vie. La main de Ben se posa sur la cuisse nue de Maureen et la caressa rudement. La femme tressaillit et renversa la tête en arrière.

— Le monde ne bouge qu'avec des Don Quichotte! dit Georges. Autrement, il dormirait. Dans sa crasse et ses turpitudes. Toutes les aventures, même les plus folles et les plus stupides, sont positives.

— Vous n'auriez pas à boire? demanda Charlie.

Maureen se dégagea et remplit deux verres qu'elle leur fit boire.

— Si on vous donne notre parole de ne pas chercher à nous échapper, dit Joe, est-ce que vous ne pourriez pas nous libérer au moins une main?

— Non! dit Ben. Vous demanderez ça au Français. Moi je ne cours pas de risques. Je vous ai expliqué que si j'étais dans son cas, je vous aurais déjà butés tous les deux.

— Pourquoi? On vous a rien fait...

— Vous êtes des ordures.

— C'est lâche d'insulter un homme à terre! dit Charlie.

— Vous voulez que je vous délie les mains et qu'on se batte sur le pont?

— Ne lui réponds pas! dit Maureen. Je ne peux pas entendre sa voix, une vieille crécelle rouillée.

Caulaincourt et Amaro revenaient de la plage sur le dinghy. Maureen installa la table. Le bateau regorgeait de vins et d'alcools. Ils déjeunèrent joyeusement. L'après-midi, Amaro posa des verveux, aidé de Caulaincourt qui lui parlait avec volubilité un étrange sabir que le Malais approuvait de bruyants « yes, yes ».

— I'm'plaît l'tatoué! dit le Français. On s'entend bien tous les deux. On irait au bout du monde ensemble. I'sait tout, comprend tout, d'vine tout. Et avec ça, soigneux comme une p'tite femme.

Une opaque chaleur immobilisait la crique sous le ciel blanc. Les vautours avaient disparu, cachés dans l'ombre d'une crevasse. Caulaincourt grimpa sur la falaise, torse nu, ruisselant de sueur, suivi de Georges. La côte se défoula sous leurs yeux, brisée, trouée comme un morceau de gruyère, resplendissante de couleurs fauves qui s'éteignaient dans le bleu intense de la mer calme. Derrière la falaise, s'étendait un pays plat, complètement nu, roux et jaune, sans horizon.

— Vous croyez que d'autres viendront? demanda Georges.

— Sûrement.

— Quand?

— Dans la nuit. La nuit est à tout le monde. La nuit, tout le monde a peur.

— Vous avez peur?

— J'dis pas non... mais j'aime ça!

Ils se retournèrent pour contempler le vieux chasseur de sous-marins à la coque crasseuse et la *Deborah* immobiles sur l'eau plombée où les fonds coralliens dessinaient des guirlandes roses et blanches. Ben et Maureen dormaient. Amaro apparaissait sur le pont, fouillant dans les caisses, remontant des paniers de bouteilles ou remplissant des réservoirs de gasoil.

— Qu'allez-vous faire de vos deux types? demanda Georges.

— Mes potes s'en arrangeront! Moi, j'aime pas tuer comme ça de sang-froid. C'est des pourris, bien sûr, mais on peut pas se mettre à tuer tous les pourris. On n'aurait jamais fini. Le Ben, j'ai l'impression que ça l'amuserait plutôt. C'est vraiment un drôle de gars. Au début, j'me méfiais, maintenant i'm'plaît. Tenez, je parie c'que vous voulez que le Ben i'viendrait volontiers. I'lâcherait son bateau, sa fille et le toutim' pour goûter encore un coup à la châtaigne avec moi.

— Non. Ben en a fini.

— Ah! Vous croyez? Dommage! Descendons. On nous a assez vus.

— Qui « on »?

— Des gars. Y en a partout! C'est formidable le désert. On se croit seul comme sur la lune, on s'arrête pour allumer une cigarette et y a dix types qui sortent d'on ne sait pas où, pour demander du feu.

Ils dévalèrent par un sentier d'éboulis jusqu'à la grève et passèrent près des ossements déjà blancs. Du sang séché maculait les galets. Caulaincourt s'arrêta.

— Les charognards n'ont même pas laissé un petit bout de viande.

— La nature est très propre. Les hommes sont sales.

— Les hommes ont pas le goût du travail bien fait.

Ils nagèrent jusqu'au bateau, attentifs à ne pas se blesser sur le corail qui affleurait par endroits. L'eau trop chaude et salée brûlait les lèvres et les yeux. La journée glissait déjà vers le couchant, une lumière plus douce baignait la crique. Un, puis deux, puis trois vautours réapparurent sur la crête de la falaise. Amaro avait vidé les soutes du bateau à moteur et transportait des caisses de bouteilles, des réservoirs de gasoil sur le dundee. Charlie et Joe, prostrés, leurs visages gonflés de mauvaise graisse, se tenaient l'un contre l'autre. Maureen et Ben, retournés sur la *Deborah*, s'occupaient de ranger dans les équipets et les fonds de cale le butin du Malais. Quand le soleil se coucha, une sinistre mélancolie s'abattit sur les falaises et la crique désolée. Caulaincourt, carabine en main, autorisa les deux Néo-Zélandais à quelques mouvements gymnastiques avant de les attacher de nouveau sous une bâche. La nuit tomba d'un coup, épaisse, indéchiffrable sous un ciel soudain couvert. Ils dînèrent dans le cockpit du dundee avant une nouvelle longue veillée. Charlie et Joe avaient été transportés ficelés dans le dinghy. Charlie se mit à ronfler et Joe le réveilla d'un coup de pied :

— Pauvre type! Tu dors au lieu de penser à mourir!

— J'aime pas penser à ça!

Caulaincourt les fit taire avec un seau d'eau et s'installa à l'avant de la *Deborah* avec Amaro et Ben, tandis que Georges restait dans le cockpit avec Maureen. Ils avaient éteint les feux et ne se parlaient qu'à voix basse dans le creux de l'oreille. A un moment, Maureen dit :

— J'ai froid.

Le pont était trempé. A la touffeur du soir succédait une humidité pénétrante. Georges rapporta une couverture imperméable que Maureen voulut partager. Elle se rapprocha de lui, leurs cuisses se touchèrent et Georges perçut la chaleur de ce corps mûr et sain, le rythme régulier de sa respiration et de son sang. Il ne fut pas étonné quand elle avança la main, sous la couverture. Maureen regardait droit devant elle, son profil tendu dans l'ombre.

Elle n'était pas pressée et s'empara de lui, à tâtons, avec une sage lenteur. Il voulut rendre le geste mais elle le repoussa fermement et il s'abandonna. Sur sa peau la main tiède passa, repassa, descendit et le saisit. Il renversa la tête en arrière, attentif à éviter toute crispation, les yeux grands ouverts sur le ciel d'encre. Le plaisir dériva lentement en lui, s'empara de son ventre, de ses jambes, de ses reins et explosa dans la main de Maureen.

Le reste de la nuit fut une somnolence interminable. Un peu avant le lever du soleil, ils entendirent une pierre qui roula de la falaise et rebondit sur les galets de la grève. Un vautour dut crier. Puis plus rien. A l'aube, le même décor nu et sans vie se reconstruisit lentement dans la lumière grise et rose. Amaro se dressa et pointa le doigt vers la faille ouverte de la falaise. Des hommes étaient là, encore invisibles, les épiant depuis des heures peut-être. Caulaincourt sauta dans le dinghy, éveillant Charlie et Joe transis, grelottant de fièvre, les yeux rouges brûlés par le sel. Il les poussa du pied et godilla jusqu'à la plage. Georges s'aperçut que Ben, couché sur la proue, le couvrait avec un fusil mitrailleur. A peine le Français avait-il mis pied à terre qu'une dizaine d'hommes surgirent de derrière les rochers, armés de fusils, torses nus, vêtus d'une sorte de jupe-culotte. Leurs cheveux longs et frisés voletaient autour de leurs têtes.

— Ça va! dit Ben. Ce sont des Bédouins Hadhrami.

Caulaincourt cria quelque chose en anglais et un nouveau guerrier se montra en jupe, chemisette et turban de la Légion arabe. Le ceinturon, le baudrier et le revolver désignaient un officier. Il arrêta ses hommes d'un mot et s'avança seul vers Caulaincourt, qui lui tendit un papier. Ils s'embrassèrent puis, après une courte explication, l'officier jeta un coup d'œil dans le dinghy. Ses hommes saisirent les deux prisonniers et les jetèrent sur la plage où ils restèrent prostrés.

A bord de la *Deborah*, Ben avait rangé le fusil mitrailleur et ses deux chargeurs dans une caisse qu'il cloua à regret. Le dinghy fit une douzaine de voyages pour débarquer les armes et les munitions que l'on entassa au pied

376

de la falaise jusqu'à l'arrivée d'une théorie de mulets. Maureen préparait en silence le petit déjeuner, aidée d'Amaro. Georges ne put rencontrer son regard. Il n'existait pas plus pour elle qu'il n'avait existé avant l'intimité de cette nuit. Elle était là, précise, ordonnée, enfermée dans ses occupations matinales, peut-être même un peu méprisante, mais, pour en être certain, il aurait fallu entendre le son de sa voix. Georges se rendit sur la grève où il rencontra le jeune officier yéménite, un beau garçon, au visage émacié, aux yeux rieurs, qui parlait un excellent anglais. Il expliqua comment le retour des mulets, sans leurs guides, avait intrigué le camp. Sa patrouille était partie dans la journée pour arriver sur la falaise après minuit. Il avait découvert les deux bateaux et attendu l'aube pour se décider. Il connaissait les deux Néo-Zélandais. Ce devait être leur troisième ou quatrième voyage. Ils se fournissaient en armes à Djibouti. Sans la panne, leurs cinq coups de feu leur rapportaient trente mille dollars. Caulaincourt se frappa la tête :

— Le fric! J'allais oublier le fric. Il est resté sur leur rafiot.

Avec le dinghy, ils montèrent à bord du bateau et trouvèrent l'argent à l'endroit indiqué par Charlie. Le jeune Bédouin refusa de le prendre : c'était de l'argent dû. Caulaincourt n'avait qu'à le garder.

— Part à trois, dit-il à Georges. Vous, le Ben et moi. D'accord?

— Non, faites part à deux. Je n'ai pas besoin d'argent. Et celui-là, en particulier, me répugne.

— J'comprends ça. J'insiste pas! La branleuse pourra s'acheter des bijoux, la pauvre chérie.

— Pourquoi dites-vous ça?

— J'ai jamais vu un truc pareil. On est seul deux minutes avec elle, elle vous attrape la joyeuse et hop! On dirait que ça lui fait plaisir à elle. Vous avez l'air étonné! Tiens, j'aurais juré qu'elle vous avait fait le coup cette nuit. Vous avez pas dû lui plaire. C'est une sentimentale.

Le jeune officier, qui ne comprenait pas, ouvrait des

yeux ronds. Il prit le parti de s'esclaffer et Caulaincourt lui tapa dans le dos.

— Passe une soirée avec nous et ça sera ton tour, vieux frère. Dis donc, qu'est-ce qu'on fait du bateau?

Il aurait été imprudent de le couler dans la crique où d'autres clandestins amèneraient bientôt de nouvelles armes. La *Deborah* le remorquerait, elle pourrait le couler au large. Ils retournèrent sur le dundee. Ben ne fit aucune difficulté pour accepter l'argent qu'il tendit à Maureen. Sans les compter, elle jeta négligemment les billets dans un tiroir et prépara une nouvelle théière.

— Va falloir se quitter! dit Caulaincourt. C'est triste! On s'entendait.

— Oui, dit Ben... Je serais bien venu avec vous, mais il y a cette vieille salope, je lui ai promis qu'elle mourrait au pays.

Il refit son geste familier, tapant le bordé du plat de la main, comme on flatte un chien.

— Et puis vous êtes pas seul! dit Caulaincourt en désignant Maureen du menton.

— Non, c'est vrai, je ne suis pas seul.

Le pied de Caulaincourt écrasa celui de Georges qui dit :

— Mais moi je suis seul!

— Alors, vous venez?

— Si c'est d'accord avec votre ami.

Ils interrogèrent l'officier qui leva les bras au ciel pour remercier Allah. Les royalistes yéménites aimaient les étrangers. Ils avaient besoin d'instructeurs.

— Je n'ai pas touché à un fusil depuis 1940, dit Georges.

— C'est pas ça qui compte! dit Caulaincourt. Faites-moi confiance et venez! On ne se sépare plus. A la vie, à la mort. Et plutôt à la vie, parce qu'elle est formidable. Vous en connaissez beaucoup qui allument leurs cigarettes avec des billets de cent dollars?

Il tira un billet de sa poche, l'enflamma et le porta à sa cigarette.

— Hein! Même Roquefellaire y fait pas ça! Georges, tu es mon copain. Ça fait deux fois que tu m'fais plaisir. J'l'oublierai pas.

Ben accepta de remorquer hors de la crique le bateau des pirates et de le couler en mer. Maureen sortit la tête de l'écoutille et dit simplement :

— Au revoir.

Caulaincourt et Georges serrèrent la main d'Amaro. Le Malais sourit pour la première fois, découvrant sa denture en or. De la paume il tapa sur son poing en un geste éloquent. Ben les accompagna à terre, l'air misérable.

— C'est la vie qui me passe sous le nez! dit-il. Je croyais que je n'aurais jamais plus envie de faire l'imbécile, mais peut-être qu'on ne se guérit jamais. Adieu. Et bonne chance!

Georges et Caulaincourt se hissèrent sur des mulets et le convoi s'ébranla.

— Hé! cria Ben de la rive. Vous oubliez ces deux-là!

Caulaincourt fit un signe au jeune officier, qui dégaina son revolver et repartit vers la plage. Joe et Charlie étaient devenus gris, si gris qu'on ne les distinguait plus des galets. Ils levèrent la tête quand l'homme s'approcha. Georges ferma les yeux. Les deux coups résonnèrent dans sa nuque comme s'il les avait reçus. Il rouvrit les yeux et aperçut dans le ciel blanc la ronde des vautours qui commençait. Le mulet avançait en trébuchant.

— On ne s'y fait jamais complètement! dit Caulaincourt derrière lui.

A ces mots, Georges sut qu'un grand élan d'amitié l'emportait désormais vers ce titi gouailleur et sans haine, qui avait choisi d'être un homme.

Sur le séjour au Yémen de Georges Saval, je n'ajouterai rien que cette lettre de lui :

> Oui, s'il vous plaît, n'en parlons pas. Cela peut s'appeler une cure de désintoxication. Il ne suffisait pas d'avoir rompu des liens, il fallait aussi casser les habitudes, les réflexes d'un homme qui, avec une agaçante manie, tirait une morale de tout ce qu'il voyait. Ce faisant, je ne recon-

naissais plus à personne de droits sur moi. Je me libérais au sens total du mot, en acceptant une discipline commune. J'effaçais Sarah et me détachais d'une liaison paresseuse avec la pauvre Claire, je repoussais dans l'oubli et l'indifférence le trouble qui blessait mon enfant, mon petit Daniel perdu, je rejetais au loin des rancœurs qui avaient rendu mesquine mon existence. Et cela je le devais à la personnalité énorme, envahissante et contagieuse de Caulaincourt, à l'amitié qui me lia avec le jeune officier yéménite, Fadhl Abdul Karim.

Tout semble, de prime abord, obscur dans nos foucades, comme si une porte s'ouvrait soudain, comme si le vide nous happait. Mais ce n'est pas le vide. C'est un monde plein, fermé, où tout devient merveilleusement objectif et vital. Un monde de gestes précis et précieux qui épuise notre activité d'hommes. Il nous vient là une espèce de force physique, de certitude intérieure, dont on garde un regret inguérissable... Ne me faites pas dire ce que je ne dis pas : j'ai, depuis, trouvé une autre paix, mais elle n'était possible qu'*après* avoir vécu dans le désert avec ces admirables Bédouins Hadhrami, qu'*après* avoir partagé leur pain et leur demi-verre d'eau en un combat qui m'était — au début du moins — indifférent. J'ai souffert un peu de cette indifférence quand je voyais Caulaincourt vivre leur espoir comme s'il était le sien, puis, soudain, un jour, après un engagement où à un contre dix nous avions forcé le succès, j'y ai cru comme eux.

Que vous dire de Caulaincourt? Chez ce fils de pipelette qui parle avec ravissement de son enfance dans la rue, des colonies de vacances, de la communale et de son premier engagement à la Légion, il y a une noblesse que j'ai enviée, un sens populaire de l'honneur dur comme le fer. Je ne l'ai jamais vu bâcler un travail, perdre patience. C'est un ouvrier de la guerre, un ouvrier fier de son métier et de la conscience avec laquelle il le pratique. Il m'a assuré d'une chose que je refusais de croire par un vicieux détour de mon esprit petit-bourgeois : il n'est d'action que la guerre.

La confiance de Karim et des autres jeunes officiers n'était pas moins enthousiasmante. Peut-être avais-je connu cela un moment à Hay Street, mais pas aussi complètement : la personnalité de Barry était trop écrasante (ce fut là d'ailleurs la cause de son échec), celle d'Ho trop fuyante et dilatoire (et nous savons pourquoi). Avec ces Yéménites fidèles qui se battaient pour une cause perdante, nous formions un dernier carré. Caulaincourt, c'était Cambronne.

Bien sûr, avec le temps, tout s'use : le caractère de Caulaincourt, son courage physique, son instinct animal sont comme les chapitres d'un roman d'aventures. On a envie d'en connaître la fin. La fin, il faut l'écrire soi-même, puisque, comme vous l'avez dit, ce type de combattant est immortel. Est-il de plus belles fins que celles qui ne concluent pas? Si, par une erreur du destin, un Caulaincourt meurt, un autre petit garçon né dans une loge de concierge à Montmartre ou dans une ferme bretonne, marqué au front de l'étoile du guerrier, prend aussitôt sa relève et part offrir sa vie à toutes les causes perdues qui se présentent dans le monde. Et Dieu sait s'il y en a!

Notre société se prépare un très curieux suicide : elle est trop lâche pour se battre sur les fronts où on l'attaque et elle délègue à la défense de ses bastions, en un combat qu'elle renie secrètement, les derniers de ses fils qu'elle n'a pas contaminés. Elle les couvre de breloques, elle leur bâtit une légende en même temps qu'elle négocie en tapinois leur abandon et prépare le

moment où, ces enfants héroïques présentant un
danger pour elle et une entrave à sa propre trahison, elle les abandonnera et les fusillera. C'est
sa seule façon de se laver les mains de ses crimes.

Je ne sais pas ce qu'est devenu Caulaincourt
et ne souhaite pas le savoir. L'idée qu'il pourrait
être un cadavre abandonné aux vautours me fait
un mal infini. Je ne supporte même pas l'idée
qu'il soit blessé. J'aime l'imaginer rieur et insou-
ciant, méprisant le feu, se rasant au fond d'un
trou d'obus pendant un bombardement, toujours propre, soigné par un miracle d'énergie et
de volonté qui n'est qu'aisance chez lui. Caulaincourt est invincible. Il se bat quelque part ailleurs, même pas pour de l'argent, pour une
jouissance secrète.

Le jour de mon départ, nous nous sommes
longuement serré la main. Ce n'est pas un de ces
imbéciles qui vous broient les phalanges pour
vous faire croire à leur franchise. Non, il préfère un chaud contact, paume contre paume, l'en-
veloppante caresse de l'amitié. On ne lui échappe
pas. Sa méfiance naturelle une fois évanouie,
son regard dit tout. Figurez-vous que je suis
très fier de lui avoir plu, d'avoir été, du moins
en certaines circonstances, à sa hauteur. Il m'a
fait don d'un peu de son courage et, auprès de
lui, j'ai retrouvé ma qualité d'homme. Naturellement, il était tard aux yeux des autres, aux
yeux de Daniel surtout, mais je ne quête plus
d'autre approbation que la mienne.

Le passage à l'Est d'Horace McKay fit l'effet d'une bombe. La presse occidentale s'empara de la personnalité de ce fonctionnaire volontairement effacé et gonfla son importance d'une façon tout à fait exagérée. A en croire les journaux, il avait détenu pendant plus de vingt ans les clés des services de renseignement du Pacte atlantique. En réalité, parmi les espions soviétiques, il était loin d'avoir remporté des succès aussi décisifs qu'un Fuchs, mais il tombait à un moment creux de l'information et son histoire fit boule de neige. La vie tumultueuse et romanesque de sa mère, sa propre enfance errante dans les villes d'eaux européennes, en Chine, en Arabie, son don des langues, son amitié ambiguë avec Cyril Courtney, son appartenance à la mystérieuse officine de Hay Street représentaient des éléments rêvés pour les journalistes en mal de copie, bien que sa défection répondît à peine à cent défections de diplomates, d'espions ou d'artistes qui choisissaient la liberté. Montée en épingle, cette défection parut bien plus décisive, ouvrant une brèche dans le brevet d'autosatisfaction que se décernait l'Occident. Un agent littéraire londonien, parti pour Moscou, réussit à rencontrer Horace et à lui faire écrire sur sa vie une quarantaine de pages d'ailleurs ternes et prudentes. On y retrouvait l'épisode d'Ankara raconté avec une certaine gêne, comme si, de sa longue trahison, Ho ne gardait qu'un remords, celui d'avoir froidement brûlé l'officier russe qui voulait passer à l'Occident avec sa femme. Ce récit, repris par les grands magazines, rapporta cent mille dollars à Ho. L'argent fut viré à Moscou. Le monde capitaliste était beau joueur. Un peu trop même.

Je reparlerai d'Horace plus tard, quand il rencontra Georges en Pologne, et de la dernière surprise qu'il nous fit.

Pendant ce temps, d'autres événements se déroulaient en Grèce. L'*Ariel* continuait à errer d'île en île comme un oiseau fou, sans but ni raison, car, dès qu'il mouillait, dans un port ou une baie, Delia s'enfermait à clé et refusait d'apparaître. Elle ne se montrait qu'à Spetsai, venant chez moi seule ou accompagnée de Daniel, suivant son humeur. Sa beauté s'était durcie, comme son teint si délicat s'était hâlé. Quand elle parlait, ses lèvres remuaient à peine et sa voix grave montait d'ailleurs, d'un outre-tombe où les fantômes, en théories pressées, se lamentaient d'avoir été séparés des vivants. Nous n'évoquions plus Cyril, mais je savais que, seule dans sa cabine, elle écoutait sans relâche les bandes magnétiques qui lui racontaient son frère. Composerait-elle jamais le livre qu'elle ambitionnait, cette biographie totale d'un être qu'elle n'avait pas connu, et qui, cependant, l'habitait au point qu'elle paraissait parfois se dépouiller d'elle-même pour n'être plus que lui? Daniel n'y croyait pas, il la disait possédée et, obstinément, inventait des exorcismes tous plus faillibles les uns que les autres. Le mythe avait la vie dure. L'amour — si amour il y avait — ne l'altérait pas, mais obligeait Delia à ne plus adorer qu'en secret.

Après un séjour à Spetsai, l'*Ariel* repartait invariablement pour Hydra, y restait une nuit ou deux dans le port, se dirigeait ensuite vers Poros, puis Égine qui semblait l'attirer comme un aimant. J'imaginais Barry apercevant le beau voilier noir et se livrant un combat intérieur dont nul, pas même lui, ne pouvait entrevoir l'issue. Irait-il au-devant de Delia ou l'attendrait-il avec sérénité? Il eût fallu savoir quelle dose de sérénité réelle il conservait dans sa vie désordonnée. Je n'aurais pas pu le dire et lui non plus. Les apparitions et les disparitions de l'*Ariel* devaient le frapper comme un signe répété du destin, comme le retour des cartes fatales du jeu de tarots que Chrysoula écrasait sur la table avec son gros ongle rouge. Daniel souffrait le plus des escales d'Égine. Le désir de délivrer Delia d'un songe pourrissant et l'horreur de trahir un homme qui s'était découvert devant lui l'écartelait. Quand il me parlait, quêtant une approbation ou un « non » horrifié, je me taisais, incapable de l'aider, désespéré de ma propre impuissance à forcer le destin. Je n'interviendrais pas, c'était impossible.

Ce qui devait arriver arriva. Un soir, l'*Ariel*, cherchant un mouillage à Égine, s'arrêta dans la baie des potiers et y passa la nuit. Ainsi la dame de coupe était là. Au clair de lune, elle apportait enfin la « solution » prévue au numéro 4 de la figure classique des tarots, telle que nous l'avions établie quelques mois auparavant sous la tonnelle du jardin de Chrysoula. On pouvait interpréter après coup les événements et reconstituer le puzzle obscur des prédictions. Horace avait lâché Delia contre Barry, et Barry, après s'être efforcé d'attirer Horace, l'avait purement et simplement dénoncé. Il lui restait à affronter la Némésis pour un acte dont nous ne saurions jamais s'il était responsable ou non : la mort de Cyril. Si profond et grotesque que fût l'abîme dans lequel il était tombé, il lui restait assez de dignité pour ne plus reculer. Le matin, empruntant le mauvais canot d'un potier, il rama jusqu'à l'*Ariel*. Deux marins lavaient le pont. Le steward chinois fumait une cigarette assis sur le rouf. Ils virent la vieille barcasse s'amarrer au tangon et un homme trapu, d'une incroyable agilité malgré son poids, grimper à l'échelle de corde, marcher sur la barre fixe et sauter par-dessus le bastingage.

— Miss Courtney! dit-il.

Il était vêtu d'un vieux pantalon de toile, d'une chemise autrefois bleue, chaussé d'espadrilles trouées. L'équipage était bien plus snob que la propriétaire. Les deux marins s'avançaient déjà pour le prier de déguerpir, quand Barry répéta :

— Je vous ai dit que je veux voir Miss Courtney. Mon nom est Barry Roots. Dépêchez-vous.

La sécheresse de sa voix, l'éclat impérieux de son regard arrêtèrent les marins. Le steward jeta sa cigarette à la mer et descendit. Une minute plus tard, Delia était sur le pont, en pantalon, les deux mains enfoncées dans les poches d'un caban, suivie de Daniel. Barry éprouva le choc que nous avions tous éprouvé lors de notre première rencontre avec elle : il avait en face de lui le spectre éternellement jeune de Cyril, vision à la fois macabre et féerique d'une résurrection. Il se raidit, refusant l'illusion, insensible à la poésie de la beauté.

— Je vous cherchais, Mr Roots! dit-elle.

— Et moi j'étais las de vous attendre.

— J'ai une question à vous poser.

— Je la connais.

— Y répondrez-vous?

— Non. A quoi bon? Cyril est mort. Il a la gloire. La gloire est le soleil des morts. Qui de nous ne souhaiterait son destin?

— Vous trichez, Mr Roots.

— Je n'ai jamais triché de ma vie.

— Vous avez tué Cyril!

— Vous ne le saurez jamais! Jamais!

Des larmes affluèrent dans les yeux de Delia, larmes de désespoir et de rage.

— Je peux vous tuer! dit-elle.

— Je le sais. Vous avez un revolver dans votre poche droite. Mais vous ignorez une chose : je méprise totalement la mort.

— Non. Vous êtes gras.

Il sourit et déchira sa chemise pour dévoiler son torse velu, puis, saisissant un des chandeliers en inox qui supportaient la main courante, il le tordit sans effort sur son genou.

— Je ne suis pas si gras que ça! Et maintenant tirez si le cœur vous en dit. Mais sachez une chose : j'ai toujours jalousé Cyril parce qu'il était un privilégié insupportable. Je ne parle pas de l'argent, de la beauté, de l'intelligence, ni même du talent. Je parle d'un don inadmissible qui attire sur les hommes jeunes les foudres du destin : Cyril avait la grâce. C'est là une injustice bien plus révoltante que les autres. Et voilà qu'à votre tour, Miss Courtney, vous avez la grâce. Vous devriez tout faire pour qu'on vous le pardonne, si vous ne voulez pas mourir vulgairement, dans l'indifférence générale, la bouche pleine de sable et de mazout comme votre frère. Effacez la grâce et vous n'insulterez plus...

— Avez-vous achevé Cyril? demanda-t-elle.

Barry éclata de rire, passa par-dessus le bastingage et marcha comme un acrobate sur le tangon. Il mettait un pied sur l'échelle de corde qui descendait jusqu'à sa barque, quand Delia, derrière qui Daniel et l'équipage s'étaient massés, cria à s'en rompre les cordes vocales :

— Pourquoi l'avez-vous assassiné?

Il haussa ses lourdes épaules, se laissa tomber avec une sveltesse inattendue sur le banc et saisit les rames. D'une vigoureuse poussée, il se dégagea de l'*Ariel*. Delia s'avança de quelques pas sur le pont. Daniel la saisit par le bras gauche.

— Laisse-moi! dit-elle. Cet homme est un démon.

Barry commença de ramer posément, un sourire méprisant sur les lèvres. Delia sortit la main de sa poche droite, brandissant un P. 38. Elle prit son temps et visa avec autant de soin que s'il s'agissait d'une de ces bouteilles sur lesquelles elle s'exerçait. Barry leva ses rames et attendit.

— Non! cria Daniel. Tu ne peux pas. Tu ne sais pas ce qu'il est.

— Si. C'est le démon!

— Tu perds la tête!

Elle tira une première fois. La balle enleva une longue écharde dans l'aviron de Barry, qui éclata d'un rire fou et rama de nouveau, sans hâte, puissamment. Il n'y eut qu'un autre coup. Daniel, en luttant avec Delia, le reçut dans la poitrine. Son visage se vida de tout son sang. Il s'accrocha à elle qui le regardait sans comprendre, puis lentement plia les genoux, glissa contre son corps en l'étreignant et s'étala sur le pont, la chemise déjà rougie. Ils entendirent encore un éclat de rire de Barry qui abordait le rivage,

387

amarrait la barque, sautait sur la jetée et partait à grands pas pressés vers sa maison.

Sur la poitrine de Daniel, la balle a laissé la même cicatrice que la balle de Mario au-dessus du sein de Sarah. L'un et l'autre ont été épargnés. Ainsi les vies de la mère et du fils se sont-elles un court moment placées sous le même signe, mais sans avoir pu se rejoindre que deux fois : pendant quelques jours à Big Sur, puis à la clinique d'Athènes où je réussis à faire venir Sarah, puisque Georges restait introuvable. J'allai la chercher à l'aérodrome que balayait un vent brûlant. L'avion se posa en bout de piste. Un mirage tremblotait sur le terrain, et les passagers le traversèrent, silhouettes déformées, aux jambes torses. Dès qu'ils furent hors du mirage, je reconnus Sarah en tailleur d'été, le visage encore bronzé de son récent séjour en Aden.

— Me voilà! dit-elle. Mais, vous le savez : je ne suis utile à rien.

Alors que nous traversions Glyphada, elle voulut s'arrêter au bord d'une plage et se baigner. Nous déjeunâmes dans une taverne sur pilotis, de rougets grillés et de tomates. Elle grimaça en buvant du vin résiné.

— Ce n'est pas la peine que je fasse un effort pour m'y habituer! De toute façon, je ne reste pas.

— Où allez-vous?

— Je ne sais pas. Enfin, ailleurs... Je voudrais que Georges revienne. Quelle idée de s'embarquer sur un rafiot croulant! Il le regrettera vite.

— Peut-être pas.

— Que faisait Daniel sur le bateau de cette cinglée?

— Il est épris d'elle.

— Et elle?

— Cela relève de la psychanalyse.

Sarah resta pensive un moment, puis repartit se baigner. Quand elle sortit de l'eau, je me demandai combien de temps encore elle resterait désirable. Elle ne se fardait plus, ne prenait guère soin de son corps qui, pourtant, gardait sa sveltesse et sa dureté. Il n'était même plus certain qu'elle aimât tellement faire l'amour. Elle but un café, se sécha un moment au soleil et dit enfin :

— Allons-y! Je ne vais tout de même pas repartir sans l'avoir vu. J'espère qu'il n'y aura pas d'attendrissements indécents. Rien ne me donne plus la chair de poule.

Daniel somnolait quand nous entrâmes. Il souleva lentement ses paupières bistres et aperçut Sarah, sans doute à contre-jour.

— Enfin, tu es là! dit-il en refermant les yeux.

Elle parut choquée qu'il l'eût attendue.

— Tu voulais vraiment me voir?

Il redressa la tête, scruta la silhouette à contre-jour.

— Ah! pardon... je vous avais prise pour quelqu'un d'autre... mais je suis très heureux de vous voir.

— Tu croyais que c'était Delia?

— Oui.

— Veux-tu que je reste?

— Oui.

Je les laissai seuls le reste de l'après-midi et revins chercher Sarah peu avant le dîner. Une garde de nuit arrivait, installait son petit bazar de veille, son roman policier, ses pilules contre la toux, ses cigarettes (« de temps à autre, j'en grille une dans le couloir, ça aide à tenir le coup »), tapotait le lit, ordonnée, impérieuse, possessive. Daniel, abruti de fatigue, la suivait des yeux. Nous lui promîmes de passer le lendemain matin, après les soins. Il répondit à peine. Je trouvai une chambre pour Sarah dans mon hôtel et nous allâmes dîner chez Zephyros à Turcolimano. Il y avait trop de touristes, mais cela ne faisait rien : la fraîcheur du soir, les bateaux dansant au mouillage devant nous, la vague rumeur grinçante des bouzoukia errant de table en table, de jolies filles bronzées habillées de couleurs claires, tout cela nous lavait de l'atmosphère oppressante de la clinique. Sarah commença par me raconter les derniers jours d'Aden et nous parlâmes d'Ho. Maintenant qu'était levée l'hypothèque qui pesait si fort sur son caractère, elle ne le détestait plus. Quant à Georges, il avait cédé à une crise de dignité inattendue après la quarantaine.

Au fond de lui-même, il gardait un tempérament juvénile bien peu accordé à la maturité de sa réflexion. C'était là son véritable déséquilibre et peut-être la raison pour laquelle on ne pouvait s'empêcher de l'aimer. Sarah me jura qu'elle n'avait pas couché avec le nain difforme de Barcelone. Autrefois, elle aurait pu. Pour rien. Juste pour voir. Elle avait simplement erré quelques nuits encore dans Barcelone avec Ravasto. Il possédait les clés d'un monde imaginaire fabuleux où l'on perdait pied. Oui, bien sûr, il lui avait proposé de coucher avec elle, quand il l'avait crue à point. Mais, depuis quelques années, les hommes ne l'intéressaient plus vraiment. Elle se les offrait encore quand ils étaient beaux et tendres, par esthétisme, jamais pour un désir ou par charité.

Après le dîner, elle voulut aller au Sounion et nous roulâmes le long de la côte, sans quitter la mer brillante des feux de cargos ou de yachts qui naviguaient dans le golfe Saronique. Elle n'avait pas encore parlé de Daniel et je finis par l'interroger.

— Oh, nous avons dit très peu de choses ! Il est sans force.

— Il n'a pas évoqué Delia ?

— Si. Pour me dire qu'il n'a encore jamais fait l'amour avec elle. N'est-ce pas étrange ? Comment cela est-il arrivé ?

— Je le sais à peine. Officiellement, c'est un accident. Il nettoyait un revolver.

— Un peu facile.

— En fait, il a voulu protéger Barry sur lequel Delia avait déjà tiré une fois.

— Je sais : c'est une folle. Elle s'imagine qu'elle doit venger son frère. La vengeance m'écœure. Je n'ai jamais su ce que c'est.

— Vous êtes un peu infirme, Sarah !

— Georges le dit. Croyez-vous que c'est la raison ?

— L'esprit de vengeance est un sentiment naturel, humain, et je dirais même, dans certains cas, souhaitable.

— Alors, je dois encore une fois m'attrister de ne pas ressembler aux autres.

Nous arrivions au Sounion. Des projecteurs éclairaient le temple. Plusieurs autocars attendaient à l'entrée du terrain des fouilles, mais nous montâmes quand même à contre-courant de la foule. La mer scintillait sous le promontoire. De la terre s'élevait une grisante odeur de thym. Sarah s'approcha d'une colonne et en caressa le grain du bout des doigts.

— J'aime toucher, dit-elle. C'est comme du sable gelé, une poudre de diamant. Il n'y a rien de plus beau que la peau. Je suis toujours tentée de mordre.

Des voix jacassaient autour de nous, troublant cette minute qui aurait pu être si parfaite. Je montrai un peu d'agacement.

— Vous ne savez pas vous abstraire, dit-elle.

— Probablement pas. Sinon je ne me serais pas installé dans une île.

— Moi, je suis dans une île, une île à moi, que je transporte partout, depuis l'enfance. C'est une île très privée, vous savez... Des touristes abordent, passent une journée, une nuit. Rarement plus. Seul Georges peut venir y habiter avec moi. Un moment, j'ai cru qu'Aldo serait cet homme-là, mais Aldo est un faible : il s'enlise dans le plaisir. Il faut le pousser dehors pour qu'il retrouve son caractère. C'est à Londres que mon île se porte le mieux. Elle aime la foule, le bruit, les brouillards et aussi les jours de soleil où la ville est si gaie, comme un immense gâteau de gelée multicolore.

— Vous voyez toujours Stéphane?

— Non, jamais! Il est marié à une Anglaise. Il a des enfants. De temps à autre, il me téléphone. Depuis vingt ans, c'est lui qui m'entretient. Curieux, n'est-ce pas? Une belle preuve d'amour, surtout pour un homme riche.

— Georges le sait?

— Georges ne le sait pas. Je n'ai jamais abordé un problème matériel avec lui. Il n'imagine rien! Venez. Nous rentrons. J'ai frais et j'ai ma ration de vieilles pierres pour aujourd'hui...

Devant la porte de sa chambre, elle dit encore, comme pour se défendre :

— Je passerai le temps qu'il faudra auprès de lui. Il m'a ému. Mais je tiens à ce qu'il sache que ce n'est pas parce qu'il est mon fils. Je n'ai pas d'enfant. Je n'ai pas voulu d'enfant qui souffre et qui saigne. Est-ce clair?

— Très clair!

Puisqu'elle restait, je pouvais regagner Spetsai. Daniel hors de danger aurait une convalescence courte mais délicate. L'*Ariel*, après avoir rejoint en hâte Le Pirée et confié Daniel à une ambulance, avait disparu. D'endroits différents, sans laisser de messages, une voix de femme appelait la clinique et demandait des nouvelles. Après trois appels, j'avais prié qu'on ne lui répondît plus. Du côté de la police, on semblait indifférent. Quelqu'un avait hésité à mettre en branle la lourde machinerie des enquêtes grecques. Mais on n'allait quand même pas fermer les yeux sur ce qui s'était passé à Égine après le passage de l'*Ariel*. Le chef de la gendarmerie de Spetsai, le lieutenant Ianacopoulos, m'attendait avec impatience. Nous avions eu des rapports tendus au début, puis amicaux après qu'un journal d'Athènes m'eut consacré une interviouve. Il était encore assez jeune pour croire qu'un froncement de sourcils terrifie le genre humain. Je le rejoignis dans son bureau de la Dapia après qu'il m'eut envoyé trois émissaires pour me prier de venir au plus vite. Sanglé dans son uniforme pour solenniser la rencontre, il me fit comprendre que nous n'allions pas régler tout ça devant un verre d'ouzo :

— Je vous cherche depuis plusieurs jours, dit-il.

— J'étais à Athènes.

— Mon collègue d'Égine me harcèle pour que vous nous disiez ce que vous savez d'un Anglais nommé Desmond Gregory.

Je dus marquer une hésitation qu'il nota. Comment prendre un interrogatoire sur Barry? Tôt ou tard, si ce n'était pas déjà fait, la police saurait son vrai nom.

— Je connais en effet quelqu'un qui se fait appeler Desmond Gregory.

— Ah, vous voyez... vous savez que ce n'est pas son vrai nom!

Il triomphait. Je dus insister :

— J'ai dit « qui se fait appeler ».

— Oui, oui, votre bonne foi n'est pas en cause.

— Je l'espère.

— Et vous savez son vrai nom?

— Bien sûr. Nous avons été étudiants la même année, à Cambridge, quoique dans des disciplines différentes.

— Alors, ne biaisons plus! Il s'agit de Barry Roots, un agent du parti communiste?

— Il y a longtemps déjà qu'il a été exclu du parti communiste. Pour déviationnisme, j'imagine. Il faut aussi que vous sachiez qu'il est un héros de la guerre, le chef d'un commando célèbre parachuté derrière les lignes allemandes peu après le débarquement. Il est décoré de la Victoria Cross. Il a été aussi le véritable directeur du plus efficace service de contre-espionnage pendant la guerre : le service de Hay Street.

— Oui, mais c'est un ami de l'espion McKay!

— Pas l'ami. L'ennemi intime.

Le lieutenant Ianacopoulos semblait décontenancé par ces mises au point. Elles compliquaient l'apparente simplicité de l'enquête. Il desserra un peu son baudrier et appela un gendarme pour qu'on nous montât des cafés. J'en profitai pour interroger à mon tour :

— Qu'est-il arrivé à Barry Roots pour que la police s'intéresse à lui?

— Vous ne le savez pas?

— Je vous le demande.

— C'est dans tous les journaux.

— Je ne lis pas les journaux grecs.

— Ah alors, vous ne savez vraiment pas?

— Non, encore une fois.

— Il est en fuite. Il a assassiné sa concubine pour la voler. Il a emporté l'argent.

— Il est peut-être en fuite, dis-je, il a peut-être assassiné Chrysoula, mais il n'a pas emporté son argent...

Ainsi donc c'était arrivé comme elle le craignait, mais pas pour le motif qu'elle croyait. Chrysoula assassinée? Je l'imaginais mal. Si ignoble que fût cette virago, cela serrait le cœur. Tout était trop sordide entre eux. Je fermai les yeux et les rouvris pour apercevoir sur le toit voisin des ouvriers qui remplaçaient des tuiles. L'un d'eux se

393

retourna et me fit un signe amical et un geste grossier à l'égard du lieutenant qui ne pouvait le voir.

— Comment savez-vous qu'il n'a pas emporté son argent?

— Parce qu'elle me l'a confié voilà environ un mois. Il est déposé à la banque ici, et, en accord avec un pope d'Égine dont je n'ai pas le nom présent à l'esprit, je dois le remettre à son frère, un vaurien, je crois.

L'officier fut si intéressé qu'il ne put s'empêcher de se lever.

— C'est passionnant! dit-il. Passionnant!

Se dirigeant vers une étagère, il prit un gros livre relié à couverture bleue qu'il feuilleta après avoir humecté son index.

— Quelle est votre religion? demanda-t-il.

— Ma religion n'a rien à voir avec cette affaire.

— Mais si, mais si... je vais prendre vos déclarations sous serment. Pouvez-vous jurer sur le Nouveau Testament?

— Je suis catholique.

Il lut un paragraphe, les sourcils froncés.

— Ce n'est pas précisé, mais je crois qu'on peut vous assimiler aux orthodoxes.

— Si vous voulez.

Ses joues poupines rasées de frais s'empourpraient du plaisir de mener une si brillante enquête. Un garçon nous apporta des cafés et des verres d'eau qu'il posa sur la moleskine usée du bureau.

— Vous comprenez, c'est très intéressant, dit l'officier. Il y a préméditation.

— Peut-être pas.

— Comment? Voyons, c'est évident!

— Chrysoula était plus ou moins voyante. Elle a pressenti son assassinat.

— Vous croyez à ces choses-là?

— Il y a des choses bien plus invraisemblables. Enfin, pourquoi voulez-vous que ce soit Barry Roots qui l'ait tuée? Il avait une étrange passion pour elle. L'assassin est peut-être un autre homme.

Il parut infiniment troublé.

— Il faut que je téléphone à mon collègue d'Égine.

Quand il eut au bout du fil l'officier de gendarmerie d'Égine, il se mit à hurler dans l'appareil. L'autre ne devait pas moins hurler et Ianacopoulos se faisait tout répéter trois fois.

— On n'entend rien! me dit-il, désespéré.

— Parlez moins fort.

— Vous croyez?

Il essaya de parler moins fort et son interlocuteur comprit enfin ce qu'il disait. Quand ils eurent équilibré leurs voix, ils purent converser normalement, mais, malgré eux, leur ton alla crescendo et, de nouveau, ils ne se comprirent plus, sinon pour se dire qu'ils se rappelleraient plus tard. Ianacopoulos reposa l'appareil sur son antique support et s'épongea le front qui transpirait à grosses gouttes.

— A Égine leur conviction est faite. C'est le Barry Roots qui a tué. Oh! très proprement! Du tranchant de la main. Un coup sur les vertèbres cervicales.

Je ressentis un malaise profond. Jusque-là, rien, en effet, ne pouvait accuser formellement Barry, mais le coup sur la nuque est le *b, a, ba* du close-combat, la première chose qu'on enseigne aux membres des commandos et des services secrets. Barry avait signé son crime. De plus, c'était bien son genre d'avoir tué proprement.

— On a trouvé du sang sur elle, dit-il. Dans sa bouche et un peu sur son visage. Ça doit être la suite de la contusion intérieure, mais elle était dans une drôle de position; à genoux, devant un fauteuil, la face aplatie contre le siège. Mon collègue voudrait bien vous voir.

— Je n'ai guère envie d'aller à Égine. Et puis vous savez tout. J'ai peu connu Barry Roots et ne l'ai jamais autant vu que ces derniers mois. En fait, nos liens sont nos amis communs : Horace McKay qui est en Russie maintenant et Georges Saval, un journaliste français qui se trouve quelque part en mer Rouge, sur un vieux dundee que nous ne verrons pas arriver ici avant deux ou trois mois.

— De toute façon, vous devez voir le pope.

— C'est vrai, j'oubliais. J'irai demain.

A Égine, je rencontrai, à la terrasse d'un café où il pérorait, mon pope, vieillard bedonnant et prolixe aux yeux pétillants de cupidité. Je dus mal m'expliquer en me présentant, car il me prit pour un étranger à la recherche d'une maison à louer et m'abasourdit aussitôt d'un flot de paroles où se mêlaient la flatterie, la ruse et la naïveté. Il possédait dix maisons, toutes plus confortables les unes que les autres. Un gamin me conduirait immédiatement. Il était inutile d'aller voir qui que ce fût d'autre. Je parvins enfin à l'arrêter et à lui expliquer que j'étais mandaté par feu Chrysoula. Un torrent de larmes jaillit de ses yeux : quelle atroce histoire, c'était la meilleure femme du monde, une dame, une vraie dame, et une chrétienne, ce qui n'est pas si fréquent chez les gens de la bonne société! Oui, il m'attendait depuis plusieurs jours! Nous avions à parler, mais pas à la terrasse d'un café où des tas de fainéants nous écoutaient. Il prit vigoureusement mon bras et nous marchâmes le long du quai, points de mire des fainéants frustrés d'indiscrétion. Ce pope puait épouvantablement, une odeur de sueur, d'encens et de yaourt pas frais. Je l'arrêtai net dans un nouveau flot de louanges à l'adresse de Mme Chrysoula. N'avait-elle pas fait le trottoir au Pirée? Oh, mais si je savais ça, tout changeait... Certes, elle s'était rachetée par un établissement bourgeois, ce qui n'empêchait pas le reste de sa famille, notamment son frère, d'être du gibier de potence. Connaissais-je ce frère? Pour couper court, je prévins que j'avais déjà parlé à la police du reçu et des 300 000 drachmes de Chrysoula. Le pope lâcha mon bras, très déçu. Comme à lui-même, il parla d'une vague histoire d'éclairage au néon dans son église dont il fallait abandonner l'idée.

— Si le frère de Mme Chrysoula est généreux, il vous offrira cet éclairage, dis-je. Ce n'est pas mon affaire.

— Je comprends bien. Voulez-vous voir Yannaki?

— Il est ici?

— Il est installé dans la maison.

— Je n'ai pas envie d'y aller. Envoyez-lui un taxi pour qu'il vienne.

Une demi-heure après arriva un grand gaillard qui avait

déjà pas mal bu malgré l'heure matinale. Je ne pus m'empêcher de le trouver sympathique, plein de rondeurs, jovial,
anxieux de trouver un endroit où il y aurait du bon vin
pour que nous puissions parler sans nous dessécher le
gosier. La mort de sa sœur ne semblait pas l'avoir terriblement affecté. Il n'oubliait pas quand même d'essuyer
une larme imaginaire au coin de ses yeux. Les convenances
lui ordonnaient aussi de maudire son ex-beau-frère et de
serrer les poings en parlant de le retrouver. Je le calmai
en lui rappelant que Barry était un boxeur redoutable et
un homme d'une telle force qu'il pouvait assommer n'importe qui d'une pichenette.

— Ma sœur n'avait pas épousé n'importe qui! dit Yannaki en se rengorgeant.

Le pope leva les bras au ciel. Cette question le touchait
particulièrement. Leur mariage entaché d'illégalité n'était
pas valable. Et malheureusement la maison était au nom
de Desmond Gregory. Yannaki n'aurait aucun droit sur
elle.

— Eh bien, dit ce frère conciliant, tant pis, n'en parlons
plus. Je comptais me retirer là jusqu'à la fin de mes jours.
J'irai mourir à l'hôpital.

— Ce n'est peut-être pas la peine d'envisager les choses
d'une façon aussi noire, dis-je. Votre sœur a pensé à vous.
J'ai 300 000 drachmes à vous remettre.

Il ne tendit pas la main pour les palper, il fondit en larmes.

— Sur cette somme, elle avait prévu un petit cadeau
pour la paroisse, dit le pope.

–- Tout ce que vous voudrez! hoqueta Yannaki.

— Cinquante mille drachmes! suggéra l'autre, pressé
de battre le fer pendant qu'il était chaud.

— Vingt-cinq mille suffiront! assura Yannaki, séchant
ses larmes avec un mouchoir violet. Où est l'argent?

— Je l'ai ici, dans cette serviette.

Nous fîmes nos comptes. Yannaki éplucha les liasses
avec désinvolture, demanda une boîte en carton à la pâtisserie où nous étions assis et ferma le tout avec une ficelle
mordorée. Les mains du pope grattaient nerveusement
la table.

— Tu m'oublies! dit-il.

— Non, non. Je ne vous oublie pas, mais nous verrons ça plus tard!

— Je te connais! Demain, tu auras tout bu!

— Tout bu! Comme vous y allez! Non, il en restera. Vous en faites pas!

Je me levai et leur dis au revoir. Il me fallait encore rencontrer l'officier de gendarmerie. Yannaki s'en alla, suivi du pope qui essayait de se mettre à son pas et lui parlait avec force gestes. Je partais dans la direction opposée quand Yannaki revint en courant vers moi :

— Dites-moi, m'sieur, il s'est passé des choses là-bas le matin du crime. Les potiers m'ont parlé. Un yacht est venu... On a tiré sur Barry...

— La police le sait-elle?

— Non, personne n'a mouffeté.

— Sont-ils capables de tenir leur langue?

— Sûrement. Le chef de la gendarmerie est un sale type qui passe son temps à les tracasser. Ils le détestent.

— Si les potiers pouvaient continuer à se taire, ce serait préférable.

— Vous en faites pas!

Il cligna de l'œil, énormément complice, serra ma main avec effusion et repartit avec son carton à pâtisserie sous le bras. Le pope l'attendait, en me coulant un regard méfiant.

Le capitaine de gendarmerie d'Égine ne me parut pas un mauvais homme. Mais tout en lui reflétait la stricte observance du règlement : la voix bourrue, les ordres secs. On le détestait visiblement dans l'île parce qu'il avait la présomption d'y faire respecter mille vicieuses petites ordonnances qui empoisonneraient la vie en Grèce si on se mettait à les appliquer. La lecture de mon passeport lui prit un temps infini parce qu'il n'y trouvait pas les prénoms de mon père et de ma mère. Je le rassurai : je n'étais pas un assassin, j'avais connu la victime, un peu, et Barry Roots mieux, mais surtout par amis interposés. Le capitaine attendait de moi que je lui dise où était passé Barry. Mon ignorance le trouva incrédule.

— Tout de même il faut bien qu'il soit quelque part!

— Oui, sûrement, mais pas sous votre table ni dans ma poche. Vous oubliez que Barry Roots est un ancien agent communiste et surtout un ancien agent secret anglais. Le passage des frontières les plus difficiles a toujours été l'enfance de l'art pour lui. Je ne puis vous assurer que d'une chose : il a quitté la Grèce. Bien qu'il ne paye pas de mine, il a hérité une fortune de sa mère. C'est un homme tout à fait libre de ses mouvements et à l'aise dans n'importe quelle identité. A quelle heure a eu lieu le crime et à quelle heure l'avez-vous découvert?

— Le crime a dû se situer vers dix heures du matin, et un voisin a trouvé Mme Chrysoula morte l'après-midi vers cinq heures.

— Bon, c'est apparemment simple puisqu'il y a au moins deux bateaux pour Le Pirée entre ces heures-là!

— Mais personne ne l'a vu sur le port. Nous le connaissions très bien. Il ne passait pas inaperçu!

— Alors, capitaine, croyez-moi : il s'est déguisé. Une fausse barbe, un turban, la robe d'une vieille femme... est-ce que je sais... Du Pirée il a gagné l'aéroport.

— On a vérifié.

— Vérifiez encore et vous le trouverez sous un faux nom. Non, non, je vous le garantis : il n'y a pas eu de problème pour Barry Roots.

Le capitaine parut décontenancé. Si les lois ne suffisaient plus à arrêter les noirs desseins des criminels — et le plus noir de ces desseins est toujours d'échapper à la police — toute la société s'effondrait. Je n'allais pas entrer dans ces considérations-là et me contentai de raconter qu'un pressentiment avait motivé la visite de Chrysoula à Spetsai. Ne se prétendait-elle pas voyante? Le capitaine haussa les épaules. Chrysoula s'était cependant trompée sur les motifs de Barry : il n'en voulait pas à son argent. Il était le fils de Lady X... et, après la mort de celle-ci, il avait hérité une fortune considérable qui ridiculisait la tirelire de sa femme. De plus, ces 300 000 drachmes étaient hors de sa portée puisque je les détenais. Je venais, d'ailleurs, selon la volonté de Chrysoula, de les remettre, en présence d'un pope, à Yannaki.

Ces subtilités, pourtant bien simples, embrouillèrent l'esprit du capitaine. Il trouva sans doute que je me mêlais de ce qui ne me regardait pas et me congédia assez grossièrement en me priant de rester à sa disposition. Je n'en fis rien et pris le premier bateau pour regagner mon île, trop heureux d'échapper à l'haleine avinée de Yannaki, aux odeurs de popes et de gendarmes.

La nuit de mon retour, vers deux ou trois heures du matin, on frappa assez timidement à ma porte. Je venais de rêver de Barry — un rêve absurde et grandiloquent où il apparaissait déguisé en femme à barbe et me détaillait son plan pour faire sauter Buckingham et le Kremlin le même jour à la même minute — et naturellement je fus persuadé qu'il grattait à ma porte. J'ouvris pour trouver avec déception devant moi un grand gaillard en blanc dont le visage rougeaud et réservé apparut après que j'eus allumé la lanterne de la terrasse : le second de l'*Ariel*, celui qui prenait le commandement du ketch dès que le vent tombait et que Delia s'en désintéressait. Je n'étais pas sûr d'avoir jamais entendu le son de sa voix. Comme le reste de l'équipage, il était silencieux, se faisait obéir par gestes et disparaissait dès qu'on n'avait plus besoin de lui.

— Miss Courtney désire vous voir! dit-il.

— Où êtes-vous mouillé?

— Nous n'avons pas mouillé dans le port. Nous croisons au large. Le boston whaler nous a amenés.

— Miss Courtney aurait pu venir elle-même.

— Elle est dans les rochers. Elle refuse de monter jusqu'à votre maison.

— C'est absurde. Personne ne la verra. Et vous pouvez lui dire qu'elle ne craint rien.

— Elle sera difficile à convaincre.

J'étais de mauvaise humeur, déçu au fond de n'avoir pas ouvert la porte à un Barry déguisé en femme à barbe. Il y a des rêves bouffons qu'on aimerait ressaisir, prolonger jusqu'à l'aube.

— Dites-lui qu'elle vienne.

Il partit et revint au bout de quelques minutes, un papier à la main. Delia avait écrit en grosses lettres : « Je vous en supplie. » Résigné à perdre un rêve dont je n'aurais d'ailleurs retrouvé ni le fil, ni la cocasserie, je suivis le second. Nous descendîmes parmi les rochers jusqu'à une série de dalles qui glissent dans la mer. Le jour, je me baigne souvent là, à l'abri des regards, face aux îlots de Trikeri et de Dhokos qui encadrent Hydra, éloignée d'une quinzaine de milles. Malgré la nuit noire, on devinait la masse dansante du canot blanc. Une cigarette rougeoya, décrivit une courbe, mourut dans l'eau. Delia était à bord du boston whaler où je la rejoignis pour m'asseoir sur la banquette en face d'elle, près à la toucher. Son beau visage de marbre brillait dans l'ombre. Elle alluma une nouvelle cigarette et, un court instant, son menton, ses pommettes, ses sourcils, éclairés par en dessous, apparurent comme un masque de théâtre.

— Pourquoi la clinique refuse-t-elle de répondre quand je demande des nouvelles de Daniel?

— Pourquoi me dérangez-vous en pleine nuit?

Décontenancée, elle se tut. Sa voix avait encore changé. On y décernait une fêlure, comme une dissonance intérieure.

— Oui, dis-je, pourquoi tous ces mystères : venir en pleine nuit, refuser de monter jusqu'à la maison? Ne croyez-vous pas que c'est assez? Que vous avez déjà trop joué avec un fantôme, avec la vie, et même maintenant avec la mort? Je sais tout. Daniel m'a raconté ce qui s'est passé dans la baie des potiers. Vous êtes folle. Il faut vous arrêter.

— Ne me parlez pas ainsi.

— Je vous parlerai comme je crois devoir le faire. Sortons de ces puérilités...

— Cyril...

— Cyril est très bien là où il est. Personne ne tire plus de coups de revolver sur lui. Personne ne peut se l'approprier. Pas même vous! Si c'est cela que vous vouliez entendre, je vous le dis de bon cœur. Enfin pensez que vous avez failli tuer Daniel. Il a passé deux ou trois jours atroces. Nous avons cru le perdre. Par votre faute. Et vous vous contentez de téléphoner! Avez-vous peur de vos actes?

Elle attrapa ma main. Ses ongles m'entrèrent dans la peau.

— Oh, taisez-vous!

— Allez chercher Daniel à sa sortie de clinique, emmenez-le avec vous. Couchez avec lui. Battez-vous. Aimez-vous.

— Il ne m'est rien.

— Laissez Cyril seul dans son empyrée. Que dis-je seul? Il y est avec mille autres créatures fascinantes et méprise les humains. Donnez-lui la paix et prenez un garçon entre vos cuisses. Le monde dans lequel vous êtes enfermée se déchirera et vous y verrez clair. Oui, c'est ça, faites l'amour.

— Vous êtes ignoble!

— Merci, et si c'est tout ce que vous avez à me répondre, je vous quitte, je vais dormir. Vous avez cassé en deux un rêve irrésistible de drôlerie où Barry Roots déguisé en femme à barbe m'expliquait son plan pour faire sauter Buckingham et le Kremlin. J'allais tout savoir quand votre marin m'a interrompu.

— Vous direz à Daniel que je ne veux plus le voir! Jamais!

— Je ne me charge pas de ces commissions-là. Daniel est comme un fils. Je l'aime et le protège autant qu'il me le permet.

— Il n'y aura pas d'homme dans ma vie.

— C'est bien votre tort. Tant que vous n'aurez pas perdu conscience dans les bras d'un homme, vous ne comprendrez rien à rien. Longtemps je vous ai prise pour une statue parce que vous êtes belle et noble. Mais sachez qu'il y a des statues qu'on meurt d'envie de gifler, de rouer de coups. Daniel a essayé... Pas avec une conviction suffisante. Il n'arrive pas à croire que, sous l'enveloppe enivrante et romantique, il y a une femme comme les autres.

Je me levai. Elle ne lâcha pas ma main. La mer calme portait jusqu'à nous le bruit d'un moteur tournant au ralenti. A quelques encablures on apercevait le feu rouge et le feu blanc de pont de l'*Ariel* qui croisait à vitesse réduite.

— Au revoir, Delia! Revenez au sens commun. Cela fait du bien. La fréquentation des morts est une super-cherie. Vivez avec les vivants. Ce sont eux qui en ont le plus besoin. Leur existence n'est pas gaie. Ils n'ont que l'amour pour se consoler. Qu'ils l'aient au moins...

— Vous êtes vulgaire et grossier.

— Vous ne l'êtes pas assez!

Elle lâcha enfin ma main et je sautai à terre. Le second s'était tenu à une distance respectueuse et pourtant il devait avoir tout écouté. En remontant j'entendis le moteur hors bord du boston whaler qui démarrait, puis les gifles du canot sur l'eau. Une traînée blanche rida la mer d'encre.

Oui, elle avait raison : j'avais été vulgaire et grossier, mais comment n'être pas exaspéré par cette mère sans entrailles, ce fils assez fou pour se jeter sur un revolver, cette créature perdue dans un mythe, lui sacrifiant le bon-heur, son bonheur, ce Barry et cette Chrysoula se livrant la méchante guerre du vice et de l'empoisonnement? Un peu d'air frais. On en arrivait à souhaiter le spectacle d'amours plates, de couples béatement heureux dans la bêtise, le lieu commun et le contentement de soi.

Quand, au matin, j'aperçus l'*Ariel* ancré dans le port sous mes fenêtres, je n'en fus pas moins déçu. Ainsi Delia cédait. Comme au jour de sa première visite, le canot se détacha du ketch, un homme au moteur, un autre debout à l'avant, Delia assise entre eux, les mains dans les poches de son caban. Ils abordèrent mon petit môle et seule, sans hâte, elle grimpa le sentier de chèvre, du soleil dans ses cheveux clairs, le pas assuré, d'une grâce infinie, silhouette aérienne, effleurant à peine les pierres, dansant parmi les massifs de chardons violets et les bouquets de cytise jaune. De près, hélas, l'altération de ses traits fut un véritable choc, comme un coup de poignard au cœur : la belle image, romanesque et folle, n'était plus. Dans les orbites creusées sous l'arcade sourcilière les yeux brillaient, mais de fièvre. Le nez se pinçait, accentuant une arête anguleuse. Les lèvres pâlies craquelaient, desséchées. D'une maigreur extrême, le long cou décharné, aux tendons saillants, semblait s'af-faisser sous le poids de la tête. Qu'était devenue la princesse orgueilleuse et rayonnante dont, éblouis, Daniel et moi nous voulions être les chiens de garde pour qu'elle reste à jamais la vestale d'un jeune dieu mort?

— Je suis venue vous dire que... que je ne sais pas...

Sa voix avait encore mué dans la nuit, presque rauque maintenant, dramatique en une bouche si jeune.

— Êtes-vous malade? dis-je.

— Voilà des semaines que je ne dors pas.

— Que puis-je pour vous?

— Me dicter ce que je dois faire.

— Vous me demandez cela, vous, Delia Courtney?

— Ne vous fiez pas aux apparences. Je suis morte plusieurs fois.

— Ne comptez pas sur moi pour vous dicter votre conduite.

— Je ne peux pas prétendre que j'aime Daniel si ce n'est pas vrai.

— Personne ne vous le demande. Même pas lui. Surtout pas lui!

— Et pourtant quelque chose me lie obstinément à Daniel... quelque chose...

Elle passa une main tremblante sur son front moite.

— Vous êtes mal?

— Je voudrais m'allonger. Je ne me sens pas bien. Pas bien du tout.

Verdâtre, elle se laissa conduire jusqu'à un canapé sur lequel elle resta immobile, avant d'ajouter, les yeux clos :

— Oui, j'aimerais savoir... et ce ne pourra être qu'avec lui.

Je crus qu'elle allait s'évanouir, mais les couleurs revinrent sur son visage exsangue. Je dis :

— Il me semble qu'il faut jeter toutes ces bandes magnétiques à l'eau. Peut-être même les couler avec l'*Ariel*.

Son corps sursauta et elle tendit en avant ses mains ouvertes aux longs doigts élancés comme pour se protéger d'une vision horrible.

— Non! non! Jamais!

— Choisissez!

— Je ne peux pas!

— Je ne dis pas tout de suite, mais dans les jours qui viennent.

Par la fenêtre, on apercevait les deux marins du boston whaler assis près de leur canot et fumant. Sur l'*Ariel*, deux hommes lavaient le pont, un autre grimpait au mât.

— Brûlez l'*Ariel*! dis-je le cœur serré.

— Vif?

— Brûlez-le vif!

— Et après?

— Rien! Vous verrez! Il se peut que tout devienne merveilleusement simple...

— Je resterai à bord!

— Ceci est votre affaire. Je n'empêcherai jamais personne de se suicider.

Elle se releva. Des couleurs lui revenaient.

— Je vais mieux. Je rentre à bord.

— Je vous raccompagne.

Cette fois, ce ne fut pas contre l'ombre imaginaire de Cyril qu'elle s'appuya, mais contre moi. Elle passa un bras autour de mes épaules et nous descendîmes lentement. Ses cheveux effleurèrent ma joue. Un tendre et discret parfum émanait d'elle qui trébucha. Je la prie par la taille.

— Par moments, je n'ai plus de forces!

— J'ai honte d'avoir été brutal avec vous cette nuit.

— Peut-être le fallait-il... mais je me suis révoltée quand vous avez parlé de cette histoire d'homme entre mes cuisses. Je sais comment se fait l'amour, que tout le monde le fait ainsi, et pourtant je ne peux pas me résoudre à cette chose sale et ridicule. J'ai toujours imaginé que l'amour était autre chose.

— C'est autre chose, mais c'est cela aussi.

Nous reprîmes notre descente. Elle me troublait. Plus que je ne saurais l'avouer. Mais je n'avais pas le droit. Une distance incommensurable nous séparait. A notre approche, les marins se levèrent et prirent les positions réglementaires au moteur et à l'amarre. Delia retournait dans le monde dont elle avait minutieusement établi les lois. Elle lâcha mon épaule, se redressa. Toute trace d'émotion s'effaça de son visage. Pourtant, au moment où le marin allait mettre le moteur en marche, elle l'arrêta d'un geste, et sa voix d'une ferveur désespérée la trahit :

— Au moins, vous avez aimé Cyril?

Il lui fallait emporter cette certitude. Je dis « oui », bien que ce ne fût pas vrai. Je n'avais pas aimé Cyril, pas plus que je ne l'aimais vraiment, elle. J'avais admiré le poète. Il subjuguait, entraînait dans sa course folle. Je lui devais une rencontre avec le Génie comme je devais à Delia une rencontre avec la Beauté. Cyril symbolisait le soleil de la création, la vie brûlée, le maître des vents, *Ariel*. Un seul rendez-vous pareil dans l'existence et tout est transformé quand on le fait à vingt ans.

Dans un vrombissement, le boston whaler bondit sur l'eau qu'il gifla de son avant plat. Delia s'était assise. Elle monta l'échelle de coupée et disparut à l'intérieur du ketch. Deux palans hissèrent le canot à bord et la chaîne de l'ancre grinça dans l'écubier de tribord. L'*Ariel* mit le cap sur la sortie du port et sembla un moment s'étirer sur l'eau moirée avant de filer de plus en plus vite et disparaître derrière le phare. Se pouvait-il que cet « Au moins, vous avez aimé Cyril? » fût le dernier mot d'une oraison, l'annonce pathétique de la deuxième mort de Cyril Courtney?

Quelques jours après, Sarah téléphona. Daniel se sentait bien. Il se levait et tournait en rond dans sa chambre, dents serrées, armé d'une volonté sauvage de se rétablir au plus vite. Les médecins jugeaient qu'il serait mieux n'importe où que dans une clinique étouffante cernée par la rumeur inlassable de la ville. Accepterais-je de l'accueillir? Oui, bien sûr, cela allait de soi. Je l'attendais. Comment supportait-elle ce rôle de garde-malade? Très mal, au début, mais maintenant ils parlaient tous deux beaucoup, retrouvant l'intimité de Big Sur. Je promis d'arranger les choses pour le surlendemain. Une ambulance les conduirait au Pirée à bord du *Kamelia*, où Daniel se coucherait pour la traversée qui dure quatre heures. Du nouveau port jusqu'à la maison, je les prendrais dans mon canot et, pour grimper le sentier de chèvre, deux pêcheurs nous aideraient à le transporter sur une chaise.

Le jour dit, je les attendais sur le quai, en proie à d'amères réflexions. Delia ne se montrait pas. Elle ne me décevait pas, puisqu'elle restait dans la droite ligne de sa passion et, en un sens, sauvait l'image que nous nous étions faite d'elle, mais plus rien ne la retiendrait désormais. Elle se perdrait et, comme ces épouses hindoues popularisées par Jules Verne dans *Le Tour du monde en 80 jours*, elle se suiciderait sur le bûcher de l'*Ariel*, dernier sacrifice possible à la mémoire d'un frère qui demeurait obstinément caché parmi les ombres. Et Daniel? Il ne pensait qu'à poursuivre sa chimère. Il avait rencontré l'amour fou. Il s'y accrocherait désespérément toute sa vie. Le *Kamelia* apparut enfin, dépassant la petite pointe et la chapelle qui nous cachent Ermioni. Dans vingt minutes, il serait à quai. Je parcourus vingt fois la jetée et il fut là. De jeunes garçons sautèrent à terre avec leurs minces valises de carton bouilli et les porteurs se ruèrent à bord. Sarah apparut seule. Le vieux Spiro portait ses deux valises.

— Vous n'êtes pas trop déçu? dit-elle. Je n'ai pas eu le temps de vous prévenir. Ce matin, Daniel avait quitté la clinique quand je suis passée le prendre avec l'ambulance. Une jeune femme était venue le chercher. On ne voulait pas le laisser partir. Elle a payé la note d'un chèque. J'imagine que c'est Delia Courtney, à moins qu'il ait beaucoup d'autres femmes dans sa vie, aussi autoritaires et décidées.

— Était-il en état de partir avec elle?

— Non, sûrement pas. Mais qu'y pouvons-nous?

On aurait cru que Sarah n'était pas fâchée de s'être débarrassée ainsi de son fils, pourtant ce n'était pas ça : en fait personne ne lui manquait, sauf Georges, qu'elle partait, de temps à autre, rejoindre à tire-d'aile. Sarah tournait la page Daniel. Quelque chose d'autre commençait, elle ne savait encore quoi.

Après avoir déposé les valises dans mon canot, Spiro feignit de s'en aller.

— Donnez-lui quelques drachmes, dis-je. De moi, il n'acceptera pas.

Elle lui remplit la main de menue monnaie et il mâchouilla en son français appris chez les petits frères d'Istanbul : « Merci, madame, et bonne arrivée. »

— Tiens! On parle français dans cette île? dit Sarah.

— Non. Ne le croyez pas. Seulement Spiro, et encore...

Nous embarquâmes et je gagnai le vieux port où mes amis pêcheurs, Dino et Andréas, attendaient avec leur chaise.

— Le mourant s'est envolé! Vous êtes venus pour rien.

Ils nous aidèrent à monter les valises, et Sarah voulut aussitôt grimper sur la terrasse la plus haute, celle qui regarde vers le sud et la mer ouverte. Je désignai un point imaginaire à l'horizon :

— C'est par là que doit apparaître la *Deborah*. Dans la petite pièce où je travaille, je lève souvent le nez vers ce sud-sud-est d'où surgira Georges.

— C'est là qu'elle *devait* apparaître! corrigea Sarah.

— Pourquoi? Avez-vous des nouvelles?

— Aucune et je serais étonnée qu'ils aient rebroussé chemin et passent par le cap de Bonne-Espérance.

— Ce serait complètement fou! D'après ce que vous m'avez dit, la *Deborah* est sur le point de rendre l'âme.

— Mais... enfin... vous ne lisez pas les journaux?

Non, c'est vrai, je ne les lisais pas. Du moins à ce moment-là. Pendant de longues périodes de ma vie, je l'ai déjà dit, je n'ai pas ouvert un journal et sans en éprouver aucun regret. Une véritable cure de désintoxication qui, au réveil, me rend la curiosité du monde. Et qu'aurais-je fait dans mon île d'informations politiques ou autres? Elles arrivent déflorées, à demi éteintes. Aux plus fracassants discours, les chancelleries ont déjà répondu. Les faits démentent les prévisions des augures. On n'écoute plus les pulsations d'un sang trop chaud. Tout arrive tiédi, feutré, déjà résolu... Il était quand même un peu fort que je n'eusse rien su de la guerre des Six Jours, de la prise de Jérusalem et de la deuxième conquête du Sinaï. J'appelai Dino et Andréas qui buvaient un verre de résiné à la cuisine.

— Avez-vous entendu parler de la guerre d'Israël contre les Arabes?

— Oh, oui, dit Andréas, il y a quelques jours à la radio. Maintenant c'est fini, et les Hébreux ont gagné.

— Tu ne m'en as rien dit !

Il eut un geste vague. Cela nous concernait si peu. Nous échangions des nouvelles sur la pêche, les nouveaux filets en nylon qui résistaient aux jeux des dauphins, le prix de la langouste, et la venue des touristes qu'on pourrait plumer pendant l'été. Mais la guerre, celle des autres, à quoi bon, tant qu'elle ne nous menaçait pas directement. Les politiciens régleraient tout ça sur le dos des morts.

Sarah avait apporté des magazines et je me jetai dessus. Des navires coulés bloquaient Suez comme en 1956. Les colonnes de tanks incendiés, pilonnés, jonchaient le désert du Sinaï, cimetière de l'arme blindée arabe. Nettoyée en une matinée par des bulldozers, la place dégagée devant le Mur des Lamentations accueillait des milliers de pèlerins sanglotants, le visage et les mains collés aux blocs cyclopéens. A Charm-el-Cheikh et à Tiran, les garnisons égyptiennes s'étaient rendues dès l'apparition des vedettes transportant les commandos israéliens. Le golfe d'Akaba était libre, mais le golfe de Suez finissait en cul-de-sac. Si la *Deborah* n'avait pas passé le canal avant l'ouverture des hostilités, elle était condamnée à ne plus jamais revoir l'Occident. Quelque chose dont les conséquences demeuraient encore incalculables venait de se passer dans le monde. La victoire de 1956 avait pu paraître un coup de chance aidé par la Grande-Bretagne et la France, celle de 1967 n'était due qu'au génie de la guerre et à une démonstration éclatante du *Blitzkrieg*. Ce qui importait, ce n'était pas seulement la victoire de David contre Goliath, facile cliché fourni aux éditorialistes essoufflés, mais le blason juif redoré dans le monde occidental par la victoire d'une poignée d'Israéliens. Même s'il s'agissait d'une confusion, les images miteuses des petits Juifs confinés dans leurs ghettos et leurs métiers infamants, les images graisseuses et boursouflées des banquiers juifs fumant de gros havanes s'effaçaient, démodées soudain, pour laisser place aux images d'Épinal d'une jeunesse musclée et tannée, le visage résolu sous le casque d'acier, le corps tendu dans la tenue léopard, tirant au pistolet mitrailleur la cigarette aux lèvres, parcourant le désert dans des half-tracks poussiéreux empanachés de poussière jaune. Le drapeau bleu et blanc, frappé à l'étoile de David, flottait sur Jérusalem. Une nouvelle ère commençait, et comme toujours nous n'en savions rien, nous pouvions à peine le pressentir.

Je regardai Sarah en train de déballer ses valises dans la chambre qui a vue sur le port. Il me semblait avoir perçu une nuance d'irritation quand je lui avais avoué mon ignorance pourtant bien excusable. Se pouvait-il? Mais non, Sarah avait tout répudié, tout effacé. Elle ne conservait pas au fond d'elle-même la plus petite parcelle d'espoir, ni le soupçon d'une certitude.

Dans les jours qui suivirent, nous ne reçûmes aucune nouvelle de Daniel. Il s'était volatilisé et, puisqu'il ne faisait la grâce d'aucun signe, nous n'avions pas à le forcer dans sa retraite. Nous nous contentions de vivre l'été qui s'offrait. Le meltemi soufflait le matin et j'emmenais Sarah dans le petit canot sur une des plages abritées au sud de l'île. Nous y déjeunions, solitaires, de sandwichs et de tomates. Elle prit l'habitude de se baigner nue, de rester des heures dans l'eau à nager avec des lunettes sous-marines, observant les fonds et rapportant des paniers d'oursins dont nous goûtions la chair exquise avec du pain frais et du vin glacé. La peau de Sarah prit une teinte caramel et des reflets acajou apparurent dans sa noire chevelure. Le soleil, la mer et jusqu'au vent avaient été inventés pour elle. Elle n'était pas une femme que l'âge touche déjà de petites rides, mais un fruit dans son éclatante maturité. Il n'y avait plus rien de commun entre celle qui se donnait si souvent au hasard des routes, dans des hôtels anonymes, à des hommes sans intérêt et sans lendemain, et la créature apaisée qui, après le bain, dormait sur la plage. Je le lui dis, avec la franchise de rigueur entre nous. Elle réfléchit un instant avant de répondre :

— Oui, je suis en train de le croire. Peut-être la page est-elle déjà tournée... je ne sais pas. Il est trop tôt pour le dire. Alors, j'attends. Je n'ai rien à oublier parce que rien n'a compté.

— Si, Georges.

— Vous défendez votre ami et vous avez raison. Il compte aujourd'hui parce qu'il a duré. Tout relève de la durée. Prenez un homme une nuit, autorisez-lui tout ce dont il a envie et qui satisfait ses plus bas instincts, laissez-le croire qu'il vous a humiliée, qu'il a humilié toutes les femmes dans votre lit, mais le matin venu jetez-le à la porte, et son pauvre orgueil en prendra un coup mortel. Vous l'avez effacé. Il n'existe plus. Ni pour lui-même ni pour vous. Je n'ai jamais rien fait d'autre. Par instinct, je crois. N'oubliez pas qu'à l'âge de dix ans je n'ai plus eu de parents. On ne peut pas compter pour parents un pasteur complètement idiot, sa femme adonnée aux travaux serviles de la maison, et cette pauvre Diana, qui se prétendait ma sœur, jouait les oies blanches et baisait comme une bonne sans place, avec Georges, la nuit, sur le tapis du living-room. Ne croyez-vous pas que c'était dérisoire et en même temps très sain? Mais tout est loin, terriblement loin, et il faut, pour m'en assurer, que je rouvre un vieux cahier dans lequel je consignais chaque jour mon humeur en un seul mot que j'écrivais en allemand. Je ne lis aujourd'hui que : ignoble, grotesque, sordide, à pleurer... Comment pouvais-je supporter la vie avec une pareille peau d'écorchée? Sans doute parce que j'étais déjà assurée en mon for intérieur que rien ne durerait... passez-moi une serviette, voilà des voyeurs.

Un petit yacht venait de s'engager dans la crique, cherchant un mouillage. A l'avant, deux hommes se passaient des jumelles. Quand Sarah fut couverte, le barreur fit demi-tour et le yacht disparut, à la recherche d'une autre anse. Sarah souriait.

— De loin, je fais encore illusion.

Elle laissa tomber la serviette et demeura assise, contemplant son propre corps.

— Oui, illusion, dit-elle. Hier, aujourd'hui, demain. C'est peut-être que rien n'est illusion, que tout est vrai.

Elle porta la main au-dessus de son sein gauche et caressa

des doigts la cicatrice laissée par la balle de Mario.

— Vous vous souvenez? Je vous dois la vie...

Dans la peau mate, la cicatrice dessinait une étoile de chair plus claire.

— Comment s'appelait ce petit imbécile? dit-elle. Ah oui, c'est vrai, Mario... Il était très bien physiquement, n'est-ce pas?

— Oui, très bien, mais atteint de jalousie congénitale. Il ne tombait pas bien avec vous.

Elle caressait toujours sa cicatrice, pensive, le regard vague, perdu vers la mer qui scintillait.

— Non, pas bien, il faut l'avouer. Tout de même je lui suis très reconnaissante... il m'a marquée comme on marquait autrefois au fer rouge les femmes de mauvaise vie. Il m'a marquée de l'étoile juive. J'avais une certaine tendance à l'oublier. Je suis juive et je porte l'étoile de David. Daniel porte aussi désormais l'étoile de David. Il est juif, par moi, par mon sang...

C'était la première fois que je l'entendais dire cela. Jamais son origine ne l'avait préoccupée ou inquiétée, et si un gaffeur lâchait devant elle une réflexion imbécile sur les Juifs, elle ne s'en formalisait pas. Ça ne la touchait pas. On aurait cru qu'elle avait à jamais oublié son extraction. Elle semblait ignorer autant les misères atroces que les fortunes insolentes du peuple juif éparpillé dans le monde. Et voilà que, soudain, une certaine fierté renaissait en elle, un sentiment neuf, inexplicable sinon par la victoire quasi géniale des Israéliens sur le monde arabe. Un général borgne, calculateur froid de la guerre éclair, avait plus fait pour l'orgueil juif que tous les savants, les musiciens, les écrivains qui illustraient le génie d'une race. Si ce sentiment avait pu naître en Sarah, que ne devait-il pas être chez les autres Juifs sensibilisés par la défiance entretenue autour d'eux comme par l'excès de flagornerie?

Au milieu de l'après-midi, le meltemi tombait et la mer s'apaisait en une longue houle. Nous revenions par l'autre versant de l'île, longeant la côte, respirant la chaude odeur des pins mêlée au parfum aigrelet du thym. Les pêcheurs partaient poser leurs filets au loin et les lourds caïques bleus ou rose bonbon s'éparpillaient à l'horizon. Sarah ne se lassait de rien et j'aimais sa présence. Nous liait une amitié qui passait par des pointes d'exaltation, puis retrouvait vite son calme et sa sécurité. Nous restions tard le soir sur la terrasse à écouter de la musique ou à parler. Cela aurait pu durer longtemps, sans aucune gêne entre nous deux, dans l'attente du télégramme de Georges annonçant son arrivée. Ce ne fut pas un télégramme que nous reçûmes, mais une lettre de trois lignes nous informant, sans plus, qu'il se trouvait au Yémen pour quelques mois et confiait ce mot à un messager qui le posterait à Djibouti si la chance était avec lui. Sarah parut vivement contrariée :

— Que fait-il avec des Arabes? Il a perdu le sens commun. Sa liberté lui est montée à la tête. Non, non, vraiment, je ne comprends pas... Toujours son goût morbide des causes perdues...

Dans la matinée, je la vis préparer ses valises et je reconnus sur son visage ce triste voile, cette ombre qui annonçait en elle un changement, le brusque besoin de partir et de se libérer de l'amour ou de l'amitié. J'essayai de la retenir.

— Non, c'est inutile! dit-elle. J'ai été très heureuse ici. Il ne faut pas abuser. Je ne serai jamais Pénélope, l'épouse qui attend son mari au foyer. Georges me trouvera ailleurs, je ne sais où, s'il en a envie. Nos conventions n'ont pas changé. Peut-être m'étais-je imaginé quelque chose qui n'a pas de sens maintenant...

Comme je l'accompagnais au bateau, le cycliste de la poste nous rencontra et me tendit un télégramme. « Sommes à Skyros. Aimerais intensément vous voir. Daniel. » Je passai le papier à Sarah, qui le lut et haussa les épaules.

— Intensément! Voilà le genre de mots qu'il cultive. Il serait temps que ce garçon se conduise comme un homme, qu'il prenne des décisions, viole cette fille ou se l'arrache du cœur. Dites-le-lui... Ça lui fera le plus grand bien. Car, naturellement, je ne doute pas qu'en ami attendri vous alliez vous précipiter à Skyros.

— Je n'ai encore rien décidé!

— Vous ne résisterez pas!

— J'ai mal pour lui.

— Il le sait bien. Vous pensez que je devrais m'occuper de lui... Mais je vous le répète : je ne suis pas sa mère, je ne suis la mère de personne.

Elle m'embrassa et suivit Spiro qui portait ses valises. Le *Kamelia* s'éloignait déjà quand elle apparut sur la passerelle arrière. Longtemps elle agita le bras, puis ne fut plus qu'un point noir sur le bateau blanc.

— Elle reviendra! dit Spiro derrière moi.

Son vieux visage couturé de rides voulut exprimer la compassion et grimaça.

— Non, Spiro, non! Celle-là ne reviendra pas. Et c'est bien ainsi. J'en suis même très content.

— Tu dis pas la vérité!

— Si, si... toute la vérité.

Il hocha la tête plusieurs fois pour bien montrer qu'il ne me croyait pas et s'en fut à petits pas vers le café où il reprit sa place favorite devant le même verre d'eau depuis l'aube.

Ils habitaient un moulin au nord de la grande plage de sable sous le village de Skyros. Les pêcheurs y louaient leurs maisons pendant l'été et s'entassaient à dix ou douze dans des cabanes de planches ou de parpaings. Delia et Daniel dormaient dans la même chambre, deux lits jumeaux au milieu d'un dénuement qui reflétait leur propre dénuement intérieur ou peut-être simplement le désarroi de Delia devant le choix impossible. Tandis que Daniel éclatait de force — et sa volonté l'avait remis sur pied mieux que n'importe quels soins — la maigreur de Delia tendait vers la translucidité. Elle conservait la grâce — cette grâce qui offensait tant Barry — mais la fragilité de son long corps élancé commençait à faire peur. De son visage, on ne retenait plus que le regard, deux yeux bleu pâle immenses qui, par moments, devenaient d'une fixité terrible jusqu'à ce que Daniel passât doucement la main devant eux. Elle revenait sur terre et souriait, chose que je lui avais rarement vu faire. A part ces absences, elle me parut plutôt gaie et heureuse, ayant dépouillé les éléments de son pres-

414

tige, le ketch, l'équipage discipliné. Elle ne commandait à rien et on éprouvait un soulagement à ne plus l'entendre prendre sa voix cassante pour donner un ordre.

Quand j'arrivai, ils étaient assis par terre dans leur chambre ronde en compagnie d'un personnage qui aurait pu paraître étrange si l'espèce n'en avait pas déjà été trop répandue : un homme ou un jeune homme — il était impossible de deviner son âge — le visage mangé par une barbe noire et bouclée. Ses cheveux, sales et raides, lui tombaient sur les épaules. Vêtu d'un pagne, il découvrait un torse maigrelet aux poils tristes. Des bagues surchargeaient ses mains communes et un lacet en cuir descendant jusqu'au nombril retenait une espèce de croix faite de deux morceaux de métal. Le déguisement était plutôt réussi et on aurait volontiers cru qu'il s'agissait d'un vrai guru. Daniel me le présenta sous un nom abracadabrant aux vagues consonances hindoues. Plus tard, dans la soirée, j'appris qu'il s'appelait Joe Palatino et qu'il était américain. De Brooklyn. Daniel l'avait connu à Calcutta dans cette petite société de hippies mendiants où il avait lui-même vécu avec la lamentable Rachel. Joe affecta de se taire quand j'entrai et je pris vite le parti de l'ignorer. On me donna une chaise, position inconfortable quand les interlocuteurs sont assis par terre. Daniel m'avait serré le bras avec force et cela voulait dire : « Ne parlez pas de mon télégramme. Vous êtes venu là par hasard! » C'était difficile à croire, mais j'acceptai la fiction, et nous parlâmes de tout ce qui pouvait meubler sans danger un silence : la *Deborah* prisonnière de la mer Rouge, Georges au Yémen, Sarah on ne savait où. Le guru prit un air absent et ennuyé, finit par se lever et disparaître, et j'éprouvai un sentiment de détente, sans oser cependant de réflexions sur ce personnage qui les intéressait peut-être. Ils m'emmenèrent sur une plage admirable, scintillante de poussière de marbre, déserte, et nous nous baignâmes nus, longtemps, dans l'eau très froide. C'était une singulière transformation chez Delia qui ne se montrait auparavant qu'en de pudiques maillots. Je l'attribuai à la Grèce et à la mer Égée où tout est toujours si beau que l'on a envie de se dépouiller, de retrouver la nudité antique pour que le corps entier goûte à la vie. Delia ne devait d'ailleurs s'accorder cette liberté que depuis peu, car sa peau n'avait pas encore pris une teinte unie comme celle de Sarah. Même si l'on n'était pas porté sur le style Rubens, on ne pouvait que s'effrayer de sa maigreur. Seule sa poitrine conservait une douce forme, presque enfantine. Les méplats du ventre et des cuisses encadraient un sexe bombé et soyeux qui retint dans son duvet mille gouttes multicolores, brillantes comme des perles, lorsqu'elle sortit de l'eau, grand échassier luisant dans la lumière de cette fin d'après-midi.

Nous attendîmes, couchés à même le sable tiède, la disparition du soleil avant de nous rhabiller et de gagner le moulin, marchant l'un derrière l'autre. J'attendais, je n'étais pas pressé, tout viendrait en son temps. Delia prépara un dîner de tomates, d'œufs et de fruits, et bientôt nous laissa seuls. Je suppose qu'elle partit se coucher pour que je reste avec Daniel, assis sur la petite dune qui commande la plage. Les caïques rentraient. On les halait sur le sable à la lueur d'un fanal. Des couples passaient, se dirigeant vers une taverne aménagée un peu plus loin en arrière de la plage, éclairée d'une lampe à acétylène qui trouait l'obscurité d'une lueur blanche et brûlante. Nous aperçûmes, enveloppé d'une sorte de drap blanc, le faux guru à la recherche d'un trou dans le sable pour se coucher.

— Je n'ai pas très bien compris son nom, dis-je.

— Aucune importance. C'est un nom qu'il s'est donné. En réalité, il s'appelle Joe Palatino; ce qui est beaucoup moins métaphysique et doit le gêner dans ses exercices mentaux. J'espère que vous le trouvez pittoresque?

— Pittoresque, il l'est! Mais que de mal pour le paraître. Il me fait penser à ces enfants qui veulent des panoplies pour devenir médecins, cow-boys ou agents de police. La panoplie hindoue est la dernière à la mode. Vers quelle sorte de sainteté tend-il?

— Aucune en vérité. C'est un pauvre type à la tête enflée, tournée par des lectures primaires. Il faut dire que toute cette société de hippies que j'ai connue en Inde est d'une déplorable indigence intellectuelle. Ils se donnent du caractère avec des barbes fleuves, des cheveux sur les épaules, des bijoux de pacotille. Quand on les rase, les lave et les dépouille de leurs grelots, apparaissent des demeurés, le déchet de notre société. Joe est peut-être tout cela, mais, par moments, il y a une sorte de flamme en lui. On se demande si, grâce à sa connerie, il n'est pas arrivé à connaître quelque chose. Vous savez... l'état d'innocence... Il amuse Delia. Il prétend savoir les secrets de la relaxation et voudrait qu'elle fume ou se pique pour se défaire de sa peur...

— Parce qu'elle ne s'en est pas défaite?
— Non! dit-il d'une voix étranglée.
— Et tu vas la laisser écouter cet imbécile?
— Je suis prêt à n'importe quoi.
— Tu pleures?
— Oui.

Nous restâmes un long moment silencieux. Un couple passa à quelques pas devant nous. Le garçon jouait de la guitare, la fille chantonnait un vieux refrain texan.

— Ce n'est pas possible! dis-je. Il faut sortir de là. Delia t'a-t-elle raconté qu'elle est venue me voir avant de te kidnapper à la clinique?
— Je le sais. Vous m'avez aidé. Il faut m'aider encore.

Il me désarmait. Toute désagrégation d'un être est un drame qui nous fait mesurer notre impuissance et notre faiblesse. Si Daniel s'effondrait soudain, c'est que nous n'avions pas su, nous ses gardiens et ses amis, offrir un monde qui répondît à son énergie et à son courage.

— Tu te souviens quand nous nous promenions la main dans la main à Nice? Tu avais saccagé le salon de ta grand-mère.
— Oui.
— Et de notre excursion au Baou de Saint-Janet?
— Oui.
— Tu te serais mordu au sang plutôt que d'avouer une défaillance.
— Je sais, je sais... Ça n'a servi à rien. Je me suis cogné partout.

Les poneys sauvages.   27

— Au moins cela te rendra-t-il un peu plus indulgent pour ton père.

— Je n'y avais pas pensé... en effet... oui, sûrement. Je devrais le comprendre mieux. Je devrais...

— Tu devrais vomir cette dégueulasserie, cette chienlit puérile et prétentieuse de Palatino. Tu ne vas quand même pas faire l'amour à Delia grâce à une bouffée de cigarette ou une piqûre! Aucun homme ne se le pardonnerait.

— Je suis fou d'elle...

— Et elle?

— Vous ne savez pas qu'elle a vendu son bateau, tout brisé, pour être seule, vraiment seule avec moi?

Ce n'était pas vrai. Elle mentait. Avant de gagner Skyros, je m'étais arrêté au Pirée et j'avais vu dans le bassin de Passalimani l'*Ariel* à quai. Son équipage attendait les ordres. J'avais parlé au second. Delia trichait. Intéressant d'ailleurs, comme l'apparition d'une fêlure dans l'univers sans compromission qui l'entourait. Peut-être n'était-il pas nécessaire qu'elle brûlât réellement l'*Ariel*. Je lui avais trop demandé.

— Il est possible qu'elle commence à aimer! A ta place je prendrais patience.

— Je n'en peux plus, j'en crève. Nous vivons une époque essentiellement placée sous le signe de la copulation et moi je suis le seul, le seul qui dorme avec la Beauté sans lui avoir caressé autre chose que les seins.

— C'est comme ça que tu en es arrivé à souhaiter les truquages de ce guru de pacotille? Alors, je te plains.

Deux chiens se battirent au bord de l'eau. Dents serrées, ils grognèrent sans lâcher prise, puis un hurlement à la mort s'éleva, suivi d'une longue plainte désespérée. Un fantôme blanchâtre se dressa sur la plage. Enveloppé dans un drap blanc, le faux guru injuria les chiens et leur lança des pierres.

— Il n'a pas encore atteint la sérénité totale, dis-je.

— Non, il faut croire. Il a peur de « manquer » bientôt et ça le rend nerveux.

— Comment s'en procure-t-il?

— Oh, ça n'est pas le problème... Même ici... Des types

qui passent, retour de Turquie, d'Afghanistan, du Liban, de Syrie... Le vrai problème c'est l'argent.

— Delia lui en a donné, n'est-ce pas?

— Oui, ça l'amuse.

Nous parlâmes encore longtemps. La taverne éteignit sa violente lumière crue. Le même couple à la guitare passa devant nous, la fille chantait une douce romance de l'Ouest. La nuit s'éclaircit avec l'apparition d'un croissant de lune. Une chouette chuinta plusieurs fois et dut fondre sur un oiseau au nid que nous entendîmes crier. La mer poussait sur la plage de longs rouleaux de houle qui se retiraient dans un frémissement. Tel un fantôme, Joe Palatino surgit du sable et nous demanda du feu. Daniel lui alluma une mince cigarette roulée à la main et Joe repartit vers son trou en tirant de rapides bouffées. Une horde de chiens galopa sur la grève derrière une minuscule chienne blanche. Deux ombres enlacées passèrent et s'abattirent un peu plus loin sans se désunir.

— C'est Geneviève, une Française, dit Daniel. Elle n'est pas mal, plutôt jolie et fine. Lui, c'est Dino, un muletier. On ne voudrait pas de lui pour cirer des bottes. Elle le trouve sublime. Il est tout le temps dans elle. La nuit est le manteau de l'amour.

Avec quelle amertume il disait cela, pensant à Delia couchée là-haut dans un mauvais lit, corps exsangue et implorant un invisible secours. Daniel me raconta en détail ce qui s'était passé dans la baie des potiers. En revanche, il ignorait la fuite de Barry et la mort mystérieuse de Chrysoula. L'audace de Barry le stupéfiait. Delia l'avait qualifié de démon. Elle ne parlait jamais de lui, elle ne parlait même pas du coup qui avait blessé Daniel.

— Pourtant, dit-il, autant que je m'en souvienne, parce que je me suis évanoui, tout de suite, je crois qu'elle a tiré volontairement sur moi. Il fallait qu'elle blesse quelqu'un, qu'elle signe avec du sang cette journée. Ou peut-être était-ce un obscur désir de se libérer de moi ? Oui, ça ne doit pas s'expliquer autrement. Sinon, elle serait restée à la clinique au lieu de m'y abandonner.

— En effet, c'est possible, tout est possible avec elle!

419

— Vous comprenez ma tentation? Nous n'allons pas planer ainsi la vie durant, sans nous rejoindre?

Comment lui expliquer qu'à son âge la vie était longue, très longue, même s'il devait mourir demain? Que si, par extraordinaire, il s'en rendait brusquement compte, il ne supporterait pas l'idée d'un si lent parcours composé d'instants infinis? La passion rétrécit la vie parce qu'elle la dévore. Elle brouille les heures et les jours, elle emplit nos rêves et nos veilles, elle efface la réalité paisible, le saint mûrissement des êtres et des choses. Mais si, épuisée, la passion le cède à l'amour ou peut-être simplement à la tendresse, le temps change de mesure et le sable fin tombe grain à grain de nos mains ouvertes. La passion reste la seule dynamique de la vie. Il faut lui être reconnaissant des œillères qu'elle pose, de son entêtement, de ses folies et de l'état de veille extra-lucide où elle nous maintient. La passion avait servi Daniel. Sans elle, il ne se serait pas jeté sur Delia : il ne serait pas revenu à bord de l'*Ariel*, d'où nous avions été débarqués sans ménagements. Maintenant, elle le desservait, elle allait le pousser à commettre une folie qu'au réveil de Delia il ne se pardonnerait pas et qui les empoisonnerait toujours.

— Ce type me dégoûte tellement ! dis-je.

— Et moi donc! Mais il est là...

— Un doute t'infectera. Tu porteras comme un abcès le sentiment que n'importe qui aurait vaincu Delia avec les mêmes moyens. Attends encore un peu.

— Je ne peux pas, je vous ai expliqué! dit-il avec colère.

— Oh oui, tu peux, tu peux tout.

Il m'installa un lit de camp au rez-de-chaussée de la tour et monta rejoindre Delia. Ils chuchotèrent longtemps, sans doute allongés l'un à côté de l'autre, puis Daniel regagna son lit qui gémit. Des ondes de sommeil me submergèrent comme si, couché au bord de la mer, les vagues mourant sur la grève me couvraient et me découvraient. Une image revenait, insistante : l'*Ariel* immobile semblait figé sur les eaux couleur de métal en fusion, un rouleau de houle se

420

pressait vers la côte, se déchirait, et Delia en émergeait, son long corps humide brillant de gouttelettes, les cheveux plaqués comme un casque autour de son visage si pur qu'il était l'essence même des visages. Elle sortait à pas lents de la mer ridée et marchait sur le sable où son pied laissait une trace humide que nous baisions — nous étions soudain une foule — puis elle s'allongeait — et j'étais seul —, offrant au soleil pâle un ventre qui palpitait. Deux mains — les miennes, d'autres? — se posaient sur sa poitrine étoilée de fleurs roses et la pressaient tendrement jusqu'à ce qu'un immense soupir s'exhalât de ce corps exsangue et, renvoyé par l'écho, roulé par la mer, emplît la coupole du ciel. Alors de Delia ne restait bientôt plus qu'une statue de sable. Le grand rouleau de houle passait sur elle et, se retirant, laissait sur la grève l'empreinte de son corps...

L'entrée du jour par la porte restée ouverte secoua ma torpeur. Je sortis sur la plage pour admirer l'Égée encore rouge de l'aube et me délivrer du plaisir sourd que laissait l'image de ce demi-rêve. Disposées en arc de cercle sur la mer, des barques relevaient les filets posés au crépuscule. Ébloui par la lumière, je butai sur un corps mou qui émit un grognement : Joe Palatino, enroulé dans son drap comme une momie, le visage découvert, la barbe, les sourcils et les cheveux pleins de sable. Il ouvrit un œil atone et le referma aussitôt. Je m'agenouillai pour lui soulever les paupières. Les pupilles énormes mangeaient les iris jaune tabac. A la lumière soudaine du jour, les yeux frémirent convulsivement et tournèrent dans leurs orbites. D'un geste mou du bras, il chassa ma main et marmonna, la voix pâteuse :

— Qu'est-ce qui vous prend?

— Vous êtes « chargé »?

— Et alors?

— Vous pouvez vous lever et marcher?

Il tira les pans de son drap et se couvrit jusqu'au visage avant de me répondre d'une voix presque claire :

— Merde!

— Venez. Je vous emmène.

— Re-merde.

— Voulez-vous que j'aille chercher la police?

Il ne répondit pas et je me relevai pour m'éloigner de quelques pas, juste assez pour l'entendre crier :

— Hé? Où allez-vous?

— Je vous ai prévenu!

— Qu'est-ce que ça veut dire?

— Il y a un bateau pour l'Eubée à huit heures. De là, je vous emmène en voiture jusqu'à Athènes.

— Pourquoi faites-vous ça?

— Ne me le demandez pas! Pendant un mois, je vous ferai parvenir chaque semaine assez d'argent pour que vous vous « chargiez » à bloc.

— Je veux savoir pourquoi.

Je haussai les épaules et m'en allai. Il me rejoignit vite, son drap à la main, et m'arrêta par le bras :

— Je m'en fous. Ici, j'ai de quoi m'acheter ce que je veux.

— Elle ne vous donnera plus rien.

— Pourquoi?

— Je le lui ai interdit. Lâchez-moi, j'ai tout juste le temps de prévenir la police et de prendre l'autocar pour Linaria.

Malgré la barbe, les sourcils hirsutes et la tignasse qui couvrait son front obtus, son visage gardait encore certaines expressions humaines. Je lus de la détresse et un instant il me fit plus pitié qu'horreur. Ce n'était qu'un pauvre type parti à l'aventure sur un rêve de yoghi du dimanche. Il avait rencontré un monde au-delà de ses moyens intellectuels et trouvé dans la drogue la revanche de son insuffisance. Jamais je n'aurais eu le courage de le dénoncer, mais il fallait penser à Daniel, à Delia, les protéger de ce mirage inconsistant. Joe Palatino n'était d'ailleurs plus qu'une épave. Il me suivit et resta accroupi sur le pont du caïque qui nous conduisit à Kymi. Un paysan lui tendit du pain qu'il mâchonna et un marin fit une collecte. Joe empocha l'argent sans remercier. Dans la voiture, il s'assit à mon côté et, pendant les trois heures de route, nous n'échangeâmes que ces quelques mots :

— Tout de même, dit-il, je suis un guru.

— Un guru de mon cul.

— Oui, un guru de votre cul.

Il approuva de la tête. Je le lâchai sur la place de la Constitution, en pagne, pieds nus avec son drap plié sous le bras.

— Et l'argent? dit-il.

Il regarda stupidement le billet avant de le froisser et de le glisser entre les pages crasseuses d'un passeport américain qu'il cacha dans une poche de toile. L'argent ne représentait rien pour lui. Il se refusait à en gagner, mais c'était la clé de ses paradis.

— Tous les lundis, vous irez à l'arrivée du *Kamelia* au port du Pirée. Un marin vous remettra une enveloppe quatre fois de suite. Après, vous irez au diable! Mais si vous retournez à Skyros, je ne vous manquerai pas.

Il fit signe qu'il avait compris et s'en alla. Je ne pouvais rien d'autre pour Daniel et Delia. C'est seulement à cet instant-là que je me souvins d'un détail essentiel : pendant ce court séjour à Skyros, Delia n'avait pas une fois prononcé le nom de Cyril.

Spetsai m'apparut comme un havre de grâce. Bien que la pensée de ceux qui m'étaient chers ne me quittât pas souvent, leurs drames, leur absence m'atteignaient avec une discrétion feutrée. De Sarah je ne sus rien. Elle s'était fondue dans la foule anonyme — le reste de la terre — tout ce qui entourait notre île à une certaine distance pleine de respect. De Georges je reçus quelques lignes : tout allait bien, il raconterait au retour. Enfin, Daniel m'écrivit assez souvent, tantôt une carte, tantôt une brève lettre qui permettait de suivre son chemin difficile. Il semblait avoir décidé de le gravir avec patience. A leur itinéraire, on mesurait la tension de leurs rapports. Après Skyros, ils s'étaient rendus à Alonissos, bien plus sauvage et isolée, puis au monastère de Pelagonisi, où ne vivaient qu'un moine et un couple de bergers. Ce fut certainement leur période la plus douloureuse, la plus déchirante, sans autre secours qu'eux-mêmes. Après Pelagonisi, ils s'installèrent quelque temps à Skopelos, d'où ils gagnèrent Skiathos comme s'ils semblaient rejeter l'espoir de trouver dans la solitude la solution de leur mal. Je fus presque soulagé d'apprendre leurs séjours à Mykonos, puis à Rhodes. Ils donnaient des adresses d'hôtels. Sur l'essentiel, pas un mot, bien sûr, mais comment Daniel en aurait-il parlé? J'attendais que Delia révélât la présence de l'*Ariel* au Pirée, la dernière carte qu'elle jouerait pour tenter de sauver le mythe enfoui au fond de son cœur.

425

La lettre qui me surprit le plus était signée d'un nom inconnu, Sean O'Brien. Ce Sean O'Brien vivait à Madère, sur les pentes du Monte au-dessus de Funchal. Il s'intéressait à la bibliothèque d'un original, un certain Desmond Gregory, qui avait dû abandonner précipitamment Égine au mois de juin dernier. Si je pouvais offrir aux ayants droit de Gregory une certaine somme pour l'achat de livres fort rares, Sean O'Brien m'en serait reconnaissant. La question de prix ne jouerait pas. Il voulait cette bibliothèque, fruit de la recherche passionnée d'un collectionneur pendant dix ans. Ayant rapproché cette lettre de celle que m'avait envoyée Barry d'Égine pour me prier de venir le voir, je n'eus plus de doutes.

L'affaire fut réglée beaucoup plus facilement qu'on ne pouvait s'y attendre. Yannaki continuait d'habiter indûment la maison de Barry. Les trois cent mille drachmes n'étaient pas toutes parties en fumée et en vin, mais peu s'en fallait. Ayant acheté d'occasion un bulldozer réformé, il s'était promené sur les routes d'Égine jusqu'à ce qu'on le lui interdise. Depuis, le bulldozer dormait dans le jardin après y être entré en renversant un pan de mur colmaté maintenant avec du papier huilé. Quand Yannaki était saoul, il tournait en rond, labourant les parterres, effondrant la tonnelle, écrasant les orangers, les citronniers et les figuiers. La maison avait également subi quelques attaques du bulldozer et commençait à se lézarder. A l'intérieur régnait un effroyable gâchis : meubles renversés, canapés troués, des bouteilles vides partout et les reliefs moisis de quelques festins endiablés. Seule la bibliothèque était épargnée. Yannaki la montrait à ses invités et prétendait que Chrysoula avait lu cette montagne de livres. Il se laissa convaincre sans difficultés de vendre un bon prix la totalité des rayonnages qui furent emballés dans des caisses et envoyés à Madère.

Une lettre me remercia avec effusion, bientôt suivie d'autres, et nous finîmes par entretenir une correspondance régulière comme auraient pu en entretenir deux bibliophiles, sans que jamais on y trouvât une allusion à ce qui s'était passé à Égine. Sean O'Brien annonçait une grande décou-

426

verte qu'il se devait de tenir secrète pour l'instant, peut-être même pour toujours, car l'humanité ne saurait probablement pas en supporter la révélation. Il m'invitait à venir le voir. Je ne pensais guère répondre à cette offre quand, au mois de novembre, je dus me rendre au Portugal pour quelques semaines. Daniel et Delia s'installaient à Rhodes avec l'intention d'y passer l'hiver. Je ne savais rien de plus d'eux. Ils semblaient sinon heureux, du moins apaisés. Bien sûr, de Lisbonne la tentation était forte d'aller voir Sean O'Brien et, quand je pus me libérer de mes obligations, je ne résistai pas. L'avion se posa sur l'étroite piste de Santa Cruz. Une chaleur de serre nous accueillit sur l'aérodrome. Le ciel grisonnait, mais toute l'île apparaissait de la hauteur comme la palette d'un peintre : un foisonnement de couleurs écrasées sur la lave noire. Mr Sean O'Brien m'attendait après la douane. Sans sa silhouette qu'il ne pouvait modifier aussi aisément que son visage et aussi sans son oreille cassée, je ne l'aurais pas reconnu : le crâne rasé, un collier de barbe tirant sur le roux, des lunettes de soleil. Je me demandais pourquoi il se donnait tant de mal alors que les Portugais, ayant une fois pour toutes accepté sa fausse identité, se moquaient pas mal de ce qu'il pouvait être. Je me dirigeai vers lui et il se montra très étonné :

— Çà, par exemple! Bien sûr, je suis Sean O'Brien! Comment l'avez-vous deviné? Je suis beaucoup moins perspicace que vous. Je vous croyais un homme d'environ soixante-dix ans. Peut-être soixante-quinze...

— J'ai l'impression que nous avons le même âge.

— Sans doute.

Avec empressement, il s'empara de ma valise et la porta jusqu'à sa voiture, une petite Fiat soignée comme un sou neuf. La route de Santa Cruz à Funchal s'enroule autour de la montagne qui tombe en longues arêtes dans l'océan. Sean-Barry conduisait avec une désinvolture assez effrayante, ne regardant jamais la route, redressant à la dernière seconde quand nous nous trouvions face à face avec une voiture dans un virage. Sa transformation était à ce point profonde que sa parole n'avait plus le même débit. Il n'arrêtait pas de nommer des villages, des églises, de désigner des villas perdues parmi les camélias, les hortensias, les bananeraies, les vignobles. Je me demandai un moment s'il ne craignait pas que je place un mot qui casserait la comédie que nous nous jouions. Mais non. Pendant tout mon séjour, il fut Sean O'Brien et personne d'autre. C'en était hallucinant. On perdait pied, on se raccrochait à des indices eux-mêmes douteux et qui s'effondraient vite. Il s'agissait bel et bien d'une métamorphose, aussi extraordinaire et incroyable que celle d'Égine. Cela obligeait à poser une triple question : quelle était la véritable personnalité de Barry, en possédait-il une ou bien tout était-il forgé en lui-même par un caractère d'acier ?

Il me débarqua dans un hôtel à la sortie de Funchal et m'invita à déjeuner pour le lendemain. A mi-hauteur du Monte, sa maison dominait sur un côté une des ruelles pavées de lave qui descendent à pic vers Funchal. J'y arrivai à pied après une lente ascension, maintes fois arrêté par le parfum exquis des jardins étagés sur le flanc de la montagne. La maison de Sean — appelons-le ainsi pour ne plus nous tromper — se présentait comme un ravissant petit palais de crépi rose perdu parmi les camélias, les mimosas, les lauriers et les hibiscus. De la terrasse décorée de vases en plomb et de chérubins sculptés dans la pierre noire de Madère, on découvrait la baie de Funchal et au loin, dans une brume bleuâtre, la côte dentelée jusqu'à Camara de Lobos.

— N'est-ce pas magnifique ? dit-il en arrivant par surprise, après que j'eus été conduit là par un domestique en livrée. Regardez bien... c'est l'Océan. Il est immense, un monde fabuleux rempli de terreurs et d'inconnus, le tombeau de milliers d'hommes. Rien à voir avec la petite mer Égée au bord de laquelle vous vivez. Ici tout est démesuré ! On sort de l'univers des passions humaines pour entrer dans celui de la passion totale. Regardez aussi à droite, cette maison en ruine. Pas une plaque pour rappeler que là est mort le dernier empereur d'Autriche, Charles de Habsbourg. L'Entente l'avait relégué à Madère avec l'impératrice Zita et ses enfants. En échange de la dépouille de ses États, on lui garantissait vingt mille livres de rentes qui ne lui furent jamais versées. Un certain Bruno Steiner ayant volé les

428

bijoux de la Couronne, Charles de Habsbourg est mort d'une phtisie galopante, dans cette maison en ruine, sans soins, sans un sou. Avec lui a disparu l'espoir d'une Europe centrale unie, équilibrée... Mais vivent la Tchécoslovaquie, la Yougoslavie, la Hongrie démantelée qui allaient être les barils de poudre de la Seconde Guerre mondiale! Les principes étaient saufs, n'est-ce pas? Et il fallait à tout prix éviter de conserver sur un trône exemplaire un jeune monarque libéral, pacifiste, prêt à épouser les temps modernes. Applaudissez, monsieur, applaudissez! Le traité de Versailles est le plus bel acte de suicide jamais signé par des nations victorieuses! On ne me fera pas croire que ce n'était pas exprès, que ce tissu d'absurdités géographiques et politiques n'était pas voulu par les politiciens effrayés à l'idée que nous venions de vivre la « der des der » comme le criaient les démobilisés dans la rue. Ils craignaient — et ne leur donnons pas tout à fait tort — que si c'était vraiment la dernière des guerres, le progrès... pardon! le Progrès qui est au programme de tous les partis n'en subît un rude coup. Voyez-vous, monsieur, seule la guerre hisse les politiciens sur un piédestal, seule la guerre oblige l'humanité à se surpasser, surtout la guerre moderne, la guerre des machines, des presse-boutons... Ne croyez pas que je sois un vieux gâteux qui rumine des pensées amères sur le passé... Non, non, loin de là... Je suis un homme tout entier penché sur l'avenir... pourtant j'aimerais réécrire l'histoire universelle — mais les événements m'en laisseront-ils jamais le temps? — d'un point de vue tout à fait nouveau. Mon livre s'intitulerait : *Histoire cynique et véridique des guerres*, étant entendu que seules les guerres poussent en avant l'Histoire, comme l'avait si bien compris votre Napoléon. L'Angleterre — qui est l'hypocrisie même — n'a pas pu le supporter...

Montant de la ruelle, nous entendîmes quelques cris inarticulés et Sean m'entraîna vers l'extérieur de la terrasse. Un toboggan arrivait, retenu par deux jeunes garçons en blanc, coiffés de canotiers. Dans le toboggan se pavanait un couple d'Anglais moyens, mi-effrayés mi-ravis, serrant sur leurs genoux des bouquets.

— Voilà! dit Sean avec emphase. Contemplez ce spectacle symbolique... Un traîneau glisse à toute allure sur la lave, entraînant deux Anglais. Toute l'Angleterre vient ici goûter les joies grisantes de la glissade...

Il esquissa une grimace aussi puérile que grotesque, et les deux malheureux qui venaient de lever la tête ouvrirent la bouche, interloqués, puis, furieusement poussés par les deux jeunes gens, sursautèrent, emportés à toute vitesse, vers Funchal...

— Je me suis installé ici, dit Sean, en grande partie pour voir dégringoler l'Angleterre. Elle a trouvé enfin le plaisir dans cette glissade vertigineuse où l'on n'a même pas la crainte de se fracasser le crâne, car ces garçons sont très habiles. Oui, monsieur, l'Angleterre dégringole physiquement, moralement, intellectuellement. Une nation tombe dans un trou en poussant des hurlements de joie et en montrant son cul, enfin je veux dire celui de ses filles... Vous ne savez pas quelle satisfaction je peux tirer de cette exhibition. Venez donc goûter mon madère...

Le serviteur déposait sur le guéridon de la terrasse un plateau d'argent et des verres de baccarat. Sur la bouteille on lisait : « Madère » et une date qui lui donnait quatre-vingt-dix-neuf ans d'âge.

— Dommage, dis-je, de ne pas l'avoir laissé atteindre les cent ans!

— Folie! Cent ans n'est pas un âge! L'homme n'a pas droit aux trois chiffres, ni pour lui-même ni pour son vin. Cent n'est divisible ni par trois, ni par sept, ni par neuf! C'est un chiffre absurde, artificiel, une pure invention de l'esprit. Ah, oui, parlez-moi de quatre-vingt-dix-neuf! Quelle beauté! Une espèce de rondeur, de divisibilité sublime!

Son éloquence avait de la chaleur, de la gaieté et pas l'ombre d'une ironie. Cette réincarnation me plut beaucoup, et tout de suite j'imaginai qu'elle plairait aussi à Georges quand il l'entendrait. Il ne pouvait pas être insensible à ce que ce nouveau personnage avait soudain d'aisé, de libre et de fou. Parlant du madère qui allait et revenait des Indes dans des tonneaux bercés pendant un an par le roulis pour acquérir sa délicatesse et son élasticité, Sean avait même des envolées poétiques. Mieux encore, il semblait posséder des connaissances universelles sur le monde qui l'entourait.

Après le déjeuner, comme nous regardions l'Océan calme et immense, d'un bleu ardent, il me saisit le bras avec force et murmura comme pour lui seul :

— La nature n'est pas bonne, vous savez! C'est un vieux rêve d'imbécile. Se rapprocher de l'état de nature n'a jamais donné autre chose que ce que disait votre Pascal : « Qui veut faire l'ange fait la bête. » La nature est cruelle. Rien de mièvre! Voyez l'homme d'ici... il gagne son pain en transportant de la terre sur son dos, de terrasse en terrasse, pour nourrir une vigne incomparable qui délectera des gosiers bourgeois. N'essayez pas une seconde d'imaginer quel travail de forçat représente ce petit verre de madère que vous avez bu avant le déjeuner, il ne passerait pas! Il faut une sueur infinie, de la peine, des larmes, des morts pour produire quelques gouttes sublimes que nous sommes très peu à apprécier. L'Océan dans lequel tous ces Anglais trempent leurs doigts de pied en poussant de petits cris ravis, l'Océan n'est pas la mer de la mansuétude. Grattez la surface et vous verrez apparaître sur les côtes d'une île enchantée des cachalots plus féroces que des tigres, la rascasse pustuleuse, la murène tachetée, le poisson porc-épic, le scorpion-truie, la raie du diable, le requin pèlerin et, pire encore, le requin marteau qui, avec ses yeux latéraux, est le plus sanguinaire des poissons. Enfoncez-vous dans l'Océan et vous découvrirez la cruauté...

— Il y a le monde des oiseaux. J'en ai nourri de la fenêtre de mon hôtel ce matin. Des mouettes neigeuses...

— Neigeuses! Comme vous y allez! Vous voyez l'innocence partout. Il n'y a pas de mouette blanche. Seul le goéland bourgmestre est presque blanc. Il vient d'Islande jusqu'ici et ne reste pas. Il s'ennuie à Madère et ce que vous avez nourri de votre fenêtre c'est l'œdicnème criard, un oiseau dont le bec tranche comme un couteau, qui tue les mouettes et les cailles. Un rapace, rien d'autre... La nature est chienne... Si on lui compare l'homme, ce dernier est une victime tremblante qui tue par vice beaucoup plus que par instinct.

Je vécus quelques jours passionnants avec lui, oubliant peu à peu le trouble que causait son nouveau masque. Il semblait tout connaître de la flore, de la faune et des habitants de Madère. Pourtant, en calculant bien, il ne devait pas s'y trouver depuis plus de cinq mois. Il donnait admirablement le change et dut s'amuser de ma perplexité. Nous prenions la petite voiture pour aller dans la montagne et nous marchions pendant des heures dans la forêt de fougères arborescentes, empruntant les *levadas* taillées en corniche dans le roc pour capturer l'eau, retrouvant notre chemin grâce au dessin de la côte, épuisés, parlant sans cesse de tout... sauf de l'essentiel : ce qui s'était passé à Égine. Les obsessions sexuelles avaient déserté son esprit, ou s'il revenait assez souvent sur la tendance des jeunes Anglaises à s'habiller peu, il la faisait remonter au début du XIXe siècle quand Londres était la ville la plus corrompue d'Europe. Je pensais à Chrysoula qui lui avait révélé la sexualité, sa bête noire pendant des années. Qu'avait-il pu se passer ? Il me le dirait. Mais quand et par quel biais ? En attendant, il cherchait à m'éblouir par la perfection de son jeu en même temps qu'il ne cessait de m'intriguer par ses allusions à un « événement mystérieux ».

— Madère a le climat le plus doux du monde. Une uniformité exquise. On souffre un peu de torpeur pendant l'été sous les ciels bas, mais c'est une impression beaucoup plus qu'une réalité. Les Anglais viennent ici par milliers parce qu'ils sont insensibles à tout, sauf aux fleurs, aux chiens et aux variations de température. A Madère, leur organisme s'endort et ils sont la proie des plus innocents microbes. C'est l'endroit idéal pour observer une répétition générale de ce qui nous attend...

Un matin, il vint me chercher à l'hôtel. Nous devions aller à Porto Moniz, sur le versant nord de Madère, et nous arrêter au col d'Encumeada pour grimper jusqu'au Pico. Il arriva dans un état d'excitation fébrile, brandissant un journal londonien qui annonçait en gros titre une épidémie de grippe dans les grandes villes d'Angleterre et d'Écosse :

— Vous voyez! dit-il comme si j'étais au courant. Vous voyez! Des villes entières se couchent en grelottant de fièvre. La science est désarmée. Elle a tout inventé, sauf la maîtrise du microcosme. Imaginez ce qui se passe : cinquante millions d'Anglais, le teint rouge, le foie en acier, qui n'ont jamais été envahis depuis Guillaume le Conquérant, qui ont tenu le coup quatre ans sous les bombes, les voilà qui plient le genou et se couchent par millions devant un petit virus venu de Hong-kong, tranquillement, en avion ou en bateau, sans passer la quarantaine, un animal de rien du tout, invisible à l'œil nu, indifférent aux défenses vaccinatoires, procédant par attaques massives avec un sang-froid imperturbable. La première vague est lancée... Ce n'est qu'une répétition générale...

Le brouillard noyait le sommet du Pico. Sans guides, nous risquions de nous perdre. Nous descendîmes par la vallée de São Vicente et la côte jusqu'à Porto Moniz, un joli village bâti au bord de calanques déchiquetées par l'Océan. Des digues isolaient des calanques, créant de ravissantes piscines d'eau calme et bleue. En un tournemain, Sean O'Brien se déshabilla et plongea. Il avait grossi depuis l'époque Desmond Gregory. La cuisine portugaise était trop riche pour cet homme trapu et, s'il se laissait aller, il serait bientôt plus large que haut. Mais il ne fallait pas s'y fier : les muscles énormes jouaient sous la peau velue et hâlée. Il se livra à de furieux exercices, puérilement joyeux, hilare et bruyant comme un phoque.

Le dernier soir, après avoir dîné aux bougies, servis par deux valets en gants blancs, je lui demandai s'il avait été satisfait de l'achat de la bibliothèque Gregory à Égine. Il se leva brusquement et disparut. Je dus bien rester seul un quart d'heure, sur la terrasse vers laquelle montaient les parfums du jardin, me demandant si ma question, bien naturelle pourtant — que nous jouions ou non la comédie —, ne venait pas de casser des relations assez étranges mais agréables. Il allait me faire signifier mon congé par un valet de chambre ou revenir avec un autre sujet de conversation qui briserait là un thème dangereux. J'imaginai aussi qu'il avait besoin d'être seul pour réfléchir à ce qu'il avouerait ou tairait. Ce fut sans doute ce qui se passa car il revint très calme, deux cigares à la main, comme s'il lui avait fallu tout ce temps pour les trouver.

— Vous me parliez de Desmond Gregory? dit-il sans prendre la peine d'un détour. Oui, sa bibliothèque est fabuleuse. Elle lui vient — ou elle lui venait, car je ne sais pas ce qu'il en est de lui — en partie de son grand-père maternel, Lord Appleton, un vieux fou épris de magie et surtout de spiritisme et de magnétisme. Gregory l'avait très bien complétée avec des ouvrages achetés au Mexique et en Italie. Je le sais, car nous nous adressions aux mêmes courtiers, et cet animal a, pendant des années, raflé avant moi tout ce qu'il y avait d'intéressant sur le marché. J'ai fini par enquêter sur lui. Il l'a su et nous nous sommes rencontrés plusieurs fois. Nous avons sympathisé, puis, dernièrement, il a disparu après m'avoir raconté par lettre une aventure tout à fait rocambolesque, si rocambolesque même que j'ai l'impression qu'on a dû l'interner... Vous l'avez connu vous-même?

— A Égine.

— Eh bien, son départ d'Égine est toute une histoire! Figurez-vous qu'il prétend y avoir tué sa femme; ou plutôt la créature qui passait pour sa femme, une certaine... Marioula...

— Chrysoula!

— Ah oui, c'est ça! Chrysoula. Vous l'avez connue aussi?

— Évidemment!

— Quelle impression vous faisait-elle?

Le piège était visible. Mieux valait l'affronter avec précaution.

— Physiquement, elle n'était pas mon genre. Mais elle devait avoir des qualités puisque Desmond Gregory lui en trouvait. Il en semblait très épris, et elle avait certainement quelques dons de voyance...

Il éclata de rire, d'un rire tout à fait naturel et franc, très surprenant à cette minute-là.

— Eh bien, mon cher, cette Marioula ou Chrysoula, comme vous voudrez, était une traînée. Elle avait vaguement chanté dans un beuglant du Pirée, mais c'est au lit qu'elle avait amassé son pécule. Oui, une pute... oh, je ne dis pas ça avec mépris. Il faut de tout... mais enfin une pute... dans toute l'acception du terme...

Sa voix s'étrangla soudain. Il luttait contre une émotion cachée, imprévue, qui l'assaillait sans qu'il pût la maîtriser. Il toussa et jeta son cigare par-dessus la balustrade.

— Il en était épris! répétai-je. Respectons les passions, quelles qu'elles soient. Desmond Gregory n'avait pas connu de femmes quand il l'a rencontrée. Elle lui a fait découvrir des plaisirs, enfin le plaisir... Il pouvait lui en être reconnaissant.

— Avant elle, il méprisait ces plaisirs que vous dites. Il en avait horreur même. Desmond Gregory a été puni par là où il a péché. Cruellement puni... ha!... ha!

— Chrysoula aussi.

— La mort n'est pas une punition.

— A condition qu'elle soit le néant.

— En effet, dit-il après réflexion. Et, évidemment, là nous ne sommes sûrs de rien! Jusqu'à preuve du contraire, les hommes se plaignent de leurs souffrances plus bruyamment que les ombres.

— Avez-vous parlé à des ombres?

— Sait-on jamais?

— Alors, je n'ai rien à dire. Et comment Desmond Gregory a-t-il été puni?

— La police ne l'a pas compris?

— J'ai en effet vu la police grecque à ce sujet. Il serait tout à fait illusoire de demander à un brave officier de la gendarmerie grecque de montrer la fine intuition de Sherlock Holmes.

— Enfin... quand même... il y a eu des indices.

Son embarras extrême me rappela la description de Chrysoula morte à genoux devant un fauteuil. Bien sûr, après tout devint clair, mais à ce moment-là je ne voyais qu'une énigme au parfum crapuleux. Sean s'éclaircit la gorge, appela un domestique ensommeillé qui apparut avec une carafe de porto et deux plaids qu'il posa sur les bras des fauteuils.

— Quand partez-vous? demanda Sean.

— Demain matin.

Il parut rassuré et la confession tomba. Je cherche des mots pour la résumer sans tomber dans le récit graveleux. Qu'il suffise de dire que l'épisode à bord de l'*Ariel* avait mis Desmond Gregory dans un état triomphant, résultat inattendu de sa bravade. Chrysoula, réveillée par les coups de feu, s'était précipitée à la fenêtre pour apercevoir son mari qui sautait à terre et regagnait la maison en courant. Au milieu de la baie des potiers était ancré un ketch noir à bord duquel on apercevait une jeune femme. L'esprit embrumé de sommeil de Chrysoula y avait vu une rivale heureuse. Descendant à toute vitesse l'escalier, elle était tombée sur Desmond avalant un grand verre de cognac. Une scène véhémente avait éclaté, d'autant qu'avec son œil de professionnelle elle avait aussitôt découvert l'état dans lequel il se trouvait. L'impassibilité de Desmond ayant porté au paroxysme son accès de jalousie, la violence avait fait place à la ruse et au désir de se venger. Feignant de se radoucir, elle lui avait proposé un plaisir qu'il recherchait particulièrement. Ce n'était que pour le mutiler. Du tranchant de la main, il lui avait rompu les vertèbres cervicales et s'était enfui déguisé en vieille femme. Desmond Gregory était désormais un infirme...

— Ou bien, ajouta Sean après un silence, peut-être devrions-nous le considérer comme un homme libéré de l'immonde sexualité.

— Et que fait-il de sa liberté?

— Je crois qu'il s'y épanouit après un triste intermède. Un homme comme lui n'a besoin que d'une idée pour être heureux.

La nuit fraîchissait. J'avais envie de rentrer seul à l'hôtel. Il ne me retint pas et promit de m'accompagner le lendemain en voiture à l'aérodrome de Santa Cruz. En descendant la ruelle pavée, le parfum avivé des jardins me poursuivit jusqu'aux premières ruelles de Funchal. Madère évoquait une corbeille de fleurs et de fruits mystérieusement sortie des profondeurs abyssales, oasis au creux du désert océanique. On s'y sentait toujours comme à bord d'un navire dont le sillage se perdait dans une brume bleuâtre, en partance pour une destinée paisible, qui se dissoudrait une nuit dans l'infini de l'horizon, sans un bruit, sans un cri. Sean y avait-il rencontré la paix ? C'était peu probable, à moins qu'après l'espionnage, le communisme, la rébellion des purs, la magie, le magnétisme et Chrysoula, il se fût laissé posséder par une nouvelle passion. On en trouvait trace dans ses allusions à un « événement » qu'il ne précisait pas, comme s'il répugnait à en parler d'une façon claire... Pénétrant au cœur de Funchal, j'eus l'impression de changer de nuit. A la fraîcheur humide des coteaux succédait une température d'une douceur exquise. La pierre était encore tiède. Aux terrasses bondées des cafés, des hommes en manches de chemise mâchonnaient de vagues pensées. Les chars à bœufs passaient devant eux, traînant des créatures apoplectiques aux cheveux blancs frisés. Dès qu'on s'écartait des grandes artères, le silence vous enveloppait, une atmosphère de serre et de fleurs pourrissantes. Madère semblait la tentative ultime de l'Europe transie pour échapper à son destin et se créer un paradis où l'effort fût invisible parce que le Portugais est silencieux, la mort improbable parce qu'on y rencontrait des vieillards secs marchant dans la rue d'un pas pressé. C'était beau à voir sans que l'on eût envie d'y vivre autrement que pour mordre dans des fruits tropicaux, suaves et parfumés. J'aurais parié cher que Sean n'y resterait pas. A moins... à moins que ce fût pour lui un poste d'observation idéal...

Il était en avance, dans le hall de l'hôtel, le lendemain matin, une liasse de journaux mal pliés sous le bras, apparemment tout à une idée, comme le jour où nous étions partis pour Porto Moniz :

— L'offensive se précise ! dit-il, l'index levé. La moitié de la Grande-Bretagne est au lit. Vous lirez ça pendant le trajet...

Je ne lus que les titres tant la route était sinueuse. La grippe de Hongkong prenait de telles proportions qu'elle s'avérait une catastrophe nationale : économie bloquée, épuisement des antibiotiques, démoralisation générale, sans que l'on précisât le nombre des morts.

— Ils trouveront la parade dans les semaines qui viennent, dis-je. Les microbes n'ont pas encore l'arme absolue.

— Pff! C'est un virus insignifiant. Je vous l'ai dit : un élément précurseur, bon pour une répétition générale avant la grande vague qui, elle, fourbit son arme absolue, cent fois plus rapide que tous les cancers. Comme toujours l'humanité fixe les yeux sur le mauvais danger : la Chine avec son milliard d'hommes... Mais que représentera ce milliard d'hommes devant un milliard de milliards de virus ? Le virus dévastera la Chine en un jour quand il s'attaquera à elle, dans les conditions d'hygiène où elle vit... Un charnier immense exhalera des vapeurs fétides que les vents répandront sur toute l'Asie, puis l'Europe et par-dessus le Pacifique sur les Amériques. Nous ne savons encore rien des virus. Nous n'avons examiné que les plus anodins, et ce que nous voyons confirme leur intelligence, leur sens de l'organisation, leur voracité, leur faculté d'adaptation à tous les milieux. Au contact de l'homme, ils commencent à sécréter une sorte d'intelligence diabolique. Le jour où ils éliront pour chef le plus puissant d'entre eux, ce virus se multipliera en quantités infinies. Les premiers charniers fonctionneront comme des couveuses. L'homme n'est pas de taille à lutter. La civilisation l'a rendu plus grand, plus fort, moins laid, mais aussi plus vulnérable aux épidémies d'origine inconnue. Il peut se battre contre un lion, un tigre, contre son semblable, mais quand un virus l'attaque, il a la fièvre, les jambes molles, le cœur chancelant et il se couche. Son courage ne lui sert plus à rien.

— Noé survivra.

— Je ne le crois même pas. Les virus posséderont la terre. Sans doute s'y dévoreront-ils comme nous nous sommes dévorés, avec les moyens que nous leur aurons abandonnés intacts dans notre mort précipitée.

Il avait l'accent convaincant des fous. Depuis des mois, il creusait et amplifiait cette idée qu'une épidémie menaçait l'humanité, idée née peut-être de la lecture d'un vieux livre de prédictions dont il tirait avec logique — et en l'étayant de considérations pseudo-scientifiques — une conclusion aventureuse. Ce désastre — d'ailleurs possible, mais pas total — satisfaisait la haine qu'il avait prise des hommes. Le monde ne voulait pas de lui, le rejetait de tout, même de l'amour. Eh bien, le monde serait puni. Nul n'y échapperait. Je regardai les mains accrochées au volant d'ébonite. Elles contrastaient avec la silhouette trapue, toute en force, par une indéniable finesse, une agilité troublante. Pourtant c'étaient des mains d'assassin. Ou, si l'on veut, et parce qu'il s'agissait d'un meurtre très particulier, des mains qui avaient tué, qui pourraient encore tuer. On ne pouvait, malgré tout, que le plaindre. Une solitude terrible isolait cet homme depuis sa naissance. Il se battait de son mieux, fonçant comme un taureau, et chaque fois on lui brisait son élan. Était-il donc impossible d'être un bâtard et de mener sa vie totalement sans tricher?

— Je sais à quoi vous pensez! dit-il.

— Ah?

— Et je ne vous répondrai pas.

Il ne dit plus rien jusqu'à l'aérodrome. Un porteur s'empara des bagages et je restai avec Sean dans la salle d'attente. Nous bûmes un madère au bar. Une ravissante fille en jupe très courte passa devant nous, acheta des magazines et s'assit sur la banquette où elle se mit à fumer en lisant.

— Jusqu'à ce que les yeux se dessillent, dit Sean, la femme que l'on aime est la plus belle du monde. Le charme une fois dissipé, un certain jugement vous revient.

— J'en suis heureux pour vous!

— Pour moi? Vous voulez dire pour notre ami Desmond Gregory.

Nous n'avions plus que quelques minutes devant nous. La fille croisa les jambes. Ce ne fut rien, à peine un de ces petits chocs qui créent un silence embarrassé. Elle leva les yeux, rencontra nos regards avec indifférence et reprit sa lecture après avoir secoué la cendre de sa cigarette. Une certaine roseur envahit le visage de Sean. Il en fut assez conscient pour se retourner et commander deux nouveaux madères alors que nous n'avions pas terminé les premiers.

— J'ai été heureux de vous voir, dis-je.

— Dommage que vous partiez!

Il me saisit le bras avec force. Ses lèvres se crispèrent, ses yeux se plantèrent dans les miens avec une intensité à peine soutenable. Le haut-parleur appelait les passagers en transit. La jolie fille se leva, écrasa sa cigarette et se présenta au contrôle.

— Vous pourrez dire à Georges Saval que je suis ici, murmura-t-il. C'est le seul ami qui me reste. Avec vous.

— J'ai aussi de l'amitié pour vous.

— Je vais peut-être trouver la paix. J'y tiens férocement.

Sa main serra encore plus fort mon bras, comme pour appuyer ce mot de « férocement ».

— Vous avez pensé dans la voiture que vous vous trouviez à côté d'un assassin, dit-il.

— Non! D'un homme qui a tué. Ce n'est pas la même chose.

— Oui, c'est cela, ce n'est pas la même chose. Pas du tout la même chose! Tout a joué contre Barry Roots, contre Desmond Gregory.

— Je ne connais qu'un homme nouveau, Sean O'Brien.

— Je savais que vous ne me tromperiez pas.

Il desserra son étreinte. Sa main retomba ballante. Le haut-parleur appelait les voyageurs pour Lisbonne.

— J'aurais pu vous poser mille questions, dit-il encore. Elles ne me brûlaient pas. A la seconde de vous quitter, je me demande si je n'ai pas eu tort.

— Non, vous n'avez pas eu tort, Sean.

— Oui, c'est bien ainsi que je l'entends. Au revoir.

Il attendit que j'eusse passé le contrôle et disparut. Un instant sa silhouette me rappela celle de Barry venu à la gare de Cambridge assurer Georges qu'il pourrait toujours compter sur lui. Tant d'orgueil s'avérait vain. La fatalité traquait depuis trente ans le jeune homme ambitieux qui rêvait d'un grand destin. Pour lui échapper, il s'inventait de nouvelles vies et, au moment où il se croyait sauvé, tout recommençait. Delia l'avait traité de démon, singulière lucidité dans un moment de folie meurtrière, mais Barry n'était pas le démon; ce que des visionnaires pouvaient percevoir, c'était plutôt le démon attaché à lui, agrippé à une proie qui tantôt lui succombait, tantôt le secouait avec une rage désespérée.

Josef Lubkavicz restait le front appuyé à la vitre, contemplant l'aérodrome que la neige recouvrait lentement. Un grand avion se posa sur la piste blanche et la raya de trois parallèles. Sous la poussée des réacteurs, des tourbillons s'élevèrent, nébuleuses astrales qui retombaient épuisées sur le terrain. Lubkavicz aimait la neige. Elle l'emplissait du sentiment blanc d'un paradis perdu, la Pologne en hiver quand le froid faisait circuler un sang chaud dans ses veines. Son père l'emmenait chasser le canard dans la région de Lukow. Des heures durant, ils restaient accroupis sous des abris de joncs au bord des marais gelés. Le petit Josef n'avait jamais froid. Il attendait le passage des oiseaux à la première lueur de l'aube, et quand son père commençait à tirer, que les cols-verts tombaient comme des pierres en rebondissant sur la surface glacée des étangs, un bonheur intense l'envahissait, le sentiment d'appartenir à un monde victorieux et infaillible. Mais tout cela était loin. Josef Lubkavicz appartenait maintenant à un monde honteux qui se tenait sur la défensive. La Pologne lui était interdite et, quand il voyait la neige tomber sur un aérodrome qu'elle finirait par paralyser, il la redoutait et restait à l'abri dans le hall climatisé de l'aérogare, engoncé dans son beau pardessus à col d'astrakan. Le grand avion, après avoir atteint le bout de la piste, se rapprochait de l'aérogare. Une jeep au feu orange clignotant le guidait vers une aire de stationnement. Lubkavicz gagna le guichet de la police et présenta son coupe-file. Dans la salle d'attente du rez-de-chaussée, il ne trouva encore personne, puis l'autocar déversa un flot de voyageurs pressés. Georges fut un des derniers à apparaître, coiffé d'un béret basque trop large, habillé d'un costume dans lequel il flottait.

— Toi, Josef? Que fais-tu là?

— Je t'attendais, mon cherr'.

— Qui t'a dit que j'arrivais?

— A Téhérran, on t'a vu. Le correspondant de l'A. F. P. a téléphoné.

Ils suivirent les autres passagers. Lubkavicz jouait des coudes pour ne pas quitter Georges.

— Il fait trrès froid! dit-il. Tu n'as pas manteau?

— Non. Pas de bagage. Seulement ça...

Il souleva une serviette de cuir et continua de marcher à grands pas, préoccupé de cet accueil inattendu.

— Comment ça va au journal'.

— L'affrreux Poulot est disgrracié.

— Il surnagera. Il a toujours surnagé. Et toi?

— Moi ça va... Tu vois... tu rreviens avec nous?

— Non, j'ai démissionné pour de bon.

— Le patron te veut.

— Tu lui diras « merrrde » de ma part.

— C'est pas facile à dire merrde au patrron.

— Essaie une fois!

Au contrôle de police, Lubkavicz montra son coupe-file et entraîna Georges.

— Viens! J'ai voiturre en bas.

Sur l'autoroute Georges attaqua le premier.

— Je t'aime bien, Josef — et j'espère que tu m'aimes bien aussi — mais pas assez pour croire naïvement que tu es venu me chercher par pure amitié...

Une voiture, après avoir dérapé sur le verglas, s'était couchée en travers de la route. Des gendarmes canalisaient la circulation sur une seule voie.

— Tu es cynique, dit Josef. C'est ton petit défaut.

— Le tien aussi, mais toi tu ne le montres pas. Allez, raconte.

— D'aborrd, c'est vrrai que tu étais au Yémen?

444

— Oui.

— Bon Dieu, qu'est-ce que tu foutais là-bas?

— Je ne peux pas quand même te dire que je suis allé respirer de l'air frais. On en manque singulièrement.

— Alorrs?

— J'ai suivi mon inspiration. Ça m'a fait du bien.

— Tu es tout brronzé... On croit que tu viens de sporrts d'hiver. Mais pourrquoi tu porrtes bérret basque?

Georges ôta son béret. Il avait le crâne rasé. Les cheveux commençaient à peine à repousser.

— Les poux! J'ai attrapé des poux!

— Ah oui, c'est affrreux... moi aussi dans un camp. Même quand tu en as plus, tu continues à grratter. C'est comme ça au Yémen?

— Oh, il n'y a pas que des poux!

— Tu vas écrirre des articles forrmidables!

— Non. Rien. Pas une ligne. Je ne suis pas allé là-bas en spectateur.

— Tu peux gagner de l'orr'. De l'orr...

L'or, dans la bouche de Josef, avait toujours été une substance magique qu'il dégustait comme une pâtisserie. De l'or fondu coulait aux commissures de ses lèvres. Ils arrivaient à la porte d'Orléans et déjà le trafic épaississait, s'étranglait, les voitures roulaient dans une gadoue qui giclait sur les trottoirs. Georges éprouvait à l'égard de Paris le sentiment confus qu'il s'était montré ingrat et que la faute lui en incombait. Il avait prêté peu d'attention à cette ville, ne la tenant que pour un rendez-vous, le point de rencontre de quelques souvenirs. En fait, il avait toujours vécu hors de Paris et, à part une époque où il avait beaucoup traîné la nuit, il ne se connaissait pas de lieu d'élection. Cette fois pourtant son cœur se serrait en découvrant après plusieurs mois d'absence l'entassement des maisons, les églises noires de charbon, les squares enneigés, le calme des Invalides, la majesté de l'École Militaire et la perspective du Champ-de-Mars que traversaient des promeneurs, un petit nuage de buée devant les lèvres. Depuis un temps fou il n'avait pas vu le froid, et c'était bien là le pire dépaysement, une nouvelle frontière à franchir.

— Tu sais, dit Lubkavicz, tout peut s'arrranger... tout s'arrrange...

Oui, en effet, tout s'arrange quand on ne se met pas à donner des coups de tête à droite et à gauche. Pauvre Josef, voilà des années qu'il arrangeait tout. Et maintenant, il roulait en Ferrari, portait de l'astrakan au col de son manteau, se chaussait à Rome, s'habillait à Londres, tutoyait les ambassadrices et les femmes des ministres. Les numéros de téléphone secrets du Tout-Paris, du Tout-Londres, du Tout-New York, du Tout-Rome dormaient dans son carnet, son capital, le prix d'une échine souple, d'un entregent inlassable, d'un sourire perpétuel derrière lequel grimaçait encore parfois, dans l'intimité, le fantôme d'un petit réfugié triste et affamé venu chercher fortune à Paris.

— Dis-moi, Josef, es-tu heureux?

— Oh, je te vois venirr, mon cherr', tu veux me fairr' dirr' que je suis un dégueulasse.

— Tu n'es pas un dégueulasse. Tu as compris. Moi pas.

— Alorrs? C'est non?

— Évidemment. Que t'a demandé le patron?

— Oh, tu sais, le patron, il demande plus rrien. Il nage dans bonheurr. J'orrganise chasse avec Prremier ministrre et dîner avec Onassis... Il bande... Mais ça l'agace que tu prrennes avocat... Tout le monde va parrler!

— Rassure-le. Ma mauvaise humeur est passée. J'ai besoin de mes indemnités, un point c'est tout.

— Arrgent n'est pas prroblème pourr' ceux qui en ont!

— Il a de la chance le vieux! Pour moi ça va en être un... Au revoir, Josef... Je t'appellerai si les choses ne s'arrangent pas, comme tu dis.

— Vrraiment, tu ne veux pas écrirr' sur ta vie là-bas?

— Vraiment.

— De l'orr', je te dis, de l'orr tu perrds...

Il démarra en trombe. L'appartement n'avait pas été aéré depuis des mois. Les persiennes bloquées gémirent quand il les poussa. Un magasin de vêtements s'était installé à la place de la papeterie en face. Un peu de la lumière grise de Paris entra et une poussière tenace comme de la suie apparut sur les meubles et les sièges. La concierge lui avait remis un énorme paquet de lettres. Ce jour-là, Georges apprit en même temps la mort de sa mère et celle de Dermot Dewagh, des morts déjà froides qu'on ne pleurait plus avec les mêmes larmes que les morts brutalement arrachées du cœur, parce qu'elles avaient pris avec le temps leur véritable caractère irrémédiable. Si distant qu'il eût été de sa mère depuis des années, il n'en éprouva pas moins un horrible froid. Elle l'abandonnait définitivement. Elle ne serait même plus là pour se plaindre de lui. Elle le reniait en disparaissant et Georges sautait une nouvelle fois dans le vide. Comme en un mauvais rêve, sa chute l'étirait entre ciel et terre. Il n'était plus qu'une chose molle et inconsistante, cherchant en vain à respirer. Parce qu'elle est d'abord une douleur physique, la mort d'une mère est insupportable. Une fois la peine évanouie, on vit avec son amputation, paralysé de craintes fumeuses, chérissant le souvenir d'une souffrance aiguë qui ne se renouvellera jamais. La mort de Dermot Dewagh, si attendue, avait, au contraire, un côté reposant. S'en dégageait un parfum subtil comme d'un saint qui rejoint enfin le paradis des innocents et, de là-haut, vous fait des signes joyeux. Le notaire de Galway racontait que Dermot s'était endormi pour ne pas se réveiller. Il reposait désormais dans le cimetière de Leenane sous une croix celtique inspirée de celles de Clonmacnois...

La neige tombait toujours, recouvrant la silhouette décharnée des arbres, les voitures en stationnement. Les flocons voltigeaient dans l'air gris et froid. Georges marcha longtemps, sur les bords de la Seine qui n'avaient jamais été aussi beaux et paisibles. Au retour, il appela Londres. Une voix inconnue lui répondit que Sarah n'habitait plus là depuis des mois. Un insupportable malaise l'obligea à s'étendre et à se laisser aller au désespoir. Dans l'après-midi, il essaya de joindre Claire et finit par la trouver dans une banque où elle travaillait. Elle ne serait pas libre avant six heures et viendrait aussitôt. Il s'endormit et se réveilla au coup de sonnette impérieux de la porte d'entrée. La nuit était tombée. Allumant à tâtons, il ouvrit à Claire. Elle se tenait sur le seuil, enveloppée dans un imperméable froissé, coiffée d'un chapeau de pluie, le regardant comme un spectre, celui d'un amour manqué qui la relançait cruellement dans la vie dont elle s'accommodait. Il se pencha et baisa une joue humide et glacée. Elle ne dit rien et entra, retirant son imperméable trempé sous lequel elle ne portait qu'une courte robe de laine. Claire avait maigri. A la jeune fille au corps charnu, plein de santé, avait succédé une femme avec un rien de dureté dans l'attitude, une sorte de défiance agressive. Elle retira son chapeau de pluie, secoua ses cheveux, posa la main sur la commode, regarda ses doigts couverts de poussière et dit :

— Tu viens de rentrer?

— Ce matin.

S'approchant, elle lui caressa la tête sans qu'il bougeât.

— Pourquoi?

— J'ai tellement changé? demanda-t-il.

— Oui et non. Je ne sais pas! C'est très difficile à dire. Ta voix peut-être...

Elle passa de nouveau un doigt sur la commode.

— Tout est dans un état!

— Oui, c'est sinistre! Je me réfugie dans ma chambre.

Claire le suivit. Le lit était défait. Sur la table-bureau s'empilait le courrier que Georges n'avait pas encore ouvert. Elle s'assit au bord du lit, ses mains un peu rouges jointes sur ses genoux joints. Georges passa devant un miroir et sa propre image le retint : le sommeil avait gonflé des poches sous les yeux, son col de chemise béait sur le cou encore brûlé par le soleil, le crâne dénudé portait la trace d'une cicatrice rose, une entaille lorsqu'il était tombé de cheval à Sanaa. Se pouvait-il que ce fût lui? Il comprit soudain la défiance de Claire.

— J'ai pris un sacré coup de vieux, dit-il.

Elle ne répondit pas et continua de le regarder sans froideur, mais comme si cette apparence physique remettait tout en question. Et pourquoi l'appelait-il ce jour-là, oui, pourquoi alors qu'elle n'avait jamais compté dans sa vie, qu'ils étaient heureux ensemble sans jamais peser l'un sur l'autre, et que toutes les occasions de se dire des choses graves avaient été évitées? Elle aurait voulu fermer les yeux pour ne pas le voir tel qu'il était, même si cela n'avait plus aucune importance aujourd'hui, non, plus du tout. Il lui tendit la main et elle y posa la sienne qui était froide. Les doigts brûlants de Georges se resserrèrent sur les siens, mais cette chaleur demeura là et Claire n'en éprouva aucune émotion. Au bout d'un moment elle retira sa main et feignit de chercher une cigarette dans son sac. Il ne fut pas dupe et sortit prendre des verres et ce qui pouvait rester d'alcool dans la maison. A la première gorgée, Claire s'empourpra et il sentit lui-même le cognac brûler sa gorge, couler comme un acide dans son estomac à jeun. Depuis Aden, il n'avait pas bu d'alcool. Claire dit :

— Je me demandais si je te reverrais jamais. Qu'est-il arrivé?

— Je change de peau.

— Oui, je le vois bien. Il faut. Je commençais à te considérer comme un souvenir, et je ne savais pas si c'était un bon souvenir ou un médiocre.

— Un médiocre, je suppose.

— Tu t'es laissé effleurer, Georges.

— Tu parlais beaucoup.

Elle sourit et son visage retrouva un instant de gaieté.

— Si, autrefois, je t'avais vu une seule fois comme ça, je t'aurais follement aimé et j'aurais été heureuse, dit-elle.

— C'est une bénédiction que ce ne soit pas arrivé.

— Oui, n'est-ce pas? Qu'y a-t-il?

Il éluda d'un geste.

— Rien. Presque rien. Je suppose que c'est la fatigue, le dépaysement brusque, ce courrier qui m'attendait... Tu travailles?

— Oui, dans une banque... c'est sinistre. Il fallait bien. J'ai quitté la famille. Les familles vous maintiennent en état d'infantilisme. Les farces et attrapes de mes parents m'exaspéraient. La bohème n'est supportable que chez les enfants. J'ai eu envie de devenir adulte. Maintenant j'habite un studio dans le VIᵉ. Vue sur cour et pour fond sonore la télévision des voisins ou les chasses d'eau. C'est fou ce qu'on peut tirer de chasses d'eau dans un immeuble moyen à Paris.

— Tu vis seule?

449

— Pas tout à fait. Enfin, je suis seule le plus souvent. Voilà... tu sais tout.

Elle but son cognac d'un trait, posa le verre par terre et se laissa tomber à la renverse sur le lit. La robe tirée dévoilait ses jambes amincies. Georges se souvint de l'étudiante qui s'était plantée devant lui à la terrasse de *La Loge*, en short bleu, les cuisses griffées par les ronces, une fille saine et gaie que le pastis bu avant le départ avait rendue un peu trop volubile. Tous les êtres muaient autour de lui. Il revenait dans un monde qui n'était plus le sien : Josef, si miteux et courageux au début de sa carrière d'entremetteur, portait maintenant un col d'astrakan et roulait en Ferrari, Sarah n'habitait plus Londres, la seule ville qu'elle aimât, Ho s'abritait derrière un mur, Barry vivait des vies qui ne lui appartenaient pas, sa mère et Dermot s'étaient esquivés discrètement. Il se pencha vers Claire et chercha son regard. Elle baissa les paupières et dit à voix très basse :

— Oui.

Ils restèrent longtemps l'un contre l'autre, puis Claire se leva et gagna la salle de bains pour se rhabiller. Il entendit couler l'eau. Il y avait toujours des bruits d'eau après l'amour, un rappel prosaïque du poids que pesaient nos corps, des lois physiologiques qu'il était dangereux d'enfreindre. Claire n'avait plus le même goût qu'autrefois. Longtemps, il avait cru retrouver sur elle le parfum des herbes dans lesquelles elle se couchait au bord de la route, un parfum de vagabondage et de liberté. Sa peau aussi avait mué et pourtant elle lui plaisait. Ou était-ce des mois de continence et le plaisir mou de retrouver une habitude ? Maintenant, il était trop tard et il se pouvait que Claire eût fait l'amour par charité pour un homme qu'elle sentait désemparé.

Il la raccompagna en taxi et au retour s'arrêta dans une brasserie de l'École Militaire. Il eut du plaisir à manger un sandwich. La dernière baguette crissait sous la dent. Le jambon beurre et la bière étaient une heureuse rencontre comme on n'en faisait qu'à Paris debout à un comptoir de zinc derrière lequel un garçon rinçait des verres en échangeant des phrases définitives avec la patronne assise à la caisse. Il ne neigeait plus et on avait nettoyé les trottoirs, accumulant dans le ruisseau des paquets de boue. Georges rentra et tourna un moment dans l'appartement, cherchant les objets familiers qui le rassureraient : des livres, des albums de photos, une collection de ses meilleurs articles, une rose de sable, une tortue indienne... Très peu de choses. Il ne s'était jamais encombré. La chambre de Daniel avait été dépouillée de ses affiches, chambre anonyme, chambre d'hôtel sans rien qui pût rappeler qu'un jeune homme avait vécu là quelques années.

Il s'endormit d'un sommeil épuisant. Les morts de la veille lui reprochaient son absence, sa mère avec une véhémence offensée, Dermot avec une douce mélancolie. Il ne pouvait plus se justifier. On ne l'écoutait pas. Dermot lui offrait de marcher avec lui dans la lande, et quand il voulut embrasser sa mère, ses lèvres rencontrèrent une joue de marbre comme celle de Claire. Au réveil, il eut l'impression d'avoir passé une dernière nuit avec eux, et il en fut déchiré comme si ces deux êtres venaient de mourir à la seconde où il ouvrait les yeux.

Sur son bureau, l'attendaient encore une centaine de lettres qu'il eut vite triées sans y rien trouver de Sarah. En revanche, il apprit en même temps que Dermot Dewagh lui léguait son cottage du Connemara et que le mari de sa mère s'était approprié, dans la plus parfaite légalité, tout ce qui aurait pu lui revenir. En pensée, il revit la maison au bord du fjord de Killary, le jardin abrité du vent, un arbre dont il n'avait jamais su le nom et qui, tout l'hiver, se couvrait de baies rouges, la haie de fuchsias et, à l'intérieur d'une petite serre, les rosiers soigneusement taillés. Chaque matin, Dermot coupait une rose et la conservait dans un verre qu'il posait sur le plateau de ses frugaux repas. Oui, on pouvait vivre là quand on n'attendait plus rien, et en un sens, le destin choisissait bien. Il fallait le remercier. La lettre de son beau-père était d'une hypocrisie larmoyante. Il lui adressait des papiers à signer. Georges jeta le tout au panier et décida de ne jamais voir cet homme. Dans une enveloppe postée à Berlin-Ouest, il trouva quelques lignes griffonnées à la hâte sur un papier d'écolier. « Nous n'avons pas fini de parler. Tout commence. Je voudrais vous voir bientôt. » Ho avait confié ce papier à un ami sûr en partance pour l'Ouest. Il y avait aussi une lettre de moi écrite peu après ma visite à Barry. Je racontais la nouvelle métamorphose de notre ami et son obsession d'un événement qui ravagerait la planète. Une lettre l'émut. Maureen Ango écrivait de Chypre, deux mois auparavant. La guerre les avait surpris en pleine traversée du canal et les feux conjugués des Israéliens et des Égyptiens avaient coulé la *Deborah* qui s'était enfoncée par l'arrière, levant le nez, tendant désespérément en l'air son beaupré avant de sombrer. Ils avaient nagé vers la rive égyptienne où on ne les avait pas maltraités, mais seulement volés de l'enveloppe contenant les dollars partagés par Caulaincourt. Enfermés pendant un mois dans un camp de suspects, ils n'avaient réussi à en sortir que grâce à un capitaine cypriote qui leur offrait un embarquement sur son cargo, un rafiot prêt à mourir à chaque coup de piston de son antique machine à vapeur. Le cargo avait gagné Famagouste où la guerre civile reprenait. Une barricade séparait la ville turque de la ville grecque. On tirait à vue sur quiconque sortait après le couvre-feu. Ils avaient couché plusieurs nuits dans les ruines du château d'Othello. Ben et Amaro gagnaient de quoi survivre en déchargeant des bateaux d'armes et de munitions. Depuis quelques semaines, un épicier les hébergeait à crédit dans une chambre envahie par les cafards. Sa mauvaise humeur croissait de jour en jour. Maureen cherchait une place de cuisinière, mais la vie semblait arrêtée, et tout le monde vivait terré dans les maisons barricadées, en se méfiant des étrangers.

Georges téléphona un télégramme en réponse payée à Famagouste pour savoir s'ils étaient toujours à Chypre. Il les aiderait, bien sûr, dans la mesure de ses moyens. Il les imagina, dans les ruines du château, blottis sous la cheminée de Desdémone, misérables et abandonnés par le sort, âmes errantes sans écho dans cette ville qui avait été riante et gaie, où maintenant les deux communautés rêvaient de s'étriper. Décidément, le Proche-Orient était pourri. Les grandes nations le fournissaient en armes, le bourraient d'explosifs, le poussaient à la guerre d'une main et de l'autre tendaient entre les combattants le cordon pacifique et illusoire de quelques empotés coiffés d'un casque bleu. A ce prix-là, les grandes nations s'offraient une conscience tranquille et tançaient les excités avec une sévérité qui n'excluait pas un certain ton paternel. Il n'y avait plus de marchands de canons. C'était là une des belles conquêtes du socialisme. Les gouvernements s'étaient institués marchands de canons à leur place et on ne pouvait plus douter qu'ils remplissaient ces fonctions avec un grand sens moral de leurs intérêts.

Georges allait ouvrir une lettre timbrée à Rhodes quand Josef Lubkavicz appela :

— Tu sais... une bonne nouvelle... tout s'arrrange... Le patrrron est trrrès, trrrès content. Nous déjeunerons avec lui quand tu voudras...

Il cita une somme que Georges trouva inespérée. Josef insista encore :

— Le journal t'est ouverrt... tu entends, « ouverrt », mon cherr'. Tu écrrris ce que tu veux. La guerre au Yémen c'est de l'orr'... n'oublie pas.

— Je t'ai déjà dit non.

— Enfin... rréfléchis... Ne fais pas mauvaise tête... Le patron est trrès, très bien disposé... trrès, trrès gentil... Tu devrrais prrofiter...

— Merci, Josef, au revoir.

— Attends, attends... Ne rraccroche pas. Tu envoies lettrre démission... pneumatique... et on t'envoie chèque...

— Non. Le contraire... Envoie le chèque. Dès que je l'aurai, tu auras ma lettre.

— Parrole d'homme?

— Parole!

— Bien... je prrends sur moi... je t'embrrasse parrce que tu es un homme rriche, rriche...

Ainsi, c'en était fait. Comme pour le tenter encore, on lui laissait une porte ouverte. Il ne la passerait pas. Ni Josef ni le patron ne pouvaient le comprendre et c'était rassurant de se sentir différent d'eux.

La lettre de Rhodes était signée de Daniel. Georges fut surpris de mal reconnaître l'écriture devenue hachée, nerveuse, souvent difficile à lire.

Je vous envoie ce mot à Paris. Vous finirez bien par y revenir un jour. Je pense à vous depuis quelque temps. Tout cela est très difficile à dire, presque impossible. C'est moi qui suis malade. La vie m'a apporté ces derniers mois des choses que je ne connaissais pas. J'ai donc été aveugle. Triste constatation. Je ne vous ai pas vu. Je vous ai jugé du haut d'une expérience nulle. J'ai vu en vous un homme de compromis, hésitant, prisonnier de son milieu. Vous l'avez peut-être été parce que nous devons l'être à un moment de la vie. L'ennui est que je vous avais placé sur un piédestal. Vous l'auriez su que vous n'en auriez pas voulu, que vous auriez tout fait pour me persuader que vous étiez un homme comme les autres. Je n'ai considéré que vos renoncements, sans penser que si vous renonciez c'est que vous aviez espéré. Je vous en ai voulu terriblement à Alger. Je venais de m'enflammer pour l'Algérie française et vous m'avez entraîné un après-midi dans un camp de concentration où l'on retenait un homme pathétique, bon et juste. Vous l'avez fait exprès, comme si j'étais un adulte, un homme mûr qui devait peser ces choses-là. En réalité, vous m'avez enfoncé dans ma détermination. Vous savez la suite et comment j'ai réagi. Mon tour du monde de clochard m'a fait le plus grand bien. J'ai été tenté de céder à la chiennerie, mais, soyez fier de moi, je me suis aussi bien battu. Chemin faisant j'ai rencontré Sarah. Vous me permettrez de l'appeler ainsi. Il serait par trop ridicule d'écrire « Maman ». Quand j'entends quelqu'un dire « Maman », je crois toujours entendre bêler. Nous avons été naturels : elle dans son rôle de mère dénaturée, moi

dans mon rôle de fils ingrat. C'était à Big Sur.
A Athènes, un accident m'a conduit dans une
clinique. Vous n'étiez pas là. Elle est venue à
contrecœur. Elle s'est ennuyée. De notre ennui
réciproque est née une certaine confiance. Si,
un jour, par désœuvrement ou incapacité de
faire quoi que ce soit d'autre, je devenais écrivain, je commencerais par un essai sur l'ennui.
Il n'y a pas d'état d'esprit plus fructueux. Sarah
m'a parlé de vous. J'ai goûté ce qu'elle disait
et découvert qu'elle vous aimait, que vous étiez
même la seule personne qu'elle aimât. C'était
d'autant plus troublant qu'elle manie un jugement impitoyable. A travers Sarah je vous ai
vu différemment et j'ai appris votre pacte avec
elle. Tout cela à cause de moi! Je n'en valais pas
la peine. Il y a de quoi rentrer sous terre. Les
derniers jours à la clinique, j'ai senti dériver
l'attention de Sarah. Elle arrivait avec un paquet
de journaux et de magazines remplis de récits
sur la guerre des Six Jours. Jamais je n'aurais
imaginé qu'elle se passionnerait pour une guerre
qui ne la concernait pas. En fait, cette guerre la
concernait beaucoup plus que nous ne l'aurions
pensé. Avec un goût du symbole que je ne lui
soupçonnais pas, elle m'a montré sur sa poitrine
une cicatrice en forme d'étoile. Ayant reçu —
au cours de circonstances inintéressantes ici —
un coup au même endroit, je porte la même cicatrice. Elle en était troublée, hantée dirais-je,
comme si elle découvrait soudain que nous avions
quelque chose en commun, sans doute cette part
de sang juif qu'elle m'a léguée, et qui, je vous
l'affirme, ne m'a jamais préoccupé. On aurait
dit qu'elle cherchait à éveiller en moi l'instinct
d'une race. Je n'y ai pas prêté attention jusqu'à
ce qu'elle disparaisse d'une façon inattendue
sans laisser de traces, après une courte halte à
Spetsai. En d'autres temps, j'aurais dit : Sarah

est entrée en religion. Le noir est sévère, mais il y a des ordres blancs avec, maintenant, des coiffures tout à fait seyantes. Le malheur est qu'elle est incapable de se laisser inspirer par aucune foi. En revanche, l'instinct la meut. Je ne serais donc pas étonné si nous la retrouvions en Israël, vouée à quelque humble tâche qui la comble. Ne voyez dans ce que je vous confie que les déductions d'un homme intrigué par un point d'interrogation. Et si, à votre retour, vous ouvrez cette lettre, vous sourirez peut-être, parce que Sarah se tiendra à votre côté comme elle l'a été si souvent.

Je vous parle de Sarah parce que je n'ose pas vous parler de moi. Je suis à Rhodes avec Delia Courtney. Nous essayons d'être heureux, et, par moments, il semble presque que nous le soyons, mais nous avons été aussi profondément malheureux et rien ne dit que nous ne le serons pas encore. Un peu du brouillard dans lequel elle vit s'est dissipé quand elle a cessé de parler de son frère. Elle s'est dépouillée de son aura prestigieuse : le yacht, l'équipage, un accent par trop affecté. Elle consent à vivre parmi les vivants. Nous habitons au bord de la mer une maison très simple avec un grand jardin abandonné. Personne n'en voulait, le dernier propriétaire s'étant pendu. Les héritiers font un détour pour ne pas la voir, et, avec une franchise inattendue dans ce pays, l'homme qui s'occupe de leurs intérêts nous a prévenus que nous risquions d'être troublés par le fantôme du suicidé. Les fantômes ne nous font pas peur et nous les attendons de pied ferme, trop heureux de les rencontrer s'ils se montraient. Nous demandons au paysage de Rhodes de nous enseigner le bonheur. Naturellement, aucun paysage n'enseigne le bonheur. C'est une demande tout à fait vaine, et quand on s'en aperçoit à certains instants, le désespoir devient insoutenable. Mais je suis doué d'une obstination assez terrible. Et je mûris. Les tentations passent sans se ressembler, me donnant chaque jour le sentiment d'avancer un peu plus. Il se pourrait que ce soit avancer jusqu'au bord d'un précipice. J'ai vu la beauté de Delia se désincarner et j'ai éprouvé une peur si horrible que je me suis arrêté à temps. Une extrême douceur lui a rendu son calme et j'aimerais que vous la voyiez comme je la vois en ce moment, allongée sur un divan en train de lire pendant que j'écris : image irréelle, un rayon de soleil dans ses cheveux dorés, son profil si pur immobile. Mon cœur bat rien que de la contempler ainsi à la dérobée sans qu'elle s'en doute, et je commence à me questionner : y a-t-il des êtres qu'il ne faut pas toucher ? Et par « toucher » je dis « toucher ». Coucher, si vous voulez. Je voudrais que tout fût parfait entre elle et moi, sans une tache, sans une ombre.

Reste que je ne sais pas de quoi nous vivons. Vous vous en doutez : je n'ai pas un sou. Pourtant je trouve de l'argent dans mes poches, la maison est louée je ne sais comment et je n'ai qu'à désirer un livre pour qu'il soit le lendemain sur ma table. J'ai fait de Delia ma prisonnière et suis persuadé qu'elle ne s'estime pas être autre chose entre mes mains. Cette prisonnière entretient son geôlier. Cela seul rend supportable une situation pareille. Nul être n'aura moins fait peser sur moi la supériorité de l'argent, mais je remue cette question et elle me blesse. Je veux tenter une expérience folle : revenir à Paris avec Delia, travailler, la délivrer de son argent comme elle s'est délivrée (apparemment) de l'ombre dévorante de Cyril Courtney. Je ne sais rien faire, mais je déborderai d'énergie. Croyez-vous que ce soit possible ? Évidemment, je cours un grand risque : nous abandonnons la poésie et le délire pour entrer dans la prose

et la réalité. J'ai à peu près une chance sur cent
de réussir. Cette chance, je veux la tenter.

Je ne relis pas cette lettre, sans cela je la déchi-
rerais...

Georges posa les feuillets sur la table et se cacha le visage
dans les mains. Pour la première fois depuis la veille,
l'étau se desserrait. Son « petit garçon » revenait. Il serra
Daniel dans ses bras à l'étouffer, s'écarta pour mieux voir
son nouveau visage d'homme, ouvrit sa chemise pour
toucher du doigt la blessure au-dessus du sein, cette étoile
symbolique qui le marquait comme Sarah. Qui avait osé
tirer sur lui? Daniel s'expliqua : ce n'était rien, juste une
fleur de chair, une preuve d'amour. Sa voix était plus grave,
son regard ouvert brillait, comme le regard de Sarah. Ils
s'embrassèrent de nouveau. Poitrine contre poitrine, ils
sentaient battre leurs cœurs. Une minute grisante, exaltante,
une minute de fierté réciproque. Le monde ne serait plus
jamais gris et tiédasse, paralysé de circonspection et de
pudeur, embarrassé de silences et de reproches muets.
Georges secoua son fils avec rudesse. Ils échangèrent
quelques coups de poing, le père rompit d'un pas parce
que Daniel frappait juste, avec économie et sécheresse.
Ils mesurèrent leurs allonges, se pesèrent, se gantèrent de
nouveau et sautillèrent l'un en face de l'autre avant d'échanger de nouveaux coups. Georges leva la main. Daniel
riait, le visage luisant de sueur. Ils chantèrent sous la
douche, puis Daniel prit son père par l'épaule et l'emmena
dans une pièce inondée de soleil où Delia lisait, allongée
sur un canapé, drapée dans une robe de chambre de
soie rouge dont un pan glissait à terre. Elle leva vers eux
son visage anguleux sans apprêt, surprise, presque inquiète
d'une collusion qu'elle ne comprenait pas, car ils échangèrent des regards complices qui voulaient dire : « Nous
allons vous guérir et vous apprendre que l'amour est une
longue habitude, une affaire d'une patience infinie, qui
n'est jamais terminée et ne peut pas l'être... » Et Delia
répondrait avec emphase : « Je ne savais pas que le sentiment qui m'agitait, me troublait et même m'irritait contre

458

Daniel était cette chose qu'on appelle l'amour, qui n'existe pas dans le présent et naît seulement d'une passion infinie et de la cristallisation de mille souvenirs... »

On sonnait à la porte. Georges crut ouvrir à un préposé aux pneumatiques et trouva devant lui Lubkavicz, le visage illuminé, qui brandissait une enveloppe :

— Je n'ai pas pu confier ça à la poste, cherr... C'était plus forrt que moi... J'aime voirr les millionnairres... Je les adorre... Je t'embrrasse, Georrges...

Et Josef l'embrassa avec un enthousiasme qui n'était pas feint.

— Rrase-toi, habille-toi... je t'emmène... Nous déjeunons avec le patron... Il veut te voirr... Trrès, trrès bien disposé, le patrron... Dépêche-toi... tu sais... il n'aime pas attendrre...

— Josef, je t'ai déjà dit...

— Tu as peurr' de le voirr?

— Non. Ce n'est pas ça... Il m'emmerde.

— Et moi donc!

— Oui, mais toi tu en vis!

— Bon. Tais-toi et fais pas ton mauvais tête! Viens.

Georges partit se raser dans la salle de bains. Son exaltation tombait au fur et à mesure que, de la chambre, Josef dévidait un discours futile et écœurant. Seul un accent tenace le rendait supportable. Georges lui en voulut de faire son numéro habituel, mais la raison tenait peut-être à ce chèque qu'il avait en poche. Josef ne pouvait pas s'en empêcher : l'argent le faisait baver pour de bon. Georges dressa cependant l'oreille quand il entendit le nom de Sarah et, la figure encore barbouillée de savon à barbe, le rasoir en l'air, rejoignit Josef :

— Tu as parlé de Sarah?

— Oui, hierr, j'ai oublié de te dirr que Palestrro l'a rencontrrée pendant rreporrtage... mais tu dois savoirr...

— Non. Comment veux-tu? Je ne sais rien. Où l'a-t-il vue?

— A Tel-Aviv. Trrès en forrme. Sarrah... trrès... ont bu un verre ensemble...

— Qu'est-ce qu'elle fout là-bas?

— Oh, elle trravaille dans un trruc de gouverrnement... un serrvice civil... enfin tu sais pour étrrangers... Il y a plein de volontairres là-bas... Elle est trrès contente... trrès... quand rrevient-elle?

— Je n'en sais rien! Sans doute jamais, si tu veux mon avis.

— Vous divorrcez?

Il y avait de la gourmandise dans la question de Lubkavicz. Georges haussa les épaules et repartit dans la salle de bains. Le miroir réfléchit son visage bronzé, amaigri, aux yeux tirés mais barbouillé de savon, clownesque. Sarah ne reviendrait pas. Il en eut la certitude. Elle avait trouvé ce qu'elle cherchait depuis toujours. Il fut heureux de ne pas s'être trompé sur son compte, d'avoir cru en elle, au-delà des déceptions et des nombreux déchirements dont elle avait été la cause.

Georges sortit mal à l'aise du déjeuner. Un mal à l'aise physique. Il ne s'était montré ni dédaigneux, ni plat, en expliquant le pourquoi de sa retraite à un homme qui savait fort bien de quoi il s'agissait, bien qu'il adorât se payer de mots. Un déjeuner de sourds volontaires en somme, et aussi une épreuve. Après des mois de frugalité arabe — un verre d'eau, quelques dattes, une cuillerée de beurre rance et salé — Georges avait eu le cœur soulevé par la nourriture que le patron et Lubkavicz ingurgitaient en s'aidant, entre chaque plat, de pilules digestives. Sur la table, s'étaient accumulés des monceaux de hors-d'œuvre, un poisson dont ils avaient à peine goûté, des viandes rouges, des fromages, des entremets, des vins et des alcools, jusqu'à la nausée. Des larbins obséquieux et méprisants tournaient autour d'eux, et un sommelier ignare prenait un ton doctoral pour conseiller des bouteilles et des cognacs de seconde zone. A cette même heure, dans des centaines de restaurants, des hommes d'affaires s'empiffraient en conquérant le monde avec des soutiens-gorge, des rasoirs électriques, des femmes nues, des inventions bidon. Pour flatter leur boulimie et la travestir en une fête du goût, un cérémonial religieux entourait les repas, à moins qu'un troquet astucieux feignît au contraire de jeter les plats à la tête de ses clients et de les injurier, jouant sur le velours de leur masochisme bon enfant. Il y avait une heure de la journée où tout autre bruit que celui des mandibules cessait dans Paris. Les ventres gonflaient, la couperose s'infiltrait dans les joues massées aux crèmes dermiques des P.-D. G., des mains grasses et manucurées masquaient avec distinction de vulgaires rots, les coussins des Rolls à chauffeurs étouffaient les sursauts d'intestins fatigués. Le sort des hommes, de la presse et de l'opinion se décidait à table, du rôti de veau dans la bouche. Bien sûr il y avait des choses mille fois plus scandaleuses encore que cette goinfrerie, et si, pendant que les patrons se ruinaient le foie, les obscurs se contentaient d'un sandwich, cela n'avait encore rien de révoltant. Il en avait toujours été ainsi. Pour s'en indigner, il aurait fallu être un minable petit révolutionnaire, hypersensibilisé à l'injustice sociale. Mais, simplement, Georges ne pouvait plus supporter ce spectacle sans nausée.

Il rentra à pied dans l'air froid, laissant Lubkavicz et le patron dire des horreurs — ou du bien? On ne savait jamais! — d'un convive sans appétit qui chipotait dans son assiette et trempait à peine ses lèvres dans un verre. La neige tomba de nouveau quand il passa sous la tour Eiffel. Les marchands ambulants se réfugiaient à l'abri d'un des pieds. Georges eut envie de revoir Paris. L'ascenseur le déposa au premier étage derrière des baies vitrées. D'une cabine téléphonique, il appela Claire à sa banque. Elle devait avoir quelqu'un près d'elle. Sa voix neutre marquait des temps. Il lui demanda de venir le rejoindre en fin d'après-midi. Elle ne pouvait pas. Il insista.

— Non, c'est tout à fait impossible, dit-elle.
— Alors, je t'attendrai demain.
— Je crains que ce ne soit pas non plus possible.
— Adieu, Claire.
— Adieu.

Elle raccrocha la première. Il n'était pas déçu. Une main invisible le libérait des dernières chaînes qu'il aurait été tenté de garder. Sous ses yeux, un Paris inconnu s'étendait. La lumière tamisée par la neige estompait la ville chaotique et tourmentée, la même depuis la visite de Gargantua et celle de Rastignac, bien qu'il n'y eût plus personne pour la compisser ou rêver de la conquérir. Daniel s'y perdait, se blesserait encore plus cruellement que pendant son adolescence. Son père devait lui épargner cette épreuve, à laquelle les passions ne survivent pas. Le chèque apporté par Lubkavicz serait pour lui. Georges en éprouva un bonheur intense. Il s'allégeait, tel un aérostier. Du premier étage de la tour Eiffel, il laissait tomber Sarah, Claire, le journal, l'argent... Tout ce lest tourbillonnait avec les flocons de plus en plus pressés qui voilaient Paris de neige, un linceul pour la fête blanche et grise des adieux.

Je n'avais plus rien montré à Georges de ce récit depuis les pages sur Aden et le voyage en mer Rouge quand nous nous retrouvâmes à la fin de l'automne en Irlande. A l'aéroport de Shannon, je louai une voiture et pris la route de Galway par un clair après-midi. Le soleil scintillait derrière le feuillage rouge et or des arbres. L'océan apparut à Galway bay, couleur d'huître dans les rias, vert dans le lointain où se silhouettaient les îles d'Aran. Dès la sortie du port de Galway, le paysage changea, ne fut plus qu'un pelage fauve aux longues herbes couchées par le vent. Sur les îlots du Lough Corrib, les bouquets de pins serrés se miraient à la surface paisible des eaux. Des nuages couronnaient les sommets des Maamturks. A Leenane, on m'indiqua la « maison du Français ». Georges se tenait dans un pré descendant en pente douce de son jardin à la rive du fjord de Killary. Dans des bassines, il donnait de l'avoine à deux poneys du Connemara, un gris et un bai. Le gris avec sa crinière de neige avait la beauté d'un cheval arabe. Il dressa la tête quand je poussai la barrière, hennit longuement et esquissa un galop. Georges leva les bras :

— Enfin, vous voilà ! N'est-ce pas que vous n'avez rien vu de plus beau ?

Botté de caoutchouc, vêtu de velours luisant et coiffé d'une casquette, il pouvait passer pour un Irlandais, sec, les mains fortes et calleuses.

— Que dites-vous de ces deux poneys ?

— Ils sont superbes.

— Vous savez... c'était un désir irrésistible : avoir des poneys sous les yeux quand le matin j'ouvre ma fenêtre... Je me les suis offerts presque comme un talisman il y a deux mois. Maintenant ce sont des amis.

Il les appela et ils vinrent à lui, tendant de longues encolures gracieuses, retroussant les lèvres sur leurs dents verdies par l'herbe. Il les caressa à tour de rôle, puis, d'une claque sur la croupe, les renvoya à l'autre extrémité du pré.

— Ils sont grands, dit-il. Plus grands que les poneys de la New Forest. Tout est une question de perspective. Je les vois d'en haut et le paysage est immense. J'aurais aimé en trouver deux bais, mais le gris m'a élu. Chaque fois que je passais devant Silver Star, son regard m'accompagnait. A la fin de la journée, je l'ai acheté. Très au-dessus de mes moyens et parce qu'on se fait toujours posséder par les maquignons. Il est comme un chien, doux et reconnaissant.

Nous remontâmes vers la maison, un cottage au toit de chaume dont la cheminée fumait. La nuit approchait, déjà froide. De rares lumières s'allumaient sur ce versant du fjord. Sur l'autre, rien : un désert d'herbes rousses, de rocs pétrifiés polis par les eaux, une solitude d'avant les hommes. A l'intérieur du cottage régnait un ordre méticuleux. Tout y demeurait comme au temps de Dermot, m'expliqua Georges. Une mince bibliothèque; le vieux directeur d'études ne relisait plus que ses poètes préférés et quelques pièces de théâtre. En revanche, Georges me surprit en me montrant dans sa chambre plusieurs rayons garnis de livres d'histoire contemporaine et un classeur rempli d'articles découpés et annotés.

— Je ne me suis jamais autant intéressé à l'actualité que depuis un moment. Tous les jours, je dépouille l'essentiel de la presse américaine, anglaise et française. Oui, un exercice, une sorte de gymnastique sans passion. De l'hygiène. On nous a beaucoup parlé de ça quand nous étions enfants. Dans la solitude, l'hygiène mentale est indispensable. Sorti de ma lecture, je n'ai plus d'yeux et de pensées que pour mes poneys. Longtemps aussi je marche. Je suis très bien comme vous le voyez, après avoir failli basculer dans un amer silence... heureux physiquement, moralement, spirituellement.

Cela se voyait. La mélancolie, la méfiance à l'égard du passé, qui se lisaient dans certaines de ses lettres, avaient disparu. Devant moi se tenait un homme heureux et même gai, sans qu'il y eût là rien de feint.

— Voulez-vous boire seul ou en société? demanda-t-il.

J'optai pour le pub de Leenane. Nous nous y rendîmes à pied par la route en pente.

— Dermot avait tout prévu : après une longue station dans un pub, il importe de marcher dur au retour. Un quart d'heure de montée et vous retrouvez vos esprits. Allons-y! Joe doit déjà s'inquiéter de ne pas me voir arriver. Je me suis imposé un règlement disciplinaire des plus sérieux. Un des articles prévoit le pub tous les soirs à sept heures. Si je n'y allais pas, Joe s'inquiéterait et téléphonerait au médecin de Clifden pour qu'il aille voir chez moi ce qui se passe...

Bien que Leenane soit un trou perdu à la croisée de trois routes, le pub est excellent. Joe, le tenancier, conserve le vieux décor de boiseries, de suspensions vertes, de gravures anciennes, dans lequel son père et son grand-père ont servi à boire à tout le Connemara. Joe est un petit homme affligé d'une chevelure noire et bouclée comme en portent les Papous. Ses joues s'ornent de la plus belle paire de favoris que j'aie jamais vus. Il a joué au rugby dans sa jeunesse, et quand le XV irlandais se déplace à l'étranger, il le suit après avoir passé le pub à son cousin, un doux abruti. Joe est allé à Paris, à Londres, en Écosse et même à Bucarest. Jamais il n'a vu le match. Les voyages organisés le déposent trop tôt dans la capitale. Alors commence une tournée de bars et de restaurants qui ne connaît ni jour ni nuit jusqu'à ce que Joe n'ait plus un sou sur lui. Chaque fois, l'ambassade d'Irlande pourvoit à son rapatriement. De retour derrière son comptoir, il ne boit plus une goutte.

Joe m'accueillit comme un vieil habitué retour de voyage. J'avais toujours été là et retrouvais simplement ma place préférée au comptoir au milieu de mes amis, une demi-douzaine de trognes enluminées qui trempaient des lèvres suceuses dans la mousse du stout. Il n'y avait pas de quoi s'étonner, tous les hommes se connaissent quand ils sont des hommes. Joe tira d'un placard la bouteille de Georges, un whisky de quinze ans, âpre avec un léger goût de fumée ou de piquant, la marque préférée de Dermot Dewagh. Nous bûmes dans des verres à anse et je m'aperçus ce soir-là que Georges absorbait plus d'alcool que par le passé. On le voyait très bien s'arrêter à la limite, prendre son temps devant un verre vide et ne le remplir qu'après avoir parlé à la ronde. Il est vrai que le climat de l'Irlande le permet, quand, dans une certaine mesure, il ne l'exige pas, exigence à laquelle les Irlandais savent très bien se soumettre. Lorsque, plus tard, nous regagnâmes le cottage dans la nuit noire, allongeant le pas pour lutter contre le vent glacé, je sentis se dissiper les vapeurs de l'alcool brûlées par l'air froid qui nous coupait le souffle. Nous avions chaud, nous étions bien, et Georges me racontait comment Ben et Maureen avaient échoué, à leur tour, dans le Connemara. Peu après notre arrivée chez Joe, une femme était entrée, vêtue d'un pantalon de coutil rapiécé et d'une chaude veste en mouton. Son regard m'avait frappé : bleu clair et intense dans un visage taillé un peu durement, un regard calme et assuré. Maureen s'était dirigée vers Georges, qui avait prononcé mon nom.

— C'est vous qui habitez cette île grecque où nous devions nous arrêter au retour?

— Oui, je vous attendais. J'avais même repéré le point exact de l'horizon où vous deviez apparaître. Pauvre *Deborah*!

— Oh, elle a fièrement sombré, en levant le nez.

Maureen avait commandé une pinte de stout, tirée à la pression. Elle était la seule femme du pub et j'imagine qu'elle devait l'être souvent, sauf le dimanche matin où les épouses, après la messe, accompagnent leurs maris dans l'espoir de les ramener plus tôt à la maison. Maureen ne paraissait nullement gênée et il y avait d'ailleurs quelque chose d'assez masculin en elle, pas seulement à cause de sa manière de se vêtir, mais aussi dans son attitude. Ben était à Dublin où il se débattait pour obtenir un prêt du gouvernement.

— Comment va le pauvre Amaro? avait demandé Georges.

Mal, toujours. Il ne s'habituait pas aux vêtements, au froid, et il toussait comme un perdu. Elle l'avait laissé auprès du feu où il taillait des statuettes en bois qui paraissaient plaire aux touristes. J'avais appris en même temps que Ben et Maureen, après avoir acheté des métiers à tisser, commençaient à fabriquer des tweeds, installés au bord de la grand-route dans une vieille maison impossible à chauffer. Le vent menaçait d'emporter le toit, et ils passaient leur temps à le réparer. Maureen racontait que certains soirs, au moment de l'équinoxe de septembre, ils s'étaient crus à l'épicentre d'un séisme. Les murs vacillaient. Une grange attenante s'était écroulée. Maureen avait quitté le pub avant nous. Elle regagnait sa maison sur une antique bicyclette...

Le cottage comprenait deux chambres et le petit bureau d'où Dermot avait écrit tant de lettres à ses derniers élèves. Derrière la porte, à une patère, restait suspendu son macfarlane. Près du fauteuil au tissu écossais usé à mort, Georges conservait la chancelière du vieux professeur. La pièce sentait le caramel tiède, odeur dégagée par les briquettes de tourbe qui se consumaient dans la cheminée.

— Amaro ne vivra pas longtemps, dit Georges quand nous fûmes installés auprès du feu. Cet homme, qui n'a jamais été malade de sa vie, ramasse ici tout ce qui traîne. Ben est bourrelé de remords. Il voudrait le renvoyer en Malaisie, mais avec quoi? Ils n'ont pas le sou, et il s'en faut encore de deux ou trois ans avant que les métiers à tisser leur rapportent quelque chose. Ils avaient oublié, Maureen et lui, comme la vie est difficile en Occident...

— Elle n'est pas plus difficile, mais elle est sans répit. Elle enferme l'homme dans le travail. L'Orient est mions exigeant. Si l'on s'arrête un jour on ne meurt pas de faim. On y vit de riens. Pas en Europe...

— A ce point de vue-là, les Irlandais sont les Orientaux de l'Occident. Ils aiment travailler un peu en dessous de ce qui leur serait nécessaire. J'imagine que c'est une manifestation de leur goût effréné de la liberté. Ben et Maureen seraient comme ça si Amaro ne vivait pas avec eux. Il faut

467

le soigner et ça les ruine. A mon avis, tout espoir est perdu... un cadavre ambulant. Des deux, c'est Ben qui l'aime le plus...

— Pourtant Maureen...

— Oh, elle aussi a changé... Le retour en Irlande... une sorte de respect de soi-même que l'on perd en Orient et retrouve ici... Elle est très bonne pour Amaro, mais elle attend sa mort. Les femmes ont un fond de dureté insoupçonnable dès qu'un être — fût-il innocent — se met en travers de leur route...

Pensait-il à Sarah? Nous n'en avions pas parlé et sans doute n'en parlerions-nous pas. Elle s'était mêlée à une foule, et la foule la cachait, obscure militant désormais d'une cause qui avait éveillé la foi en elle. Sarah ne donnait signe de vie à personne. Force était de croire qu'elle se considérait enfin délivrée de son errance.

— Avez-vous vu Daniel récemment? demanda Georges.

Il retenait cette question depuis mon arrivée, et l'indifférence feinte avec laquelle il la posait ne laissait guère de doutes. Daniel et Delia étaient revenus à Spetsai, à bord de l'*Ariel*. On ne pouvait rien en dire, comme s'ils avaient décidé d'enfermer leur secret en eux-mêmes, cessant de se déchirer en plein jour. Après que Daniel eut reçu l'argent de son père, Delia avait révélé que l'*Ariel* existait toujours, et le grand ketch à coque noire était venu les cueillir à Rhodes. Daniel avait apparemment cédé. Delia le dévorerait. Et ce ne serait même pas en faisant l'amour avec lui comme une mante religieuse, mais en l'entraînant dans sa quête folle. Je ne pouvais pas le cacher à Georges.

— Je ne suis pas inquiet, dit-il.

Mais ce n'était pas tout. A Rhodes, dès qu'il avait été en possession de la somme envoyée par son père, Daniel s'était abouché avec un Américain qui vivait sur un cabin-cruiser. Tant de choses se négociaient entre Rhodes, la Turquie, Chypre et le Liban, qu'on ne pouvait pas savoir exactement de quoi trafiquait l'Américain. Au premier voyage, Daniel avait doublé son investissement. Il y aurait d'autres voyages jusqu'à ce que le bateau soit saisi, dénouement fatal de ce genre d'entreprises. Daniel prenait un minimum de risques, mais il était certain qu'un jour, par goût personnel, il serait d'un voyage.

— J'espère qu'il ne s'agit pas d'armes, dit Georges. Je l'espère de tout mon cœur. Quant au reste, je n'y attache pas d'importance. Ou alors nous devrions nous placer d'un point de vue moral qui n'a guère de raison d'être aujourd'hui. Maintenant, je comprends pourquoi il m'a retourné si vite une partie de l'argent que je lui avais envoyé. J'en ai d'abord été agacé, puis, comme cela se passe toujours, je m'en suis accommodé. Ça ne change rien à mon genre de vie... à part les poneys, que je ne me serais pas offerts sans ça.

— Je ne le blâme pas plus que vous. Il répond comme il peut à un enfer de contradictions que nous n'avons pas connu. Il me semble que tout était plus clair quand nous avions vingt ans. Peu importe pour Daniel, et s'il a eu des velléités de céder à ce qu'il appelle la « chiennerie », il s'est finalement conduit en homme.

Nous nous séparâmes de bonne heure. Georges se levait tôt, me dit-il, pour lire la presse qui lui arrivait par le courrier du soir. De terribles bourrasques secouèrent le cottage, s'engouffrant par les fentes des fenêtres à guillotine, sifflant sous les portes. On se serait cru à bord d'un bateau en mer. Les accalmies étaient plus angoissantes encore, chargées de menaces. Imaginant Maureen seule avec Amaro, dans la maison démantelée, je fus long à m'endormir. Le vieux Dewagh aurait haussé les épaules : qu'allait faire ce Malais si loin de sa hutte surmontée d'une cloche? Une folie. Et la mort au bout, la mort humide et froide. A mon réveil, le grand jour luisait déjà. Dans le pré en contrebas Georges étrillait ses poneys. Ainsi le poursuivait l'inguérissable souvenir de Joan et des matins où il soulevait la fenêtre à guillotine pour mieux voir les poneys de la New Forest dans la clairière. Fallait-il croire que seules les amours brèves résistent au temps? C'était trop triste, trop impitoyable... Georges s'était toujours réfugié dans ce souvenir aux moments d'abandon. Il le retrouvait et le cultivait symboliquement dans le cadre mélancolique du Connemara. Le poney gris — je suis bien tenté d'écrire blanc, n'en déplaise aux gens de cheval, tant sa robe était sans tache —, le poney gris, Silver Star, se laissait peigner la crinière en reniflant l'épaule de Georges. N'était sa taille, on aurait cru à quelque beau cheval arabe à l'œil fardé, né de la nuit dans l'herbe verte brillante de rosée.

Empruntant des bottes de caoutchouc à l'entrée, je gagnai le jardin où Delia était apparue à Dermot Dewagh. Elle avait poussé le portillon de bois, il avait cru à une hallucination et fermé les yeux pour la refuser comme on refuse le drame ou la trop grande beauté quand on a décidé de vivre en paix. Il avait raison. Les hallucinations brouillent le cœur des vieillards autant que celui des jeunes hommes. Dermot s'était d'ailleurs mal remis de ce choc émotif, commençant à confondre le présent et le passé, glissant dans une béate et douce confusion que seule l'approche de la mort avait dissipée pour un dernier sursaut de lucidité.

Nous partîmes nous promener le long du fjord. Notre marche au bord de l'eau levait des volées de bergeronnettes cachées dans l'herbe, de grives draines qui nous observaient sur les murets. Le fjord était une véritable volière. Georges avait acheté un livre illustré de planches en couleurs et, depuis des mois, identifiait tout ce qui se posait dans son jardin ou vivait au bord du lac. Je lui dis :

— C'est un très bon signe de se préoccuper du nom exact des choses et des animaux. Une forme de respect, en un sens... qui restitue au monde dans lequel nous vivons son identité singulière. Tout est si confus pour la majorité des hommes, ou, plus exactement, tout est abscons à qui n'est pas spécialisé. Nous vivons avec quatre ou cinq cents mots... une pauvreté au regard de la générosité du Créateur...

— Oui, l'homme a mis beaucoup d'ordre dans cette profusion et nous passons notre temps à l'oublier au nom d'idées générales qui ne valent pas un clou.

Une douzaine de cygnes muets s'envolèrent à notre passage et après avoir tournoyé au loin revinrent se poser sur la rive d'en face. Si discrets que nous fussions, notre approche effrayait quantité d'autres oiseaux : vanneaux huppés, goélands argentés, bernaches nonnettes, ramiers, huîtriers pie au bec orangé. Le seul qui nous laissa l'approcher à quelques pas fut un héron cendré qui déplia son long cou pour mieux voir.

— Un ami! dit Georges. Il me connaît. Très paresseux, cet animal. Parfois je lui jette du pain. Il ne se donne pas toujours la peine de le repêcher et contemple d'un œil glacial et méprisant les canards qui passent leur vie à chasser et pêcher. Je ne vois pas très bien la différence entre le monde des hommes et celui des oiseaux.

— Vous savez que Barry m'a fait une réflexion semblable à Madère?

— Non? Est-ce vrai? Parlez-moi de lui.

Je lui racontai les détails de ma visite et l'abandon si généreux de Barry à la minute où je le quittais. Georges et lui suivaient une même route.

— Je l'ai empoisonné, dit Georges. Au meilleur de sa foi marxiste, je l'ai obligé à un minimum de logique. J'aurais mieux fait de me taire...

Nous revînmes par le même chemin. Les oiseaux s'étaient réfugiés sur l'autre rive. De loin, les deux poneys nous aperçurent et s'avancèrent vers la barrière sur laquelle ils posèrent leurs têtes. Georges caressa Silver Star et dit :

— Des chiens, de vrais chiens! Venez; pendant que je vous cuisinerai des œufs au lard, vous lirez la dernière lettre que m'a envoyée Ho. Comme dirait cette charmeuse pourriture de Josef Lubkavicz : « Ça vaut de l'orr, de l'orr, mon cherr!... » Je n'ai qu'à la passer à une agence de presse pour gagner de quoi vivre jusqu'à la fin de mes jours. J'apprécie qu'Ho m'ait fait confiance... Mais vous avouerez, quand vous aurez lu la lettre, que c'est tenter le diable...

Voici cette lettre, telle qu'on peut la publier aujourd'hui sans faire plus de mal à Ho qu'il ne s'en est fait à lui-même :

Je confie cette lettre à un ami sûr, je veux dire à un visiteur de passage à Moscou. Il y a deux ou trois mois que je veux vous écrire, bien que, vous le savez, la correspondance n'ait jamais été mon fort. Je dois d'abord vous annoncer une nouvelle : je me suis marié. Ma femme s'appelle Anna Ivanovna. Elle était veuve d'un officier en poste à

Ankara. Cela vous dit peut-être quelque chose. Eh bien, oui. J'ai épousé la veuve de celui que j'ai contribué à liquider au moment où il s'apprêtait à passer à l'Occident. Anna Ivanovna, bien qu'au courant de la trahison de son mari, a été épargnée, on ne sait pourquoi. Enfin, épargnée est un bien gros mot, puisqu'elle a passé trois ans dans un camp de l'Oural. Elle est d'une très ancienne famille de Géorgie, et parce qu'un de ses oncles connaissait Staline, elle a pu être libérée. Je l'ai rencontrée à Moscou et elle m'a surpris : elle aime la musique comme tous les Russes, mais aussi elle aime lire en français et en anglais. Elle est d'une culture et d'une finesse très au-dessus de tout ce que l'on est autorisé à rencontrer ici. J'ajoute encore que c'est une femme d'une grande beauté. Alors qu'ici les épouses de dignitaires se laissent toutes aller à une obésité satisfaite, Anna Ivanovna, parce qu'elle a enduré l'enfer dans un camp pendant trois ans, est restée mince et svelte. Le hasard nous a fait rencontrer chez des amis communs et nous avons passé la soirée à parler. Elle m'a raconté comment son mari avait été tenté de passer à l'Occident, à cause d'elle, parce qu'il souffrait de la voir confinée dans un milieu d'une médiocrité horrible, celui de l'ambassade. Il rêvait d'offrir à sa femme une autre vie. Nous nous sommes revus. Elle a su qui j'étais, mais elle ignore encore et elle ignorera longtemps, j'espère, que j'ai été l'instrument de sa perte et le responsable — indirect, il est vrai — de son internement. Voilà qui est ma femme aujourd'hui. Vous trouverez cela curieux et même incompréhensible, car si elle apprend un jour la vérité elle me vomira et je ne pourrai pas lui donner tort. En attendant, nous sommes très heureux, jouissant d'une liberté assez grande, tantôt en Crimée, tantôt dans la datcha que l'on m'a attribuée aux environs de Moscou. On m'a confié un petit travail, un prétexte en réalité, car les Russes considèrent que j'ai assez fait pour eux. Ils me l'ont prouvé en me décorant du titre de Héros de l'Union soviétique, une affreuse figurine qu'il faut porter au revers de son veston, les jours de cérémonie...

Une odeur d'œufs au lard parvint de la cuisine quand Georges ouvrit la porte pour crier :

— Comment les voulez-vous? Très cuits ou pas très cuits?

— Pas trop, s'il vous plaît.

— Bien. Où en êtes-vous de votre lecture?

— Au « Héros de l'Union soviétique ».

— C'est irrésistible, n'est-ce pas? Ho, avec sa petite décoration sur ses costumes de Savile Row... lui toujours si strict! Que fera-t-il lorsque ses costumes seront usés à mort? On ne le voit pas se confiant au prêt-à-porter des magasins soviétiques. Et ce mariage... tellement protestante l'idée de vivre comme Caïn, un œil fixé sur son crime! Pareille mortification a tout de même une certaine allure...

Je ne vous cacherai pas que malgré ces honneurs et ces attentions, je sens monter en moi un malaise persistant. Les événements de Tchécoslovaquie, réédition du coup de Budapest, ont secoué le petit cercle dont nous faisons partie. Le reste du pays vit dans l'apathie, persuadé que les armées du pacte de Varsovie ont étouffé dans l'œuf une révolte profasciste. Je ne suis pas contre ce bourrage de crâne qui permet à un gouvernement de gouverner, et gouverner est quand même l'essentiel. Mais je crains qu'on s'abuse dangereusement et qu'à force d'endormir le peuple avec de l'opium, on ne soit intoxiqué en haut lieu. La comédie devient réalité. Quelques intellectuels osent élever des protestations au cours de procès expédiés à la diable. Ils ne sont pas entendus. Les Russes n'ont jamais connu la liberté. Aujourd'hui elle leur fait peur. J'ai demandé l'autorisation de faire un séjour à Prague, on me l'a refusée en m'assurant que la Pologne était un pays d'un beaucoup plus grand intérêt touristique. On devient mouton dans ces cas-là. Je serai donc en Pologne vers le mois d'avril. Anna Ivanovna est enchantée et rêve même de vous rencontrer là-bas. Il ne faut pas la décevoir. Pensez-y. Vous pourrez me le faire savoir en prenant contact avec Patrick X... à Londres. Je sais! Il fait partie de la Military Intelligence, mais nous n'avons jamais perdu le contact. C'est un ancien de Hay Street. Il vous a connu et se souvient de vous, si nous ne vous souvenez pas de lui. N'écrivez rien! Il est préférable que tout se fasse de vive voix...

Georges apportait les œufs au lard. Je posai la lettre sur le bureau.

— Il y a encore un feuillet, dit-il. Je ne vous l'ai pas donné. Une liste de choses à lui apporter, genre brosse à dents, lames de rasoir, lotion après rasage et lotion pour les cheveux. On a l'impression qu'il est très privé de ces petits luxes. D'ailleurs, il ajoute que si je ne les lui apporte pas, cela vaudra mieux. Il voudrait arriver à s'en passer.

— Vous avez l'intention d'aller à ce rendez-vous?

— Pourquoi pas? Je lui remonterai le moral. Vous savez mes idées là-dessus. Elles n'ont pas varié depuis l'écrasement de la révolution de Budapest. Puisque l'Occident n'est pas intervenu, l'U. R. S. S. a raison... Après Prague, j'ai ressenti le même écœurement : ces manifestes des bien-pensants, les intellectuels du parti qui se découvrent une belle conscience et démissionnent... de quoi pleurer... Heureusement, à Moscou il y a des têtes et on n'y joue pas la comédie du communisme d'exportation, ce communisme bêtifiant et humanitaire qui séduit tant les gogos...

Nous terminions à peine que Maureen apparut, hors d'haleine après avoir pédalé une dizaine de kilomètres pour téléphoner de chez Joe au médecin de Clifden. Amaro avait eu deux crises dans la nuit et une autre à midi. Une panne de voiture immobilisait le médecin et nous dûmes aller le chercher pendant que Maureen regagnait en hâte sa maison. C'était un petit homme rond et gai, aux joues couperosées, au gilet orné d'une chaîne de montre en or. Pendant le trajet à travers la lande nue et rousse, il s'enquit de la France avec une curiosité passionnée. Il y avait fait un séjour, mais tout était trop cher. Non, nous ne savions ni le prix du café, de la bière et de la côte de bœuf, ni les tarifs des médecins de campagne. Il commençait à nous regarder d'un œil suspect quand Georges me signala, au bord de la grand-route, une bâtisse au toit à demi éventré. Devant la porte gisait une pancarte en français et en anglais : « Tweeds de Maureen, les seuls vrais tweeds de Connemara. »

Amaro se mourait. Du fier et ombrageux Malais ne restait qu'une petite chose perdue dans un lit de camp aux draps douteux et aux couvertures élimées, à l'angle d'une chambre misérable qu'un feu de tourbe n'arriverait jamais à réchauffer. Les yeux d'Amaro, fixes, agrandis par la maigreur du visage, reflétaient sa résignation. Le médecin piqua sa cuisse squelettique, sans qu'il tressaillît. Il entrait déjà dans la mort, le regard obstinément dirigé vers la fenêtre, muré dans son secret. Il se refusait même à voir Maureen que le médecin prit à part pour lui murmurer quelque chose dans l'oreille. Elle acquiesça, distraite soudain par le bruit d'une voiture qui s'arrêtait devant la maison. Un visage de femme vint se coller à la vitre embuée. Le médecin bondit et, ramassant sa trousse, sortit sans se retourner. Peu après, nous entendîmes démarrer la voiture et la pluie tomba, giflant la vitre. Maureen apporta des serpillières pour éponger l'eau qui coulait en minces filets dans la chambre. Amaro ferma les yeux. Ses lèvres entrouvertes exhalaient un petit nuage de buée. Malgré l'humidité qui nous pénétrait jusqu'aux os, nous n'osions pas bouger.

A la tombée du jour, Maureen alluma une lampe à pétrole. Elle voulut remonter une couverture qui glissait du lit, mais Amaro repoussa sa main. La pluie cessa et le vent commença d'ululer autour de la maison, secouant vitres et portes. Plusieurs fois la lampe manqua s'éteindre et les ombres vacillantes qui se balançaient dans la pièce animèrent les tatouages rouges et bleus du front et des mains d'Amaro. Autour des paupières closes les orbites creuses se violaçaient. Ben apparut vers dix heures du soir. Il entra courbé par la porte basse et se déplia comme un pantin au visage rougi par le froid. Il arrivait de Dublin. Un autobus l'avait déposé à Oughterard d'où il avait pédalé dans la pluie et le vent jusqu'à la maison. Son costume de ville étriqué, trop court aux manches, lui donnait l'allure d'un enfant atteint de gigantisme. Il comprit tout de suite et s'agenouilla au chevet du mourant dont les paupières se soulevèrent. Une faible grimace se peignit sur le visage du Malais qui ouvrit la main pour que Ben y mît la sienne. Maureen nous entraîna, Georges et moi, dans la cuisine chauffée par un fourneau à bois. J'étais à ce point transi que j'aurais mis mes mains sur la fonte rougie, inutilement d'ailleurs car ce froid pénétrant était celui de la mort si proche de nous. Elle s'était glissée furtivement dans la maison, nous respirions son odeur glacée et, l'oreille tendue, guettions son approche dans les craquements du parquet, le gémissement des fenêtres ou les pétillements du feu dans le fourneau. Elle était partout, nous enveloppant de son suaire dont l'ombre dansait sur les murs chaulés quand Maureen soulevait la plaque de fonte pour rajouter une bûchette. En aurions-nous douté que la fuite du médecin nous en aurait assurés. Maureen cuisit des galettes de froment que nous mangeâmes en buvant du cidre. Vers minuit, Georges me fit un signe, et je me levai quand Ben entra. Comme s'il ne nous voyait pas, il se servit un grand verre de cidre. Sa main tremblait. Lorsqu'il eut fini, il se tourna vers le mur et, le front contre la pierre, sanglota.

Je passai encore une dizaine de jours à Leenane. Avec notre livre illustré et des jumelles, nous nous promenions le long du fjord pour reconnaître les premiers migrateurs : cols-verts, siffleurs, arlequins, miquelons, bientôt suivis de bécassines, de pluviers et de courlis cendrés. Un samedi il y eut quelques coups de fusil et tout disparut, sauf les cygnes et le héron. Deux jours après, la volière se reforma précédée par des nuages de goélands dont l'écho renvoyait les cris d'enfant blessé. Un monde merveilleux, tout en

476

couleurs, libre, grand, plein de malice et d'aisance, sous un ciel radieux.

Ben et Maureen passèrent une soirée avec nous. Ben ne dit presque rien. Il se levait sans cesse pour prendre un livre dans la bibliothèque de Dermot, l'ouvrir, le fermer après en avoir lu quelques lignes et se laisser retomber dans un fauteuil, étendant ses longues jambes maigres de Viking égaré dans le siècle et sur la terre. Nous nous demandions s'il avait pour toujours renoncé à naviguer, si l'amour des bateaux était cassé en lui depuis la fin absurde de la *Deborah*. De toute évidence, Maureen s'efforçait de le retenir. Elle avait envie d'une maison, de racines. Elle calculait comme une femme, avec un sens du détail parfaitement ennuyeux. Le gouvernement leur accordait un prêt : ils répareraient la maison, monteraient un magasin, forgeraient une grande enseigne visible de très loin sur la route, et les concierges des hôtels du Galway seraient intéressés à la vente par des remises importantes. Autre chose : elle élèverait des lévriers dans l'ancienne grange transformée en chenil. Ben l'écoutait à peine mais nous savions qu'il était vaincu, qu'il irait peut-être encore rôder le long des quais de Westport ou de Sligo, respirer l'odeur du calfatage, de la peinture, de l'huile lourde, mais c'en était fini. Il avait nourri dans son sein une araignée et maintenant l'araignée tissait sa toile, l'emprisonnait.

Le dernier soir, nous nous attardâmes chez Joe, assez au-delà de nos limites. Ce fut une grande soirée, débordante d'amitiés indescriptibles, un festival de l'entente franco-irlandaise, dans un vacarme de voix éraillées, de chansons alcoolisées. Joe ne sut pas résister et il attaqua la deuxième bouteille de whisky cher à Dermot, à la vie éternelle duquel nous bûmes au moins dix fois. Les demis de stout glissaient à toute allure sur le comptoir, happés au passage par de fortes mains aux pouces désarticulés. Je dus chanter avec le chœur : *Donnegan's daughter*, *Come Paddy Reilley* et, bien entendu, *Father O'Callaghan*. Le retour nous parut long dans la nuit sans nuages au clair de lune. Nous nous tenions fortement par le bras. Georges commença par jurer contre Ben et Maureen qui n'étaient pas venus au pub, puis contre Maureen seule qu'il traita de tous les noms avec emphase, prenant à témoin le paysage, le fjord argenté, les montagnes sombres et le ciel constellé.

Il fallut beaucoup de café pour nous remettre sur pied le lendemain. Georges avait oublié ses anathèmes contre Maureen. Je les lui rappelai :

— C'est bien possible, dit-il. Je me suis égaré sur un cas particulier. En fait, on pourrait dire ça de beaucoup de femmes. Dans le contexte de la vie, les choses s'expliquent un peu. Un peu... enfin si l'on ne tient pas à se forger une trop mauvaise opinion de tout...

Je bouclai ma valise après avoir salué les poneys dans le pré. A notre retour, dans la nuit, ils avaient henni deux fois.

— Vos poneys vous rappellent au moins une exception.

— Oui. Dieu est bon, n'est-ce pas ? Il nous offre toujours une occasion de racheter nos semblables. Je trouve cela plutôt pervers, mais il faut en convenir.

— Vous ne viendrez pas me voir en Grèce ?

— Non, merci. L'Irlande me suffit. Le monde animal y est heureux : chevaux doux comme des agneaux, oiseaux par milliers. Et les Irlandais sont fous. Le cher Dermot, à demi irlandais, était à demi fou. Avec beaucoup d'application, je peux devenir fou aussi. Si je ne réussis pas, j'essaierai autre chose. Vous savez... l'espoir est une sorte de maladie tenace qui couve et ne guérit jamais. On n'est pas à l'abri d'une crise. Seul le paradis est sans espoir. Dans une certaine mesure, l'Irlande est un paradis. L'homme n'est pas fait pour ça. Pas assez insensible, trop frêle... vous voyez ce que je veux dire...

Au centre de la place de l'Hôtel de Ville, à Cracovie, sur un haut piédestal entouré de pompeuses allégories, se dresse un jeune homme de bronze au visage impérieux, drapé dans un manteau que le vent moule sur son corps : Adamovi Mickiewicz, poète et patriote. Des bornes reliées par une chaîne le protègent de la curiosité trop empressée de ses admirateurs, mais pas hélas des pigeons aussi familiers et désinvoltes que ceux de la place Saint-Marc. Bien que couvert de fiente, l'auteur de *Pan Tadeusz* amorce un pas ferme vers l'Est qu'il foudroie du regard. Toute la Pologne est derrière lui, et comme lui semble arrêtée, mais arrêtée en mouvement, tournant en rond sur la place pavée que borde la Cloth.

Georges avait épuisé les tentations du touriste quand Horace McKay et Anna Ivanovna apparurent sous la galerie marchande. Il se mêla à un groupe endimanché qui photographiait des enfants aux cheveux paille distribuant du pain aux pigeons. Ho donnait le bras à une femme de trente, trente-cinq ans, en effet mince comme il l'avait annoncé. Elle ne portait pas de chapeau. Un chignon orné d'un peigne en fausse écaille rassemblait ses cheveux noirs séparés par une raie médiane et plaqués en bandeaux sur les oreilles. Sous les sourcils fournis et arqués, brillaient des yeux sombres. Elle avait le teint ambré des Géorgiennes et, dans la démarche, un rien de langueur orientale. Une très belle femme en vérité, surprenante parmi ces Slaves trop solidement charpentées, une beauté dramatique comme celle que l'imagination prête à la Mouette de Tchekhov. Ho montrait plus de goût que le pauvre Barry. Georges sortit du groupe qui le dissimulait et se dirigea vers eux au moment où ils quittaient la galerie pour traverser la place. Ho pressa le pas quand il l'aperçut à son tour et dit quelques mots à la jeune femme.

La voix d'Anna Ivanovna était presque d'un contralto, grave avec le charme de l'accent russe quand elle s'exprimait en anglais, et un côté mécanique quand elle s'essayait au français. Sa réserve fondit en fin de journée, lorsque, épuisés par leur visite au monument de Kosciuszko, au Wavel, au retable de Wit Stowsz, ils s'effondrèrent dans les fauteuils du hall de leur hôtel, un palace dont des relents de soupe au chou parfumaient les splendeurs élimées. Ho exprima une vive satisfaction de se trouver enfin devant des verres et de la vodka même polonaise. De toute évidence, s'il avait pu passer six mois à Rome sans entrer dans une église et visiter le Forum, il ne s'adonnait au tourisme que pour complaire à sa jeune femme, sorte de sacrifice dont on ne l'aurait jamais cru capable. Il était, aussi, inattendu de le voir empressé, attentif avec délicatesse. Sa rogue et froide politesse avait disparu. Sans doute parce qu'elle ne trouvait plus de réponse dans le monde slave qui ne s'en impressionnait ni ne la goûtait. Anna Ivanovna but autant qu'eux. Son visage s'anima, une vague roseur affleura sous les pommettes saillantes. On eût dit d'un médaillon ancien, impression accentuée par la touche assez provinciale de sa jupe trop longue, de ses souliers à barrettes. Quand elle s'absenta quelques instants, Ho posa la question angoissée d'un amoureux qui présenta sa fiancée à sa famille :

— Comment la trouvez-vous?

— Très belle, bien sûr... je me disais au début : c'est une héroïne de Tchékhov, mais non, elle n'est pas vraiment slave, elle est géorgienne, une race qui a donné avec les Tcherkesses les plus belles femmes qui se puissent. J'en ai rencontré deux ou trois. Il y avait toujours une aura de fatalité autour d'elles.

Ho n'entendit pas le mot « fatalité ». Il n'était d'ailleurs pas mûr pour l'entendre, ni même pour le comprendre, sinon il ne se serait pas jeté tête baissée dans cette aventure insensée : épouser et faire le bonheur de celle dont il avait brisé l'existence. Il dit seulement d'une voix dont l'émotion se contenait mal :

— Sa rencontre est la justification de ma vie.

Puis, après un temps, il demanda avec une indifférence qui ne pouvait être feinte :

— Vous avez vu Patrick à Londres?

— Oui! Il n'a rien promis pour vous.

— Je m'en doute. Et le reste?

— Fiez-vous à moi. Ce sera difficile ou très facile.

— Je ferme les yeux.

Elle revenait, traversant le hall bondé de touristes qui débarquaient d'un autocar. On s'écartait devant elle avec respect, laissant libre son sillage comme si personne n'osait marcher sur la trace de ses pas. Elle n'en semblait pas consciente et, à cette minute-là, Georges fut persuadé que cette femme avait trop souffert pour aimer encore, mais, sans espoir de quitter jamais la Russie, elle acceptait l'homme qui, à ses yeux, symbolisait le mieux l'Occident rêvé.

Le lendemain matin, ils prirent un train pour les monts Tatry. Les compartiments avaient été occupés bien avant le départ et ils parcoururent les wagons un par un, sans trouver à s'asseoir. Ho ayant fait une réflexion en anglais, deux jeunes gens se levèrent :

— Vous êtes américain? dit le plus âgé qui portait un insigne d'étudiant à la boutonnière.

— Non, anglais!

— Prenez nos places. Mon père a fait la guerre avec les Anglais. J'ai un oncle en Amérique.

On se serra un peu plus sur les banquettes. Ho put s'asseoir à côté d'Anna Ivanovna dont il prit la main. Georges fut coincé en face, entre deux paysans. Tous les regardaient avec un intérêt joyeux, échangeant des commentaires bienveillants, des hochements de tête et des sourires qu'il n'était pas besoin de traduire. Georges regretta de les décevoir : ses poches ne recelaient pas la pacotille de gad-

481

gets avec lesquels les riches enfants du capitalisme étonnent les pauvres enfants du prolétariat, comme le capitaine Cook étonna les Polynésiens. Les visages étaient ouverts et gais. On se rendait à des pique-niques et à des parties de campagne, et les paniers s'ouvrirent bientôt. La bière et les gâteaux circulèrent dans le compartiment. Il fut très difficile de faire accepter quelques cigarettes. Horace et Georges entreprirent une conversation avec les étudiants qui parlotaient anglais et leur apprirent quelques mots difficiles comme *Niebezpieczentswo* qu'on pouvait lire par la fenêtre sur les pylônes des lignes à haute tension et qui voulait dire « Danger », ou *Rzeczywizcio* qui marque la surprise de « Vraiment ? ». Leurs efforts pour assimiler tant de consonnes déchaînaient l'hilarité des Polonais et, pour la première fois, Georges vit Anna Ivanovna rire. Il y eut quand même un moment de gêne quand, par inadvertance, elle interpella son mari en russe. Il fallut expliquer qu'Anna était russe, Georges français. Une vieille femme édentée, un panier sur les genoux, entonna d'une voix cassée *Le Temps des cerises* et fondit en larmes au dernier couplet. C'était tout le français dont elle se souvenait après avoir passé dix ans comme bonne à Lille avant la guerre. On la consola en la cajolant de noms doux et un étudiant lui offrit une tablette de chocolat qu'elle inspecta d'un air comique avant de la glisser entre ses lèvres rentrées et toutes plissées. Ses larmes séchèrent, ses yeux pétillèrent de malice et chacun suivit pendant un instant l'effort des gencives désarmées pour attendrir le chocolat. Ho dut répondre à mille questions sur la vie en Angleterre, les Universités, les livres qu'on pouvait acheter. Anna Ivanovna ferma les yeux comme si elle souffrait du mensonge dont s'enveloppait Horace parmi ces gens si simples et si naturels. Quelles têtes auraient-ils faites si leur interlocuteur avait jeté froidement : « Ne me demandez rien sur l'Angletrere. Je la déteste. Pendant vingt ans, je l'ai trahie au profit des Russes que vous n'aimez pas. » Heureusement, un bouchon s'était formé dans le couloir du wagon : des voyageurs se massaient devant la porte du compartiment et les étudiants traduisirent les questions qui fusèrent de toutes parts jusqu'à l'apparition d'un accordéoniste. Un chœur se déchaîna dans tout le wagon.

Un peu avant midi, le train s'arrêta dans une petite station de montagne. Il n'allait pas plus loin. Une foule gaie, vêtue de cotonnades criardes, accueillit les voyageurs avec des rires et des embrassades. Georges repéra une jolie victoria tirée par deux chevaux bais aux harnais garnis de grelots. Un des étudiants les aida à fixer le prix avec le cocher en costume du pays, chapeau de velours rond et pantalon de laine brodée, et ils partirent au trot dans la vallée qu'un radieux printemps teintait de vert et de jaune. A flanc de coteau, chalets et fermes s'entouraient de jardins. Une église en bois ouvrit ses portes à deux battants et une foule colorée en sortit pour grimper dans les tilburys et des tonneaux. Le cocher se mit à chanter et il fallut s'arrêter parce qu'une noce barrait la route, descendre de victoria, embrasser la mariée, rose blonde aux yeux d'eau claire, trinquer à la vodka avec les parents et manger des petits pains sucrés avant de repartir. La vallée se resserra et la route longea un torrent que descendaient des radeaux chargés à couler de touristes hurlant de joie chaque fois que les bateliers, d'une vigoureuse poussée de leurs gaffes, les lançaient au plus fort du courant. Comme la pente s'accentuait, le cocher marcha à côté de ses chevaux. Les deux versants de la vallée convergeaient vers une gorge étroite que ne pénétrait plus le soleil, et ils se retrouvèrent soudain dans une ombre glacée, assourdis par le bruit du torrent et des cascades qui tombaient des hautes parois granitiques. Anna Ivanovna se serra contre Horace qui lui passa un bras sous la taille. Elle n'avait emporté qu'un manteau léger et frissonnait dans sa robe de toile imprimée. Ses lèvres se violacèrent et son visage refléta une détresse insupportable parce qu'elle était enfantine et qu'Horace, malgré toute sa persuasion, ne pouvait la raisonner. Enfin, la gorge s'ouvrit et la route déboucha sur un large cirque de montagnes grises et nues tendant leurs pics et leurs arêtes vers un ciel d'un bleu aussi pâle que les yeux de la jeune mariée. Au milieu du cirque, des sapinières entouraient comme un écrin de petits lacs opalescents. D'un de ces lacs partaient les radeaux montés par les rudes Zakopanais en boléros brodés et chapeaux de velours. La victoria s'arrêta devant un chalet-auberge.

— Nous allons manger quelque chose, dit Georges.

On leur servit des œufs et de la bière sur des tables en bois au bord de la route. D'autres promeneurs, venus à pied ou à bicyclette, déballaient des paniers de provisions et les mères, de leurs voix rugueuses, appelaient les enfants dispersés au bord du lac ou auprès des balançoires. C'était n'importe quel dimanche heureux de la Pologne, par beau temps, avec un peuple qui a un généreux sens de la vie, un appétit solide et un trop-plein de forces à dépenser.

— C'est très joli, dit Anna Ivanovna, mais fallait-il aller si loin pour rencontrer des montagnes, des lacs, des pins et des braillards?

— Vous n'avez encore rien vu, dit Georges. Nous allons grimper sur la montagne. Il n'y a pas de plus beau panorama en Pologne.

— Je ne suis pas très portée sur la montagne. Je crois que je vous attendrai ici.

— Tu ne peux pas manquer ça! dit Ho.

— Tu me le raconteras, tu racontes si bien!

— Je te demande cet effort.

— Sois bon, n'insiste pas.

Un vieil autocar jaune arrivait bondé de pique-niqueurs qui descendirent en hurlant et chantant. Parmi eux se trouvait l'accordéoniste du train. On l'installa avec une chaise sur une table et il joua des refrains populaires que tout le monde reprit en chœur.

— Je ne peux pas te laisser ici seule avec tous ces gens!

— Oh, ils sont très bons en Pologne, très gentils. Tu les as vus dans le train...

— Oui, ils sont encore à jeun. Dans un moment, ils seront tous saouls.

Elle eut une expression de dégoût intense et Ho ajouta:

— Et quand ils sont saouls, ils ne savent pas ce qu'ils font.

— Alors, allons-y tout de suite, mais quand je serai fatiguée nous nous arrêterons.

Un chemin en lacets grimpait au flanc du Kasprowy. Des excursionnistes en descendaient, d'autres entamaient l'ascension et s'interpellaient d'un virage à l'autre pour essayer l'écho cristallin renvoyé par le cirque des montagnes. Anna Ivanovna s'accrocha au bras d'Horace, sans dire un mot, attentive à ne pas tordre ses pieds chaussés de chaussures de ville. Peu à peu, le paysage se dégagea, immense et saisissant de force pure. Ils étaient à peine à la moitié qu'Anna s'arrêta :

— Je n'en peux plus!

— Anna, ma chérie, dit Horace avec l'accent du désespoir, Anna, je ne te demanderai qu'une chose dans ma vie, une seule, et je te la demande aujourd'hui : viens avec nous.

— Mais pourquoi? Pourquoi?

— Je ne le sais pas moi-même.

Elle tourna vers Georges son regard brillant de larmes :

— M'expliquerez-vous?

— Non.

— Pourquoi?

— Pas maintenant.

— Oh! dit-elle, avec une résignation presque intolérable, je ferai tout ce que vous voudrez.

Ils la prirent chacun par un bras et continuèrent. Les excursionnistes se raréfièrent, mais ils rencontrèrent encore un groupe de jeunes garçons qui se préparaient avec des crampons, des pitons et des cordes à escalader la face nord du Kasprowy. Un massif Polonais leur donnait ses dernières instructions et les enfants se mirent à chanter et à interpeller les trois promeneurs. Ho répondit en anglais et ils restèrent abasourdis avant que le plus hardi, un gros rouquin aux yeux pétillants de malice, ose crier : « *God save the Queen!* » Le moniteur lui fit une observation mais tout le monde rit et un garçon offrit un verre de lait à Anna Ivanovna qui hésitait à le boire quand Horace lui dit :

— Bois-le! Ce ne sont pas des Russes, ce sont des Latins du panslavisme. J'aime qu'il y ait des irréductibles.

Pendant une centaine de mètres, ils entendirent encore les chants de la cordée qui commençait son ascension et s'engageait sur une arête. Le sentier s'élevait, taillé dans la roche

485

dure, semé de pierres coupantes, entre lesquelles poussait une herbe maigre et folle. Des silex entaillèrent un soulier d'Anna, et Horace voulut se baisser pour voir s'il tiendrait plus longtemps.

— Non, laisse-moi! dit-elle.

Ils aperçurent enfin le col, une crête incurvée, semée de quartiers de roches qui semblaient avoir roulé des flancs du Kasprowy. Quand un vent léger les enveloppa, Anna frissonna et se serra contre Ho. Son peigne en écaille se brisa en tombant et le lourd chignon déroula sur les épaules un flot de cheveux noirs qui masquèrent à demi son visage. Elle avançait comme une aveugle, portée par les deux hommes qui s'efforçaient de lui éviter la fatigue du sol pierreux, des cailloux roulant sous les pieds. Les doigts d'Ho se croisèrent avec ceux de sa femme comme s'il voulait lui communiquer sa détermination puisque tout cela était pour elle. Au sommet du col ils reçurent en plein visage l'haleine fraîche du vent et s'abritèrent derrière une sorte de menhir planté dans le sol.

— Arrange tes cheveux! dit Ho en lui tendant un mouchoir.

Anna tordit le mouchoir et noua ses cheveux sur sa nuque. Son fier visage reprit sa dignité et elle contempla les deux versants qui s'offraient à leur vue : la rude descente vers les lacs et les bois de sapins, et de l'autre côté une pente plus douce et encaissée jusqu'à une plaine semée de villages. A la fin de la guerre, des milliers de Polonais fuyant l'invasion soviétique étaient passés par là pour gagner la Tchécoslovaquie et l'Allemagne de l'Ouest, puis les Russes avaient verrouillé la frontière, la rouvrant en 1956 après que les ouvriers de Varsovie eurent desserré l'étau communiste. Sueur, sang et larmes avaient arrosé ce sentier de pierre maintenant abandonné aux excursionnistes du dimanche. Mais si la Pologne, en un geste fou, défiant la Russie chancelante d'après le stalinisme, avait reconquis une partie de ses libertés, la Tchécoslovaquie venait de perdre celles qu'elle avait cru retrouver pendant le printemps de Prague. Une patrouille de deux gardes montait vers le col. Georges prit la main d'Anna Ivanovna :

— Maintenant, avez-vous compris?

— Non, je n'y crois pas.

— Faites comme si vous y croyiez. C'est l'essentiel.

Horace prit sa femme dans ses bras et la pressa contre lui.

— Encore un instant de courage! dit-il.

— Et si nous sommes repris?

— Nous ne le serons pas.

Les gardes marchaient comme à la promenade. L'un des deux retira sa casquette.

— Tu n'as pas passé trois ans dans un camp, toi! dit Anna.

— Je m'apprête à quelque chose d'autre.

— Les Anglais te pendront. Et qu'est-ce que je deviendrais? Est-ce vrai, Ho, que tu veux risquer ça pour moi? Mais moi je ne veux pas. Je veux vivre avec toi. Je ne veux pas qu'on arrache encore un homme de mon lit au petit matin sans que je le revoie jamais.

Les gardes n'étaient plus qu'à deux cents mètres. On les entendait parler. Ils montaient d'un pas régulier de montagnard. Anna repoussa Horace et s'adossa au rocher. Son beau visage se crispa et ses yeux sombres trahirent son affolement.

— Jamais! Tu entends? Je vais crier!

— Un instant! dit Georges.

— Si nous ne retournons pas tout de suite en Pologne, je crie.

— Un instant encore.

Horace, livide, appuya son front contre la paroi de pierre.

— J'ai une chose à vous apprendre! dit Georges.

— Vous allez mentir!

— Horace retourne en Angleterre. Il n'a jamais trahi l'Angleterre. C'est pour son pays qu'il a joué double jeu depuis vingt ans. Il ne peut plus rester en Russie. Il y est brûlé.

Horace se détourna. Ils ne virent plus que son dos, sa tête rentrée dans ses épaules, ses mains qui se posèrent sur ses oreilles comme pour ne plus entendre.

— Vous mentez! dit Anna.

— Non.

Elle abaissa ses bras le long du corps.

— Pardon. Mille fois pardon. Que faut-il faire?

— Vous parlerez russe avec Ho. Nous sommes censés être là depuis un moment. Nous venons d'en face et nous redescendrons avec eux.

— Et s'ils ne marchent pas, s'ils se doutent que nous venons de Pologne?

— Alors, je vous demanderai de ne pas regarder. Ce ne sera pas long. Les gardes-frontières sont tous des montagnards. Ils tirent bien, mais ils sont longs à comprendre.

Ho découvrit ses oreilles et se tourna vers eux :

— Je crois qu'il faut y aller!

— Oui, allons-y. Vous n'êtes pas trop rouillé, Horace?

— Je l'espère.

— Nous devons tout essayer avant de les tuer s'il le faut.

— Les tuer? dit Anna, la voix horriblement rauque.

— Maintenant, vous ne parlez plus que le russe.

Les gardes les avaient enfin aperçus. Ils arrivaient en souriant, chacun une fleur à la bouche...

La chaussure d'Anna céda au cours de la descente et la jeune femme tomba sur un genou malgré l'appui qu'elle avait pris sur le bras d'Horace. Elle s'assit sur une pierre, laissant son mari enlever le bas déchiré, éponger le sang qui coulait d'une profonde coupure. Il était maladroit et Anna ne le regardait même pas. Tout lui était devenu indifférent, même l'espoir d'échapper au monde dans lequel elle avait vécu. Elle se remit debout sans une plainte et ils continuèrent leur descente parmi des pâturages et des bosquets de bouleaux. Bientôt apparurent de petites fermes adossées à la montagne. Un paysan en habit du dimanche coupa leur route, poussant devant lui quelques vaches aux pis gonflés. Le chemin s'élargit aux dimensions d'une route. Une borne indiqua : Poszn, 2 km. Des garçons et des filles se promenaient par couples, en se tenant par la main, silencieux, les yeux baissés, inclinant la tête quand ils les croisaient. C'était un beau dimanche après-midi, dans une campagne grasse et paisible, au milieu d'un peuple discret jusqu'à l'effacement. Peu avant le village, ils aperçurent une voiture arrêtée. Ses deux occupants, un couple, avaient

488

dressé une table de camping et mangeaient, l'air distrait, assis sur des pliants. Au passage, l'homme leva son gobelet et lança un retentissant :

— Tchin, tchin!

— C'est lui, arrêtons-nous! dit Georges.

Ils burent à tour de rôle comme si de rien n'était et la femme commença de ranger les éléments du pique-nique. Anna s'assit sur un pliant et souleva le bord de sa jupe. Le sang détrempait le mouchoir noué autour du genou par Horace. La femme l'aperçut et prit dans la voiture un coffret marqué d'une croix rouge. Elle nettoya les deux lèvres de la plaie, les badigeonna de mercurochrome et entoura la blessure d'une bande de gaze. Puis elle recoiffa Anna et lui noua les cheveux avec un ruban. Tout cela sans un mot, pendant que l'homme rangeait le panier du pique-nique et la table pliante dans le coffre de la voiture, une Skoda immatriculée en Tchécoslovaquie. Quand il eut fini, il dit à Georges en un anglais rocailleux :

— Il faut partir. Nous avons le temps, mais je voudrais garder une marge en cas de contrôle routier.

La femme s'assit devant avec le chauffeur. Georges, Horace et Anna se serrèrent sur la banquette arrière. La Skoda traversa Poszn et s'engagea sur la route de Bratislava. De temps à autre, le chauffeur murmurait quelques mots en se penchant sur sa compagne qui suivait leur itinéraire avec une carte déployée sur les genoux. La femme vérifiait à l'aide d'une loupe et opinait. Ils étaient tous les deux taillés sur le même modèle, assez petits et corpulents, des cheveux blond filasse coupés très court. Un moment, ils s'engagèrent sur un chemin de traverse et firent un assez long détour avant de retrouver la grand-route.

— Contrôle! dit l'homme en levant le doigt et en riant très fort.

Ils ne purent cependant en éviter deux avant la tombée de la nuit. Une chicane barrait la route. Il fallait s'arrêter, montrer les papiers de la voiture. Les gendarmes opéraient assez mollement, mais un peu plus loin une voiture anonyme veillait.

— Les Russes! Ils ne se montrent pas.

Aux approches de Bratislava, la circulation se fit plus dense. Les voitures roulaient à la queue leu leu sur l'étroite route, sagement, sans chercher à se dépasser. Le chauffeur glissa hors de la file et s'arrêta sur une aire de stationnement déserte. Il déchira l'étoffe de son siège et en sortit trois passeports.

— Voilà! J'ai aussi trois valises pour vous. Vous avez chacun eu un visa d'une semaine pour visiter Prague. Ils vous ont été délivrés à Vienne, à des dates différentes. Bien entendu, ils ne résisteraient pas à un contrôle sérieux poussé jusqu'à Prague, mais il est peu probable qu'on s'en donne la peine. Pendant les derniers kilomètres je vous dirai exactement ce qu'il faut répondre à la police frontière. A partir de maintenant, vous ne parlez plus qu'anglais.

— Je ne peux pas marcher avec mes chaussures! dit Anna.

L'homme donna un ordre bref à la femme qui se déchaussa et offrit ses souliers. La voiture réintégra la file qui entrait dans Bratislava. Avec la nuit, tomba un crachin qui lustrait les trottoirs et la chaussée de la ville noire et mal éclairée, profonde comme un cachot.

— Nous sommes en avance, dit l'homme. Il ne serait pas prudent de s'arrêter. Je vais rouler dans différents quartiers. Nous n'avons pas besoin d'être à la gare avant neuf heures.

Tandis qu'ils tournaient en rond dans la ville, le chauffeur les renseigna sur le contrôle exercé avant la montée dans le rapide pour Vienne, puis au passage réel de la frontière à quelques kilomètres de là. Tout était minutieusement prévu.

— Sauf l'imprévu! ajouta-t-il en riant avec lourdeur. Et l'imprévu est souvent la présence d'un policier soviétique auprès du commissaire tchèque. Cela peut donner deux résultats opposés : ou bien le commissaire perçoit un détail suspect et s'efforce aussitôt de le dissimuler à son homologue russe, ou bien il se livre à un zèle éperdu et le train part avec deux ou trois heures de retard.

Murs, usines, magasins aux devantures mortes, habitations à bon marché avec leurs tragiques façades anonymes, cinémas dont la sonnerie se vrillait dans l'oreille, passants qui couraient courbés sous la pluie défilaient derrière les vitres embuées. Anna Ivanovna n'écoutait pas. Elle serrait la main d'Horace dans la sienne et se tenait droite et cambrée sur la banquette arrière. Les phares d'une voiture croisée, un réverbère éclairaient de temps à autre son visage immobile. Un peu avant neuf heures, le chauffeur les débarqua dans trois rues différentes, munis chacun d'une valise. Georges prit la direction de la gare. Au premier carrefour, il aperçut devant lui Anna Ivanovna qui marchait avec peine, déséquilibrée par sa valise à bout de bras. Trébuchant dans ses chaussures trop grandes dont le talon claquait sur le macadam, elle traversa une flaque d'eau sans paraître y prêter attention, changea plusieurs fois sa valise de main, mais sans souffler. Il la suivit jusqu'à la gare où Horace, déjà arrivé, avait pris place dans une file d'attente devant la porte du commissariat. La porte s'ouvrait, découpant un rectangle de lumière crue, un voyageur en sortait et se dirigeait vers le train en stationnement gardé par des soldats en armes. Un autre voyageur entrait et la file d'attente un instant muette reprenait son murmure timide. Horace ne demeura pas deux minutes. La difficulté commencerait avec Anna. Si le commissaire avait de l'oreille, il percevrait tout de suite son accent russe quand elle répondrait en anglais. Georges la vit se raidir, pénétrer la tête haute par la porte entrouverte, ressortir quelques instants après pour se diriger vers le train, et il imagina le vertige qui s'emparait d'elle, le cœur gonflé à éclater d'une espérance à laquelle elle avait cru renoncer pour toujours. Elle avançait à pas lents, épuisée de fatigue ou droguée, la volonté tendue pour résister à l'envie de courir. Quand elle voulut grimper dans le wagon, son pied glissa et perdit une chaussure sur le ballast. Des employés passèrent, un soldat en armes tendit le cou pour voir Anna qui s'agenouillait et repêchait la chaussure entre les boggies. Deux ou trois secondes elle resta immobile sur le quai, à quatre pattes, pitoyable et désemparée, puis la ténacité fut plus forte, elle se releva, posa le pied sur la marche, découvrant son genou bandé, se hissa dans le wagon en un dernier effort et disparut.

Pour Georges, le contrôle de police ne fut qu'une formalité. Un commissaire et deux inspecteurs tchèques s'emparèrent de son passeport, prirent note du numéro du visa, vérifièrent qu'il n'était pas sur la liste des suspects et tamponnèrent plusieurs fois la même page. Affalé dans un fauteuil en osier, les pieds tendus vers un appareil de chauffage électrique porté au rouge, un jeune homme au crâne rasé buvait du café. Dans le visage lisse et poupin, brillaient deux yeux gris inquisiteurs. Pas un muscle de son visage ne bougeait et il sembla même boire sa tasse sans desserrer les lèvres.

Quelques voyageurs occupaient déjà des compartiments. Georges aperçut Anna Ivanovna seule et Horace seul aussi. Il continua quelques pas et posa sa valise dans le filet à côté de celle d'un petit homme frileusement emmitouflé dans une cape autrichienne et coiffé d'un chapeau vert. Ils échangèrent un signe de tête. Une demi-heure après, des cheminots verrouillèrent de l'extérieur les portes des wagons. Le convoi s'ébranla par secousses brutales, dans un vacarme de chaînes et de tampons heurtés. Sur le quai, un sous-officier rassemblait les hommes de garde. Le commissaire et les deux inspecteurs tchèques sortirent de leur bureau et regardèrent passer les wagons. Le train roula lentement entre des murs noirs, puis entre des haies de maisons aux maigres lumières. Il y eut encore des arrêts brusques, des coups de sifflet, et la nuit trouée soudain par les torchères d'usine, des projecteurs blafards illuminant une cour, des aiguillages qui secouaient les wagons, des hommes qui marchaient le long du ballast en balançant une lampe rouge au bout de leur bras. Puis le train s'arrêta dans une sous-station bondée de soldats en armes. Des douaniers montèrent à chaque extrémité et commencèrent la fouille. Le front collé à la vitre, Georges contemplait les quais quand il aperçut en veste de cuir, sans chapeau, le Soviétique du commissariat de police. Les mains dans les poches, il contemplait leur wagon en mâchonnant une cigarette. A un moment, il hocha la tête et peu après apparurent sur le quai deux hommes également en manteau de cuir encadrant Horace McKay. Ils restèrent quelques minutes éclairés par une ampoule nue fichée dans le mur. Le crâne rasé parlait à

Ho qui répondait avec calme. Un des policiers partit et revint avec une valise et tous les quatre s'engouffrèrent à l'intérieur d'un bureau par une porte en verre dépoli. La fouille terminée, le train s'ébranla de nouveau, parcourut un espace sans vie et s'arrêta dans une gare vivement éclairée. Des douaniers et des policiers autrichiens montèrent à bord. Le petit homme sur la banquette en face de Georges arbora un large sourire et retira la capote qui l'emmitouflait. Un brouhaha de voix allemandes envahit le couloir, bientôt mêlé d'interpellations en anglais. La portière glissa et Patrick X... apparut :

— Ça y est! Vous pouvez respirer. Où est Ho?

— Il a été arrêté au dernier contrôle.

— Oh, merde!

Sur la banquette le petit homme sursauta et ouvrit la bouche, mais aucun son n'en sortit. Patrick X... ôta sa casquette et s'effondra sur la banquette. Derrière lui deux Autrichiens en civil se regardèrent avec stupéfaction.

— Et elle? demanda l'Anglais.

— Elle doit se trouver dans un compartiment à l'avant de ce wagon. Je n'ai pas vu qu'on l'arrêtait.

— Vous êtes certain?

— Allons-y!

Anna Ivanovna, les mains sur les genoux, était assise toute droite sur la banquette. Elle ne détourna pas la tête quand Georges entra, et il lui posa doucement la main sur le bras.

— Anna Ivanovna?

— Nous sommes libres? demanda-t-elle.

— Vous êtes libre.

— Où est Horace?

Il ne répondit pas. Il ne pouvait pas parler à ce profil glacé dont le teint mat tournait à la pâleur de cire.

— Où est-il? Pourquoi ne vient-il pas?

— Il faut être très courageuse, Anna Ivanovna.

— Ne me demandez pas de choses pareilles. Où est-il?

— Ils l'ont arrêté.

Patrick X... se tenait sur le pas de la porte, mâchonnant sa moustache grise.

— Des amis l'attendaient ici, reprit Georges. Ils s'occuperont de vous.

— Pour quoi faire? je ne sais rien de ce monde. Je veux retourner en Russie avec Ho.

— Ce serait retourner dans l'Oural.

— Oui, au mieux... ils vont le torturer, le tuer.

Des larmes roulèrent sur ses joues sans qu'elle abandonnât son attitude hiératique, mais ses mains se crispèrent sur ses genoux.

— Il n'a pensé qu'à vous.

— Tout est de votre faute!

— Non, je n'ai fait que l'aider. L'idée venait de lui.

— Il ne me rejoindra jamais.

— Rien n'est heureusement définitif.

— Je l'attendrai.

Patrick X... s'approcha :

— Nous ne vous abandonnerons pas.

C'était un grand homme mince et d'une élégance un peu surannée dès qu'il ne vivait plus dans son milieu londonien. Anna Ivanovna leva les yeux vers lui, observa ce visage ridé avec distinction. La voix, aussi, avait un grand charme.

— Je n'en peux plus! dit-elle.

Sur le quai, retentit un long coup de sifflet et le train gémit avant de prendre de la vitesse. Les lumières de la gare défilèrent en clignotant, puis ce fut la campagne plongée dans une nuit d'autant plus impénétrable que la pluie giflait les vitres. Anna Ivanovna soupira longuement. Ses doigts s'ouvrirent, abandonnant l'étoffe de sa robe qui retomba sur ses genoux. Elle retourna ses mains et en contempla les paumes humides de sueur. Il était bien qu'elle entrât ainsi dans l'autre monde : les mains nues, son beau visage impassible offert à la curiosité déchirante des hommes penchés sur elle, et qui lui parlaient sans qu'elle les entendît.

En guise de postface

Les pages qui précèdent venaient d'être imprimées et j'en avais envoyé un jeu d'épreuves à Georges quand, après un silence de plusieurs mois, il m'écrivit d'Irlande. Je cite sa lettre parce qu'elle peut servir de postface à une histoire qui n'a pas de fin et n'en aura sans doute jamais.

Oui, Silver Star va très bien. On vient de le tondre. Il est beau comme un dieu et plus doux que jamais. Nous avons inventé un langage commun et nous nous comprenons très bien. Mon ami le héron a disparu pendant trois semaines. Le voilà revenu, avec des airs mystérieux qui ne trompent pas : une histoire de femme sûrement. Ben et Maureen ne prospèrent pas et vivent d'espoir. Joe me demande à peu près tous les jours de vos nouvelles. Il vous prie de ne pas oublier le Connemara et prétend que vous n'avez pas tout dit sur le dernier match France-Irlande. Nous avons engagé un grand pari : il prétend que je ne resterai pas un an ici sans bouger de nouveau. Il est sûr de gagner. Moi aussi.

Merci pour les épreuves. Tout relu d'un bloc. Ce n'est pas à moi d'apprécier. Je me suis vu raconté par vous comme s'il s'agissait d'un étranger. Mieux encore : les lettres que vous citez me rappellent des humeurs si oubliées qu'elles ne sont plus miennes. De temps à

495

autre un détail m'a frappé comme une révélation. Parce que vous avez vécu cela en partie vous-même, en partie à travers Sarah (toujours rien d'elle!), Daniel (il prospère dans le désastre organisé de sa vie sentimentale), Horace, Barry ou moi, vous avez imprimé à la vie une cohérence que je lui refusais. Je ne vois rien à ajouter.

Toutefois, on peut souligner une ou deux choses et poser au moins quelques points d'interrogation dans les espaces blancs.

Si j'avais été vous, je me serais beaucoup plus étendu sur l'impression extraordinaire que m'a faite la Pologne. Le communisme semblait avoir compris que nous allions le fuir et, pour tenter de nous garder, il ordonnait autour de nous trois un cortège de fêtes, de plaisirs et de rires. Il montrait au réel son visage confiant et fraternel. Il embaumait la saucissonnaille et la vodka. Les êtres y apparaissaient dans leur simplicité et leur vigueur. Ils parlaient à voix haute, conjurant ainsi la sorcellerie exercée par les polices secrètes. Le malheur, évidemment, est qu'il ne s'agissait pas d'un communisme très orthodoxe, mais de son accommodation à la sauce polonaise par un peuple dont la santé morale et l'énergie sont inaltérables. Ajoutez à cela que la Pologne est restée dans l'orbite russe, point essentiel pour l'équilibre international. Jamais je n'ai eu autant envie de sauter le pas. La logique le commandait mais... j'avais promis. J'étais pris dans l'engrenage et le coup me paraissait assez beau en soi : l'Occident avait trop bêtement perdu la face avec l'affaire McKay. Il était temps que les Russes la perdissent à leur tour.

Nous ne saurons pas ce qui s'est passé, à moins qu'Horace revienne un jour, ce dont je doute fort désormais. Avez-vous assez montré que cet homme cynique et renfermé, possédé par une grande idée mûrie dans le secret absolu de soi, était capable d'un remords? Il est vrai que personne ne pouvait le deviner et qu'il nous a surpris. Le plus curieux est qu'il s'agissait d'un remords pressenti. Rappelez-vous la visite qu'il me rendit à Paris au retour d'Ankara... Il est possible qu'il se soit trouvé là devant un cas humain, hypothèse qu'il avait jusqu'alors négligée avec le plus parfait dédain. Son retard admirablement machiné pour arriver dans la capitale turque après que Moscou eut été avisé de la trahison du mari d'Anna Ivanovna l'a fait complice d'une exécution sauvage et rapide. C'est bien la seule plaie qu'il portait en lui, mais il la portait et, un jour, mal soignée, elle s'est rouverte de nouveau quand il a rencontré Anna Ivanovna. Je crois qu'il l'a aimée passionnément avec la même ingénuité que Barry montrait envers Chrysoula. Il a voulu réparer en lui offrant la liberté dans le monde dont elle rêvait. En même temps, il lui sacrifiait sa vie. Dans son propre pays, il aurait été sinon pendu, du moins incarcéré à vie. Patrick X... ne m'assurait de rien. Ils ont tenté de fléchir la Military Intelligence en proposant d'adopter la version d'un Horace agent double roulant les Russes, ou d'un communiste renégat repenti. Vous voyez d'ici l'énorme publicité, l'affront lavé dans un grand éclat de rire, que les Soviétiques auraient mal digéré. Mais la M. I. avait trop souffert de l'affaire qui la ridiculisait et les travaillistes au pouvoir lui avaient fait payer durement la longue trahison d'Horace. On pensait à se venger plutôt qu'à saluer par un feu d'artifice le retour de ce boomerang. Ho était d'ailleurs sans illusions. Oui, il se sacrifiait et un jour Anna Ivanovna apprendrait qu'il avait été l'instrument de son premier malheur. Il est inutile d'ajouter qu'elle ne lui aurait jamais pardonné.

Cela dit, que s'est-il passé au poste frontière

alors que le plus difficile était fait? Nous l'igno-
rerons toujours. Pour moi il s'est donné aux
Russes, une fois sûr qu'Anna Ivanovna était
sauve ou presque. Il peut avoir craint le sort
déshonorant qui l'attendait comme il peut avoir
eu envie de donner à sa femme la plus grande
preuve d'amour qui fût en sa mesure. Il est
encore possible qu'il ait joué de malchance, que
le Russe commis à la surveillance des policiers
tchèques l'ait reconnu. N'oublions pas qu'Horace
avait été décoré de l'ordre des « Héros de l'Union
Soviétique ». Toute la presse avait parlé de lui
en Russie et dans les colonies russes des Balkans
et de la Baltique. S'il a été interrogé, il ne s'est
en tout cas pas mis à table. L'agent délégué par
Patrick X... à Poszn pour nous conduire à Bratislava n'a pas été arrêté comme nous l'avons
craint un moment. Horace a tout pris sur lui.
Il s'est conduit en homme, attitude que j'appelle-
rais assez volontiers résurrection. Vous pensez
bien que je ne m'aventure pas à juger son caractère. Ce serait indigne. Mais, enfin... nous gar-
dions une épine dans le pied. Ho détestait Barry :
une question de peau, je crois, autant qu'une
question d'idées. Il est certain qu'Ho a entraîné
Barry dans l'aventure communiste, profitant de
l'amertume de ce dernier après l'échec de Mission II. Barry avait un féroce besoin de se sentir
encadré, discipliné, entraîné dans un grand
mouvement. Quand il s'en s'est séparé après
l'histoire de Kruglov et Fedorov au Mexique,
Ho a été terrifié. Si Barry parlait, Ho était perdu,
et son monument de duplicité s'effondrait. Barry
s'est tu. Cette loyauté agaçait Ho et suspendait
au-dessus de sa tête une épée de Damoclès, crainte
intolérable pour un homme embarqué dans une
histoire d'aussi longue haleine. Lâchement, Ho
a tenté de liquider Barry par le biais de Delia
Courtney. Comme nous le savons, ce fut l'échec,

et Barry a dénoncé Ho, sans doute juste après sa fuite d'Égine, non sans hésitation, à la suite d'un dramatique débat intérieur dont les ondes nous sont parvenues en Aden, le soir où Ho s'est mis à fabriquer des boulettes de pain... Le pouvoir de Barry est tout à fait hors du commun, une chose inintelligible pour nous et qui nous laisse incrédules, mais il existe... nous le savons, nous ne pouvons pas le nier. Et la meilleure preuve est qu'il est capable d'exercer ce pouvoir sur son propre cas... Sans doute, a-t-il changé de personnalité une nouvelle fois ces jours-ci. Je viens, en effet, de recevoir une brève lettre de lui, postée en Inde. Il m'annonce qu'il compte disparaître pour quelques années. Je l'imagine sur les hauts plateaux du Tibet où l'air est enfin pur.

Je serai moins tendre pour Anna Ivanovna. Cette femme belle et tragique, fière et blessée, dotée, croyions-nous, d'une âme sans faille, n'était peut-être qu'une midinette assoiffée de bas nylon, de téléphones blancs et de produits de beauté. Il y a des visages qui trompent. Elle a succombé à la pourriture qu'on lui offrait sur un plateau d'argent. J'ai, sur ma table, le livre qu'elle vient de publier : *J'ai été la femme d'Horace McKay*. On peut à peine humer ça! Une platitude à vomir. Mais, comme dirait Joseph Lubkavicz : « Mon cherr', c'est de l'orr', de l'orr'... » La voici assise sur son tas de dollars, ayant retrouvé de vagues parents géorgiens à New York et, nous dit la presse, demandée en mariage au moins dix fois par jour. Elle a signé la semaine dernière un contrat pour jouer son propre rôle dans un film. Elle pourrait aussi bien faire du strip-tease si elle le désirait, ouvrir un restaurant ou épouser un milliardaire. Elle ne nous appartient plus. Je ne la condamne pas, puisqu'elle a cédé à ce que notre monde occidental offre de plus sérieux : la facilité dans l'abjection. Tirons un trait.

APPENDICE

POUR QUELQUES PRÉCISIONS
SUR MISSION I ET MISSION II

Je n'ai pas voulu inclure dans le corps du récit l'historique de Mission I et de Mission II auquel il est souvent
fait allusion, mais peut-être trouvera-t-on intéressant d'en
connaître l'exact déroulement sans affabulation et sans
clin d'œil au public comme dans le livre de Terence Holywell. Le caractère de Barry, celui de Ben dit Pluto s'en trouveront sans doute aussi éclairés. Naturellement, je n'en
donnerai ici que le squelette. Les détails composeraient
un livre, un tout autre livre que celui dont il s'agit ici. J'ajouterai d'ailleurs que ces détails ont perdu de leur importance
dans la grande histoire de la Seconde Guerre mondiale,
où, si l'on en croit les bilans officiels, ce sont finalement les
avions, les canons, les chars, la marine et les mille soleils
d'Hiroshima qui ont remporté la victoire, et non pas les
obscurs combattants de l'ombre ou les politiciens à la solde
de leur propre gloire.

Il s'agissait, vers 1942, de créer chez l'ennemi une psychose du débarquement. Psychose à double tranchant
puisqu'elle l'amenait d'une part à renforcer ses défenses
côtières, ce qui rendrait le débarquement futur plus difficile,
mais d'autre part aussi à disperser ses atouts : divisions
cuirassées d'élite, armement lourd, D. C. A. et réserves
fraîches. Les Alliés décidèrent donc de faire porter les
soupçons des Allemands sur les Pays-Bas. Ce fut le rôle de
Hay Street — organisation parallèle, toute-puissante,
relevant directement du Premier ministre — d'induire

l'ennemi en erreur. Barry, muni du blanc-seing de Sir Charles, monta une classique mission de renseignement dont l'avant-garde, composée d'un officier de la Military Intelligence, d'un sous-officier radio et de trois agents remarquablement entraînés, fut parachutée en Hollande à vingt kilomètres de Rotterdam. A leur atterrissage, ils furent accueillis par une compagnie de gendarmerie allemande. L'officier voulut se défendre et fut abattu; un des agents, ayant étranglé un gendarme dans l'obscurité, revêtit son uniforme, disparut et réussit à regagner l'Angleterre à bord d'une barque de pêche six mois plus tard. Les deux autres agents furent « retournés » et, en apparence du moins, le sous-officier radio accepta de se mettre en relations avec Londres sous contrôle d'experts allemands. Il obtint facilement l'écoute à sa première émission et annonça que le parachutage avait été un succès, qu'il était entré en liaison avec un réseau de résistants néerlandais, mais l'adjudant de l'Abwehr qui l'assistait lui demanda quelle était sa « faute ». Chaque radio envoyé en pays occupé devait commettre en morse une faute répétée. S'il l'oubliait, cela voulait dire qu'il n'était plus libre et avait été « retourné ». Londres ayant été alerté par le premier message sans faute, le spécialiste du centre d'écoute devait en déduire que leur correspondant était dans les mains des Allemands. Le radio fut cependant obligé de révéler sa faute à l'adjudant qui en prit note et surveilla les émissions suivantes. L'agent s'ingénia à varier sa faute pour bien montrer dans quel désarroi il se trouvait. Rien n'y fit. Londres remerciait chaudement des renseignements que lui lâchait à petites doses l'Abwehr et, un mois après, annonça un nouveau parachutage avec du meilleur matériel radio et trois nouveaux agents qui naturellement furent cueillis dès leur arrivée. Jamais les services d'écoute londoniens ne donnèrent le moindre signe d'inquiétude. Mieux encore, ils fournirent d'amples renseignements à l'Abwehr sur les parachutages d'armes et d'explosifs, et tous les points de la côte où les résistants devaient saboter la défense allemande le jour J de la grande opération. Une trentaine d'agents parachutés furent ainsi arrêtés sur le terrain même et un matériel considérable saisi. L'Abwehr put triompher. Le « retournement » du sous-officier radio était une des opérations les plus payantes du contre-renseignement. Du moins en apparence. Car, on l'a deviné maintenant que ces choses ont été révélées par la presse et des livres de vulgarisation, non seulement Londres avait remarqué l'absence de faute dans la première émission, et les fautes de faute dans les suivantes, mais les services d'écoute l'attendaient, et le parachutage initial de l'opération avait été signalé à l'Abwehr par un agent double. Le jeune radio qui, au risque continuel de sa vie, n'avait cessé d'alerter les responsables alliés par des fautes de faute, ignorait qu'il était parfaitement compris et qu'on envoyait délibérément à la torture, à la déportation et à la mort des agents rapidement exercés mais profondément dévoués à la cause. Alors? Quel bilan? Les Allemands, intoxiqués par leur propre machination, crurent réellement à un débarquement aux Pays-Bas. Deux divisions blindées furent retirées du front de l'Est ainsi que trois divisions d'infanterie, vingt escadrilles de Messerschmidt et dix de Stukas qui restèrent clouées au sol, attendant l'offensive aérienne précédant la ruée sur les plages et les digues. Toutes forces qui devaient cruellement manquer devant Stalingrad où se livrait, lors de ce terrible hiver, la bataille charnière de la guerre. Comparés à de tels résultats, que valaient la vie de quelques agents sacrifiés, un matériel sans importance livré à l'ennemi? Rien, on s'en doute, et l'opération écœurante et lâche dénommée Mission I remplit son but parce qu'elle avait été d'un cynisme total.

Barry était conscient que l'auto-intoxication de l'État-Major allemand aux Pays-Bas ne pouvait durer toute la guerre. Il fallait même l'interrompre avant que l'ennemi eût des doutes. En juillet 1943, le radio reçut ordre d'arrêter ses émissions et de rejoindre un réseau de résistance, le Haut Commandement allié ayant changé ses plans. En même temps, Hay Street préparait Mission II qui devait atterrir en Normandie et se mettre en relation avec un réseau de l'armée secrète. Le commandement en fut confié au rescapé de la première opération qui avait regagné l'Angleterre après une héroïque évasion sur une barque de pêche.

Le but était le même : obliger les Allemands, en éveillant leurs soupçons, à concentrer des forces en un point de la côte, alors que le débarquement était prévu ailleurs. Cependant, Barry avait décidé de franchir un pas de plus. Le sous-officier radio « retourné » avait beaucoup embrouillé les émissions dans l'espoir de se faire comprendre de Londres. Il n'avait pas marché à fond, provoquant plusieurs fois la suspicion de ceux qui le dirigeaient. D'autre part, il était possible que le service de contre-espionnage de l'Abwehr se doutât du véritable but recherché. On ne pouvait pas jouer deux fois la même carte, mais on pouvait faire croire qu'on la jouait. L'affaire serait payante si le nouvel envoyé connaissait la fin réelle de l'opération. Il devait être arrêté peu après son arrivée avec les deux autres membres de son réseau et, lors de son interrogatoire, révéler le secret de Mission I. Les Allemands comprendraient qu'ils avaient été bernés une première fois et qu'on tentait de les berner une deuxième selon le même procédé : les Alliés essayaient de leur faire concentrer des forces en Normandie alors que le débarquement aurait lieu sans doute en Bretagne où, conscients des difficultés d'aborder une côte difficile et escarpée, ils s'étaient contentés de fortifier Brest et Saint-Nazaire, bases de ravitaillement de leurs sous-marins. Ils tenteraient probablement de « retourner » le radio de la même façon que le premier, pour faire croire à Londres qu'ils tombaient dans le panneau, mais, au lieu de concentrer des forces en Normandie, ils les rassembleraient sur les points vulnérables de la côte bretonne. Ce plan était d'une subtilité machiavélique, mais parfaitement jouable dans la guerre que se livraient alors les services secrets. Il fallait pour la réussir un agent doué d'une maîtrise de soi à toute épreuve. Le jeune Franco-Néerlandais avait été choisi parce que l'Abwehr connaissait son signalement et l'avait manqué de peu lors de Mission I. Son retour dans des circonstances identiques confirmerait leurs soupçons.

Toute la question avait été de savoir à quel moment le responsable surnommé Pluto serait informé de l'enfer dans lequel on le lançait : avant son entraînement, pendant, ou à la dernière minute? Avant et pendant comportaient un risque de fuite, car il devait être le seul à savoir. Barry choisit la dernière minute. Si l'agent refusait, toute l'opération s'effondrait. Le dos au mur, il accepterait et l'engrenage ne le lâcherait plus. Ainsi, au moment où il s'embarquait, parachute déjà sanglé dans le dos, Pluto fut-il éclairé sur la conduite à tenir. Horace assista à la scène. Un baraquement lugubre sur un terrain de l'Essex d'où s'envolaient la plupart des missions secrètes. Une lumière jaune éclairait la pièce aux rideaux bleus tirés sur les fenêtres de papier huilé. Un froid de glace et deux hommes assis derrière une table face à un grand garçon blond, au visage durci par l'angoisse du départ. Dehors les moteurs du Lysander tournaient déjà. Les deux autres agents étaient montés dans l'avion avec le pilote qui s'impatientait. Barry avait posé le problème comme s'il ne pouvait que recueillir l'acquiescement immédiat de celui qui aurait à le résoudre :

— Vous êtes l'homme qu'il me fallait. Les Allemands ont votre fiche signalétique. Ils savent que vous avez participé à Mission I et que vous vous êtes échappé au moment de l'arrestation du réseau. Il faut que vous sachiez que c'est nous, ici, qui avons donné le renseignement à l'Abwehr dans l'intention de vous faire prendre tout de suite. Grâce à cela, pour des raisons que vous comprendrez facilement, nos ennemis sont tombés dans le piège que nous leur avons tendu. Nos pertes en hommes ont été douloureuses. Vous savez que nous avons sacrifié une trentaine d'agents aux Pays-Bas. Mission II a le même but, mais il est difficile de croire que l'ennemi se laissera prendre de nouveau. Votre rôle est donc à l'opposé de celui du sous-officier radio qui a été « retourné » à Rotterdam. Vous serez arrêté, non pas à l'atterrissage, mais dans quelques jours. Ne tirez pas. Sauvez votre vie. Vos camarades ne doivent rien savoir. Vous révélerez aux Allemands que Mission I était un traquenard et que nous leur en tendons un deuxième du même style, pour qu'ils croient au débarquement en Normandie alors que le Quartier général des forces alliées prépare l'investissement de la Bretagne...

Peu à peu, le sang s'était retiré du visage de Pluto. Il était là, raide comme un piquet, les lèvres serrées. La foudre tombait sur lui qui croyait partir pour une aventure héroïque et découvrait soudain qu'il participait à une infamie, justifiée par la fin certes, mais une infamie quand même en face de laquelle une conscience pouvait hurler à mort. Horace prétend que Barry ne nota même pas le trouble de Pluto. Assis, les mains à plat sur la table nue, le petit homme au physique ingrat dont la tête commençait de rentrer dans les épaules dominait complètement le beau géant blond raidi dans un garde-à-vous dérisoire. Toute la force de Barry tenait dans son assurance que l'agent qui l'écoutait entrerait dans son plan, qu'il n'était pas d'autre solution pour lui que de s'y plier et de le réaliser avec une foi à toute épreuve. Le pilote avait déjà envoyé un mécanicien prévenir qu'on retardait sur l'horaire. Dans une heure, la lune se levait. Elle éclairerait le parachutage qui devait avoir lieu en retrait de Dieppe, aux abords de la forêt d'Arques où quelques hommes d'un réseau s'apprêtaient à accueillir les agents de Londres. Barry avait tendu les mains à Pluto :

— Compris?

— Oui.

— Vous avez quelque chose à dire? Je ne veux pas que vous partiez avec une question rentrée.

— Oui, mais vous allez répondre que ça ne me regarde pas.

— Alors gardez votre question et que Dieu vous aide.

Horace l'avait accompagné jusqu'au Lysander. Au moment où Pluto embarquait, il lui avait glissé dans la main une fiasque de whisky. Dans la nuit noire, l'avion s'était envolé lourdement vers la France.

Il est certain que Pluto avait d'abord, avec loyauté, essayé d'accomplir sa mission dans le cadre qui lui était imparti. Arrêté aux environs de Neuchâtel-en-Bray, il avait accepté de se « retourner » et l'Abwehr crut, une nouvelle fois, réussir un coup d'autant plus sensationnel qu'elle découvrait maintenant combien elle avait été trompée aux Pays-Bas. La liaison fut maintenue avec Londres qui, apparemment, tomba à son tour dans le panneau, larguant aux environs du Mont-Saint-Michel un commando de saboteurs aussitôt cueilli avec son matériel par la Feldgendarmerie. En même temps, l'Abwehr adressait au Grand Quartier général du Führer un rapport annonçant que les Alliés envisageaient de débarquer en Bretagne. Le rapport fut glissé dans un tiroir. Aux yeux du Führer, l'Abwehr avait perdu la face aux Pays-Bas en se laissant grossièrement tromper par les Britanniques. Aucun renfort ne vint stationner en Bretagne; d'ailleurs l'Allemagne, en cet été 43, puisait abondamment dans ses réserves pour contenir à grand-peine un front élastique à l'Est. La machination de Barry tombait à plat. Pas tout à fait cependant : en rendant évidente la mystification de Rotterdam, elle avait jeté dans les hautes sphères de la Wehrmacht un lourd discrédit sur les services de l'Abwehr. Un but était atteint et si ce n'était pas celui souhaité par Hay Street, c'en était quand même un et capital. Mais Barry devait l'ignorer longtemps, et plus encore Pluto qui continuait de rester en relations radio avec Londres. Tout se gâta parce qu'il jouait trop bien le jeu et que les Allemands crurent l'avoir assez en main pour le confronter avec un nouveau groupe de saboteurs largués aux environs de Caen. Deux de ces hommes venaient d'être interrogés et Pluto se trouva en face de loques humaines aux visages écrasés à coups de poing, aux ongles arrachés, aux sexes ensanglantés. L'épreuve était de trop. Il s'effondra, parla et, cette fois, l'Abwehr eut la conviction que le débarquement était bien prévu en Normandie, sur la côte nord du Cotentin. Un peu plus l'Abwehr avait failli être joué une deuxième fois. Le G. Q. G. du Führer prit l'affaire plus au sérieux et commença de s'organiser en Normandie, confiant le commandement à Rommel, ce que les Alliés avaient cherché à éviter à toute force. Une vingtaine d'excellents agents avaient été sacrifiés en pure perte. Mission II était allée à l'encontre de son but. Pluto tenta de se suicider et se brisa une jambe en sautant d'un deuxième étage. Arrêté par les Anglais dans l'hôpital où on le soignait encore à Caen au moment du débarquement, il fut jugé à huis clos, acquitté, libéré...

DU MÊME AUTEUR

Aux Éditions de la Table Ronde :

JE NE VEUX JAMAIS L'OUBLIER, *roman.*
LA CORRIDA, *roman.*
LE DIEU PÂLE, *roman.*
LES TROMPEUSES ESPÉRANCES, *roman.*
LES GENS DE LA NUIT, *roman.*
LA CAROTTE ET LE BÂTON, *roman.*
LE RENDEZ-VOUS DE PATMOS, *récits.*
MÉGALONOSE, *pamphlet.*
TOUT L'AMOUR DU MONDE, *récits.*
MES ARCHES DE NOÉ.

Aux Éditions Gallimard :

LE BALCON DE SPETSAI, *récits.*
UN PARFUM DE JASMIN, *nouvelles.*
LES PONEYS SAUVAGES, *roman.*
UN TAXI MAUVE, *roman.*
LE JEUNE HOMME VERT, *roman.*
LES VINGT ANS DU JEUNE HOMME VERT, *roman.*
THOMAS ET L'INFINI, *album pour enfants (mis en images par
    Étienne Delessert).*

Aux Éditions Fasquelle :

LETTRE A UN JEUNE RASTIGNAC, *libelle.*
FLEUR DE COLCHIQUE, avec des eaux-fortes de Jean-Paul
    Vroom.

A la Librairie académique Perrin :

LOUIS XIV PAR LUI-MÊME.

Impression Bussière à Saint-Amand (Cher),
le 22 décembre 1982.
Dépôt légal : décembre 1982.
1ᵉʳ dépôt légal dans la collection : mars 1972.
Numéro d'imprimeur : 3054.
ISBN 2-07-036071-7./Imprimé en France.